儒勒·凡尔纳海洋三部曲

格兰特船长的儿女

Les enfants du capitaine Grant

〔法〕儒勒·凡尔纳 著
Jules Verne

林珍妮 译

图书在版编目(CIP)数据

格兰特船长的儿女/(法)儒勒·凡尔纳著;林珍妮译.—北京:人民文学出版社,2022
(儒勒·凡尔纳海洋三部曲)
ISBN 978-7-02-017133-0

Ⅰ.①格… Ⅱ.①儒… ②林… Ⅲ.①幻想小说—法国—近代 Ⅳ.①I565.44

中国版本图书馆CIP数据核字(2022)第071858号

策划编辑	王瑞琴
责任编辑	翟　灿
装帧设计	刘　远
责任印制	苏文强

出版发行	人民文学出版社
社　　址	北京市朝内大街166号
邮政编码	100705
印　　刷	三河市延风印装有限公司
经　　销	全国新华书店等
字　　数	416千字
开　　本	710毫米×1000毫米　1/16
印　　张	27.5　插页3
印　　数	1—8000
版　　次	2022年6月北京第1版
印　　次	2022年6月第1次印刷
书　　号	978-7-02-017133-0
定　　价	54.00元

如有印装质量问题,请与本社图书销售中心调换。电话:010-65233595

目 录

上 卷

第1章　天秤鱼　　　　　　　　　　　　003
第2章　三封信　　　　　　　　　　　　008
第3章　玛考姆城堡　　　　　　　　　　015
第4章　格里那凡夫人的建议　　　　　　020
第5章　"邓肯"号起航　　　　　　　　　024
第6章　六号舱的乘客　　　　　　　　　028
第7章　巴加内尔的来历与去向　　　　　034
第8章　"邓肯"号多了一个侠义之人　　　038
第9章　麦哲伦海峡　　　　　　　　　　043
第10章　在南纬37°线上　　　　　　　　050
第11章　穿越智利　　　　　　　　　　　057
第12章　凌空一万二千英尺　　　　　　　062
第13章　从高低岩下来　　　　　　　　　068
第14章　天助的一枪　　　　　　　　　　074
第15章　巴加内尔的西班牙语　　　　　　080
第16章　科罗拉多河　　　　　　　　　　085

第17章	潘帕斯大草原	092
第18章	寻找淡水	099
第19章	红狼	106
第20章	阿根廷平原	114
第21章	独立堡	120
第22章	洪水	126
第23章	过鸟儿一样的生活	132
第24章	继续过鸟儿一样的生活	139
第25章	水火夹攻	146
第26章	大西洋	151

中　卷

第1章	返回"邓肯"号	159
第2章	特里斯坦–达库尼亚	166
第3章	阿姆斯特丹岛	171
第4章	巴加内尔与少校打赌	176
第5章	怒吼的印度洋	185
第6章	伯努利角	192
第7章	神秘水手艾尔通	198
第8章	到内地去	205
第9章	维多利亚省	210
第10章	维梅拉河	216
第11章	伯克与斯图尔特	223
第12章	从墨尔本到桑德赫斯特的铁路线	229
第13章	地理课的一等奖	235
第14章	亚历山大山的金矿	243
第15章	《澳大利亚新西兰日报》	250
第16章	一群"猴子"	255
第17章	百万富翁畜牧主	262
第18章	澳大利亚的阿尔卑斯山	269

第19章　戏剧性的场面　　　　　　　　　　276

第20章　ALAND ZEALAND　　　　　　　　283

第21章　焦虑的四天　　　　　　　　　　　290

第22章　伊登镇　　　　　　　　　　　　　297

下　卷

第1章　"麦考利"号　　　　　　　　　　　305

第2章　新西兰的历史　　　　　　　　　　311

第3章　新西兰岛上的大屠杀　　　　　　　316

第4章　暗礁　　　　　　　　　　　　　　322

第5章　临时水手　　　　　　　　　　　　328

第6章　吃人的习俗　　　　　　　　　　　334

第7章　还是登上了本应避开的土地　　　　338

第8章　所在地区的现状　　　　　　　　　343

第9章　往北三十英里　　　　　　　　　　350

第10章　民族之江　　　　　　　　　　　　356

第11章　陶波湖　　　　　　　　　　　　　362

第12章　毛利酋长的葬礼　　　　　　　　　369

第13章　最后时刻　　　　　　　　　　　　374

第14章　被"神禁"的山　　　　　　　　　　381

第15章　巴加内尔的妙计　　　　　　　　　390

第16章　前后夹攻　　　　　　　　　　　　395

第17章　为什么"邓肯"号会来到新西兰的东海岸　401

第18章　是艾尔通还是本·乔伊斯　　　　　407

第19章　交换的条件　　　　　　　　　　　412

第20章　夜半呼声　　　　　　　　　　　　419

第21章　塔波尔岛　　　　　　　　　　　　426

第22章　巴加内尔的最后一次粗心　　　　　433

上　卷

卷 一

第 1 章 天秤鱼

1864年7月26日,北海峡①刮着强劲的东北风,一艘豪华游轮全速破浪航行。游轮的后桅斜桁上高挂着的一面英国国旗迎风招展。主桅杆的末端则挂着一面蓝色的小旗,小旗上面用金线绣着船主姓名的缩写字母E.G,字母上方是公爵的徽记。这艘游轮名叫"邓肯"号,船主爱德华·格里那凡爵士是英国上议院十六名苏格兰议员之一,又是大英皇家泰晤士河游轮俱乐部最著名的会员,这个俱乐部享誉英伦三岛。

格里那凡爵士和他的年轻夫人海伦娜,以及爵士的一位表兄麦克·那布斯少校此刻正在"邓肯"号游轮里。

"邓肯"号是一条新造好的游轮,如今第一次出航,它已经驶到了克莱德湾②外几海里处,正准备返回格拉斯哥。阿兰岛出现在地平线上的时候,瞭望台的水手突然报告,有一条大鱼尾随游轮。船长约翰·孟格尔马上派人把情况报告给格里那凡爵士。爵士和麦克·那布斯少校来到艉楼,询问船长那是一条什么鱼。

"阁下,据我看,那是一条巨大的鲨鱼吧。"约翰·孟格尔船长回答道。

"这里也有鲨鱼!"格里那凡爵士惊呼。

"这是毋庸置疑的。"船长说,"这种鲨鱼叫天秤鱼,出没于各种温度的海域。如果我没看错的话,它就是天秤鱼③。阁下如恩准,尊夫人也愿观赏捕鱼场景,我们立即便知分晓。"

"您意下如何,麦克·那布斯?不妨一试?"格里那凡爵士问少校。

少校答道:"悉听尊便。"

"另外,"船长又说道,"这类可怕的鲨鱼数量极多,捕杀不尽,如阁下乐

---

① 北海峡,指爱尔兰与苏格兰之间的海峡。
② 克莱德湾,位于苏格兰以西。
③ 英国的海员这样称呼这种鲨鱼,因为它的脑袋形状像天秤,或更准确地说,像两个铁锤。因此在法国,它的名字是铁锤鲨鱼。——原注

意,趁此机会,既可观看捕鲨的动人场面,又成就了灭鲨壮举。"

"好啊,那就捕捉吧。"爵士答道。

爵士随即命人通知夫人。海伦娜夫人颇感兴趣,兴致勃勃地来到艉楼。

蔚蓝的大海,海水清澄。他们清楚地看到大鲨鱼在水里扑腾,迅速游动,忽而潜入水里,忽而跃出水面,活力惊人,动作矫健。水手们按照船长的命令,把一条粗绳子从右舷抛入水中,绳头上系着大钩子,钩子上挂着一大块腊肉。鲨鱼虽然远在五十米以外,却闻到了腊肉诱人的香味,离弦之箭般冲了过来,瞬间便游到游轮附近,灰黑色的双鳍猛烈拍击海水,尾鳍则保持身体的平衡,径直冲向腊肉,两只突出的大眼睛闪着贪婪的光。它翻转身子,张开大嘴,露出四排大白牙。它的脑袋宽大,就像安在长柄上的双头铁锤。船长没有猜错,它果然就是鲨鱼中最贪馋的一种,英国人叫它"天秤鱼",法国普罗旺斯地区的人称它为"犹太鱼"。

"邓肯"号上的乘客和水手们紧紧盯着这头大鲨鱼。它一下子冲到钩子旁边,猛然一挺身,吞下鱼钩,腊肉落进它的口中,粗绳被拉直,鲨鱼被钩住。水手们急忙转动帆架末端的辘轳,把这条庞然大物吊了上来。鲨鱼发现被吊离水面,拼命挣扎,狂跳不止。水手们马上把另一根粗绳打成活结,套住它的尾巴。鲨鱼动弹不了,很快被吊上船,抛在甲板上。一个水手小心走上前,用斧头猛地砍下去,把它的巨尾砍断了。

捕捉巨鲨的行动结束,庞然怪物不再可怕,但水手们的好奇心未能满足。按照惯例,被捉的鲨鱼要被解剖,看看它的肚子里藏着什么物件。水手们知道它贪馋,希望能找到意料之外的东西,而且他们的希望也不是回回都落空。

格里那凡夫人不愿目睹令人恶心的"开膛破肚的检查",便回自己的舱房去了。鲨鱼躺在甲板上还在喘息,它身长约十英尺,体重约六百磅,在鲨鱼中不算特别长特别重,但天秤鱼却属于鲨鱼中最凶猛的一种。

很快,巨鲨被水手们毫不客气地用斧头开膛破腹,鱼钩直穿进鲨鱼的胃,胃里一无所有,看来它已好久没东西下肚了。水手们不免失望,正要把鲨鱼的残骸抛进大海,水手长却发现有一个物件牢牢嵌在它的腹中。

"嘿,那是什么东西?"水手长喊道。

"是块石头吧,"一个水手说道,"它用石头填饱肚子。"

"不是!"另一个水手说,"是一枚连环弹吧,它还没来得及把它消化掉呢。"

"住嘴吧,"大副汤姆·奥斯丁不赞成他们的说法,"你们没看见它是个酒鬼,把酒喝了,也把酒瓶吞进肚子里了。"

"什么?"格里那凡爵士惊呼,"鲨鱼肚子里有瓶子?"

"真是瓶子,"水手长回答,"不过它不是从酒窖里取出来的。"

"汤姆,你把瓶子弄出来,小心点呀,海上找到的瓶子一般都装有重要的信件。"爵士说道。

"您还真的相信有这回事呀?"麦克·那布斯少校说道。

"我认为很有这个可能。"

"嘿,我不和你抬杠,也许瓶子里真有什么秘密。"

"很快我们就知道答案了。"格里那凡爵士问大副,"怎么样,汤姆?"

大副从鲨鱼的肚子里费力地取出一件不成形的玩意儿,并把它举起来,"喏,你们瞧。"

"好,"爵士说,"把这件脏东西洗干净,送到艉楼来吧。"

汤姆照办,把这个在特殊情况下弄来的瓶子送到方形厅,放在桌子上。格里那凡爵士、麦克·那布斯少校、约翰·孟格尔船长围桌而坐。女人总是更好奇,海伦娜夫人也在座。

在海上,没有什么事情是小事。大家寂然无声地盯着这个易碎的漂流物。里面藏有遇难沉船的秘密?还是航海员难耐寂寞,胡乱写下的无聊字句?

格里那凡爵士迫不及待地要弄个水落石出,他以这类情况下需有的小心,细细审查瓶子,就像寻找重案线索的验尸官。他并非小题大做,因为表面看似平凡的物件,往往藏有破案的重大线索。

格里那凡爵士首先细看瓶子的外观。这是一只细颈瓶,瓶口的玻璃很厚,缠着生锈的铁丝。瓶壁也厚,能承受几个大气压。一看便知是法国香槟省的产品,阿依或埃佩尔奈地区的酒商曾用这种酒瓶敲击椅背,椅背敲坏了,酒瓶却完好无损。眼下这只瓶子在海上不知道漂流了多久,遭到多少次撞击却没有破裂。

少校说道:"这是克里格酒厂的酒瓶。"

他是这方面的内行,没有人怀疑他的判断。

海伦娜夫人道:"亲爱的少校,光知道它的出处有何用,应知道它是从何处来的啊。"

"亲爱的海伦娜,很快便知分晓,"爵士说,"可以肯定它是从很远的地方漂流过来的。你看,瓶外这层固化物已快像矿石,这是因为瓶子长期泡在海里,被腐蚀了,鲨鱼把它吞进肚子里之前已经在海里漂流很久。"

少校接口道:"我完全同意你的分析,瓶子外面结了这么厚的杂质,说明它已经漂流很久了。"

"可它是从哪儿漂来的呢?"格里那凡夫人急切地问道。

"亲爱的海伦娜,先别急,我们需要耐心。如若我没判断错误,这只瓶子本身就能解开谜团。"

格里那凡爵士一边说,一边刮擦封住瓶口的那层硬物。瓶塞露了出来,它已被海水浸蚀得失去了原样。

爵士说:"真遗憾,如果瓶里果真藏有信件,字迹一定模糊不清了。"

"这很有可能。"少校随声附和道。

爵士又说:"瓶口塞得不紧,瓶子会立即下沉。还真亏了鲨鱼把它吞进肚子里,才把它带到我们的'邓肯'号船上来。"

约翰·孟格尔船长说:"话说得不错。可是如果我们在它漂在海上的时候把它捞上来,就能确定它所处的经纬度,研究气流和海流的方向,判断瓶子漂流的路线,而从鲨鱼肚子里取出的,我们就无法判断这些情况了。"

"先看看再说吧。"爵士说。

他小心翼翼地拔出瓶塞,一股浓烈的海腥味立刻在艉楼弥漫开来。

他小心翼翼地拔出瓶塞,一股浓烈的海腥味立刻在艉楼弥漫开来。

海伦娜夫人以女性特有的急迫问道:"怎么回事?"

爵士说:"没错!我没猜错!里面果然有信件!"

海伦娜夫人惊呼:"信件?信件?"

爵士说:"只是信纸受了潮,粘在瓶壁上,不可能把它们取出来。"

"把瓶子敲碎呗。"少校提议道。

爵士说:"我倒希望瓶子能保持完好无损。"

"我赞成。"少校随即说道。

海伦娜夫人说:"瓶子能完好无损固然不错,可是瓶里的东西比瓶子宝贵,为了瓶内的东西只能牺牲瓶子。"

船长约翰说:"阁下只需敲掉瓶颈,就能完整取出信件。"

"对呀,对呀,亲爱的爱德华!"格里那凡夫人喊道。

别无他法,爵士只好决定敲掉宝贵瓶子的瓶颈,还必须用锤子敲,因为瓶子表层的杂质坚硬如花岗岩。很快瓶颈的碎片散落在桌子上,大家看到几张粘在一起的纸张。爵士小心地把它们从瓶里抽出来,一张一张地揭开,摊放在桌子上。海伦娜夫人、少校和船长挤在他的身旁。

第 2 章 三封信

这几片被海水浸泡损坏的信纸,上面只有一些勉强可以辨认的字迹,不成文句的字迹。

爵士看了几分钟,把它们翻过来覆过去,放在光亮下,仔细琢磨它们的一笔一画,然后才抬起头来望着正在不安地看着他的朋友们,说道:"这是三张信纸。从没被海水浸蚀掉的字迹看,它们应该是用英文、法文、德文三种语言写的内容相同的信件。"

"能看出什么意思吗?"他的夫人着急地问。

"亲爱的海伦娜,我说不清楚,信纸上的字句太不完整。"

"三封信总可以互为补充吧?"少校说道。

"大概可以吧。"约翰·孟格尔道,"海水不至于把三封信的同一行同一个字蚀掉,只要把断句残字拼凑起来,或许可以猜出大概意思。"

"正是要这样做。先看英文的吧。"爵士说。

英文信呈现出以下的断句残字:

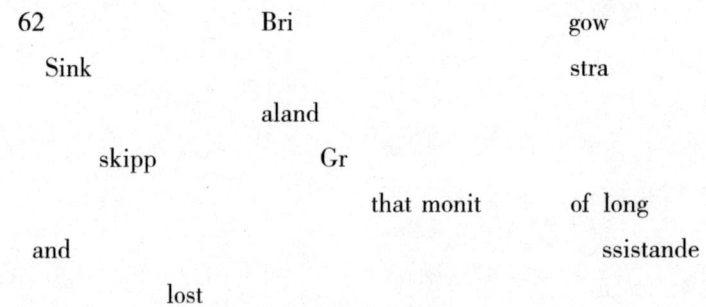

"这些字看不出什么意思。"少校颇为失望地说。

"倒是看得出它们是英文字母。"船长道。

爵士说:"我看出这几个词,sink(沉没)、aland(登陆)、that 这、and(以及)、

lost（死）。而 skipp 这个字应该是 skipper（船长），这个 Gr，大概是 Gr 什么的人名，也许是遇难船只的船长名字。"

"还有，"约翰说，"这两个词的意思也明显啊，monit 应该是 monition（文件），ssistance 应该是 assistance（救助）。"

"嗯，这样一拼就有点意思了。"海伦娜夫人说。

"遗憾的是，"少校道，缺少连贯的句子，什么船？遇难的地点？我们弄不清楚啊。"

爵士信心满满地说："会弄清楚的。"

喜欢附和别人意见的少校说道："话说得不错，可怎么弄清楚呢？"

爵士说："把三封信的内容加在一起推测吧。"

海伦娜高声表示赞同。

第二封信比第一封的状态更可怜，只剩下几个单词：

   7 Juni   Glas
       Zwei   atrosen
           graus
       bringt ihnen

"是德文。"约翰看了一眼便说。

"您懂德文吗？"爵士问他。

"爵士，懂点儿。"

"这几个字是什么意思？"

约翰认真地看了信，说："出事时间是6月7日，与英文信上的62合起来，就是1862年6月7日。"

海伦娜夫人惊呼："太好了！约翰，往下说！"

"同一行还有这个 Glas，"年轻的船长继续说，"与英文信上的那个 gow 拼接起来，就是 Glasgow，很明显，这是一条格拉斯哥港的船。"

少校说："我的看法一样。"

约翰又说道："信的第二行被蚀掉了，但第三行有几个重要的字母，zwei，即'两个'，atrosen 应是 matrosen，也就是'水手'的意思。"

海伦娜说："这就是说，有一位船长和两名水手遇难？"

爵士答道："很有可能。"

船长约翰又说道："不瞒您说，阁下，下面这个字 graus 把我难住了，也许第三封信能有助于我们的理解。最后两个字不难理解，bringt ihnen 意即'盼望给予'，与英文信的第六行的'救助'联系起来，就是'盼望给予救助'，这是一目了然的。"

爵士说："对了！盼望给予救助！可是遇难者是在哪儿遇难的呢？确切地点还是个谜，我们对出事地点仍然一无所知。"

"但愿法文信能提供点情况。"海伦娜夫人说。

"现在我们看法文信吧，"爵士道，"大家都懂法语，这就方便多了。"

第三封信剩下如下字迹：

trois	ats	tannia
	gonie	austral
		abor
contin	pr	cruel indi
jeté		ongit
et 37 11′	lat	

海伦娜夫人惊呼道："信中有些数字，瞧，先生们，你们瞧！……"

爵士说："我们还是按顺序进行吧。从头开始，我把这些分散的不完整的字一个个提出来，头几个字我看就是'三桅船'的意思，与英文信联系起来，应该是'不列颠尼亚'号三桅船。下面两个字是 gonie，austral，只有后一个字的意思你们都明白。"

约翰说："这就已经是很宝贵的信息了，沉船发生在南半球。"

少校说："这意思还是模糊呀。"

爵士说道："听我继续说吧，abor 是动词 aborder 的词根，即'到达、登陆'的意思，遇难的人到达了某地，哪儿呢？contin！是不是大陆啊，而 cruel……"

"cruel！"约翰叫起来，"这不正好和德文信的那个 graus, grausam 同义吗？是'野蛮'的意思！"

"我们继续往下看！继续往下看！"爵士说。不完整的字词显示出来的意思，使得爵士的兴趣被强烈地激发，"Indi…是不是'印度'的意思，水手们是不是被抛到印度了？ongit 又是什么意思？是'经度'吗？下面是纬度，37°11′，好极了！我们总算有了确切的方向。"

少校说："可是没有经度啊。"

爵士说："亲爱的少校，不可能一下子就掌握所有情况的。知道精确的纬度已经了不起了,这封法文信是三封中最完整的。很明显,每一封都是其他两封的译文,因为三封信的行数都是一样的,因此现在必须把它们集中在一起,翻译成一种文字,寻找它最可能、最合乎逻辑、最清楚的意思。"

少校问:"您打算用英文还是法文、德文把它统一起来呢?"

爵士说:"用法文吧,因为法文信给我们保留了大部分有关的消息。"

约翰说:"阁下言之有理。而且我们也熟悉法文。"

"我们就这样决定啦。我现在就用法文把三封信的不完整字句拼凑起来,字句中的空白依然保留,把确定的字补全,然后再分析研究。"

格里那凡爵士拿起一支鹅毛笔,很快就把信拼好了,并给朋友们看。他拼出来的内容如下:

  1962年6月7日 三桅船"不列颠尼亚"号 格拉斯哥

    沉没   哥尼亚   南半球

      登陆   两名水手

    船长格   到达

  大陆   被俘于   野蛮的 印第

    抛此信件   经度

    纬度37°11′   企盼救助

      死去

此时,一名水手报告船长,"邓肯"号驶入克莱德湾,等候命令。

约翰船长问爵士:"阁下意下如何?"

"约翰,我们必须首先赶往邓巴顿。送海伦娜夫人返回玛考姆城堡后,我便前往海军部,呈上这封信。"

约翰立即对水手下达命令,水手飞快跑去,向大副传达船长的命令。

爵士说道:"现在,朋友们,继续研究吧。我们追寻到一宗大海难的线索,几条人命将依靠我们的判断力去解救。因此,我们必须运用我们的智慧破解这个谜团。"

海伦娜夫人回应说:"亲爱的爱德华,我们已准备就绪。"

爵士又说:"首先,必须对这封信的三个部分加以考虑。1.已知部分;2.可猜部分;3.未知部分。我们知道什么了?我们知道:1862年6月7日,格拉斯哥港的一艘名叫'不列颠尼亚'号的三桅船沉没,两名水手和船长把三封信放到漂流瓶内,在纬度37°11′处抛进海中,请求救援。"

"完全正确。"少校回应说。

爵士又说:"我们能猜测到什么呢?首先是出事地点在南半球海面上。马上我就要提请大家注意gonie这个词,它是不是一个国家的名字?"

海伦娜高声喊道:"是不是Patagonie(巴塔哥尼亚)?"

"大概是吧。"

少校提出疑问:"巴塔哥尼亚位于南纬37°吗?"

船长约翰说:"这个不难查证,"他摊开一张南美洲地图,"没错,巴塔哥尼亚正是位于南纬37°,南纬37°线横穿阿劳坎尼亚,沿着巴塔哥尼亚的北部穿过潘帕斯大草原,进入大西洋。"

"好的,继续我们的推测,两名水手和船长abor,也就是abordenr(到达)什么地方了呢?contin...就是continent(大陆),请注意,是大陆,不是岛。他们到了那儿又怎样了呢?你们看这两个字母pr,它们告诉我们他们遭遇了什么命运,是被俘还是当了囚徒?被什么人抓去了?还是被野蛮的印第安人俘虏了,你们认为这样解释对不对?空缺了的字母不就自己跳出来了吗?你们不觉得这封信的意思很清楚了吗?还有疑问吗?"

爵士的口气很是肯定,他的眼光透出自信,他的热情感染了他的听众,大家都像他那样自信地叫喊:"很清楚了!很清楚了!"

过了片刻,爵士又说:"朋友们,我们的推测是非常可信的,我认为遇难地点就在巴塔哥尼亚海岸,我要命人到格拉斯哥港打听,'不列颠尼亚'号打算开往何处,我们就可知道它是否去了巴塔哥尼亚海域。"

船长约翰说道:"无须到远处打听,我这儿收集有《商船日报》,会给我们提供准确的消息。"

海伦娜夫人说:"太好啦!太好啦!"

约翰拿来一大摞1862年的报纸,急急忙忙翻起来,他翻了不久,很快就以满意的腔调说道:"1862年5月30日,秘鲁!卡亚俄!满载货物,开往格拉斯哥港,船名'不列颠尼亚'号,船长格兰特。"

"格兰特!"爵士惊呼道,"就是那位雄心勃勃的苏格兰人,他想在太平洋创建新的苏格兰!"

"就是他!"约翰说道,"1862年他驾驶'不列颠尼亚'号离开格拉斯哥港,从此渺无音讯。"

"不用怀疑了！不用怀疑了！"爵士道，"就是他。5月30日'不列颠尼亚'号离开卡亚俄，八天之后即6月7日在巴塔哥尼亚海面消失，信中残留的不完整字句讲述的就是这事的整个过程。朋友们，我们的推测完全正确，现在我们缺的只是经度。"

约翰说："经度对我们已无作用，既然我们知道了船只遇难的地点，有了纬度，我负责找沉船的地点。"

海伦娜夫人说："也就是说，全部情况我们都摸清楚了？"

"亲爱的海伦娜，是的。信中被海水浸蚀的字句，我可以轻而易举地把它们填补出来，就如格兰特船长口述，我做记录。"格里那凡说着拿起笔，毫不犹豫地做出如下的记录：

1862年6月7日，格拉斯哥港的三桅船"不列颠尼亚"号，在巴塔哥尼亚海岸的南半球海面沉没。两名水手及船长格兰特试图上岸，被野蛮的印第安人俘虏。他们在南纬37°11′、经度……处抛下这三封信，企盼救援，否则他们必死无疑。

"好啊，好啊，亲爱的爱德华！如果那些不幸的遇难者重见他们的祖国，他们会感谢你给了他们这样的幸福。"

爵士说："他们会重返祖国的，这封信写得明明白白，清清楚楚，准确无误，英国政府一定会救这几个落入荒无人烟之地的孩子。英国政府曾营救过富兰克林①和其他遇难船员，今天他们也会营救'不列颠尼亚'号的遇难者！"

海伦娜夫人又说："这几位不幸者大概也有家庭，他们的家人一定为他们的失踪伤心痛哭，那位可怜的船长格兰特也许有妻室儿女……"

"亲爱的夫人，你说得对，我会告知他们，有希望找到他们的亲人。朋友们，现在上顶楼去吧，我们快到达港口了。"

"邓肯"号确实加大了马力，此刻它沿着比尤特岛的海岸，把罗思塞地区以及被肥沃山谷环抱的美丽小城抛在后面，在狭窄的航道冲行，来到格里诺克城前面。傍晚六点，停泊在邓巴顿的玄武岩脚下。岩顶耸立着苏格兰英雄华莱士②的著名城堡。

---

① 富兰克林(1786—1847)，即约翰·富兰克林，英国航海家，在北极探险时遇难。
② 华莱士，十三世纪苏格兰解放战争中的群众领袖，后被英国人杀害。

在那儿，一辆套好的马车等候着海伦娜夫人，准备把她和少校送回他们的宅邸玛考姆城堡。爵士拥抱了年轻的妻子，然后跳上了开往格拉斯哥的快车。

动身之前，他把一份重要启事委托代理人办理。几分钟之后，代理人把爵士写的启事用电报发给《泰晤士报》和《纪事晨报》。爵士的启事内容如下：

如欲了解格拉斯哥港三桅船"不列颠尼亚"号及船长格兰特之下落，请询格里那凡爵士。地址：苏格兰邓巴顿郡吕斯村玛考姆城堡。

第 3 章　玛考姆城堡

玛考姆城堡是苏格兰南部高地极具诗情画意的城堡之一,靠近吕斯村,俯瞰美丽的小山谷。清澄的乐蒙湖水浸润着城堡的花岗石城墙。它久已属于格里那凡家族。这地方是苏格兰著名侠盗罗布·罗依和农民革命领袖弗格斯·麦克·格里高①的家乡,格里那凡家族仍保留着沃尔特·司各特小说中那些古代英雄好客的风俗。苏格兰闹社会革命的时候,许多农民因不能缴纳过重的田租被驱赶,乡民或饿死,或打鱼糊口,或背井离乡,哀鸿遍野。唯独格里那凡家族相信大人物和小人物都要讲求忠诚,依然善待佃农,他的领地里没一个农民离开看着他们成长的家园,没一个乡民抛弃祖先安息的土地,他们全都留在旧东家的耕地里。因此,即使在这个民不聊生、人心动摇、分裂不和的年代,格里那凡的城堡如同"邓肯"号,都有苏格兰人待着不走。他们都是老领主麦克·格里高、麦克·法伦、麦克·那布斯、麦克·诺顿等的子孙后代,都是世世代代在斯特林和邓巴顿两郡土生土长的人,他们老实厚道、勤劳、对主人忠心耿耿,其中有人还讲喀里多尼亚语。

格里那凡爵士家底殷实,乐善好施,仁爱远胜慷慨,因为家财再大也有限,仁爱却是无边的。他是吕斯村的绅士,玛考姆城堡的主人,英国贵族院的元老,其所在郡的代表。但他的思想却是雅各宾派的,不取悦皇家,因此不被英国政客们看好。他保持祖先的传统,坚决抵制英格兰人的政治侵略。

爱德华·格里那凡爵士并非落伍之人,亦非鼠目寸光智力贫乏之士,他敞开领地的大门,接受一切进步的东西,骨子里却是道地的苏格兰人。他力争苏格兰的光荣,以自家的游船,参与皇家泰晤士河游船俱乐部举办的竞赛。

爱德华·格里那凡爵士现年三十二岁,高大魁伟,表情有点严肃,目光无限温情。气质带有高地人的诗意。大家都知道他为人极其正直善良,敢作敢当,仗义豪侠,是十九世纪的弗格斯。但他最大的长处是他的善良,比圣马丁

---

① 中古时期的苏格兰郡主,骑士的领袖和典范。

还要仁慈。

格里那凡爵士和海伦娜·塔夫内尔小姐结婚刚刚三个月,她是著名旅行家威廉·塔夫内尔的女儿,威廉是众多热爱地理科学、为科学发现而牺牲的众多学者中的一个。海伦娜并非贵族出身,但却是地道的苏格兰人,在爵士看来,这就等同于出身贵族家庭,便选择这位可爱、年轻、勇敢、忠贞的姑娘为终身伴侣。爵士第一次在基巴特里克海伦娜的父亲家里遇到她时,见她孤苦伶仃,无父无母,几乎一无所有,他明白这个可怜的姑娘会是个贤妻良母,便娶了她。海伦娜小姐芳龄二十二岁,金发碧眼,如春天苏格兰的湖水那样清纯脱俗。她对丈夫的爱胜于对他的感激之情,她对他的爱没有谦卑的成分,好像她也出身豪门,而他反倒是个孤儿。而她的佃户及仆人,都称她为"我们慈爱的吕斯夫人",愿意为她赴汤蹈火。

格里那凡爵士和海伦娜夫人在玛考姆城堡的生活过得幸福美满。城堡坐落在自然环境优美的高地中央。他们在湖边小径漫步,那儿有枫树和栗树的浓荫,回荡着古老的战歌,从淳朴的村民的喉咙里发出的歌声讲述着苏格兰的历史,它也写在古老的废墟里。今天,他们流连在桦树和落叶松的树林里,在辽阔的叶子黄了的欧石楠丛生地里;明天,他们登上陡峭的乐蒙山顶,或纵马奔驰在荒无人烟的幽谷深处;探究、领会、欣赏这块还被称为"罗布·罗依之乡"的充满诗意的、曾被沃尔特·司各特热情歌颂的著名土地。傍晚时分,麦克·法兰所建的灯塔里的灯光在天边闪烁,他们沿着城堡的内墙那环形、项链般的廊道散步,沉思,遗世独立或坐在兀立的大石上面,沉醉在大自然的寂静中。淡淡的夜色逐渐笼罩沉黑的山头,他们心旷神怡,品尝两情相悦、天上人间、此情独有的迷醉中。

新婚的头几个月他们的日子就是这样度过的。爵士没有忘记他的妻子是大旅行家的女儿!他想海伦娜的心里应当藏有父亲的所有梦想,他没猜错。"邓肯"号游轮造好了,它将载着爵士夫妇到世界上最美丽的国家,到地中海的波涛上,直到希腊群岛。当丈夫把"邓肯"号游轮赠给她的时候,可以想象海伦娜有多么兴奋!确实,满载着爱情前往美丽迷人的希腊,在充满魔力的神秘东方度蜜月,该有多么幸福啊!

现在爵士动身到伦敦去了,为的是救助不幸的遇难者,对这次短暂的离别,海伦娜夫人表现得焦急多于忧伤。第二天,丈夫来了一封电报,她希望他很快回来,晚上收到他的一封信,说是归期要推迟,爵士的要求碰到点困难。过了一天又来了一封信,信中爵士流露出他对海军部的不满。

那一天,海伦娜夫人开始不安了,晚上她单独一人待在房间里,城堡的管家哈伯尔先生前来禀报,说有一个姑娘和一个小伙子求见格里那凡爵士。

"是本地人吗?"海伦娜夫人问道。

"不是,夫人。"管家回答,"因为我不认识他们,他们乘火车到巴乐支,然后从巴乐支步行到吕斯村。"

"快请他们上来吧,哈伯尔。"

管家出去了。不一会儿,一个姑娘和一个小伙子被引进夫人的房间。从两人长相的相似,可以猜到他们是姐弟。姐姐十六岁,俊俏的脸上微露倦容,眼睛水汪汪的,似乎经常哭泣,性情看似柔顺而勇敢,衣着寒素,但整洁干净,使人对她生出好感。她牵着男孩的手,男孩十二岁,神情坚定,好像是姐姐的保护人。那样子好像是说,谁敢冒犯姐姐,弟弟肯定对他不客气!

姐姐来到夫人面前,略显迟疑。夫人赶紧抢先开口:"你们要和我谈话吗?"她用目光鼓励姑娘。

"不是,"男孩的口气果断,"我们要找的是格里那凡爵士。"

姐姐看着弟弟,说:"夫人,请原谅。"

"格里那凡爵士不在城堡,我是他的妻子,我是否可以代替他和你们谈话……"海伦娜夫人说道。

姑娘说:"您是格里那凡爵士夫人?"

"是的,小姐。"

"您就是玛考姆城堡的格里那凡爵士的夫人?爵士在《泰晤士报》上登了一则启事,提到了'不列颠尼亚'号遇难的事。"

"是的!是的!"海伦娜夫人急忙答道,"你们是……?"

"夫人,我是格兰特小姐,他是我的弟弟。"

"格兰特小姐!格兰特小姐!"海伦娜夫人惊呼道,她把姑娘拉到身旁,抓住她的双手,又吻吻男孩的脸蛋。

姑娘说:"夫人,关于我的父亲和沉船的事,您还知道些什么?他还活着吗?我们还能见到他吗?跟我说说吧,求求您了!"

"亲爱的孩子,就目前的情况,我不能轻率地回答你,我不愿给你们渺茫的希望……"

"说吧,夫人,说吧!我很坚强的,扛得住痛苦,什么话我都能听。"

海伦娜夫人说:"亲爱的孩子,希望不太大,可是有万能的上帝相助,终有一天你们能见到父亲。"

格兰特小姐忍不住她的泪水,高声喊叫:"我的上帝!我的上帝!"男孩罗伯特则不断地吻海伦娜夫人的双手。

姑娘说:"您是格里那凡爵士夫人?"

又悲又喜的情感发作一通之后,姑娘禁不住提出一连串的问题;海伦娜夫人便给她讲述了信件的来龙去脉,"不列颠尼亚"号怎样在巴塔哥尼亚附近海面沉没,船长和两名水手死里逃生,他们大概上了岸,最后用三种语言写了信,把信装进漂流瓶里,抛到大海,向全世界发出求救的信号。

海伦娜夫人讲述的时候,罗伯特·格兰特的眼睛一直死死盯着她,好像他的生命就系在她的唇上。孩子富于想象,他好像亲眼看见父亲遇难的可怕场面,看见父亲站在船的甲板上,又好像跟着父亲掉进了海涛中,和父亲一起紧抠住海岸的岩石,然后在沙滩上喘息,波涛几乎把他淹没……

他好几次忍不住呼唤:"啊!爸爸!我可怜的爸爸!"一面紧紧搂住姐姐。

格兰特小姐呢,她一面聆听,一面双手合十,一言不发。直到故事讲完,她才说道:"啊!夫人!信呢?信呢?"

"亲爱的孩子,信不在我这儿。"

"不在您这儿?"

"是的,不在我这儿,格里那凡爵士为了救你的父亲,他带着这封信到伦敦去了。我把信的内容已经一字不差地告诉你们了,我们终于猜到了信文的内容,信中的字句都是残缺不全的,几乎看不清字迹,可惜只知道纬度,海水蚀掉了沉船地点的经度……"

男孩喊道:"用不着经度!"

"不错,罗伯特先生,"海伦娜夫人看见他如此果断的神情,微笑道,"格兰特小姐,你看,信的所有细节你们都和我一样了解了。"

"是的,夫人,可是我想看看父亲的笔迹。"姑娘说道。

"好吧,那就等一等,也许明天格里那凡爵士就回家了,我丈夫带着这封信去了海军部,提交他们看看,好让他们立即派船寻找格兰特船长。"

"夫人,这是可能的事吗? 你们为我们做了这件事吗?"姑娘叫喊道。

"是的,亲爱的小姐,我正在等格里那凡爵士。"

"夫人,"姑娘的声音充满感激,"愿上天保佑格里那凡爵士和您!"

海伦娜夫人说:"亲爱的孩子,你们不必感谢我们,任何人处在我们这种情况,都会做我们所做的事。但愿你们的希望能够实现,你们就住在城堡里等爵士归来吧……"

"夫人,"格兰特小姐道,"我们素昧平生,我不愿滥用您的好意。"

"亲爱的孩子,你们是外人吗,在我们家,你和你的弟弟都不是外人,我希望等格里那凡爵士归来,让他告诉格兰特船长的儿女,他们准备怎样营救他们的父亲。"

对于夫人如此好意的挽留,姐弟俩再也不好意思拒绝,二人同意住下来,在玛考姆城堡等待格里那凡爵士的归来。

第 4 章　格里那凡夫人的建议

　　海伦娜夫人在给孩子们讲述他们父亲的时候,只字未提格里那凡爵士信中所表示的担忧及海军部使他焦虑的态度。夫人也只字未提格兰特船长可能在南美洲被野蛮的印第安人俘虏的事。何必让这两个可怜的孩子替父亲的状况伤心呢?何必让他们的希望破灭呢?告诉他们也于事无补,海伦娜夫人因此守口如瓶。在回答了格兰特小姐的所有问题后,海伦娜夫人问姑娘和她弟弟的生活状况,看起来,姑娘好像是弟弟的唯一保护人。

　　姑娘的故事简单又感人,更增添了夫人对他们的同情和怜悯。

　　哈利·格兰特船长只有玛丽小姐和罗伯特·格兰特两个孩子,罗伯特出生后妻子就去世了。这趟远航,用时较长,他把一双儿女托付给善良年老的表姐。格兰特船长是个勇敢的水手,航海是内行,又懂得经商,他住在苏格兰佩思郡的邓迪市,本地人。他的父亲是圣卡特琳教堂的牧师。老牧师让儿子哈利从小接受全面的教育,认为这对任何人都无坏处,对远航的船长也如此。

　　初次远航,他先是大副,后来终于做了船长,生意也做成功了,儿子出生后几年,他已赚了一大笔财富。

　　就是在这个时期,他有了一项伟大的计划。这个计划使他扬名苏格兰。格里那凡家族的人和低地①望族的人一样,对于侵略北方的英格兰人始终离心离德,虽然事实上并未分开。在他看来,他的家乡的利益就是苏格兰人的利益,而不是盎格鲁-撒克逊人的利益。他希望凭个人的力量在澳大利亚找到一片大陆,使苏格兰人可以移居到那里。美国不是做了榜样,印度和澳大利亚也总有一天像美国那样。苏格兰也如此,未来可以争取独立,脱离大英帝国。也许他是这样梦想的,也许他把内心的秘密透露了出去,因此,我们可以理解政府拒绝给予他支持和援助,还给他制造了种种困难。如果是别的国

---

① 低地,指苏格兰中部地区。

家,可能还会杀了他。然而哈利·格兰特并不气馁,他号召同胞们发扬爱国主义精神,他本人献出家产,建造了一艘船,组织精干的水手,把儿女托付给老表姐,前往太平洋诸岛探险。

那是1861年的事。从这时起到1862年5月,他都有消息传回国内。但到了6月,他离开卡亚俄之后,"不列颠尼亚"号就断了消息,连《航海日报》也再没有提及格兰特船长的下落。

在此期间,哈利·格兰特善良的表姐离世。两个孩子成了孤儿。

玛丽·格兰特当时只有十四岁,她性格坚强,在困苦面前绝不退缩。她把整个身心都献给了幼小的兄弟,她要抚育他长大成人。凭着克勤克俭,精明能干,日夜辛劳,她把一切让给弟弟,自己则省吃俭用,并让弟弟接受教育,勇敢地承担起做母亲的责任。

两个孩子坦然接受贫苦的现实,坚强地与困苦做斗争。玛丽只关心弟弟,梦想着弟弟能有一个幸福的未来。

父亲的船只失踪,父亲大概死了,一定是死了。偶然间她看见了《泰晤士报》上的启事,她从绝望中走出来,好不容易才压住了激动。

没什么可犹豫的了,立即出门了解详情。哪怕得知格兰特船长抛尸在荒无人烟的海岸或摧毁的船舱里,总比不知他的生死,为之提心吊胆,永远不得安宁要好些。

她把这一切告诉了弟弟。当天,两个孩子搭上火车,晚上到达玛考姆城堡,长年心惊胆战的玛丽,重新燃起了希望。

这就是玛丽·格兰特给格里那凡夫人讲述的痛苦的故事,她轻描淡写地讲述,表现得像个女英雄。倒是海伦娜夫人设身处地,体会到姑娘的不容易,好几次忍不住流下眼泪,她把格兰特船长的两个孩子搂进怀里。

罗伯特还是第一次听到姐姐讲这些事情,体会到了姐姐所受的苦,他睁大眼睛听着,用双臂搂住姐姐。

"啊,你就是我的妈妈!我亲爱的妈妈!"他嚷道,克制不住冲动,从内心深处发出这样的喊声。

他们谈话的时候,夜幕早已降临,海伦娜夫人考虑到孩子们奔波了一天,一定疲累了,不忍心再谈下去。姐弟俩被引到他们的房间里,抱着美梦很快入睡了。

他们走后,海伦娜派人请来少校,把这个晚上发生的所有事情告诉了他。

"这个玛丽·格兰特真是个勇敢的姑娘!"听了海伦娜夫人的讲述,麦克·那布斯少校说。

"但愿老天开眼,保佑我的丈夫把事情办好!"海伦娜夫人说,"否则两个孩子的状况很难设想。"

少校说:"他应该能办妥,否则海军部的老爷们心肠比铁石还要硬了。"

少校安慰夫人的话虽然有点道理,可海伦娜夫人还是整夜辗转难眠,焦虑不安。

第二天,天才蒙蒙亮,玛丽·格兰特和弟弟就起了床。他们正在城堡的大院里散步,忽然听见车辆的声音。只见格里那凡爵士快马加鞭地赶回了城堡。海伦娜夫人在少校的陪伴下来到院子里,步履急速地迎了上去。

"怎么样啦,爱德华?怎么样?"海伦娜夫人高声问。

格里那凡爵士答道:"亲爱的海伦娜,那些人简直没有心肝!"

"他们拒绝啦?……"

"是的!他们拒绝给我派一条船!他们说,上次为了寻找富兰克林,白白花费了好几百万!他们说我们找到的信件意思不明确,字迹模糊!他们说这几个遇难者已失踪两年,要找到他们谈何容易!他们强词夺理,说遇难者被印第安人俘虏了,应该被拖到内陆去了,他们总不能搜遍整个巴塔哥尼亚去找这三个人吧,——三个苏格兰人!——这类寻找白费工夫,后患无穷,要付出的牺牲人数比要营救的人还多,总之,他们提出许多拒绝的理由。他们对格兰特船长的计划耿耿于怀,所以不幸的格兰特船长注定要完了!"

"父亲!我可怜的父亲!"玛丽·格兰特小姐扑倒在格里那凡爵士的脚下,嚷叫道。

"你的父亲?什么,小姐……"爵士看见一位姑娘扑倒在他的跟前,吃惊地问。

"是的,爱德华,玛丽小姐和她的弟弟是格兰特船长的孩子,海军部要把他们沦为孤儿了!"海伦娜夫人答道。

爵士把姑娘扶起来,说:"啊,小姐,我不知道你们在这儿……"

他再也说不下去了!院子里难堪的沉默,间或被呜咽、抽泣打破静寂,没有一个人高声说话,包括爵士和海伦娜夫人、麦克·那布斯少校。城堡里的仆人静静地围着他们的主人,所有这些苏格兰人都以愤怒的态度抗议着英国政府的行为。

过了一会儿,少校说话了,他问爵士:

"这样说来,没有任何希望了?"

"没有了。"

小罗伯特高声说:"我要去找他们,看看……"

他的话没说完,姐姐制止了他,但他仍紧握拳头,愤愤不平。

玛丽说:"别这样,罗伯特,我们应该感谢这些仁慈的人们为我们做的事,永远不忘他们的恩情,我们该走了。"

"玛丽!"海伦娜夫人叫道。

"小姐,你要去哪儿?"格里那凡爵士问道。

姑娘说:"我要去跪在女王的脚下,看看她是否对两个孩子要救父亲的恳求充耳不闻。"

爵士摇摇头,他并非怀疑女王不发善心,他知道玛丽到不了女王跟前。百姓的诉求很少能到达王座跟前,皇宫门前就如英国人在轮船的舵盘上写着:

勿与舵手交谈。

海伦娜夫人明白丈夫的意思,她知道姑娘的想法不可能实现,想到两个孩子今后将过绝望的生活,她的脑海里突然冒出一个伟大而慷慨的念头。

她高声嚷道:"玛丽·格兰特,等等,我的孩子,听听我要说的话。"

姑娘本来牵着弟弟的手准备离开,听见这话,她站住了。

海伦娜的眼里含着泪,但声音坚定,表情激动,她走向丈夫。

她对他说:"爱德华,格兰特船长写了信,又把信丢进大海,他是把信交付给了上帝,上帝又把信转交给我们,大概上帝希望我们担负起营救遇难者的责任。"

爵士问:"海伦娜,你想说什么?"

在场的全体人员凝神静听。

海伦娜夫人说:"我想说的是,以我们的壮举去度蜜月,亲爱的爱德华。你为了让我高兴,曾计划做一次快乐的远行,那就让我们去营救被国家抛弃的遇难者吧。这难道不是非常有益非常真实的快乐吗?"

爵士高声叫道:"海伦娜!"

"是的,爱德华,你明白我的意思,'邓肯'号是艘坚固结实的好船,它可以顶得住南半球大洋的风浪!需要的时候,它可以环游地球。爱德华,我们出发吧,去寻找格兰特船长!"

爵士听了妻子这番勇敢的话,激动得向她伸出双臂,把她紧搂在胸前,玛丽和罗伯特则感激得吻着她的双手。城堡里的仆人看着这感人的场面,也激动得从心底发出欢呼:

"万岁!万岁!万岁!吕斯夫人万岁!格里那凡爵士和吕斯夫人万岁!"

第 5 章 "邓肯"号起航

我们已经说过海伦娜夫人是个了不起的、慷慨仁慈的人,她刚才的行为就是无可辩驳的明证。爵士很有理由为这位高尚的妻子自豪。她能够理解他,跟随他。在伦敦的时候,看到自己的要求被官方拒绝,他就已经产生了营救格兰特船长的念头。他之所以没有当面向夫人提出来,是因为他难以与妻子分开,现在既然夫人亲口提出来了,他就不再犹豫。城堡里的仆人为夫人的建议欢呼,因为他们去营救的是大家的兄弟,和他们一样,都是苏格兰人,爵士也真诚地为夫人欢呼。

既然已经决定出发,那么一个小时也不能耽搁。当天,爵士派人给约翰·孟格尔船长下达命令,命他把"邓肯"号开到格拉斯哥港。做好到南海航行、可能要环绕地球的准备。海伦娜夫人在提出伟大的建议时,也充分考虑到"邓肯"号的坚固、速度快的优点,可以胜任远航的任务。

"邓肯"号配有最精良的蒸汽发动机,载重量二百一十吨,而最初抵达新大陆的船只,如哥伦布的,韦斯普奇的,品松的,麦哲伦的,吨位都比"邓肯"号的小得多。

"邓肯"号有两根主桅杆:一根为前桅桅杆,分前桅,挂主帆,纵帆桅,小方帆桅,顶桅挂第三层帆;另一大桅杆为后桅挂后桅帆,顶桅;还有三角帆,大触帆,小触帆,很多辅帆。由于帆多,它和快帆船一样,能利用来自各方的风力,但船的运行主要还是靠藏在船侧的最新式的一百六十马力的机器,具有高压性能,可以加大气压以加快双螺旋桨的转动,"邓肯"号开足马力,达到的速度超过当时所有轮船的最高时速。在克莱德湾试航时,根据航速仪的测试,最高时速为十七海里,这样的速度可以做环球航行,约翰船长只需安排船内的事务。

约翰·孟格尔船长第一件要做的事是扩大煤舱,尽量装更多的煤,因为途中即使注意节省燃料,燃料的补充也是很困难的事;他还要扩大粮舱,储备两年需用的食粮;钱不缺,他甚至购置了一门炮,安放在船头的甲板上面,它可以发射八磅重的炮弹,射程四海里。

约翰·孟格尔船长虽然开的是一条游船,却是航海高手,是格拉斯哥港的优秀船长。他刚满三十岁,表情有点严峻,却看得出他勇敢善良。他从小就在爵士家长大,并被培养成优秀的水手,在几次远航中都表现得精明冷静。当爵士把"邓肯"号交给他的时候,他非常乐意地接受了,因为他爱戴这位玛考姆城堡的主人,就如爱戴自己的兄长,而且一直找不到机会向他表达自己的忠诚。

大副汤姆·奥斯丁是个足可以让人信任的老水手。"邓肯"号的全体人员包括船长和大副共二十五人,都是邓巴顿郡久经考验的水手,也是爵士家族的佃农的后代。这是一支由勇敢的人组成的团体,甚至连传统的风笛手都不缺。爵士这支勇敢、热爱职业、能熟练使用武器的队伍,听到出海的命令,欢呼声响彻邓巴顿的山谷。

约翰除了扩充煤舱和粮舱,也不忘装饰爵士夫妇的卧房,安排格兰特船长的儿女的住房,因为海伦娜夫人答应他们跟随"邓肯"号远航。

如果不让小罗伯特跟去,他也会藏到货舱里,偷偷跟着去的。即使你让他和纳尔逊①与富兰克林年轻时那样,去过习水手的艰苦生活,他也毫不畏惧。这个小大人像条好汉。大家知道他的决心不会动摇,都不阻挠他。而且他不愿以乘客的身份上船,他要在船上提供服务,出一份力,干什么活都行。约翰船长负责给他传授航海知识。

小罗伯特说:"如果我学不好,您就用皮鞭抽我。"

"我不会抽你的,孩子。"船长一本正经地说,船上早就禁止使用"九尾猫"这类皮鞭了。

麦克·那布斯少校在乘客的名单上。他五十岁,五官端正,神色安详,为人温良恭俭让,总是以他人的意见为重,不和人争执,也从不发火,凡事都镇定自若,泰然处之。他在战场上表现得超乎寻常的勇敢,不仅因为体格健硕,还因为有胆识。他的缺点就是从头到脚都是绝对的苏格兰人,纯粹的喀里多尼亚人。他严格遵守家乡的风俗,因此他不愿为大英帝国服役,他的少校军衔还是在高地黑卫队第四十二团获得的,而黑卫队里的成员都是清一色的苏格兰贵族。少校以表兄的身份长住玛考姆城堡。他认为他这个少校登上"邓肯"号是很自然的事。

这就是"邓肯"号上全体人员的情况。现在"邓肯"号游船为了意想不到

---

① 纳尔逊(1758—1805),英国海军著名将领。

的发现而要做惊人的远航,因此船到了格拉斯哥港,引起民众的好奇。每天到船上来参观的人络绎不绝。人人都在谈论它、关心它,停泊在港口的其他船的船长们大为扫兴,特别是"邓肯"号旁边的"苏格提亚"号的船长勃尔通,他的船也非常漂亮,准备开往加尔各答。

"邓肯"号游船比"苏格提亚"号小得多,"苏格提亚"号完全可以把它视作观光船,然而民众都把目光投到它身上,而且对它的关注日甚一日。

出发的日子快到了,约翰船长精明干练,"邓肯"号在克莱德湾试航后仅一个月,船就完全改装完毕,燃料和粮食也储备充足。万事俱备,只欠东风了。出航日子定于8月25日,这样春天到来之前,船可到达南纬海域。

得知格里那凡爵士的计划后,颇有几个人以航行的艰险疲累劝阻爵士,但他丝毫不予理会,执意离开玛考姆堡。劝阻他的人其实也钦佩他,公众舆论和所有报纸,除了官方报纸,都表示赞赏苏格兰爵士的壮举,一致谴责海军部的行为。对外界的褒贬,爵士均无动于衷,只知尽其职责,不顾其余。

8月24日,格里那凡爵士、海伦娜夫人、少校麦克·那布斯、玛丽和罗伯特·格兰特、司务长奥比内先生,以及海伦娜夫人的贴身女侍奥比内夫人离开了玛考姆城堡,城堡内的所有仆人热烈地欢送他们。几个小时之后,他们在船上安顿停当。格拉斯哥港的民众怀着崇敬、爱戴的心情欢送海伦娜夫人,大家认为这位勇敢年轻的女性抛弃安逸舒适的平静生活,飞去救助遇难者,是他们的骄傲。

格里那凡爵士夫妇的房间在"邓肯"号船尾的楼舱里,两间卧室,一间客厅,两间盥洗室。船上有一间公用的方形厅,厅的四周是六个舱房,由格兰特姐弟、奥比内夫妇和少校住,约翰船长和奥斯丁的舱房朝向上甲板,方形大厅的另一头。船员们住在统舱里,地方宽敞舒适。因为船里除了装燃料、粮食、武器,没有装载其他物品,约翰船长可以充分地利用这些空间。

"邓肯"号决定在8月24日到25日起航,清晨三时海水退潮。起航前,格拉斯哥民众目睹了令人感动的仪式。晚上八点,格里那凡爵士和参加救援的人员全体下船,前往格拉斯哥古老的圣蒙戈教堂。这座教堂是宗教改革造成的废墟当中尚完整的古教堂,司各特曾用美妙的词句描绘过它。现在"邓肯"号的水手和乘客穿过它厚实的拱门,一大群民众陪同他们。可敬的摩尔顿牧师为他们祈福,求神明保佑他们远航顺利。古老教堂也响彻着少女玛丽·格兰特的声音,她为恩人们祈祷,并在上帝面前流下她感激的泪水。随后全体人员怀着无限的深情退出教堂。

十一点,大家都回到船上。船长和船员们忙忙碌碌,做最后的准备。

午夜时分，锅炉生火，船长下令加足燃料。很快，大股浓烟与海上的夜雾混在一起。船上所有的帆全部卷起在帆罩里，以免被浓烟熏黑，因为当时刮的是西南风，不利于风帆运行。

深夜两点，"邓肯"号在轮机的起动下开始震颤，气压计标明压力四级，过热的蒸气在阀门下哧哧响，大海平潮，夜色中可以辨别出夹在浮标与石标间的克莱德航道，标志灯渐渐在晨曦中暗淡，该起航了。

船长派人请格里那凡爵士，爵士马上跑到甲板上。

很快，他们感觉到了海水退潮，"邓肯"号在响亮的汽笛声中缓缓启动，缆绳松开，脱离四周的船只，螺旋桨转动，游船进入克莱德湾航道。约翰船长没有找领航员，他对克莱德湾的情况了如指掌。在他的船上，没有一个人的操作胜过他，他默默地一手把着舵，一手操纵机器，泰然自若。不一会儿，河岸边小山冈上疏疏落落的别墅被最后几家工厂代替，城市的喧嚣在远处消失。

一小时后，"邓肯"号擦过邓巴顿的巉岩；两个小时之后，它到了克莱德湾。清晨六点，它绕过坎太尔岬，驶出北海峡，开始在大西洋上航行。

第 6 章　六号舱的乘客

在大西洋航行的第一天,大海波涛汹涌,傍晚时风力增强,"邓肯"号剧烈地颠簸,船上的女士们不敢到甲板上来,都躺在舱房里,这样好受些。

第二天,风向转了,约翰船长命水手们挂上主帆、纵帆和小前帆,这样"邓肯"号就能压住波涛,颠簸没先前剧烈了。海伦娜夫人和玛丽天一亮就在甲板上会合,还有爵士,少校和船长。日出的景象非常壮观,朝阳如同镀金的盘子,从洋面上升起,大西洋则如无边际的电浴池,"邓肯"号在灿烂辉煌的金光中滑行,它的帆就好像是被阳光鼓起来似的。

他们静静地凝视着日出的壮丽景象。

"多么美丽的日出啊!"海伦娜夫人终于说话了,"美好的一天开始了,但愿风向不变,'邓肯'号一帆风顺。"

"是的,亲爱的海伦娜,风向再好不过了,远航这样顺利,我们真走运。"爵士说道。

"亲爱的爱德华,这次远航需要很长时间吗?"

"这就要问我们的船长了,"爵士答道,"约翰,船运行得怎么样?你对这条船满意吗?"

"我非常满意,阁下。"约翰答道,"这是条奇妙的船,水手踏上它都会高兴。船体和机器结合得再好不过,您看它划出的航迹多平坦,遇浪避得多轻巧,时速十七海里,如果保持这个速度,十天后就可以穿过赤道,不用五个星期就可以绕过合恩角。"

"你听见了吗,玛丽,不用五个星期!"海伦娜夫人说道。

"听见了,夫人,"玛丽·格兰特回答,"听船长这么一说,我的心跳得不行。"

爵士问道:"玛丽小姐,你受得了这样的远航吗?"

"爵士,我还好,没有不适的感觉,再说,时间长了就习惯了。"

"那我们的小罗伯特呢?"

"啊,罗伯特吗?"约翰回答道,"他不是钻进轮机舱里,就是爬到桅杆顶上去了,我要给您培养一个不知道什么叫晕船的男孩。瞧,你们看见他了吗?"

大家顺着船长手指的方向朝桅杆望去,只见小罗伯特悬吊在小顶帆的帆索上面,离地面有一百英尺。玛丽不禁吓了一跳。

船长说:"啊,放心好了,小姐,我向您保证,过不了多久,我就会向格兰特船长推荐一个了不起的小水手了。我们很快就能寻找到这位可敬佩的船长了。"

"但愿上帝听到您说的话,约翰先生。"格兰特小姐答道。

爵士说:"我亲爱的孩子,所有这些事都带有天意,给我们带来希望。我们不是自己在航行,而是有人领着我们;我们不用寻找,有人在指引我们。看看我们这些正直的人,都是为了美好的事业聚在一起。我们的事业一定会成功,而且会一路顺风,我答应过海伦娜夫人,要做一次愉快的旅行,除非我说错了,我一定会履行我的诺言。"

"爱德华,你是最好的人。"海伦娜夫人道。

"不是我最好,而是我拥有最好的船员,最好的船。玛丽小姐,你不赞赏我的'邓肯'号吗?"

"爵士,恰恰相反,我赞赏它,而且是以内行人的眼光赞赏它。"玛丽说道。

"啊!真的吗?"

"我从小就在父亲的船上玩耍,也许我的父亲有意把我培养成水手,需要的话,我可以帮忙收帆,编短索,这些活我都能干。"

约翰喊道:"啊,小姐,您说什么?"

爵士说:"如果你说的是真的,你会成为约翰船长的好朋友,因为他认为世界上只有水手的职业最有意义,即使是个女子,他也觉得当个水手最美好。是吧,约翰?"

年轻的船长说:"不错,阁下,可是我觉得格兰特小姐还是待在舱房里比较符合她的身份,她不该到甲板上拉帆索。不过听了她这番话,我心里很高兴。"

爵士说:"特别是她赞美'邓肯'号,你就更开心了。"

约翰说:"'邓肯'号值得赞美啊。"

海伦娜夫人说:"说实话,看你们这么喜欢'邓肯'号,我很想到舱底参观参观,看看水手们在甲板下面是怎样生活的。"

"他们住得很舒服,就像在家里一样。"船长说。

"亲爱的海伦娜,他们真的就像住在家里一样,"爵士帮腔道,"这条船就是我们古老的喀里多尼亚的一部分,是从邓巴顿郡分离出来的一块土地,按天意在海上漂浮而已。我们并没有离开我们的家乡,'邓肯'号就是玛考姆城堡,大洋就是乐蒙湖。"

海伦娜夫人说:"亲爱的爱德华,那就麻烦你让我们参观你的城堡吧。"

"遵命,夫人,先让我通知一声奥比内。"

奥比内是"邓肯"号上的司务长,城堡出色的管家,他虽是苏格兰人,却像法国厨师那样精于烹调。他聪明、能干,充满热情,听见主人传唤,马上跑上前来。

"奥比内,午饭前我们去转一转。"爵士说,好像他要去塔比特或卡特琳湖边散步一样,"我希望我们回来的时候,午饭已经摆好了。"

奥比内一本正经地鞠了个躬。

海伦娜夫人问少校:"少校,您陪我们去吗?"

少校说:"我听您的命令。"

爵士说:"啊,少校正忙着抽他的雪茄,吞云吐雾呢,别扫他的兴了,玛丽小姐,我给您介绍一下,他是个不住口的烟民,睡觉也抽。"

少校点头表示同意。爵士的客人们到中舱下面去了。

少校独自留下来,按照他的习惯,悠然自在,心无旁骛,把自己包裹在浓浓的烟雾中。他一动不动,眼睛凝视着船后划过的浪迹,几分钟之后,他转过身,突然看见面前站着个陌生人。因为从未见过此人,他吃惊不小。

这个人高个子、干瘦,约莫四十岁,长得像长长的大头钉,脑袋又大又宽,高高的额头、长鼻子、大嘴巴、下巴很翘,眼睛藏在又大又圆的眼镜后面,他的目光具有夜视患者特有的闪烁不定。看他的样子是个聪明快乐的人,没有那些不苟言笑、严肃的人令人讨厌的神气。世界上有些人道貌岸然,其实内心龌龊,但他看上去绝不是这类人。他随和、亲切、不讲客套,看得出是个好好先生。他还没开口说话,就能看得出他是个话匣子;从他的视而不见,听而不闻的神态,看得出他是个大大咧咧的人。他头戴一顶旅行便帽,足蹬黄色高帮厚皮鞋,腿上套着皮护套,身穿栗色绒长裤、栗色呢绒上衣;衣服上有许多衣兜,塞满了记事本、皮夹子等物件,上身还斜挎着一架望远镜。

这个陌生人的活跃好动与少校的心静如水形成奇特的对照。陌生人在少校的四周转悠,看着他,用眼睛询问他,少校却没有反应,没问他从何处来,要去哪儿,为什么来到"邓肯"号上。

这位神秘的人物见他的动静没有引起少校的关注,便拿起望远镜,遥看远处水天相接的地平线。他的望远镜可以拉长到四英尺。只见他叉开双腿,好像大路上的杆子,看了五分钟。然后放下望远镜,手按着顶端,挂着它,就像挂着的是拐杖。然而望远镜是一节一节套起来的,活动关节一松动,就缩在一起。他失去支撑点,差点跌倒在桅杆脚下。

看见这情景别人都会忍俊不禁,可是少校连眉头都没皱一下,这人只好死心,不招惹少校了。

"司务长!"他的英语带有外国口音。

他等着,没有人出现。

"司务长!"他提高嗓门,比头一声更响。

奥比内先生正好此时在这儿经过,准备去前甲板的厨房,听见一个他不认识的高个子喊他,大为吃惊。

他想:"这是谁呀?爵士的朋友?不可能呀。"

他上了艉楼,向陌生人走过去。

"您就是船上的司务长?"陌生人问。

"是的,先生,可是,您是哪一位……"

"我是六号舱的乘客。"

"六号舱?"

"是的,请问您贵姓?"

"奥比内。"

"很好,奥比内,我的朋友,该开早饭了,而且越快越好,我已经三十六个小时没吃饭了,应该说我已经睡了三十六个小时。我从巴黎一口气跑到格拉斯哥,提这点要求不过分吧,请问,几点钟开饭?"

"九点。"奥比内随口答道。

陌生人想看几点钟了,但他摸了九个口袋才找到手表。

"还好,不到八点,奥比内,能给我点饼干和一杯白葡萄酒吗,我等不了啦,快饿晕了。"

奥比内听得一头雾水,可陌生人还在絮絮叨叨,东拉西扯,说个没完。

"对了,船长在哪儿?还没起床吗?那么大副呢?他也在睡大觉?幸亏今天天气好,顺风顺水,没人管船也能航行……"

正在此时,船长约翰出现在艉楼的梯子上。

"他就是船长。"奥比内说。

"很高兴认识您,勃尔通船长。"陌生人高声喊。

看见有个陌生人在船上,约翰已经吃了一惊,何况此人还喊他勃尔通,他更是莫名其妙。

陌生人还在说:"请允许我向您致敬,前天晚上我没有这样做,因为船刚起航,不便打扰您,可是今天,船长,我真的很高兴和您认识了。"

约翰船长睁大眼睛,看看陌生人,又看看奥比内。

陌生人又说道："现在我做了自我介绍，亲爱的船长，我们就是老朋友了，我们聊聊吧，请告诉我，您对您的'苏格提亚'号满意吗？"

约翰不禁问道："什么'苏格提亚'号？"

"就是这条载着我们的船啊，有人向我夸耀这条船，也夸它的船长勃尔通，非洲有位旅行家也姓勃尔通，您是他的亲戚吗？他是个勇敢的人，祝贺您有这么一位亲戚！"

约翰说："先生，我不但不是旅行家勃尔通的亲戚，也不是勃尔通船长。"

"啊，那您是'苏格提亚'号的勃内斯大副了？"

"勃内斯？"约翰猜到几分事实的真相了，但他不知道对方是神经有问题还是个冒失鬼，他正要解释清楚，格里那凡爵士和他的夫人，还有玛丽小姐这时也到艉楼来了，陌生人看见他们，立即喊起来：

"啊！有男乘客，还有女乘客！好极了。勃内斯先生，请您给我介绍介绍……"

"啊！有男乘客，还有女乘客！好极了。勃内斯先生，请您给我介绍介绍……"

还没等约翰反应过来,他已经很亲热地走过去,对玛丽小姐称"夫人,"对海伦娜称"小姐",对爵士称"先生"。

约翰说:"这是格里那凡爵士。"

陌生人于是说:"爵士,请允许我做个自我介绍。在海上,我们就不用过于讲究礼节了,我希望我们很快能够熟悉起来,有这些女士做伴,乘'苏格提亚'号远航就不觉得时间漫长了,而且会觉得很愉快。"

海伦娜和玛丽无言以对,她们不明白"邓肯"号的艉楼怎么会出现这个入侵者。

爵士问:"先生,请问您是谁?"

"我是雅克·艾利亚桑·弗朗索瓦·玛丽·巴加内尔,巴黎地理学会秘书,柏林、孟买、达姆施塔特、莱比锡、伦敦、彼得堡、维也纳、纽约等地的地理学会的通讯会员,东印度皇家地理和人种学会的名誉会员。我研究了二十年地理,现在想要实地考察,到印度去,把伟大的地理学家的事业向前推进一步。"

第 7 章　巴加内尔的来历与去向

这个地理学会的秘书应该是个可爱的人，他说的这番话也挺风趣。此外，格里那凡爵士也很了解面前的这位先生。爵士知晓他的名声和业绩：他对地理学的研究、他在地理学协会的杂志上发表的有关新发现的报告，以及他和全世界地理学界的通讯，使他成为法国最出色的学者之一。因此爵士热情地把手伸给这位不速之客，并且说道：

"现在我们已经彼此相识，巴加内尔先生，您允许我向您提一个问题。"

"爵士，提二十个问题都可以，对于我来说，和您交谈永远都是件很愉快的事。"雅克·巴加内尔说道。

"您是前天晚上到这条船上来的吗？"

"是呀，爵士，前天晚上八点钟，我从喀里多尼亚来的火车跳到马车上，又从马车跳到'苏格提亚'号。我在巴黎订了六号舱，当晚天很黑，我在船上没看见一个人。赶了三十个钟头的路，我累极了，也知道要避免晕船，上船的头几天最好的办法就是躺下睡觉、别动，我便倒头大睡，睡了三十六个小时。请你们相信我说的都是实话。"

听了他的话，大家终于明白他是怎样跑到这条船上来的了。这位法国旅行家上错了船。当"邓肯"号上的人员去圣蒙戈教堂祈祷的时候，巴加内尔先生便上了这条船。一切都可以解释了。如果这位博学的学者知道这条船的名字、它要开往何处，他会说什么呢？

"巴加内尔先生，"爵士说道，"您选加尔各答作为您的旅行终点？"

"是的，爵士，看看印度是我一辈子的愿望，美好的梦想，我终于可以到神秘的大象国去实现梦想了。"

"那么，巴加内尔先生，"爵士道，"您对参观别的国家就毫无兴趣吗？"

"换个地方可不行，爵士，那我可不高兴，因为我还带着给驻印度总督索莫塞爵士的介绍信，还要完成地理学会的任务呢。"

"啊，您还有任务？"

"是啊,我要做一次既有益又有趣的旅行,旅行的计划由我的一位博学的朋友和同事写的,他叫威维安·德·圣马尔丹。我要追随施拉根韦特兄弟、沃格上校、韦伯、霍奇森、于克和加伯两位教士、牟克罗、儒勒·雷米先生以及许多著名旅行家的足迹,继续他们的事业;我要在克里克教士1846年不幸失败的地方取得成功。总之,我要了解灌溉西藏的雅鲁藏布江——它沿着喜马拉雅山的北部,流淌一千五百公里,我要弄清楚它是否在阿萨姆东北部与布拉马普特拉河汇合。哪一位旅行家能够解决了地理学上的这一难题,就能获得金质奖章。"

巴加内尔真是了不起,他口沫横飞,眉飞色舞,展开想象的翅膀,就像莱茵河在沙夫豪森地区倾泻那样滔滔不绝。

爵士沉默片刻之后说:"雅克·巴加内尔先生,您这趟远行确实不错,科学界也会感谢您,可是我不想让您再错下去了,至少此刻,您必须放弃参观印度的快乐了。"

"放弃?为什么?"

"因为您正朝印度半岛的相反方向走。"

"怎么回事?勃尔通船长……"

约翰船长说:"我不是勃尔通船长。"

"可是,'苏格提亚'号……"

"这条船也不是'苏格提亚'号!"

巴加内尔的惊讶表情难以描绘。他轮番看着他们,格里那凡爵士——一本正经;海伦娜夫人和玛丽小姐——一脸的同情和怜悯;约翰船长微笑;麦克那斯少校依然不动声色。他耸耸肩膀,把眼镜推向额头,高声喊道:

"这开的是什么玩笑!"

此时他的目光落到舵盘上,看见了上面两行大字:

邓肯号
格拉斯哥

他绝望地大叫:"'邓肯'号!'邓肯'号!"

然后他冲下楼梯,回自己的舱房去了。

这个倒霉的学者跑得不见踪影之后,船上的人员,除了少校,包括水手们,大家都憋不住,捧腹大笑起来。上错了火车,还不要紧!要去邓巴顿的却上了开往爱丁堡的火车,还可以挽救!可是上错了船,想去印度的,却往智利奔，这不是糊涂到家了吗！

"我并不奇怪，"爵士说，"巴加内尔干出这类糊涂事是家常便饭，常被人传为笑话，有一天他发表一幅著名的美洲地图，却把日本也画了进去。不过这不妨碍他成为出色的学者，法国最好的地理学家之一。"

海伦娜夫人说："我们怎么处理这位可怜的先生呀？我们不可能把他带到巴塔哥尼亚去吧？"

"为什么不可能？"少校说，"是他本人粗心，我们可不负责，难道他上错了火车，我们也叫火车停下来不成？"

海伦娜夫人说："当然不行，到了下一站叫他下去就是了。"

爵士说："如果他愿意，他可以在下一站下船。"

这时候，巴加内尔已确定他的行李在这条船上，又羞愧又可怜，他又回到艉楼，嘴里不停地念叨着这条让他倒霉的船名："'邓肯'号，'邓肯'号！"好像再找不到别的话语。他来来去去，审视游船的桅杆，凝视海面那沉默的地平线，最后向爵士走过去：

"'邓肯'号要去哪儿？"

"巴加内尔先生，去美洲。"

"确切的地点是？……"

"康塞普西翁①。"

"到智利去！到智利去！"倒霉的地理学家大声嚷道，"那我去印度的任务怎么办啊？地理学会主席加特法兹先生该说什么话啊？还有达弗萨先生，高丹伯先生，威维安·德·圣马尔丹先生！我怎样出席学会的会议呀！"

爵士答道："巴加内尔先生，别担心，车到山前必有路，您不过就是耽误了一些时间罢了，雅鲁藏布江还在西藏的山里等着您，我们很快就开往马德拉②，您在那儿找到一条船，把您送到欧洲去。"

"谢谢您，爵士，也只好听天由命了，可以说，这真是奇遇了，只有我老是遇上这些怪事，我在'苏格提亚'号还订有舱房呢！"

"啊，至于'苏格提亚'号，我劝您就暂时别想它了。"

巴加内尔又仔细看了看"邓肯"号，问道："这是一条游船啊？"

船长约翰答道："是的，先生，它是格里那凡爵士的游船。"

爵士说："请您不必客气，放心待在船上吧。"

---

① 康塞普西翁，智利的一个省会。
② 马德拉，大西洋中的一个岛屿。

"万分感谢您的盛情,"巴格内尔答道,"我真的很感动,请允许我发表小小的意见。印度是个美丽的国家,给旅行者不少美好的惊喜,你们几位夫人大概不了解它……男士们只要把舵盘一转,'邓肯'号游船开往加尔各答和开往康塞普西翁一样的容易,反正都是观光旅行……"

他见众人都在摇头,不同意他的建议,便住了嘴。

"巴加内尔先生,"海伦娜夫人说,"如果只是为了游览,我会答应您一起去印度的,爵士也不会反对我。可是'邓肯'号要去援救几个遇难者,他们被抛弃在巴塔哥尼亚海岸,我们不能改变如此人道之举……"

没多长时间,法国旅行家巴加内尔便得悉了全部情况:天缘凑巧得到的几封信、格兰特船长的遭遇、海伦娜夫人慷慨的建议。他很感动。

他说:"夫人,请允许我对您侠胆仁心的善举表示由衷的赞美,愿你们的游船继续它的航程。我会自责,不愿意耽误它一天的时间。"

海伦娜夫人说:"您愿意和我们一起去寻找落难者吗?"

"夫人,这是不可能的,我要完成我的使命,下一个停泊点,我就下船吧。"

约翰船长说:"那就在马德拉岛下去吧。"

"就在马德拉岛吧,它离里斯本只有一百八十法里,我在那儿等船。"

爵士说:"那好,巴加内尔先生,就按您的意愿办吧,我本人很荣幸能留您在船上小住几日,但愿您在我们的团队里不感到厌烦。"

学者高声喊道:"啊,爵士,我庆幸我错上了这条船呢,不过我也太可笑了,我要去印度,却上了去美洲的船!"

巴加内尔有点遗憾,只好决定接受现实,耽搁些时间。他表现得很可爱,快乐开朗,有时不免暴露出他的粗心。他的好脾气很讨女士的欢心,才过一天,他就成了大家的朋友。在他的要求下,他读了遇难者的信件,认真地研究了很久,认为没有别的解释。他对玛丽姐弟极其关心,他给他们燃起极大的希望。他分析,"邓肯"号必能成功地到达目的地,这使玛丽的脸上露出微笑。说真的,要不是他使命在身,他会全身投入寻找格兰特船长的行动中去!

当他得知海伦娜夫人是威廉·塔夫内尔的女儿,不禁发出惊叹。他认识她的父亲,那是个博学的学者!威廉也是协会的通讯员,他们交换过不少信件!就是威廉,把他和另一名会员马特伯朗介绍相识的!和威廉的女儿一起旅行真是巧遇,这太让他高兴了!

最后他要求海伦娜,让他吻吻她的额头。

海伦娜答应了,虽然她觉得这一举动在英国人看来有点"不太合适"。

第 8 章 "邓肯"号多了一个侠义之人

此时"邓肯"号在非洲北部的海流推送下,很快往赤道驶去。8月30日,他们已经看见马德拉群岛。爵士履行诺言,让客人巴加内尔下船登岸。

"亲爱的爵士,"巴加内尔说道,"我就不和您客气了,在我上错船之前,您曾打算在马德拉停下来吗?"

"没这个打算。"爵士说。

"那好吧,请您允许我将错就错吧。马德拉群岛对于地理学家而言,已没有值得研究的课题。该说的说了,该写的写了。而以种植葡萄著名的马德拉群岛,它的葡萄产量已一落千丈,马德拉差不多没有葡萄了!1813年其葡萄酒的产量为两万两千桶,1845年跌至两千六百六十九桶,现在连五百桶都达不到了,真让人痛心!如果您不觉得有所不便,您介意在加那利群岛停泊吗?"

爵士答道:"那就在加那利群岛停吧,并没有偏离我们的航线。"

"我知道,亲爱的爵士,加那利群岛有三组岛可以研究,更何况还有特纳里夫山峰,我一直想去看看,我要趁此机会,在那儿等船把我带回欧洲,顺便攀登一下这座著名的山。"

"您随意好了,亲爱的巴加内尔先生。"爵士答道,他不由得笑了笑。

他笑得有道理。

因为加那利群岛距马德拉群岛不远,约二百五十海里,对于"邓肯"号这样一艘快船,等于近在咫尺。

8月31日下午两点,船长约翰和巴加内尔在艉楼散步。法国人巴加内尔提出无数有关智利的问题问船长。突然,船长打断他的话,指着南面地平线上的一个点问道:

"巴加内尔先生?"

"什么,亲爱的船长?"学者答道。

"能否把目光投注到这一边,您什么都没看见吗?"

"什么都没看见。"

"您没看对地方,不是看地平线,看上面的云间。"

"看云间?我看了呀,看不见什么……"

"从触桅的辅帆架看过去。"

"什么也没看见呀。"

"您没认真看,尽管相距四十海里,却可以看见特纳里夫山峰就在海平面的上方,您明白我的意思了吧?"

不管巴加内尔是否愿意看,反正几小时之后,特纳里夫山峰就清楚地呈现在他们眼前,除非他承认自己是个盲人。

船长问他:"您看见了吧?"

"是的,看得很清楚,这就是它呀,"他以藐视的口气说,"这就是特纳里夫山峰啊。"

"就是它。"

"它好像并不高嘛。"

"它高出海面一万一千英尺呢。"

"没有勃朗峰高呀。"

"可能。不过您要爬上去,就会觉得它很高了。"

"啊,爬山!亲爱的船长,何必呢,亨伯特先生和邦普朗先生已经爬过了。邦普朗先生真是伟大的天才,他爬过这山,对它的描绘非常详细,没有遗漏之处,他发现它分五个地带,葡萄酒地带,月桂地带,松林地带,阿尔卑斯山系灌木地带,最高处的不毛地带。他一直爬到山顶上,那儿连坐的地方都没有,从山顶四下看,能看到四分之一个西班牙大的地方。他还参观了火山,下到火山口内,到了火已熄灭的喷火口的最深处。您说,我还能在那儿做什么考察呢?"

约翰船长说:"确实如此,没什么可收集的资料了,事情挺烦人的,您得在特纳里夫等船,那儿别指望有太多消遣的地方。"

巴加内尔笑着说:"除了我本人可供别人消遣吧。亲爱的孟格尔船长,佛得角群岛有大的停泊点吗?"

"有呀,在佛得角维拉-普拉亚上船再方便不过。"

"在那儿有个好处不容忽视,"巴加内尔说道,"佛得角群岛离塞内加尔不远,我可以在那儿遇到法国同胞,我知道有人说这群岛没意思,荒凉,不干净,但在地理学家看来,一切都是有意思的。观察就是门科学,有些人不懂观察,旅行时智商和甲壳动物一样,我可不是这类人。"

"巴加内尔先生,您随意吧,我相信,您在佛得角停留会对地理学有所贡献,我们要在那儿停留加煤,您下船对我们没有妨碍。"

船长说完这些话,便将船朝加那利群岛的西边开去,把著名的山峰抛向左后方。"邓肯"号继续快速向前,9月2日清晨5时过了夏至线。此时天气变了,成了雨季的潮湿闷热天气,按西班牙人的说法,是"水季"到了。对旅客们而言,这天气实在难受,但对岛上的非洲居民却有好处,因为这地方没树,缺水,全指望老天下雨才见到水。这时海面波涛汹涌,乘客们不敢到甲板上来,但方形厅的乘客们依然谈笑风生,非常热闹。

9月3日,巴加内尔先生开始收拾行装,准备下船。此时"邓肯"号在佛得角群岛间兜来转去,从沙坟般、荒凉、贫瘠的盐岛前面经过,沿着辽阔的珊瑚礁,从侧面离开圣雅克岛——此岛从北到南贯穿着玄武岩山脉,山脉的两端是高高的小山。然后约翰船长把船开进维拉-普拉亚湾,很快在城市前面八英寻深的海上抛锚。天气异常恶劣,巨浪滔天,惊涛拍岸。港湾虽然避开海风,瓢泼大雨却如急流倒悬,几乎看不见城市,隐约只见它形如阳台的平原,靠在三百英尺高的山岩上,厚厚的雨幕中的海岛格外凄凉。

海伦娜夫人去城里参观的计划泡了汤,船加煤也很困难。乘客们被困在艉楼下面,天上的雨和大海的水交融在一起,白茫茫混沌一片。天气的问题成了船上每日交谈的主题,每个人各有微词,除了少校,对恶劣天气完全无动于衷。巴加内尔来回踱步,一个劲儿地摇头。

"情况不妙啊。"他说。

"风雨在向您挑战呢。"爵士说。

"我定会战胜它们。"

海伦娜夫人说:"这么大的雨,您对付不了的。"

"夫人,我才不怕风雨呢,我就担心我的行李和器材,它们被雨浇了就完了。"

"也就是下船那会儿可怕些,"爵士说,"到了维拉-普拉亚港,您不会住得太差,就是不太干净,和猴子、猪打交道不太愉快,对于一个旅行家而言就不能太苛求了。希望等七八个月您能找到船,载您到欧洲。"

"七八个月!"巴加内尔先生大叫。

"至少七八个月,雨季很少有船到佛得角群岛,您可以利用等船的时间干点有益的事。群岛并不著名,从地形学、气象学、人种学、高度测量等方面都可以研究的。"

"您还可以研究江河。"海伦娜夫人说。

"夫人,这儿没有江河。"巴加内尔说。

"有小河吧?"

"也没有小河。"

"那有溪流啦?"

"小溪也没有。"

"您就研究森林吧。"少校说。

"要有森林,必须有树,那儿没有树。"

"真是美丽的国家!"少校说。

爵士说道:"别泄气,亲爱的巴加内尔,至少还有山啊。"

"啊,山不高,也没什么意思,爵士,再说,已经有人研究过了。"

"已经有人研究过了!"爵士说。

"是的,我就是这么倒霉,"巴加内尔说,"在加那利群岛,亨伯特先生抢在我的前头,在这儿,地质学家德维尔先生又占了先。"

"不可能吧!"

巴加内尔可怜兮兮地说:"就是这么回事啊,这位学者乘坐舰船'坚毅'号在佛得角群岛下船,勘察了福古岛上的火山,我还能做什么呢?"

海伦娜夫人说:"这就遗憾了,巴加内尔先生,您下船后干什么呢?"

巴加内尔好一会儿没说话。

爵士说:"您倒不如在马德拉下船,尽管它不生产葡萄酒。"

巴加内尔还是不作声。

少校说道:"要是我的话,我就在船上等。"他的意思好像说,我就不下船了。

巴加内尔说话了:"亲爱的格里那凡爵士,您打算下一站在哪儿停泊呢?"

"啊,到康塞普西翁之前都不停了。"

"哎呀,我离印度就太远了!"

"话不能这样说,绕过合恩角,您不就更接近印度了吗?"

"倒也是。"

"再说,"爵士非常认真地说,"只要去的是印度,管它是东印度还是西印度呢,没多大关系。"

"没多大关系,此话怎么讲?"

"巴塔哥尼亚草原上的居民和旁遮普的土著都是印度人呀。"

"啊,见鬼,爵士,"巴加内尔叫喊道,"这个道理可是我从未想到过的!"

"还有,亲爱的巴加内尔,在任何地方都可以获得金质奖章,到处都可以做研究工作,到处都可以发现新事物,不管在西藏的山里还是在大山脉中。"

"那雅鲁藏布江呢?"

"好呀,您拿科罗拉多河代替它就行了,这条河没多少人了解,它在地图上任由地理学家凭想象乱画。"

"亲爱的爵士,我知道,这条河在地图上的定位相差好几度。啊!如果我提出这要求,地理协会也会同意我去巴塔哥尼亚,像现在同意我去印度一样。可是我怎么就没想到这个呢?"

"这就是您平时粗心的结果。"

海伦娜夫人以最热情的声音说:"好啦,巴加内尔先生,您就和我们一起走吧。"

"夫人,我的使命怎么办呢?"

爵士说:"我告诉您,我们还要经过麦哲伦海峡。"

"爵士,您在诱惑我呀!"

"我还要告诉您,我们要参观饥饿港!"

"饥饿港!"法国人大叫,他感觉爵士从各个方面都在诱惑他,"在地理书籍中它是很著名的啊!"

海伦娜夫人也说道:"您再考虑看看,您参与我们的事业,将会把法国的名字和苏格兰的名字联在一起。"

"说得不错!"

"地理学家对我们这次远征会做出有益的贡献,把科学应用于人类的事业中,还有什么比这事更美好的呢?"

"夫人,说得太好了!"

"相信我说的话吧,听凭命运的安排,或者说,顺从天意吧,学我们的样子。上天把遇难者的信件送到我们手里,我们出发了;上天又把您送到我们的'邓肯'号船上,您就别离开它了。"

"侠肝义胆的人们,你们要我把这话说出来吗?你们是希望我留下来呀!"巴加内尔说道。

爵士说:"您呢,巴加内尔先生,您也非常想留下来吧?"

"是呀!"地理学家嚷道,"我是担心我提出留下来,你们觉得我太唐突了!"

第 9 章　麦哲伦海峡

　　船上的人得知巴加内尔决定留下来,都表示欢迎。小罗伯特更是欢欣雀跃,他冲动地扑过去搂住巴加内尔的脖子,弄得巴加内尔差点跌倒在地上。巴加内尔说:"好个调皮的小绅士,我要教他学习地理。"

　　约翰船长要把小罗伯特培养成水手,爵士要把他培养成勇士,少校要把他训练成冷静沉着的男孩,海伦娜夫人要把他教育成善良慷慨的人士,玛丽要把弟弟培养成知恩图报、对得起这些先生们的学生。不用说,小罗伯特有朝一日定能成为完美的绅士。

　　"邓肯"号很快就加满了煤,离开这凄凉的海域,向西沿着巴西海岸航行,9月7日,在北风的催送下,越过赤道,进入南半球。

　　横穿大西洋的航行顺风顺水,每个人都充满希望。在这次寻找格兰特船长的远航中,成功的信念日益增长。最有信心的人就是约翰船长,他真心地希望玛丽幸福和得到安慰。他特别关心这位姑娘,虽然他把这种感情埋藏在心底,但除了他和玛丽,船上的人都心照不宣。

　　博学的地理学家巴加内尔也许是南半球最幸福的人,他天天都在研究地图,方形厅里的餐桌上也铺满地图,奥比内先生为此天天和他争论,因为他要在桌子上摆餐具。艉楼上的人员都站在巴加内尔这一边,除了少校——他对地理方面的问题毫无兴趣,尤其是吃饭的时候。巴加内尔在大副的箱子里发现了一大堆破旧的书籍,其中有不少是西班牙文的,他决定学西班牙著名作家塞万提斯的语言,而船上没有一个人懂西班牙语。他认为学会西班牙语对他在智利沿海的研究有利。凭着他的语言天赋,到了康塞普西翁,他一定能流利地运用这门新的语言,因此他非常努力地学习,大家一天到晚都听见他不停地叽里咕噜地读着这种语言。

　　当他有空闲的时候,他不忘教小罗伯特实用的知识,把"邓肯"号途经的那一带历史都讲给他听。

　　9月10日,"邓肯"号到达南纬5°73′、西经31°15′的海上。这一天,格里那凡爵士听到了就连学识渊博的学者也未必知道的历史。

巴加内尔在讲述美洲的历史，"邓肯"号游船正在追随大航海家们的足迹。

首先是哥伦布，巴加内尔说这位著名的热那亚人到死都不知道他发现了新大陆。

听众哗然。巴加内尔依然坚持这个看法：

"这是绝对肯定的事，我绝非贬低哥伦布的业绩，但事实就是事实。十五世纪末，人们只惦着一件事：如何便于与亚洲联系交流，找出一条从西方通往东方的路。一句话，找最短的通往'香料之国'的路，这就是哥伦布的意图。他航行了四次，到达美洲，在库马纳、洪都拉斯、莫斯基托、尼加拉瓜、维拉瓜、哥斯达黎加、巴拿马一带登陆，他却以为这些海岸是日本和中国的领土，到死也没意识到发现了新大陆，这新大陆也没有以他的名字命名！"

爵士说："亲爱的巴加内尔，我愿意相信您说的话，然而您的话让我吃惊，请您告诉我，是哪些航海家弄明白了哥伦布发现的是新大陆？"

"是他的后继者们，首先是奥热达，他曾和哥伦布一起航行，还有品松、韦斯普奇、门多萨、巴斯提达斯、加伯拉尔、索利斯、巴尔伯等。他们沿着美洲东海岸航行，向南画定它们的界限。三百六十年前，他们就和我们一样，被这股海流推动着！瞧，朋友们，我们越过赤道线的地方，正是十五世纪末品松经过的地方，我们现已接近南纬8°，而品松当年正是在南纬8°抵达巴西陆地的。一年后，葡萄牙人加伯拉尔直下，到达塞古罗港。韦斯普奇在1502年第三次远航，向美洲南部挺进；1508年，品松和索利斯一起航行，探索美洲沿岸；1514年索利斯发现了拉巴拉塔河口，在那儿被土著人吃掉了，将绕过美洲南部的光荣留给了麦哲伦。伟大的航海家麦哲伦于1519年率领一支由五条船组成的船队，沿着巴塔哥尼亚海岸朝南挺进，发现了德赛多港，圣胡利安港。在圣胡利安港停泊了很久，麦哲伦又率队到了南纬52°的海域，发现了一千一百处女峡，即现在以他的名字命名的麦哲伦海峡。1520年11月28日，麦哲伦穿过海峡，进入太平洋。啊！当他看见新的大洋在阳光下闪烁时，他是多么高兴啊，激动得心都快跳出来了！"

地理学家的话激起小罗伯特的冲动，他喊道："巴加内尔先生，我真想身临其中啊！"

"我的孩子，我也一样，如果上天让我早生三百年，我也不会放过这个机会！"

海伦娜夫人说："如果您早生三百年，我们会很遗憾的，因为您就不能在'邓肯'号的艉楼上，给我们讲这个故事了。"

"夫人，会有另一个人代替我讲的，他还会告诉您，西海岸的发现该归功于皮萨尔兄弟，这两位勇敢的探险家是这些城市的创建者：库斯科、基多、利马、圣地亚哥、比利亚里卡、瓦尔帕莱索，还有'邓肯'号要带我们去的康塞普西翁。当时，皮萨尔兄弟的发现和麦哲伦的发现不谋而合，美洲海岸线出现在地图上，旧大陆的学者们非常满意。"

小罗伯特说："要是我，我就不会满意。"

"为什么？"玛丽看着喜欢听这类故事的弟弟问道。

"是呀，孩子，为什么？"格里那凡爵士也含着鼓励的微笑问道。

"因为我一定要了解麦哲伦海峡南边的情况。"

"说得好，我的朋友，我也是，我想了解美洲大陆是否延伸到南极，还是和德雷克推测的那样，与南极隔着海洋。爵士，他是您的同乡。因此，如果小罗伯特和巴加内尔出生在十七世纪，他们会跟随荷兰航海家斯豪滕和勒梅尔，去揭开地理大发现的秘密。"

"他们也是学者吗？"海伦娜夫人问。

"不是，他们只是勇敢的商人，他们很少从科学方面探险。当时荷兰有个东印度公司，对麦哲伦海峡的贸易具有绝对的控制权，而从西方到东方亚洲的路，人们只知道通过麦哲伦海峡这一条通道，这种优势造成了它的垄断。有些商人便想寻找另外的海峡，摆脱它的垄断。他们当中有一位名叫伊萨克·勒梅尔的人，十分聪明，受过教育，他出资命他的侄子雅各布·勒梅尔、另一位祖籍合恩的优秀水手威廉·斯豪滕率领远征队，于1615年6月出发，大约比麦哲伦晚了近一百年。他们在火地岛和斯豪滕岛之间发现了勒梅尔海峡。1616年2月16日，他们绕过了著名的合恩角①。这个角叫'风暴角'该比好望角②更名副其实。"

小罗伯特不胜欣羡，嚷叫说："我真想和他们一起探险啊！"

"你会高兴得发狂的，我的孩子，"巴加内尔越说越兴奋，"航海家把新发现标在他们的海图上，他们会怎样的自豪满足、怎样的激动兴奋啊！看着陆地逐渐在眼前形成，一个又一个小岛，一个又一个海岬，就像从波涛中涌现！他们标出的线条开始是模糊的，断断续续的，互不关联的，这儿是一片隔开的土地，那儿是一个孤独的海岬，稍远处是茫茫大海中的海湾。然后新的发现

---

① 合恩角，智利南部合恩岛上的陡峭岬角，位于南美洲最南端，以1616年绕过此角的荷兰航海家斯豪滕的出生地合恩命名。与好望角一样，终年强风不断。
② 好望角，非洲西南端著名的岬角，因多暴风雨，故最初叫"风暴角"。

越来越多,线条连在一起,虚线连成了实线,许多的港湾连成了弯曲的海岸线,许多海岬靠着某些海岸。最后新的大陆出现了,湖泊、江河、山峦、峡谷、平原、村庄、都市,伸延扩展,美丽辉煌,展现在地球上。啊,我的朋友们,大陆的发现是真的伟大!它带给人们的是怎样的兴奋激动和惊喜!现在,大陆就像矿山一样,被人们开采尽了,全被发现了,都被找到了。我们这些人来得太晚了,在地理科学这方面,我们没有用武之地了!"

"有用武之地的,亲爱的巴加内尔。"爵士说。

"在哪儿?"

"我们现在所从事的事业就大有用武之地呀!"

此时"邓肯"号正在韦斯普奇和麦哲伦走过的航道上快速行驶。9月15日,"邓肯"号越过了南回归线(冬至线),船头对着著名的麦哲伦海峡的入口,巴塔哥尼亚的南部海岸遥遥相望,像一条线,呈现在地平线上,几乎看不见。船在十海里之外,巴加内尔的著名望远镜只能使人对美洲海岸有个模糊印象。

9月25日,"邓肯"号到了与麦哲伦海峡同一纬度的海面,毫不犹豫地进入海峡。船只一般都喜欢通过这条路线进入太平洋。海峡的真正长度只有三百七十六海里,到处都可以停泊最大吨位的船只。船只甚至可以靠近海岸行驶,海底平坦。这里还有许多淡水站、鱼源丰富的河流、猎物繁多的树林。二十多处停泊点安全方便。总之,有着勒梅尔海峡、不停地被风暴光顾的合恩角所缺少的无数好处。

航行的最初几个小时,也就是开始的六十到八十海里的航程,一直到格里高利角,海岸低矮多沙。雅克·巴加内尔不放过海峡细微的地理变化。在穿越海峡的三十六小时里,他目不转睛地,在南半球灿烂的阳光下观赏两岸移动的风景。北岸不见人影,南岸只有几个可怜巴巴的火地岛人在光秃秃的岩石上游荡。

巴加内尔没看到巴塔哥尼亚人,很有点遗憾和不快,他的同伴却觉得好笑。

"巴塔哥尼亚没有巴塔哥尼亚人,怎么能算是巴塔哥尼亚呢?"巴加内尔说。

"别着急,地理学家,我们会看到巴塔哥尼亚人的。"爵士说。

"那可不一定。"

"他们是存在的呀!"海伦娜夫人说。

"夫人,我怀疑他们是否存在,因为我没看到他们。"

"巴塔哥尼亚人这个名称来自西班牙语,即'大脚'之意,该不是想象出来的吧?"

巴加内尔说:"名称不说明问题,"他好像存心要挑起争论,"再说,大家不知道他们叫什么人。"

"少校,您知道吗?"爵士大声问。

"我不知道,我在苏格兰的书里没有读过。"少校说。

"然而您听说过啊,冷漠的少校!"巴加内尔说,"麦哲伦把这个地方的印第安土著人称为巴塔哥尼亚人,火地人称他们为提尔门人,智利人称他们为高卡惠人,卡门的移民称他们为特惠尔什人,阿劳坎尼亚人称他们为惠立什人,他们则自称'依纳肯'人。试问,我们怎么知道名称这么多的民族是否存在呢?"

海伦娜夫人说:"说得有理有据啊!"

爵士说:"就算我们的朋友巴加内尔说得有理,我想他也要承认,即使巴塔哥尼亚人的名称值得怀疑,至少他们长得高大是肯定的吧?"

巴加内尔说:"我从不同意这种看法。"

爵士说:"他们确实高大啊。"

"我不知道。"

海伦娜夫人问:"那他们矮喽?"

"没有人能肯定这一点。"

"那么不高不矮喽?"少校采取折中的说法。

"我更不知道了。"巴加内尔说。

爵士大声说:"您这样说就有点过分了,见过巴塔哥尼亚人的旅行家们就……"

"他们的说法也不一致,"巴加内尔说,"麦哲伦就说过,他的脑袋还不到他们的腰呢。"

"那就是说他们长得很高啦。"

"是呀,可是德雷克却说,最高的巴塔哥尼亚人还没有普通的英格兰人高。"

少校不屑地说:"啊,英格兰人嘛,可能;苏格兰人就不一样了!"

"加文迪斯肯定说他们又强壮又高大,"巴加内尔说,"霍金斯说他们像巨人,勒梅尔和斯豪滕说他们身高十一英尺。"

"好呀,这些人可信吧?"

"是的,但伍德和纳波罗、法尔克纳却说他们中等身材,这也是真的吧?拜伦·拉吉罗德、波根维尔、瓦利斯、卡特莱说他们身高一般六点六英尺,而最了解这一带地域的学者多比尼先生却说他们中等身材,身高五点四英尺。"

"这么多矛盾的说法中,哪个才是事实呀?"海伦娜夫人说。

"夫人,您问哪个才是事实,真的就是,他们上身长下身短,有人开玩笑说,他们坐着高六英尺,站着五英尺。"

"这话妙极了,亲爱的学者,说得好!"爵士说。

"他们根本不存在,"巴加内尔说,"各种说法就统一了。最后,朋友们,我提醒大家注意,这件事可是令大家开心的,就是没有巴塔哥尼亚人,麦哲伦海峡还是很漂亮的!"

此时"邓肯"号正绕着布伦瑞克半岛航行,两边的风景美丽迷人。"邓肯"号绕过格里高利角,行进了七十海里,著名的奔德·亚利拿监狱被抛到右舷后面。好一会儿,智利的国旗和教堂的钟楼出现在树林之间,海峡在厚重的花岗岩间奔跑;山把它们的脚藏在无边无际的树林里面,终年积雪的脑袋隐没在天上的云层里;西南面,六千五百英尺高的塔尔恩峰高耸入云;夜幕降临前,黄昏迟迟不肯退去,余晖渐次暗淡,色调柔和,天上繁星闪烁,南天的星座来了,为航海者指明通往南极的航向。朦胧的夜色中,星光代替文明海岸的灯塔。游船没有在沿途便利的海湾停泊,继续勇敢地前进。有时,船上的桅桁掠过垂柳般的南极桦的枝杈,有时,船后的螺旋桨翻动海水,惊动了雁鹅、鸭、鸥、以及栖息在沼泽地带的各种水鸟。不久,出现了废墟,几处倒塌的断墙残壁在夜色中更显宏伟。这是荒废了的殖民地的凄凉遗迹,向丰饶的海岸和猎物富足的森林表示抗议。"邓肯"号正在经过饥饿港。

1581年,西班牙人萨明多领着四百移民来到这儿定居,建立圣菲利普城。极度的严寒冻死了不少移民,没冻死的又被饿死。1587年,"加文迪斯"号海船来到这里,只找到四百人中的最后一个幸存者,这人在这有六百年历史的废墟里挣扎了六年,行将饿死。

"邓肯"号沿着这些荒凉的海岸航行。天亮时,它来到狭窄的航道。两岸尽是榉树、榛树、桦树的森林,林间突现出青葱翠绿的小山头,长着粗壮叶冬青的小丘、尖峭的山峰,布克兰纪念塔高耸其中。"邓肯"号经过圣尼古拉湾口,从前它是法国人的海湾,由布干维尔命名。远处有大群的海豹和巨鲸在玩耍,船离它们有四海里远,却可以看到巨鲸喷出的水柱。最后船绕过佛罗厄德角,冬季的残冰还竖立在那儿。海峡对面的火地岛上,那高达六千英尺的萨明多峰,岩层重叠,四周云带缭绕,宛如一座空中的岛屿。到了佛罗厄德角,就真的走到了美洲的尽头,合恩角只不过是南纬56°以下海中的一群礁石而已。

绕过尖端，海峡变窄了，一边是布伦瑞克半岛，另一边是德索拉西翁岛。德索拉西翁岛是一个长形岛，四周有成千的小岛环绕，就像一条大鲸鱼搁浅在大片的卵石滩上。南美的末端支离破碎，而非洲、澳大利亚、印度的尖端整齐清晰，它们之间的差别多大啊！是怎样的大变故如此粉碎了这被抛在两个大洋之间的巨大的海岬呢？

经过了肥沃富饶的海岸，眼前的海岸是连绵不断的光秃秃的蛮荒之地，无数个错综复杂、迷宫般的峡谷把地面弄得凹凸不平，"邓肯"号毫无差错地，毫不犹豫地顺着弯弯曲曲的航道拐弯抹角地航行，喷出的浓烟和岩石间的海雾混成一片。海岸上有西班牙人开设的已荒废了的商行，"邓肯"号经过它们时，没有放慢速度。转过塔马尔角，航道又开阔了，绕过纳尔伯勒群岛的陡岸，靠着西岸航行。最后，在海峡里转悠了三十六个小时，他们看见德索拉西翁岛最末端的皮拉尔角，上面山岩兀立，浩瀚的波光闪烁的大海展现在他们面前。雅克·巴加内尔激动万分，他挥动手臂，欢呼雀跃，就像当年麦哲伦的"三位一体"号被太平洋上的微风吹得倾斜了一般。

第 10 章　在南纬37°线上

绕过皮拉雷斯角,"邓肯"号开足马力航行了八天,抵达塔尔卡瓦诺湾。海湾景色壮美,长十二海里,宽九海里。这里的气候宜人,从11月到第二年的3月,天气晴朗,万里无云,经常吹凉爽的南风,安第斯山脉像屏障般挡住北风。约翰船长遵照爵士的命令,船紧靠着济罗岛和美洲西海岸无数零星的小岛航行,以便于搜索。几块烂船板,一根断桅杆,一截人手加工过的小木料,都有可能给"邓肯"号提供"不列颠尼亚"号沉没的线索。然而找不到蛛丝马迹。"邓肯"号只好继续前行,最后停泊在塔尔卡瓦诺港。这时距它离开克莱德多雾的海湾已经有四十二天了。

船刚刚停稳,爵士便命人放下小艇,巴加内尔跟着他,把小艇一直划到栅状突堤的脚下,然后上岸。巴加内尔这个博学的地理学家想趁此机会试试他刻苦学到的西班牙语,可是土著人根本听不懂他说的话,他很是惊讶。

"是我的口音不对吗?"他怀疑道。

"我们到海关去吧。"爵士说。

在海关,人们用几个英文字母外加表情动作,告诉他们英国领事馆在康塞普西翁,一个小时的路程。爵士很快就找到了两匹快马,不一会儿,两人就跨过了康塞普西翁的城墙。城很大,是皮萨尔兄弟出色的伙伴、天才的冒险家瓦第维亚创建的。

昔日繁荣热闹的城市,如今何等的萧条颓败!该城常遭土著人劫掠,1819年一场大火,财物被焚毁一空,屋宇毁坏坍塌,墙壁还有被火焚烧后黑乎乎的痕迹。现在该城已被塔尔卡瓦诺超过,居民已不足八千人。市民懒惰,街道长满野草,没有商业,没有活动,不可能搞贸易,每家的阳台传出曼陀林的琴声,凄凉的琴声透过百叶窗传出来,从前到处是青壮年的康塞普西翁古城,如今成了只有妇孺的村落。

爵士无心追究城市萧条的原因,不管巴加内尔如何怂恿他探讨这个问题,他心急如火,容不得片刻的耽搁,马上去找英国领事彭托克。领事彬彬有礼地接待了爵士,听闻格兰特船长遇难的事后,立即答应负责在沿海一带调查。

至于三桅船"不列颠尼亚"号是否在智利或阿劳坎尼亚海的37°线附近失事的问题,得到的答复都是否定的。英国领事和其他国家的领事都没有收到有关这类事情的报告。爵士没有泄气,他返回塔尔卡瓦诺,大费周章,四处奔走,不惜金钱,雇人到各海岸寻查,仍然踏破铁鞋无觅处。向沿海居民做的调查也没有结果。只好下此结论:"不列颠尼亚"号在这里没有留下任何失事的痕迹。

爵士只好回去把调查无果的情况告诉船上的伙伴们。玛丽和弟弟无法控制他们的痛苦。"邓肯"号抵达塔尔卡瓦诺已经六天,大家聚集在艉楼。海伦娜夫人无法用语言安慰两个孩子。她能说什么呢?她只能抚慰他们。巴加内尔又拿出那几封信来,全神贯注地仔细察看,似乎要从信中找到新的秘密。他这样足足研究了一个小时,直到爵士叫他。

爵士问道:"巴加内尔先生,您认为我们对信的理解出错了?这些解释不合逻辑?"

巴加内尔没有回答,他在思考。

爵士又问:"是不是我们把出事地点搞错了?就是最笨的人也不会看不懂'巴塔哥尼亚'这几个字吧?"

巴加内尔还是沉默。

爵士又说:"印第安人(indien)这几个字母不符合我们的推断?"

"绝对没错呀。"少校说。

"这不是很明显,遇难者在写信的时候,已经料到他们会成为印第安人的俘虏了吗?"

巴加内尔终于开口了:"在这儿我要打断您的话了,亲爱的爵士,其他的推断我认为都很正确,唯独这最后一点我觉得不太合理。"

海伦娜夫人问道:"那您的看法是什么呢?"大家的目光此时都盯着巴加内尔。

"我认为,"巴加内尔口气很肯定,"格兰特船长写信时已落到印第安人的手里了,信写得很清楚,无须怀疑!"

玛丽说:"先生,请您做个解释。"

"亲爱的玛丽,解释再容易不过了,信中的空白,我们不应该理解为'将被俘',应该理解为'已被俘',一切不是很清楚了吗?"

"这不可能!"爵士说。

"为什么不可能,我尊贵的朋友?"巴加内尔微笑着问。

"因为瓶子只能是在船触礁时扔到海里的,在那里,才会得出信中所写的经纬度啊!"

"这种说法毫无根据,"巴加内尔的态度非常激烈,"难道遇难者被印第安人抓到内地后,就不能想办法扔下这个瓶子,让人知道他们被俘的地点了?"

"道理很简单,亲爱的巴加内尔,要把瓶子扔在海里,扔瓶的地方一定要有海啊!"

"没有海,不可以扔到入海的河里吗?"巴加内尔说。

听到这意料之外的话,大家都惊住了,说不出话来。然而这话又是合乎情理的。巴加内尔看见他们的眼睛里放出惊喜的光,明白他们又充满了新的希望。海伦娜夫人第一个说话了。

她嚷道:"这倒是一种见解啊!"

巴加内尔得意地说:"应该说是绝妙的见解!"

爵士说:"那么,您的看法是……"

"我认为首先要测出南纬37°到美洲海岸的距离,然后从这海岸出发,沿37°线,不偏离半度,向内陆找,一直找到大西洋,也许我们在这37°线上会找到'不列颠尼亚'号的遇难者。"

少校说:"希望很小!"

"不管希望多么小,我们也不能放弃,"巴加内尔道,"如果我的推测正确,瓶子真的是从某条内河流到海里去的,我们就一定能找到他们的线索,你们来看看这张地图吧,朋友们!我要你们完全相信我的推断。"

说着,他在桌子上摊开一张智利和阿根廷各省的地图。

"你们看,"他说,"我们一起来一次横穿美洲大陆的旅游吧!跨过狭长的智利,越过安第斯山脉,走到南美大草原去,这个地区缺江、河、水流吗?不缺,这是内格罗河,科罗拉多河,它们有很多支流,都被南纬37°线穿过,这些河都可以把信送往大海啊!我们称之为'我们的朋友'的人,可能正在这些地方,也许在一个土著人的部落里,在印第安人的手中,在这些外界不了解的河岸,在这里的山谷中等待上天派人来营救他们!我们能让他们失望吗?你们都赞成沿着我在地图上指出的这条直线,去这一带地区寻找他们吧?万一我又错了,我们也不能放弃沿着37°线找下去!为了寻找、营救遇难者,需要的话,我们愿意沿37°线绕地球一周!"

他的态度慷慨激昂,大家都深受感动,一个个站起来和他握手,表示赞同。

小罗伯特嚷道:"是的,我的父亲就在这里!"他的眼睛死盯着地图,好像要把它吞下去。

爵士说:"我的孩子,你的父亲在哪里,我们就一定会去那里找他。我们的朋友巴加内尔的解释合乎逻辑,我们应该毫不犹豫地沿着他画的这条线去寻找。格兰特船长不是落在大群印第安人的手中,就是落在小部落的土著人手中。如果在小部落,我们可以亲自把他们救出来,如果在大群的印第安人手中,我们首先把情况弄清楚,返回东海岸,乘'邓肯'号到布宜诺斯艾利斯去招一队人马,由少校把他们组织起来,训练训练,就足以对付阿根廷各省的印第安人了。"

船长约翰说:"好,好极了!阁下!我要补充一句,这次横跨美洲大陆,我们会安全完成的!"

巴加内尔说:"不仅安全,也不会太疲劳。许多人的装备不如我们,也不像我们这样受到崇高精神的鼓舞,他们也都做过这样的旅行。1782年,不是有个叫维拉摩的人从卡门走到高低岩吗?1806年,有个智利人,康斯普西翁省的法官堂·路易斯,从安图谷出发,越过安第斯山,走了四十天,不是也走到布宜诺斯艾利斯了吗?还有卡西亚上校、多比尼先生,还有我们可敬的同事穆西博士,他们不是都走遍了这个地区吗?他们为了科学可以这样做,我们为了救人,就不能这样做吗?"

"先生!先生,"玛丽感动得声音颤抖,"您这样仗义,不畏危险,我们该怎样感谢您呢?"

"危险?"巴加内尔嚷道,"谁说有危险了?"

"不是我说的!"小罗伯特回答,他的眼睛闪闪发亮,目光坚定。

巴加内尔又说:"危险?有危险吗?我们干的是什么事情?是一次只有三百五十英里的旅行!而且我们走的是直线,这条直线所处的纬度和在北半球的西班牙、西西里岛、希腊所处的纬度相同,因此,气候也大致一样。这次的行程最多不超过一个月,我们等于去散步!"

海伦娜夫人问道:"巴加内尔先生,您认为落在印第安人手里的遇难者的安全会得到保障吗?"

"我认为应当得到保障,夫人,印第安人不是吃人的野兽啊!绝对不是!我在地理学会认识一个法国人,季纳尔先生,他被草原区的印第安人抓去,吃了三年的苦头,受了不少罪,但他经受了考验,胜利归来。在这些地区,欧洲人被看成是有用的动物,印第安人知道他们的价值,爱护他们就像爱护值钱的牲口。"

格里那凡爵士说:"好吧,不要再犹豫了,我们该出发了,我们该走哪一条路?"

"走一条易走的,笔直的路吧。"巴加内尔说,"开始走山路,然后爬安第斯山东麓的小斜坡,最后走平坦的绿草如茵的铺了沙的平原,就像逛花园。"

"让我们看看地图吧!"麦克·那布斯少校说。

"地图在这里,亲爱的麦克·那布斯,我们从智利海岸的鲁美那角和卡内罗湾之间37°线的这端出发,穿过阿劳坎尼亚首府,从安图谷火山北面的通道绕过高低岩,然后走下连绵的山坡,横渡内乌康河和科罗拉多河,到达潘帕斯草原区。然后走过盐湖,涉过瓜米尼河,再越过塔巴尔康山,就到了布宜诺斯艾利斯省的边界了。越过边界,爬过坦迪尔山,沿途寻找,我们可以一直找到大西洋岸边的梅达诺角。"

巴加内尔一面说,一面列举出征要经过的地方,他无须看眼前摆着的地图。他曾熟读佛勒雪、毛里纳、亨伯持、米艾尔、多比尼等人的著作,他的记忆力很强,不出错是当然的,列举完一系列的地名后,他补充说:

"亲爱的朋友们,这条路是笔直的,只需三十天就可以走完,海上不顺风的话,'邓肯'号会比我们晚到东海岸。"

约翰问道:"'邓肯'号到达东海岸后,应该在科连特斯角和圣安东尼角之间巡航吧?"

"完全正确。"

"这次远征该去多少人呢?"爵士问道。

"人越少越好,我们只是去打探格兰特船长的下落,不是去和印第安人打仗。我们的领头人当然是爵士,少校也该当仁不让,还有你们的仆人雅克·巴加内尔……"

小罗伯特叫了起来:"还有我呢。"

玛丽叫道:"罗伯特!罗伯特!"

巴加内尔说:"为什么不让他去呢?旅行锻炼年轻人,所以,我们四个,再加三名'邓肯'号的水手……"

约翰对他的主人说:"怎么,阁下不要我吗?"

爵士说:"亲爱的约翰,我们把女眷们留在船上,她们可是我们最珍贵的人,谁照顾她们呢?难道不是忠诚的'邓肯'号的船长吗?"

海伦娜夫人说:"那么我们不能陪你们去了?"她的眼睛蒙了一层愁云。

爵士说:"亲爱的海伦娜,我们的旅行是要迅速完成的,分离的时间很短暂,而且……"

"朋友,我理解,那么去吧,祝你们成功!"海伦娜夫人说。

"而且这也不是旅行。"巴加内尔说。

"那是什么呢?"海伦娜夫人问。

"只不过就是一个来回罢了,我们这一去必定回来,不过如此。就如人间的善人,尽量做善事,我们的座右铭就是'一路行走一路做善事'。"

巴加内尔的这句话结束了这场讨论,其实不是讨论而是交谈,大家的观点是一样的,无所谓讨论。当天开始做准备工作,大家决定,这次出征不张扬,悄悄进行,以免惊动印第安人。

出发日期定在10月14日,挑选随行的水手时,水手们都表示愿意效劳。爵士很为难,他决定听凭命运安排,不伤这些勇敢的水手的好意,他命他们抽签,抽到签的是大副汤姆·奥斯丁、水手威尔逊和穆拉迪。威尔逊是条壮汉,穆拉迪是拳击好手,曾经战胜过伦敦的拳击大王汤姆·塞约斯。

抽到签的是大副汤姆·奥斯丁、水手威尔逊和穆拉迪。

爵士为了能按时出发，尽极大努力做准备工作；约翰决心要在远征队之前到达阿根廷海岸，他加紧储存燃料煤，以便立即出海。两人就像在竞赛。

10月14日，预定的日期到了，大家都做好了准备。出发前，"邓肯"号全体成员聚集在方形厅里，"邓肯"号准备出海，螺旋桨在翻动塔尔卡瓦诺湾清澈的海水。爵士、巴加内尔、少校、小罗伯特、奥斯丁、威尔逊、穆拉迪挎着马枪和高特牌手枪准备离开船只，向导牵着骡子在栅状突堤那边等候着。

爵士终于说道："是时候了。"

"朋友，去吧。"海伦娜夫人克制着激动的心情，说道。

爵士把她拉到怀里，小罗伯特扑上去搂住姐姐的脖子。

雅克·巴加内尔说："现在，亲爱的伙伴们，让我们最后握握手，到大西洋岸再会了！"

大家并不满足于握手，他们拥抱了这位可敬的学者。

大家上了甲板，七位出征者离开船，很快上了岸。"邓肯"号紧贴着岸边行进。

海伦娜夫人在艉楼上最后一次高喊：

"朋友们，愿上帝帮助你们！"

"上帝会帮助我们的，夫人，相信我们吧，我们也会互相帮助的！"巴加内尔喊道。

"开船！"约翰向轮机手发令。

"我们上路吧！"爵士也说。

陆地上的一行人快马扬鞭，沿着海岸飞奔；"邓肯"号开足马力向远洋行进。

第 11 章 穿越智利

格里那凡爵士雇用的由当地土著人组成的骡夫队伍共有三个大人一个孩子。队长是在当地生活了二十年的英国人,他的职业就是把骡子租给旅行者,领他们通过大山脉的各条路,然后把他们交给一个阿根廷向导,他熟悉草原的路径。这个英国人没有完全忘记自己的母语,他成天和骡子和印第安人打交道,也可以和说英语的旅行者交谈,这样就方便爵士与他交流,表达自己的意图。爵士赶紧利用这个条件,因为当地人还是听不懂巴加内尔的西班牙语。

智利人称骡夫队长为"卡塔巴"。这个队长有三个助手,两个大人是骡夫,当地人叫"陪翁";还有一个十二岁的小帮手。按当地的习惯,两个成年骡夫步行,负责照应驮行李的骡子,孩子骑着一匹名叫"阿德林娜"挂着铃铛的小母马,在骡队的前面带路,后面跟着十匹骡子。七名旅客各骑一匹骡子,队长骑一匹,剩下的两匹驮行李、食物和几捆布匹——这些布匹用于讨好平原上的酋长。因此这支横穿南美的队伍,从安全和速度方面看,条件是再好不过的了。

跨越安第斯山不是普通的旅行,必须雇用阿根廷出产的强壮的骡子,它们发育得比原始品种好,不挑食,每天只喝一次水,八小时走四十公里,驮十四阿罗伯①的重物也不吃力。

在这条连接两个大洋的路上,没有客栈,风餐露宿,吃的是干肉、辣椒拌饭、路上捕猎到的野味。喝的是山里急流、平原溪流的水,几滴朗姆酒,酒装在牛角做的"西壶"里,每个人一壶。但在山区,必须当心别喝太多酒精饮料,它容易刺激神经系统。睡觉的铺盖则装在马鞍里,马鞍的土名叫"勒加多",用"贝里翁"土羊皮制成,一面被鞣制过,一面留有羊毛,用绣花的宽带子捆在马背上。旅客裹在暖和的被褥里面,不怕夜晚的潮湿,可以美美地睡上一觉。

---

① 当地人的计量单位,一个阿罗伯等于十一公斤多。——原注

爵士出惯远门,深谙旅行之道,极易适应各地的风俗习惯,他给自己和同伴们置办了智利服装。巴加内尔和小罗伯特真是两个孩子,一个是大孩子,一个是小孩子,他们把脑袋套进智利大斗篷,脚蹬长皮靴,乐得手舞足蹈。当地人称大斗篷为"篷罩",那是一大块格子花呢,中间挖一个洞,皮靴是用小马后腿上的皮制成的。他们骑的骡子套马具,上鞍,装扮得很是考究漂亮:骡子嘴里咬着的是阿拉伯嚼铁,鞭子用的是长长的皮缰绳,笼头用金属装饰,两个颜色鲜艳的褡裢挎在骡背的两端,里面装着当天的干粮。巴加内尔粗心的毛病依旧,跨上骡背时总是不小心,几乎总要挨骡子踢上几脚。片刻不离的望远镜斜挎在身上,上了骡背,他就两脚紧踏脚镫,由着骡子摇晃颠簸。而小罗伯特呢,上了骡背,瞧他那架势,就知道他会成为出色的骑手。

这支小队伍出发了。天气晴朗,天空澄碧,尽管烈日当空,但海风习习,空气清爽。他们沿着蜿蜒曲折的塔尔卡瓦诺湾快速行走,向南走三十英里,他们就到了37°线的末端。第一天,他们行色匆匆,穿过以前是沼泽地的芦苇丛,大家很少说话,他们的脑海中还记得和船上的亲人分别时的场面,他们还看得见消失在地平线的"邓肯"号冒出的黑烟。大家都沉默不语,除了巴加内尔,这位勤奋好学的地理学家在用西班牙语自问自答。

队长也是个寡言的人,他的职业也没让他养成好说话的习惯,他和其他骡夫也很少交谈,骡夫也无须他操心,他们对分内的事很在行。骡子站着不走,他们便吆喝它,还不走,就朝它们扔石块,他们扔得可准了;带子松了,缰绳脱了,骡夫就脱下篷罩蒙住骡子的脑袋,把带子和缰绳弄好,让骡子继续前进。

骡夫习惯早上八点吃过早饭出发,走到下午四点休息。爵士按他们的习惯办事。这一天,队长发出休息的信号,队伍刚好走到海湾南端的阿劳科城。他们一直没有离开大洋的岸边。他们还要往西走二十英里,走到卡内罗湾,才到37°线的顶端。滨海地区都走遍了,还是找不到沉船的痕迹。如此找下去大概也是徒劳无益。于是他们决定以阿劳科城为出发点,向东沿直线深入内地寻找。

他们进入阿劳科城,找到一家简陋的小客栈,决定在它的院子里过夜。

阿劳科是阿劳坎尼亚的首府。阿劳坎尼亚是一个长一百法里宽三十法里的国家,居民是毛鲁什族人,是智利族的后裔,诗人爱尔西拉赞美过这高傲强悍的民族,在南北美洲中,只有他们没有受过外国人的统治。阿劳科城曾一度从属西班牙人,但居民们从来就没有屈服过。当年抵抗西班牙人就如现在抵抗智利人,他们的蓝底白星旗还在构筑了防御工事的山顶上飘扬。

趁着做晚饭的时候,爵士、巴加内尔跟着队长到城里的茅屋间散步。除了一座教堂和一所方济各会修道院的遗址外,没有什么好看的。爵士打听沉船的消息,一无所得。巴加内尔很失望,没人听得懂他的西班牙语。这城里的人说的是阿劳坎尼亚语,这语言直到麦哲伦海峡都通用。巴加内尔的西班牙语说得再好,他们也听不懂。他不能和土著人沟通,他的耳朵派不上用场,只好用眼睛看。毛鲁什族的各种典型人物都活生生地呈现在他的眼前,任由他观察,这个学者很高兴。毛鲁什族的男人高大,扁平的脸,红铜色皮肤,光下巴,目光多疑,脑门宽,脑袋上披着黑长的头发,就像和平时期无所事事的士兵。他们的女人却很吃苦耐劳,干着艰苦的家务活,为主人刷马,擦武器,耕田打猎,抽空编制青绿色的篷罩,两年一件,最低可卖五百法郎。

总而言之,毛鲁什人不值得关注,风俗粗野,人类的缺点他们都有,只有一个优点,就是热爱独立。

散步回来,吃晚饭的时候,巴加内尔说:"他们真是一群斯巴达人啊!"

这位可敬的学者说话太夸张了。后来他又说,他在阿劳科城散步的时候,他那颗法国人的心跳得很凶,大家听了莫名其妙。少校要他解释心跳的原因。他说心跳是很自然的事,因为前不久他的法国同胞做过阿劳坎尼亚的国王。少校问国王的名字,他很自豪地说出那个正直的托纳先生,是个了不起的人,在法国佩里格做过诉讼代理人,满脸胡子,后来做了阿劳坎尼亚的国王,后来又因"忘恩负义"被赶下台。少校听了微微一笑,巴加内尔却一本正经地说,诉讼代理人做好国王,比国王做诉讼代理人容易,大家听了这席话笑起来,都喝了几滴玉米酒,为阿劳坎尼亚前国王奥来利·安东尼一世的健康干杯。几分钟后,他们都在自己的篷罩里呼呼大睡了。

第二天八点,小母马"阿德林娜"走在队伍的前面,骡夫们压尾,队伍向东,沿着37°线前进。穿过阿劳坎尼亚盛产葡萄和羊的肥沃土地之后,沿途人烟越来越少,走了很远都看不到闻名美洲、被印第安练马人称为"拉斯特阿多"的茅屋。偶尔见到的是废弃的驿站,它们现在是平原上流浪的土著人遮风挡雨的地方。这一天,他们遇到两条拦路的河流:拉克河和杜巴尔河。骡夫队长发现河里有浅滩,带大家涉水安全渡过。不久,安第斯山脉出现在眼前,一座座圆丘连绵不断,还有向北伸延的峭峰,景象壮伟,山脉就像支撑这新世界的脊梁,他们看见的还只是它的最低部分。

下午四点,走了三十五英里的路程,他们在野外停了下来,在一棵大石榴树下歇息。卸了缰的骡子在草场上悠闲地吃草。大家吃干肉和辣椒饭。饭后,把被褥铺到地上,就在上面歇息睡觉。骡夫们轮流睡觉守夜。

既然天气这么好,既然包括小罗伯特在内的全队人员都身体健康,既然这趟旅行开始得如此顺利,他们就应该乘胜追击,如同在赌场上碰到牌运。这是大家的意见。第二天,大家走得更快,安全渡过急流之后,晚上在西班牙属智利和独立的智利边界河岸"比奥比奥"露宿;爵士发动远征队又走了三十五英里。这一带地方情况没什么大变化,还是土地肥沃,长满了宫人草,木本紫罗兰,曼陀罗花和金花仙人掌。动物呢,除了蹲伏在丛林里的黑斑虎外,只有鸟类,如鹭鸶,鸱鸮、躲避鹞鹰的鹇鹦、黄雀。他们很少见到土著人,偶尔遇到几个印第安人和西班牙人的混血儿"瓜索",他们的赤脚上套着大马刺,骑着被刺得流血的马,幽灵般隐现,在原野上奔驰,路上找不到可以打听消息的人。爵士寻思,如果格兰特船长被印第安人俘虏,一定被带到山那边去了,只能到山那边的草原打听,在这边找不到。那么必须坚持不懈地向前。

17日,大家又按往常的时间和顺序出发。只有小罗伯特不守本分,任性地走到小母马的前面,他骑的骡子很受罪。爵士必须严厉吆喝他,他才回到

骡夫队长发现河里有浅滩,带大家涉水安全渡过。

原位。

地形开始变化。道路崎岖,凹凸不平,说明前面该是山路了。溪流也多了起来,溪水沿着山路流淌,巴加内尔不时翻看地图,看见地图上有些溪流没有标出来,他就生气,那神情又可爱又可笑。

"没有名字就像人没有籍贯!"他愤怒地说,"按地理学的法律,就表示它不存在。"

于是他当仁不让地给溪流冠上名称,标在地图上。这些名称用的都是西班牙文中最响亮最好听的词。

他总是说:"西班牙语真美妙,像是用金属构成的,起码含有78%的铜,22%的锡,这可是大铸钟的青铜啊!"

爵士问道:"您的西班牙语有进步吗?"

"亲爱的爵士,当然有啦!要是不带口音就好啦!我有口音!"

为了更好地发音,巴加内尔一边赶路一边练发音,把嗓子都练哑了,他也没忘发表他对这一带地理环境的评论,在这方面他是内行,再也找不到比他强的了。爵士向队长打听当地的特色时,他总是抢在队长的前面答话,弄得队长很惊奇。

这天将近十点钟,他们来到一个十字路口,爵士指着那条横向的路问队长通向哪儿,巴加内尔又抢先回答:"从云贝尔通向洛杉矶。"

爵士看看队长,队长答道:"完全正确。"

队长问巴加内尔:"您来过这儿?"

"来过。"巴加内尔一本正经地答道。

"骑骡子来的?"

"不,坐安乐椅来的。"

队长没听懂,他耸耸肩,走到队伍前面去了。

下午五点,这队人马来到不太深的山坳里停下来,它离小城洛哈几英里远。那天夜里,队伍在山下露宿,这儿是安第斯山脉最低的阶梯处。

第 12 章　凌空一万二千英尺

穿越智利的远征到现在为止都没有出现任何严重的险阻。但翻山越岭面临的困难和危险呈现在眼前，和大自然的斗争真正开始了。

出发之前有个重要问题必须解决：走哪条路翻越安第斯山，才不会偏离原定的路线？队长被问到这个问题。

队长回答说："高低岩这一带，我只知道两条路。"

"是不是以前门多萨发现的瓦尔迪维亚？"巴加内尔问。

"正是。"

"还有维拉里卡山以南的维拉里卡路？"

"没错。"

"啊，朋友，走这两条路都有一个问题，不是偏了北就是偏了南。"

"您能指出另一条路吗？"少校问。

"当然可以，我们可以走安图谷小路，它在南纬37°30′的火山坡上，高度只有一千托瓦兹①，离我们预定的路线只差半度。这条小路是过去查密迪奥·德·克鲁兹找出来的。"

爵士说："好啊，队长，您认得这条路吗？"

"认得，爵士。我走过这条路。可是这是条很小的路，山东面的印第安牧人赶牲口就走这条路。"

"那好，朋友，"爵士说，"印第安人的牛马羊群能走这条路，我们也能走，而且这条路在我们原定的路线上，我们就走这条小路吧。"

出发的信号马上发出，他们进入拉斯雷哈斯山谷，两边是大块的石灰岩，大家沿着几乎察觉不到的坡度往上走，十一点左右，来到小湖旁，绕着湖岸走。小湖是天然的蓄水池，附近的小河流水汇聚到这儿，流水潺潺，湖水清澄得像一面明静的镜子。湖岸上边是宽阔的高原，长满了葱翠的青草，印第安

---

① 托瓦兹，法国古代长度单位，1托瓦兹等于1.949米。

人就在这儿放牧牛羊。然后是从南向北延伸的沼泽地,幸好有骡子,也就过去了。中午一时,他们来到一座山峰前面,山峰上有座巴勒那城堡,像一顶王冠戴在峰顶的山岩上。队伍从堡旁过去,山路越来越陡峭,大大小小的碎石在骡蹄下滚动,像隆隆响的碎石瀑布。快三点时,他们又看见壮美的被摧毁的城堡废墟,这是1770年土著人暴动的遗迹。

巴加内尔发出感慨:"高山还不足以把人隔开?还要添上堡垒!"

往下走的路开始艰险难走,坡更陡路更窄,山谷深不见底。骡子的鼻子贴着地,嗅着路缓缓地行进,人只能一个紧跟一个。有时碰到陡弯,不见了小马阿德林娜的踪影,大家就听它的铃声。有时弯曲的山路把队伍折成平行的两个队伍,领头的队长可以和压尾的骡夫谈话,两人中间隔着不可跨越的鸿沟,这鸿沟宽不到两托瓦兹,却深达两百托瓦兹!

这一带的草本植物本来还在反抗岩石的入侵,但在此地他们已感觉到矿石在抢夺植物的地盘,看到几道铁青色的熔岩及竖起的针状黄色结晶体,他们明白离安图谷火山不远了。岩石成堆成堆地垒在一起,相互依靠重叠,因为不符合平衡定律,随时都会倒塌。很明显,地壳的激变很容易改变它们的外观,只要看看倾侧的山峰,歪倒的小丘和穹丘,不难明白这地区的山势还没有最后定型。

在这样的情况下,路就很难辨认。安第斯山在不断变化,原来标定的路标可能改变了位置,队长犹豫着,常常停下来,四面环顾,看岩石的形状,在易碎的石头上辨认印第安人是否走过,要辨认方向变得不可能了。

爵士寸步不离地跟着向导。他理解,也感觉到向导随着路的难走越来越烦恼,他不敢问。他想,骡夫应该和骡子一样,也有认路的本能,最好还是仰仗向导吧。

整整一个小时,向导都不知道该走哪条路,他带着队伍向上攀爬,最后走到很窄的山谷,就是印第安人称为"格伯拉达"的峡谷,面前一块高耸的云斑石峭壁堵住了去路。向导找了好一阵子,找不到出路,只好停下来,从骡背上跳下,交叉着双臂,沉思着。爵士走近他,问道:"迷路了?"

"没有,爵士。"

"我们不在安图谷小路上了?"

"还在。"

"您没认错吧?"

"没有,您看,这是印第安人烧篝火留下的灰烬。那边是羊群马群走过的痕迹。"

"也就是说,有人走过这条路!"

"是的,但是现在过不去了,最近的一次地震把这条路堵住了……"

"骡子走不过,人可以走吧!"少校说。

"啊,那是你们的事。我已尽力,如果你们愿意倒回去,到高低岩去找别的路,我和我的骡子很乐意奉陪。"向导说。

"那要耽搁多少时间?"

"至少三天。"

爵士静静地听着向导说话,很明显向导考虑的是他的买卖条件,他的骡子不能往前走了,向导(骡夫队长)提出往回走的建议,爵士闻言,转身问他的同伴们:"你们愿意继续走下去吗?"

奥斯丁回答说:"我们愿意跟您走。"

巴加内尔加了一句:"我们还要走在您的前面,总之,问题在哪儿呢?不过就是要越过这座山,山那边是很容易走的下坡路!下了坡,我们就找到阿根廷的'巴加诺',他会领我们过草原,还有在草原上奔驰的快马,不要犹豫了,往前走吧。"

爵士的同伴们高声喊道:"前进!"

爵士问骡夫队长:"您不能陪我们往前走了?"

"我是领骡子的。"骡夫队长说。

"随您的意思办吧。"

巴加内尔说:"我们可以不用他陪,翻过这座峭壁,我们又能找回安图谷小路,我比高低岩最好的向导还能干,能领你们直接到山下。"

爵士于是和骡夫队长结了账,辞退了他、骡夫和骡子。七个人分担背武器、干粮和工具的任务。大家一致同意立即爬山,需要时不妨赶夜路。左边的斜坡有一条陡峭的小路,骡子确实不能走过去,攀登的难度很大,但经过两个小时的曲折和疲累,爵士和他的伙伴又走上了安图谷小路。

此时他们才真正踏上安第斯山,离高低岩最高的山脊不远。最近的一次地震把整个地区震得一塌糊涂,原来的大路和小径都不见了踪影,他们只好往高处攀爬。巴加内尔找不到可行的路,也没了主意,只好鼓动大家努力往上爬,到达安第斯山的山顶。山很高,平均高度在一万一千到一万二千英尺之间。非常幸运的是,天空晴朗,气候宜人。如果在冬季,5月到10月,这样上山是不可能的,严寒会危及性命,即使没被冻死,也躲不过这里特有的被当地人称为"腾渤拉尔"的飓风,每年高低岩的深沟里都填满了尸体。

他们攀爬了整整一夜:手扳石缝攀爬不可攀爬的岩石;跳过又深又宽的

壕沟；手拉手代替绳索；用肩膀作梯。这群大无畏的汉子就如马戏团的演员，不要命地表演空中飞人的杂技。此时正是强壮的穆拉迪、灵巧的威尔逊大显身手的好时机，这两位勇敢的苏格兰人像有分身的本领，帮这个帮那个，好多次，如果没有他们的忠诚和勇敢，这支小队伍不可能过去。爵士时时关照着小罗伯特，担心他年小活跃有什么闪失。巴加内尔呢，以法国人特有的疯狂前进；而少校呢，必须动作时才动作，恰如其分，不紧不慢不慌不忙地往上攀登，他好像不知道他已爬了几个小时，就像下山一样轻松。

　　清晨五点，根据气压计的测算，他们已爬到七千五百英尺高，也就是到了次生带——乔木带的尽头。一些动物在这儿奔跳，猎人看见会喜出望外，还会发财。它们也知道猎人会捕获它们，所以远远看见人类就逃得没影。它们是山里珍贵的动物羊驼马，代替了羊、牛、马，生活在骡子也没有的地方。还有毛丝鼠，温和胆小的小啮齿动物，毛茸茸的，像野兔又像野鼠，后腿长，又像袋鼠。看着这轻巧的动物在树顶上跑来跑去，像松鼠一样，非常可爱。

　　巴加内尔说："它不是鸟，但也不是四足兽。"

　　这些动物还不是山里的最后居民，在九千英尺高的终年积雪的地带，成群结队地生活着美丽得无与伦比的反刍动物，满身丝绒般长毛的羊驼；另一种无角山羊，羊毛很细，外形漂亮，神气高傲，博物学家称它们为"小羊驼"。但你别想靠近它，只要看见人，它就转眼间毫无声息地逃到耀眼的白雪地里。

　　天刚破晓。这个钟点，整个地区的外貌完全改变。湛蓝色的大冰块在绝壁上四处耸立，在曙光照耀下闪闪发光。这时爬山非常危险，不探索清楚冰面的情况根本不敢前行。威尔逊走在队伍的前面，小心用脚试探冰面，其他队员踏着他的脚印走，也不敢高声说话，担心声浪把悬在七八百尺高的雪团震落下来。

　　此时他们登上了高山灌木带，再上二百五十托瓦兹，灌木就要让位给禾本科植物和仙人掌类植物。到了一万一千英尺的高度，这些植物放弃了干旱的土地，植物的痕迹全然消失。八点钟，他们只休息了一次，吃点东西以增加体力，接着以超人的勇气，冒着越来越狰狞的凶险往上攀登。他们爬过尖利的冰凌，跨过不敢往下看的深沟，很多地方的路旁插满了木十字架，说明这是事故多发地带。快到下午两点钟，陡峭的山峰间出现了一片不毛之地。空气干燥，天空湛蓝，在这样的高地上，水蒸气成不了雨，或者雪和冰雹。这儿那儿，斑岩和玄武岩的山峰像死人骨架的骨头戳穿了白色裹尸布，风刮着，时不时地，硅石和片麻石分解倒塌。由于空气稀薄，只见大石滚动不闻其声响。

　　这支队伍虽然勇气十足，但已力不从心。爵士看见伙伴们已竭尽全力，

这个钟点,整个地区的外貌完全改变。湛蓝色的大冰块在绝壁上四处耸立,在曙光照耀下闪闪发光。

后悔在山里走得太远,小罗伯特累得体力不支,虽然死命撑着,也挪不动脚步了。

三点钟,爵士停住了脚步。

看见大家不愿提出停下的建议,他说:"我们必须歇一会儿。"

巴加内尔说:"歇一会儿?我们在哪儿歇脚啊。"

"我们必须歇歇,要为小罗伯特着想。"

勇敢的小罗伯特说:"不用歇,爵士,我还可以走,你们别停下来……"

巴加内尔说:"我们背你吧,孩子,我们无论如何要赶到东边的山坡去,那边能找到藏身的茅棚。请大家再走两个小时。"

爵士问:"大家同意吗?"

伙伴们说:"同意!"

穆拉迪加了一句:"我来背孩子吧!"

大家朝东方继续前行。又是两个小时艰苦卓绝的攀登。大家一直往山顶爬,空气越来越稀薄。呼吸困难产生了痛苦难受的压迫感,这种感觉被称为"普那"。由于缺乏平衡,牙龈和嘴唇出血,也许是雪的影响,高山上的雪污浊稀薄了空气,人的呼吸急促,血液循环加快,人就特别疲累,不亚于阳光在雪上反射造成的后果。这些勇士虽然意志坚强,但再强壮的体魄也难以支撑。高山上最可怕的眩晕症消耗了他们的体力,也消磨了他们的斗志,心力交瘁的疲累是最难战胜的。不一会儿,跌倒的人越来越多,有好几次站不起来,只好在雪地上爬行。

力竭精疲将了结这拖延得太久的攀登跋涉。茫茫的雪原浸透着隔绝人世之地的严寒,黑夜逐渐笼罩荒凉的峰顶,但他们没有过夜的庇护所。这该怎么办?爵士不由得心生恐惧。就在此时,少校拉住了他,用平静的声音说:

"那儿有间小屋!"

第 13 章　从高低岩下来

除了少校,谁也没有觉察这间小屋的存在,虽然他们在它的旁边、四周或屋顶经过了上百次。屋旁全是岩石,只露出屋顶那块雪地。必须把雪铲掉,威尔逊和穆拉迪花了半个小时的艰苦劳动,才把覆盖屋子入口的雪扒开。全体队员赶紧进去,缩成一团。

这间当地人称为"卡苏萨"的屋子,是印第安人建造的,用的材料是经过太阳晒过的砖头。屋子为正方体状,每面的长宽都是十二英尺,建在雪花岩顶。沿石阶上去,才见唯一的入口——一个小门。门尽管窄小,但如刮起腾薄拉尔飓风来,风雪冰雹照样钻得进去。

小屋可容纳十个人。墙壁不够密封,雨季来临时小屋漏水,却可以抵挡零下十度的严寒;屋内还有带烟囱的炉灶,烟囱虽接得不严,但能生火取暖,有效地抵御外面的严寒。

爵士说:"这儿足可容身,虽然不舒适,但可以避寒,感谢上天把我们领到这儿来!"

"怎么,这还不舒服呀?"巴加内尔说,"这可是王宫啊,就是少了大臣和禁卫军。"

奥斯丁说:"炉灶里生起火来就更好,大家饿了,但更冷。我认为,现在要是有柴火,那比有野味吃更高兴。"

巴加内尔说:"好吧,我去找些柴火来。"

穆拉迪不相信他说的话,摇摇头说:"在高低岩的顶峰找柴火!"

少校说:"屋子里有炉灶,屋外应该能找到柴火。"

爵士说:"我们的朋友麦克·那布斯言之有理,你们准备做晚饭,我去找柴火。"

巴加内尔说:"我和威尔逊陪您去吧。"

小罗伯特站起来说:"我和你们一起去吧?……"

爵士说:"不用你了,你休息吧,我的孩子,你小小年纪,已经在做大人的事了。"

爵士、巴加内尔和威尔逊走出小屋。此时是傍晚六点钟。虽然没有起风,但寒气刺骨,蓝色的天空已经变暗,夕阳的余晖掠过安第斯山的高峰。巴加内尔随身带有气压表,水银柱指出0.495毫米,估计他们现在处于一万一千七百英尺的高地。高低岩的这个地区的海拔比勃朗峰仅低九百一十米,如果这些山也像瑞士的高山那样翻越困难,那么,光是飓风和旋风就够他们受的了。它们发作起来,谁也别想翻过新大陆的屋脊。

爵士和巴加内尔登上斑岩山顶,放眼四顾,极目远眺。他们的立足之地是高低岩的最高峰。俯瞰方圆四十平方英里的土地,东面是坡不算陡的山,人可以滑行,当地的骡夫就在那儿滑下去,一滑就是几百托瓦兹。远处是一行行的石头,冰山滑落时还在滚动的团块,形成一大片冰碛。落日收去余晖,科罗拉多河的河谷渐渐湮没在阴影里,大地上此起彼伏的高原、峰峦、岭嶂渐渐消逝,整个安第斯山的东麓也慢慢地暗淡。西边,阳光依然照耀着西山腰的峭陡山峰和石壁,夕照下的岩石和冰山美得令人目夺神摇。朝北看,连绵起伏的峰峦慢慢地混成一气,就像铅笔画的模糊不清的线条。南面的景象相反,越是黄昏,越是瑰丽壮观。放眼向着荒漠的脱尔比多河谷望去,便可看到安图谷火山。张开的火山口离他们只有两英里远,火山在咆哮,宛如《圣经》中所说的巨兽,喷出炽热的浓烟和褐色火焰的洪流。四周沸腾的群山像着了火,白炽的石霉,暗红的烟云,火箭般的熔岩,汇聚成耀眼的光束,越来越强的闪光和炫目耀眼的爆燃,以其强烈的反光充满圆盘般的谷地。太阳逐渐收去余晖,像颗熄灭的行星,在地平线的黑暗中不见了踪影。

巴加内尔和爵士久久地凝视着眼前地火和天火之间壮丽的斗争,临时充当的樵夫成了观景的艺术家。威尔逊没有他们那份闲情,提醒他们还是现实一些。这儿确实没有木柴,幸好岩石表层附着干枯的苔藓。他采了一大堆,还采了一种拉勒苔,它的根可以烧。这些珍贵的燃料被带回小屋,大家把它们堆进炉里,火很难点燃,即使点燃了也很快就熄灭。空气稀薄,不能提供足够的氧气,这是少校解释的原因。

他还说:"水无须一百度才沸腾。喜欢用一百度沸水煮咖啡的人只好不用一百度水,因为在这个高度,水九十度就沸腾。"

少校的话果然没错。锅里的水沸腾时,他们把温度表插进水里一量,果然只有八十七度。大家美美地喝了几口热咖啡,干肉却好像有点不够,巴加内尔因此想入非非。

他说:"要是有烤驼马肉吃就好了,听说它的肉可以代替牛羊,我真想尝尝看是否属实。"

少校说:"怎么啦,您对我们的晚饭不满意,大学问家巴加内尔?"

"好少校,我满意啊,不过我不否认,要是有盘野味,那就锦上添花了。"

少校说:"您真是个享乐分子。"

"我接受您的这个称呼。不过,少校,您呢,您嘴里这样说,如果有一盘烤肉摆在面前,您不会因为赌气不吃吧?"

少校回答说:"我自然会吃的。"

"如果有人邀您去打猎,您可以不怕寒冷和黑夜,勇往直前吗?"

"那还用问吗,如果您真的想……"

少校的伙伴们还没来得及婉拒巴加内尔的好意,突然从远处传来可怕的吼叫声。吼叫声持续很长时间,不是一两头野兽的叫声,而是成群结队的野兽正在飞奔而来的声音。难道老天爷不但赐给他们小屋,还要赐给他们美味的晚餐?地理学家巴加内尔这样想。爵士却提醒他,高低岩这么高的地方,不可能有四脚兽的。

"那么,这声音打哪儿来的呢?大家听见了吗,它们越来越近了!"奥斯丁问。

"是不是雪崩?"穆拉迪说。

巴加内尔说:"不是雪崩,分明是野兽的吼叫声。"

爵士说:"我们出去看看吧!"

少校拿起他的马枪,说:"我们打猎去。"

大家冲出小屋。屋外,夜幕早已降临,大地一片昏暗,却是满天星斗。月亮还没有升上来,北面和东面的山峰淹没在黑夜中,只可辨认出几座最高的山峰那幽灵般的轮廓。是吼叫声,受伤的野兽的吼叫声!声音越来越近,越来越响,是从高低岩的黑暗中传过来的。发生了什么事?突然,山崩地裂般的巨响迫近了,整个高原似乎都被震动了。奔腾而来的不是几百只或者上千只野兽,而是几十万只!虽然空气稀薄,但吼叫和咆哮的声音如排山倒海,震耳欲聋。是草原上的猛兽,还是这山上的驼马和未角羚呢?爵士、少校、小罗伯特、奥斯丁和另外两名水手还没来得及趴在地上,这股动物旋风就卷到了离他们头上几英尺高的地方,巴加内尔的眼睛是夜视眼,趴着看不见,他站起来,眨眼工夫就被撞倒在地上。

此时枪响了,少校朝前放了一枪。他感觉到一头野兽倒在离他几步远的地方。整个野兽群仍然以不可阻挡之势向前冲去,吼叫声更大了,不久它们就在被火山的反光照亮的山坡上消失了。

"啊，我找到了。"一个声音说，这是巴加内尔的声音。

"您找到什么了？"爵士问。

"找到我的眼镜了。"

"您没受伤吧？"

"没有，被什么东西踩了一下，是什么东西？"

"被这个东西！"少校拖着他刚才开枪打中的东西。

大家赶紧回到小屋里，在炉火下辨认少校打到的野兽。

是一头漂亮的四脚兽。很像是无峰小骆驼，头小，身扁，腿长，毛细软，咖啡色，肚子上有白斑。巴加内尔叫起来："是只原驼啊！"

"原驼是什么？"爵士问。

"一种可以吃的动物。"巴加内尔说道。

"好吃吗？"

"味道不错，仙人吃的佳肴。我就知道晚饭会有野味的，多好的肉啊！谁来剥皮？"

"我来剥吧！"威尔逊说。

"好，我来烤！"巴加内尔说。

"您会做菜吗？巴加内尔先生？"小罗伯特问。

"我当然会啦，孩子，我是法国人，法国人天生就是好厨师。"

五分钟后，巴加内尔就把大块的原驼肉放在拉勒苔根烧成的炭火上面烤起来，又过了十分钟，他就把这可口的肉摆在伙伴们面前，还美其名曰"烤原驼脊肉"。大家不客气了，都大快朵颐起来。

但令地理学家大为吃惊的是，大家才吃了一口，就做起鬼脸来了，还一齐大叫。

一个说："太可怕了！"

另一个说："这东西不能吃！"

可怜的学者也不得不承认，这块烤肉难以下咽，就是饿汉也不会问津。大家都拿他开起玩笑来，嘲笑他的仙肴，他也知道大家在开玩笑。他本人也在追根寻底，为什么应该是美味佳肴的原驼肉到了他的手里就变得这么难吃。这时他的脑海突然闪过一个念头。

他大叫："我明白了，见鬼，我明白了，我找到原因了！"

少校冷静地问："是您烤得过火了吧？"

"非也，您这个爱挑剔的少校，是它跑得太凶了，我怎么会忘了这个？"

奥斯丁问："巴加内尔先生，您这话是什么意思？"

"我的意思是,原驼只有在不活动的时候被宰了才好吃,如果它被赶了太久,跑了很长时间,它的肉就不能吃了,我从它的味道就确认它是从远处来的,那群动物也是。"

爵士问:"您说的都是真的吗?"

"绝对真实。"

"那么,发生了什么事,是什么现象把这群动物吓得魂飞魄散,仓皇逃跑,在本应卧在窝里睡觉的时辰跑出来?"

"这个问题嘛,亲爱的爵士,我无法回答。我们还是休息吧,别想那么多了,我困得要命,我们睡吧,少校?"

"我们睡吧,巴加内尔。"

大家往炉灶里添了柴,钻进了篷罩。过了一会儿,各种音调的鼾声四起,地理学家的是男低音,和大家合奏起一曲和谐的睡眠歌。

唯有爵士难以入睡,他忐忑不安,兽群亡命逃窜的情景历历在目,还有它们那无法解释的惊吓。它们被猛兽追赶吗?这么高的地方会有猛兽吗?猎人就更少了。是什么样的恐怖将它们赶往安图谷的深渊?原因是什么呢?爵士预感到一场巨大的灾难就要来临。

昏昏沉沉的半睡眠状态影响了他的思维,担忧慢慢转变为希望。明天他会在安第斯山的大草原上,开始真正的调查。成功在望。格兰特船长和两名水手就会从被奴役的苦难生活中解救。这些想象很快在脑海中闪过,又出现了火烧得噼啪响的场面,空中飞舞的火花,被火光照亮的伙伴们的脸,墙壁上晃过的怪影。大祸即将来临的恐惧又涌上心头,而且更加强烈。他隐约听见外面有响声,心里纳闷,在荒无人烟的山峰顶上,怎么会有这样的响声呢?

有时他愕然,那来自远方的、震耳欲聋的、很具震慑力的轰隆隆的声音,像雷鸣,却又不像来自天上。好像是风暴,发自山腰,距离山顶几千英尺。真怪!爵士要弄清原因,便走出小屋。

屋外,月亮已经升起,空气清澄宁静,山上山下都没有云,这儿那儿可见安图谷火山的火焰反射过来的几道亮光。没有风暴,没有闪电,天空闪烁着万千颗星星。轰隆隆的声音还在响,好像越来越近,在安第斯山里滚动。爵士更加不安,他返回屋内,心想,这地底下发出来的轰鸣声和原驼的逃亡,是否存在因果关系?他看看手表,现在是清晨两点钟。

他无法确定危险是否迫在眉睫,便没有惊动他劳累过度的伙伴们,他们正在呼呼酣睡呢。他躺下,蒙眬地进入梦乡,这样睡了几个小时。

突然,巨大的爆裂声把他惊醒,震耳欲聋的撞击声,好像无数的炮车在坚硬的地面滚过,爵士突然觉得双脚在往下陷,小屋在摇晃、崩塌。

"不好,危险!"他大喊。

大家都醒了,横七竖八地翻倒在地,被摔到屋外,滚落在陡坡上。天已亮,眼前的景象非常吓人。群山的形状突然变了样,圆锥形的山顶被截去,陡峰摇晃倾倒陷落不见,好像山下新开了几扇大门,它们在那儿溜走了,高低岩山区这种特殊的现象,使整座几英里宽的山移动起来,向平原滑去。

巴加内尔大叫:"这是地震啊!"

他没说错,确实是地震。经常发生在智利山地地区的灾难。可比亚坡城两次被毁,圣地亚哥城在十四年中被震倒过四次。这儿常地震,是因为地下的烈火在燃烧,而火山口不能排泄完地下的热气,人们称这地区为地震带。

这个时候,七个人死命抓住苔藓丛,大山正在以每小时五十英里的特快列车的速度向下急速地滑动。他们头晕眼花,茫然失措,惊恐万分;他们喊不出声,动弹不得,无法逃生,也无法站稳。他们听不见彼此的动静。地底下的轰鸣声,雪崩的爆裂声,岩石的撞击声,碎片状的雪的旋转声,使他们无法互相照应。大山以势不可挡的气势顺溜地向下滑动,时而前后震颤、左右晃荡,就像在海浪中颠簸的船。它掠过深坑,大块的山石被抖落在无底的深渊里,所到之处,千年古树被连根拔起,坡面上突出部分被夷平。安第斯山的东麓被夷成了平滑的斜坡。

试想一下,一块几十亿吨重的物体,从五十度的斜面上向下滑,速度又在不断增加,它的威力有多大啊!

难以形容的坠落会持续多久?谁也无法估计。会落到哪个深渊呢?谁也无法预言。他们是否还攀在原地,是不是都还活着?是不是有人被摔到深坑里?他们怎么知道啊!他们都被高速的滚落弄晕了,被刺骨的寒风冻僵了,被碎雪弄迷糊了。大家都上气不接下气,身体僵直,没了生气,是求生的本能使他们死攀住岩石,做最后的挣扎。

突然,一阵无比强烈的震荡,把他们震出了那庞大的滑车;他们被扔向前方,抛在山脚下的斜坡上;他们往下滚,大山停止滑行,住了脚。

过了几分钟,没有一个人动弹得了。最后有个人爬了起来,虽然头晕眼花,但还是站了起来。他就是少校。他抹抹脸上的泥土,往四周看了看,看见伙伴们都躺在小山坳的下面,互相依靠着,就像弹子落到盘底。

少校数了数,除了一个人,全都僵直地躺着。少了的人是小罗伯特。

第 14 章　天助的一枪

安第斯山高低岩的东麓是长长的斜坡,缓缓地伸展到平原。如今一部分山体掉落到平原,眼前一片新天地:地上铺着厚厚的牧草,矗立着漂亮的树林,数不清的苹果树,苹果林里金黄的果子耀眼夺目,好像法国富饶美丽的诺曼底被切了一块,扔到了这高原地区。几个旅人突然换了环境:荒漠变成了绿洲,白雪皑皑的冰峰变成了绿油油的草地,寒冬变成夏天。

大地恢复平静,不再摇动,地震停下来了,地底下的震力到更远的地方发威去了。因为安第斯山脉地震时有发生,总有地方在震动。这一回的地震太厉害了,山势整个发生了变化。向远处眺望,蓝天衬托着新出现的山峰、峭壁、陡坡,草原上的向导想找以前设置的路标,根本找不到。

可爱的一天就要开始,太阳从太平洋升起,灿烂的阳光照耀着阿根廷平原,还有太平洋的波浪。现在是早晨八点钟。

爵士和他的伙伴在少校的救护下慢慢苏醒过来。他们也只是受了惊吓,没有大问题。他们终于从高低岩上下来了,而且全不费工夫,大自然免费送他们下山,要不是他们当中少了一个孩子,最小的罗伯特,他们还真要鼓掌庆幸呢。

大家都喜爱罗伯特这个勇敢的孩子,尤其巴加内尔。少校虽然不动声色,也和大家一样喜欢罗伯特。最疼爱罗伯特的人还是爵士,得知罗伯特失踪,他绝望极了,他以为孩子掉进深渊里去了,正在呼唤他这个"第二个爸爸"呢。

"朋友们,朋友们,"爵士强忍住眼泪说,"我们必须找到他,必须把他找回来!我们不能就这样扔下他不管!我们一定要找遍每一座山谷,每一道坡,每一个深渊,要找到底!你们用绳子吊着我,我到深渊里去找。你们听见了没有?我要找,求上帝保佑他还活着,没有他,我们还有何脸面去找他的父亲。我们有什么权利因去援救格兰特船长而牺牲他的儿子!"

伙伴们听着他说话,没有回应。他们感觉到他在他们的目光里寻找希望,他们垂下了眼睛。

爵士又说:"你们怎么了?听见我的话了吗,你们为什么不说话?你们都认为没有希望了吗?毫无希望了吗?"

他们好一会儿没说话。后来少校说话了:"朋友们,谁记得小罗伯特是什么时候不见的?"

没有人答话。

少校又说:"高低岩崩塌的时候,那孩子在谁的旁边?"

威尔逊说:"在我旁边。"

"您仔细想想,什么时候您觉得他还在您身边?"

威尔逊答道:"我记得,我们随着山体向下滑到最后的撞击前不到两分钟,罗伯特还在我身边,双手紧紧抓住苔藓。"

"不到两分钟?当心,威尔逊,那时的两分钟您会觉得很长,您没记错吧?"

"我想我没记错,……没错……是不到两分钟!"

少校说:"那时他在您的左边还是右边?"

"在我的左边,我记得他的篷罩还拂过我的脸。"

"而您呢,您在我们的……"

"也是在左边。"

少校说:"这样说来,罗伯特只能是在这边失踪的。"他转身向着大山,指着自己的右边,"从他失踪的时间判断,这孩子大概掉在离地面两英里深的这部分山里了。我们就在这一带找,每个人找一个地段,我们会在这一带找到他的。"

六个人二话不说,马上爬上高低岩的山坡,分别在不同高度的地区寻找。他们在岩石崩塌的路线的右边找了很久,连最小的石缝都看过了,又到被碎石填埋的悬岩下的深坑里找。从坑里上来时,不止一个人的衣服被撕破,手脚被石头划得流出了血。大家真是不要命地找啊,安第斯山的这一带地区,除了根本上不去的山顶,他们都找遍了,找了几个小时,没有一个人想要休息。然而,他们的寻找都是徒劳的。孩子大概死在山里了,或被大石压住,永远葬身深山了。

下午一时左右,爵士和伙伴们精疲力竭,四肢无力,浑身瘫软。他们返回山坳底下,爵士悲痛欲绝,说不出话来,一边叹气一边说:"我不走了,我不走了!"

他的固执成了不变的念头,大家都理解他,都尊重他的固执。

巴加内尔对少校和奥斯丁说："我们就等等吧，休息一下，恢复一下体力，我们需要休息，才能重新寻找，或继续赶路。"

少校说："是的，再待一会儿吧，既然爱德华要待下来，他还抱着希望，可是还有希望吗？"

奥斯丁说："天晓得啊！"

巴加内尔擦擦眼泪，说："可怜的罗伯特！"

山谷里长满了树，少校挑了一棵高大的树搭了个临时帐篷。他们只剩下几块盖布、武器、一点干肉和米饭。不远处有条小河，不过因山崩之故，河水混浊了。穆拉迪在草地上生起火烧水，很快就给主人送去热腾腾的水，让爵士提神。但爵士不肯喝，他非常伤心地躺在篷罩上面。

白天就这样过去了。夜幕降临，和往常的夜晚一样平静安宁。伙伴们都躺下休息，爵士尽管很困，却爬上高低岩的山坡，竖耳聆听，希望能听到呼叫声；他独自向前探索，越走越远，越爬越高，还把耳朵贴在地面上，屏住呼吸和心跳听着，又用绝望的声音呼唤罗伯特。

整整一夜，可怜的爵士在山里走来走去，有时是巴加内尔，有时是少校，跟着他，准备救助他，担心他不小心掉下悬崖或滑下峭壁。但爵士的努力白费了，他的千万声呼叫"罗伯特！罗伯特！"换回来的只是山谷的回声。

天亮了，大家跑到远处的山岭才找到爵士。大家强行把他拉回帐篷。他绝望的面容非常可怕。谁敢对他说"走"字，谁敢劝他离开这不祥的山谷？然而干粮吃完了，估计在不远的前面会遇到骡夫们提到的阿根廷向导和穿过草原需要的马匹。往回走比往前走更困难，而且和"邓肯"号约好在大西洋岸边会合啊，所有理由都是非常严重的，无论如何都不能耽搁了。为了大家的利益，出发的时间不能再拖延了。

少校极力要把爵士从痛苦中拉出来。他说了很久，爵士好像充耳不闻。他半张嘴巴，偶尔吐出几个字："走？"

"是的，走。"

"再等一个小时！"

"好吧，再等一个小时。"可敬的少校说。

一个小时过去了，爵士又恳求再给他一个小时。他就像一个死囚哀求延期行刑。这样一直拖到中午。少校听了大家的意见，不再犹豫，催促爵士动身，因为全体成员的性命就取决于他果断的决定了。

爵士说道："是的，是的，走吧，走吧！"

他一面这样说，一面把眼光从少校身上移开，盯着天空中的一个黑点，突

然，他的手举起来，一动不动地指着那个黑点，像中了风。

"你们看啊，你们看啊，那里，那里！"

大家朝天空看去，朝他指着的方向看去。黑点渐渐变大，看得清楚些了，是只高空翱翔的飞鸟。

"是一只兀鹰。"巴加内尔说。

"是的，是一只兀鹰。"爵士说，"谁知道呢？它飞过来了，它往下飞了，等一等！"

格里那凡爵士期待什么呢？他神志失常了吗？他说："谁知道呢？"巴加内尔说的没错，那是一只兀鹰，现在看得更清楚了。这种大鸟过去被当地人奉为神明，真是南安第斯山之王啊！在这一带地区，它们长得个头很大，气力惊人，能抓起一头牛扔进深渊。它们经常袭击在平原上游荡的羊群、马群，用爪子把它们提到高空，在两万英尺的高空翱翔，这种能力是人类无法匹敌的。因此眼力最好的人也看不见它，但这空中之王却能用锐利的目光俯瞰大地，辨认出最细小的物件，惊人的视力使博物学家为之惊叹。

"这只兀鹰看见了什么？看见了尸体？看见了罗伯特的尸体吗？"爵士死盯着兀鹰，不断念叨着这句话。巨鸟越飞越近，有时在空中盘旋，有时又像自由落体运动，急剧下坠，很快在离地面不到二百托瓦兹的地方兜了几个大圈。大家非常清楚地看到，它展开的双翅起码有十五英尺宽。它矫健的双翅浮在空气中几乎不动，这就是大鸟平稳安详地飞行的特点，只有小鸟每秒都要鼓动翅膀，身躯才不会坠落。

少校和威尔逊都端起马枪。爵士用手势制止他们。兀鹰在距山腰不到四分之一英里的地方翱翔，山腰有座无法攀登的山峰。它以令人头晕目眩的速度盘旋，可怕的铁爪子张开又合上，摇动它头上的肉冠。

爵士喊叫："在那儿，在那儿。"

一个念头闪过他的脑海。

"如果罗伯特还活着，"他发出可怕的惊叹，"这鸟……开枪！朋友们，开枪！"

但是太迟了，兀鹰飞到高耸的山岩后面去了。一秒钟之后——就像过了一个世纪，它又飞了回来，衔着重物慢慢往上飞。一片惊恐的叫声突然笼罩整个山地，兀鹰爪子下是一具尸体！悬在半空中，摆动着的尸体正是罗伯特！兀鹰抓住他的衣服，他才在空中摇摆。这时兀鹰飞到离帐篷不到一百五十英尺的上空，它也看见了他们，因此，它拼命鼓动翅膀，要冲开大气层，带着沉重的猎物逃走。

一秒钟之后——就像过了一个世纪,它又飞了回来,衔着重物慢慢往上飞。一片惊恐的叫声突然笼罩整个山地,兀鹰爪子下是一具尸体!

"啊!"爵士大叫,"宁可让罗伯特的尸体摔碎在岩石上,也不能让兀鹰吃掉……"

他的话没说完,就抓起威尔逊的马枪,他要瞄准兀鹰,但他的手在不停地抖动,枪都握不住,眼睛也看不清了。

少校说:"让我来打。"

少校目光冷静,手平稳,身躯不动,他瞄准距他三百英尺的兀鹰。

他还没有扣动扳机,山谷里突然传来一声枪响,一道白烟从两块岩石间冒了出来。兀鹰的脑袋中枪,在空中打着转地往下掉。它的翅膀张开,就像降落伞,但爪子上的猎物没有松开。最后它慢慢掉落在离河岸十步远的地方。

爵士大叫:"落到我们这儿来了,落到我们这儿来了!"

还没有弄明白这天助的一枪是从哪儿来的,爵士就朝兀鹰急奔过去。他的伙伴们紧跟在他后面。

兀鹰已经死了,罗伯特的身体被兀鹰的翅膀遮盖着,爵士朝孩子扑过去,把他从兀鹰的爪子间拉出来,放倒在草地上,将耳朵贴在孩子的胸膛上听着。

从爵士的嘴里发出人类最美妙的声音,他站起来不断地叫着:

"他活着!他还活着!"

只一会儿工夫,大家就脱去了罗伯特的衣服,用水浇他的脸。他动了动,睁开眼睛,看了看,开口说道:

"啊,是您啊,爵士……我的父亲!……"

爵士说不出话来,他激动得几乎窒息。他跪了下来,靠近孩子,泣不成声。这孩子还活着!这真是个奇迹!

第 15 章 巴加内尔的西班牙语

小罗伯特逃脱了一场大难,现在又逢一场不小的"灾难":差点被这几个伙伴"吞"掉。他们忍不住把他紧紧搂在怀里,虽然他的身体很虚弱,但这样的拥抱、亲吻却让他很高兴。

孩子获救了,大家想到了救命恩人。这是少校想起来的。他看看四周,离河岸五十步远,有个很高的汉子,脚边立着一支长枪,站在山的低处,一动不动。他肩膀宽厚,身高六英尺以上,古铜色的脸膛,嘴巴和眼睛之间涂着红色,额头涂着白色,下眼皮涂着黑色,一头长发用皮绳捆扎。看来他是当地的土著人,全身都是边境巴塔哥尼亚人的打扮。上身披一件漂亮的斗篷,绣着红色阿拉伯花纹,材料是原驼的颈皮和腿皮,鸵鸟筋缝制,光滑的绒毛翻在外面;斗篷下面是紧身的狐皮袄,三角形的下摆;腰带上吊着一个小袋子,里面装着涂脸用的颜料;足踏一双用皮带交叉捆在脚踝上面的牛皮靴。

这个巴塔哥尼亚人虽然脸涂得五颜六色,但他的脸长得漂亮而且透着聪明。他等待着,站立的姿势很威严。瞧他屹立不动,一脸严肃,以岩石为底座,您会以为这是一座以冷静为主题的雕像。

少校看见他,指给爵士看,爵士向他跑过去。巴塔哥尼亚人向前走了两步,爵士握住他的手。爵士的目光,发光的脸庞,整个表情都流露出感激,那人是不会误解的。他微微地点点头,说了几句话,但少校和爵士都听不懂。

巴塔哥尼亚人认真看了看这几个外国人,换了另一种语言。但不管他说什么,他们一样听不懂。不过,土著人使用的某些字词令爵士心里一动,它们好像是西班牙语。爵士懂得西班牙语的几个常用语。

"是西班牙语吗?"爵士用西班牙语问。

那个人点点头,这个动作基本上在所有地方都是表示肯定的意思。

少校说:"好呀,这是我们的朋友巴加内尔的事了,幸好他想到要学西班牙语。"

大家呼叫巴加内尔,他马上就跑来了。他用法国式的优雅礼貌向土著人

这个巴塔哥尼亚人虽然脸涂得五颜六色,但他的脸长得漂亮而且透着聪明。他等待着,站立的姿势很威严。

行礼,土著人大概不明白是什么意思。地理学家得知这个情况,说:"很好。"

为了发好音,他张大嘴巴,大声说了一串西班牙语:"您是个好人。"

土著人竖起耳朵,没有回答。"他听不懂。"地理学家说。

少校说:"也许您有口音?"

"正是,这该死的口音把我害苦了!"

巴加内尔又说了一遍那句恭维的话,效果还是不佳。

"我说另外一句吧,"他一个字一个字地说,"您是——巴塔哥尼亚人吧?"

土著人还是没有反应。

巴加内尔大声叫喊,几乎把嗓子喊哑了:"您听懂我说的话了吗?"

土著人没听懂,他用西班牙语回答:"不懂。"

巴加内尔把眼睛上的眼镜推到额头上面,非常恼火,"我也听不懂他说的话啊!他说的可能是阿劳坎尼亚语。"

第 15 章 巴加内尔的西班牙语

爵士说:"不是吧,他说的是西班牙语呀!"

他转身,用西班牙语问土著人:"西班牙语吗?"

土著人答道:"是的。"

巴加内尔大惊。少校和爵士交换了一下眼光。

少校微微一笑,说:"我博学的朋友,您是否又犯了粗心的错误呢?您是粗心专家啊!"

"嘿!"地理学家一边竖起耳朵。

"没错,很明显,这个土著人说的是西班牙语……"

"他?"

"就是他呀,您是否学的另一种语言,却以为是西班牙语……"

少校的话还没说完,学者就使劲地"啊!"了一声,还耸了耸肩,打断了他的话。"少校,您扯得太远了。"巴加内尔冷冷地说。

少校说:"总之您就是听不懂啊!"

地理学家不服,他说:"我听不懂,因为他说得太糟糕!"

少校平静地反驳他:"因为您听不懂,才说他说得糟糕。"

爵士插话了:"麦克·那布斯,您的假定是不成立的,我们的朋友再粗心,也不可能把一种语言当作另一种语言啊!"

"那么,亲爱的爱德华,还有您,巴加内尔,您解释一下,为什么您和土著人沟通不了呢?"

"我不解释,我只是证明一下,这是我天天苦读的西班牙语课本,您看看吧,少校,看您还有什么可说的!"

巴加内尔从他的许多衣袋里找了几分钟,掏出一本破书,递给少校,少校接过书,问道:"这是什么书呀?"

巴加内尔说:"这是《卢济塔尼亚人之歌》呀!非常美妙的史诗!"

"是呀,我的朋友,是大诗人卡蒙斯写的《卢济塔尼亚人之歌》,一点不错!"

爵士说:"卡蒙斯!倒霉的朋友,卡蒙斯是葡萄牙人啊,您学了六个星期的葡萄牙语呀!"

"卡蒙斯!《卢济塔尼亚人之歌》,葡萄牙语!"

巴加内尔说不下去了,他的眼睛在眼镜下面不安地转动着,他听见耳边一阵狂笑声,他的所有伙伴都围了上来。

那个土著人根本不知道发生了什么事,连眉头都没有皱一下,只是耐心地等着解释。

巴加内尔终于说道:"哎呀,我真是马大哈,疯子!怎么搞的嘛!这不是

胡闹吗？我会干这样的蠢事？这不是巴别塔混淆了所有的语言吗？朋友们，朋友们，我本来要去印度却来了智利！学西班牙语却学了葡萄牙语，实在太过分了！这样下去，我会把自己当作雪茄扔出窗外！"

听见巴加内尔说出这番自嘲，看他那副狼狈的模样，大家都忍俊不禁，绷不住脸，他本人也狂笑起来。

他说："笑吧，朋友们，尽情地笑吧！我笑得比你们还要厉害！"

他哈哈哈地大笑，大家都没见过一个大学者这样笑的。

少校说："笑够了吧，我们还是没有翻译啊！"

巴加内尔说："别担心，葡萄牙语和西班牙语非常像，我才会把它们混淆了，我很快就可以修正错误。这位可敬的巴塔哥尼亚人的西班牙语说得太好了，一会儿我就可以用西班牙语向他道歉。"

巴加内尔说得对，因为很快他就可以和土著人交谈几句话了，他甚至得知土著人的名字叫作塔卡夫，在当地土语中的意思就是"神枪手"。

这个绰号的由来大概是因为他枪法很准吧。

最令爵士满意的是他得知这个土著人以向导为职业，是草原的向导。这次奇遇不是带有某种天意吗？看来他们去救船长的事肯定能成功。没有人怀疑这个问题。这时，伙伴们和土著人来到小罗伯特的身旁，罗伯特向土著人伸出双臂，土著人没有说话，只是摸摸他的额头，看看他的身体，拍拍他疼痛的四肢，然后笑了笑，到河边采摘了几把野芹菜，给孩子擦拭身体。在他细心地擦拭和按摩下，孩子渐渐有了力气，再休息几个钟头就可以恢复元气了。

因此大家决定在这儿宿营，逗留一天一夜。但有两个重要问题需要解决，弄食物和交通工具。干粮和骆驼也缺。幸好塔卡夫在这里。他素来在巴塔哥尼亚边境给旅客们做向导，是当地最聪明的向导。他负责给爵士和他的这队人提供所需要的一切。他提出领爵士到印第安人集市去，离这儿大概只有四英里远。在集市能买到旅行需要的一切。他的建议一半用手势比画，一半用西班牙语表达出来，弄了半天，巴加内尔才听懂了。爵士得知后马上接纳，他和巴加内尔暂时离开伙伴们，跟着这个向导沿着河流向上游走去。

他们走了一个半小时。爵士和巴加内尔要跨大步才跟得上巨人般的向导。安第斯山这一带地区风景宜人、土地肥沃，肥美的草场一片连着一片，可以放养几十万头牛羊。宽阔的池塘、纵横的沟渠把它们连接起来，给大片的平原提供了绿色的水源。黑天鹅在水中任性嬉戏，无数鸵鸟在夷兰枝间蹦跳，和天鹅争夺水中领地。鸟类世界色彩斑斓，喧闹非凡，品种繁多。浅灰带白条的斑鸠、无数的黄莺在枝头憩息，犹如鲜花在争芳斗艳；野鸽子成群结队在空中翱翔；五颜六色的鸟雀如深歌罗，喜格罗和梦吉他等在天上飞来飞去、互相追逐，叽叽喳喳的叫声在天空久久地回荡。

巴加内尔边走边欣赏大自然的景色，一边赞不绝口。向导对这位客人的举止行为大为不解，在他看来，天空有鸟，池里有天鹅，牧场上有草，是天经地义的事，干吗要赞叹呢？而我们的这位学者留恋本地风光，嫌路不够长，时间过得太快，都快到达了，他还以为刚出发呢。这时，印第安人集市的帐篷已经出现在眼前。

集市位于安第斯山两个山梁之间的一个狭窄的山谷。用树枝搭成的棚子里，住着三十多个印第安游牧民，他们放牧大群的奶牛、牛、羊和马，他们从一片牧场到另一片牧场，到处都有丰美的水草款待他们大群的四脚客人。

这里的印第安人是安第斯秘鲁人、阿劳坎尼亚人、白环什人和奥卡人的混血种：黄褐色的皮肤，中等身材，体型厚实，额头低，圆滚滚的脸，嘴唇薄，颧骨凸出，相貌缺少阳刚之气，表情冷漠。人种学家一看就知道他们不是纯种民族。总之，这些土著人并不惹人注目。然而爵士看上的是他们的牲畜，不是这些人，只要他们有牛马，他就别无他求了。

塔卡夫负责洽谈生意，很快就谈妥了。爵士买了七匹阿根廷种小马，备了鞍具，买了百来磅干肉和大米，几个盛水用的皮袋。这些印第安人想要葡萄酒和朗姆酒做交换，爵士没有，他们接受了二十两黄金。他们还真了解黄金的价值。爵士要给塔卡夫买马，但塔卡夫表示没有这个必要。

买卖做完，爵士告别了这些巴加内尔称之为"经销商"的人，不到半个小时返回临时帐篷。大家都欢呼起来，他们为买到的粮食和马匹欢呼。大家饱餐了一顿，罗伯特吃了东西，体力已差不多完全恢复。

这一天剩下的时间全用于休息。大家聊天，无所不谈。谈到不在身边的亲人，"邓肯"号约翰船长和船上的人，也谈到格兰特船长，他大概离他们不远了。

巴加内尔呢，他和那个印第安人形影不离。能够看见真正的巴塔哥尼亚人，他不胜欣喜。在这个巨人身旁，他就像个小矮人，他认为塔卡夫差不多可以和古罗马的马克西姆王，还有学者布罗克所见过的刚果黑人一比高矮，这两个人都有八英尺高！他一直和这个严肃的印第安人说西班牙语，这人也由他说去，地理学家这回没有课本，大家听见他声音响亮地咬着那些字眼，不靠书，靠的是舌头和嗓子。

"如果我还带有口音，说不准西班牙语，可别怪我！要知道我的老师是个巴塔哥尼亚人啊！"他常对少校这样说。

第 16 章　科罗拉多河

次日，即10月22日八时，塔卡夫催促大家上路。阿根廷的土地位于南纬22°到42°之间，从西向东倾斜，他们只要顺着不陡的坡道，一直走到大海就是了。

巴塔哥尼亚人塔卡夫拒绝爵士给他买马，爵士还以为他喜欢步行，按照一些向导的习惯是这样的，他的腿这么长，步行起来应该是不费劲的。

爵士的估计错了。队伍出发的时候，塔卡夫用很特别的方式吹了一个口哨，一匹阿根廷种的高大骏马听到主人的呼唤，马上从不远的小树林里跑了出来。这匹马是棕色的，非常漂亮，一看就知它勇敢、活泼、有耐力。它颈部细长，鼻孔大张，目光有神，腿弯有力，鬐甲突出，胸膛高耸，马脚胫长，具有矫健灵活的良种马的一切优点。少校是识马行家，对这匹草原种的骏马赞不绝口。他觉得它有点像英国的猎马。这匹马名叫"桃加"，巴塔哥尼亚语的意思就是"飞鸟"，它很配有这个名字。

塔卡夫跳上马鞍，骏马腾空跃起。塔卡夫是个完美的骑马高手，骑姿英武威风，煞是好看。他的马具包括两种阿根廷平原常用的打猎工具："勃拉"和"拉索"。勃拉是用皮带连在一起的三个球，挂在马鞍的前面。印第安人在百步外扔出它，打击被他追赶的人或野兽，百发百中。勃拉套住对方的脚，把它们绊倒。在印第安人手中，勃拉是有力的武器。他们使用这武器的精准性非常惊人。而拉索的使用方法刚好相反，它从不离开使用者的手。它的组成只是一条用两根皮条编成的三十英尺长的绳子，末端用活结扣一个铁环，绳子的另一端捆在马鞍上。使用时，右手把活结环扔出去，左手拉绳子，把对方套回来。除了这两件武器，巴塔哥尼亚人肩上还斜挎一支马枪。

塔卡夫毫不理会大家对他的赞叹，走在队伍的前面。他的骑姿自然优雅，悠闲自得，旁若无人，从容大方，惹来大家的赞羡。全队人马要么飞奔急驰，要么随着马步慢走，阿根廷马好像不懂得一溜小跑的速度。爵士看见罗伯特在马上表现得稳健大胆，很快就不用为他担心了。

从高低岩山脚开始就是大草原。它分为三部分。第一部分是从安第斯山起伸展二百五十英里的平原,平原上生长着不高的树木和灌木丛。第二部分宽四百五十英里,铺满了茂密的青草,直到距布宜诺斯艾利斯一百五十英里的地方。然后,从第二部分的末端一直到海边,旅人的脚踏着一大片长着紫苜蓿和菊科植物的牧场。这是大草原的第三部分。

走出高低岩的山坳,爵士的队伍首先遇到了很多沙丘,当地人称之为"米打诺",只要有风,它们就像波浪般不停地骚动翻腾,植物的根不能把它们吸牢在地里。沙非常细,轻风吹来,它们就如轻烟飘扬,或形成真正的龙卷风,在平原上空旋转,这景象看着令人喜忧参半。喜的是,难得看到龙卷风在平原游荡的场景,看它斗争着,混合着,搏斗着,乱成一团地上升,难以形容;忧的是把眼睛闭得再紧,细沙还是能钻进眼睛里。

这天刮北风,这种现象持续了大半天,但他们还是走得很快,将近傍晚六点钟的时候,高低岩已被他们抛到四十英里以外,远远只能看见消失在黄昏暮霭中的山影。

他们大概走了三十八英里路,都有点疲劳,眼见睡觉的时间到了,都很高兴。他们在内康河边搭起帐篷。内康河水流湍急,河水浑浊,河的两边是红色的悬崖峭壁。有些地理学家又称它为拉密河或考莫河,发源于许多的湖泊间,这些湖泊只有印第安人知道在哪儿。

夜里和次日都没发生值得讲述的事情。大家走得又快又顺利。道路平坦,气温可以忍受,行走没有困难。将近中午,阳光炙人;傍晚,西南面的天边出现一缕云彩,巴塔哥尼亚人认为这是变天的预兆,他指着西边一带天空给巴加内尔看,他是不会弄错的。

巴加内尔说:"我知道。"他转身对伙伴们说:"要变天了,就要刮'奔北落'风了。"

他向大家解释说,"奔北落"是阿根廷平原常见的干燥的西南风。果然,当天夜里,"奔北落"风就猛烈地刮了起来,伙伴们身上只裹着薄薄的篷罩,马趴在地上,大家紧紧地挤在一起,躺在马的旁边。爵士担心这场风暴没完没了,耽误行程,巴加内尔看看气压表,安慰爵士。

"没有问题,"他说,"气压下降,奔北落风就会带来三天的风暴,但现在气压上升,风暴刮几小时就会停止。放心吧,朋友,天亮了天气就会转晴。"

爵士说:"您就和书一样渊博,巴加内尔。"

"我就是一本书啊,您尽管翻看吧。"巴加内尔回答。

这本书果然没错,早晨一点钟,风突然停了,大家睡了个好觉。次日起来,一个个精神抖擞,特别是巴加内尔,他把关节的骨头弄得咯咯响,又像小狗一样伸懒腰。

这天是10月24日,从塔尔卡瓦诺出发至今,已是第十天了,他们离科罗拉多河和37°线相交的地方还有九十三英里,也就是还有三天时间。沿途爵士都很留意看有没有土著人,他要向土著人打听格兰特船长的消息。巴加内尔的西班牙语已经可以和巴塔哥尼亚人交流,但是他们很少看见印第安人,因为阿根廷共和国到高低岩山区的大路在他们走的路线的北面,所以他们没遇到流浪的印第安人和酋长统治下的在那一带定居的印第安人。偶尔,在远处会出现游牧人,但他们看见陌生人就赶紧逃走,不愿和陌生人交谈。爵士这队人引起怀疑,单独在平原行走的人,看见这八个人带着枪骑着马,以为他们是强盗;在旷野的旅人以为他们是歹徒。所以他们无论是想和路上碰到的良民还是强盗谈话都是不可能的,爵士觉得很遗憾,他真想遇到强盗,和他们交火,然后和他们谈话。

爵士从打听消息着想,遗憾见不到印第安人。但发生了一件事,证实了格兰特船长的信说的是实情:

远征队走的路线有好几次和草原的小路相交,其中一条是从卡门通往门多萨。这条路相当重要,沿途尽是家禽、骡、马、羊、牛的骸骨,它们被鹰鸟啄得支离破碎,被风化,成千堆着,大概里面还混有人的骨灰。

直到此时,塔卡夫对他们走的笔直的路线不加评论,他知道这条直线与草原上的路都不相连,也到不了任何城市和村庄。每天早上,他们朝太阳升起的方向走,不离那条直线,每天傍晚,太阳在这条直线后面落下。作为向导,他惊讶地看到,他们不需要他领路,而是他们给他领路。他虽然不解,但他是印第安人,印第安人的天性是谨慎,他一直保持沉默。但这一天,到了上面提到的这条路,他勒住马,转身对巴加内尔说:

"这是通往门多萨的路。"

"是呀,勇敢的巴塔哥尼亚兄弟,"巴加内尔用很准确的西班牙语说,"这是卡门通往门多萨的路。"

"我们不走这条路吗?"

"不走。"

"我们去哪儿?"

"一直向东走。"

"向东走不到任何地方。"

"谁知道呢?"

塔卡夫不说话了，他非常惊讶地看着巴加内尔，他不认为学者在开玩笑，印第安人素来为人认真，他也以为人人都像他们，说话不开玩笑。

"你们不去卡门？"他沉默了一会儿问道。

"不去。"

"也不去门多萨？"

"也不去。"

这时爵士走过来问巴加内尔，塔卡夫在说什么，为什么停下不走了。

"他问我们去卡门还是去门多萨，我说都不是，他很惊讶。"巴加内尔说。

"的确，我们这样走路，他难免奇怪。"爵士说。

"我也觉得可以理解。他说我们到达不了任何地方。"

"巴加内尔，您能不能给他解释我们远征的目的，我们为什么要朝东方走？"

巴加内尔说："这个难办啊，因为印第安人听不懂什么是经纬度，他会以为格兰特船长信件的故事是天方夜谭。"

少校不像开玩笑，他问巴加内尔："是他听不懂这个故事，还是听不懂您说的话呢？"

巴加内尔说："啊，麦克·那布斯，您还怀疑我的西班牙语？"

"那您就试试呗，可敬的朋友。"

"我们就试试看。"

巴加内尔转向塔卡夫，因为他西班牙语的词汇掌握不多、难以说清某些特别的句子、难以给土著人解释复杂的事情。学者这时的样子实在可笑，他连说带比画，吃力地吐出一字一句，使尽各种办法，汗珠一滴滴从他的额头掉到胸前。话说不下去时，他就用手臂来助阵。他跳到沙地上，在沙地上画地图，画经度、纬度、两个大洋，还有到卡门的路，从没见过这么狼狈的老师。塔卡夫平静地看着巴加内尔比画，看不出他是否听明白了。

巴加内尔说了半个多小时，满脸的汗水，说完了，他看着塔卡夫。

"他听懂了吗？"爵士问道。

"等着瞧吧，如果他还听不懂，我也没办法了。"巴加内尔说。

塔卡夫没反应，也没说话，眼睛盯着沙上面逐渐被风抹去的图画。

巴加内尔问："懂了没有？"

塔卡夫好像没听见他说的话。巴加内尔似乎看见少校的唇边现出一丝讥讽的微笑，他的自尊心受损，打算再努力做一番表演，可塔卡夫用手势制止了他。

"你们在寻找一个囚犯?"他问。

"是的。"巴加内尔说。

"你们确定就在这条太阳落下和太阳升起的路线上吗?"塔卡夫用印第安人的方式表示从西向东的路。

"对了,对了,就是这样。"

"是你们的上帝把囚犯的秘密交付给了辽阔大海的波涛?"塔卡夫问。

"是上帝亲自交付的。"

塔卡夫庄重地说道:"那就让上帝的意愿得到实现吧,我们就朝东走,需要的话,走到太阳那儿去!"

巴加内尔看到他的学生听懂了,很是得意,马上把他的话翻译给伙伴们。他还说:"多么聪明的种族!要是我们国家的农民,十个农民有九个听不懂我的解释。"

爵士请巴加内尔问问这个印第安人,是否听说过有外国人落到草原的印第安人手里。

巴加内尔问了,等着回答。

"似乎有吧。"塔卡夫回答。

巴加内尔把这句话翻译出来,塔卡夫马上被七个人围住了,都用目光讯问他。

巴加内尔很激动,几乎找不到话继续询问这样迫切的问题,他的眼睛紧紧盯着严肃的塔卡夫,试图在他开口回答之前就看出答案。

塔卡夫说的话,巴加内尔都用英语一字一句翻译出来,他的伙伴们就如听塔卡夫用英语说话一样。

"这是个怎样的囚犯?"巴加内尔问。

"外国人,欧洲人。"

"您看见他了?"

"没有见过,只是听印第安人说的,是个勇敢的人!他有颗公牛的心!"

巴加内尔说:"公牛的心!啊,多美的巴塔哥尼亚语言,朋友们,你们听懂了吗,就是说他是勇敢的人!"

罗伯特·格兰特喊道:"他是我的父亲!"

然后他问巴加内尔:"西班牙语怎么说'他是我的父亲'?"

巴加内尔说了句西班牙语。

罗伯特马上抓住塔卡夫的手,带着深厚的感情用西班牙说语:"他是我的父亲!"

塔卡夫说:"是您的父亲!"他的眼睛发亮。

塔卡夫一把搂住小罗伯特,把他从马上抱下来,用好奇的目光看着他,聪明的脸上带有平静的感动。

巴加内尔的问题还没有问完:这个囚犯在哪儿?当时他在干什么?塔卡夫是什么时候听到他的消息的?所有这些问题同时涌入他的脑海。

很快他们就得知,那个欧洲人做了印第安人部落的奴隶,这个部落在科罗拉多河和内格罗河之间。是个游牧部落。

"最近他在哪儿?"巴加内尔又问。

"在卡夫古拉酋长家。"

"是不是在我们一直走的这条路上?"

"是的。"

"酋长是个怎样的人?"

"是印第安包于什部落的人,一个双语双心的人。"

巴加内尔把这句优美的巴塔哥尼亚语翻译给伙伴们听之后,说:"意思就是那是个两面三刀的阴险小人。"

他问塔卡夫:"我们可以解救我们的朋友吗?"

"也许可以吧,如果他还在印第安人手中。"

"您什么时候听说他的消息的?"

"很久了,从听说到现在,太阳已经给草原带来两个夏天了。"

爵士的惊喜无法形容,这个消息和格兰特船长的信件提供的日期相符。他还有一个问题要提,巴加内尔马上用西班牙语问了:"您说一个囚犯,是否总共有三个?"

塔卡夫答道:"这我就不知道了。"

"您一点都不知道那个囚犯的情况吗?"

"不知道。"

最后这句话结束了谈话。格兰特船长与他的水手三个人可能久已被分开。不过,从塔卡夫提供的情况来看,可知过去印第安人常常提到一个落到他们手里的欧洲人,他被俘的日期,被拘留的地方,还有塔卡夫说他勇敢的话,很明显指的就是哈利·格兰特船长。

第二天,10月25日,伙伴们生气勃勃地朝东赶路。平原一直单调荒凉,当地人称这无边的旷野为"特拉维西"。黏性的泥土,在风的作用下,显得一马平川。除了几条旱沟,印第安人手挖的池塘岸上有石头,其他地方连石子都没有。矮树林相隔很远,树梢淡黑色,到处可见白色决明子树,树上的果肉甜,清凉可口,还有笃耨香树,沙纳尔树,野金雀花树,荆棘树等,都长得不高,可知这一带的土壤贫瘠。

26日是劳累的一天,要赶到科罗拉多河畔过夜,他们策马扬鞭,当晚赶到西经69°45′的地方,到达草原地区美丽的河流,印第安人叫它高比勒比,意即"大河",它流经很长的路程后投入大西洋。在洋边近海口,河水呈现出奇异的现象:越近大洋河水越少,水被松地吸收还是蒸发掉了,原因不明。

到了科罗拉多河,巴加内尔首先做的事就是跳到被黏土染红的河水里,"地理学式"地洗了个澡。他惊讶地发现河水相当深,一定是初夏的太阳融化了积雪的缘故。河很宽,马不能游过去,幸好离上游几百托瓦兹有条木栅桥,桥板用皮条捆住,吊在河的两岸。他们从吊桥过河,到河的左岸扎营过夜。

睡觉前,巴加内尔想要仔细地测量科罗拉多河,他非常认真地把测量的结果标在地图上,以前他错过了测量雅鲁藏布江,所以这一次他一定不能放过科罗拉多河。

以后两天,即10月27日和28日,旅途顺利,没有特别的事可记,路途上的风景单一乏味,土地贫瘠,只不过土壤变得湿润了,意味着他们就要过水洼地和长满水草的沼泽地。28日晚,他们骑马来到一泓大湖边,湖水是很浓的矿泉水,叫兰昆湖,印第安人称它为"苦湖"。1862年,这里曾见证阿根廷军队残酷地屠杀土著人。大家按习惯在这儿扎营。本来他们可以睡个安稳觉,可是这里的猴子、野狗、卷尾猴的喧嚣声吵死人,它们大概是在奏响欢迎他们的交响乐,以为他们不会反感未来的作曲家。

第 17 章　潘帕斯大草原

阿根廷的潘帕斯大草原绵延于南纬34°与40°之间。"潘帕斯"是阿劳坎尼亚语，意即"草的平原"，这个名词很适合这个地区。草原的西部长的是木本含羞草类植物，东部满是茂盛的草，这样就赋予它很特别的景观。这些草类植物都植根于浅红色、黄色黏土和沙的厚厚浮土之中，土层属第三纪地层，地质学家到此考察，肯定所获不浅。因为地下埋藏着无数远古年代的动物化石——印第安人认为是已绝种的大犰狳骸骨。在大草原茫茫的植物灰烬下面埋着这个地区原始时代的历史。

南美洲的潘帕斯大草原和北美五大湖的草原及西伯利亚的荒原一样，很有特色。其夏季的酷热和冬季的严寒均超过布宜诺斯艾利斯，更属大陆性气候。巴加内尔解释说，海岛上，夏天的热气被海洋吸收，到冬天被慢慢释放，因此冬夏的气温比内陆均匀。潘帕斯区的气温变化就比较大，因为东部濒临大西洋，而潘帕斯地区位于西部，它的气候时冷时热，温度计的水银柱上下升降频繁。秋天也就是四五月间，经常下雨，而且多是倾盆大雨。但一年的这个时候，也就是十月间，天气非常干燥，温度很高。

确定了路线之后，他们天一亮就动身。路面非常结实，因为大大小小的灌木根盘根错节攀结在一起。路上没有沙丘，也没有形成沙丘的细沙，空中也就没有被风吹起的沙尘。马在草丛中行走很快，这种草丛是这个地区特有的，名为"帕佳布拉法草"，印第安人碰到暴风雨就在里面躲避。

不一会儿他们来到潮湿的洼地，这种洼地现在越来越少。洼地上长着柳树和阿根廷蒲苇，它们生长在淡水里，马来到这种地方都要在淡水里痛痛快快地饱喝。也是因为前面的路途缺水，很难再有机会喝水。塔卡夫走在队伍的前面，用鞭子抽打矮灌木，以驱赶里面的毒蛇，这种蛇要是咬了牛，牛不到一小时就会死亡。塔卡夫的马也在荆棘丛中腾跃，帮助主人为后面的人开路。

在平坦笔直的平原上旅行不难，速度也快。牧场上的景况十分单调，方圆一百英里找不到石头和石子。他们从未见过如此单一的环境,风景变化、自然奇观连影子都没有！只有巴加内尔这样狂热的学者,对没什么可看的地方东瞧西看,对路上的一草一木兴趣盎然。他对什么东西都感兴趣,大到一丛灌木,小到一片草叶,这些玩意儿足可招致他滔滔不绝的话题,并不厌其烦地给罗伯特讲解,罗伯特也乐意听他的指教。

10月29日这一天,在旅人面前展开的平原,风光依然是无尽的单一平淡。两点左右,旅人的马蹄踏在长长一片动物的骸骨上面。这是无数头牛的骨灰堆起来的,这条路并不弯曲,说明它们因力尽,慢慢地沿途倒毙。谁也解释不了,为何这么多骨头会聚集在狭窄的空间里,巴加内尔思考再三也找不出原因。他请教卡塔夫,卡塔夫不假思索,给了他答案,但巴加内尔不相信。

卡塔夫却非常肯定地点头说,事实确实如此。

大家问道:"到底是怎么回事？"

"他说是天火烧死的。"巴加内尔说。

"雷火会造成这样的灾难吗？五百头牛的牛群会一下子倒毙？"奥斯丁说。

"塔卡夫说得这样肯定,不会错的吧,我信他的话,潘帕斯区的风暴在各种灾害中是最骇人的,但愿我们不要经受这样的考验！"

"天气酷热啊！"威尔逊说。

"可不是,温度计在阴凉处都30℃呢！"巴加内尔说。

爵士说:"我觉得有股热气往体内钻,可别再热下去了啊！"

巴加内尔说:"啊,别指望天气会变,您看天边连云的影子都没有。"

"真糟糕,我们的马都热得受不了,"爵士说,"你不太热吧,孩子？"他转身问罗伯特。

"我不怕热,爵士,我喜欢热,热点好。"小罗伯特回答。

少校纠正他的话:"冬天热才好。"一面向空中喷了一口雪茄烟。

晚上,他们在一所被人废弃的草棚旁停下来,它是用树枝搭起来的,糊以泥巴,屋顶用茅草盖着。和草棚相连的是用半烂的木桩围起的院子,院子倒可以保护马匹,夜间不会受狐狸袭击。马并不怕狐狸,但狐狸会咬马的络头,络头断了,马就会逃跑。

草棚不远处有个土坑,那是煮食的炉灶,坑里还残存着烧剩下的柴灰。草棚里有一条板凳,一张牛皮床,一口锅,一根烤肉的铁钎,一个马黛茶壶,马黛茶是南美常见的饮料,印第安人的茶。用烘干的叶子浸泡而成。他们就像美洲人喝其他饮料那样,用草秆做吸管吸它。在巴加内尔的要求下,塔卡夫做了几杯这种饮料,大家边吃平日的干粮,边喝它,都说感觉不错。

第二天,10月30日,太阳出来了,炽热烤人的阳光穿过晨雾射向大地,这天的温度一定会很高。倒霉的是平原没有荫凉的地方,然而他们还是勇敢地朝着东方赶路。好几次他们碰见浩浩荡荡的大群牲畜,在热得透不过气的天气里,懒洋洋地躺在地上,它们已没有力气吃草,牧人和看守牲口的都没了踪影。只有喝惯羊奶的狗在看守大群的牛羊。牛群很温顺,不像欧洲的牛看见红色就狂躁。

"因为它们吃的是共和国的草吧,所以不怕红色①。"巴加内尔说的这句笑话也许有点法国化,他还颇为得意呢。

接近中午时分,草原发生了一些变化,这点变化逃不过他们这些看腻了单调的眼睛。禾本科植物变得越来越少,让位于瘦瘦的牛蒡子和高九英尺的巨大的有刺茎的菊科植物——地球上的驴子都爱吃它们。接着看到的是在干燥土壤上生长的矮小的沙纳尔树和暗绿色多刺的小树。在此之前,草原上的黏土潮湿,茂盛的牧草厚如地毯,然而从这段路开始,地毯好像旧了,脱毛断线了,展现在眼前的尽是贫瘠的土地,预兆着前面的土地会越来越干燥,塔卡夫向大家指出了这一点。

"我们才不担心变化呢,眼前尽是草,我们都看腻了。"奥斯丁说。

少校说:"话虽然如此,可是有草才有水啊!"

"啊,我们不会缺水的,路上总会碰到河流的。"威尔逊说。

如果巴加内尔听到他说的话,一定会告诉他们,在科罗拉多河和阿根廷省内的山脉之间少有河流,可是此时,他正在给爵士讲解一种奇特现象。

不知从什么时候开始,大家就嗅到烧东西的味道,可是四处都看不见火,也不见火烧后的烟。这种烧草的烟味不久更浓烈了,除了巴加内尔和塔卡夫,大家对此现象都觉得不解。

巴加内尔是任何问题都难不倒的,他给大家做了解释:

"我们没看见火,却闻到了烟味。俗话说,'无火不生烟',欧洲如此,美洲也如此,所以肯定有个地方在烧火,因为潘帕斯地区土地平坦,没有东西挡住气流,即使七十五英里以外烧草,我们这儿也能闻到味儿。"

"七十五英里以外?"少校不相信,问道。

"没错啊,不过我要补充的是,烧火的范围很大,而且蔓延很广。"巴加内尔说。

---

① 当时法国正处于拿破仑三世的第二帝国时期,统治者害怕社会革命,谈"红"色变。

罗伯特问:"是谁烧草原呢?"

"有时是雷电,有时是印第安人在烧草。"

"为了什么目的?"

"他们认为,——我不知道是否有根据,草原经火烧,草会长得更茂盛,大概就是草灰肥田法吧,我更相信烧草原的目的是烧死害虫兽虱子,它们对牲畜危害更大。"

"可是火势如此猛烈,不会烧死牲畜吗?"少校说。

"不错,有时免不了烧死一些牲畜,可是它们数量很多,关系不大吧。"

少校说:"我并不担心牲畜,这是它们的事情,我担心的是经过草原的旅行者。他们不会被吓坏,不会被火包围吗?"

巴加内尔叫嚷道:"您怎么担心出这样的事!"他显得很不在乎的样子,"有时是会发生的,我倒想见识火烧草原的壮观场面呢!"

爵士说:"这就是我们的学者了,他为了科学研究,不怕被活活烧死。"

"亲爱的爵士,我读过美国小说家库珀的游记,书中主人公皮袜子教我们制止火势蔓延的办法,把自己四周的草拔光,拔出直径几托瓦兹的空地,这个方法很简单,所以我不怕火烧过来,我倒希望它烧过来!"

巴加内尔的愿望没有实现,他是被烤得半焦了,但却是被烈焰般的阳光烤的。天气酷热,马匹气喘吁吁。这平原别指望找到荫凉的地方,除非飘来少有的云彩挡住火一般的太阳,地面上才有一片流动的阴影。骑马的人催马追赶阴影,但不一会儿,马就落后了,西风将云吹走了。太阳又露了出来,洒在烤焦了的草原上的是新的火雨。

威尔逊说过不缺水,他没想到今天伙伴们各个渴得难受。他说过路上有小河,真是太乐观了。路上不但没有河流,由于路过于平坦,没有蓄水的河床,连印第安人挖的池塘也干了。巴加内尔看见旱情越来越严重,几次提醒塔卡夫,要他注意,并问他何处可找到水源。

塔卡夫答道:"要到盐湖。"

"什么时候能到那儿?"

"明天晚上。"

阿根廷人在草原上旅行,一般都是就地挖井,往地下挖几托瓦兹就可以找到水。但他们没有带挖井的工具,只能定量供应随身带来的那点水。

这天他们一鼓作气走了三十英里,晚上他们打算睡个好觉以恢复白天的疲劳,可是他们却遭到了一群蚊子的骚扰,蚊子的出现表明风向的改变。果然风向转了九十度,西风变成了北风。通常,吹南风或西南风时,可恶的蚊子不会出现。

生活上遇到小麻烦，少校还能保持平静，巴加内尔恰好相反，对命运的作弄愤愤不平，他要让蚊子见鬼去，遗憾没带药水治腿上的疙瘩。少校安慰他，说博物学家统计过，世界上有三十万种昆虫，他们才遇到了一两种，算是万幸了。第二天醒来巴加内尔还是一脸对蚊子的愤怒。

不过，天一亮，巴加内尔不用别人催促就跟着大家动身了。当天他们就要赶到盐湖。马匹疲惫不堪，渴得要命，骑马的人尽量节省水给它们喝，但分配给它们的水很有限。这天天气更干燥了，潘帕斯草原的北风和非洲沙漠的干风一样，热风夹着灰尘，实在难以忍受。

这一天旅行的单调有一段时间有点变化。走在队伍前面的穆拉迪回头报告说有一队印第安人向他们走来。每个人对这事的反应不一样，爵士想向这些印第安人打听"不列颠尼亚"号遇难船员的消息。塔卡夫不高兴在草原上遇到游牧的印第安人，认为他们不是贼匪就是强盗，避之唯恐不及。在他的命令下，队伍集中起来，武器握在手，严阵以待。

很快他们看见这群印第安人了，只有十多个人，塔卡夫放心了。印第安人离他们百来米远时，容易看清楚了，他们是当地土著人种。1833年，阿根廷独裁者罗萨斯将军曾残酷地屠杀过这个种族的人。他们的额头高而突出、身材魁梧、皮肤棕黑，是印第安人中的健美类型。他们身披原驼皮或臭鼬皮，手拿两英尺长的长矛，还备有刀、弹弓、跑拉和拉索，骑马技巧灵活，都是好骑手。

他们在相距百步左右时停下来，似乎在商量什么，一面指手画脚，嘴里哇啦哇啦叫。爵士向他们走过去，但还没迈出两托瓦兹，那群人就掉转马头，轻烟般消失得无影无踪了。

"一群胆小鬼！"巴加内尔骂道。

"跑得这样快，肯定不是好人！"少校说。

巴加内尔问塔卡夫："他们是些什么人？"

"高乔人。"塔卡夫答道。

巴加内尔回头对伙伴们解释说："是高乔人，早知如此，我们就不用紧张了，根本不必害怕！"

少校说："为什么？"

"因为高乔人都是不伤人的农民。"

"巴加内尔，真的吗？"

"大概是吧，他们以为我们是盗贼，于是就跑了。"

"我看他们不敢攻击我们。"爵士说。他很是恼火,不管他们是什么人,他也想和这些土著人谈谈。

少校说:"我的看法不知正确与否,我以为他们绝不是良善之辈,相反,他们是不折不扣的可怕强盗!"

巴加内尔大叫:"您有什么证据?"

于是他激动地大谈种族学的问题,他的激动撩起少校的激动,少校一改平日的冷静,和他激烈地争论起来。

"巴加内尔,我看您错了。"

"我错了?"巴加内尔道。

"是的,塔卡夫本人都认为这些印第安人是盗贼,塔卡夫肯定是有根据的。"

巴加内尔的口气有点尖刻:"这回塔卡夫错了,高乔人是农夫、牧民,不是别的什么人,我写过一本关于潘帕斯区土著人的小册子,引起很多人的关注。"

"巴加内尔先生,您弄错了。"

"我弄错了,麦克·那布斯先生?"

"是啊,由于您粗心,您的书再版时应该修订了。"少校坚持自己的观点。

巴加内尔听到有人这样评价甚至讽刺他的地理知识,大发雷霆。

"先生,您懂吗,我的书根本无须做这样的更正!"

"需要更正的,趁此机会吧!"少校也固执自己的看法。

"先生,我觉得您今天有意找碴啊!"

"我觉得您火气太大了!"

他们争论的激烈程度是大家没料到的,可以看出已超出争论的范围。爵士只好亲自出马调停了。

"我对你们二位的争吵很是不解。我认为,一个有意找碴儿,一个火气太旺。"

塔卡夫不知道他们在争吵什么,但不难看出这两个朋友在争论,他笑了笑,平静地说:"这都是因为刮了北风。"

巴加内尔大叫:"因为刮北风?北风和我们的争吵有什么关系?"

爵士说:"啊,对了,原因就在这儿了,北风就是您发火的原因,我听人说过,南美的北风特别刺激人的神经系统。"

"爱德华,以圣人巴特里克的名义起誓,您说得对。"少校哈哈大笑。

巴加内尔这回真火了,他不依不饶,觉得爵士的调解是拿他开玩笑,于是把矛头转向爵士。

"爵士,您说实话,我的神经系统真的受了刺激?"

"是呀,巴加内尔,在潘帕斯草原,北风会让人犯罪,就如罗马的农村,地中海的北风会让人犯罪那样!"

"犯罪?我像是犯罪的人吗?"

"我没说您要犯罪啊。"

"您就说我想谋杀您吧!"

"哎呀,我真怕您要杀我啊,幸好北风只刮一天。"爵士忍不住笑了起来。

大家听了爵士的话,都和爵士一鼻孔出气,哈哈大笑。巴加内尔恼了,两脚踢了踢马,跑到前面独自生闷气去了。一刻钟之后,他便不再想这事了。

就这样学者的好脾气被干扰了一下,正如爵士说的,他的这个弱点归咎于外部的原因。

晚上八点,塔卡夫指指通往盐湖的干渠给大家看。一刻钟之后,这小队人马在盐湖那陡峭的河岸下马,然而等待他们的却是大失所望。湖是干的,没有水。

第 18 章　寻找淡水

盐湖是一系列潟湖的终点，而这些潟湖发源于文塔纳山和瓜米尼山。许多人从布宜诺斯艾利斯到这儿采盐，因为湖水的氯化钠的含量很大。现在湖水被炽热的阳光蒸干了，盐沉淀在湖底，变成了巨大的反光镜。

塔卡夫告诉大家，盐湖有可饮水，因为他听说从各处流入盐湖的河流是淡水河，但此刻，河流和湖一样都干涸了，酷热的太阳把湖水、河水都晒干了。爵士疲惫的小队人马来到盐湖干燥的湖岸，都非常沮丧。必须采取措施了。储存在皮袋里的一点水已经有点变味，不能喝了。大家开始觉得渴得难受，对比对水的急需，疲劳和饥饿都在其次了。他们在土沟里找到一种皮帐篷，是被土著人丢弃的，当地人叫它路卡，这群疲乏的旅人就在里面休息，他们的马躺在尽是淤泥的湖岸，勉强嚼着咸草和干芦苇。

大家都在皮帐篷里歇下来之后，巴加内尔询问塔卡夫，现在该怎么办。他们交谈得很快，爵士能听懂几个字眼，塔卡夫说得很平静，巴加内尔激动地指手画脚。谈话时间持续几分钟，塔卡夫交叉着双臂。

爵士问："他说什么？我好像听见他建议我们分开。"

"不错，分成两队，"巴加内尔说，"一队由较疲累较渴的马组成，沿 37° 线继续赶路；另一队由还能走路的马组成，赶到前面去，看看那条流入圣路加湖的瓜米尼河有没有水。这条河离这儿三十一英里，如果河里有水，他们就在河岸上等后来的人，如果没水，他们就回来通知后面的人，省得大家白走一趟。"

奥斯丁问："如果没水呢？"

"那就只好向南走七十五英里，到文塔纳山起始的几条支脉去，那儿有好多河流。"

爵士说："这建议好，就这样办吧。不能再耽搁了。我的马还行，我和塔卡夫在先头部队吧！"

罗伯特说："啊，爵士，带我去吧。"好像这一趟出行是去玩儿。

"孩子，你能跟上我们吗？"

"能跟上,我有匹好马,它只要求往前跑。行吗,爵士,求求您了。"

"那就来吧,我的孩子。"爵士说,他也很高兴不用和罗伯特分开,"就我们三个人吧,如果还找不到清凉的水,我们就太无能了。"

"那我呢?"巴加内尔问道。

少校说:"您嘛,亲爱的巴加内尔,您还是留在后备部队吧,您太了解37°线上的地形了,您了解瓜米尼河,整个潘帕斯区,您可不能离开我们。穆拉迪、威尔逊和我的马都赶不上塔卡夫,我们担心走错路,到不了约定的地方,我们只有在好人雅克·巴加内尔的旗下才有信心赶路。"

巴加内尔获得领导权很是受用,他说:"我只好勉为其难了。"

少校接着说:"可您别粗心大意啊,别把我们领到不想去的地方,比如,领到太平洋的岸边!"

"领您到太平洋岸边,那就活该了,您这个令人受不了的少校。"巴加内尔笑着说,他又问爵士:"您怎么能听懂塔卡夫的话呢?"

"我和他不需要交谈,我懂几个西班牙词,遇到紧急情况,我能让他明白我的意思,我也会明白他的意思。"爵士说。

巴加内尔说:"那好吧,您去吧,可敬的朋友。"

"我们先吃晚饭,可能的话,睡上一觉,睡到明天出发的时候。"爵士说。

大家吃了顿没水喝的晚饭,显得很不舒服,只好去睡觉。巴加内尔梦见了急流、溪水、河流、江水、池塘、瀑布,甚至装满水的凉水瓶。

第二天早上六点,大家给塔卡夫、爵士和罗伯特备好马,给他们喝了最后一份水,水已发臭,他们勉强咽下肚子。然后三个人上了马。

少校、奥斯丁、威尔逊、穆拉迪都说:"再见!"

巴加内尔说:"最好是找到水再回来!"

很快,塔卡夫、爵士和罗伯特回头就看不见巴加内尔那队人的身影了,心里不免有点惆怅。

他们穿过的盐湖荒凉地带是黏性土壤的大平原,长满蜷缩在一起的六英尺高的灌木,还有印第安人称为"句拉马梅尔"和"如母"的木本含羞草,含有很浓的苏打成分的丛生灌木。到处是辽阔的反光的盐地,阳光的反射力强得惊人。盐地叫作"巴勒罗",乍看之下会以为是严寒造成的结冰的水面。然而炽热的太阳很快使人消除这样的误解。晒得发焦的瘠土和闪闪发光的湖面形成鲜明的对照,给予荒漠的大地以奇特的景观,引人注目。

塔卡夫说过,如果瓜米尼河也干涸了,他们就要向南走七八十英里,到文塔纳山区,那里的情况和盐湖这一带截然不同。1835年菲茨-罗伊船长率领"猎犬"

号远征队来过这个地方。这儿土壤肥沃,到处长满印第安人地区最茂盛的牧草,西北面的山坡上也长满绿油油的草,一直铺到长满各种树木的林子里。里面有决明子树,它的果实晒干磨成粉,可以做印第安人喜欢的面包;白色的破斧树,枝长柔韧,好像欧洲的柳树;红色的破斧树,木质不易损坏;还有易燃的诺杜柏树,往往是可怕火灾的根源;维拉罗树的紫花重重叠叠,像金字塔;还有丹波树,像降落伞,撑起在空中,高八十英尺,成群的牛羊可以在它的下面躲避酷热的阳光。阿根廷人想把这个地区变为殖民地,但无法战胜仇视他们的印第安人。

肥沃富饶的地区无疑让人认为,定有河流从山里流出,提供足够的水源,滋润贫瘠的土地,即使最干旱的季节也不会被太阳蒸干。可是要到大河那儿需向南走一百三十英里,所以塔卡夫建议先到瓜米尼河去是对的,既不离开他们原定的路线,路程也短得多。

三人骑的马本能地感觉主人要把它们带到有水的地方去,跑得很起劲。特别是塔卡夫的桃加,不畏疲劳和饥渴,马不停蹄地勇往直前。它像飞鸟,跨越干涸的沼泽地、树丛,一面发出欢快的嘶鸣。爵士和罗伯特的马脚步比它沉重,但在它的带动下,也勇敢地紧跟不舍。塔卡夫稳坐在马鞍上,一门心思朝前冲,他带动另外两个人,就像他的马带动另外两匹马。

塔卡夫不时地回头看看罗伯特。他见罗伯特这孩子沉着地坐在马背上,腰身灵活,肩膀轻侧,两腿自然下垂,双膝紧夹马鞍,对他十分满意,情不自禁地为他喝彩。小罗伯特像个一流骑手,他值得塔卡夫的夸赞。

"罗伯特,你瞧塔卡夫的眼神,他是在称赞你呢,他在为你喝彩呢,我的孩子!"爵士说。

"爵士,他为什么喝彩啊?"

"他为你的骑姿喝彩呀。"

"啊,我不过就是在马背上坐稳了而已。"听到夸赞,罗伯特高兴得脸都红了。

"能在马背上稳坐,这就很重要,罗伯特,你太谦虚了,我可以预言,你将来会成为很出色的马术高手!"

罗伯特笑着说:"我的父亲要把我培养成水手,我倒成了骑手,他会怎样想呢?"

"做骑手并不妨碍做水手呀,好的骑手不一定成为好水手,但好水手都能成为好骑手,在桅杆上骑习惯了,在马背上就能坐得牢,至于怎样勒马、斜行、转圈,方法都一样,再容易不过了。"

罗伯特说:"我那可怜的父亲啊,爵士,您救了他,他会怎样感激您啊!"

"罗伯特,你很爱你的父亲吧?"

"是的,爵士。他很疼爱我的姐姐和我。他总是惦记着我们。每次出航归来,总给我们带来各地的纪念品,亲切地抚摸我们,和我们讲很多亲切的话。如果您认识了他,您一定会喜欢他的。玛丽像他,他的声音很柔和,就像玛丽!一个水手说话这么温柔,您不觉得奇怪吗,爵士?"

爵士答道:"是的,很奇怪,罗伯特。"

罗伯特好像在自言自语:"我好像看见他就在眼前,慈祥的爸爸啊!我的好爸爸啊,我小的时候,他常把我抱在膝头上,一边摇我睡觉,一边哼着一支苏格兰的老歌,是歌颂我国的湖泊的,现在我还记得它的曲调,玛丽也记得。爵士,我们多么爱他啊!啊,一个人越小越爱父亲!"

"越大越尊敬父亲!我的孩子。"爵士说,听见孩子说出发自内心的话,他颇受感动。

他们聊着,马匹放慢了速度,缓慢地行进着。

沉默了一会儿,罗伯特说:"我们一定能找到他的,是吗?"

他们聊着,马匹放慢了速度,缓慢地行进着。

爵士答道:"是的,我们一定能找到他,塔卡夫提供了线索,我相信他说的话。"

"塔卡夫是个正直的印第安人!"

"确实如此。"

"还有一件事,爵士,您知道吗?"

"你说说看,我再回答你。"

"和您在一起的人,都是好人,海伦娜夫人,我真喜欢她,少校总是镇定沉着,还有孟格尔船长,巴加内尔先生,'邓肯'号上所有的水手,全都勇敢真诚!"

爵士答道:"我知道,我的孩子。"

"您知道吗,您是他们当中最好的人!"

"啊,怎么能这样说呢,这我可不知道啊!"

"那么,您应该知道,爵士!"罗伯特说着,拉起爵士的手,放到嘴边吻了吻。

爵士轻轻摇头,谈话停了下来。因为塔卡夫在前面向他们招手,表示他们落后了。是啊,不该浪费时间,后面还有一队人马等着呢。

于是三个人加快了速度。但过了一会儿,他们明显地看到,除了桃加,另外两匹马都跑不动了。中午,必须让马休息一个小时,它们走不动了,路上虽然有紫苜蓿,它们都不爱吃,因为它们被阳光烤得干巴巴的。

爵士看见干旱的情况并没有改变,不禁担心。再找不到水,后果不堪设想。塔卡夫坐着不作声,他也在想,如果瓜米尼河也干涸了,那真是山穷水尽了。

他们又动身了。不管马跑得动跑不动,他们挥鞭催马,马走了,但走不快。

塔卡夫本来可以遥遥领先,他的马用几个小时就可以把他送到瓜米尼河边,他也动过这个念头,但他不能把两个伙伴丢到荒野上,他便勒住马,不让它跑得太快。

桃加不愿意慢步走,它或是腾跃或是嘶叫,表示不满。主人不但要使劲控制它,还要好言相劝。马儿虽然不懂得回答,但它懂得主人的意思,塔卡夫哄了它很久。马儿似乎接受了主人的劝告,放慢了脚步,但还是不停地咬嚼铁,表示不耐烦。

马懂得主人的意思,主人更懂得他的马。这头聪明的牲口嗅觉灵敏,它感觉到了空气中的湿气,使劲地吸着,啪嗒啪嗒地舔着舌头,好像舌头伸进水里了。塔卡夫明白，他们离水源不远了。于是他把马焦躁的原因告诉伙伴们，鼓励他们。过了一会儿，另外两匹马也感受到了水气，大家一鼓作气，紧跟塔卡夫扬蹄飞奔。快到下午三点时，一片白茫茫的水面出现在远处的丘谷里，阳光下水波潋滟。

爵士欢呼："水！"

罗伯特接着大叫："是水，是水！"

不用他们催促，三匹可怜的马浑身是劲，飞奔而去，不到几分钟就跑到了瓜米尼河边，连鞍带人扑进河里。

主人们无奈，被拖进了河中，洗了个澡，他们也没有抱怨。

"太好了！"罗伯特说，他咕咚咕咚地大口大口喝着解渴的河水。

"慢慢喝啊，孩子。"爵士说，他也禁不住大口喝了起来。

塔卡夫也在喝水，但态度很镇定，他不慌不忙，小口喝着，喝一口的时间很长，像巴塔哥尼亚的谚语说的"长得像拉索"。他不停地喝，好像担心河水会流走。

"这下可好了，"爵士说，"我们的朋友们不会失望了，他们有足够的水喝了。塔卡夫可别把河水喝干了！"

罗伯特问："我们不去迎接他们吗？这样他们可以减少几个钟头的焦急和痛苦。"

"是的，你说得对，我的孩子，可是怎样把水带给他们呢？皮袋都在威尔逊那儿，还是按约定的，在这里等他们吧，按所需时间和他们的马速计算，他们夜里能到这儿，我们给他们准备宿营地，一顿丰盛的晚餐吧。"

塔卡夫不等爵士吩咐，独自寻找宿营地了。很幸运，他在河岸找到一个小院子，当地人叫作"拉马塔"，三面墙，用于关牛马的，就是需露天睡觉，幸好爵士这队人不计较这个，因此也就不另找他处了。三人在阳光下晒湿透了的衣服。

爵士说："找到宿营地了，现在该找晚餐了，我们要让他们满意我们这个先遣队。我们去打猎吧，花一个钟头的时间，不算浪费吧，等他们到了，就没什么不满意的了。罗伯特，准备好了吗？"

"准备好了，爵士。"罗伯特一面说，一面站起来，手里拿着枪。

爵士之所以想到打猎，是因为瓜米尼河边是附近平原上禽兽的聚集地，在这里可以看到潘帕斯特有的红鹧鸪、黑鹧鸪、雎鸠、黄色的秧鸡、绿色雄壮的松鸡，它们成群结队地飞来飞去。

四脚兽是不会让他们看见的，但塔卡夫向他们指指浓密的草丛和树丛，意思就是说兽类都在里面,猎人只要向里面走几步,里面就是世界上最丰富的狩猎区。

他们不屑打飞禽,决定打走兽。于是对着潘帕斯区走兽窝藏地打了几枪,成百的麇鹿和原驼涌了出来,这里的原驼和那天晚上在高低岩撞倒的原驼一样,它们都很胆小,一下子跑光了。用枪打不到。他们只好打跑得慢的兽类。他们打了十几只鹧鸪和秧鸡,爵士打中了野猪,它们的皮很厚,但肉很好吃。

不到半个钟头,没费太多工夫,他们也不太累,就打够了他们需要的野味。罗伯特打了一只贫齿类怪兽,叫作犰狳,全身长满活动鳞甲,身长一英尺五英寸,很肥,塔卡夫说,可做美味佳肴。罗伯特很是自豪。塔卡夫呢,他给两个朋友表演了打"南杜"的节目——潘帕斯地区特有的鸵鸟,跑得很快。

塔卡夫骑着他的快马直奔到大鸟的面前,南杜很会兜圈子,如果第一枪打不中,它就兜无数的圈子,把你弄得人马疲乏,它就趁机逃走。富有经验的塔卡夫到了它的面前,抛出"跑拉",套住它的腿,它无法挣扎,只花几秒钟就倒在了地上。塔卡夫马上把它擒住。这是猎人的赏心乐事,南杜也是宴客的佳肴,塔卡夫要给远方来客献上这道美味。

打猎归来,他们马上收拾鸵鸟和野猪,剥皮,切成薄片。而犰狳这珍贵兽类,本身就长有个烤肉的架子,可以连壳放在炭火上烤。

三个猎人把鹧鸪当作晚饭吃了,把能填饱肚子的野味留给后面的朋友们。他们喝着清水,觉得它比任何美酒都要香醇。苏格兰高地著名的乌斯奎波酒都不如它。

他们没有忘记马匹,找来大捆的草料,放在院子里供它们吃饱。一切事情都办妥当了,三人裹上篷罩,躺在了潘帕斯区猎人用来做床的紫花苜蓿草上。

第 19 章 红 狼

夜来了。一个新月的夜,看不见月亮,只有朦胧的星光照着平原。天边,黄道星座隐没在较深色的雾中。瓜米尼河无声地流着,如同一张长油席子在一块大理石板上滑过。鸟雀、四脚兽和爬行动物累了一天都休息了,荒凉的寂静笼罩着草原无边的大地。

爵士、罗伯特和塔卡夫与万物一样,也都休息了。他们躺在厚厚的苜蓿堆上,睡得很沉。疲倦不堪的马匹也躺在了地上,只有塔卡夫的马匹桃加,这匹纯种良马还是站着睡。它四条腿挺直,休息的时候和行动中同样的自信,随时听候主人的命令。院子里一片寂静,在黑暗中,炉子里的炭火渐渐熄灭,闪烁着它的余光。

大约十点钟,塔卡夫打了个盹突然醒来了,他皱眉凝神注视着,竖耳听着平原的动静,很明显他听到了别人听不到的声音。很快他的脸上现出隐隐的不安,和平日一样不易察觉。这是来了一群流窜的印第安人?还是出没于附近河流区域的黑斑虎、水老虎或别的猛兽?他觉得后一种可能性较大,他看了看堆在院子里的干草,更加不安,干草很快烧完,不能长久抵挡大胆的野兽。

塔卡夫无可奈何,只能静观事态的发展。他半躺着,双手支着脑袋,双肘顶着膝盖,眼睛凝视着沉沉的黑夜,如同一个突然被惊醒的人。

一个钟头过去了,换了别人,看见并无动静,就会重新躺下睡大觉。但是,外人意识不到危险,这个印第安人却凭着敏锐的感觉和天生的本能,预感到危险即将来临。

就在他竖起耳朵仔细倾听的时候,他的马桃加发出了低沉的嘶叫。它把鼻子向院子的出口伸去,塔卡夫猛地挺直了身体。

他自言自语道:"桃加感到来了敌人。"

他快速站起来,走出院子,仔细地观察着大草原。

原野上依然静寂,但已经不平静了。塔卡夫依稀辨认出许多影子在苜蓿丛中无声地浮动，这儿那儿闪烁着亮点，从各个方向聚拢过来，就像神奇的磷火在镜子般的湖面上跳舞。外地人会以为是潘帕斯区常有的萤火虫在闪烁着飞来飞去。但是塔卡夫心知肚明，他知道是什么敌人来了，他往枪里装上子弹，跳到柱子旁监视。

没过多久，草原上传来一阵怪叫，似犬吠，又似嘶吼，交织在一起。塔卡夫的马枪砰的一声，瞬间，无数怪叫此起彼伏，骇人听闻！

爵士和罗伯特突然惊醒，站了起来。

"出了什么事？"小罗伯特问。

"是印第安人来了？"爵士问。

塔卡夫答道："不是，是阿格拉来了。"

"阿格拉？"罗伯特看着爵士。

"没错，草原上的红狼。"爵士答道。

两个人操起枪，跑到塔卡夫身旁，塔卡夫手指前面的原野，告诉他们，骇人听闻的嚎叫声就是从那儿传来的。

罗伯特不禁向后退了一步。

"孩子，你不是怕狼吧？"爵士问。

"爵士，不是的，和您在一起，我什么都不怕。"罗伯特口气坚定。

"太好了。红狼并非可怕的野兽，就是来的数量多了，否则我们都不必搭理它们。"

罗伯特说："不要紧，我们有子弹，让它们来好了！"

"让它们有来无回！"

爵士说这些话，目的是宽慰孩子，其实他的心里不无恐惧，一大群贪婪的野兽在夜里袭击他们，数量也许有好几百只，他们才三个人，尽管有枪，要取胜可不是易事。

塔卡夫一说出"阿格拉"这个词，爵士就明白了，这是印第安人对红狼的称呼。博物学家称这种食肉的野兽为"鬣狗"。它的体形像大狗，脑袋像狐狸，皮毛呈棕红色，脊背上长黑色的鬣毛，非常灵活健壮，住在沼泽地，能游水捕捉水生动物，夜里出动，白天睡觉。牧场主最害怕它们，因为饥饿的红狼敢攻击大型动物，给牧场造成很大的损失。单个红狼还不可怕，成群的可就难以对付。人们宁愿对付一头美洲豹，一头黑斑虎，也不愿对付一群红狼，因为人可以正面打虎豹，狼群却会从前后左右袭击人。

刚才爵士听见潘帕斯原野那阵阵的骇人听闻的嚎叫声，看见许多黑影跳来蹦去，就知道瓜米尼河岸聚集了为数不少的红狼。这群野兽已闻到这儿有美味的人肉和马肉，它们不吃个痛快是不会回狼穴的。因此情况非常严峻。

这时候狼群的包围圈正在缩小，几匹马醒了，非常恐慌。只有桃加使劲踏马蹄，极力要挣脱缰绳，冲到外面去，主人不断吹口哨，阻止它，它才安定下来。

爵士和罗伯特守着院子的入口，枪都上了子弹，等着向第一批冲上来的狼开火，塔卡夫忽然用手把他们的枪托了起来。

罗伯特问爵士："塔卡夫是什么意思？"

"他不让我们打枪。"

"为什么？"

"大概时机还不到吧。"

塔卡夫的想法并非如此，他有更重要的理由，他把子弹袋提起来，把里子翻出来，表示袋子几乎是空的，爵士马上明白了。

"怎么回事？"罗伯特问。

"怎么回事！他要我们节省子弹，我们打猎用了不少子弹，我们缺弹药，只剩下不到二十发子弹了。"

孩子没说话。

"你不怕吧，罗伯特？"

"不怕，爵士。"

"好样的，孩子。"

这时，又是砰的一声枪响，一匹大胆的狼冲了上来，被塔卡夫打死。成排成排挤在一起冲上来的狼群后退，集中在离院子百步远的地方。

塔卡夫向爵士招招手，爵士跑上去接替他的位置。塔卡夫把院子里的干草等所有能烧的东西都归拢在一起，堆在院门口，向上面扔了一块还在燃烧的木炭。不一会儿，一张燃烧的火帘朝黑色的天空张开，透过火帘的缺口可以看到被火光照亮的原野。这时爵士才看清他们要对付的狼群的数目可真不少！他从来没见过这么多狼聚在一起，从来没见过这么贪馋的狼群！塔卡夫的火帘虽然挡住了狼群，但也加倍激怒了它们。有几头狼冲到火炭上，被烧到了爪子。

他们必须时不时地开枪才能挡住这群嚎叫的狼群，一个小时之后，十五只狼被打死在草地上。

被围困的三人处境相对有所缓解，只要有弹药，只要有火帘，狼群就冲不过来。可是，一旦弹药耗尽，火帘熄灭，那又怎么办呢？

爵士看着罗伯特，心里揪成一团。他忘了自己的安危，只想着这个可怜的孩子,他已表现出超出年龄的勇敢。罗伯特脸色苍白,但手里还抓着枪,他毅然决然地等待恶狼的冲击。

经过冷静的考虑,爵士决定找个彻底的解决办法。

他说:"一个小时之后,我们就没有弹药和火了,我们不能到那个时候才打主意。"

他向塔卡夫转过身去,集中记忆中所有的西班牙词汇,和他交谈,一边不时地向狼群开上一枪。

两个男人的交流很困难,幸好爵士了解红狼的习性,否则他弄不懂塔卡夫的语言和动作。

然而一刻钟过去,他还没有把塔卡夫的答复转告罗伯特,爵士询问塔卡夫该如何解决目前的困境。

"他怎么说?"罗伯特问爵士。

"他说,无论如何要坚持到天亮,红狼夜里才出来,天亮回它们的窝。"

"好啊,我们就自卫到天亮!"

"不错,孩子,没有子弹我们就用刀砍。"

塔卡夫已经做出榜样,一头狼靠近火帘,塔卡夫长臂一伸,收回来的刀沾满了狼血。

防卫的办法就要耗尽,深夜两点钟,塔卡夫向火帘投下最后一抱草料,他们就只剩下五发子弹了。

爵士用痛苦的目光环顾四周。

他想到身边这个孩子,想到他的伙伴,想到所有他爱的人。罗伯特默默无言,他还天真,想不到危险迫在眉睫,但爵士已经替他想到了,已经看到无法避免的悲惨场面,看到他被狼活活生吞!他控制不住自己内心的悲痛,把罗伯特搂在怀里,不停地吻他的额头,泪水不住地从眼里流出来。

罗伯特笑着看着他:"我不害怕!"

爵士说:"不怕,孩子,不怕!你说得对,再过两个小时,天就亮了,我们就会得救,——好,塔卡夫,好,塔卡夫好汉!"他叫嚷着。这时塔卡夫用枪托打死了两头试图越过火帘的狼。

但是,这时,在即将熄灭的火光下,他看见那大群的红狼正挤成一团,向小院子冲过来。

血战的最后时刻就要到来。没有了草料,火光逐渐熄灭,被照亮了的原野又落入黑暗中,红狼磷光似的眼睛又在黑暗中闪烁,再过几分钟,整个狼群就要冲进院子里来了。

塔卡夫打了最后一枪，又把一匹狼撂倒在地上。弹药用尽了，他双臂交叉，头垂到胸前，好像在默默想着心事。他是否在盘算一个大胆的、可能办不到的、非常冒险的办法，以赶走这批凶恶的狼群？爵士不敢问他。

这时狼群的攻击发生了变化。它们好像走开了，震耳的嘶叫声突然停止，死一般的寂静笼罩着大草原。

"它们走了！"罗伯特说。

爵士说："也许吧。"他竖起耳朵听外面的动静。

但是塔卡夫猜到了爵士的念头，摇摇头，他知道狼群不会放弃就要到口的猎物，只要天还没亮，它们就不会在黑夜回窝里去。

狼群显然改变了策略。

它们不再从正面攻击院子，它们看见前门被火和子弹顽强地守卫着，便一起绕过院子，从侧面进攻，这种新的战略给被围困者造成更大的危险。

很快，他们听见这群野兽的爪子在半朽的木柱上乱抓的声音。它们强有力的腿，血腥的嘴巴从摇摇欲坠的柱子的缝里伸了进来。马匹惊恐万分，挣断缰绳，在院子里发疯似的狂跑。爵士抱起孩子，要保护他到最后一息。为了逃生，他也想到不顾一切，冲出院子。这时他的目光落到塔卡夫身上。

塔卡夫在院子里像困兽般转着圈子，突然走近他的爱马桃加，马正在不耐烦地抖动，塔卡夫非常认真地给马套上鞍鞯，没有忘记每一条皮带、纽扣，他好像不再担心越来越近、越来越高的嘶叫声。爵士看见他的表现，又惊恐又悲哀。

他看见塔卡夫收拢了缰绳，准备上马，叫了起来："他要跑了，要丢下我们了！"

"不会的，他绝不会丢下我们的！"罗伯特信心十足地说。

不错，塔卡夫不会丢下朋友的，他打算牺牲自己拯救他们！

他的马桃加明白主人的意思，它做好了准备，咬着嚼铁蹦跳着，眼睛闪闪发亮，充满怒火。

塔卡夫抓住马鬃准备上马，爵士用颤抖的手一把拉住他。

"您往那儿走？"他用手指向无狼的旷野。

"是的。"塔卡夫明白他的手势。

接着他讲了几句西班牙语，意思大概是："桃加，好马，跑得快，引狼追它！"

爵士叫道："啊！塔卡夫！"

塔卡夫又说："快！快！"爵士非常感动，他用颤抖的声音向罗伯特解释塔卡夫的用意。

"罗伯特,我的孩子,您知道他说什么吗,他要为我们牺牲自己,他要向草原冲去,把狼群引开!"

罗伯特叫着,扑到塔卡夫的脚前,"塔卡夫,朋友,朋友,塔卡夫,不要离开我们!"

爵士说:"不,他永远不会离开我们的。"他转向塔卡夫说:"我们一起跑吧!"他指着那两匹惊恐得靠在柱边的马。

塔卡夫说:"不行,劣马,受惊了,桃加,好马不怕。"

爵士对罗伯特说:"这样好了,罗伯特,不让塔卡夫离开你,他让我明白我该做的事了,我骑马跑,让他留在你身边。"

说着,他拉住桃加的缰绳说:"让我走!"

塔卡夫沉着地说:"不行!"

爵士一边夺缰绳,一边说:"让我去,您救这个孩子,我把他托付给您了,塔卡夫!"

爵士太激动了,他又是英语又是西班牙语地说着。听不懂语言又有什么关系?危急关头,手势可以说明一切,他们很快就互相了解了。爵士坚持要去,塔卡夫不让,两个人争执着。危险在一秒一秒地迫近,狼在后院又抓又咬,树桩都快断了。

爵士和塔卡夫互不相让。塔卡夫把爵士拉到院门口,指着那片没有狼的原野,激动地告诉对方,不要浪费时间了,骑马引狼如不成,留下来的人更危险;又说,只有他才了解桃加的脾性,懂得利用它轻巧快速的特点谋求大家的安全。爵士急糊涂了,说什么都不让,非要自己去不可。突然,他被猛地推了一下,只见桃加蹦了起来,前蹄悬空,一跃越过火帘旁的狼尸,向原野跑去,同时,他们听到了一个孩子的叫声:

"愿上帝拯救你们,爵士!"

爵士和塔卡夫几乎来不及看见罗伯特,他已爬到桃加的背上,飞也似的冲了出去,消失在黑夜中。

"罗伯特!可怜的孩子!"爵士大叫。

塔卡夫没听见爵士的喊声,狼群爆发出骇人的嚎叫。红狼跟着马跑去的方向、以惊人的快速朝西冲去。

塔卡夫和爵士冲出院子,草原恢复了平静,他们只看见远处黑暗中一条波动的线。

爵士跌坐在地上,绝望、伤心,扭着双手。他看着塔卡夫,塔卡夫以平日

爵士和塔卡夫几乎来不及看见罗伯特，他已爬到桃加的背上，飞也似的冲了出去，消失在黑夜中。

惯有的平静微笑着。

"桃加,好马！孩子勇敢！他得救了。"塔卡夫点着头,赞许地说。

爵士说:"他会从马上掉下来的！"

"他不会掉下来！"

塔卡夫信心满满,但可怜的爵士终夜不得安宁,他甚至没有意识到他已脱离危险,狼群走了。他想跑去找罗伯特,但塔卡夫拦住他。他告诉爵士,他们的马赶不上桃加,桃加定能把敌人抛到后面。而且黑暗中很难找到罗伯特,要等到天亮才去找。

早上四点,曙光初现,天边的浓雾染上白光,清澄的露水洒满平原,晨风吹拂下,青草在轻轻摆动。

动身寻找罗伯特的时候到了。

"上路吧。"塔卡夫说。

爵士没说话,他跳上罗伯特的马背。两个人朝西,循着罗伯特离去的那条直线急驰而去。他们飞跑了一个小时,一面用眼睛搜索罗伯特的踪影,一面害怕发现他血淋淋的尸体。爵士心急如焚,拼命用马刺催促马匹,最后,他们听见几声枪响,是熟悉的信号枪声,隔一段时间发一枪,很有规律。

　　爵士喊道:"是他们到了!"

　　塔卡夫和爵士催马加速,很快就和巴加内尔带领的人马会合了。从爵士的胸口发出一声叫喊:罗伯特在那儿,他活着,好好地活着!他骑在桃加的背上,桃加看见主人塔卡夫,也快活地嘶叫起来。

　　"啊,我的孩子,我的孩子!"爵士叫道,声音饱含难以形容的爱怜。

　　他和罗伯特从马背上跳下,冲向对方,紧紧地拥抱在一起,然后是塔卡夫,把格兰特船长勇敢的儿子紧抱在怀里。

　　"他活着!他活着!"爵士不停地喊道。

　　罗伯特答道:"是的,我还活着,多亏了桃加!"

　　塔卡夫没等罗伯特说完感谢的话,就跑去拥抱了他的马,并爱抚地和它说话,好像那匹马是个人。

　　然后,印第安人转向巴加内尔,指着罗伯特说:"他是条好汉!"

　　他又用印第安人称赞勇士的话称赞罗伯特:"他的马刺从来没有发抖!"

　　爵士搂着罗伯特,问道:"我的孩子,为什么你不让我或塔卡夫去冒最后的危险呢?"

　　孩子用充满感激的话语回答:"爵士,冒险的事不该由我来做吗?塔卡夫救过我的命,而您,您要去救我的父亲啊!"

第 20 章　阿根廷平原

　　大家见了面互诉了衷肠,后来的那队人,大概除了少校,巴加内尔、奥斯丁、威尔逊、穆拉迪才想起他们渴得要死。幸好瓜米尼河不远,大家上路了。早晨七点到了院子,看见院子前后躺满了死狼,大家不难想象昨晚人与狼的攻防战役如何激烈。大家喝够了水,就在院子里吃丰盛的早饭,大家都说"南杜"肋条肉是佳肴,连壳烤的犰狳是美味。

　　巴加内尔说:"我才不限制自己的食量呢,我要放开肚皮尽量吃,不然对不起老天爷。"

　　他真的放开肚皮吃了,幸好没撑破肚皮,因为他喝了瓜米尼河的水,他觉得这水有助消化。

　　早上十点钟,爵士不愿像汉尼拔那样,因迷恋卡普阿①的安逸按兵不动,于是发出动身的号令。皮袋子里装满了水,大家出发了。吃饱喝足休息后的马,精神抖擞,活力十足,几乎一直保持着打猎时小跑的速度。当地气候比较潮湿,土壤也肥沃了一些,但还是荒无人烟。11月2日和3日没发生什么事,3日晚上,经长途跋涉,大家疲累,就在潘帕斯区的尽头,布宜诺斯艾利斯省的边境宿营休息。从10月14日离开塔尔卡瓦诺海湾至今,已有二十二天,走了四百五十英里,也就是说,他们走了三分之二的路程。

　　第二天早上,他们越过了潘帕斯草原区和阿根廷平原区的分界线,塔卡夫希望能在这一带地区找到那几个印第安人的酋长,还有落到他们手中的哈利·格兰特船长和他的两个水手。

　　阿根廷共和国共有十四个省,布宜诺斯艾利斯省最大,人口也最多,南部和印第安人区接壤,位于东经64°和65°之间。土地肥沃得惊人,气候宜人,有益健康,遍地禾本科植物,蔬菜类禾本状植物,地面平坦,一马平川,一直延

---

① 卡普阿,也称卡普亚,意大利古城。公元前212年,汉尼拔与罗马军队曾在此发生过卡罗阿之战。

续到坦迪尔和塔巴尔康这两座山的山脚。

自从离开瓜米尼河,小队人马对温度的明显改善非常满意。平均温度不超过摄氏17℃,因为巴塔哥尼亚强烈的寒风不停地舒缓着热浪,这班人马饱受过干燥和炎热的煎熬,没有任何理由抱怨这样的天气。他们精神焕发,充满信心地前进。但是,尽管这个地方这么好,大家却都觉得这个地区好像无人居住过,或者说,人都搬迁了。

这条朝东的路线途经不少小湖泊,有时绕湖而过,有时穿过湖心,湖里的水或是淡水或是咸水。湖岸或灌木丛中,轻巧的鹞鹩在跳跃,快乐的百灵鸟陪伴羽毛像蜂鸟一样艳丽的对手"唐家拉"在唱歌,这些美丽的鸟快乐地拍打翅膀,不理会那些椋鸟——红胸脯红肩的它们像士兵在堤岸操练;荆棘丛中,"安奴比"鸟的悬窝像克里奥尔人的吊床,摇摇晃晃;湖岸有非常漂亮的红颧鸟,排着整齐的队伍行走,迎风张开火红的翅膀,成千个窝聚在一起,有一英尺高,呈圆锥形,像个小城。旅行者走近它们,它们并不受干扰。巴加内尔有点失望。

他对少校说:"我早就想看看红颧鸟是怎样飞的。"

"好啊!"少校说。

"现在机会来了,我就不放过了。"

"巴加内尔,您就好好利用吧。"

"少校,您来帮我看看,罗伯特,你也来,我需要证人。"

巴加内尔让他们二位走在前面,他跟在后面,向那群红颧鸟走过去。

到了一定距离,巴加内尔朝天开了一枪,他并非要伤害鸟儿。所有的红颧鸟一起飞了起来,巴加内尔透过眼镜认真观察鸟儿的飞翔。

鸟群飞得不见踪影时,他问少校:"怎么样,您看见它们飞了吗?"

少校说:"当然看见啦,除非是瞎子。"

"您觉得它们飞的时候像羽箭吗?"

"一点也不像。"

"压根就不像。"罗伯特说。

巴加内尔很满意地说:"我敢肯定不像羽箭。但是,你们知道吗,我的法国老乡夏多布里昂,这个谦虚的人中最骄傲的人,居然用羽箭比喻红颧鸟,真不恰当。罗伯特,文学作品中的比喻是最没谱的,你一辈子也不要轻信比喻,不到万不得已也不要用它。"

少校问道:"您对您的实验很满意了?"

"太满意了。"

"我也满意,不过,赶快催马前进吧,您的著名的老乡夏多布里昂让我们落后了一英里!"

巴加内尔赶上伙伴们,爵士正和塔卡夫热烈地谈论什么话题,爵士听不明白塔卡夫的话,塔卡夫好几次停下来观察远方的地平线,脸上露出吃惊的表情。爵士因为翻译不在身边,只能直接问塔卡夫,可是办不到,没办法沟通。当他看见巴加内尔从远处跑来时,就叫道:

"喂,快过来呀,巴加内尔,我听不懂塔卡夫说什么!"

巴加内尔和塔卡夫谈了几分钟,然后转向爵士说:

"塔卡夫看到了非常奇怪的自然现象。"

"什么现象?"

"就是在平原上看不见印第安人。平时他们成群结队地经过,或赶着从牧场掠来的牲畜,或到安第斯山区卖他们的鼬绒毡、皮鞭,可是现在看不见他们,连走过的痕迹都没有。"

"他知道什么原因吗?"

到了一定距离,巴加内尔朝天开了一枪,他并非要伤害鸟儿。所有的红颧鸟一起飞了起来,巴加内尔透过眼镜认真观察鸟儿的飞翔。

"不知道,他只是纳闷。"

"他想见到怎样的印第安人呢?"

"就是那几个曾抓过外国俘虏的印第安人,就是卡夫古拉、卡斯特里厄或扬什特鲁兹几个酋长率领的印第安人。"

"这些酋长都是些什么人?"

"约三十多年前,他们是部落首领,权力无上,后来被赶到山的这一边之后,他们的锋芒收敛了一些,也只是印第安人所能收敛的限度,依然在潘帕斯草原区和布宜诺斯艾利斯省之间打家劫舍。在他们经常出没的地区见不到他们的影子,我和塔卡夫一样觉得奇怪。"

"那么,我们该怎么办呢?"爵士问。

"我问问他吧。"巴加内尔说。

他和塔卡夫谈了一会儿,然后对爵士说:

"我认为他的意见是对的。他说,我们还是朝东走,在这37°线上,有一座独立堡,到了那儿,即使仍然没有格兰特船长的消息,也可以打听阿根廷平原的印第安人的去向。"

爵士问:"独立堡远吗?"

"不远,在坦迪尔山,离这儿约六十英里。"

"我们什么时候可以走到那里?"

"后天晚上。"

格里那凡爵士很是沮丧。在潘帕斯地区居然找不到印第安人,真是意料之外。平日印第安人熙来攘往的啊。一定发生了什么不寻常的事,他们才离开此地的。更严重的问题是,如果格兰特船长本来被这儿的部落俘虏,后来被拉去北方或南方,他们该怎么找他? 爵士焦虑异常。不管如何,总要弄清船长的去向,还是按塔卡夫的意见办吧,到坦迪尔村去,起码可以打听一下。

傍晚四点左右,他们看见远处地平线上的一个小丘陵。在平坦的地面上,它算得上是座小山,那就是塔巴尔康山,这队人马就在它的山脚下过了夜。

第二天,他们走的路是世界上最易走的,不陡的山坡,坡地是起伏的沙地。翻过安第斯山高低岩的人根本不把它看在眼里。马匹也几乎没有降低急行速度。中午他们走过被废弃的塔巴尔康堡,它是南部边界抵御土著人抢掠的小堡垒群中的第一个,但还是没有印第安人的影子。塔卡夫更纳闷了。日中时分,他们看见三个骑马带枪的人,观察了格里那凡爵士一行人一会儿,不容他们靠近,便以惊人的速度逃之夭夭了。爵士非常失望。

塔卡夫说:"是高乔人。"他对土著人的这个称呼曾引起巴加内尔和少校的争吵。

少校说:"啊,又是高乔人,巴加内尔,怎么样,今天不吹北风,您对这帮家伙有什么高见?"

巴加内尔说:"我看他们就像大盗贼。"

少校说:"亲爱的学者,'像'和'是'差多远?"

"一步之遥吧,亲爱的少校!"

旁边的伙伴都笑了,巴加内尔没生气,反而就这帮印第安人发表了一番妙论:

"我记不清在哪本书中读到,说阿拉伯人的嘴巴表现得很凶,但目光却是柔和的,而美洲的土著人却相反,他们总是目露凶光。"

即使职业相士对印第安人的评论也没他说得准确。

大家按塔卡夫的命令,紧靠在一起行进。这地区虽然荒无人烟,也需严防突然袭击。很快他们就发现这一招多余。晚上,他们在荒废的宽大寨子里宿营,这里原是酋长集合队伍的地方。塔卡夫认真检查了寨子,发现这个地方没有留下最近有人来过的痕迹,他确信很久没人住过了。

第二天,他们又在平原上行进。很快看见距坦迪尔山最近的几个"艾斯坦西亚"①。塔卡夫决定不在这地方停留,而是直奔独立堡,他要打听消息,尤其要弄清这一带没人居住的原因。

自从过了高低岩,他们少见树木,现在终于又见到了。这些树木大多是欧洲人来美洲后种植的,有栋树、桃树、白杨、柳树、豆球树等,长得又快又好。这些树一般都围绕着装了木桩的牲畜栏栽种,畜栏里养着上千头牛、羊、马和奶牛,身上用烙铁烙有主人的印记,四周由很多警惕性很高的大狗守护着。这里的土壤略带盐质,一直伸展到山边。土地上长着茂盛的牧草,人们喜欢选这个地方放牧。每个大牧场都有一个总管和一个工头,每千头牲畜有四个"陪翁"。

这些人过着《圣经》中描写的大牧主的生活,他们养的牲畜数目比美索不达米亚平原的牧主还要多。但这儿的牧人没有家庭,他们大多是贩卖牛马的商人,根本不是《圣经》中说的家族族长。

以上情况就是巴加内尔给伙伴们详细讲解的内容。他又大谈有关人种学的问题,对不同的人种作了饶有趣味的比较,使得少校都听得入神,而且不

---

① 阿根廷平原上饲养牲畜的大牧场。——原注

加掩饰。

巴加内尔不失时机,提醒伙伴们注意欣赏海市蜃楼的奇观。在这样平坦的平原上,这是常见的景象。大牧场远看像岛屿,四周的白杨和柳树就像清水中的倒影。清水却会在人们面前倒退。幻象如此逼真,人的眼睛难辨真假。

11月6日这一天,他们看到好几个牧场,还有一两个屠宰场。牲畜在肥美的牧场养肥之后,拉到这儿,伸出脖子被屠夫宰杀。屠宰场,顾名思义,是屠杀肉类动物的地方,血腥的屠杀在春末开始。屠宰场派人到牧场抓牲口,用拉索套住捕捉,套捕人的技术高超,套够了就成群带回宰杀。一杀就是上百头,然后剥皮、分类、切肉。但公牛常常要抵抗,于是屠夫变成斗牛士。干这种工作有风险,但他们都很内行,应该说,采取的手段很残忍。屠宰场的场面惨不忍睹,没有什么比在屠宰场四周所见所闻更令人毛骨悚然的了:四周散发出恶臭的气味,院子里传出屠夫的吼叫声,狗的狂吠声,牲畜垂死的哀号声。阿根廷平原上空的黑秃鹫、坐山雕等成千只从几十英里外飞来,和屠夫们抢夺还在颤抖的动物尸骸的残肉。

但爵士这队人马此刻经过屠宰场时,里面没有声音,静悄悄的,因为大批屠杀牲口的时候还没到。

塔卡夫催促大家赶路,他想当晚赶到独立堡。马匹们在主人的驱赶下,以桃加为榜样,穿过高大的植物飞奔。途中他们也见到几个人家,建有高墙,挖了深沟,房子正面建了平台,居民都配备武器,可以在平台上和草原上的强盗交火。爵士本来想向居民打听消息,但想想,还是到坦迪尔村打听较安全,因此没有停留。过了胡瑟斯河,走了几英里,又过了沙巴雷夫河,很快他们就踏上了坦迪尔山外的草坡。又过了一个小时,他们看见了狭窄山坳里的坦迪尔村,独立堡的高墙在上面俯瞰着村子。

第 21 章 独立堡

坦迪尔山海拔一千英尺,古老原始,也就是说,在所有有机的和变质的构造产生前就已出现,它的组织和结构是在地热影响下逐渐改变而成,由一系列半环形的片麻岩丘陵组成,上面长满青草。坦迪尔县就以山的名字命名,包括布宜诺斯艾利斯省的整个南部地区,以山腰为界,而许多向东流的河流的源头就在这山腰。

坦迪尔县的居民约四千人,县城就设在坦迪尔村,位于山北的山脚,受独立堡的保护。它的地理位置不错,下有一条沙巴雷夫河的重要溪流。这个村有个特点,巴加内尔不会不知道,就是村里住的都是法国巴斯克人和意大利的后裔。法国人在拉普拉塔河的下游建了几个殖民地。1828年,为了不受印第安人的入侵和骚扰,法国人巴尔沙普建了独立堡。他得到多比尼的协助。多比尼是一位学者,非常熟悉南美,他对南美很有研究,介绍南美各国的情况也最深入。

坦迪尔村是个相当重要的地方。村里通过当地人称为"加勒拉"的一种适合走平原路的大牛车与布宜诺斯艾利斯进行贸易交往。乘这牛车,十二天就可到达首都,把村里的商品运到城里去。村里的商业活动相当活跃,人们常把屠宰场的腌肉、牧场的牲畜、印第安人新奇的手工业产品,如棉布、羊毛织品、皮匠编织的制品等运到城里。因此,村里不仅盖了舒适的住房,还建了学校和教堂,教育培养当地人和外来的人。

巴加内尔给伙伴们介绍了坦迪尔村的详细情况后,说在这个村不可能打听不到消息,而且独立堡由国家的军队把守,爵士于是把马送到一家外观挺排场的旅馆的马厩去,然后,在塔卡夫的带领下,巴加内尔、少校、罗伯特和爵士向独立堡走去。

在小山冈爬了几分钟,到了独立堡的门口,阿根廷军队的士兵在站岗,但防范不严,进去并不困难,说明无须看守,或非常安全。

堡的空地上有几个士兵操练,年龄最大的二十岁,最小的七岁,说实话,就是十二个孩子和少年在对打,穿的制服就是条子布做的衬衣,皮带束腰,既无长裤也没短裤,也没穿苏格兰的短裙。天气温和,适合穿这样轻便的衣服,巴加内尔看见政府没有把钱花在军服上,觉得很好,这些孩子每人背一支后膛枪,一把军刀。这么小的孩子,枪太重,刀太长,他们的脸晒得黑黑的,模样很相像。指挥他们的军官,与他们也像,大概是一家子的兄弟吧,后来一打听,果然是。

巴加内尔并不奇怪,他了解阿根廷的统计数字,每个家庭平均有九个以上的孩子。他奇怪的是,这些孩子兵实行法国式操练,主要动作分成十二节,做得还挺精确,那个指挥官发布命令,用的也是法语——地理学家巴加内尔的母语!

他说:"这真是怪事!"

爵士到独立堡不是为了观看孩子操练,也不是来研究他们的国籍和原籍,他不让巴加内尔在此大惊小怪,而是要他快找驻军的长官。巴加内尔遵命照办。于是一个阿根廷士兵向一间小房子走去。这间房子是作警房用的。

过了一会儿,司令官亲自来了:五十左右的汉子,体魄强壮,军人气派,粗硬的胡子,高颧骨,花白头发,目光炯炯,威严有神,嘴里叼着短烟斗,烟斗冒着烟,透过烟雾看见的就是这副模样。他的形象使巴加内尔回忆起以前法国下级军官的风度。

塔卡夫向司令官介绍了爵士和他的伙伴们。司令官一面听,一面不眨眼地盯着巴加内尔,弄得巴加内尔有点狼狈,不解何意。他正要问,司令官不客气地抓住他的手,很高兴地用法语问他:

"您是法国人?"

"是的,是法国人。"

"啊,太高兴啦!欢迎!欢迎!我也是法国人。"司令官使劲攥住巴加内尔的手臂。

少校问巴加内尔:"是您的一个朋友?"

巴加内尔颇有点得意,说:"还用说吗,五洲四海都有我的朋友!"

巴加内尔好不容易把手从司令官铁钳般的手里挣脱出来,和他交谈。爵士本想插话,打听他最关心的事,但这位军人光顾着讲他的故事,看来是不会中途停下来的。他离开法国很久,母语已经不太熟悉,单词还没忘,但已经不熟练了,他说的法语和法国殖民地的黑人说的差不多。原来他是法军的士官,是巴尔沙普的部下。

自1828年独立堡建立以来,他就没有离开过这个地方。如今他是阿根廷政府任命的独立堡的指挥官,五十岁,法国巴斯克人,名叫马努埃尔·伊法拉盖尔。他不是西班牙人,但侥幸的是,到此地一年之后,他娶了一个印第安人妻子，并加入了阿根廷国籍，在军队服役。那时候他妻子已经为他生了一对双胞胎儿子，都六个月了。马努埃尔就是要当兵，他不要别的职业，他希望上帝能赐给他一连的儿子，可以为共和国服务。

他说："你们都看见了，他们多么可爱！全都是好兵！约瑟！若昂！米凯尔！佩佩！佩佩才七岁，会打枪了！"

佩佩听到父亲称赞他，两腿一并，做了个立正的动作，又以优美的姿势做了个端枪的动作。

司令说："他准行！总有一天会成为上校，或者旅长！"

前下士马努埃尔眉飞色舞，兴致勃勃，他认为谁也不能否认，军人的职业最高级，将门之子前途无量，正如歌德说的：唯有幻想能使我们欢欣鼓舞。

司令足足说了一刻钟，塔卡夫听得目瞪口呆，他无法理解一个人的喉咙能吐出这么多的话。没人打断司令，他终于把话说完了。他没忘请客人们到他的家里去见他的夫人。客人们也就去见了他的夫人，她果然是个贤妻良母，过去时代称赞女人的这个词，不知道用在一个印第安女人的身上是否恰当。

大家一番客套寒暄之后，司令问客人是什么风把他们吹来的，来此有何贵干。现在是解释的时候了，否则就没机会了。

巴加内尔用法语讲述了他们横穿潘帕斯大草原的原因，最后还问起印第安人离开这儿的原因。

司令耸耸肩，说："啊！……是啊，没人了……确实没人了！我们这些人，只好闲待着……"

"到底为了什么？"

"打仗啊！"

"打仗？"

"是啊，打内战啊……"

"打内战？"巴加内尔无意中学着司令的腔调说话了。

司令说："是啊，巴拉圭人和布宜诺斯艾利斯人交战了。"

"那又怎样了呢？"

"所有的印第安人都到北方去了，追随佛劳莱斯将军去了。印第安人，强盗，抢劫。"

"酋长们呢？"

"酋长也和他们一起去了。"

"什么？酋长卡斯特里厄尔呢？"

"他也走了。"

"卡夫古拉呢?"

"他也不在了。"

"扬什特鲁兹呢?"

"他也不在了。"

这些答话翻译给塔卡夫之后,塔卡夫点头。他忘记这场内战了,内战招来巴西的干涉,阿根廷双方死了很多人,印第安人趁火打劫。阿根廷北部各省打内战,潘帕斯地区就没有人了,印第安人去北方趁机打劫去了,这就是司令解释的原因。

爵士的计划因此被全盘推翻。原先的打算不能实现了。如果格兰特船长被酋长俘虏,他定然被他们拉到北方去了,爵士们怎么去寻找他呢?到哪儿去寻找呢?是否到草原的北部去冒险,做徒劳无功的努力呢?其后果相当严重!需要慎重考虑才行!

他们本来还有个很重要的问题要问司令,听了他刚才的答话,大家失望得都呆住了,竟忘了问,还是少校想起来了。他问:

大家一番客套寒暄之后,司令问客人是什么风把他们吹来的,来此有何贵干。

"司令听说过有个欧洲人被潘帕斯区的酋长抓了吗?"

司令官想了想,努力在记忆中搜寻。

"有的。"他终于回答说。

"啊!"爵士高叫,又燃起了新的希望。

爵士、巴加内尔、少校和罗伯特走过去围住了司令官。

他们用急切的目光盯着司令,说:"请快点说,快点说。"

"那是几年前的事了,是的,没错……是这样……欧洲俘虏……但我从没见过……"

"几年前的事?"格里那凡爵士说,"您记错了吧……船失事的日期是准确的……'不列颠尼亚'号是1862年6月失踪的……还不到两年。"

"啊,不止两年了,爵士。"

"不可能吧。"巴加内尔叫起来。

"确实不止两年了,那是佩佩出生的时候……有两个人。"

"不,是三个吧?"爵士说。

"是两个人。"司令用肯定的口吻说。

"两个人?两个英国人?"爵士很吃惊。

"不是,谁说是英国人?不是……一个是法国人,一个是意大利人。"

巴加内尔叫了起来:"一个意大利人,是被包于什人杀了,对吗?"

"是的,我后来得知……法国人得救了。"

小罗伯特叫起来:"被救了!"好像他的性命就悬在司令的嘴唇上了。

"是呀,从印第安人手里被救了。"司令说。

大家都看着巴加内尔,他非常失望地拍打自己的脑门儿。

他终于说道:"我明白了,一切都清楚了,一切都可以解释了。"

"到底怎么回事啊?"爵士又不安又不耐烦,问道。

巴加内尔抓住罗伯特的两只手,说道:"朋友们,我们又要失望了,我们走错路了。他们所说的俘虏,不是格兰特船长,而是我的一个同胞,他的意大利伙伴叫马可·瓦泽罗,他确实被包于什人杀害了。我的同胞跟随那些凶狠的印第安人去过几次科罗拉多河,幸好他脱离了虎口,回到了祖国。我们以为追寻到了格兰特船长的踪迹,不料追寻到的是年轻的吉纳尔①的踪迹。"

听了他的话,全体沉默。走错路是很明显的事,司令提供的详细情况,俘

---

① 法国人吉纳尔于1856年至1859年被印第安包于什族人掳去三年,他以极大的勇气忍受了残酷的考验,终于逃出安第斯山,于1861年回到祖国。——原注

虏的国籍,俘虏的伙伴被杀害,他从印第安人手中逃出,一切都符合事实。爵士失望地看着塔卡夫。塔卡夫问司令:

"你没听说有三个英国人被俘吗?"

"从没听说过,如果有这回事,我们这儿应该知道的……我也会知道的,没有这回事……"

爵士听了这肯定的答复后,觉得在独立堡无事可干了。他和伙伴们谢过司令,和他握手道别。

爵士见希望成了泡影,很是沮丧。罗伯特走在他身边,眼噙泪水,爵士找不到话来安慰他。巴加内尔自言自语,不知道说什么。少校保持沉默。塔卡夫有点惭愧,觉得自己带错了路,其实谁也没有责备他,因为这类错误不怪他。

大家回到旅馆。晚饭吃得很沉闷。但这伙人都是勇敢真诚的汉子,没有人抱怨白吃了苦,白冒了险。就是眼看成功的希望完全破灭了,不免有些惆怅。从坦迪尔山到海边这一带地区能找到格兰特船长吗?没有可能了。如果有俘虏落到印第安人手里,司令官应该知道,经常在坦迪尔和卡门之间来往的人,到内格罗河做生意的印第安人,也不会不知道这事。在阿根廷平原上,无事不知,无话不传。现在只能打定这个主意了:快点到约定的梅达诺海峡和"邓肯"号会合。

巴加内尔要爵士把格兰特船长写的信拿出来再看看,他心有不甘,这封信造成他们这次走错了路,他要从中找出新的解释来。

爵士不住地说:"信写得再明白不过了!不是说了沉船的经过和被俘的地点了吗?"

巴加内尔用拳头敲桌子:"啊,不,不一定啊,一百个不一定啊!格兰特船长不在潘帕斯地区,不在美洲,他会在哪儿呢?信里应当提到,一定提到了!朋友们,我一定要找到答案,找不出来,我就不叫雅克·巴加内尔!"

第 22 章 洪 水

独立堡到大西洋岸边的距离是一百五十英里,如果没有意外的拖延——事实上不可能有这样的拖延——爵士的这队人马四天就可以和"邓肯"号会合。但是,寻找格兰特船长的计划失败,找不到格兰特船长就回去,这样爵士可受不了。因此,第二天,他仍然不甘心,没有下命令出发。少校代他做了指挥,他叫人备马、筹粮、制订行程计划。在少校的指挥下,这支小队伍才在早上八时走下坦迪尔山的草坡,向大西洋海岸进发。

爵士骑着马,一言不发,罗伯特在他的旁边。爵士的性格果断刚强,遭此挫败难以平静,他的心急跳着,头脑发热。巴加内尔被格兰特船长信中的难点困扰着,他在反复琢磨里面的每个字,希望从中找出新的线索。塔卡夫也默默无言,任由他的坐骑载着他走,只有少校,还是满怀信心,挫败绝不会击倒他。奥斯丁和他的两名水手与主人休戚与共。突然,一只胆小的兔子在他们面前的小径间蹿过去,两个迷信的苏格兰水手互相对望了一眼。

"不祥的预兆。"威尔逊说。

"不错,不过是在苏格兰高地才会不祥。"穆拉迪说。

"在高地是坏兆头,在这儿也不会是好兆头。"威尔逊说。

将近中午,他们越过坦迪尔山区,进入一直延伸到海边的那片道路坎坷的大平原。清澈的河水灌溉着肥沃的土地,向高大的牧草丛流去。大地又显出平坦的常态,如同风暴过后的海洋一样平静。阿根廷潘帕斯地区的最后几座山越过去后,马匹们踏上了单调的长长的绿色地毯般的大草原。

在此之前天气一直不错,到了这天,却有点不稳定。前几天的高温蒸发出来的水汽凝聚成厚厚的乌云,预示倾盆大雨即将降临。这里靠近大西洋,西风劲吹,气候特别潮湿,肥沃的土壤和肥美的牧草就是明证。不过,乌云还没有变成大雨,马匹还是轻松地跑完了四十英里。到了晚上,大家就在大水坑旁边歇息,每个人的篷罩成了帐篷和被窝。大家就在风雨欲来的天空之下睡觉。

第二天，平原的地面逐渐低洼，出现了地下水，潮气好像是从土地的毛孔里渗出来的，没走多远，东去的路上便现出不少宽大的池沼，有的水很深，有的正在形成。水洼边看得清楚的，没有水草的，马还可以涉水而过，如果遇到稀烂的泥潭，马就没办法过去了，长长的草遮盖着泥面，陷进去可就完了。这些泥潭淹死过不知多少人畜。罗伯特在队伍前面走了半英里，突然调转马头，喊道：

"巴加内尔先生，巴加内尔先生，前面有片林子，长满牛角！"

学者问："你说什么，树林长满牛角？"

"是呀，是呀，是小丛林。"

"小丛林？你在做梦吧？孩子。"巴加内尔耸耸肩。

罗伯特说："我怎么是做梦呢，您来看看吧，这国家真怪，地里种牛角，牛角长得像麦子一样，我真想弄点种子回去！"

"他不像开玩笑！"少校说。

"我说的是真的，少校先生，您去看看就知道了。"

罗伯特没有看错，走不多远，大家就看见前面一大片地种满了牛角。牛角栽得整整齐齐，又低又密一眼望不到边，真是牛角小丛林啊！好生奇怪！

罗伯特问："你们看，它们真的是牛角吧？"

巴加内尔说："这可真是怪事。"他扭头询问塔卡夫到底是怎么回事。

塔卡夫说："牛角露出地面，牛在地底下。"

巴加内尔大惊，问道："什么？一大群牛陷进泥里去了？"

"是呀。"塔卡夫说。

确实是一大群牛在这松烂的泥地上行走，一起陷入了泥潭，在里面闷死了。好几百头牛啊！这类事在阿根廷时有发生，印第安人不可能不知道这事。这也警告了行人，小心脚下的地面。

大家绕过牛角林。这么多牛，祭神的时候，足可满足古代最苛求的神了。一个小时之后，牛角林已被他们抛到两英里外了。

塔卡夫有点忧虑地观察四周，总觉得哪儿有点不对劲，他常常停下来，踩着马镫向前眺望。他个头高，可以看得很远，但他没看出什么问题来，继续前行。走了一英里，他突然叫大家停下。他离开直走的路，朝北走了几英里，又朝南走了几英里，回来又带领大家走上了直线，也没说出他的心思，不知他在担心什么。这样翻来覆去，折腾了好几次，巴加内尔很纳闷，爵士也不安，于是爵士叫巴加内尔问问塔卡夫。

塔卡夫说，他看见平原到处渗水，不明何因。据他所知，他做向导以来，他的脚从未踩过这么潮湿的地面。就是在下大雨的季节,阿根廷平原还有不少路可走。

"不断潮湿的原因是什么呢?"巴加内尔问。

"我不知道,如果我知道……"

"被雨水涨满了的山溪不泛滥吗?"

"有时也泛滥。"

"也许现在泛滥了?"

"也许吧。"塔卡夫说。

巴加内尔只得把塔卡夫不肯定的答复转告格里那凡爵士。

"塔卡夫认为该怎么办?"爵士问。

巴加内尔问塔卡夫:"我们该怎么办?"

"赶快走!"塔卡夫说。

这话说得容易做起来难。马在湿滑的地面行走,很快就累得气喘吁吁。平原的这一部分地区成了茫茫无边的沼泽地,涌出来的水很快积聚在一起,必须赶紧越过这片很快就要变成湖的低洼地带。

他们加快脚步。水大片大片地在马蹄下飞溅,两小时左右,天上的瀑布往平原上倾泻起热带的急流,要想表现大无畏精神的话,这是极好的机会。没有办法对付这样的暴雨,最好就是咬紧牙关任雨浇个够。篷罩上的雨水像小溪流,帽子上的水像落满水的屋檐向他们直倒下来,马鞍上的璎珞成了水网,骑在马背上的人被马蹄溅起的水泼得浑身透湿,马匹就在天上和地上的水的双重夹攻下奔跑。

一直到傍晚,他们就这样,浑身湿透,又冷又饿又累,来到一所破烂的栏舍。落难的人才把这地方称为宿营地,走投无路的旅人才在此避风雨,爵士和他的伙伴没有选择的余地。他们蹲在这被废弃的棚子里,这是连潘帕斯地区最穷的印第安人都不愿屈居的地方。好不容易才把湿草点燃,冒出的是浓烟,却生不出热量,挡不住寒冷。棚外暴雨倒水似的,发疯地下着;发霉的茅草屋顶漏雨,雨水大滴大滴地掉下,穆拉迪和威尔逊点了不知道多少次火,炉子里的火才算烧着了。晚饭很普通,谈不上营养,气氛也沉闷,都没胃口,只有少校看得上被雨弄湿了的干肉,吃得下去。少校处事总是很洒脱,而巴加内尔这个法国人,喜欢开开玩笑,但玩笑也起不了作用了。

他说:"我的玩笑话也受潮了,炸不响了!"

在这种情况下,最能安慰人的事就是睡觉,每个人都试图在睡觉中忘记疲劳。夜里的天气更糟糕,栏舍的木板被风刮得嘎嘎响,快要断裂,每刮一阵

狂风,栏舍就倾斜,就要倒塌。倒霉的马匹在外面呻吟,它们的主人在棚内也不好过。然而瞌睡终于占了上风,罗伯特第一个睡着,他靠在爵士的肩膀上睡了。很快破棚里的客人们在上帝的守护下都睡着了。

大概有上帝的守护,一夜平安无事。早上,大家被桃加吵醒了,它在外面嘶叫,还用蹄踢棚壁。塔卡夫不在的时候,它也会在需要的时候发出起程的嘶鸣。大家都感谢它,都听它的呼唤。然后大家就出发了。

雨下小了,但地面上都是积水,黏土地面不渗水,到处是水洼、沼泽、池塘,水从它们那儿溢出来,形成深浅难测的湖。巴加内尔看了看地图,想到格朗德河和维瓦罗塔河本应疏导平原上的水流,现在大概混在一起了,两条河并在一起,该有几英里宽!

现在,用最快的速度赶路是必需的了,这关系到全体的安全。如果水再往上涨,他们到哪儿去栖身呢?放眼四顾,望尽天涯,看不到高地,如此平坦的大地,水流速度一定惊人,洪水涌来毫无阻挡。

于是他们没命地催马狂奔。桃加跑在前面,简直就像海马,比某些两栖动物跑得还快。它在水中飞跃猛冲,好像它是生活在水中的动物。

快到早上十点,桃加突然显得焦躁不安,它不断地回望南方平坦的原野,长时间地嘶叫,鼻孔翕动,用力吸气。它跃起前蹄,直立长啸,塔卡夫虽然没有被它摔下马,但也很费力才控制住它。它冲动到紧勒嚼铁,嘴边的泡沫都混有血丝,还不肯平静。主人感到,只要他松开缰绳,它就会朝北飞奔而去。

巴加内尔问道:"桃加怎么啦?是不是被蚂蟥咬了,阿根廷水里的蚂蟥很可怕的!"

"不是。"塔卡夫说。

"它被某种危险吓着了?"

"是的,它觉得有危险要发生。"

"是什么危险?"

"不知道。"

虽然人的眼睛没有看到桃加感觉到的灾难,但耳朵却听到了:那是低沉的,连续不断的,涨潮般的水流声音,从遥远的天边传来。狂风猛烈地吹着,湿漉漉的,鸟儿被不知道的灾难吓着了,在空中展翅惶恐地飞蹿。马匹的半截腿泡在水里,已经感觉到洪水初发时的阻力。很快,从南部半英里外传来可怖的叫声:牛吼、马嘶、羊叫;随声而来的是巨大的畜群,连滚带爬地拼命向北逃窜,速度快得惊人。它们的四蹄溅起一片白茫茫的浪花,你都看不清它们的面目。一百条长鲸在海洋里翻腾,也掀不起这么巨大的浪花!

"快跑！快跑！"塔卡夫高喊。

巴加内尔问："怎么回事啊？"

"洪水！洪水来了！"塔卡夫一边回答，一边催马向北急驰。

巴加内尔也叫起来："洪水来了！"

伙伴们在他的带领下，跟着桃加向北飞奔。

洪水来了，南面五英里，一排排巨大的浪头以排山倒海之势，向平原这边涌来。辽阔的平原立即变成一片汪洋。长长的草消失了，像被刀割去一般；本木含羞草被浪潮连根拔起，在水中飘荡，像是流动的岛屿；泛滥的洪水，形成阵阵洪峰，铺天盖地，其势汹涌，不可阻挡。很明显，潘帕斯地区的河流决堤了，也许是北边的科罗拉多河和南部的内格罗河一起泛滥，汇成了大河。

塔卡夫刚才手指的洪水，不一会儿就如跑马似的来到这队人的跟前。他们就像被暴风吹散的浮云，四处奔逃。然而，四处看不到可以躲避藏身的地方，直到天边，水天连成一片。过度受惊的马匹拼命向前狂奔，骑马的人使劲才能贴紧马鞍。爵士不时向后张望。

"水就要淹到我们了！"他想。

"快！快！"塔卡夫不停地吆喝。

大家加紧催促马匹，马肚子被马刺扎出的鲜血流在水里，形成一条长长的红线。马被泥缝绊倒，被看不见的草裹住脚。它们跌倒了被拉起，拉起又跌倒，非常可怜。水面明显升高，长长的浪条预示大水就要袭来，相距不到两英里了。

和最可怕的天灾艰苦搏斗了一刻钟，大家拼命地跑，也不知道跑了多少路。按速度计算，估计跑很远了。水已淹到马的胸脯，它们跑得更吃力，爵士、巴加内尔、奥斯丁都以为这下完蛋了，要倒霉地被抛弃在这大水里淹死了。渐渐地马蹄已踩不到地面，水若深到六英尺，马就会被淹死。泡在不断高涨的潮水中的八个人，锥心的不安简直无法描写。他们感觉自己十分渺小，无力对抗大自然的灾难，他们的生命已经不掌握在自己的手里。

五分钟之后，马只能游泳了，水流以难以形容的力量推着它们前进，速度比马匹最快的速度还要快，大概超过每小时二十英里。

生存的希望好像很渺茫了，这时突然传来少校的声音。

"一棵树！"

"一棵树？"爵士问。

"是的，在那儿，在那儿！"塔卡夫叫道。

他手指着北边八百码处，水中孤独地站着一棵高大的胡桃树。

伙伴们无须催促,他们无论如何也不会放过这棵意想不到的大树。马匹也许够不着它,但人至少可以得救。急流推着人马前进,这时,奥斯丁听见他的马嘶叫了一声,窒息沉没了。他赶紧挣脱马镫,拼命向大树游去。

爵士说:"抓住我的马鞍。"

奥斯丁说:"谢谢爵士,我的胳膊还有劲。"

爵士转头问罗伯特:"你的马怎么样?"

"它还行,爵士,它还行,它游得像鱼一样!"

"小心点儿。"少校高声喊道。

少校的话还没说完,巨大的浪头涌过来。四十英尺高的大浪发出惊人的巨响,劈头盖脸地向这群逃难者打过来,他们连人带马滚进了波涛的旋涡里。汹涌的洪水裹挟着人和马上下翻腾,潮头过后,人们浮了上来,赶快点人数,人都在。可马呢,除了桃加还驮着主人,其他马都不见了踪影。

爵士不停地喊:"挺住!挺住!"他一手划水,一手托着巴加内尔。

可敬的学者巴加内尔回答:"行,行,我还行,我并不讨厌这……"

不讨厌什么呢?谁知道,因为可怜的学者喝了一大口泥水,后面那句话也吞进了肚子里。少校镇定地游着,不慌不忙地划水,游泳教练也比不过他。另外两个水手潜到水里游,像海豚在海里。罗伯特抓住桃加的马鬃,随它而去,桃加全力劈波斩浪,凭本能随急流向树的方向游过去。

离树只有二十码了,不一会儿,全队人都来到树边。幸好有这棵树,否则他们就全都葬身在波涛之中了。

水涨到树干的末端,树枝伸展在水面上,因此人要爬上去不难。塔卡夫放开马,把罗伯特托了上去,接着又用他强壮的手臂将这些疲劳不堪的伙伴一个个拉上了树,安置到安全的地方。这时,桃加被急流推着,漂得很远了。它转过它聪明的脑袋,摇动着长长的鬃毛嘶叫着,呼唤着自己的主人。

巴加内尔问塔卡夫:"你把它抛弃了?"

"我怎么会抛弃它呢?"塔卡夫喊道。

他扑通跳进洪流,离树十码远又露出头来,过了一会儿,他的手臂搂住马的脖子,连人带马向北方漂去了。

第22章 洪水

第 23 章 过鸟儿一样的生活

　　爵士和他的伙伴们栖身的那棵树,很像棵胡桃树,它的叶子发亮,树冠呈圆形。但它不是胡桃树,而是棵"翁比"树。在阿根廷平原上,翁比树总是孤独生长,它的树干弯曲、粗大,主根发达,深深扎进土地里,还有很多坚韧的支根也牢牢扎在泥土里,因此它能抵挡住大风和洪水的袭击。

　　这棵树高上百英尺,浓荫可遮蔽直径为六十托瓦兹的面积。树的枝杈都长在三条主枝上,从主干的六英尺处开始分出,两条主枝几乎垂直向上,长满枝叶,像一把庞大的遮阳伞,枝叶交错,纠结,层层叠叠,就像篾匠手工织的不怕日晒雨淋的大屋顶。另一条主枝几乎横伸在水面上,最低的叶子已泡在水里。这棵树就像大洋中绿色的孤岛,那条横枝就像从岛上伸出的海岬。树上有不少可歇息的地方,圆形枝叶中有很多大缺口,阳光透进来,空气流通,清爽荫凉。三条主枝长了很多枝杈,有的高耸入云,有的把大大小小的寄生藤连在一起,阳光从枝杈的缝隙中透进来,给大树带来了亮光。

　　避难者来了,树上的飞禽只好让位,逃到更高的枝上去,一面叽叽喳喳地叫着,抗议他们明目张胆地侵占它们的家园。这些鸟也是来避难的,有好几百只,有乌鸫鸟、椋鸟、"伊萨卡"、"喜格罗",最多的是"披加佛罗",它们属于五彩斑斓的蜂鸟。它们飞起来时,就像刮来一阵风吹散了树上所有的鲜花一样。

　　这就是提供给爵士的小队伍的避难所。年轻的罗伯特和灵活的威尔逊,刚到树上,就爬到最高的树枝上去了,脑袋从绿叶间的缝隙中钻出来,从树顶上极目远眺。只见洪水把大地变成了一片漫无边际的汪洋,从四面包围了他们。被水淹没的平原没有一棵树冒出来,只有这棵翁比树立在中间,在洪水的冲击下颤抖。远处,从南到北,被急流夹带的各种东西漂流而过,连根拔起的树干、弯曲的枝杈、倒塌的栏舍、屠宰场冲下来的棚柱、淹死的牲畜、血淋淋的畜皮;一棵漂漂忽忽的树上面还有一窝黑斑虎,它们用利爪抓住脆弱的枝干,在那儿吼叫。更远处,几乎看不到的地方,有个黑点引起威尔逊的注意,那是塔卡夫和他忠诚的桃加,他们正渐渐消失在远方。

"塔卡夫,我的朋友塔卡夫!"罗伯特叫道,向勇敢的塔卡夫伸出双臂。

威尔逊说:"他会自救的,罗伯特先生,我们下去到爵士那儿去吧。"

过了一会儿,罗伯特和水手威尔逊下了三层树枝,到了主干的顶部,爵士、巴加内尔、少校、奥斯丁、穆拉迪都在那儿,根据他们的位置或坐或骑或攀着树枝。威尔逊汇报了他们在树顶之所见,大家都同意他对塔卡夫的看法,就是不知道是塔卡夫救了桃加,还是桃加救了塔卡夫。

翁比树上这些客人的处境不用说,更令人担忧。虽说树大概不会被洪水冲倒,但如果水位不断升高,水会淹到树顶,平原的这一部分地区会变成很大的蓄水池。爵士用小刀在树上刻下标记,监测水位的涨落。这时,水位稳定了,洪水大概达到了峰值,大家总算放了心。

"我们现在该做什么?"爵士问大家。

"当然是筑我们的窝啦!"巴加内尔乐呵呵地说。

避难者来了,树上的飞禽只好让位,逃到更高的枝上去,一面叽叽喳喳地叫着,抗议他们明目张胆地侵占它们的家园。

"筑我们的窝?"罗伯特大叫。

"当然筑窝啦,孩子,过鸟儿一样的生活,既然我们不能过鱼的生活。"

"好啊!"爵士说,"可是谁给我们喂食呢?"

"我呗。"少校说。

大家的目光都落到少校的身上。少校悠然自得,坐在两根树枝形成的具有弹性的"安乐椅"里,一只手拎着潮湿却是胀鼓鼓的干粮袋。

爵士不由得惊叹:"啊!麦克·那布斯,我就知道你有这个本事,你考虑周全,哪怕是在别人容易忘记一切的情况下。"

"我们不愿意被淹死,也不愿意被饿死啊!"少校说。

巴加内尔遗憾地说:"我本来也想到了,可我太粗心了!"

"干粮袋里装着什么?"奥斯丁问道。

"七个人两天的口粮。"少校回答。

爵士说:"好啊,我希望洪水二十四小时内能够退下去。"

"或者我们能找到办法回到坚实的土地上。"巴加内尔说。

爵士说:"现在我们的首要任务是吃饭。"

"先把身上的衣服弄干吧!"少校提醒大家说。

威尔逊说:"火呢?"

巴加内尔说:"没有火就生呗!"

"在哪儿生火?"

"在树干上呗。"

"用什么生火呢?"

"用枯枝呀,我们在树上砍吧。"

"怎样把火点燃呢?我们的火绒都湿得像海绵了。"爵士说。

巴加内尔说:"可以不用火绒,找一点干苔藓,拿我的望远镜在太阳光下照,你们看吧,火就燃起来了。谁去砍柴?"

"我去!"罗伯特叫了起来。

罗伯特跟着威尔逊,像小猫一样,钻进树的深处。他们走开之后,巴加内尔找到足够的干苔藓。他借助太阳光——这个不难做到,因为阳光这时正猛烈得很——用望远镜朝易燃物上照了一会儿,火就着了。他把火种放在一层湿叶的上面,再把它放在树的分枝处,就做了个炉灶,还不用担心火灾。罗伯特和威尔逊弄来一大捆干树枝,放在烧着的苔藓上面。为了煽火,巴加内尔像阿拉伯人那样,叉开两条长腿,站在炉子上方,快速地蹲下站起蹲下站起,用篷罩煽风,很快临时炉灶的火就旺起来了。大家烤衣服,篷罩则挂在树上让风吹干。然后大家吃饭,每人按量分一份,因为考虑到万一水退得不像爵士估计得那么快还能有干粮维持。因为干粮有限,这棵树又不结果子。幸好树上到处是鸟窝,可提供大量的鸟蛋,鸟也可以吃,这些资源一点不能忽视。

现在要做好在树上生活较长时间的打算了,首先要住得舒服。

巴加内尔说:"厨房和饭厅都在楼下,我们就在二楼睡觉,房子很大,房租不贵,不用住得太挤。我看见上面有天然的摇篮,只要把自己捆牢在摇篮上,我们就睡在世界上最好的床上了。没什么可怕的,另外,我们值夜,人多,足可防备印第安人的舰队和其他的野兽。"

"我们缺武器。"奥斯丁说。

"我还有手枪。"爵士说。

罗伯特说:"我的手枪也在。"

奥斯丁说:"如果巴加内尔先生想不出制造弹药的办法来,手枪有什么用?"

"不用造。"少校说,他拿出一袋保存完好的弹药来。

"哪儿来的,少校?"巴加内尔惊讶地问。

"塔卡夫的,他想弹药对我们有用,跳水救桃加前留给我的。"

"真是个慷慨仗义的印第安人啊!"爵士感叹道。

奥斯丁说:"是啊,如果所有的巴塔哥尼亚人都是他这个模子造出来的,我就要赞美巴塔哥尼亚人了!"

"我希望大家不要忘了桃加!"巴加内尔说,"它也是巴塔哥尼亚的组成部分,我没说错的话,我们会再见到他们,连人带马。"

"我们距离大西洋还有多远?"少校问。

"最多还有四十英里!"巴加内尔说,"现在,朋友们,每个人行动自由了,我请你们允许我离开,我要在上面选个瞭望所,用望远镜看看,然后向你们报告啊。"

大家由他去了,他非常灵活地逐枝逐枝攀上去,消失在浓密的枝叶间。他的伙伴们于是忙着张罗"床铺"。事情不难办,只要找一个自己觉得舒服的枝杈,很快就办好了。因为没有被子,也没有床,很快大家又围着炉子坐下了。

大家开始聊天。谈的不是当前的处境,现在只能耐心地忍受。大家又回到那谈不完的话题上:格兰特船长。如果水退了,不用三天他们就能回到"邓肯"号了,可是格兰特船长和他的两名水手,这三名不幸的遇难者不能和他们一起回到祖国。这次穿越美洲大陆白费工夫了,要找到他们的希望成了泡影。还要到什么地方找他们呢?海伦娜夫人和玛丽小姐得知这个消息会怎样的痛苦啊!

"可怜的姐姐!我们完全没希望救他们了!"罗伯特说。

爵士第一次找不到一句话安慰罗伯特,他还能给孩子什么希望呢?他不是已经精确地按照船长的信件的指示去寻找他们了吗?

他说:"南纬37°不光是个数字,它指出格兰特船长失事的地点或被俘的地点,它不是我们假设的、推测的、猜想的,是我们亲眼看到的信件里写的啊!"

"阁下,所有一切都是真的,然而我们的寻找就是没有成功啊!"奥斯丁说。

"真叫人费解,颓丧啊!"爵士说。

少校以平静的口气说:"费解难免,颓丧就不必了。有了这个数字,我们可以找寻到底。"

"你这句话是什么意思?你认为我们还有什么事可以做吗?"爵士问少校。

"亲爱的爱德华,我以为还有一件简单却又合乎逻辑的事,我们回到'邓肯'号后,就沿着37°线,向东开,需要的话,开到我们出发的地点。"

"麦克·那布斯,您以为我没有想到这件事吗?不,我想过一百次了!但这样做能成功吗?离开美洲大陆,不就是离开了哈利·格兰特指出的出事地点吗?不就是离开了信中明确指出的巴塔哥尼亚吗?"

少校答道:"您已知道'不列颠尼亚'号的失事地点不在太平洋岸,也不在大西洋岸,难道您还想回到潘帕斯地区再找一遍吗?"

爵士没有回答。

"这条纬度线是格兰特指出的,我们沿着这条线找他,即使希望渺茫,我们也应该试试!"少校说道。

爵士说:"我不是说不应该……"

"你们同意我的意见吗?"少校转身问水手们。

奥斯丁答道:"完全同意。"穆拉迪和威尔逊也表示同意。

爵士考虑片刻,说:"朋友们,请听我说,罗伯特,你也听好了,因为这是重要的讨论。我会不惜一切寻找格兰特船长。我既已答应此事,需要的时候,我可以付出毕生的精力。整个苏格兰都会赞同我去救他,他是个好人,忠于苏格兰,我也忠于苏格兰,不管找到他的希望多么渺茫,我们都要找下去,哪怕沿着南纬37°线绕地球一周。我会这样做,但要解决的问题不是这个,是比这个更重要的问题:我们是否从现在开始放弃我们在美洲的寻找?"

这个问题被郑重其事地提出,没有人回答。没有人敢发言。

"您的意见呢?"爵士问少校。

少校答道:"亲爱的爱德华,事关重大,回答'是'或'不是'都太轻率,需要再三考虑酙酌。首先,我要弄清楚南纬37°线都经过哪些地方?"

"这要问巴加内尔。"爵士说。

"那就问问他吧!"

大家看不见巴加内尔,他被树枝树叶挡住了,要在下面大声喊他。

"巴加内尔!巴加内尔!"爵士喊道。

"我在这儿呢。"好像从天上传来他的声音。

"你在哪儿呢?"

"我在观察台呀。"

"你在干什么?"

"在瞭望四面的地平线。"

"你能不能下来一会儿?"

"你们需要我吗?"

"是的。"

"有什么事吗?"

"我们想知道南纬37°线都经过什么国家?"

巴加内尔说:"再容易不过了,用不着我下来就可以告诉你们。"

"好吧,说吧。"

"你们听着,南纬37°线,离开美洲,就穿过大西洋。"

"然后?"

"就到了特里斯坦-达库尼亚群岛。"

"好的。"

"然后,向下面两度,经过好望角。"

"然后呢?"

"穿过印度洋。"

"接着呢?"

"穿过阿姆斯特丹群岛中的圣彼得岛。"

"再往下说。"

"穿过澳大利亚的维多利亚省。"

"说下去。"

"出了澳大利亚……"

这句话没说完,巴加内尔停下了。他不懂了?不,这时从树的高处传来很响亮的惊叫声,爵士和伙伴们吓得脸色发白,你看我,我看你,是不是发生了什么事?可怜的巴加内尔怎么啦?威尔逊和穆拉迪跑上去准备救他,这时巴加内尔从层层树枝上滚了下来。眼看他就要掉进滚滚的洪水中的时候,少校强壮的手臂抓住了他。

"太感谢您了,麦克·那布斯!"巴加内尔叫道。

"您怎么会滚下来呢?又粗心了?"少校问道。

巴加内尔非常激动:"是啊,是啊,是粗心……但这次不同,我有了重大发现。"

"有什么重大发现?"

"我们搞错了,我们又搞错了,我们怎么老是搞错呢?"

"给我们解释清楚吧!"

巴加内尔说道:"格里那凡爵士、少校、罗伯特、朋友们,你们大家听我说,我们怎么能到格兰特船长不在的地方找他呢?"

"您说什么呢?"爵士惊问。

巴加内尔说:"我们找的地方,格兰特不在那儿,他从来也没去过那儿啊!"

这时巴加内尔从层层树枝上滚了下来。眼看他就要掉进滚滚的洪水中的时候,少校强壮的手臂抓住了他。

第24章　继续过鸟儿一样的生活

巴加内尔说的话把大家吓了一跳。巴加内尔怎么啦？精神失常了？可是他说得那么肯定，大家的目光都落到爵士身上。巴加内尔的话直接回答了爵士刚才提出的问题。但爵士只是做了个否认的动作，表示不同意这位学者的意见。

巴加内尔控制住激动，说道："真的，我们确实搞错了，找错了地方，格兰特船长的信不是那个意思！"他的口气很肯定。

少校显得平静，说："巴加内尔，给我们解释解释！"

"很简单，少校，我和你们一样，搞错了；和你们一样，对信件理解错了。刚才在树顶回答你们的问题时，说到'澳大利亚'这个词，我突然灵机一动，眼前一亮，茅塞顿开。"

爵士喊道："什么！你认为哈利·格兰特……"

巴加内尔说："我认为信中的 austral 不是完整的词，不是我们直到现在理解的那样，它是 australie 的词根。"

少校说："这种解读很奇怪啊！"

爵士耸了耸肩，说："奇怪！完全不可能。"

巴加内尔说："不可能！在法国，我们不承认'不可能'这个词。"

爵士用非常怀疑的口气说："怎么！信在您手里，您真的认为'不列颠尼亚'号是在澳大利亚海岸失事的？"

巴加内尔说："我深信不疑！"

爵士说："我说，巴加内尔，这个设想出自地理学会秘书之口，真让我吃惊。"

巴加内尔被人触到痛处，问道："理由何在？"

"因为，如果您认为在澳大利亚，就说明您认为在澳大利亚有印第安人。时至今日，在澳大利亚就没见过印第安人。"

巴加内尔对这个论据并不感意外，大概他早就料到了，便笑了笑。

"亲爱的格里那凡爵士,别得意得太早了,我会把您打得'一败涂地'的,正如我们法国人说的那样,我要为法国人在克雷西和阿金库尔的两次战役①中的失败报仇,让英国人尝尝惨败的滋味。"

"那再好不过了,打吧,巴加内尔。"

"那您听着,在格兰特船长的信中根本没有indiens印第安人,也没有patagonie巴塔哥尼亚,那个不完整的indi指的是indigene土著人的意思,您承认澳大利亚有土著人吧?"

爵士的眼睛死死盯着巴加内尔,没有说话。

少校说:"说得有道理,巴加内尔!"

"亲爱的爵士,您承认我的解释有道理吗?"

"我承认,但您要证明gonie不是指patagonie(巴塔哥尼亚)。"

巴加内尔说:"当然不是啦,gonie,除了巴塔哥尼亚,你解释什么都行。"

"可以解释成什么呢?"

"cosmogonie,创世纪,theogonie多神教,agonie,危险万分。"

少校说:"应该是危险万分吧。"

巴加内尔说:"不管它是什么意思,这个词不重要,重要的是austral指的是Australia,澳大利亚,从一开始我们就估计错误,没有发现这个问题,这个解释非常明显。如果是我先找到这封信的话,我就不会受你们的错误影响,不会做出别的解释。"

巴加内尔的这些话引来大家的欢呼、称赞。奥斯丁、水手们、少校,尤其是罗伯特,非常高兴。大家又燃起了新的希望,为可敬的学者巴加内尔鼓掌。爵士的眼睛发亮,他对巴加内尔的解释很服气。

"最后一个问题,亲爱的巴加内尔,如果您解决了,我只能拜倒在您的洞察力面前了。"

"说吧,爵士。"

"怎样按新的解释把这些字连贯起来呢,整封信又是怎样的呢?"

"再容易不过的事,这是信。"巴加内尔说着拿出那封宝贵的信,几天来他一直在反复推敲钻研它。

全场肃静,鸦雀无声。巴加内尔集中他的想法,不慌不忙地回答。他手指信中一行行不连贯的词,用坚定的声音对其中的某些字眼特别加重语气,

---

① 克雷西战役,发生在1346年,英法百年战争中的关键战役。阿金库尔战役,发生在1415年,是英法百年战争中英国以少胜多的战役。

他读出以下的内容：

  1862年6月7日，三桅船"不列颠尼亚"号，隶属格拉斯哥港，沉没于……这里随便什么地点，这几个字关系不大……澳大利亚的海上。因急于登陆，两名水手和船长格兰特……到达陆地……被当地土著人俘虏。故抛下这封信……

爵士说："很清楚，不过澳大利亚只不过是个岛，怎么称它是'大陆'呢？"

"放心吧，亲爱的格里那凡爵士，一流的地理学家都称这个岛为澳大利亚大陆。"

爵士叫道："我只有一句话说了，朋友们，到澳大利亚去，愿天助我们！"

"到澳大利亚去！"他的伙伴们异口同声地说。

"巴加内尔，"爵士又说，"您知道吗，您出现在我们的'邓肯'号上，完全是天意啊！"

巴加内尔说："好吧，就算是老天派我来的吧，别再提了。"

这一场谈话就这样结束了。它对今后的行动起了多大的作用啊！它完全改变了大家的精神状态。他们刚刚抓住了走出迷宫的线，这个迷宫是他们原来以为永远迷在里头出不去的。现在，在倒塌的计划的废墟上又竖起了新的希望。他们可以不用担心抛开这美洲大陆了，他们的心飞向了澳大利亚大陆。他们不用带着失望回"邓肯"号，海伦娜夫人和玛丽也不会因为他们找不到格兰特船长空手而回哭泣了！因此，他们忘记了处境的危险，都高兴起来。他们唯一惋惜的事，就是不能马上出发。

下午四点钟，大家打算六点吃晚饭。巴加内尔要准备盛宴庆祝快乐的一天。然而能吃的菜太有限了，巴加内尔要带着罗伯特到"附近的树林"打猎，罗伯特拍掌表示赞成。他们带上塔卡夫留下的弹药，擦了擦枪，装上子弹就动身了。

少校严肃地吩咐他们："别跑得太远！"

他们走后，爵士和少校察看刻在树上的标记，威尔逊和穆拉迪点燃临时炉灶的火。

爵士从树上下来，到了茫茫大水旁，看不到水有退去的迹象，然而水也好像涨到了最高水平。它们从南到北流去的速度这样急，证明阿根廷河流之间的水量还未达到平衡。水退去之前，首先水面要平，就如大海，停止涨潮了，才会开始退潮。如今水流这么急，不能指望它很快退去。

爵士和少校观察水情时,树上传来枪声,伴随着响亮的欢呼声,是罗伯特比女高音稍低的嗓音夹杂着巴加内尔的男低音,旁人也分不清两个人当中,谁最孩子气。看来打猎的收获不错,让人预感晚饭定有美味了。爵士和少校回到炉旁,首先祝贺威尔逊的好主意,这个正直的水手,用线和别针做了钓鱼钩,钓了好几十条小鱼,像胡瓜鱼一样好吃,还在篷罩的褶子里活蹦乱跳呢,他说要做一盘好菜。

这个时候,两个猎人从树顶下来,巴加内尔小心地捧着黑色的燕子蛋,提着一串他称为百灵鸟的小麻雀;罗伯特很灵活,打到几对黄绿色的喜格罗,很好吃的小鸟,在乌拉圭蒙得维的亚市面是很受欢迎的野味。巴加内尔懂得多种烹蛋的方法,现在只能限于放在热灰里烤了。晚饭的菜肴丰富精美:干肉,烤鱼、烤麻雀、烤喜格罗……这顿盛宴让人终生难忘。

大家聊得很开心,都称赞巴加内尔又是好猎手又是好厨师。巴加内尔表现出具有真材实料的人士的谦虚,然后他盛赞这棵美丽的翁比树,它以枝叶荫庇他们,还供给他们食物,它的能力庞大无边。

巴加内尔还开玩笑说:"打猎的时候,我和罗伯特还以为进了森林呢。有一阵子我以为我迷了路,找不到回去的路了。太阳下山了,找不到路,肚子又饿,阴暗的树丛里还有猛兽的吼叫……不对,没有猛兽,我为此感到遗憾!"

爵士说:"怎么?你遗憾没有猛兽?"

"是啊,当然啦!"

"这洪水和凶恶的猛兽一样可怕……"

"从科学的角度看,凶恶是不存在的。"巴加内尔说道。

少校说:"啊,巴加内尔,你是要我们认为猛兽有用吧?它们有什么用?"

巴加内尔叫道:"少校,它们是用来分门别类的,有了它们,才能分为门、纲、目、科、属、种……"

"这也叫有用?我才不要这样的用处呢!古代发洪水时,如果我和诺亚在一起,我一定不让这个不用脑子的老家长在船上放一对狮子、一对老虎、一对豺狼、一对熊和其他无益无用的兽类。"

巴加内尔说:"你会做这样的事?"

"会呀。"

"从动物学的观点看,你就犯大错了!"

"但从人道的观点看,不错。"少校说。

"你这是作孽啊!我的做法和你相反,我要把大懒兽、翼手龙和洪水前就有的所有动物都保存下来。真可惜啊!现在这些动物都绝种了!"

少校说:"我告诉你,诺亚错了,他该受到世代学者们的咒骂。"

大家听见巴加内尔和少校为了老诺亚争吵,都忍不住笑了。少校的原则是不和人争吵,现在一反常态,天天和巴加内尔拌嘴,这都是巴加内尔刺激的结果。

爵士按习惯出来调停,说:"没有猛兽,是否可惜,从科学的观点看还是从人道的观点看。总之这儿确实没有猛兽,在这林子里,巴加内尔不可能遇到猛兽!"

学者问:"为什么不可能呢?"

奥斯丁问:"树上会有猛兽吗?"

"啊,当然有啦,美洲虎、黑斑虎被猎人追急了,就往树上逃啊!黑斑虎为了躲避洪水,爬到树上来也可能啊!"

少校说:"您没遇见黑斑虎吧?"

巴加内尔说:"没有,我们搜遍了林子,太可惜了!否则就有一场精彩的围猎了!黑斑虎真是猛兽,它一爪子就能把马的脖子扭断,如果它吃过人肉,一定喜欢吃人肉,它最喜欢吃的是印第安人,然后是黑人,其次是混血人,最后才是白人。"

"幸好我排在第四等。"少校说。

巴加内尔以蔑视的口吻说:"这只是证明您没有味道。"

少校说:"没有味道才好呢!"

不肯让步的巴加内尔说:"好呀,您真丢脸,白人自称人中的第一等人,黑斑虎可不是这样看啊!"

爵士说:"我的好巴加内尔,不管怎样,我们这里既没有印第安人,也没有黑人、混血人,我巴不得没有您的亲爱的黑斑虎呢,我们的环境又不是很舒服。"

巴加内尔看见可以改变话题了,就抓住机会说道:"怎么,舒服,您还敢埋怨我们的运气不好吗,爵士?"

爵士说:"是呀,难道您舒服吗?这些树枝又不柔软又不方便。"

"我在这儿再好不过了,在书房都没有这么舒服。我们过着鸟儿的生活,我们唱歌,飞来飞去。我相信,人就该在树上生活。"

少校说:"就是少了一对翅膀!"

"总有一天会长出翅膀的!"

爵士说:"在长出翅膀之前,亲爱的朋友,还是让我别爱这空中楼阁,去爱公园的细沙、房子里的地板、船上的甲板吧!"

"我在这儿再好不过了,在书房都没有这么舒服。我们过着鸟儿的生活,我们唱歌,飞来飞去。我相信,人就该在树上生活。"

巴加内尔说:"爵士,我们应该随遇而安啊,好的环境固然好,遇到坏的环境,也不要耿耿于怀,我看您在后悔离开了玛考姆府吧?"

"没有,不过……"

巴加内尔说:"我相信罗伯特在这里很快乐。"他想找一个支持他的理论的人。

"是啊,巴加内尔先生!"罗伯特快活地叫道。

爵士说:"因为这种生活适合这个年龄的人。"

"也适合我这个年龄的人啊!越不追求舒适的人,需求越少,需求少,幸福就多。"

少校说:"看见没有,巴加内尔要和财富、华丽建筑作对了。"

"不是的,麦克·那布斯,如果您愿意,我给你们讲一个我想起的阿拉伯小故事。"

"好啊,好啊,巴加内尔先生。"罗伯特说。

少校问:"您讲这个故事要证明什么?"

"我的老兄,它证明一切故事要证明的东西。"

少校说:"也就是证明不了什么东西。好吧,您这个天方夜谭的讲述者,就给我们讲吧。"

巴加内尔说:"从前,阿拉伯哈里发哈伦·拉希德有个儿子,他老是觉得自己不快乐,便去请教老法师。聪明的老法师说:'世界上很难找到快乐,不过,我有个好办法,可以让你找到快乐。'年轻的王子问他:'什么办法?''你见到快乐的人,就把他的衬衣穿到自己身上。'王子吻别老法师,就去找快乐的衬衣了。他去了世界各国,穿过国王的、皇帝的、王子的、贵族的衬衣,都不觉得快乐。后来他又穿了艺术家的、士兵的和商人的衬衣,还是不快乐。他跑过很多地方,试过很多衬衣,都没有找到快乐。他很失望,闷闷不乐地回到家中。有一天,天气晴朗,他到乡下去,在路上见到一个农夫,一边唱歌,一边劳作。王子想:'这个人很快乐啊!'他向前问农夫:'大叔,您觉得快乐吗?'那人回答:'我很快乐。''您不想再要什么了吗?''不想要了。''您不想做国王吗?''从来都没想过','那么,把您的衬衣卖给我吧!''我的衬衣?我没有衬衣啊。'"

第 25 章 水火夹攻

巴加内尔讲的这个故事博得了大家的热烈鼓掌。但大家保留各自的观点,讨论的结果很一般,也就是说,没有说服任何人。不过,有一点大家都同意,那就是处于逆境应保持良好的心态,没有宫殿又没有茅屋,那就随遇而安,有棵树栖身就该满足了!

大家东拉西扯,不觉天就黑了。唯有美美睡上一觉才算完美结束这心情激荡的一天。翁比树的客人们遭逢洪水袭击,疲于奔命,又被白日的酷热煎熬,精疲力竭;树上的羽毛族伙伴做出榜样,早已安歇;潘帕斯地区的鸟儿也停止了悦耳的歌声,在浓荫深处睡着了。

爬到"窝"里之前,爵士、罗伯特和巴加内尔都攀上观察台,最后一次观看平原的水情。时间大约九点,太阳刚下山,西面的天边,雾霭闪烁,半边天穹淹没在蒸气中,原本璀璨的南半球的星座好像蒙上一层薄纱,朦朦胧胧,模糊不清,但依稀可辨。巴加内尔指着南极圈里的辉煌星座,告诉罗伯特和爵士,那星座叫作"南极十字架",四颗星一组,头号和二号最大,以菱形排列,几乎和南极点同高,还有人马星座,那里有距地球最近的星,离我们八万亿法里,还有麦哲伦星团,像两片大云,最大的那片比月亮大二百倍,最后,他指着一片大黑洞,那里好像没有星球。

令他遗憾的是,那猎户座,本来在两极都可以看到的,现在还没有出来。他给两个学生讲解巴塔哥尼亚人宇宙志的有趣特点,富有诗意和想象力的印第安人认为,猎户座的四颗星星是在天上的草原奔驰的猎人抛出的一条大拉索和三个跑拉。

满天星辰映照在如镜的水面上,人如同置身于两重天之间,景观神奇绝伦。

学识渊博的巴加内尔就这样谈天说地之时,东面的地平线现出暴风雨行将来临的景象。大团的浓厚黑云逐渐升起,熄灭了星辰的光亮,这些不祥的云很快遮蔽了半边天空,动力大概来自云层内部,因为此时没有一丝风,大气层保持着绝对的平静。树上没有一片叶子颤动,水面没有半点涟漪,空气好像都停止了流动。

爵士、巴加内尔和罗伯特都明显感觉到不对劲儿。

巴加内尔说:"暴风雨要来了。"

爵士问罗伯特:"你怕打雷吗?"

罗伯特说:"不怕,爵士!"

"那就好,风暴就要来了。"

巴加内尔说:"看这天气,这场风暴会很大。"

爵士说:"风暴倒不可怕,我担心的是随风暴来的倾盆大雨,会把我们浇得透湿。巴加内尔,不管你怎么说,鸟窝总是不能遮蔽人的,等会儿你就领教了。"

巴加内尔说:"唉,用哲人的态度看待一切吧。"

"哲人的态度能遮风挡雨吗?"

"当然不能,但心里能暖和些。"

爵士说:"找我们的朋友去吧,嘱咐他们用哲学态度和篷罩把身体裹紧,裹得越紧越好,尤其要有耐心,因为我们非常需要它。"

爵士最后看了一眼暴风即将卷来的天空,乌云把天空整个都遮盖住了,太阳落下的西面天际,依稀可见被夕晖照亮的一片光带。水面阴暗,好像是下面的云块,要和厚重的蒸汽混在一起。四处昏黑,眼睛看不见光亮,耳朵听不见声响,寂静和黑暗一样深沉。

"我们下去吧,快打雷了。"爵士说。

他们从光滑的树枝滑了下去,看到水面上有一片星星点点的闪光,很是吃惊,光亮是无数的小点发出来的,它们交织在一起,嗡嗡地叫。

爵士问:"是磷光吗?"

巴加内尔答道:"不是,是磷虫,像萤火虫,它们是活的,不值钱的金刚钻,布宜诺斯艾利斯的女人们用它们做漂亮的首饰。"

罗伯特叫道:"什么? 它们是昆虫,会飞的,像星星?"

巴加内尔说:"是的,我的孩子。"

罗伯特抓了一只磷虫,巴加内尔说得没错,是一种大土蜂,一英寸长,印第安人叫它们"杜可杜可",它的光从甲翅前的两个斑点上发出,光度很强,可以在它的光亮下看书。巴加内尔用它照手表,看到表针指着十点。

爵士来到少校和三个水手那儿,嘱咐他们夜里多加小心,暴风雨快来了,这棵树会摇晃得很厉害。他叫大家牢牢地把自己捆在床上,天上的雨水无法躲避,至少要小心洪水,别掉到树下的滚滚洪流里。"

大家互道晚安,但对晚上是否平安不抱太大的希望。然后,大家滑到自己的空中床铺里,用篷罩裹紧睡下了。

但是,大自然的剧变即将到来,在人的心里造成了不安,那是意志最坚强的人也在所难免的。翁比树的客人们辗转不安,紧张烦恼,不能合眼。第一声响雷就把他们惊醒了。将近十一点,雷声还在远处轰鸣,爵士爬到横枝的另一头,把脑袋伸到枝叶之外。

漆黑的夜空被闪电划破,清晰地映照在水面上,乌云被撕成无数碎片,犹如柔软的布料被撕碎,但听不到撕裂的声音。爵士看看天空和天边,它们同样的黑暗,混成一片,然后他回到主干的顶端。

"爵士,您觉得怎么样?"巴加内尔问道。

"我看开头还好,朋友们,继续下去的话,这场暴风雨会非常可怕。"

热情的巴加内尔说:"好极了,既然躲不开,那就看场好戏吧!"

少校说:"您的怪论又要冒出来啦!"

"这是我最好的理论,麦克·那布斯,我同意爵士的看法,暴风雨的场面会非常壮观。刚才我极力想睡,却想起了几件事。我们这儿是雷区,我在什么地方读过一篇文章,1793年,就在这个布宜诺斯艾利斯省,一次风暴打了三十七次雷,我的同事马尔丹·德·穆西先生数过,有一个雷打了五十五分钟。"

少校说:"拿着手表看的?"

"当然是拿着手表看的,我担心一件事,这个平原唯一的最高点就是我们所在的翁比树,这儿要是有避雷针就好了,在潘帕斯地区所有的树木中,这棵树正是雷电特别容易击中的目标,而且你们不会不知道吧,科学家劝我们在风暴来临时,不要在树下躲避。"

少校说:"好啊,这个劝告来得真是及时啊!"

爵士说:"巴加内尔,您真会挑时间,给我们讲这些风凉话!"

巴加内尔说:"要学东西,什么时间都是对的。啊!又打雷了。"

比先前猛烈的炸雷打断了这场不合时宜的谈话。雷来得更密集,响声更高,借用乐声做比较倒也合适:响声从低音转入中音,然后更加激越响亮;大气像琴弦,如今被快速拨动,空中一片火海,辨不出雷是从哪道闪电放出来的;雷声此起彼伏,相互呼应,轰隆隆的声音无穷无尽地蔓延,直到苍穹的顶端。

不停歇的闪电划出的电光形式多样:几道电光直射地面,在同一地面重复射去五六次;对一些研究人员来说,有些闪电会引起他们的关注,法国著名的天文学家阿拉哥作过有趣的统计,叉形闪电的实例只收入两个,而在这里出现叉形闪电形式有上百种;另外几条闪电有无数的分枝,开始弯曲如珊瑚,在漆黑的天幕上玩出惊人把戏:射出乔木状的光线。

不一会儿,整个天空,从东到北被一条耀眼的磷光带划开。这天火渐渐蔓延到天边,烧着云层,犹如烧着易燃物。它反射到镜般的水面上,形成巨大的火球,而这棵翁比树就在火球的中心。

爵士和他的伙伴们默默看着眼前可怖的景象,他们听不见自己的说话声。大片的白光射到他们身上,强烈的光亮时隐时现,有时照出少校镇静的脸庞、巴加内尔好奇的面容、爵士刚毅的神色、罗伯特惊慌的模样、几个水手满不在乎的幽灵般身影。

此时雨还没有下来,风也没有刮,但没过多久,天上的堤突然决口了,千万条瀑布从漆黑的天上飞流直下,大颗大颗的雨点掉落到水面上,溅起层层泡沫和水雾,在电光下闪闪发亮。

这场雨是否表示风暴的结束?爵士和他的伙伴们挨过暴雨的浇打,是否能避过这场灾难?就在这天火交战的时刻,突然有个拳头大的火团冒着黑烟,落到横伸的主枝的末端,在那儿转了几秒钟,便炸弹般爆炸了。尽管雷雨交加,人们还是听得见爆炸的响声,空气中弥漫着硫磺的气味。在沉寂中,只听见奥斯丁叫喊:"树着火了。"

奥斯丁没有说错,大火在树的西面烧了起来。枯枝,干草做的鸟窝,翁比树的所有边材,都成了助燃物。

偏偏这时,风刮起来了,吹着树上的火,爵士和伙伴们非逃不可了。他们赶紧逃到树的东面,大家都吓得说不出话来,惊惶失措,晕头转向,攀上滑下,冒险踩在支撑不住他们重量的树枝上。这时西面的枝条在火中发出噼噼啪啪的断裂声,像被烧的活蛇在蜿蜒向前,烧红的残枝掉落在洪水中,闪着红色的光亮随波而去。树上的火焰时而升起,和空中的火海连成一片,时而被旋风压下,围着树打转,如同古希腊神话中的怪物涅索斯的火袍。爵士和伙伴们惊骇不已,浓烟呛得他们透不过气来,热气烧灼得他们难以忍受。大火正向这边主枝烧过来,他们无法阻止,无法扑灭,眼看就要不可避免地被活活烧死了。

总之,无法控制眼前的形势了,烧死或淹死,只好选择不太惨的死法吧!

爵士说:"跳到水里去。"

火已烧到威尔逊的身旁,他跳到水里去了,但是,大家听见他惊恐地叫道:"救命啊!救命啊!"

奥斯丁赶紧跑过去,把他拉上树干。

"怎么啦?"

"有鳄鱼!鳄鱼!"

树脚的四周尽是这种可怕的蜥蜴类动物。它们的鳞甲在火焰照耀下的水面上闪闪发光,尾巴垂直扁平,头像长方形的尖铁,眼睛肿胀突出,双颌长到耳根。所有这些特征骗不了巴加内尔,他认出这是美洲特有的凶猛的"阿利加多尔",西班牙语国家称它为"介鳗",树下有十多条这样的东西,正用长尾巴拍打着水,用长牙啃树干。

看到这种情况,不幸的人们明白已经大难临头,他们必定惨死无疑了,或是被火吞掉,或是被鳄鱼吃掉。大家听见少校也沉不住气了,他以平静的声音说:"我们可能彻底完蛋了。"

当人无力应对某一物时,会希望有另一物能治这一物。爵士看到水与火夹攻,不知道该怎样向上天祈求了。

此时风暴处于尾声,但它在空中积聚了大量水汽,它们生成的雷电具有极大的威力,在南方逐渐形成毁灭性的飓风。它刮起来时水雾呈圆锥形,锥顶朝下,锥底朝上,把翻滚的湖水和肆虐的云连接起来。飓风飞快地旋转前行,卷起湖水,吸到锥心,形成水柱,旋转时产生巨大的吸力,把四周的气流都吸了过去。

这阵猛烈的飓风旋转到翁比树来了,它缠绕着整棵树,大树从根部动摇了,爵士还以为是鳄鱼在咬树,要把树连根拔起呢!他和伙伴们紧紧搂抱着。此时大树倒下,根被翻起,烧着的树枝泡到奔腾的波涛里,发出可怕的嘶嘶声。飓风一卷而过,肆虐了一秒钟,到别处耍威风了。它沿途吸起湖水,所到之处好像只留下空槽。

此时倒在水里的翁比树,在风与水的合力推动下,向前漂流,鳄鱼都逃散了。只有一条张着大口,朝翻倒的树根上爬,穆拉迪操起一根半焦的树枝,使出死力打了它一下,把它的腰打断了,鳄鱼掉进急流的深渊里,它那可怕的尾巴还以强力横扫着!

爵士和他的伙伴们摆脱了贪吃的鳄鱼,爬到迎风烧着的树枝上。翁比树载着火焰在水上漂流,就像张着火帆在黑夜中航行。

第 26 章 大西洋

翁比树在茫茫无边的大水中漂流了两个小时,没有碰到陆地。烧树的火逐渐熄灭,这次恐怖旅行碰到的主要危险排除了。少校只是说,他们得救是理所当然的事,没有理由大惊小怪。

水流一直保持从西南向东北的方向。夜色深沉,不时有几道闪电照亮一下,巴加内尔用目光在天边寻找确定方位的星座,却找不到,风暴快要结束,大滴雨水被随风飘的雨雾代替;高空,大块的密云被切割成了片片云带。

翁比树在急流中飞快地滑行,其速惊人,好像树里面装了强马力的发动机,看样子它可以这样滑行几天。然而凌晨三点,少校发现树根有时擦过水底,奥斯丁折了一根长树枝,细心探测水的深浅,发现地面升高了。果然,二十分钟之后,树撞到什么东西,突然停了下来。

巴加内尔高喊,声音洪亮:"着陆了!着陆了!"

烧焦了的树枝的末端触到了坚硬的地面,这群人的那份兴奋劲儿,是所有的航海家着陆时所没有的。

罗伯特和威尔逊跳到坚实的高地上,"陆地,陆地!"狂喜地欢呼。忽然他们听到了熟悉的口哨声,接着平原上传来马蹄声,苍茫的暮色中出现印第安人塔卡夫的高大身影。

"塔卡夫!"罗伯特高叫。

"塔卡夫!"伙伴们也齐声喊。

那个巴塔哥尼亚人塔卡夫也用他的语言喊道:"朋友们!"

塔卡夫在这儿等候多时了,估计水流会把朋友们送到这儿,他本人也是被水流卷到这儿来的。

他把罗伯特抱起来,搂在怀里。没想到巴加内尔跑到他身后,把他抱住了。爵士、少校和水手们见到这位忠诚的向导都很高兴,都和他很亲热地握手。然后,塔卡夫把他们领到废弃的畜牧场的棚子里,他已在那儿准备了一堆火,给他们取暖;火上还烤着美味的猎物,他们吃得连渣都没剩下。当他们顾得上思考问题的时候,大家都不敢相信他们能躲过水与火的夹攻,躲过阿根廷可怕的鳄鱼,躲过各种各样的危险。

塔卡夫用三言两语给巴加内尔讲述了他脱险的经过,是他忠诚、勇敢的马救了他。巴加内尔试图给他解释他对格兰特信件的新的解读,以及新的解读给他们带来的希望。塔卡夫听明白了吗,他是否领会巴加内尔推测的睿智,那就不得而知了。总之他看见伙伴们兴奋又满怀信心,也就跟着高兴起来。

我们不难想到,这几个无畏的旅行者在树上休息了几天,不用人请就准备上路了。早上八点,他们已做好出发的准备。他们在许多畜牧场和屠宰场找不到马,只能步行。这里距海边还有四十多英里的路,桃加可以帮忙驮着走累的人,这样三十六小时就到大西洋岸了。

出发的时间到了。向导塔卡夫和他的伙伴们离开还淹在水里的辽阔的洼地,穿过比较高的平原。阿根廷的土地又呈现出单调的外貌,在一些牧场上长着欧洲人种的小树丛,非常罕见,就如坦迪尔和塔巴尔康两山附近那样。本地的树木只长在长长的牧场的尽头或靠近科连特斯角的地方。

这一天就这样过去了。第二天,离海岸还有十五英里的时候,他们有了临近海边的感觉。这里有股怪风,经常在下午和夜里刮,当地人叫它"维拉宗",把高高的草刮得弯下了腰。贫瘠的土地上长着稀疏的树木:矮小的本木含羞草、护漠灌木"亚克沙"、一束束的"巨拉马波尔"。几个盐滩闪闪发亮,就像打碎的玻璃,在上面行走很困难,只好绕着走。大家加快脚步,以便当天到达大西洋岸的萨拉多湖。走了一天,他们都疲累了。晚上八点,他们看见很多沙丘,高二十托瓦兹,它是分界线,飞溅泡沫的分界线。很快他们就听到了海水涨潮时澎湃的声音。

"是大西洋!"巴加内尔喊。

"是的,大西洋!"塔卡夫说。

这几个力气几乎殆尽的人,顿时来了精神,一鼓作气爬上沙丘。

夜深天黑,大家的目光投向无边的黑暗大海,但找不到"邓肯"号的踪影。

爵士说:"'邓肯'号应该在这儿呀,它应该靠岸边来回走动等我们。"

"明天我们就看见它了!"少校说。

奥斯丁朝着自己判断的方向,叫着这条船的名字,但没有半点回应。风大浪高,云层从西边压过来,海浪溅起的泡沫如细尘一般飞到沙丘顶上。即使"邓肯"号就在约定的地方,瞭望台上的水手也听不到岸上的叫声,岸上的人也听不到他回应的声音。岸边没有可停泊的地方,没有大海湾,没有小海

湾，没有港口，甚至没有堤坝。沿岸只有长长的浅滩，一直伸到大海。船开进浅滩，比触到与水面持平的礁石还要危险。浅滩上的浪涛特别大，船要是被浪打进地毯般的沙滩上，肯定要搁浅失事。

这一带海岸险要，又没有避风的港湾，"邓肯"号远离这儿是可以理解的，船长约翰素来谨慎，自然尽可能远避此地。这是奥斯丁的看法，他确信"邓肯"号距离海岸绝不少于五英里。

因此，少校劝他急躁的朋友暂且忍耐。沉沉黑夜你无法驱赶，何必看着黑暗的天边，把眼睛看累了呢？

少校一面这样说着，一面准备以沙丘为掩体，在下面扎营。剩下的干粮是最后一顿晚餐。然后大家学少校的样子，在沙丘下挖洞，做舒适的床，把沙子当作被子，盖到下巴下面。大家就这样入睡了。

唯有爵士睡不着。风保持原状，还是吹得很猛。在大洋的岸边，还能感受那场风暴的余威。汹涌的波涛拍打沙滩，轰响如雷鸣。爵士不指望"邓肯"号近在咫尺。但它这会儿还没出现在约定地点没有理由。爵士一行人10月14日离开塔尔卡瓦诺湾，11月12日到达此地，花了三十天穿过智利、高低岩、潘帕斯地区、阿根廷平原，在此期间，"邓肯"号有足够的时间绕过合恩角，来到与塔尔卡瓦诺湾相对的东海岸。"邓肯"号这样的快船，应该不会延误的。过去的那场风暴的确猛烈，在辽阔的大西洋上它的咆哮也肯定恐怖。但"邓肯"号是条好船，船长也是好水手。它应该在这里，它就在这里。

爵士这样想着，却不能使他的心平静下来。情感和理智冲突的时候，理智未必战胜情感。这位玛考姆城堡的主人，在浓浓的黑夜中，仿佛看到了他的亲人，亲爱的海伦娜、玛丽、"邓肯"号上的船员们。他在荒凉的海滩上徘徊。海上的波浪现出阵阵磷光。他看着大海，侧耳倾听，似乎看到了"邓肯"号上隐约的光亮。

他想："没错，我看见船上的光亮了，是'邓肯'号的光亮。啊，我的目光为何不能穿过漆黑的夜幕呢？"

爵士忽然想起，巴加内尔说过，他的眼睛是夜视眼，他的眼睛定能看见黑暗中的物件。于是，他去找巴加内尔。巴加内尔在沙洞中睡得和冬眠的蛰虫一样。忽然被一条强有力的手臂拉了出去。

"谁呀？"他问。

"是我，巴加内尔。"爵士答道。

"您是谁？"

"我是格里那凡，您来，我要借用您的眼睛。"

"我的眼睛?"巴加内尔纳闷地用力擦着眼睛。

"是的,您的眼睛,用它辨别黑暗中的'邓肯'号,快来啊!"

"夜视眼真倒霉!"巴加内尔心里想,但能为爵士办点事,他又很高兴。

他站起来,伸伸懒腰,鼻子还呼噜呼噜地响,一副刚睡醒的模样。他跟着朋友来到岸边。爵士请他细看昏暗的天边,巴加内尔凝视了几分钟。

"怎么样?看见什么了吗?"爵士问。

"什么也看不见!就是猫也看不见两步外的东西!"

"看看有没有红灯、绿灯,就是船上的左舷灯、右舷灯?"

"我看不到红灯、绿灯,到处都是漆黑一片!"巴加内尔一面说,一面困得不由自主地合上眼睛。

整整半个小时,他机械地迈着双腿,亦步亦趋,跟着这个急性子的朋友走。他太困了,脑袋垂到胸前,猛地又抬起头,他不回答爵士的问话,也不说话,脚步不稳,东倒西歪,像个醉汉。爵士看看他,原来他一边走路一边睡觉呢。

爵士不再扰他的清梦,搀扶着他,送他回到他的沙窝,用沙给他盖好,让他睡去。

天刚亮,"'邓肯'号!'邓肯'号!"的叫声把大家惊醒了。

爵士的全体伙伴响应爵士的呼叫:"万岁!万岁!"一边欢呼,一边向海边跑去。

果然,离岸五海里处,有一艘游船,低帆裹在帆罩里,喷着蒸气缓缓行驶,它的烟雾混在晨雾中。海浪大,这个吨位的船靠近沙滩不可能没有危险。

爵士拿过巴加内尔的望远镜,观察"邓肯"号的行动。约翰大概没有发现这群人,因为他没有放慢速度,第二层方帆略微收起,正在以左舷风行驶。

此时,塔卡夫把枪装满火药,向游船的方向打了一枪。

大家听着、看着。塔卡夫开了三枪,在沙丘引起回声。

游船的侧面终于冒出一股白烟。

"他们看见我们了,是'邓肯'号在放炮!"爵士喊道。

几秒钟后,隆隆的炮声传到岸边。"邓肯"号掉转船头,加大马力,向他们这边开了过来。

很快,用望远镜可以看到,船上放下一只小艇。

奥斯丁说:"海伦娜夫人不能来啊,海浪太大了!"

少校说:"约翰也不能来,他不能离开船。"

罗伯特伸出双臂,向着小艇,高叫:"我的姐姐!我的姐姐!"

爵士说:"我真想一步跨到船上去!"

少校说："爱德华,耐心点儿,过两个钟头您就在船上了。"

要两个钟头！是的,小艇上六根桨,一来一回地划,至少要两个钟头。

爵士此时转身向塔卡夫走去。塔卡夫交叉双臂,抱着膀子,桃加站在他的身旁。他平静地看着波涛翻滚的海面。

爵士抓住他的手,指着游船说："跟我走吧！"

塔卡夫摇摇头。"来吧,朋友。"爵士又说。

塔卡夫温和地说："不了,这儿有桃加,那儿是大草原！"他用充满感情的手势指着辽阔无边的平原。

爵士非常明白,印第安人绝不愿离开埋有祖先骸骨的土地。这片荒漠地区的儿女们热爱他们的故乡,因此爵士不再勉强他,再次紧握他的手。当爵士提出给他报酬时,塔卡夫含着他特有的微笑谢绝了,他说"为了友谊",爵士也没有勉强。

爵士无以回报。他想至少要给这位正直的印第安人留下点纪念品,让他记得欧洲的朋友。可是给他什么呢？武器、马,都在洪水中丢失了,他的伙伴也不比他富有。

他不知道该怎样感谢这个真诚的向导,突然他灵机一动,从皮夹里掏出一个宝贵的装有肖像的挂件,里面是英国著名画家托马斯·劳伦斯为海伦娜夫人画的头像。他把它送给塔卡夫,并说："这是我的夫人。"

塔卡夫很感动,看着肖像,说道：

"又贤惠又漂亮啊！"

罗伯特、巴加内尔、少校、奥斯丁和两个水手都走了过来,用非常感激的话向塔卡夫告别。这班勇敢的伙伴们就要离开这位勇敢热心的朋友,心里非常不舍。塔卡夫也一样,他用长手臂把朋友们搂在怀里。巴加内尔想到这位印第安人常看他的南美和两大洋的地图,对它们很感兴趣,就把地图送给了他。这可是学者此时所保留下来的最宝贵的东西了。罗伯特呢,他没有东西可以送,只有亲吻。他亲热地吻了他的救命恩人,同时也没忘记吻别桃加。

"邓肯"号的小艇渐渐靠近海岸,进入海滩上挖开的一条狭窄的小航道。不一会儿就来到了岸边。

"我的夫人呢？"爵士问。

"我的姐姐呢？"罗伯特叫道。

小艇上的水手说："海伦娜夫人和玛丽小姐都在船上等你们,我们走吧,阁下,一分钟也不能耽搁了,已经开始退潮了。"

大家最后一次和塔卡夫拥抱告别。塔卡夫把他们一直送到小艇旁边。小艇

被推进水里,罗伯特忍不住扑到塔卡夫怀里,塔卡夫搂住他,亲切地看着他说:

"走吧,孩子,你已经是大人了。"

"再见,朋友!再见!"爵士又喊道。

"我们还会见面吗?"巴加内尔叫道。

"但愿有这一天。"塔卡夫向天举起手臂,用他的语言说道。

塔卡夫的最后一句话被晨风吹散了。小艇开到了海面,退潮的海水推着它,离海岸越来越远。

隔着浪花飞溅的波涛,大家还能看见塔卡夫站在那儿不动的身影。渐渐地,高大的身影缩小了,最后,在他那些萍水相逢的朋友的视线中消失了。一小时后,罗伯特第一个跳上"邓肯"号,扑向玛丽,紧紧拥抱姐姐,全船的水手齐声欢呼起来。

沿着一条直线横穿南美大陆的远征任务就这样结束了。高山大河没能使这些旅人偏离他们非走不可的路线,尽管大自然的重重障碍与他们作对,但都在他们勇敢顽强的意志面前退步了。

塔卡夫的最后一句话被晨风吹散了。小艇开到了海面,退潮的海水推着它,离海岸越来越远。

中　卷

許中

第 1 章　返回"邓肯"号

返回"邓肯"号,大家沉浸在别后重逢的喜悦中。格里那凡爵士不愿此次的出师不利扫大家的兴,因此他首先说的话是:"朋友们,不要灰心,要有信心!格兰特船长没和我们一起回来,但我们一定能找到他。"

至少要有这样的信心才能使"邓肯"号的乘客们还抱有希望。

小艇靠近"邓肯"号的时候,海伦娜夫人和玛丽等得万分焦急。她们在艉楼数着回船的人数,玛丽一会儿失望,一会儿又似乎见到了父亲。她的心怦怦地跳,说不出话来,勉强支撑着。海伦娜夫人搂着她,约翰船长在她身旁默默地照顾她。他的那双水手的眼睛习惯看远处的东西,但没有看到格兰特船长。

玛丽低声说:"他在那儿!他来了!我的父亲!"

小艇渐渐靠近,幻想成为泡影。归来的旅人离船不远,海伦娜、约翰,还有泪眼汪汪的玛丽,都没看到船长格兰特,全都失去了希望。爵士来了,及时地说了这番宽慰她们的话。

相互拥抱之后,海伦娜夫人、玛丽和约翰听他们讲述远征的主要事件。首先,爵士让他们了解,聪明的巴加内尔对格兰特船长信件的最新解释,他称赞罗伯特,说玛丽有理由为自己的弟弟骄傲,他勇敢、忠诚,爵士特别提到他遇到危险时出色的表现。爵士的赞扬弄得罗伯特不好意思起来,不知道往哪儿躲,幸好姐姐把他搂在怀里,让他有了藏身之处。

约翰说:"你不用脸红啊,罗伯特,你的行为不愧为格兰特船长的儿子啊!"

他向罗伯特伸出手臂,把嘴唇贴到他的还沾有玛丽泪水的脸上。

特别要提的是,少校和地理学家巴加内尔受到大家的热情欢迎,大家没有忘记那位侠义的塔卡夫,海伦娜夫人遗憾没能和正直的印第安人握握手。

少校和大家欢叙之后,回到自己的舱房,慢条斯理地刮他的胡子。巴加内尔呢,像个蜜蜂似的飞到这个人面前,又飞去另一个人面前,采集大家对他的称赞和微笑。他想拥抱船上的全体人员,包括海伦娜夫人和玛丽小姐,从她们开始,最后亲吻奥比内先生。

总管先生不知道如何回敬如此的礼节,于是宣布开饭。

巴加内尔喊道:"开午饭了?"

"是呀,开午饭了。巴加内尔先生。"奥比内答道。

"是一顿真正的午餐?坐在真正的桌子旁边?还有刀叉?"

"那还用说吗,巴加内尔先生。"

"不用吃沙鸡,煨蛋和鸵鸟肋条啦?"

"啊,先生,您这话什么意思?"总管以为学者在嘲笑他的厨艺呢。

学者笑着说:"我不是嘲笑你,朋友,这一个月,这些东西就是我们的家常便饭!而且不是坐在桌子旁边吃,是趴在地上,骑在树枝上。你宣布开饭,我还以为在做梦!"

海伦娜夫人忍不住笑了:"好吧,我们就去看看是否真的吧,巴加内尔先生。"

"这是我的手臂。"巴加内尔殷勤地说。

"阁下,您对'邓肯'号没什么命令吗?"约翰问爵士。

爵士答道:"亲爱的约翰,午饭后,我们几个讨论新的远征计划。"

"邓肯"号的乘客和年轻的船长都到方厅去了。船长吩咐机械师保持火力,随时待命出发。少校刚刮了脸,精神焕发。其他人员也洗了脸,围坐在餐桌旁。

大家兴高采烈地吃着奥比内做的午饭,对美味赞不绝口,认为比潘帕斯草原的盛宴强多了,巴加内尔每一样菜都要了两份,还谎称自己粗心之故。

"粗心"二字引起海伦娜夫人的关注,她问巴加内尔此次远征有没有犯老毛病,少校和爵士相视一笑。巴加内尔则开怀大笑,还以"名誉"保证,今后再不犯粗心的毛病,然后以轻松的口气讲述他错学了葡萄牙语,苦读的是卡蒙斯的作品。

讲完之后,他说:"总而言之,有些事情是塞翁失马,焉知非福,我不后悔我犯的错误。"

"可敬的朋友,此话怎讲?"少校问。

"我不但学会了西班牙语,还学了葡萄牙语,我学了两门,而不是一门!"

"我真没想到这个呢,祝贺您,巴加内尔,真诚地祝贺您!"少校说。

大家为他叫好,他呢,不停口地吃,一面吃一面说。他没注意到一件特别的事,但爵士注意到了,这就是约翰对他的邻座玛丽的关心。海伦娜给丈夫使了个眼色,告诉他"一直如此"了,爵士怜爱地看着这对年轻人,他问约翰一

个问题,但问的不是个人问题,而是另一个问题。

"孟格尔,您这次的航行怎么样啊?"

"非常顺利,只是报告阁下,我们没经过麦哲伦海峡。"

"好啊!趁我不在船上,你们就绕合恩角了!"巴加内尔喊道。

"那您去上吊吧!"少校说。

"您这个自私鬼!要我上吊,您就可以拿我的上吊绳走好运啊!"巴加内尔反击道。

爵士说:"亲爱的巴加内尔,除非您会分身术,否则您去了潘帕斯大草原,怎么能同时绕合恩角呢?"

"我确实不能去两个地方,可不妨碍我遗憾啊!"

大家不再逗他了,这个话题到此为止。孟格尔继续汇报"邓肯"号航行的情况。

他沿着美洲西海岸航行,仔细观察西海岸所有的群岛,没有见到"不列颠尼亚"号的痕迹。船到过皮拉雷斯角,在麦哲伦海峡的入口处碰到顺风,他就向南,沿着德索拉西翁的一些岛屿航行,一直向下到南纬67°线,然后绕过合恩角,沿火地岛航行,穿过勒梅尔海峡,沿巴塔哥尼亚海岸北上。船到了科连特斯角海边遇到大风,也就是潘帕斯地区起风暴袭击爵士他们的那阵大风。不过,船太平无事,他们沿着海岸来来去去行驶了三天,直到听见枪声。

约翰提到海伦娜夫人和玛丽小姐,他对她们俩的无畏很是佩服,她们尽管十分担心阿根廷草原上远征的朋友们的安危,但自己却镇定自若。

约翰船长的叙述就这样结束了。爵士对他大加赞扬。然后爵士问玛丽:"亲爱的小姐,约翰船长很欣赏你的优点,在他的船上你有不适的感觉吗?"

玛丽回答道:"怎么会呢?"她看着海伦娜夫人,也许也看了约翰。

罗伯特说:"啊!我的姐姐很爱您,约翰先生,我也爱您!"

罗伯特的话弄得约翰有点尴尬,玛丽的脸也泛起了红晕,约翰说:"我亲爱的孩子,我也爱你啊!"

然后约翰把话题转到别处:"'邓肯'号航行的情况汇报完了,阁下,请讲讲你们穿越美洲大陆的情况吧,还有这位小英雄的事迹。"

海伦娜夫人和玛丽最喜欢听这些事情,爵士赶紧满足她们的好奇心。他把他们从这洋到那洋的远征桩桩件件说了一遍:爬越安第斯山脉,遭遇地震,罗伯特失踪,秃鹫把他擒到空中,塔卡夫的一枪,与红狼的恶战,罗伯特的自我牺牲,法国下士马努埃尔司令官,洪水袭击潘帕斯区,逃难到翁比树,雷电

约翰提到海伦娜夫人和玛丽小姐,他对她们俩的无畏很是佩服,她们尽管十分担心阿根廷草原上远征的朋友们的安危,但自己却镇定自若。

袭击,鳄鱼围住大树,飓风刮倒大树,洪水把他们送上陆地,还有大西洋的一夜。所有这些事件,不管是快乐的还是可怖的,都引起了相应的反响。提到罗伯特的勇敢忠诚,姐姐和海伦娜都感动得拥抱和爱抚他。没有一个孩子像他那样,得到朋友们如此热烈的拥抱和亲吻。

爵士讲完故事,说了以下的话:"朋友们,我们想想现在吧,过去的已经过去,未来是我们的,还是谈有关格兰特船长的事情吧。"

吃完午饭,大家都到海伦娜夫人的小客厅,围坐在桌旁,桌上放满地图和航海交通图。讨论马上开始。

爵士说:"亲爱的海伦娜,上船时我告诉你,'不列颠尼亚'号的遇难者没有和我们一起回来,但找到他们的希望却更大了。这次远征的结果就是树立了这个信心,说得准确点,就是肯定失事的地点不在太平洋和大西洋的沿岸。因此,把信中失事地点理解为巴塔哥尼亚是错误的。幸亏我们的朋友巴加内尔突然醒悟,发现了错误。他认为我们走错了路,对信件的内容作了新的解释,他看的是那份法文信件。现在,我请巴加内尔在这里再解释一遍,以便大家心里清楚。"

巴加内尔以令人信服的口气,分析了 gonie 和 indi 这两个词的意思,有理有据地说明了 austral 是 Australia(澳大利亚),他指出,格兰特船长离开秘鲁回欧洲,可能船上的机器出了故障,被太平洋的南部海流冲到了澳大利亚海岸。他的设想有理有据,推断精密。素来固执、难以接受他人意见的约翰也点头了。

巴加内尔说完,爵士马上宣布"邓肯"号开赴澳大利亚。

爵士就要下达向东进军的命令时,少校要求提个小意见。

"说吧,麦克·那布斯。"爵士说。

少校说:"我的目的绝非贬低我们的朋友巴加内尔的论断,更非驳倒它。我认为他的看法严肃,有洞察力,值得我们关注,应成为我们以后寻找的基础,但我以为应该对这些论断做最后的审查,以求做到无懈可击,无错可寻。"

大家不明白素来行事审慎的少校真正的用意,都有点不安。

"继续往下说,少校,我准备回答你的所有问题。"巴加内尔说。

少校说:"事情再简单不过。五个月前,我们在克莱德湾研究过这三封信,都认为对它们的理解很正确,认为出事地点除了巴塔哥尼亚东海岸,不可能在别的海岸,我们对这个假设没有丝毫的怀疑。"

"你说的没错。"爵士说。

少校又说:"后来,巴加内尔由于粗心,上了我们的船,他也看了这三封信,他完全赞成我们到美洲海岸去寻找。"

"不错,你说的没错。"巴加内尔说。

少校说:"可是我们却都错了!"

巴加内尔重复少校的话:"我们都错了?麦克·那布斯,是人总会错的,只有坚持错误的人才是傻瓜!"

少校说:"等等,巴加内尔,别冲动,我绝不是说我们应当在美洲继续寻找。"

爵士说:"那您要说什么呢?"

"我不要求别的,只要求你们认定澳大利亚显然是'不列颠尼亚'号的出事地点,就如当初我们认定美洲是出事地点一样。"

巴加内尔说:"我们当然认定啦!"

少校说:"我要把你们的认定作为备案,有了这个备案,我才能不让你们的想象出现没完没了的矛盾的'显然',谁知道呢?除了澳大利亚,你们很可能还认为另一个地方也具有同样的可能性,如果到澳大利亚找不到,你们又认为别的地方也'显然'是出事地点呢。"

爵士和巴加内尔你看我,我看你,少校的话非常正确,打动了他们。

少校说:"因此我希望,我们最后一次核对验证一下出事地点,然后再动身出发去澳大利亚。这就是那三封信,这就是地图。我们一个个认真考证37°线经过的所有点,看看是不是还有别的地方是信中已明确指出的。"

巴加内尔说:"这事不难办,也不用花很多时间,因为这条纬度线经过的陆地很少。"

少校说道:"我们来看看吧!"他打开一张英国版、用麦卡多尔投影法印制的地球平面图,整个地球的地形一目了然。

地图摆在海伦娜夫人的面前,大家都找了位置坐下,听巴加内尔的讲解。

巴加内尔说:"我给大家讲过了,37°线穿过南美后,就碰到特里斯坦-达库尼亚群岛,格兰特船长的信中没一个字与这个群岛的名字有关。"

大家认真检查信件,都认为巴加内尔言之有理,都同意可以跳过这个群岛。

"我们继续看下去,离开大西洋,在这条纬度下两度,就是好望角,然后进入印度洋,在此期间,我们只碰到一个群岛,阿姆斯特丹群岛,我们就像检查特里斯坦-达库尼亚群岛一样,在信中检查一下。"

经过认真的对照检查,排除了阿姆斯特丹群岛,不论是法文、英文和德文信,不论是完整的或不完整的字,都与印度洋的这个群岛无关。

巴加内尔又说:"现在我们到澳大利亚了。37°线从这个大陆的伯努利角穿进去,从福德湾穿出。你们一定和我的看法一样,英文信中的 stra 和法文信中的 austral 很明显,就是 Australie 法文的'澳大利亚',不用我多说了吧。"每个人都赞同巴加内尔的结论。

少校说:"再向前看。"

巴加内尔说:"好啊,向前看。这样的旅行太容易了。离开福德湾,到了澳大利亚东部的海峡,接着就是新西兰。首先,我要请大家注意,法文信中的 contin,无可否认是指'大陆',而新西兰只是岛,因此,格兰特船长不可能逃到新西兰。虽然如此,大家还是认真检查、比较,反复查看每个字,看有没有可能指的是新西兰。"

约翰认真核对和检查信件和地图,说:"没有一点可能。"

其他人也说:"不可能。"少校也说:"不可能,不可能与新西兰有关。"

巴加内尔又说:"往下看,新西兰岛和美洲海岸之间的宽阔海洋里,37°

线只经过一个干旱荒凉的小岛。"

少校问:"它叫什么?"

"看地图吧,它叫玛丽亚·特里萨岛,我在三封信里都找不到这个地名的痕迹。"

爵士说:"确实没有任何痕迹。"

"因此,朋友们,我让大家决定,别说肯定,这大陆是不是可能指的是澳大利亚呢?"

"邓肯"号的船长和船员都齐声说:"这是很明显的事啊!"

爵士问约翰:"孟格尔,煤和粮食是不是都储备充足了?"

"阁下,都充足了,在塔尔卡瓦诺我曾大量补充过。而且,到了好望角,我们也容易补充燃料。"

"那么,好吧,开船吧!"

少校打断爵士的话,说:"我还有个问题。"

"说吧,麦克·那布斯。"

"不管澳大利亚能有多大成功的保证,我们到达特里斯坦-达库尼亚和阿姆斯特丹群岛时,停留一两天不是更好吗? 它们就在我们的路线上,没有偏离我们的路线,我们可以看看'不列颠尼亚'号有没有留下失事的痕迹。"

巴加内尔忍不住大声地说:"你真多疑!"

"没错,我多疑,我这样做,是提防万一在澳大利亚找不到失事者,不用再走回头路。"

爵士说:"这个考虑慎重,我觉得挺好。"

巴加内尔说:"我不反对啊。"

爵士说:"约翰,那就把船先开去特里斯坦-达库尼亚吧!"

约翰船长说:"马上执行,阁下!"他马上走上甲板。

罗伯特和玛丽向格里那凡爵士表示最热烈的感谢。

很快,"邓肯"号离开美洲海岸,劈开大西洋的波涛,朝东而去。

第 2 章 特里斯坦-达库尼亚

游船如果沿着赤道走,澳大利亚和美洲之间——或说得准确点,澳大利亚的伯努利角和南美洲的科连特斯角之间经度相距196°,距离一万一千七百六十海里。船如沿37°线走,美洲海岸与特里斯坦-达库尼亚的距离为三千一百海里,如没有逆风——东风迫使船减速,约翰希望十天内到达。他也真的有理由满意,傍晚时,风力明显减弱,接着转了方向。"邓肯"号得以在平静的海面上发挥它的所有长处。

远征队的成员返回船上的当天就恢复了原先的生活习惯,好像没有离开船一个月似的。离开太平洋的水域之后,大西洋在他们眼前展开,除非仔细区分,两个大洋的波涛是相像的。过去给过他们严峻考验的大自然,现在却齐心合力帮助他们。大洋宁静、顺风,西风吹拂所有张开的帆,帮助锅炉里不知疲劳的蒸气动力,推动游船快速行驰。

船只顺风顺水,一路平安,船速飞快,大家满怀信心等着到达澳大利亚海岸。可能变成必然,大家谈论着格兰特船长,好像他们要到定下的港口接他上船。船上也准备好他的舱房和两名水手的吊铺,还把舱房布置好,玛丽小姐亲自布置父亲的房间。舱房是奥比内让出来的,他和太太共住一个房间去了。邻房是巴加内尔在"苏格提亚"号上预定的六号舱房。

博学的地理学家巴加内尔几乎关在房间里不出门,从早到晚在写一本书,题为《阿根廷潘帕斯地区给地理学家的美好印象》,大家听见他在落笔前用感情充沛的声音读他的美丽文字,他不止一次不忠于历史女神克莱奥,而是求助于诗神卡莉奥佩,让句子带有诗意。

而且他不隐瞒这点,阿波罗手下的贞洁女神为了帮助他,常离开她们的仙山巴纳丝或赫利宫。海伦娜夫人真诚地称赞他的才情,少校也为诗神的造访祝贺他。

少校还说:"不过你千万注意别犯粗心大意的错,亲爱的巴加内尔,在你学澳大利亚语时,别错学了中文的语法。"

船上的生活很完美，爵士夫妇很关心约翰和玛丽，对他们的心事不点破，他们觉得还是顺其自然好。

"格兰特船长对他们的事会怎样想呢？"爵士问他的夫人。

"他会认为约翰配得上他的女儿，亲爱的爱德华。"海伦娜夫人回答。

此时游船向着目标快速前进。离开科连特斯角五天后，也就是11月16日，他们感觉到了美好的西风。这样的风很适合船只经过非洲南端，而这里经常吹的是东南风。真是天赐良机。"邓肯"号张开了所有的帆：主帆、纵帆、后桅帆、顶帆、补助帆和各种小帆，以左舷风行驶，速度快得惊人。船艄在飞逝的水面掠过，好像在参加皇家俱乐部的游船比赛。

第二天，海面铺满大片的海藻，就像长满青草的大池塘。那些海藻就好像从邻近陆地冲下来的残树断草，以前莫里船长①提醒航海家们要特别注意这类情况，巴加内尔把它比喻为潘帕斯大草原，"邓肯"号在上面滑行，速度放慢。

又过了二十四小时，天刚亮，瞭望的水手突然大喊："陆地！"

正在值班的奥斯丁问："哪个方向？"

"迎着风的方向。"

船上的人听到叫声，都激动地跑到甲板上。不一会儿，艉楼上伸出大望远镜，巴加内尔走出来。学者把他的瞭望工具向水手指的方向看了又看，但没看到任何像陆地的东西。

"向云上看。"约翰船长说。

"真的，好像是山峰，几乎看不出来。"巴加内尔说。

约翰说："这就是特里斯坦-达库尼亚峰！"

巴加内尔说："如果我没记错的话，距那里应该还有八十海里，我们能看见它，因为特里斯坦峰高七千英尺。"

约翰答道："就是了。"

几个小时之后，又高又陡的群岛很清楚地出现在天边。特里斯坦锥形的黑峰在朝阳升起的天空中显露出来，不一会儿，主岛从岩丛中、向东北倾斜的三角形山顶中显现。

特里斯坦-达库尼亚位于南纬37°8′、格林尼治子午线西经10°44′，在它的西南十八海里处有个"进不去岛"，东南十海里处有个夜莺岛，这三个岛在大西洋的这部分形成完整的孤岛。中午，水手选两个主要助航标志作为认

---

① 莫里船长，即美国海洋学家马修·莫里（1806—1873），曾任美国海军军官。

路点,一个在"进不去岛"的一个角,角上的岩石像帆船;另一个是夜莺岛北面的两个小岛,外形活像小堡垒的废墟。下午三点,船进入特里斯坦-达库尼亚的法尔默斯湾,湾里的援助峡挡住了西风。

海湾里停泊着几艘捕鲸船,它们捕海豹和其他海兽,这一带海岸,有数不清的各色海兽。

约翰·孟格尔忙着找理想的抛锚地,由于刮西北风和北风,外面的锚地很危险。1829年英国双桅船"朱利亚"号在这儿沉没。"邓肯"号停在距岸半海里、水深二十英尺、岩石底的海面上。男女乘客上了大艇,到细黑沙土的海滩登陆。细黑沙土是岛上的岩石风化的结果。

特里斯坦-达库尼亚群岛的首府是个小村子,在海湾深处。水声叮咚响亮的山溪流过村边。村里约有五十所整洁的房屋,英国最新式建筑风格,排成几何图形。模型般的小城后面是一千五百公顷的平原,以宽阔的喷石层为界,石层顶耸立着高耸入云的七千英尺的圆锥形陡峰。

这儿的总督热情地接待了爵士。这个地方直属好望角英国殖民政府管辖。爵士急忙向总督打听哈利·格兰特船长和"不列颠尼亚"号的下落,这儿的人从来没有听过这两个名字。这个群岛不在航线上,来往的船只很少。1821年著名的"白朗敦霍尔"号在"进不去岛"触礁失事,还有两艘船在主岛的海岸沉没,一艘是1845年沉没的"卜利莫奎"号,另一艘是1857年美国三桅船"非拉德尔非亚"号。特里斯坦-达库尼亚统计的海难事故就只有这三起。

爵士并不期待能找到更确切的消息。向总督打听,不过求个心安。他还派人划着船上的所有小艇环岛巡察。这岛周长最多不过十七英里,再大三倍,也容不下伦敦或巴黎。

趁爵士去咨询的时候,"邓肯"号的乘客们到村子里和附近海岸溜达。村里的人口不到一百五十人,都是英国人和美国人,他们和本地的黑人妇女、好望角的霍屯督族女子通婚。这些女人丑陋,没留下什么漂亮的后代。混血家庭的儿女都混有不良的特点:撒克逊人的呆板和非洲人的忧郁。

船上的游客们上岸总是很高兴,他们一直走到附近的大平原,大平原上栽种农作物。整个岛只有这部分地区有农作物,其他地方都是熔岩峭壁,巨大的信天翁和呆笨的企鹅有成千上万。

他们先参观了原始的火成岩,然后来到了平原上,山顶终年不化的融雪形成众多清澈的小溪,平原上处处听见潺潺的水声。青翠的灌木装点土地,灌木丛中的麻雀和花朵一样多。有一种名叫"菲利科"的树,高二十英尺;还有一种木茎植物,从青牧草中冒出;还有蔓状的"阿赛尼"种子辣;还有粗壮的

"劳玛丽",像纠缠在一起的丝;还有一种叫"安斯林"的植物,香气使得空气芬芳沁人;还有苔藓、野芹、凤尾草等,品种不多,但很繁茂。大家感觉春天将它美好的春意永远留在了这座奇特的岛上。巴加内尔以他惯有的热情讲解,这就是法国文学家费纳龙所歌颂的著名的仙岛奥吉吉。他向海伦娜夫人建议,在岛上找个山洞,像可爱的加丽莎女神那样住下来,做岛上的女神,他愿做侍奉女神的小仙子。

这群人说说笑笑,欣赏着风景,傍晚才回到船上。经过村子,他们看见四周都是牛羊,田里种着麦子、玉米和青菜。它们都是最近四十年才引进的,这些农作物长势很好,从田里蔓延到首府的街上。

爵士回到船上,"邓肯"号派去巡察的几只小艇也回来了。他们花几个小时绕岛一周。没有见到"不列颠尼亚"号的蛛丝马迹,这次环岛航行的结果,就是可以把特里斯坦岛从寻找计划中排除掉了。

此时"邓肯"号本来可以离开这座群岛,继续向东赶路。当晚没有走,因为爵士批准船员们捕猎海豹。这儿的海豹很多,在法尔默斯湾随处可见。过去,北极鲸喜欢在这岛附近的海面上玩耍,但捕猎的人太多,鲸鱼几乎绝迹。但海豹的情况相反,在这里成群结队,"邓肯"号的船员决定趁夜色猎捕海豹,把它们熬成油储存起来,所以"邓肯"号推迟了三天,即11月20日才出发。

晚餐时,巴加内尔讲述了特里斯坦群岛的故事,大家听得津津有味。原来,这座群岛是1506年被葡萄牙人、著名探险家阿布奎基的一个随行人员特里斯坦-达库尼亚发现的。被发现后一个多世纪都无人问津,大家以为它是风暴的巢穴,这看法不无道理,它的名声不比百慕大好,人们都不愿接近它。在群岛上停泊的船,都是不得已,被大西洋的飓风逼来的。

1697年,印度公司的三艘荷兰船在这儿停泊,测了它的方位;1700年,伟大的天文学家哈雷将该岛的方位进行了测定。1712年到1767年间有几个法国航海家到这儿考察,主要是法国著名航海家拉贝鲁斯,1785年,他到这儿做了著名的探险航行。

这些群岛,直到此时少有人问津,荒凉没人烟。1811年,一个名叫乔纳森·拉伯特的美国人,要把这个地方变成殖民地。他和两个伙伴1月份来到这儿,勇敢地以垦荒为职业。好望角的英国总督得知他们的事业发达了,要给他们英国的保护,乔纳森接受了,并在草屋上挂了英国国旗。他似乎可以太平无事地统治他的"臣民"了——一个老意大利人,一个葡萄牙黑白混血儿。有一天,他在海岸巡视他的王国时淹死了,不知道是自己失足还是被推下水的。1816年,拿破仑被囚禁在圣赫勒拿岛上,为了更好地看管他,英国人在该岛西北的升天岛上派驻了一个卫队,又派了一个卫队驻扎在特里斯坦-达库尼亚群岛。在这里驻防的是从好望角派来的一个炮兵连、一队霍屯督族的士兵,他们一直待到拿破仑去世为止,也就是1821年,才调回好望角。

后来,这儿只剩下一个欧洲人,他是一个下士,苏格兰人……"

"苏格兰人?"少校大叫,他对同胞特别关注。

"他的名字叫威廉·格拉斯,留在岛上的还有他的妻子和两个霍屯督人。后来,又来了两个英国人,一个是水手,一个是泰晤士河边的渔夫,前阿根廷军队的龙骑兵。他们和岛上的苏格兰人一起在此地安居。1821年,'白敦霍尔'号在附近沉没,一个脱险的旅客和他年轻的妻子流落到这个岛上。至此,这个岛上有了六个男人,两个女人。到1829年,岛上有了七个男人,六个女人,四个小孩;到1835年,共四十人,现在增加了三倍。"

爵士说:"国家就是这样形成的。"

巴加内尔又说:"为了完整特里斯坦岛的历史,我还要补充说明,我觉得这个岛和智利西面的胡安·费尔南德斯岛一样,可以称为鲁滨孙岛。因为有两名水手在胡安·费尔南德斯岛流落,也有两名学者流落在这个岛上。一个是我的同胞博物学家迪珀蒂·图瓦尔,1793年他在这里采集植物标本,过于兴奋,迷了路,直到船长要开船,他才赶到。还有一个是你的同胞,亲爱的格里那凡爵士,1824年,能干的苏格兰画家奥古斯特·厄尔,被丢在这儿长达八年;他的船长忘了他还在岛上,把船开回了好望角。"

"这个船长真够粗心的,巴加内尔,他是你的亲戚吧?"少校说。

"不是,但他配做我的亲戚。"

他们的谈话到此告一段落。

夜里,"邓肯"号的船员去打猎,收获不错,打了五十多只大海豹。第二天,船员就着手剥皮熬油,其他乘客上岸游览。爵士和少校带了枪,顺带打猎。他们一直走到山脚下,看见遍地的熔岩灰烬,火山岩渣,黑色多孔的熔岩和各种火山的残迹碎块。山脚下耸立着无数的摇摇欲坠的熔岩。就此可见,这山峰的性质不难下定论。英国船长卡密查尔认为这是座死火山,的确有道理。

他们碰到几头野猪,少校命中一头,爵士打了几对黑竹鸡,船上的厨师会把它们烹成美味。高原顶上隐约可见很多山羊,山猫也很多,它们勇猛、大胆、壮实,狗见了它们都要退避三舍。总有一天,它们会成为岛上的猛兽。

晚上八点,大家回到船上。夜里,"邓肯"号离开了特里斯坦-达库尼亚群岛。

第 3 章　阿姆斯特丹岛

约翰打算在好望角添煤，于是船离开37°线，往北走上两度。"邓肯"号在信风区以下航行，强烈的西风对它的航行很有利，不到六天，船就完成了特里斯坦-达库尼亚与非洲南端之间的一千三百海里的航程。11月24日下午三点，在船上可以望见桌山，过了一会儿，约翰测好信号山的方位，这山是海湾入口的标志。将近八点，船进了海湾，在开普敦港抛锚。

巴加内尔作为地理学会的会员，不会不知道，非洲的南端是葡萄牙海军上将巴尔特勒米·迪亚士于1486年第一个发现的，到1497年，葡萄牙著名的航海家瓦斯科·达·伽马才从这儿绕过。而卡蒙斯所写的《卢济塔尼人之歌》赞颂的就是这位伟大的航海家，巴加内尔怎么会不知道呢？关于这个问题，他还发表过有趣的观点。1486年距克利斯朵夫·哥伦布第一次出航还有六年，如果当时迪亚士就绕过好望角，美洲大陆的发现可能就要无限期地拖延下去。因为从欧洲到东印度，绕过好望角，路程最短最直接。伟大的热那亚航海家哥伦布向西找什么呢？不就是要找一条通往"香料之国"的捷径吗？绕过好望角，捷径就找到了，他大概就不会朝西探险了。

开普敦位于开普湾内，1652年由荷兰人范里贝克创建。它是重要的殖民地首府。直到1815年条约签订后才确定划归英国。"邓肯"号的乘客趁船停泊添加燃料，需要十二个小时，于是决定上岸参观。约翰船长决定26日早上他们才开船离开。

参观这个城市无须多少时间，这座城很像以住宅为方格的大棋盘，三万人口，白人，黑人，分别扮演国王、王后、骑士、小兵卒，也许还有小丑，巴加内尔是这样形容他们的。他们参观了城东南的堡垒，总督的房子、花园、证券交易所、博物馆，以及迪亚士当初发现好望角时树立的石头十字架。他们还喝了当地贡斯丹斯公司出产的头等彭台酒。然后离开这座城。第二天早上，"邓肯"号张开触帆、三角帆、主帆、前帆，几个小时之后便绕过了这著名的"风暴角"——后来乐观的葡萄牙国王若昂二世给它改了一个好听的名字：好望角。

从好望角到阿姆斯特丹岛航程两千九百海里。如果顺风顺水，航行时间大概十天左右。在海上航行比在潘帕斯大草原跋涉好多了。现在他们对大自然没有怨言，在陆地上合伙刁难过他们的风和水，现在联合起来助他们一臂之力了。

　　巴加内尔感慨万千，不停叹息："海洋啊，海洋！海洋真的是人类施展才干的最佳场所，船真是文明的运输工具啊！朋友们，想想啊，如果地球只是一块辽阔无边的大地，到十九世纪，人类还不可能了解它的千万分之一！你们看看大陆内部的情况吧！西伯利亚那茫茫的荒原，中亚那幽深莫测的平原，非洲那荒无人烟的沙漠，美洲那原始的牧场，澳大利亚那辽阔的大地，两极那严寒的没有人迹的冰天雪地，人们敢去这些区域冒险吗？胆大包天的人也会退缩，大无畏的勇士也会胆寒，这些地方无法涉足。交通工具不足，酷热、疾病、土著人的野蛮，都是不可逾越的障碍。二十英里的沙漠将人阻隔，感觉比五百里海洋还要遥远！两个隔海相望的人，还有天涯若比邻的感觉，而只隔一座森林的两个人，却咫尺天涯，形同陌路！英国和澳大利亚相距遥远，却像是境界相连，埃及和塞内加尔却像相距几百万英里，北京和圣彼得堡简直就是天各一方。一位美国的学者说得好，世界七大洲能建立起亲善的关系，全仗着有了海洋！"

　　巴加内尔说得热情洋溢，激情澎湃，对这篇海洋颂，少校说不出一句话来。没人敢沿着37°线的陆地寻找拯救格兰特船长，但海洋可以把人们从这块大陆送到另一块大陆。12月6日早晨，海洋又把一座山峰从波涛中送出来。

　　这就是位于南纬37°47′和东经77°24′的阿姆斯特丹岛。天气晴朗时，岛上圆锥形的高峰在五十英里外都可以看见。现在是早上八点，它还看不清。

　　爵士说："这山峰和特里斯坦-达库尼亚山峰很像。"

　　巴加内尔说："你这个结论下得正确。根据几何定律，两个岛与第三个岛相似，这两个岛也就相似，阿姆斯特丹岛过去和现在都和特里斯坦-达库尼亚一样，盛产海豹，有很多鲁滨孙式的人物在上面生活。"

　　海伦娜夫人问："这样说来，到处都有鲁滨孙吗？"

　　"夫人，在我所知的海岛中，很少没有发生这类故事的。你那位不朽的同胞笛福写《鲁滨孙漂流记》之前，就发生过了。"

　　玛丽说："巴加内尔先生，我可以向您提一个问题吗？"

　　"提两个都可以，亲爱的小姐，我一定回答您。"

　　"您要是被人抛弃在荒岛上，您会害怕吗？"

　　"我！"巴加内尔大叫。

　　少校说："我的朋友，您不会说您求之不得吧！"

"我当然不会说这话。可是,如果真的遭遇这样的事我也不会觉得天塌了。我会坦然地安排新生活,去打猎、钓鱼,冬天住山洞,夏天住在树上;我会弄个仓库存储收成,总之我要把我的岛开发出来。"

"就您一个人开发?"

"无奈的话一个人就一个人。再说,在这世上人会永远孤独吗?他不会找动物朋友,养头小羊、会说话的鹦鹉、可爱的猴子?如果上天给你送来个朋友,如忠诚的星期五,还需要什么才算幸福?两个朋友同处一个孤岛,这就是幸福!假定说,少校和我……"

少校说:"谢谢啦,我可不想扮演鲁滨孙的角色,我演不好。"

海伦娜夫人说:"亲爱的巴加内尔先生,您的想象力又把您带到幻想世界去了,我以为现实和梦想完全是两码事。您的鲁滨孙只是想象出来的人物,被抛到精心挑选的岛上,大自然像宠爱孩子一样宠爱他,您只看到事物好的一面!"

"什么!夫人,您不认为人在荒无人烟的岛上可以幸福地生活吗?"

"我不相信,人生下来就要在社会中生存,不能孤独,孤独只能产生失望,迟早罢了。一个人到了孤岛上,刚刚从波涛中捡回一条命,只顾着眼下的需要,忘了未来的威胁,首先考虑物质的生活,生存的需要,忘了不幸,这是可能的。但到了后来,他感觉到了孤独,远离同类,没有希望重见家乡和他爱的人,他会怎样想?他会怎样痛苦?这个岛,就是他的世界,天地间只剩下他一个人。死神来了,被人抛弃地死是很可怕的,就像到了世界末日。巴加内尔,您相信我说的话,最好不要做这样的人!"

巴加内尔同意海伦娜夫人的看法,但不无遗憾。谈话就这样继续下去,大家就孤独与快乐交谈着,直到"邓肯"号在离阿姆斯特丹岛岸一英里的地方停泊下来。

这个印度洋上的孤岛由两个小岛组成,小岛间距离为三十三英里。位置在印度半岛的经线上,北面是阿姆斯特丹岛,或叫圣彼得岛,南面是圣保罗岛,这两个岛的名字,常常被地理学家或航海家们张冠李戴。

这两个岛是在1796年12月,由荷兰人弗朗明发现的。后来,当特尔卡斯托领着"希望"号和"探求"号寻找拉普鲁斯,曾在这两个岛上考察。把两个岛的名字颠倒就是从这次考察开始的。海员巴罗和博唐·博普雷在当特尔卡斯托的大地图上看到,然后是霍斯保、平克顿,从此许多地理学家把圣保罗岛说成圣彼得岛。1859年,奥地利的军舰"诺瓦拉"号在环球航行时才改过来,避免重犯错误。这次巴加内尔也强调别犯这个错误。

圣保罗岛位于阿姆斯特丹岛的南面,无人居住,由一座圆锥形的山组成,以前应该是火山。阿姆斯特丹岛的情况相反。小艇把"邓肯"号的乘客送到这儿,四周有十二英里,有人居住,他们自愿来这儿过孤独的生活,给渔场做看守。渔场和小岛属于留尼旺的一个商人,名叫奥特凡,他还没有得到欧洲列强的承认,每年的年俸七万五到八万法郎,他雇人捕鱼、腌鱼、卖鱼。

阿姆斯特丹岛过去和现在都属于法国,根据领土的先占权法规定。以前属于波旁岛首府圣德尼的船主卡曼先生,后来按某国际条约规定,割让给一个波兰人。波兰人雇了马达加斯加的奴隶开垦土地。说他是波兰人,其实是法国人,因此该岛后来又归了法国人奥特凡。

1864年12月6日,"邓肯"号到此停泊,岛上共有三个人:一个法国人,两个黑白混血儿,都是岛主和商人的伙计。巴加内尔在此又见到一个他的同胞,可敬的维奥先生。维奥先生已上了年纪,他很热情地接待了客人们,这一天对他而言,是幸福的日子。圣彼得岛常有捕海豹的人和少数捕鲸者来,他们都是粗人。

维奥先生向客人们介绍他的居民,即两个混血儿;此外,还有几头躲在窝里的野猪,上千只蠢笨的企鹅。三个人住在岛西南的天然港湾里,这港湾是山崩塌下一块形成的。

奥特凡一世统治之前,圣彼得岛就是沉船遇难者的避难所。巴加内尔讲了两个故事,第一个故事的题目是:两个苏格兰人在阿姆斯特丹漂流记。

1827年,英国"巴米拉"号经过这座岛,远远看见岛上有股浓烟,船长把船开到岛边,不一会儿见到两个打求救信号的人。他派小艇把两个人接上船:一个是二十二岁的青年,叫雅克·贝纳,另一个四十八岁,叫罗伯特·布罗夫。两个都是苏格兰人,被摧残得已经不成人样。十八个月以来,他们几乎没东西下肚,没有淡水喝,只靠吃贝类动物,把废铁打弯做钓鱼钩钓鱼,有时抓小野猪充饥,有时三天吃不到东西。他们用最后一根火线点了一把火,就像古罗马供奉女灶神,守着这点火,不让它熄灭,不管到什么地方都带着它,把它当作无价宝。他们就这样生活在苦难中。在痛苦中,在缺吃少穿中,他们由猎海豹的帆船运到岛上,按当地渔民的习惯,要在岛上住一个月,给海豹剥皮熬油,然后等帆船把他们接回去。但船一直没有来。五个月后,一艘到范迪门的船"希望"号在岛边靠岸,但船长不知何故,蛮不讲理,拒绝接走这两个苏格兰人。船开走了,没留下一块饼干和一把火刀。要不是"巴米拉"号船救了他们,这两个不幸的人必死无疑。

如果阿姆斯特丹岛这样的孤岩也有历史,那么巴加内尔的第二个故事讲的是佩隆船长的遭遇。这一次的主人公是法国人。他的遭遇和上面说的那

两个苏格兰人的开头一样,结尾也一样。他是自愿到岛上来的,船没有回来接他。被抛弃四十个月后,一条外国船被强风刮到这个岛,才把他和伙伴们接走。

佩隆在岛上发生过流血斗殴,情况有点像笛福的小说《鲁滨孙漂流记》的主人公的遭遇。

佩隆带了四个水手到岛上:两个英国人,两个法国人,打算在岛上待十五个月,猎海豹。猎打得顺利,但十五个月过去,接他们的船没来,而粮食逐渐紧缺。英国人和法国人的关系紧张。两个英国人背叛了船长,要不是两个法国水手救了他,他就被两个英国人暗算了。从此双方日夜互相监视,武器不离身,有时你占上风,有时他占上风,过着恐怖的不安日子。要不是来了一条英国船救了他们,他们当中必有一方消灭了另一方。倒霉的国籍问题使这些遇难者在印度洋荒岛上分成势不两立的两派。

这就是岛上的历险故事。阿姆斯特丹岛就这样两次成为被抛弃的水手的祖国,老天爷曾两次把被抛弃的海员从苦难和死亡中救出来。自此再没有一条船在这儿失事,如果有过海难,总会有物件漂到沙滩上,遇难者也会跑到维奥先生的渔场来。老人在岛上住了多年,没有机会向遇难者表示他的好客和仁慈。"不列颠尼亚"号和格兰特船长的消息,他从没听说过。无论是阿姆斯特丹岛还是捕鲸捕鱼人常去的圣保罗岛,都不是他们遇难的地点。

爵士听了老人的答复,既不失望也不难过,他和他的伙伴们在几个停泊点都没找到格兰特船长的踪迹,格兰特船长并没有到过这个地方。他们不过就是要证实,格兰特船长确实没到过37°线上的这几个点。因此他们决定第二天离开此岛,继续航行。

乘客们在岛上参观到夜晚。小岛的景色很迷人,但动植物很少,最啰唆的博物学家也写不满八开本的一页。四脚兽、鸟类、鱼类和鲸类都不多,只有野猪、积雪鸥、信天翁、鲈鱼和海豹。到处都有温泉和含铁质的矿泉,从淡黑色的熔岩中涌出,浓烈的蒸气从火山质的地面冒出来,几处温泉水温度很高,约翰用温度计插进去量,竟达华氏176度[1]。他们把在几步远的海里捕到的鱼放到温泉里,几分钟就熟了。原想洗温泉澡的巴加内尔不敢下去了。

傍晚,游览完毕,爵士和老人维奥道别,大家祝福他在荒岛上幸福如意,老人也祝他们一帆风顺,寻人成功。

小艇把大家载回"邓肯"号。

---

[1] 即摄氏80度。——原注

第 4 章　巴加内尔与少校打赌

12月7日早晨三点,"邓肯"号的锅炉轰隆隆响,水手们卷动绞盘,将锚吊离小港口的沙底,升回吊架。螺旋桨转动,游船离港入海。上午八点,乘客们登上甲板,阿姆斯特丹岛渐渐消失在天边的雾中。这是沿37°线在海上航行的最后一次停泊,距澳大利亚海岸还有三千海里,西风如果还可以再维持十二天,不出什么事故,"邓肯"号就可以顺利到达目的地。

玛丽和罗伯特看着印度洋的波涛,心潮翻滚。它们可能就是"不列颠尼亚"号失事时遭遇的波涛。格兰特船长,他的被毁的船,遭到损失的船员们,可能就在这里和印度洋的可怕飓风搏斗,被不可抗的力量推到了海岸。约翰·孟格尔船长将船上的海图指给玛丽看,给她解释海流的方向。其中有一股正横向流过印度洋,向澳大利亚流去,从西向东,同在太平洋和在大西洋上一样强劲。

说到这里,大家还有一个疑问,根据《商船日报》记载,格兰特船长的最后消息发自1862年5月30日秘鲁的卡亚俄,"不列颠尼亚"号怎么可能在离开秘鲁海岸八天,即6月7日就到了印度洋?聪明的巴加内尔却对这问题做了合理的解释,钻牛角尖的人也不得不服。

事情是这样的:12月12日晚上,即"邓肯"号离开阿姆斯特丹岛第六天,爵士夫妇、玛丽姐弟、约翰船长、少校和巴加内尔在艉楼聊天。与平时一样,聊天的主题还是"不列颠尼亚"号,这是"邓肯"号的乘客们唯一关心的事。这时格里那凡爵士冷不丁地提出了这个疑问,并且立即产生效果:就像给走在希望的路上的人们浇了冷水。

对爵士提出的这个疑问,巴加内尔马上抬起头,但没有答话,而是去拿那几份信件,回来时他只是耸耸肩。

爵士说:"好啊,朋友,你要给我们解释这个问题呀。"

巴加内尔说:"不,我只提一个问题,这个问题我要问约翰船长。"

"你问吧,巴加内尔先生。"约翰·孟格尔说。

"快船一个月能从美洲开到澳大利亚吗?"

"如果每天二百海里的时速,那是可以的。"

"这是最快的速度吗?"

"非也,快速帆船的速度比这快。"

巴加内尔说:"那好,信中的6月7日这几个字之间的间隔很大,如果是海水把7字前的一个数字蚀掉了,不是可以推测它是6月17日或6月27日吗?问题不就解决了吗?"

海伦娜夫人说道:"是呀,从5月30日到6月27日……"

"格兰特船长有足够的时间穿过太平洋到印度洋。"

大家都没有异议,同意巴加内尔的推测。

"这点又弄明白了,多亏了我们的朋友,我们就等着到澳大利亚西海岸去找'不列颠尼亚'号了。"爵士说。

孟格尔问道:"会不会在东海岸呢?"

"是呀,你说得对,约翰!信中根本就没说失事地点是在西海岸还是在东

"你问吧,巴加内尔先生。"约翰·孟格尔说。

"快船一个月能从美洲开到澳大利亚吗?"

海岸。我们应该在37°线横穿澳大利亚东西的两端寻找。"

玛丽问道："这样的话,爵士,对这点还有怀疑吗?"

孟格尔要排除玛丽的顾虑,赶紧说:"啊,没有,小姐。"然后他转向爵士说道:"阁下请注意,如果格兰特船长是在澳大利亚的东海岸登陆,他应该马上能获得救助,整个东海岸都属于英国,住的都是英国侨民。'不列颠尼亚'号的船员不用走十英里,就会碰到自己的同胞。"

巴加内尔说:"好,约翰船长,我同意您的看法,在澳大利亚的东海岸,在福德湾,在伊登镇,哈利·格兰特船长不但能在英国移民区找到立足之地,而且不难找到返回英国的交通工具。"

海伦娜夫人说:"如此说来,'邓肯'号载我们去的澳大利亚海岸,遇难的船员是找不到这些便利条件的?"

巴加内尔回答:"确实如此,夫人。那儿非常荒凉,没路通向阿德莱德或墨尔本。'不列颠尼亚'号得不到任何援助,就如在非洲无情的海滩一样。"

"两年来,我父亲的日子怎么熬呢?"玛丽小姐伤心地说。

巴加内尔答道:"亲爱的玛丽,你能肯定,船失事后,格兰特船长登上了澳大利亚大陆?"

"是啊,巴加内尔先生。"

"登陆之后,格兰特船长的情况会怎么样呢?无非有三种:第一,进入英国侨民区;第二,落入土著人的手里;第三,迷失在澳大利亚辽阔的荒漠地区。"巴加内尔盯着大家,看他们是否同意他的推测。

"请往下说,巴加内尔。"爵士说。

巴加内尔说:"我否定第一种推测,哈利·格兰特不可能到英国侨民区,如果他的安全不成问题,他早该回到他的故乡敦提,回到孩子们身边了。"

玛丽低声自语:"可怜的父亲,他离开我们两年了!"

罗伯特说:"姐姐,听巴加内尔说下去,他最后会告诉我们的……"

"唉,孩子,我不可能告诉你们更确切的情况,我能推断的是,格兰特船长成了澳大利亚土著人的俘虏,或者……"

海伦娜夫人急切地问:"这些土著人……"

巴加内尔非常明白夫人的心思,答道:"放心吧,夫人,这些土著人未开化,愚蠢,智力低下,但生性温和,不像他们邻近的新西兰土著人那样嗜血成性。如果格兰特船长被当地土著人生擒,土著人不会危害他们的性命。你大可相信我说的话。许多旅行家都说过,澳大利亚的土著人最怕杀人流血,他们是旅行者忠实的同盟,可以与他们一起击退在当地流放的囚徒们的侵袭。"

"你听见巴加内尔先生说的话了吗,如果你的父亲落到土著人的手里——你父亲的信是这样写的,我们会找到他们的。"海伦娜夫人安慰玛丽说。

玛丽看着巴加内尔,问道:"如果他迷失在了辽阔的无人烟的地带呢?"

"我们会找到他们的!朋友们,你们说是不是?"巴加内尔用充满信心的口气说道。

"那还用说,我不认为他们迷失了。"爵士说,他希望冲淡谈话的悲观色彩。

巴加内尔说:"我也不相信。"

罗伯特问道:"澳大利亚很大吗?"

"我的孩子,澳大利亚大概有七亿七千五百万公顷,相当于五分之四个欧洲。"

"有那么大吗?"少校问。

"有呀,麦克·那布斯,误差也就那么一点吧。你现在该相信这么大的地方有资格称为'大陆'了吧,正如格兰特信中所说的?"

"真有那么大的话,当然可以叫大陆,巴加内尔。"

巴加内尔又说:"我还要补充一点,旅行家们在澳大利亚迷失的例子不多,只有雷沙德一个,到目前为止下落不明。不过,在我动身之前,我在地理学会听说,麦克·安提尔认为有了他的线索。"

海伦娜夫人问道:"整个澳大利亚还没有勘察过吗?"

"还没有啊,夫人,"巴加内尔说,"差得远呢!对这个大陆的了解远不如对非洲内地的了解。这不是探险家们的过错。从1606年到1862年,有五十多人深入内陆并在沿海地区做过考察。"

"啊,有五十多人?"少校表示怀疑。

"是的,麦克·那布斯,就有这么多!我把冒险在澳大利亚海岸航行的海员和深入内地考察的探险家加在一起计算的。"

"五十个,太多了吧?"少校说。

"还不止呢,麦克·那布斯。"越有人反驳,巴加内尔越兴奋。

"巴加内尔,您举例子给我听听。"

"您要是不信,我马上一口气给您列出五十个人的名字来。"

"学者就这个德性,说话这么肯定。"少校不慌不忙地说。

巴加内尔说:"少校,您敢拿您的普德摩马枪和我的斯克勒丹望远镜打赌吗?"

"我怎么会不敢呢！如果您愿意,那就赌吧！"

"好啊,少校,那您就再也不能用您的马枪打羊和狐狸了,除非我借给您。您要借,我还是乐于借给您一用的。"

"巴加内尔,"少校很认真地说,"您如果要借望远镜,我也乐意借给您的。"

"我们就开始了。女士们,先生们,你们是裁判团,请给我们做裁判。你,罗伯特,你来记数。"

爵士夫妇、玛丽姐弟、少校和约翰都被巴加内尔逗乐了。大家都兴致勃勃,等着听地理学家讲述探险家的故事。这次争论的中心是澳大利亚,"邓肯"号要去的地方,这个时候讲澳大利亚的历史,正合时宜。大家催促巴加内尔,显示他的记忆力。

巴加内尔叫道:"记忆女神尼母辛啊,掌管文艺女神的母亲啊,赐您忠实虔诚的崇拜者以灵感吧。朋友们,二百五十年前,澳大利亚还没有人知晓。大家估计南边海里有大陆,亲爱的格里那凡爵士,在你们大英图书馆里还保存两幅1550年绘制的地图。图上,在亚洲的南面有一块陆地,称为葡属大爪哇。但这地图并不可靠。我就从十七世纪,1606年开始说吧！这一年,有个西班牙航海家奎罗斯,发现一块陆地,他取名圣澳大利亚,有几个地理学家认为,它就是现在的新赫布里底群岛,不是澳大利亚。我们不说这个问题,罗伯特,你记下奎罗斯这个名字,然后再来看第二个。"

"同年,奎罗斯船队的副指挥雷·瓦·托列斯考察新大陆的南部,但伟大的发现归功于荷兰人海尔托。他在澳大利亚西南岸南纬25°登陆,还用他的船的名字给该地区取了名。后来到此地的航海家很多,1618年齐申在澳大利亚北海岸考察安亨和范迪门,1619年,厄代尔沿澳大利亚西海岸考察,用自己的名字给这海岸取名；1622年,雷文南下,到达以他的名字命名的海角。1627年,内兹和维特,一个向西,一个向南,补充了发现；后来这两个人跟随卡奔塔舰长进入澳大利亚北部的大海湾,现在取名为卡奔塔利亚湾。1642年,著名的航海家塔斯曼绕范迪门岛航行了一周,他原以为这个岛与大陆相连,绕行后,以巴塔维亚总督的名字给该岛命名。后人公正,把岛的名字改为塔斯马尼亚岛。到此为止,澳大利亚大陆被航海家们全部绕行了一周,大家知道,这块大陆被太平洋和印度洋的海水包围。到1665年,澳大利亚被称为新荷兰,此时,荷兰的航海活动已经没落,所以这个名字没保留下来。我说了多少个名字了？"

罗伯特说:"说了十个了。"

巴加内尔说道:"好的,暂告一段落。现在谈英国人。1686年,曾在美洲捕野牛的浪人头子,经常在美洲海岸活动,后来成了南半球海上最著名的海盗之一,他就是威廉·丹别尔。干了许多苦乐兼有的冒险行为后,丹别尔乘他的'西内'号船到了南纬16°50′的新西兰西北岸。他和当地的土著人打过交道,对他们的风俗、贫穷和智慧做了详细的描述。1689年,他去了海尔托去过的海湾,他不再是海盗,成了英国皇家海军'罗布克'号的舰长。直到此时,新荷兰的发现只是地理学上的事实,没有其他用处。没有人要移民到此。在此之后将近四分之三个世纪中,即从1699年到1770年间,没有一个航海家到过这里。1770年,世界上最著名的航海家库克船长出现了,新大陆很快向欧洲移民打开大门。库克曾做过三次著名的航行。第一次,1770年3月31日,在新荷兰登陆,在大溪地很幸运地观察到金星在太阳前穿过的天象。后来,他把他的'奋进'号小船开进太平洋的西边,考察了新西兰,然后到了澳大利亚东海岸的一个海湾,里面有许多新奇的植物,他称它为植物湾,也就是现在的博塔尼湾。他和当地的半开化的土著人打过交道,没多大意思。他向北去,到了南纬16° 苦难角的附近,'奋进号'在离岸八法里的海里触到珊瑚礁,眼看就要沉船,他们赶紧把火炮和粮食扔到了海里;夜里涨潮,船没有沉没,浮了起来。原来有块珊瑚正好堵住了裂口。库克把船开进小港湾,进港湾的小河从此取名奋进河。他们修了三个月船,尽力和土著人交往,收效甚微。库克继续向北,他想知道新几内亚和新荷兰之间是否有海峡。他经历了许多危险,多次差点牺牲了船,终于在西南面看见了辽阔的大海;海峡确实存在,而且被他穿越了。他登上小岛,以英国的名义,宣布占有他考察过的所有漫长的海岸,并给这一带起了英国的名字:新南威尔士。三年后,这位勇敢的航海家,又率领'冒险'号和'决心'号旧地重游,'决心'号船长佛诺到范迪门一带考察,回来后他估计这个岛也是新荷兰的一部分。1777年,库克第三次航行,'决心'号和'发现'号开进了冒险湾,停泊在范迪门附近。几个月后,库克出发到三明治群岛①,不幸殁于岛上。"

爵士说:"他真是伟人啊!"

"是的,世上少有的伟大航海家!后来,他的同伴彭克斯建议英国政府在植物湾建立移民区。继他之后,各国的航海家都到这儿来了。1787年2月7日拉普鲁斯的最后一封信就是在植物湾写的。这个不幸的航海家在信中说,他要去卡奔塔利亚湾和新荷兰的海岸,到范迪门考察,去了却没有回来。

---

① 三明治群岛,现叫桑威奇群岛。三明治群岛是库克船长在此地考察时起的名字。

"1788年,菲利普船长在约克港建立了第一个英国殖民地。1791年,凡可佛在新大陆的南海岸航行。1792年,当托尔卡斯托被派寻找拉普鲁斯,在新荷兰的西南航行,发现了不少无名岛屿。1795和1797年间,两个年轻人弗林德斯和巴斯驾八英尺长的小船,大胆地考察南部海岸。1797年,巴斯从范迪门陆地与新荷兰之间的海峡穿过去,这海峡后来就叫巴斯海峡。同年,发现阿姆斯特丹岛的弗朗明又在东海岸考察了天鹅河——那儿确实有很多美丽的黑天鹅。那个青年弗林德斯,在1801年到了经度138°58′,纬度35°40′的地方,在遭遇湾①碰到两艘法国船;一艘由博丹船长指挥的'地理学家'号,一艘由哈梅林船长指挥的'博物家'号。"

少校问道:"啊!是博丹船长吗?"

"是呀!您为何惊叹?"

"啊,没什么,继续说吧,亲爱的巴加内尔。"

"除了上述航海家,还有金船长的名字,从1817年到1822年,他考察了新荷兰南北回归线间的海岸。"

"二十四个名字了。"罗伯特说。

"好啊,我已经拥有少校的半支枪了。刚才说的是海上旅行家,现在我点算一下陆上的旅行家吧。"

"太好了,巴加内尔先生,您的记忆力真是惊人。"海伦娜夫人说道。

爵士说:"真怪,一个这样……"

"这样粗心……是吧?"巴加内尔接着说,"我仅仅是善于记时间和事实而已。"

"二十四个了。"罗伯特又说。

"第二十五个是道斯大尉,1789年,即约克港殖民地建立后的一年,新大陆已被人转了一圈。圈内呢,没人谈论。与东海岸平行的一列山脉好像挡住人们进入内地。道斯大尉走了九天,不得不退回约克港。同年,唐什船长想翻过高山,没达到目的。两次失败,在三年间没人敢再去碰此艰难任务。1792年,大胆的非洲探险家裴托逊上校做了尝试,同样失败了。第二年,英国海军一名普通下士、勇敢的霍金斯比前人前进了二十英里。此后的十八年间,我能举出的只有两个人的名字,一个是著名的海员巴斯,另一个是殖民地的工程师巴雷勒先生,他们两个探险的结果也不太好。1813年,悉尼的通道终于被发现。1815年麦考利总督冒险走了这条道。巴萨斯特城在蓝山那边

---

① 遭遇湾,即今澳大利亚恩康特湾。

建立。从此时起,旅行家们给地理学家提供了不少新发现,发展了殖民地。1819年的斯罗斯比,奥克斯雷,深入内地三百英里,还有霍维尔,休纳,他们的出发点就在37°线穿过的福德湾。还有斯图尔特船长,他在1829年和1830年考察了达令河和墨累河。"

"三十六个名字了。"罗伯特说。

"太好了,我继续往下说。埃尔和雷沙德在1840年和1841年考察了内陆的部分地区;1845年,斯图尔特,1846年格里高利兄弟和赫普曼,先后考察了澳大利亚的西部。1847年肯狄考察维多利亚河,1848年他到达澳大利亚的北部;1852年和1854年格里高利兄弟考察澳大利亚东北部;巴白支从托楞斯湖考察到埃尔湖。最后,我要提的是《澳大利亚年鉴》里著名的旅行家斯图尔特,他制订了三个大胆的穿行澳大利亚的计划。1860年他第一次考察澳大利亚的内陆。如果你们还愿听下去,我给你们讲讲他们如何四次从南向北穿过澳大利亚的。今天我只想赶快讲完这张名单,从1860年到1862年,我还要列出的大胆的科学先锋,他们是邓斯特兄弟、克拉克逊、哈尔布、伯克、威尔斯、尼尔森、瓦可、兰兹博罗、马金来、豪伊特……"

"五十六个了。"罗伯特叫了起来。

"好吧,少校,我要叫你听个够,还有居拜雷、菲兹罗、德·维元姆、斯特克斯……"

"够了。"少校被一长串的名字吓倒了,愤愤地说。

"还有裴鲁、科伊,"巴加内尔像倒核桃似的,"贝内特、肯宁翰、奴哲尔、梯尔斯……"

"得了,饶了我吧。"

"还有狄克逊、斯特勒尔斯基、雷德、维克斯、米哲尔……"

爵士开心地笑了:"停下来吧,巴加内尔,别逼倒霉的麦克·那布斯了,发发慈悲吧,他认输了。"

巴加内尔得意扬扬地问:"那他的马枪呢?"

少校说:"它是您的了,巴加内尔,我还真舍不得它呢,您的记忆力真好,可以赢得一座军火库。"

海伦娜夫人说:"没有人比他更了解澳大利亚啦,哪怕最小的人名地名,最小的事情……"

少校摇头说:"啊,最小的事情!"

巴加内尔叫道:"啊!您怎么啦,不服吗?"

"我看,有关澳大利亚的发现,有些微小的事,您未必知道。"

"您举个例子看看？"巴加内尔做了个非常自豪的动作。

"如果我举个例子，您如果不知道，就把马枪还给我？"

"快点说吧，少校。"

"说定了？"

"说定了。"

"好吧，你知不知道，巴加内尔，为什么澳大利亚不属于法国？"

"这个嘛，我以为……"

"或者说，您知道英国人对此是怎么看的？"

巴加内尔很不高兴，"我不知道，少校。"

"很简单，就是你们那位胆小的博丹船长，1802年听见澳大利亚的青蛙叫，胆战心惊，赶快起锚逃走，从此再也不敢来了。"

巴加内尔大叫："什么，在英国，大家是这样说的？这也太笑话人了吧？"

"我也认为这是在笑话人，可是在大英联合王国，这可是历史事实！"

巴加内尔是爱国的学者，他气恼地大叫："无聊！这样的话居然还一再当作正经话重复？"

大家哄堂大笑，爵士说："亲爱的巴加内尔，我不得不作证，现在大家确实仍然这么说。怎么，您对这样特别的事一无所知？"

"我完全不知道。我抗议！英国人叫我们法国人是'吃青蛙的人'，吃青蛙，怎么会怕青蛙呢？"

少校并没有得意，他只是说："虽然如此，一点也不妨碍英国人的这个说法。"

于是，少校的枪还是保留在少校的手里了。

第 5 章　怒吼的印度洋

这次交谈后的两天,约翰在中午把他的测算结果通知大家。"邓肯"号位于东经130°37′。大家看看船上的地图,他们离伯努利角不到5°,都挺满意的。伯努利角与当特尔卡斯托海峡之间的澳大利亚呈弓形,37°线在下面,犹如弓的弦。"邓肯"号向赤道方向航行的话,他们很快就可以看见距船一百二十海里的查塔姆角。

"邓肯"号在印度洋上朝东航行,大洋表面的风浪被澳大利亚大陆挡住了,大家估计四天后可以在地平线上看见伯努利角。

西风一直吹送游船前行。但最近几天,风力有减弱的趋势,渐渐地风干脆停了。12月13日,海面上没有一丝风,帆挂在桅杆上张不开。"邓肯"号幸亏有螺旋桨的推动,才没有在平静的大洋上停下来。

无风状态可能会持续下去。晚上,爵士和船长商量对策。船长眼看煤仓的煤就要用完,非常不安。他把船上所有的帆都挂起来,小帆和辅帆也不例外,为的是利用最小的风力。但正如水手们说的:"连装满一顶帽子的风都没有"。

爵士说:"不要怨天尤人了吧,没风总比逆风好。"

约翰说:"阁下说得对,但是突然的风平浪静,说明要变天,我很担心。我们现在正在印度洋的信风带上航行,这种风从10月到明年4月都是从东北向西南吹,只要它向我们吹来,就会影响我们的行程。"

"那有什么办法呢?碰到这种不利情况,我们只能忍耐,耽搁几天了。"

"话是这样说,逆风不夹着风暴还好些。"

"你担心天气会变坏吗?"爵士说,他观察着天空的变化。从地平线到天空都万里无云。

约翰船长说:"是啊,我担心天气会变坏。这话我只对阁下说,我不想让海伦娜夫人和玛丽小姐知道,以免吓着她们。"

"你想得周到。你真的以为会有什么事发生吗?"

"大风暴要来了,爵士,别相信表面现象,它骗不了人,这两天气压低得令人不安,现在只有27度①,这是不容忽视的预兆,我最怕南海的风暴。我和它打过交道。在宽阔的南极冰山区凝聚的气体,产生强大的气流,极地风和赤道风对阵,形成旋风、飓风和各种风暴,船遇上它们不可能不受损!"

爵士说:"约翰,'邓肯'号坚固着呢,你这个船长是能干的海员,就让风暴来吧,我们能对付的。"

约翰的忧虑出自海员的本能。他是英国人称的"天气通",气压不断下降,他在船上采取一切必要的措施。天空虽然看不见风暴来临的迹象,但他预感它要来临,他的气压表从不会弄错,气流通常从气压高往低的地方流动,两地距离越近,气流平衡越快,风速也就越大。

约翰整夜都在甲板上守着。十一点左右,南边的天空乌云密布,约翰把船员全部调了上来,下了小帆,只挂主帆、纵帆、前帆和触帆。半夜,风更大了,风速达到每秒十二托瓦兹。桅杆噼啪响,帆索拍打声,帆布夹在帆筋里的撕裂声,舱里隔板嘎吱嘎吱声,原先不知内情的乘客们也都明白风暴要来了。巴加内尔、爵士、少校、罗伯特都登上甲板,有人好奇,有人准备动手帮忙。睡觉前看见的清明的天空,现在翻滚着大片乌云,斑斑点点地分布,如同豹皮。

爵士仅问了一句:"刮飓风了?"

船长答道:"现在还不是,快来了。"

他命令卷起前帆的下缩帆,水手们爬上软索风梯,很费力地才把缩帆卷了起来,用帆索捆到帆架上。约翰要求水手们尽量保留一些帆,以平衡船体,减轻船的晃动。

做好这些预防措施,他命令奥斯丁和水手长随时准备应付飓风的突然袭击。他们用了双层的绳索捆小艇和板桅,炮两边的复滑车也系牢了。桅的侧支索和后支索也绷紧了,舱门也关上。约翰像个指挥官,站在炮檐下,从艉楼顶上看着暴风即将来临的天空,似乎要探知风暴的秘密。

气压表降到26度了,这在气压表中是罕见的,风暴镜也显示风暴的来临。

凌晨一点,海伦娜夫人和玛丽小姐在房间里被颠簸的船摇撼得厉害,也冒险跑上甲板。风速达每秒十四托瓦兹,猛烈地吹动缆索,这些铁索就像乐器上的弦,被巨大的弓急速地拉动,发出洪亮的音响。滑轮互相撞击,绳索在

---

① 气压表27度合73.09厘米,而气压表柱的高度通常为76厘米。——原注

索槽里嘎嘎作响,发出尖锐的声音。风吹鼓船帆,像放炮一样轰鸣,浪高滔天,拍击游船,船像翠鸟,在滔天的巨浪中飞蹿。

约翰船长看见海伦娜夫人和玛丽小姐,赶快向她们走过去,请她们回艉楼,几个浪头已经打到船上来了,甲板随时被海浪扫荡,风浪呼啸澎湃,海伦娜夫人听不见约翰说的话。

浪声稍缓,她问道:"不会有什么危险吧?"

"不会有危险,夫人,不过,您不能待在甲板上,您也不能,玛丽小姐。"

她们不能抗拒船长恳求式的命令,回艉楼去了。一个巨大的浪头正好打在船的艉部,把她们舱房的防护玻璃震得嗡嗡直响。风更猛烈了,桅杆在帆的压力下弯下来,船几乎被浪头抛起来。

约翰叫道:"卷起主帆!放下前帆和触帆!"

水手们很快各就各位,吊帆索松开了,卷帆索绷紧了,触帆拉下时的响声压倒了风声。"邓肯"号的烟囱喷吐出大股大股的浓烟,螺旋桨不规则地拍打波浪,有时甚至露出水面。

爵士、少校、巴加内尔和罗伯特看着"邓肯"号和海浪搏斗,又是惊讶又是赞叹。他们双手紧抓住舱壁的横梁,不能交换一句话,只能看着大群的风暴鸟——海燕在狂风中飞翔。

此时响起一阵震耳欲聋的呼啸声,它压倒了飓风的声音。蒸气从气缸的阀门喷射出来,汽笛拉响了异乎寻常的报警鸣叫,游船猛地倾侧,掌舵盘的威尔逊来不及躲避,被一条意想不到的桅杆打翻在地,"邓肯"号横对着波浪,失去控制。

"怎么啦?"约翰冲向驾驶台,喊道。

奥斯丁回答:"船舵倒了!"

"舵被打掉了吗?"

"救机器,救机器啊!"机械师连声叫喊。

约翰向机器间奔去,连跑带滚地滑下了梯子,机房充满了气雾,气缸里的活塞停了。连杆推不动横轴。机械师看见连杆失去作用,担心损坏锅炉,把气门关了,让蒸气从排管里排出来。

船长问:"到底是怎么回事?"

机械师说:"螺旋桨坏了,或者卡住了,不动了。"

"什么?不可能排除吗?"

"不可能了。"

现在不是抢修事故的时候,无用争辩的事实摆在面前:螺旋桨坏了,蒸气从阀门泄出,起不了作用了,约翰只能倒回来使用船帆了,向他眼前凶险的敌人——风——求助了。

他跑回甲板,向爵士简单报告了情况。他坚持要求爵士和另外三位乘客回艉楼去。爵士还想留在甲板上。

"不行,阁下,只有我和我的船员留在这里。快回舱房吧,船可能会卷进浪里,大浪无情,会把你们扫下大海的!"约翰的语气坚决。

"但我们可以帮忙啊!"

"回去,回去,一定要回去,爵士!在某些情况下,由我说了算,回去吧,我要你们回去!"

约翰的口气这样坚决,情况肯定非常严重,爵士明白他必须以身作则,服从命令,于是他离开甲板,领着三个伙伴,回舱找两位女士去了。她们正在不安地等着了解船和风浪做斗争的结果呢。

爵士一边走进方厅,一边说:"我的勇敢的约翰真是条硬汉啊!"

巴加内尔说:"可不是,他使我想起你们伟大的莎士比亚在《暴风雨》一剧中所写的那个司锚官,他对坐在他船上的国王大叫:'离开这里,不许作声,回到你的舱去。你不能使风浪平息,就不要说话。别挡我的路,我告诉你!'"

这个时候,约翰抓紧分秒时间,极力要使这条船从螺旋桨受损的困境中解脱出来。他决定采取帆船在天气恶劣时扯最少的帆的办法,以尽可能不偏离航线太远,也就是保留一些帆,斜拉起来,让帆的侧面受风。他叫人把前帆张起,拉低收缩帆,在大桅的辅杆上拉起三角帆,舵柄对着下风舷。

这艘游船的性能优越,就像鞭打下的快马急驰,任凭波浪冲击。帆用得这么少,船能支持得住吗?帆都是用最好的邓迪帆布做的,但风力这么强劲,什么帆才能抵挡得了呢?

用这种方法航行有个好处:游船最结实的部分对着浪头,保持原有的航向。但使用这个方法也有危险,就是船陷入两浪之间宽阔的深渊爬不出来。但约翰已经没有选择的余地,只要桅和帆没有被风刮倒就行。他的船员们都在他身旁,随时待命到需要的地方去。约翰把自己捆在支索上,监视怒吼的海洋。

一夜就在这样的状态下过去。大家希望天亮时风暴减弱,但希望落空了。早上八点,风还在猛烈地刮着,风速达到每秒十八托瓦兹,风变成了飓风。

约翰没说话,但他担忧船和船上人们的安全。船身倾侧得惊人,支柱发出断裂的声响,主桅的辅杆打到浪尖上,船员们以为船再也立不起来了。帆被吹出帆框,像大白鸥一样要飞上天。有水手拿起斧子去砍大桅的支索,船又立了起来,但左摇右摆,失去方向,桅杆几乎从桅座处折断。船经不住这样的折腾,露出水面的部分快要崩裂,很快边板就会散开,接缝裂口,波涛就要涌进船里了!

约翰现在只有一个办法了:就是扯起船艏的三角帆,让船随风刮着走。他们花了几个钟头的时间,失败了无数次,到了下午三点,才把三角帆拉到前桅的支索上,船就由风摆布了。

在这块帆布的作用下,"邓肯"号以无法计算的高速被风推搡着,朝东北方向狂奔飞驰。船也只有飞驰才能保证不翻倒。它的速度超过推送它的大浪时,锋利的船艏便劈开波涛,像一只大鲸鱼似的钻进浪里,浪从甲板上扫过,从船头扫到船尾。有时它的速度和推送它的浪一样快,由于船舵失去作用,船便左右摇晃,几乎翻侧;浪比船快的时候,浪头比船高,就以不可阻挡之势,从船尾扫向船头。

12月15日这一天和接下来的这个夜晚,"邓肯"号就是在这样危急的情况下度过,在希望与失望的交替中挣扎。约翰片刻不离岗位,他不吃东西,内心被忧虑煎熬着,但脸上毫无表情。他不愿让人看出他的焦虑。他的目光死死盯着北面的浓雾。

确实,一切不测都可能发生。"邓肯"号被抛出原来的航线,以发疯似的速度向澳大利亚海岸飞驰。约翰出于本能,预感一场灾难即将来临。他时刻担心游船会碰上暗礁而粉身碎骨。他估计船离澳大利亚海岸不止十二海里,但这种情况下靠岸,等于撞船,沉船啊!在茫茫大海上飞驰,比靠岸要好百倍,船还可以自救,如果船被风浪刮到岸边,那就完了。

约翰找到爵士,和他单独交谈,向他汇报了目前处境的危险性。他以准备面对一切的冷静考虑事态,最后说,迫不得已时他要让船冲向海岸。

"爵士,如果可能的话,只能孤注一掷,这是为了救船上的人啊!"

爵士说:"约翰,你就这样做吧!"

"海伦娜夫人怎么办?玛丽小姐怎么办?"

"我到最后的时刻再通知她们,完全没希望在海上坚持下去的时候,你就通知我。"

"我会事先通知您的。"

爵士回到女士们的舱房,海伦娜夫人和玛丽小姐并不知道大难临头,但也感觉到情况不妙,她们并没有慌张胆怯,起码和男士们一样淡定。巴加内尔不合时宜,还在大谈气流方向的理论。罗伯特在听他讲龙卷风、飓风和直线风暴的不同。少校呢,冷静地静候事态的发展。

上午十一点,飓风小了点,湿雾散开,在短时间的晴天里,约翰看见一片低洼的陆地,估计距离有六海里远。船正朝着这片洼地疾驰,岸前的巨浪高达六英尺多,约翰明白,浪头遇到了强大的阻力才会如此。

"前面有沙滩。"约翰船长对奥斯丁说。

"我看也是。"奥斯丁说。

"我们的命运操在上帝的手里了,如果沙滩上没有缺口让'邓肯'号开进去,船不能自己对准缺口冲进去,我们就完了。"

"船长,现在涨潮,也许我们能穿过沙滩。"

"啊,奥斯丁,你看那浪头多高,什么船能顶得住它呀!愿上帝帮助我们!"

此时的"邓肯"号正以惊人的速度朝海岸飞驰,离暗滩只有两海里了,水汽挡住了视线,但约翰还是看见满是水花的滩头有一块比较平静的水面,"邓

大片的油层压平了浪涛,"邓肯"号从被压平的水面上一飞而过,瞬间越过了暗滩,进入平静的水域。接着,船后面的海浪挣脱了油层,以难以描述的疯狂奔腾翻滚起来。

肯"号能开到那儿会比较安全。但是,怎样过去呢?

约翰把乘客们召集到甲板上来,他不愿沉船时还把他们关在船舱里。大家亲眼看见大浪滔天的可怕场景,玛丽的脸都吓白了。

爵士对约翰说:"约翰,我尽力救我的妻子,与她共生死。你就关照玛丽小姐!"

约翰说:"好的,阁下。"他把爵士的手贴在泪湿的眼睛上。

"邓肯"号离暗滩只有几链远了,潮水高涨,本来有足够高的水位可以让船驶过危险的暗礁,但浪太大,把船托起又抛下,船尾必然会触到海滩,用什么办法压低浪涛,使水流平滑些呢?一句话,怎样使狂涛平息些呢?

约翰终于想到一个办法。

他叫道:"油!弟兄们,倒油!倒油!"

全体船员们马上明白了这句话的意思。这是一种有时可以奏效的办法,可以平静波涛的疯狂。在狂澜上倒一层油,油在水面上漂浮,减少了水的冲击,使波浪润滑;船从人为的平静海面上过去,船后面的波涛会比原先的更汹猛,后面的船就更危险。

船员们将装满海豹油的大桶,用绳子吊到船头,生死关头,大家的力气增加了百倍,他们把桶倒挂在左右舷的舷板上面用斧头劈开木桶。

约翰说:"准备!"他等待最恰当的时刻。

过了二十秒,船到了咆哮的浪涛挡住的缺口前面,是时候了。

"倒!"船长一声令下。

油桶一齐倾倒,从船的两侧流进海里,顿时,大片的油层压平了浪涛,"邓肯"号从被压平的水面上一飞而过,瞬间越过了暗滩,进入平静的水域。接着,船后面的海浪挣脱了油层,以难以描述的疯狂奔腾翻滚起来。

第 6 章　伯努利角

船到了平静的水域,约翰做的第一件事就是用两个锚把船牢牢地停在五英尺深的地方,海底尽是很结实的粗沙石,这样锚就卡得紧,不用担心滑锚,或退潮后搁浅。"邓肯"号经过几个小时的惊险航行,终于进了小海湾,这里群山环抱,圆形的尖峰遮挡住了海风。

爵士拉住约翰船长的手,动情地说:"谢谢你,约翰!"

短短的一句话,约翰感觉很是欣慰,付出的一切都值了。爵士把刚才的焦灼和担忧当作秘密藏在心底。海伦娜夫人、玛丽和罗伯特都没有想到他们刚才避开了一场灭顶之灾。

此时首要的一点需弄清楚:"邓肯"号被刮到了什么地方?原来的航线在哪儿?"邓肯"号离伯努利角还有多远?这些问题等着约翰回答。约翰立即着手测定方位,在海图上标下他观察的情况。

测算的结果是"邓肯"号偏离原来的航线不远,差不多两度,在东经136°12′、南纬35°7′,一个叫灾难角的地方。它位于南澳大利亚的一个山边,距伯努利角三百海里。

灾难角,顾名思义便知其不祥。它的对面是由袋鼠岛的小岬形成的波大角,两角间的海峡名为探险家海峡,海峡通向两个相当深的海湾,北面是斯宾塞湾,南面是圣文森特湾。圣文森特湾的东岸是阿德莱德港,南澳大利亚省的首府。此城建于1836年,人口四万,资源种类繁多,土地肥沃,人们多从事耕作,种植葡萄、橙子及其他农作物,很少有大规模的工矿企业。农业人口多于工业人口,一般人不愿从事商业和手工业。

"邓肯"号能否修好损坏的机件?约翰派人潜入船底后部检查,潜水员报告,螺旋桨的一个叶片坏了,顶住了船的艉柱,螺旋桨不能转动。也就是说船的损坏程度严重,阿德莱德这个地方太小,找不到工具修理。

爵士和船长经过深思熟虑,做出以下决定:"邓肯"号挂帆,利用风力沿澳大利亚海岸航行,一面寻找"不列颠尼亚"号的踪迹。在伯努利角停下来,在那里可能找到重要的线索。然后继续向南到墨尔本,那儿可以修船。螺旋桨修好,"邓肯"号再沿东海岸航行,完成寻找的任务。

大家赞成这一决定。约翰说风停后开船。等待的时间并不长,傍晚飓风停息,刮起有利的西南风。大家做好开船的准备,船上挂起新帆。早上四点,水手们转动绞盘,把锚拔离水底,升起前桅帆、方帆、第三层帆、三角帆、后桅帆、顶桅帆,帆索紧扣右舷,船靠着澳大利亚海岸,乘风前进。

两个小时后,灾难角被甩在后面,看不见了;"邓肯"号横穿探险家海峡;晚上,绕过波大角,沿袋鼠岛航行。袋鼠岛是澳大利亚小岛中最大的一个岛,它是出逃的流放者的藏身之地。岛的外观迷人,宽阔无边的绿茵遍布岸边的岩层,到处可见成群的袋鼠在树林、平原上蹦跳,和1802年这里被发现时的景象一样。第二天,"邓肯"号在沿岸航行时,放下小艇,派人沿着陡岸查找线索。这时,船位于南纬36°线,爵士这样做,为的是在36°线和38°线之间,不遗漏任何一处未查过的地方。

12月18日这一天,游船张满了帆轻快前进,在遭遇湾的岸边切风航行。1828年大旅行家斯图尔特就是在这儿发现南澳最大的河流——墨累河的。这里没有袋鼠岛青绿的海岸,毫无生气,是片干旱、低洼的破碎的海岸,这儿那儿都是灰色的悬崖或沙岬,满眼极地的荒凉。

这次航行中,小艇的任务很艰巨,海员们并没有抱怨,每次爵士、他的形影不离的朋友巴加内尔、罗伯特都和他们一起寻找。三个人要亲自找"不列颠尼亚"号遗留在海上的东西。但认真的查找都一无所获。澳大利亚海岸和巴塔哥尼亚陆地一样,没有线索。不过没有去过信中所示的确切位置,是不应该失望和放弃的。在这儿查找,为的是避免漏掉任何地方、任何线索。每天晚上,他们都把船停下来,观察、思考,白天就到岸上仔细寻找。

他们就这样边找边前进。12月20日,他们到达拉西贝德湾的伯努利角,仍然没找到任何沉船的遗迹。这并不说明格兰特船长没来过这儿,因为失事已过了两年,失事的三桅船的残片很可能也一定被水冲散了,腐蚀了,或早就从触礁的地方被冲走了。此外,当地的土著人闻知有船失事,定会蜂拥而至,将船上的东西抢得精光。而且格兰特船长和他的两个伙伴上岸后就被土著人俘虏了,可能被带到澳大利亚内地去了。

如果情况如此,巴加内尔的推测就有问题了:在阿根廷的土地上,地理学家完全可以认为信上提到的纬度,不是船失事的地点,而是人被俘的地方。因为潘帕斯地区的大河和众多的支流完全可以把信送到大海去。但在澳大利亚,情况不同,穿过37°线的河流很少,而且南美的科罗拉多河和内格罗河,流经的地方大多是渺无人烟和无人居住的海滩,然后流入大海;而澳大利亚的主要河流墨累河、雅拉河、套伦河和达令河的情况很不一样,它们的支流纵横交错,入海的河口成了航运繁忙的停泊场和港口,一只易碎的瓶子可能从这样的河道漂流到大洋中去吗?

稍有点头脑的人都明白这事的不可能。巴加内尔认为瓶子从内河流到海里,这样的推测在巴塔哥尼亚说得过去,但在澳大利亚就不符合逻辑。少校曾提出这个问题,巴加内尔也认为他的推测在澳大利亚不适用。因此,格兰特的信中指出的纬度应是沉船的地点,瓶子是在船被撞毁以后、在澳大利亚的西海岸丢下海的。

虽然这种解释是肯定的,但正如爵士指出的,它并不排除格兰特船长被俘的假设。格兰特船长本人也料到了,所以他在信中说,"将被俘于野蛮的当地土著人"。这句话应引起注意。因此,仅仅在37°线上找,不到别的地方找,是没有道理的。

他们对这个问题讨论了很久,最后的结论和以后的做法就是:如果在伯努利角仍然找不到失事船的线索,爵士只好回欧洲了,他虽然没找到格兰特船长,但他已认真勇敢地尽了自己的责任。

爵士的决定难免令大家扫兴沮丧,令玛丽姐弟大失所望。当他们和爵士夫妇、约翰、少校和巴加内尔坐小艇到岩上去寻找的时候,他们心想:父亲能否得救就在此一举了,大家的看法也一样。巴加内尔不是说过吗,如果船是在东海岸失事,遇难者早就该回故乡了。

在小艇上,海伦娜夫人不断安慰身边的玛丽:"会有希望的,会有希望的!上帝的手是不会放开我们的!"

约翰也说:"是啊,玛丽小姐,人在走投无路的时候,上天就以意想不到的方式给人打开新的道路。"

玛丽答道:"愿上帝听见您说的话!约翰先生!"

小艇离岸不到几百米了,伯努利角伸向大海的部分有两英里,角端都是坡度不大的小山丘。小艇在天然的小港湾靠了岸,岸的两边都是些正在形成的珊瑚带,日后这些珊瑚带会在澳大利亚南部形成珊瑚暗礁圈。可以预料它们是海难的祸根,足以撞坏大船,"不列颠尼亚"号很可能就是在这里出事,船毁人亡的。

他们顺利上了岸,这一带海岸非常荒凉,沿岸是六十到八十英尺高的悬岩带,没有梯子或吊绳,是不可能翻越这天然屏障的。幸好,约翰在南面半英里处发现一个由岩壁崩塌层形成的缺口,它一定是在春分或秋分时,汹涌的

海浪把熔岩的下面冲开形成的。

他们穿过缺口,沿一条陡峭的山坡爬到岩顶。罗伯特像小猫似的在陡坡上攀登,第一个到达坡顶。巴加内尔很是恼火,心想自己四十岁,罗伯特十二岁,自己的两只大脚竟敌不过一个孩子的小脚。不过,他把慢条斯理的少校甩得很远。内心平衡了不少。

这几个人很快会合在一起。放眼望去,这是一片宽阔的长满灌木和荆棘的原野。爵士说它像苏格兰低地的荒谷,巴加内尔说它像法国布列塔尼半岛的荒野。沿岸一带地区好像没人居住,但远处有建筑物,从建筑物的外观看,住在里面的人不是土著人。

这时只听罗伯特大叫:"风磨坊!"

果然,三英里外,有一个风磨坊在迎风转动。巴加内尔用望远镜看了看建筑物,"果真是风磨,算是小古迹了,又实用又好看。"他说。

海伦娜夫人说:"有点像教堂的钟楼。"

这时只听罗伯特大叫:"风磨坊!"

果然,三英里外,有一个风磨坊在迎风转动。

"是呀,夫人,风磨在磨人的肉体要吃的食粮,而教堂在磨人的灵魂需要的食粮。从这个观点看,二者相似。"巴加内尔说。

爵士说:"我们就到磨坊那儿去吧。"

大家上路,走了半个小时,经过人的双手耕耘开垦的土地呈现出新面貌:荒野突然成了耕地,眼前没有了丛生的荆棘,只有树篱围着的新开垦的庄园;前面的草场上,几头牛和几匹马在吃草;草场四周栽满了粗壮的豆球花树,它们都是从袋鼠岛的大树林移植来的。逐渐出现在眼前的是长满谷物的农田,麦穗金黄。新建的围墙里种植着果树,就像一座美丽的大花园,完全可与古罗马大诗人贺拉斯赞美的园林媲美!还有草料棚、附属建筑,分布得合理得当。最后他们看到一座简朴的住宅,快乐的磨坊俯瞰着它,风磨的大翼以转动的影子抚摸它。

此时,四条大狗吠了起来,通知主人有客人到来。一个五十岁左右面容和蔼的男人从主屋里走出来,后面跟着他的五个英俊强壮的儿子和高大强壮的妻子。大家不难看出,这个家庭,在还新的房子里,在几乎原始状态的田野里,表现出典型的爱尔兰移民生活状态。他们厌倦了家乡的苦难,到海外寻找运气和幸福。

爵士一行人还没来得及介绍自己的名字和身份,主人就开口了:"欢迎到帕第·奥摩尔的家来,远方的客人!"

爵士问:"您是爱尔兰人吧?"他握住对方伸出来的手。

"我以前是,现在是澳大利亚人。进来吧,不管你们是谁,先生们,这儿就是你们的家。"

这样热情的邀请,大家只好不客气地接受了。海伦娜夫人和玛丽小姐则由女主人领着进屋子,而主人的儿子帮客人放下武器。

一间宽阔明亮清爽的大厅占据了房子的楼下,房子是用粗木料横着建的。几条板凳扣牢在涂了鲜艳色彩的墙上,十几张圆凳子,两个橡木碗橱,橱里摆着白色陶器和闪亮的锅壶;一张又宽又长的桌子,二十个人围坐也宽松有余。这些家具和结实的房子,和住在里面健壮的主人很相称。

午饭备好了。桌子中央摆了一大盆热气腾腾的汤,两边是烤牛肉和羊腿。菜的四周放着大盘的橄榄、葡萄和橙子。主食都上桌了,小吃也不缺。主人夫妇殷勤好客,桌上的摆设如此诱人,桌子那么宽大,菜肴这么丰盛,客人怎能不上桌呢?农场里的雇工和主人平等,他们也上桌和主人一起用餐。帕第·奥摩尔给客人们指定座位。

"我早就等着诸位的光临了。"他对爵士说。

"您早就等着了?"爵士很吃惊。

"我等待所有来这儿的客人啊。"

餐前,一家主仆都站起来,用虔诚的声音祈祷。海伦娜夫人看着这完美纯朴的风俗,很感动。她的丈夫看了她一眼,她明白他与她同感。

大家就餐的气氛很欢乐,边吃边聊。苏格兰人和爱尔兰人只有一水之隔,界河——深深的特威得河只有几托瓦兹宽。二十法里长的爱尔兰海峡把古老的喀里多尼亚河流经的爱尔兰和苏格兰分开。帕第讲述了他的经历,和所有的移民一样,在自己的国家贫困,便跑到外地去碰运气,得到的还是挫折和灾祸。他们抱怨命运,却忘了自省。只要勤劳节俭,勇敢、正直,就会成功。

帕第过去和现在都是一个勤劳的人,他离开爱尔兰邓达克,在那儿他几乎饿死,就领着家人到澳大利亚来了。他们在阿德莱德上岸,不愿做矿工,宁愿做辛苦稳定的农民。他来此地两个月后经营该农场,现在农场已有了很大的发展。

澳大利亚南部的土地是以"份"为单位的,每份八十英亩,由政府卖给移民,耕一份地可以维持生活,每年还会有八十英镑的盈利。

帕第懂得经营农业,他的农业知识起了很大作用。他用第一份地的盈利买了几份地,家庭和经营都很兴旺。爱尔兰的农民成了农场主。经营不到两年,帕第拥有了五百英亩耕地、五百头牲畜。他以前是欧洲人的奴隶,现在成了自己的主人,在世界上最自由的国家里,过着自由的生活。

客人们听了爱尔兰移民的讲述,都真诚热情地祝福他。帕第讲完他的故事,等着客人们自我介绍。爵士巴不得马上谈"邓肯"号的目的,他是个直性子,快人快语,便直截了当地问帕第,有没有听说"不列颠尼亚"号沉船的事。

帕第的回答并不如他们的意料。他说从没有听说过这条船的名字,两年来,没有船在西海岸沉没。"不列颠尼亚"号出事不过两年,如真有此事,他一定知道。"爵士,这个问题与您有什么关系?"帕第问道。

爵士这才给他讲述了他们怎样得到格兰特船长的信件,"邓肯"号远征的过程,寻救沉船者的种种努力。他毫不隐瞒地说,主人如此肯定的回答,使他失去了最后的希望,他不可能找到"不列颠尼亚"号的遇难船员了。

爵士说的话令在座的伙伴们极其难受。玛丽姐弟两眼含泪,巴加内尔也找不到什么安慰的话。约翰也痛苦得不是滋味。"邓肯"号千里迢迢来到这儿,却白跑了一趟。失望充满了这群豪侠之士的心田。

正在这时,他们突然听到有人说话了:

"爵士,您就感谢上帝吧,如果格兰特船长还活着的话,他一定在澳大利亚!"

第 7 章　神秘水手艾尔通

这几句话引起大家的震惊是难以形容的。爵士猛地推开凳子，站起来，叫道："是谁说的这话？"

"是我。"桌子的另一头，帕第的一个雇工说道。

帕第的惊讶不亚于爵士，他说："是你，艾尔通？"

"是我，"艾尔通很激动，口气也很坚定，"爵士，我和您一样，也是苏格兰人，我就是'不列颠尼亚'号的遇难船员！"

他的这番话产生了难以形容的效果，玛丽激动得脸色发白，兴奋得几乎晕过去，不由自主地倒在海伦娜夫人的怀里。约翰、罗伯特、巴加内尔马上离开座位，奔向那个叫艾尔通的人。

艾尔通约四十五岁的样子，神色严峻，炯炯有神的双目深陷在眉骨下面。他中等身材，很瘦，但体魄结实健壮，浑身是劲，就如苏格兰俗语说的，"没时间长肉"。他举止果断，神色除了严峻，还坚毅、充满智慧，给人留下深刻印象和好感。看得出来，他经历过苦难，苦难在他脸上留下印痕；也能看得出他是个能忍受痛苦并战胜痛苦的人。他是一个硬汉。

这就是艾尔通给爵士和他的伙伴们的第一印象。爵士代大家急迫地提了很多问题，艾尔通都做了回答。

只是因为激动，爵士提的问题急迫没有条理。

"你真的是'不列颠尼亚'号的遇难者？"

"是的，爵士，我是格兰特船长的水手长。"

"沉船后和他一起被救？"

"爵士，不是，在那个可怕的时刻，我们被风暴分开了，我从甲板上被冲走，后来被抛到海岸上。"

"那您不是信中提到的两名水手了？"

"不是，我不知道有这封信。船长把信抛进大海的时候，我不在船上。"

"那船长呢？船长去哪儿了？"

艾尔通约四十五岁的样子，神色严峻，炯炯有神的双目深陷在眉骨下面。

"我原以为他被淹死了，和船上的人一起遇难了。我以为只有我一个人死里逃生。"

"可是刚才您说船长还活着？"

"不，我刚才说，如果船长还活着的话……"

"您刚才还说，他一定在澳大利亚的土地上……"

"是的，他只能在澳大利亚的土地上。"

"那么，您不知道他在哪儿吗？"

"不知道，爵士，我再说一遍，我原以为他已葬身海底，或撞死在岩石上了，是您告诉我，他也许还活着。"

"那您还知道什么？"

"我只知道，如果他还活着，就在澳大利亚。"

"船到底是在哪儿出事的呢？"少校这时提出了这个问题。

本来这是第一个应该提出的问题，但因为事情来得突然，爵士尚未理出头绪,又急于知道格兰特船长的下落,就没顾得上问沉船的地点。在此之前的提问,不合逻辑,前后不连贯,没有实质性。现在才有了条理,在场的人才开始了解事情的始末细节。

艾尔通是这样回答少校的:

"当时我正在艉楼上拉触帆,突然被抛了出去,掉进大海,'不列颠尼亚'号正向澳大利亚的海岸飞驰。离岸只有两链了。出事的地点一定就在那里。"

约翰问:"是在南纬37°线吗?"

"是的。"

"在西海岸吗?"

"不,在东海岸。"

"什么日期?"

"1862年6月27日夜里。"

"就是这天,就是这天啊!"爵士叫了起来。

艾尔通说:"爵士明白了吧,我愿再说一遍,如果格兰特船长还活着,应该就在澳大利亚大陆上,不用到别处去找。"

巴加内尔叫了起来:"啊,我们一定要去找他,一定会找到他,我们一定把他救出来。"他又孩子气地说,"啊,宝贵的信件啊,你真走运,落到了有洞察力的聪明人手里了!"

没有人听巴加内尔的这些恭维话,爵士夫妇、玛丽姐弟都跑到艾尔通身边。他们握住他的手,好像有了他,格兰特船长的安全就有了保证。他们认为,这个水手能脱险,船长也该能逃出灾难!艾尔通也顺水推舟,说格兰特船长一定活着,船长在哪儿,他不知道,但肯定在澳大利亚大陆。他回答他们提出的无数问题,都答得很聪明,非常准确。玛丽小姐在他说话的时候,拉住他的一只手,他是父亲的伙伴,"不列颠尼亚"号的一名水手!他曾经在哈利·格兰特的身边工作,和他一起漂洋过海,冒同样的风险!玛丽的目光离不开这个面容刚毅的人,激动得直流泪。

大家都没有怀疑水手长的身份和他说话的真实性。只有少校,也许还有约翰,他们没有马上相信他,萍水相逢素昧平生的人容易引起怀疑。艾尔通列举了不少事实,日期也相符,还有感人的特殊的细节。但细节即使正确,也不能轻易相信。要知道,骗子往往能说出正确的细节而令人上当。因此少校始终持保留意见,不表态。

约翰呢,他的怀疑敌不过这个水手的话,艾尔通对玛丽谈到她的父亲,约翰认为艾尔通确是格兰特船长的伙伴,因为艾尔通熟悉玛丽姐弟,"不列颠尼

亚"号出发时,艾尔通在格拉斯哥港就见过他们。他说,那天船长在船上举行告别宴会,很多朋友都来了,督政官麦克·罗贝尔也来了,玛丽姐弟也来了,那时罗伯特还不到十岁,由水手长狄克·汤纳负责照管。但他却背着水手长爬到前桅的横杆上去了。

罗伯特说:"是的,有这么回事。"

艾尔通随意说了几件过往的琐事,并不觉得这些事有什么了不起。他讲完了,玛丽用温和的声音说:"艾尔通先生,再给我们说说我父亲的事吧!"

艾尔通尽量满足姑娘的愿望,爵士也不愿打断他的话,他本人有重要问题急需要问,但他的夫人不让他提,并向他指指快乐激动的玛丽,不让他打扰她。

于是艾尔通讲述了"不列颠尼亚"号横渡太平洋的经过。玛丽对那次航行的情况大多都了解,因为直到1862年5月,一直都有关于这条船的报道。一年的时间里,哈利·格兰特曾在大洋洲的一些主要地方停泊,去过赫布里底群岛、新几内亚、新西兰、新喀里多尼亚,他去的地方大多被非法占领。他到处受到英国当局的歧视,英国政府通知英属各殖民地当局对他的船严加监视,但他还是在巴布亚的西海岸找到一个重要的据点。他认为在那儿建立一个苏格兰移民区并不困难,而且保证可以兴旺发达。在摩鹿加群岛和菲律宾航线的中间开设一个良好的中转站,可以吸引很多来往船只,尤其是将来苏伊士运河开通,取消了通过好望角的航线。哈利·格兰特赞同法国外交家德·雷赛普开凿苏伊士运河的主张,反对不顾国际共同利益的政治争斗。

"不列颠尼亚"号考察了巴布亚之后,前往卡亚俄补充粮食,1862年5月30日离开卡亚俄,准备从印度洋过好望角返回欧洲。启程三周后,一场可怕的暴风雨把船击坏,船在风暴中颠簸摇晃,他们砍断了桅杆。船底出现漏洞,堵不住,他们只好用抽水机抽水。船在风暴里颠簸了八天,舱里的水深达六英尺。船在慢慢下沉,小艇早就被风刮走了,大家只好在船上等死。6月27日夜里,正如巴加内尔估计的那样,他们在船上看见澳大利亚的东海岸,很快,船撞到岸上,艾尔通被抛到海里,又被大浪卷起打到沙滩上,昏了过去。醒来时艾尔通已落到土著人的手里,土著人把他带到内地,从此他就没了"不列颠尼亚"号的消息。据此,他估计"不列颠尼亚"号撞沉在福德湾险恶的礁石里了。

关于格兰特船长的情况就叙述到这儿了,它不止一次引起大家痛苦的惊叹。少校没有理由怀疑故事的真实性。

有了格兰特船长的信件,大家相信格兰特船长和他的两个水手都还活着,和艾尔通一样。从一个人的命运可以推算另一个人的命运。于是大家请艾尔通讲讲他本人的遭遇。叙述很简单,话也不长。

艾尔通遇险后,成了土著人部落的俘虏,被带到达令河一带,也就是37°线以北四百英里的地方。他在那儿的生活很苦,因为部落很穷,但他也没受虐待。他过了漫长的两年艰苦的奴隶生活。在此期间,他怀着重获自由的希望,等待时机逃走,虽然逃走会遭遇无数的危险。

1864年10月的一天夜里,他趁土著人放松警惕,逃到茫茫森林的深处,在一个月的时间里,他靠吃草根、羊齿苔、含羞草汁充饥,在辽阔无边的荒漠的无人区流浪,白天看太阳夜里看星星,辨认方向,越过无数的沼泽和高山,走过许多探险家都不敢走的荒无人烟的地带。走得精疲力竭时,他常常陷入绝望的境地。最后他幸运地遇上了善良的帕第·奥摩尔,靠劳动换取自由的生活。

帕第听了艾尔通的叙述后,说道:"他信任我,我对他也很满意。他聪明勇敢,是干活的能手。只要他愿意,我的家永远是他的家。"

艾尔通做了个手势表示感谢。他等着大家向他提出问题。有许多问题都是重复的,他已经回答过多次了,所以也没什么新的问题了。爵士想利用与艾尔通的相遇和他提供的情况,请大家讨论一下新的行动计划。这时少校问艾尔通:

"您说您是'不列颠尼亚'号的水手长?"

"是的。"艾尔通毫不犹豫地回答。

他感觉少校的问话含有怀疑的成分,哪怕只有一点,于是他又加了一句:"沉船时我还抢救了我的一份证书呢。"

他立即走出大厅,去找这份正式文件。帕第这时候对爵士说:

"爵士,我向您保证,艾尔通是个诚实的人,他给我们打工两个月,没有留下可责备的毛病。我了解他遇难和被俘的经历,他可靠诚信。"

爵士正要说他没有怀疑艾尔通的诚信,艾尔通回来了,拿出官方的证件。这是一份由"不列颠尼亚"号船主和格兰特船长签字的证书,玛丽一下子就认出了父亲的笔迹。证书上写着:兹委派一级海员汤姆·艾尔通任格拉斯哥港三桅船"不列颠尼亚"号的水手长。

对艾尔通的身份无须怀疑了,证书就在他的手里。

爵士说:"现在我要征求大家的意见,大家讨论一下,下一步我们该怎么行动。艾尔通,您的意见特别宝贵,我们会感谢您的建议。"

艾尔通思考片刻,回答说:"爵士,谢谢您对我的信任。我也希望我不辜负您的信任。我对这个地方,对土著人的风俗习惯多少有点了解,如果我能帮忙的话……"

"您当然能帮忙啦。"爵士说。

艾尔通又说:"我和你们的想法一样,格兰特船长和他的两名水手逃脱了海难,如果他们没有到英国属地,至今又没有他们的消息,我就不能不怀疑,他们的遭遇和我的一样,被土著人俘虏了。"

巴加内尔说:"艾尔通,您所说的和我估计的一样,格兰特船长数人很明显做了土著人的俘虏,这是他们早就担心的事,我们是否应该认为,他们被拉到37°线以北了呢?"

艾尔通答道:"先生,很有可能。土著人部落敌视外来人,不会聚居在英国人控制的地区附近。"

爵士不免担忧起来,说:"我们的寻找因此就变得复杂了,这么大的一片陆地,我们怎么找到他们的踪迹呢?"

这句话引起大家长时间的沉默。海伦娜夫人用目光征询大家的意见,都没有得到答复。巴加内尔也一反常态,平日能说会道、足智多谋的他也哑口无言,无言以对。约翰在大厅踱着大步,就如在船的甲板上面,不知说什么好。

海伦娜夫人问艾尔通:"先生,您的意见如何呢? 如果是您,您怎么做?"

"夫人,如果是我,我就回'邓肯'号,把船开到出事的地点,到那儿再看情况,若有线索,见机行事。"

"不错,只是要等'邓肯'号修理好了才行。"爵士说。

"啊,你们的船坏了?"

"是的。"约翰回答。

"坏得严重吗?"

"不算严重,我们的船上没有这方面的修理工具,螺旋桨的叶片坏了,需要到墨尔本才能修理。"

艾尔通问:"不能挂帆,利用风力航行吗?"

"可以,但如遇逆风,要开到福德湾,就要花很长时间。还是要到墨尔本修理才行。"

巴加内尔大叫:"就让它去墨尔本修理好了,我们不乘船,从陆地去福德湾吧!"

约翰问:"怎么走呢?"

"横穿澳大利亚,就如我们横穿南美那样。沿着37°线走!"

"'邓肯'号怎么处理呢?"艾尔通显得很关心。

"'邓肯'号去接我们,或者我们回来找它。如果我们在路上找到格兰特船长,我们一起去墨尔本。找不到,我们就一直找到海边,'邓肯'号去那儿接我们,谁对这个计划有意见?少校有意见吗?"

"我没有意见,如果横穿澳大利亚切实可行的话。"少校答道。

巴加内尔说:"非常可行,我建议海伦娜夫人和玛丽小姐与我们同行。"

爵士说:"巴加内尔,你说的是真话吗?"

"非常认真的实话,亲爱的爵士。我们只需走三百五十英里,一天走十二英里,不用一个月就走完了。到时'邓肯'号也修好了。如果是在稍北的纬度线上穿越澳大利亚大陆,或在它最宽的部分横穿,经过酷热的大沙漠,做大胆的探险家没做过的事,情况就不一样。而这条37°线,经过维多利亚省,这是地地道道的英国区,有公路、铁路,沿途大部分地区有人居住,我们还可以搭四轮马车或轻便马车,就如从伦敦到爱丁堡游览,不过如此而已!"

"碰到猛兽怎么办?"爵士考虑问题总是想到最坏的方面。

"澳大利亚没有猛兽!"

"遇到没开化的土著人呢?"

"这条纬度线没有土著人,而且澳大利亚的土著人没有新西兰的土著人那样凶残。"

"流放的罪犯呢?"

"澳大利亚南部各省没有流放的罪犯,东部的殖民地区域才有。维多利亚省不但不准流放犯入境,还制定了法律,其他省的刑满释放的流放犯人禁止入境。今年,维多利亚省政府还通知半岛轮船公司,如果该公司继续在西澳接受流放犯人的港口补给,政府将取消给他们的补助。你这个英吉利人不知道吗?"

爵士答道:"我不是英吉利人,我是苏格兰人!"

帕第插话说:"巴加内尔先生说得对,不仅维多利亚省,就连南澳、昆士兰,塔斯马尼亚都一样不准流放犯人入境,自从我住在农场,还没听说过有流放犯呢!"

"我也没遇见过。"艾尔通说。

巴加内尔说:"你们听见了吧,朋友们,这里少有土著人,没有猛兽,更没有流放犯人,欧洲也难有这样的地方啊!大家都同意这样做了?"

爵士问海伦娜夫人:"你的看法如何,海伦娜?"

海伦娜答道:"我同意大家的意见,亲爱的爱德华。"然后她转向大家:"那么,我们就动身吧!"

第 8 章　到内地去

格里那凡爵士决定做的事,就会当机立断抓紧时间做,没有拖延的习惯。巴加内尔的建议被大家采纳,他就立即下命令,以便在最短的时间内做好出发的准备。出发的日子定在后天,12月22日。

横穿澳大利亚的旅行会有什么结果?哈利·格兰特就在澳大利亚大陆,这是无可争辩的事实。这次远征找到格兰特船长的可能性增大,虽然不一定在37°线上找到他,但沿着这条线一直找到出事地点,肯定会找到他留下的踪迹。

此外,如果艾尔通和他们一起去,带领他们穿越维多利亚省的森林,直到东海岸,成功的把握就更大。爵士希望得到他的帮助,于是就向农场的主人帕第·奥摩尔提出请求。

帕第虽然舍不得放走这个好帮手,但最后还是同意了。

"艾尔通,您愿意和我们一起去找'不列颠尼亚'号上的遇难船员吗?"

艾尔通没有马上回答,犹豫片刻,经过考虑,他说:"好吧,爵士,我跟你们去,即使找不到格兰特船长的踪迹,我也把你们带到船失事的地点。"

爵士说:"谢谢您,艾尔通。"

"我还要提一个问题,爵士。"

"您问吧,朋友。"

"我们在什么地方和'邓肯'号会合呢?"

"如果我们无须横穿澳大利亚,从这海岸到另一海岸,我们就在墨尔本会合;如果我们要一直走到东海岸,我们就在东海岸和它会合。"

"'邓肯'号的船长呢?"

"他在墨尔本港等我的命令。"

"好吧,爵士,您就相信我吧。"

"我相信您,艾尔通。"爵士回答。

大家对这位"不列颠尼亚"号的水手长深表感谢，格兰特船长的儿女向他表示最诚挚的感激。大家对他的决定很高兴，除了农场主帕第，因为他失去了一个聪明的助手。但他明白水手长对于爵士的重要性，他做了让步，爵士委托他提供横穿澳大利亚的交通工具，并与艾尔通约好见面的时间和地点。然后，乘客们回到"邓肯"号船上。

回到船上，大家都兴高采烈。一切都变了，不用犹豫了。勇敢的寻找者不再盲目地在37°线上找来找去，不再怀疑哈利·格兰特船长就是在澳大利亚大陆失踪的了。

如果事情顺利，两个月之后，"邓肯"号就会载着哈利·格兰特回到苏格兰了！

约翰支持横穿澳大利亚的建议。他原以为这一次他能和大家一起远征，爵士却要他留在船上。他便和爵士商讨，要求出征。他摆出一切理由，如他对海伦娜夫人的忠诚，对爵士的忠诚，远征时他能起很大的作用，留在"邓肯"号上他的作用不大，除了最重要的那一条他没说，爵士心里很清楚。

爵士说："约翰，我只有一个问题，你对你的大副绝对信任吗？"

约翰回答说："绝对信任。汤姆·奥斯丁是个好水手。他能领导"邓肯"号到达目的地，把船修好，在指定的日期把船开出开回。汤姆听从命令，忠于职守，他从不擅自修改命令，或拖延时间，阁下可以像相信我一样相信他。"

"好吧，就这样说定了，约翰，你和我们一起去吧。"爵士微笑着说，"等我们找到玛丽的父亲，你在场也好。"

"嗯，阁下……"约翰不好意思地应道。

他只能说这话了，他的脸色白了一会儿，抓住了爵士向他伸出的手。

第二天，约翰带了船上的木匠和负责载运粮食的水手，又来到帕第的农场，他要和帕第商量购置交通工具的事宜。

帕第一家在等他，准备在他的命令下工作，艾尔通也在那儿，提建议并传授经验。

帕第和约翰达成一致意见：女士们坐牛车，男士们骑马，帕第可以提供牛马和车辆。

车辆是长二十英尺的拖车，上面有皮篷，下面四个轮子，轮子没有辐条、轮缘、铁箍，就是实心的木轮。车头和车尾用简单方法连接，由于距离较远，不能急转弯。车头装有三十五英尺长的车辕，六头牛成三对站在中间。这车又窄又长，摇摇晃晃，操纵不好容易偏离车道，驾车人要懂得用带铁头的牛鞭赶牛，没有技巧驾驭不了这样的拖车。幸好艾尔通学会了这套技术。帕第说他是赶车能手,驾车的活就只能由他负责了。

车里没有弹簧,坐在里面很不舒服,但也只能因陋就简了。约翰改变不了它粗陋的构造,只能在车内的布置上下功夫。他命人用隔板把车分为两部分,后半部分装粮食、行李和奥比内的厨房用具。前半部分供女士乘坐,并被布置成舒适的小房间,地板铺了厚毯子,配备盥洗用具,两个床铺,四周用皮帘子罩着。必要时前半部分可以封闭,抵挡夜间的寒冷。下大雨时,男士也可以进来躲避。但他们还是另搭帐篷过夜宿营。约翰费尽心机把女士们日常所需东西都带来放在这窄小的空间里。两位女士住进这会移动的房间,不会留恋"邓肯"号的舱房。

男士的用品简单多了,七匹精壮的马已选好,准备给爵士、巴加内尔、罗伯特、少校、约翰、威尔逊、穆拉迪。后面两位这次又被选上陪伴主人。艾尔通坐在车头驾车,奥比内骑术差,只能坐在行李车厢里。

选好的牛马都在草场上吃草。出发时就容易召集了。

约翰把一切工作安排好,吩咐木匠需做的工作,领着帕第一家人到船上回访爵士。艾尔通也觉得该和他们走一趟才合乎礼节。就这样,将近四点钟,约翰和一大批客人跨进"邓肯"号的舷门。

客人们受到热烈的欢迎。爵士款留他们吃晚饭。他不愿欠人情。他要在游船的方厅摆宴答谢帕第上次澳大利亚式的款待,客人欣然接受。帕第对船上的一切都感新奇,对舱房里的家具、墙饰、地毯、水线以上的槭木和檀木设备赞不绝口。艾尔通的反应不同,对昂贵的装饰只是微微点头。

但他却以内行海员的眼光看待游船的设备,从甲板到底舱,还到机房看机器,了解机器的实际功率、耗煤量,看煤仓粮仓。他尤其对武器库、船头的火炮射程特别感兴趣。爵士从他提出的专业性问题看,知道他是行家。最后,艾尔通还察看了桅杆和帆缆索具的配备。

"爵士,您这条船很漂亮啊!"艾尔通说。

"是条特别好的船。"

"吨位多少?"

"二百一十吨。"

"如果我没算错,'邓肯'号开足马力,每小时可以走十五海里吧?"

"十七海里更准确。"

"十七海里?也就是说,任何一艘军舰,哪怕是最好的军舰也赶不上它呀!"艾尔通惊呼道。

"是的,就是扬帆航行也比别的船快。"约翰回答。

"爵士,还有您,船长,请你们接受我这个识船的水手的祝贺!"

"好,艾尔通,留在我的船上干吧,只要您愿意,这船也就是您的船啊!"

"我会考虑您的建议,爵士。"

这时,奥比内先生报告爵士,宴席已经摆好,爵士和客人便去艉楼了。

巴加内尔对少校说:"这个艾尔通是个聪明人啊!"

"太过聪明了。"少校说不出理由,但总觉得这个艾尔通的神情和态度有点不对头。

晚餐时,艾尔通详细介绍了他非常熟悉的澳大利亚的情况,他问爵士带几个水手去远征,当他听说只带威尔逊和穆拉迪两个的时候,很是吃惊。他劝爵士把船上最好的水手都编进远征队,还一再坚持。这么一来,少校不再怀疑他了。

爵士说:"为什么要多带几个水手呢?不是说横穿澳大利亚大陆没多大危险吗?"

艾尔通赶紧回答:"是的,没多大危险。"

"既然如此,就该多留几个人在船上,'邓肯'号航行需要人手,修理也需要人手,它还要准时到达与我们会合的地点。还是别减少人员吧。"

艾尔通明白爵士的用意,不再固执己见了。

夜色来临,苏格兰人和爱尔兰人告别。艾尔通和帕第一家一起回住处,车马明天就可准备妥当。出发时间定在明天早上八点。

海伦娜夫人和玛丽小姐很快做好准备,她们花的时间还没有巴加内尔的多。他花了大半夜的时间拆卸、擦拭、安装、校正他的望远镜。第二天天亮,少校用打雷的声音才把他唤醒。

约翰一大早就派人把行李送到农场去了。这时小艇在下面等着,远征者赶紧上了小艇,约翰最后叮嘱奥斯丁,要他在墨尔本等候爵士的命令,并认真执行。

老海员奥斯丁叫约翰放心,并代表全体留船的船员祝爵士远征成功。小艇离开大船,响亮的欢送声和祝愿声直冲云霄。

十分钟,小艇到了岸边。一刻钟之后,一群人到了农场。

准备工作都已做妥。海伦娜夫人对她的车厢和床铺非常满意。她特别喜爱庞大的车厢、原始的车轮、厚实的隔板;六头牛两两并排站立,神气古朴,煞是可爱。艾尔通手执牛鞭,等着新主人的命令。

巴加内尔说:"哇,好漂亮的牛车,赛过所有的驿车,像走江湖的艺人那样驾车走南闯北,再妙不过了!房子能走能停,要停哪儿停哪儿,古代东欧的萨尔马特人就是这样游牧的！"

海伦娜夫人说："巴加内尔先生，我希望有幸能在我的'沙龙'里接待您。"

"夫人，那我太荣幸了，您定好日期没有呢？"

"我每天都在寒舍等候朋友，而且您是……"夫人笑着说。

"我是您最热诚的朋友。"

他们的谈话被七匹高头大马的到来打断了。七匹马都套上了鞍辔，帕第的一个儿子把它们牵来，爵士和他结账，付清了各种费用，向他说了不少感谢的话语，让帕第觉得这些话和金钱一样珍贵。

出发的信号发出，海伦娜夫人和玛丽小姐坐进她们的车厢，艾尔通登上驾驭座，奥比内钻进车后厢；爵士、少校、巴加内尔、罗伯特、约翰、两名水手斜挎马枪，佩戴手枪上了马。帕第大喊："愿上帝保佑你们！"他的家人也跟着喊。

然后，艾尔通挥鞭，发出一声奇特的吼叫，牛车摇晃滚动，厢板噼啪作响。很快他们在大路上转了弯，那好客、正直的爱尔兰人的农场就远去不见了。

第 9 章　维多利亚省

这一天是 1864 年 12 月 22 日。12 月在北半球是相当寒冷潮湿萧瑟的季节，可是在澳大利亚却相当于六月，按天文学的说法，夏天到这里才两天，因为 21 日太阳才进入摩羯座，每天在地平线上的时间减少了几分钟，因此爵士的第二次远征要在澳大利亚一年中最炎热的季节，在灼热的热带阳光下完成。

太平洋这部分的英国所属领地总称澳大利亚，包括新荷兰、塔斯马尼亚、新西兰和周围的一些岛屿。澳大利亚大陆被划分为大小贫富不等的许多殖民地，你看看裴特曼和布莱科尔绘制的现代地图，就会被它们划分的直线所惊到。英国人就是用笔直的拉线划分这些大省，根本不管地形、河流、气候的变化和人种的区别。地图上的各个省都是长方块，一块接一块，像镶嵌的方格。把地图画成直线和直角，是几何学家的杰作，不是地理学家的。倒是海岸线蜿蜒曲折，有海峡、海湾、海岬、河口，以不规则的线条表现了大自然的美丽和特征。

巴加内尔常常嘲讽这种棋盘式的地图。他说，如果澳大利亚属于法国，法国的地理学家绝对不会只知道使用直尺。

澳大利亚现有六个殖民地，新南威尔士，首府悉尼；昆士兰，首府布里斯班；维多利亚省，省府墨尔本；南澳，首府阿德莱德；西澳，首府珀斯；北澳现时没有首府。沿海地区才有移民居住，仅有几个城市深入内陆二百英里，内陆地区有三分之二的欧洲那么大，几乎没人知道它的情况。

很幸运的是，37°线并不穿过这宽阔荒凉无法进入的无人区——很多人在这里为科学献出了生命。爵士这次无须到这些地方冒险，他要穿过的是澳大利亚西南部地区：阿德莱德省的一个狭长地带，整个维多利亚省和新南威尔士南部那个倒三角形的尖端。

从伯努利角到维多利亚省的边境只有六十二英里，两天可以走完，艾尔通打算第二天晚上到维多利亚省最西的阿斯珀雷城过夜。

旅行伊始,骑手和马匹都劲头十足。骑手没问题,但坐骑就要悠着点,所谓路遥惜坐骑。因此,大家决定每天平均走二十五到三十英里。

而且马的步伐也要调整,以配合牛的较慢的脚步,牛虽然力气大能载重,但走路速度慢。载着人和物品的大车是旅行队的核心,流动的堡垒。骑马的人可以在车的两边溜达,但不能远离。

因此他们行走时毫无顺序可言,在一定范围内每个人都自由地做自己喜欢做的事。喜欢打猎的可以在平原上跑;喜欢与女士聊天的可以靠近车厢和海伦娜夫人及玛丽小姐聊天;喜欢哲学的可以在一起谈论哲学。巴加内尔同时做着三件事,忙得不可开交。

穿越阿德莱德省的旅途没有什么引人关注的,沿途都是连绵不高的丘陵,一片荒凉,当地人称为"草莽区"。好几英里的牧场,长着一丛丛带咸味的,尖叶子的灌木——羊类动物很喜欢吃;还有到处可见猪头羊身的动物,新荷兰的特产猪面兽。从阿德莱德通往沿海地区最近竖起了电线杆,它们就在

载着人和物品的大车是旅行队的核心,流动的堡垒。骑马的人可以在车的两边溜达,但不能远离。

电线杆间吃草。

走到这里,大家看到的都是单调的平原,景色很像阿根廷的潘帕斯地区,就连平坦的草地,明显的地平线也如此。巴加内尔保证说,很快景色就要改变了。大家便期待着。

下午三点左右,车子经过一片辽阔的没有树木的旷野,它就是著名的"蚊原"。巴加内尔从地理学家的角度看问题,觉得这名字非常符合现状;而这支队伍的人和马被蚊子咬得苦不堪言,避又避不了。幸好他们带来了止痒的阿摩尼亚水。巴加内尔因为长得高,蚊子特别喜欢叮他。他用所有能找到的词咒骂蚊子。

傍晚,平原上出现豆球花树编的篱笆,平添了美色。到处可见白胶树,更远处可以看到新碾过的车辙,然后是从欧洲移植的树木:橄榄树、柠檬树、绿橡树,最后是很整齐的木栅栏。晚上八点,牛在艾尔通的鞭打下,加快脚步,很快到了红胶站。

"站"指的是内地为饲养牲畜建的机关房舍,而牲畜是澳大利亚主要的财富来源,饲养牲畜的人都是"坐地人"——欧洲移民来到这辽阔的原野上,累了的第一个动作就是往地上一坐。

红胶站并不大,但爵士他们受到站里居民热情的接待。荒僻地区的居民对过往的客人一概饭菜侍候。在澳大利亚的移民区,旅客们到处遇到好客的主人。

第二天天刚亮,艾尔通就驾牛车上路了。他要在当晚赶到维多利亚省的境内。地面逐渐高低不平,沿途多是蜿蜒的小丘,小丘上是红色的沙子,就像鲜红的旗帜铺在平原上,在风中鼓起波纹。几棵树皮光滑带白斑、树干笔直的麻雷杉树,用它们的枝杈和深绿色的叶子遮蔽着肥美的草场。草场上成群快乐的跳鼠在蹦跳。然后是大片的荆棘和小胶树。接着,树丛逐渐稀疏,孤零零的小树变成参天大树,澳大利亚的森林呈现在眼前。

接近维多利亚省的边境,景色大异于前,感觉脚踩上了新的土地。他们方向不变,不拐弯抹角,前面没有丘陵或湖沼等挡路。他们坚定地按几何学的第一定理行事,即走两点之间最短的路程。他们忘了疲劳和困难,步履以牛的速度为标准,牛走得不快,但从不止息。

他们用两天的时间走了六十英里。23日傍晚,一行人到了阿斯珀雷,进入维多利亚省的第一个城市。它位于东经141°线,属维么拉地区管辖。

牛车开进了客店的车库。客店名"王冠旅社",城里没有更好的旅馆,他们只好将就。晚餐全是羊肉,不过烹饪方法不一,热气腾腾摆满了桌子。

一行人饱餐了一顿，都希望了解澳大利亚大陆，便要求地理学家巴加内尔赐教。巴加内尔当仁不让，就给大家解释维多利亚省为何被人称为"幸福的澳大利亚"。

他说："'幸福的'这个形容词用得不当，应该是'富饶的'，而富饶不等于幸福，人与地方同为此理，"富足"并不等于"幸福"。维多利亚省有金矿，澳大利亚就断送在那些冷酷的、无恶不作的冒险家的手里。经过金矿的时候，你们会看到他们做的好事。"

海伦娜夫人问："维多利亚殖民地建立的时间很短吗？"

"是的，夫人，只有三十年的历史。1835年6月6日，星期二……"

少校插话："晚上七点一刻。"他见巴加内尔总是准确报时，便和他打趣。

巴加内尔很认真地："不，是七点十分，巴特曼和法克纳在菲利普港建了一个据点，位于今天墨尔本所在的海湾。最初十五年，它是殖民地新南威尔士的一部分，受首府悉尼的管辖。1851年它宣布独立，取名维多利亚。"

"独立后它繁荣吗？"爵士问。

巴加内尔答道："尊贵的朋友，您自个儿判断吧，我这儿有最新的统计数字，不管少校有何高见，我以为数字最有说服力。"

"您说吧。"少校说。

"好吧。1836年，菲利普殖民地有二百四十四个居民，而今天，维多利亚省已有五十五万人口，种植七百万棵葡萄树，每年生产十二万一千加仑葡萄酒，在它的平原上有一万三千匹马在奔驰，一望无际的牧场上放牧着六十七万五千七十二头牛。"

少校问："还有猪吧？"

"有啊，少校，七万九千六百二十六头猪。"

"有多少羊呢，巴加内尔？"

"七百一十一万五千九百四十三只羊。"

"我们今天吃的这只也算在内吗，巴加内尔？"

"不，不算在内，这只羊我们已经吃了四分之三了。"

海伦娜夫人很开心地笑了起来，说："太棒了，巴加内尔先生，您对地理知识真是太精通了，我这位表兄提什么问题也难不倒您。"

"这是我的职业啊，夫人，我们就是要了解这些事情，必要时还要广为传播。我告诉你们，这奇怪的国家还有不少新奇的事呢，你们要信我说的话。"

"可是直到现在，我们并没有……"少校故意这样说，以刺激巴加内尔的兴致。

"等等吧,急性子的少校,你的脚才踏进边界,就急不可耐了。我告诉你,我再讲一次,我向你保证,这儿是全世界最神奇的地方。它的形成,它的性质,它的物产,它的气候,它的未来,都使世界上的学者惊奇。你们想象一下,朋友们,这片大陆最初形成并不是中间的那块土地,而是从大海的波涛里先耸立起四周,呈巨大的指环状。它将被蒸发得半干的内海包围在中心,河流一天天干涸,空气和土壤没了潮气,广袤的内陆就形成了。这里的树木每年不落叶却脱皮;树叶侧面对着而不是正面对着太阳,所以它们没有树荫;这里的木材乃非燃物质;石料淋了雨会溶化;树林低矮,而草木高大。禽兽的模样也很古怪,四脚兽长着鸟喙,例如针鼹和鸭嘴兽;博物学家只好为它们增辟'单孔动物'的新门类;袋鼠用长短不一的腿蹦跳;山羊长着猪的脑袋;狐狸在树间跳来跳去;天鹅是黑色的;老鼠会做窝;这里特有的'抱窝鸟'会打开客厅的门迎接来访的同类。鸟类的叫声也是多种多样,真是不可思议。有的像报时的钟声,有的像鞭马,有的如霍霍的磨刀声,有的像滴答滴答的钟摆,有些鸟日出时笑,日落时哭!哎呀呀,千奇百怪,无奇不有,不合逻辑,不近人情,不符合自然规律!博学的植物学家格里马尔德说过:'澳大利亚是对普遍规律的滑稽的模仿,或者说是对其他地方的公然挑战。'"

巴加内尔口若悬河,滔滔不绝,好像住不了嘴。这位雄辩的地理学会的秘书说得兴起,忘乎所以,挥动手里的刀叉,差点叉到餐桌旁的邻座。他的演说被雷鸣般的叫好声盖住了,他终于住了嘴。

听了这么一大通精彩的澳大利亚奇闻,大家不想再提问题了,只有少校,以他不冷不热的口吻问道:"就这么多了吗,巴加内尔?"

"不,还有没说的呢!"巴加内尔的劲头又被挑起来了。

"怎么?"海伦娜夫人也风趣地说,"难道澳大利亚还有更奇特的事吗?"

"有啊,夫人,例如气候,比它的物产更古怪!"

有人喊:"举个例子!"

"我不说澳大利亚大陆的卫生条件:氧气充足,氮气少,没有潮湿的风,因为信风平行地吹过海岸,很多疾病从来就没有发生过,从伤寒到斑疹等各种慢性病,这儿都没有。"

爵士说:"这可是很大的优点啊!"

"大概是吧,不过我说的不是这个。我说这里的气候,它有个特点,说出来你们会不信。"

"什么特点?"约翰问。

"你们不会相信的。"

"说吧,我们信你。"大家忍不住喊起来。

"好吧,我说,它……"

"什么呀?"

"这里的气候能起净化作用!"

"净化作用?"

"是的,有净化作用!这里的金属在露天不生锈,人也不会'生锈',这里的空气纯净、干燥,一切都因此变得洁白无瑕,从衣服到灵魂!英国人很早就发现这里的气候起净化作用,都把需要改造的人送到这儿来。"

海伦娜夫人问道:"真有这么大的功能吗?"

"有的,夫人。对禽兽、对人都有。"

"您不是开玩笑吧,巴加内尔先生。"

"没有开玩笑,这儿的牛羊都很驯良,你们等着吧,会看到的。"

"不可能吧?"

"事实就是如此,干过坏事的人,被押送到这充满生机有益健康的环境来后,没几年就改邪归正。慈善家们早就知道这种作用。在澳大利亚,人性都在往好里变!"

海伦娜夫人说:"那么您呢,巴加内尔先生,您已经是个好人了,在这块奇特的土地上,您又会变得怎样呢?"

"变得好上加好呀,夫人。"巴加内尔说道,"总之,变得更好!"

第 10 章 维梅拉河

第二天,12月24日黎明,队伍出发。天气很热,但尚可忍受。道路平坦,马走得也算顺利。小队伍走进稀疏的矮树林,经过一天的跋涉,晚上到了白湖岸边宿营。白湖水咸,不能喝。

巴加内尔只好承认,白湖并不白,就像黑海不黑,红海不红,黄河不黄,蓝山不蓝。他要维护地理学家的尊严,极力为这些命名辩护,但他的论据没有一条站得住脚。

奥比内先生准时开晚饭。饭后,这队人有些在车上,有些在帐篷里躺下。澳大利亚的豪狗不断地悲鸣狂吠,都不能影响他们的酣睡。

白湖对岸是一片美丽的平原,开满了绚丽多彩的菊花。第二天爵士和伙伴们醒来,都为眼前的美景叫好。但他们还是动身了。路上,只见除了远处的几座土丘,其余一望无边都是茫茫的草原和鲜艳的花朵,洋溢着一派生机盎然的春天气息。蓝色的细叶麻,当地特有的朱红色的爵床草相互辉映。万绿丛中点缀着种类繁多的"艾梅罗菲里"。含盐的土地被藜、滨藜和甜菜遮盖了;它们或青绿或淡红,尽是藜科植物;它们被用在工业上,将它们烧或洗后可得烧碱。巴加内尔在花丛中俨然变成一个植物学家,他能说出各种花的名字。他说到目前为止,澳大利亚所发现的植物,共有一百二十类,四千二百种。

急行了十几英里后,牛车在高大的豆球花树、木本含羞草和白胶树的树丛中穿行,树上的花朵品种多样,在这片人称"泉原"的多泉水的平原上,植物没有辜负阳光,散发出芬芳和缤纷的色彩。

动物界的出产比较吝啬,平原上蹦跳着几只火鸡,人很难接近它们。少校动作灵活,一枪打中了一只稀世怪鸟;这种鸟濒临绝种,当地人叫它"亚碧鹭",英国移民称它为巨鹤。这种鸟高五英尺,身长一英尺八英寸,下部宽,末端尖,圆锥形,头紫红色、或朱红色,颈绿色,胸前白色,嘴黑色,脚鲜红。大自然好像把所有的颜色都调配到这种鸟的身上了。

大家不住口地赞美这只鸟,这一天的光荣都要落在少校身上了。不想走了几英里后,小罗伯特猎到了一只怪兽。这只怪兽一半像刺猬,一半像食蚁兽,还未成形,就像创世纪中所说的十不像的爬虫,它的舌头长长的,可以伸缩,黏黏的,垂在圆筒形的嘴外,可以捕食蚂蚁,蚂蚁是它的主食。

巴加内尔说:"你们从没见过这样的动物吧?这是针鼹鼠。"他说出了这单孔动物的真正名字。

爵士说:"它很难看啊!"

巴加内尔说:"难看是难看,可它很稀罕,是澳大利亚的特产,其他地方想找也找不到!"

巴加内尔很想把这只奇丑的针鼹鼠带回去,要把它放在行李车厢,奥比内先生非常气恼地抗议,巴加内尔只好放弃。

这天他们到了东经141°30′的地方。他们一直很少见到移民和"坐地人",土著人的影子也没见一个。这地方好像很荒凉,土著人部落都到较北的地区、达令河和墨累河支流流域、人迹罕至的宽阔地区游荡去了。

少校动作灵活,一枪打中了一只稀世怪鸟,这种鸟濒临绝种,当地人叫它"亚碧鹭",英国移民称它为巨鹤。

一个难得一见的场面引起这队人的兴趣。澳大利亚有些大胆的投机商人把大群的牲畜从东部山区赶到维多利亚和南澳等省出售,这就让这队人有机会看到驱赶庞大畜群的场面。

下午四点左右,约翰指着前面三英里外的地方,叫大家快看。只见地平线那儿的一股滚滚烟尘,正在向他们扑来。这是怎么回事?大家都不明白。巴加内尔认为是气象变化,还以丰富的想象力找原因。但艾尔通一句话就制止了他的想象。艾尔通说那是牲畜奔跑时扬起的灰尘。

艾尔通没说错。滚滚的烟尘越来越近,烟尘中传出牛羊的叫声和马的嘶鸣,在这支牧区的交响乐里,夹杂着人的吆喝、口哨和叫骂声。

喧闹嘈杂的烟尘里走出来一个人,他是这支四脚军团的总带队,爵士向他走过去,不用多少礼节就拉上了关系。这个总带队,或者按他真正的头衔,应叫他"守牧人"。他的名字叫山姆·马彻尔,是从东部来的,要到佩特兰湾去。这群牲畜中有一部分是他的。

这群牲畜共一万两千零七十五头,其中一千头牛,一万一千头羊,七十五匹马,都是从蓝山那边买来的,买来时很瘦,现在要把它们赶到南澳肥美的草场放牧,养肥之后再卖出去,从中谋利。马彻尔可从每头牛中赚两镑,每头羊中赚半镑,加起来就可得到五万法郎的利润。这是一笔大买卖!但是,需要怎样的耐性,多大的毅力才能把这群不听话的牲口赶到目的地啊!他们疲劳不堪,非常辛苦,赚这几个钱真不容易。

牲畜们在含羞草丛中继续赶路,马彻尔给大家讲述他的经历,海伦娜夫人、玛丽和伙伴们都下马下车围了过来,坐在大胶树下听守牧人的叙述。

马彻尔已经走了七个月,每天大概走十英里,还要走三个月才走完漫长的旅程。与他一起走、给他帮忙的是二十条狗,三十个人,其中五个黑人擅长找迷路的牲口。六辆车跟着这支牲畜大军。赶牲口的人拿着牧鞭,在牲畜群中走来走去,牧鞭的杆长十九英寸,他们挥动鞭子维持队伍的秩序,狗群、轻骑队则在牲畜群的两侧巡视。

众人赞赏牲畜群的纪律性。马彻尔解释说,不同种类的牲口走不到一起,牛和羊很难和睦,牛不愿在羊走过的地方吃草。因此,要让牛走在前面,把牛分成两个营,羊分五个团跟在后面,由二十人指挥,马组成一个连,作后卫。

马彻尔叫大家注意,这支大军的向导不是狗也不是人,而是牛,牛是聪明的领袖,它们的同类承认它的权威,它们严肃地走在队伍的前面,出于本能地挑好的路走,而且很自信。因此人们就利用它们这一点,牲畜也甘心情愿服从它们。牛不走了,就要听牛的。休息过后,牛要不走,其他牲畜也不会动身。

守牧人还提供了一些细节。这次远征的故事值得记载下来——虽然它的指挥不是古希腊名将色诺芬。他说,这支大军在平原上走问题不大,不算难也不算累。牲畜在路上吃草,在小沟里喝水,夜里睡觉,白天走路,听见狗叫就乖乖地集合。但来到内陆的大森林里,穿越桉树和木本含羞草的树丛,困难就来了。牲畜混合在一起容易走散,需花很多时间才能把它们集合起来。如果有头首领走失了,无论如何也要把它找回来,否则,军团就有崩溃的危险。黑人常常要花几天时间费很大劲才找到走失的牲畜。若碰到下大雨,懒牲口拒绝行走;若遇风暴,牲口恐惧慌张,就失去了秩序。

守牧人凭借毅力和活力,战胜了这些困难。他走呀走,走了一英里又一英里,平原、树林、山丘都被他抛在后面。他所具有的许多优点中,最重要的就是耐心,经受得住所有考验的耐心,不是几个小时的,几天的耐心,而是几个星期不能丧失的耐心。赶牲畜过河尤其需要守牧人的耐心。不是河不能过,而是牲畜坚持不肯过河。牛不肯过河,嗅嗅水,就回过头去;羊群不肯渡河,就四散逃跑。等夜里赶它们过吧。守牧人强行把公羊往河里扔,母羊也不跟;几天不给它们水喝,让它们渴,它们宁可不喝水也不敢到水里冒险;把小羊搬到河对岸,希望母羊听到小羊的叫声会过河,可是小羊叫了,母羊在对岸就是不动。这种情况要花费一个月的时间,守牧人面对这群牛吼羊咩马嘶的队伍束手无策。然后忽然有一天,不知道什么原因,牲畜群过河了。这时又碰到了另一个困难,它们乱七八糟地跳进河里,队伍乱了,很多牲畜淹死在急流中。

这些就是守牧人补充的细节。在他聊天的当儿,大部分牲畜按顺序排列着行走,他要赶到队伍的前头去,挑选最好的牧场。他向爵士告辞,跨上一匹他的手下拉给他的骏马,向大家拱手告别,过了不久,消失在滚滚的烟尘中。

爵士一行人朝着守牧人相反方向继续赶路,傍晚到达塔尔坡山脚下。

巴加内尔提醒大家注意,这一天是12月25日,圣诞节,英国人的家庭隆重庆祝的节日。司务长没有忘记,他在帐篷里摆了美味的晚餐,赢得了大家的交口称赞。奥比内的烹调手艺确实超群。他储备了好食材,这样才能在澳大利亚这荒凉的地方做出罕见的美味西餐:鹿火腿、腌牛肉、熏鲜鱼、大麦粉和燕麦粉做的糕点,还有茶、大量的威士忌、几瓶波尔多葡萄酒,大家好像置身于苏格兰高地玛考姆府的大餐厅。

不错,这顿宴席什么都不缺,从姜汤到餐后点心碎肉饼,巴加内尔觉得尚缺水果,他到丘陵脚下的野橙树上摘了果子。当地土著人称这野橙子为"魔卡梨",果子淡然无味,果核咬碎后很辣,和辣椒一样。巴加内尔为了表示他对科学的热爱,非要吃它们不可,结果辣得他乱跳。少校请他讲讲澳大利亚沙漠的特点,他连话都说不出来了。

第二天,12月26日,无事可记。他们走过了诺通河的发源地,走过了半干的麦根齐河。天气晴朗,不算太热,风从南面吹来,感觉凉爽,就像北半球吹起的北风一样凉爽。巴加内尔就是这样给小罗伯特解释的。

"我们现在算走运了,因为平均说来,南半球比北半球热。"巴加内尔说。

"为什么?"罗伯特问。

"为什么? 罗伯特,你没听说过,夏天地球离太阳近吗?"

"听说过。"

"听说过冬天冷是因为太阳斜射吗?"

"听说过。"

"那么,孩子,南半球热也是这个原因啊!"

"我不明白。"罗伯特瞪着大眼睛说。

"你想想吧,欧洲冬天的时候,澳大利亚是什么季节?"

"是夏天啊!"

"也就是说这时南半球离太阳最近……懂了吧?"

"我懂了……"

"南半球的夏天热一些,是因为南半球在夏天时比北半球在夏天时离太阳近!"

罗伯特说:"这我还没想到!"

"现在,你明白了吧,孩子,别再忘了。"

罗伯特上了小小的一堂天文地理课,很是满意。后来他又得知维多利亚省的平均温度是华氏74度,摄氏23.33度。

晚上,这队人马在离龙斯达尔湖五英里外、两山之间宿营。北面是高耸入云的德朗蒙山,南面是德利登山,山顶遮住了南面地平线的一角。

第二天,十一时,牛车来到维梅拉河岸边,位于东经143°。

维梅拉河宽半英里,清滢的河水在高高的两行胶树和洋槐树间流淌。几棵美丽的桃金娘科植物,高十五英尺,枝条长而下垂,装点着红花,更有成千的鸟儿:黄鹂、金丝雀、金翅鸽、喋喋不休的鹦鹉,在翠绿青葱的枝叶间飞来飞去。下面,清澈的河面上,一对黑天鹅在嬉戏,它们羞羞答答的,不容人靠近。这对澳大利亚江河上的珍禽很快就在河湾消失了。这条河蜿蜒曲折,可以任意灌溉这片迷人的土地。

此时牛车停在地毯般的草地上。河边长长的草叶倒垂在急流的水面上。那儿没有木筏,没有桥,而他们又非过河不可。艾尔通负责找可以过去的浅滩,上游四分之一英里处河水似乎不太深,他决定从那儿涉水过河。经过几次探测,水只有三英尺深,牛车可以平安通过。

爵士问艾尔通:"就没有别的办法过河了吗?"

艾尔通说:"没有啦,爵士,从这儿过河不会有什么危险。"

"海伦娜夫人和玛丽小姐要下车吗?"

"不必下车,我会让牛稳稳当当地过去,我负责让它们走安全的路。"

"好吧,艾尔通,我相信您。"爵士说。

骑马的人围着笨重的牛车,大家果断地下到河里。车子从浅滩涉水,一般的办法是在车子四周围上连串的空桶,让车子浮在水上,现在他们到哪儿找这样的救生圈?只能仰仗牛的聪明和艾尔通的谨慎了。艾尔通在驾驶座上牵着牛绳,把握方向,少校和两个水手横过急流,先在前面探路,爵士和约翰在车的两旁,随时准备救护两位女士。巴加内尔和罗伯特殿后。

到河中心之前,平安无事。可是到了河中心,水变深了,淹过了轮盘,牛蹄触不到河底,走不稳,拖着车一起摇摆。艾尔通为了把握好方向,跳到水里,用手把住牛角,把牛拉到正路上。

突然间,车子不知道碰到了什么,嘎拉一声,歪在一旁。水浸到女士的脚

可是到了河中心,水变深了,淹过了轮盘,牛蹄触不到河底,走不稳,拖着车一起摇摆。

踝,爵士和约翰不顾一切,使劲扶住车栏,车子才没有倒在水里。

　　幸好艾尔通握住牛的颈圈,往河对岸拉。河床隆起,形成小斜坡,牛马的蹄触到高地,这才把车拉了过去。人畜安全过了河,虽然浑身湿透,但大家的心放了下来。

　　车的导轮损坏了,爵士的马前蹄的蹄铁也脱落了。

　　它们都急需修理,大家不知所措,艾尔通建议,由他到北面二十英里外的黑点站去找个铁匠来修马蹄铁。

　　"好吧,您去吧,艾尔通,来回要多少时间?"爵士说。

　　"约十五个钟头吧,不会再多。"

　　"那您去吧,我们等您,我们就在这维梅拉河岸上宿营了。"

　　几分钟后,艾尔通骑着威尔逊的马,在茂密的木本含羞草丛中消失了。

第 11 章 伯克与斯图尔特

在等待艾尔通回来的这一天里,爵士一行人在维梅拉河岸漫步聊天,欣赏自然风光。大群的灰鹭、红鹤见到游人,发出嘶哑的叫声纷纷逃逸;缎光鸟躲在野生的无花果树的高枝上;黄鹂、斑鸫、翘翅凤鸟在美丽的百合花枝间飞来飞去;翡翠鸟放弃了日常的捕鱼;比较文明的鹦鹉类鸟,如七色的碧山鸟,红头黄脖子的罗什儿鸟,红蓝羽毛的乐利鸟,在满树花朵的胶树顶上,不停地叽叽喳喳。

散步者们时而躺在流水潺潺的草地上,时而在含羞草丛中漫步流连,欣赏美丽的大自然风光,直到夕阳西下。他们还未到达宿营地,天就黑了。离宿营地还有半英里的路,他们靠着星星辨别方向,南半球看不到北斗星,只能看地平线与天顶间闪烁的南极十字星座。

奥比内把准备好的晚餐摆在帐篷里,美味的饭菜是一盆烩鹦鹉,是威尔逊捕来的。

晚餐后,大家见夜色如此美好,不愿早早睡觉,海伦娜夫人便要求巴加内尔讲讲澳大利亚伟大的旅行家的故事,她的要求得到大家的同意。

巴加内尔自然是求之不得。大家坐在一棵漂亮的盘杉树下,雪茄烟雾袅袅飘入黑暗的枝叶间。地理学家依仗自己不竭的记忆力,侃侃而谈。

"朋友们,你们还记得吗,少校绝对没有忘记,我在'邓肯'号上给你们列举过的试图深入澳大利亚大陆的旅行家,他们当中只有四个人从南到北,从北到南穿过了澳大利亚。他们是伯克、马金莱、兰兹博罗和斯图尔特。伯克是在1860年和1861年到的澳大利亚;马金莱是在1861年和1862年;兰兹博罗是在1862年;斯图尔特也是在1862年。关于马金莱和兰兹博罗,我要说的不多。马金莱从阿德莱德走到卡奔塔利亚湾;兰兹博罗从卡奔塔利亚走到墨尔本。他们两个都是澳大利亚委员会派出寻找伯克的,伯克出去探险后一直没有回来。

"伯克和斯图尔特是两个勇敢的探险家,我现在要给你们说的,就是他们的探险经历。

"1860年8月20日,在墨尔本皇家学会的支持赞助下,爱尔兰的役职军官、曾在卡斯尔梅恩做过督察的罗伯特·奥哈拉·伯克出发探险,陪他出行的还有十一个人:出色的青年天文学家威尔斯,植物学家白克莱尔博士和格雷,印度青年军人金格、蓝代尔、布拉赫,以及几个印度士兵。还有驮着十八个月粮食的二十五匹马和二十五头骆驼。

"这支远征队计划去卡奔塔利亚湾,他们首先沿着库珀河的北岸走,顺利跨过墨累河和达令河,到了殖民地边界的梅南梯埃站。

"到了那儿,大家觉得行李太多太累赘,加上伯克脾气不好,队伍内部不和。骆驼队的指挥蓝代尔带几个印度仆从离开队伍,回到达令河岸。伯克继续前进,沿着库珀河走,有时走过水草肥美的宽阔的牧场;有时走过缺水的石子路;11月20日,即走了三个月后,他在库珀河边建了第一个储粮库。

"他们在库伯河畔耽搁了一些日子,但是既找不到向北的可行之路也找不到淡水。在经历了千难万险之后,他们终于到了被他们称为威尔斯堡的营地,他们用栅栏把它围起来,将它设为墨尔本到卡奔塔利亚湾的中转站。伯克把队伍分成两部分,一部分由布拉赫带领,在威尔斯堡留守三个月或更长时间,如果粮食不成问题,就一直等到另一队回来。另一队只有伯克、金格、格雷和威尔斯四人,带着六头骆驼和三个月的粮食:三公担面粉,十五公斤大米,二十五公斤荞麦粉,一公担干马肉,五十公斤咸猪肉和腊肉,十五公斤饼干,作为四个人走六百法里来回的口粮。

"四个人出发了,他们艰难地走过一片乱石嶙峋的旷野,到了埃尔河。这里就是1845年查理·斯特尔特到达的极限之地。从这里开始,他们尽量严格地沿着东经140°线向北行进。

"1月7日,他们在火一般的阳光下走过了南回归线,被骗人的海市蜃楼迷惑过;缺水是常事;有时又被倾江倒海般的暴雨浇得浑身发冷。他们也遇到过游荡的土著人,但土著人没骚扰他们。总之,路上没有被湖泊、江河和高山拦挡。

"1月12日,朝北的路上出现一些砂岩的丘陵,其中有座叫佛白山。那是一长串花岗岩质山脉,人称'石板山',人在那儿走得很吃力,几乎不能前进,牲口拒绝向前:老是走石板山,骆驼怕得出汗!伯克在旅行日记里写道。然而旅行者们凭着毅力到了特纳河边,然后又到了弗林德斯河的上游。1841年斯托克斯来过这地方,这条河穿过如帘的棕树和桉树林,注入卡奔塔利亚湾。

"他们遇到一大片沼泽地,说明已离海不远了。这时,一头骆驼死掉了,其余的骆驼再不肯往前走。金格和格雷只好和骆驼留下来。伯克和威尔斯继续步行向北走,他们遇到了很大的困难,但在旅行日记里写得不详尽。他们到了一片被海潮淹没的沼泽地,却没有看见大海,这是1861年2月11日的事。"

海伦娜夫人问:"这样说来,这些勇敢的人没能再往前走了?"

"是的,他们没能往前走,沼泽地很软,人往下陷,他们只好回去找威尔斯堡的伙伴。我敢发誓,回程的路万分艰难!他们拖着脚步,虚弱、筋疲力尽,终于回到格雷和金格身边。然后,他们才沿着来时的路南下,向库珀河走去。

"这一路上遇到的曲折、危险和痛苦,我们不能确切地了解,因为他们的日记里没有记载,但肯定非常艰难。

"确实如此,四月份他们回到库珀河时,四个人只剩下三个,格雷累死了。六头骆驼也死了四头。然而如果伯克能回到威尔斯堡,布拉赫和储粮库在那儿等他们,他们就得救了。于是他们振作起来,咬牙坚持了几天,4月21日,他们看到了威尔斯堡的栅栏,他们总算到了!……可是就在那一天,等了他们五个月的布拉赫他们走了。"

"走了?"小罗伯特大叫。

"是的,走了!就在这一天!可悲啊!布拉赫在七个钟头前给他们留了字条!伯克追不上他们了,这几个不幸的被抛弃者吃了库里的一点存粮,但没有了交通工具。距达令河还有一百五十法里。

"伯克提出了和威尔斯不同的意见,他认为应该到距堡六十法里的绝望山附近的殖民站去。三个人出发了。剩下的两头骆驼,有一头在库珀河泥泞的支流里死掉了;另一头走不动,他们只好把它杀了,拿它的肉充饥。没多久,粮食吃光了,三个倒霉的人只好吃一种叫"纳豆"的水生植物。没有装水的工具,他们不能离开库珀河岸。一场火灾又烧掉了他们的草棚和营具,他们这下子全完了!只能等死了!

"伯克把金格叫到身旁,说:'我没有几个钟头可活了,这是我的手表和笔记,我死后,我希望你放一把手枪在我的右手里,我死时是什么样子就什么样子,不用埋我。'说完,他不再说话,第二天早上八点咽气。

"金格吓坏了,不知所措,跑去找土著人,等他回来时,威尔斯也死了。金格最后被土著人收留。9月,豪伊特·马金莱和兰兹博罗等几支探险队寻找伯克,豪伊特的探险队终于找到金格,就这样,到澳大利亚大陆的四个探险家,只有一个活着回来了。"

巴加内尔的叙述在听众的脑海里留下痛苦的印象,每个人都联想到格兰特船长,他也许像伯克那样,和他的伙伴们在这多灾多难的大陆流离失所,辗转流浪呢。他能逃过这几位科学先锋遭遇的痛苦吗?这样的联想很自然,泪水涌上了玛丽的双眼。

"我的父亲!我可怜的父亲!"她抽咽着低声说。

约翰喊道:"玛丽小姐!玛丽小姐!他们遭受如此的苦难,是为了深入澳大利亚内地探险啊,格兰特船长和金格一样落到了土著人的手里,他也会和金格一样,活着回来的!他不会处于那样险恶的境地的!"

巴加内尔也说:"亲爱的小姐,我再说一遍,他绝不会处于那样险恶的境地,澳大利亚的土著人都是好客的。"

姑娘说:"愿上帝听见您说的话!"

爵士觉得巴加内尔的叙述引起大家悲凉的心绪,有意转移话题,便问道:"斯图尔特的情况呢?"

巴加内尔说道:"斯图尔特?啊,斯图尔特可就幸运多了,在澳大利亚的编年史里他可是著名的。从1848年开始,约翰·麦克道尔·斯图尔特——朋友们,他是你们的同胞呢。你们就准备陪同斯图尔特到阿德莱德的北部沙漠探险吧。1860年,斯图尔特只带了两个人深入澳大利亚内地,结果无功而返。他是个百折不挠的汉子,1861年1月1日,他离开堪布斯河,带了十一个有决心的伙伴,一直走到离卡奔塔利湾六十法里的地方。由于缺粮,他只好返回阿德莱德,没能穿越可怕的大陆。然而他并不甘心失败,还要继续尝试,他又组织了第三次远征,这次他终于达到了热望的目的。

"南澳议会热情赞助这次新的探险,拨给他两千镑补助金。斯图尔特很小心,吸取以前远征的教训,做了周密安排。他的朋友博物学家瓦特霍斯,斯林和凯奎克,老伙伴伍弗德、奥德,总共十人加入了探险队。他带了二十只美洲大皮桶,每只可容七加仑水,1862年4月5日,他们在南纬18°的新炮台湖集中。这是斯图尔特上次没能越过的地方,他打算从这里沿东经131°线前进,这条路线比伯克走的路向西偏了七度。

"新炮台湖是新远征队的根据地,因为四周都是密密实实的树林,他从这儿向北、向东北进发都不成功。于是他打算向西走,走到维多利亚河,但是,没办法穿越的灌木丛挡住了所有的去路。

"于是斯图尔特决定改换宿营地,把它搬到稍向北一些,在贺维尔沼泽地,然后从那儿向东进发。在多草的平原中间碰到了达利溪,他沿着溪水向上走了三十英里。

"这一带地区风景优美,牧草丰足,坐地人看见会欣喜若狂。桉树高大挺拔,斯图尔特见了很欣喜,继续前进,他到了斯特兰威河边,还有雷沙德发现的罗伯河,这两条河在典型的热带地区里流淌,河的两岸是高大的棕树林,沿河有很多土著人的部落,他们都热情地接待了探险家们。

"远征队从这里出发,向西北方向走,企图穿过布满砂石和含铁质岩的地带,寻找阿德莱德河的源头,这条河流入范迪门湾。他们经过安亨地区,沿途到处可见椰菜、竹子、松树和露兜树,走着走着,只见阿德莱德河越来越宽,两岸都是沼泽地,他们接近大海了。

"7月22日,星期二,斯图尔特只能在凉水滩宿营,因为无数的溪流阻挡了去路。斯图尔特派三个伙伴寻找可行之道,第二天,他们时而绕过无法跨越的河湾,时而在泥泞中跋涉,终于走上了铺满青草的平地。这儿长满了胶树和纤维树皮的树,成群的非常凶猛的雁、红鹤和各种水鸟在飞翔。至于土著人,很少甚至没有。只有远处的野营炊烟。

"7月24日,斯图尔特离开阿德莱德城九个月了,早上八点二十分,他们向北走,斯图尔特要在当天走到海边。地势稍稍高了些,地上尽是铁砂和火山岩,树比较矮小,出现了海边的景象。然后是冲积而成的沟谷,两边是一排长长的灌木丛。斯图尔特已清楚地听见海浪拍击海岸的声音,但他没对伙伴们说出来,接着他们走进一片矮树丛中,里面长满了野葡萄。

"斯图尔特走了几步,踏上了印度洋的海岸!'大海啊!大海!'斯林像疯了一样大喊起来。其他伙伴也跑过来,不停地呼喊,用欢呼声向印度洋致敬。

"澳大利亚大陆被第四次穿越了!

"斯图尔特按照出发时向南澳总督马多纳尔爵士保证的那样,跑到海边洗了脚、脸和手。然后回到沟谷,在一棵树上刻下了自己名字的缩写字母:'J.M.D.S',之后,他们就在流水潺潺的小溪旁扎营。

"第二天,斯林出去探路,看看是否可以从西南方向走到阿德莱德河的河口,但那儿全是沼泽地,马是不能在上面行走的,只好放弃了计划。

"斯图尔特在林中空地挑了一棵高高的树,砍掉树下部的枝杈,在树顶上插了一面澳大利亚旗,又在树干上刻了几个字:**由此向南一英尺处挖掘**。

"如果有朝一日,哪个旅行家按照树上所写,向南一英尺往下挖掘,他会找到一个白铁盒子,里面有一份文件,文件的内容我还记得:

从南向北穿越澳大利亚大陆的伟大探险

约翰·麦克道尔·斯图尔特带领的探险队于1862年7月25日到达此

地。他们从南部海岸向北直至印度洋岸,穿越澳大利亚大陆,途经大陆中心。他们于1861年10月26日离开阿德莱德城,到1862年1月21日走出最后一个殖民站向北进发。为了纪念这次成功的旅行,他们在此竖起澳大利亚旗,并刻下探险队队长的名字。一切顺利。愿上帝保佑女王陛下!

"然后是斯图尔特和他的伙伴的签名。

"这件轰动世界的大事就是这样的。"

海伦娜夫人问:"这些勇敢的人后来全都见到他们的南方朋友了吗?"

巴加内尔回答说:"见到了,夫人。他们历尽艰辛,全都回来了。只是斯图尔特在返回阿德莱德城的途中,患了败血症,健康严重受损;9月初,病情加重,他以为回不到有人居住的地方了。他不能骑马,只能躺在篮子里,由两匹马拉着。10月底,他不停地咯血,性命垂危,大家杀了一匹马给他熬肉粥吃。10月28日,他以为自己快死了,病情却奇迹般好转。12月10日,整个队伍回到最初出发时的殖民站。

"12月17日斯图尔特回到阿德莱德城,受到全城人的热烈欢迎。他的身体彻底崩溃,在获得澳大利亚地理学会的金质奖章后,他乘坐'印度'号返回他的祖国苏格兰,我们回去后能见到他。"①

爵士说:"这是一个极其坚毅的人,这种品质比体力更为重要,有了坚忍的毅力才能完成伟大的事业,苏格兰确实应该为有这样坚毅的儿女自豪。"

海伦娜夫人问道:"斯图尔特之后就再也没有旅行家去做新的探险了吗?"

"有的,夫人,我常常给你们讲到的雷沙德,1844年就在北澳做过一次重要的探险。1848年,他又在澳大利亚东北部作了第二次探险,从此再没有回来,已经十七年了。去年,墨尔本著名的植物学家穆勒博士曾发起一次募捐活动,筹措资金组织探险,寻找雷沙德。所需款项凑足了,聪明大胆的英太尔率领的一支探险队于1864年6月21日离开帕鲁河区牧场,现在已深入内地。我们祝他们成功,也祝我们和他们一样,找到我们亲爱的朋友!"

地理学家的叙述到此结束。夜已深,大家谢过巴加内尔,就寝去了。寂静的夜里,只有时钟鸟躲在白胶树的浓荫里,很有规律地一秒一秒地报着时间。

---

① 雅克·巴加内尔回到苏格兰后见过斯图尔特。1866年6月5日,斯图尔特在那诺罕山简陋的房子里去世。——原注

第 12 章　从墨尔本到桑德赫斯特的铁路线

少校看见艾尔通离开维梅拉河边的宿营地,到黑点站找铁匠,心里有点泛嘀咕。但他不吱一声,只是观察河四周的环境。平静乡野的安宁丝毫不受干扰,几个小时的黑夜过去,朝阳出现在地平线上。

爵士别的不担心,唯独担心看见艾尔通一个人回来。没有修理工,牛车不能上路,远征也许就要耽搁几天。爵士是个急于求成、不达目的不罢休的人,容不得半点迟误。

幸好艾尔通没浪费时间也没白跑,第二天天亮就回来了,同来的还有个汉子,就是黑点站的钉马蹄铁的铁匠。他强壮高大,相貌粗俗丑陋,不爱说话。但这不要紧,只要他懂行就行了。

约翰问艾尔通:"这工人行吗?"

艾尔通说:"我和你一样,不认识他。船长,他干完活再说吧。"

铁匠开始干活了,看他修理车厢的动作就知道他是干这行的,动作熟练,手劲很大。少校发现他的手腕有被严重腐蚀过的一圈伤痕,因血外渗而发黑,像手镯一样。显然是最近受的外伤。他身穿的破毛线衣遮不住伤痕。少校问他伤痕痛否,铁匠不理不睬,只是埋头修车。两个小时后,车修理完毕。

铁匠带了新的马蹄铁来,给爵士的马钉上了。这马蹄铁与众不同,它的形状像三片叶子,被少校发现了,并拿给艾尔通看。

艾尔通说:"这是黑点站的标记,有了标记,站里就可以找回散失的马,不会与别人的马混淆。"

马蹄铁很快钉好,铁匠拿了工钱走了。总共没说四句话。半小时后,远征队出发。穿过含羞草丛,眼前出现的"露天平原"真是名副其实:一大片土地坦荡荡,毫无遮盖物。接着路上出现硅石和含铁的岩石碎块,它们好像散落在小树丛、高高的草丛和牲畜栏里。走了几英里,进入沼泽地带,地面松软,牛车的车轮陷得很深。高大的芦苇遮蔽着许多纵横曲折的小河,流水潺潺;然后大家沿着宽阔的冒着蒸气的咸水滩赶路。一路顺利,还要加上一句,并不厌烦。

海伦娜夫人把骑马的伙伴一个个请到她的客厅,让骑士们都能解除骑马的疲劳。玛丽小姐协助夫人,优雅热情地接待客人,尽这流动房屋的主人之谊。约翰也不忘接受这每天的邀请,他的言谈有点过于严肃,却不会招人不快。

就这样,他们穿过了从克劳兰到霍尔商的邮路。这条路灰尘滚滚,不见行人。走过塔尔坡区最后地带,翻过不算高的丘陵。晚上,他们在玛丽博罗外三英里的地方停下来。天下着霏霏细雨,在别的地方,地面潮湿泥泞,可是这儿的空气很奇妙,会吸去潮气,宿营并没有不便。

第二天,12月29日,队伍的行进被一连串的小山拖延,它们就像瑞士的缩影,不停地上坡下坡,走得费力,有一段路他们只好下马步行。

十一点,他们到了重要城市卡尔斯伯鲁克,艾尔通建议不穿过此城,绕道走,以免浪费时间。爵士同意他的建议。可是巴加内尔好奇心重,他要参观这座城,大家让他去参观,牛车慢慢前行。

巴加内尔按习惯出门总带着小罗伯特。他们虽然走马观花,对该城匆匆的一瞥,但也足以让他对澳大利亚的城市有了简单的印象。城里有一家银行,一个法院,一个市场,一所学校,一座教堂,一百多栋造型统一的砖房,典型的英国建筑,置于规则的四边形里。街道平行,简单无趣。如果城市要扩建,延长街道就行,就如孩子长大了,把他的裤子放长就是。原来的对称比例不必改变。

不过,卡尔斯伯鲁克是座新兴的城市。在澳大利亚,城市和树木一样,在阳光照耀下蓬勃生长。忙碌的人群在街上奔跑,运送金子的人都往岸边的办公站里涌,这些宝贵的金属都在当地警察的护送下,从本迪戈和亚历山大山里的一些工厂里运来。这些人被利润刺激,只想着生意,外地人来到这些勤劳的人群当中,他们并不留意。

巴加内尔和罗伯特二人花了一个小时跑完全城,穿过精耕细作的田地,和伙伴们会合。过了田野,眼前是被人称为"低原"的长长的牧场,牧场上无数的羊群和牧人住宿的棚舍。然后是荒漠。牧场与荒漠中间没有过渡的景物。这样的突变是澳大利亚大自然的特有现象。辛普森丘陵和塔尔高尔山是乐多县向南伸出的高峰,位于东经144°线。

从出发到此地,一路上他们没见到一处原始状态的土著人部落。爵士暗自寻思,澳大利亚大陆没有澳大利亚原著人,是不是和阿根廷的潘帕斯地区没有印第安人一样呢?巴加内尔告诉他,位于这个纬度的土著人主要到东面、离此地一百英里的墨累河平原去了。

"我们接近产金子的地区了，不到两天我们就要穿过亚历山大山的富裕地区，1852年掘金者蜂拥到这地方来，土著人只好逃到内地荒僻的地区。我们现在处于文明区，虽然没有显露出它的文明来。天黑前我们就到连接墨累河和大海的铁路了。啊，朋友们，澳大利亚出现铁路，我总觉得很奇怪！"

"为什么呢，巴加内尔？"爵士问道。

"为什么奇怪？不协调啊！我知道，你们英国人习惯在远方开发殖民地，在新西兰架电线，举办万国博览会，你们认为这些事很简单。可是这样做，连我这个法国人的思想都给搅乱了，把我对澳大利亚的全部看法都打乱了。"

约翰说："因为你看过去而不看今天啊！"

巴加内尔说："对，但火车头在罕无人迹的原野上鸣叫，滚滚的蒸气在含羞草和桉树的枝叶间缭绕；单孔兽、鸭獭、火鸡见到火车没命地逃跑；未开化的土著人乘坐三点三十分从墨尔本开往凯恩顿、卡斯尔梅恩、桑德赫斯特或埃楚卡的快车。这些情况除了英国人和美国人，其他人都会觉得不可思议。荒原上出现你们的铁路，它的诗意就全没了。"

"没有诗意算什么，科技的进步进入澳大利亚就行了呗！"少校说。

响亮的汽笛声打断了他们的争论，远征队离铁路不到一英里了，从南面开来的火车头缓慢行进，不一会儿，火车就停在牛车要穿过的交叉路口。

这条铁路就是巴加内尔刚才说的，连接维多利亚省府和澳大利亚最大的墨累河的铁路。1828年斯图尔特发现了墨累河，它发源于澳大利亚的阿尔卑斯山，其支流拉克兰河和达令河注入其中，覆盖维多利亚省的整个北部边境，注入阿德莱德城附近的遭遇湾后入海。这条铁路经过的都是富裕肥沃的地区。铁路沿线坐地人的畜牧站日益增多。有了这条铁路，和墨尔本的联系就容易多了。

这条铁路已有一百零五英里投入运营，墨尔本和桑德赫斯特之间有两个大车站：凯恩顿和卡斯尔梅恩车站。铁路还在修建之中。还要铺七十英里，一直通往埃楚卡。埃楚卡是今年在墨累河上新建的殖民地里维拉省的首府。

37°线在卡斯尔梅恩外几英里处和铁路相交，那儿有座卡姆登桥，建在墨累河的支流吕顿河上。

艾尔通的牛车向交叉口冲去，骑马的队员出于强烈的好奇心都想抢先到达卡姆登桥。

这个时候，只见一大群人朝这座桥跑去。附近畜牧站的人也离开家，牧人们都丢下畜群，向铁路跑去，不时听见人们呼喊：

"快到铁路那儿去看看!快到铁路那儿去看看!"

肯定是发生了严重事故才会造成这样的骚动,也许是一场大祸。

爵士和跟在他后面的伙伴催马加鞭。几分钟时间,他们就到了卡姆登桥,这才弄明白人们奔拥到此地的原因。原来是发生了可怕的事故,火车脱轨掉进了河里。河里满是车厢和车头的残骸,六节车厢有五节和车头栽进吕顿河底,最后一节因为挂钩断了,奇迹般地留在桥上,距深渊还有一米。河里的景象惨不忍睹:烧黑折断的车轴,撞坏了的车厢,扭曲的铁轨,烧焦的枕木。蒸汽机的锅炉被炸裂,大块的碎片飞溅到很远,火苗、黑烟和蒸气还在这堆乱糟糟的变了形的物件中往外冒。掉到河里已经够可怕的了,接着的大火更可怕。大摊的血、散落的人体残肢、烧得焦黑的躯体,四处可见,不知道有多少遇难者。

爵士、巴加内尔、少校和约翰夹在人群中,看到救援人员在忙碌地工作,听到人们在议论纷纷。

"是桥断了。"有个人说。

"不是桥断,桥现在还完好,是火车到了,桥还没有接上!"另一个人说。

原来这是一座平转桥。船过往,打开让船通过;火车驶来,桥则合上。这次守桥员是不是疏忽了,忘记把它接上,火车飞速冲来,掉进了河里?这样的推测显得很可能,因为桥的一半被车头和车厢压了下去,另一半还在对岸的铁索上吊着。不用怀疑了,是守桥员的疏忽酿成的大祸。

事故发生在夜里,出事的是晚上十一点四十五分从墨尔本开出的37次快车,它离开卡斯尔梅恩车站二十五分钟后到达卡姆登桥,失事的时间应该是早上三点十五分。出事后,最后一节车厢的乘客和火车上的员工立即求救,但电杆被撞倒,打不通电报。卡斯尔梅恩的主管当局事发后三个小时才赶到出事地点。早上六点钟,在殖民地总监米切尔先生和一位警官率领的警察队领导下,才组织救援。当地的坐地人也带着一群人前来帮忙,他们首先扑灭正在熊熊燃烧的车头和车厢。几具被烧得血肉模糊、难以辨认的尸体,躺在路基的斜坡上。在火海中救出活人是完全不可能的事,烈焰很快吞没这一大堆东西。乘客人数不知道有多少,只有最后一节车厢的十名乘客侥幸逃脱灾难。铁路当局已派来救护车把他们送到卡斯尔梅恩。

爵士向铁路总监报家门,并和他及警官攀谈。警官身材高瘦,是个泰山崩于前而色不变的主儿,即使心内四海翻腾,但脸上不露声色。他像数学家面对数学题般对付眼前的事故,要解难题,找答案。当他听到爵士感叹:"这真是一场惨祸啊!"他平静地说:"没这么简单!"

爵士惊问："还有什么原因吗？"

警官依然冷静地说："这是一桩罪行！"

爵士不明此话的真实含义，他转身面对米切尔，眼睛里透出询问的目光。

总监米切尔说："没错，爵士。我们从调查中得出肯定的结论，这场惨祸是由阴谋分子酿成的，最后一节车厢里的行李被抢劫，幸存的旅客遭到五六个歹徒的袭击。平转桥是被他们打开的，不是疏忽造成的，守桥人不见踪影，可以得出结论，他与犯罪分子勾结。"

警官对总监的推论摇摇头。

"您不同意我的看法？"米切尔问道。

"我不同意您说的，守桥人与暴徒勾结。"

"可是，只有和守桥人串通，才说明这是墨累河一带的土著人干的呀。不串通，土著人不懂转桥的开关，打不开桥啊！"

警官说："说得对。"

米切尔先生又说："此外，据船夫的证词可以确定，昨晚十点四十分，船过了卡姆登桥后，桥按规定合上了。"

"非常正确。"

"这就是说，守桥员和犯罪分子勾结是肯定的了。"

警官不断摇头。

爵士又问："那么，先生，您认为不是土著人干的啦？"

"绝对不是！"

"那又是谁干的呢？"

这个时候，从上游半英里处传来相当喧嚣的嘈杂声，围观的人越来越多。他们很快来到车站，人群中间，有两个人抬着一具尸体，那是守桥人的尸体，已经冰冷。他的心口挨了一刀。凶手把尸体拖到离卡姆登桥很远的地方，大概要迷惑调查事故的警察。尸体的发现充分证明警官的怀疑是正确的。土著人与罪行无关。

警官说："犯罪的人对这玩意儿很熟悉。"

他一面说，一面拿出一副手铐：一对铁环连着一把锁。

他说："用不了多久，我就把这副手镯送给他们做新年礼物。"

"您怀疑是什么人干的呢？"

"是那些'免费乘英王陛下船的人'干的。"

巴加内尔听懂了澳大利亚殖民地的俗语，惊叫起来："什么，是流放的犯人？"

爵士说:"流放犯不是没有权利在维多利亚省逗留吗?"

警官说:"呸!说是不准他们逗留,但他们还不是逗留了?他们有的是逃出来的,要是我没弄错的话,他们是从珀斯来的,若果真如此,他们还会回到那儿去。"

米切尔点头。这时牛车到了公路和铁路的交叉口,爵士不愿女士们看到卡姆登桥下的悲惨情景,便和总监告别。他向伙伴招招手,叫他们跟他走。

"没必要因此耽搁我们的行程。"他说。

走到牛车旁,爵士告诉夫人火车出了事故,没有提及犯罪分子的事,也没说此地来了一批流放犯。他打算以后再把这些事单独告知艾尔通。他们在桥的上方八百米处跨过铁路,继续向东进发。

第 13 章　地理课的一等奖

连绵不断的山峦在天边留下剪影,离铁路两英里便是平原的尽头。牛车很快走进狭隘曲折的山坳。走过山坳,他们来到一处清幽优美的所在:华美的树木虽不成林,却几棵几棵地聚集成丛成束,宛如热带树木般青葱茂盛。最吸引眼球的是木麻黄树。它向橡树借来高大粗壮的树干;向豆球花树借来芬芳的荚果;向松树借来青绿的坚硬的叶子;罕见的树顶呈圆锥形,非常优雅。这是一种盘杉树,大灌木,垂柳般的细枝条,像盛了过满的水的绿盆,绿水四溢。他们的目光在美妙的大自然间流连,不知道该如何赞美。

小队人马稍做停留。艾尔通遵照海伦娜夫人的吩咐,勒住了牛绳,牛车的大木轮在石英质的砂地上骤然停住。草地像绿地毯般伸进树丛中,突起的垅道把绿毯划成整齐明显的方格,像一张大棋盘。

巴加内尔看到这幽静的绿草地,马上认出这四方格是土著人的墓地。现在大多被荒草淹没,在澳大利亚的土地上旅人很少见到这样的墓地了。

他说:"这是埋葬死人的小树林。"

没错,眼前这地方是土著人的墓地。可是空气如此清新,浓荫匝地,绿树婆娑,鸟儿快乐地飞翔。环境如此迷人,勾不起人们的丝毫凄凉的情思,简直可以把它比作天上的伊甸园。死神被驱逐出人间,它好像是为活人建造。土著人虔诚细心地培护的墓冢已经消失在绿草这上涨的绿潮里。入侵者把澳大利亚人赶出祖先长眠的土地,殖民统治很快把这些死人安息的土地种上青草,供牲畜受用。因此,这些死人的树林变得罕见,多少树林遭到冷漠的旅人的践踏,一批新坟已被荒草覆盖!

走在伙伴们前面的巴加内尔和罗伯特此时穿行在荫凉的墓间小径上,他们边走边聊,互相传授知识,巴加内尔觉得和罗伯特谈话也大受其益。爵士见他们没走几百米就停下了,还翻身下马,弯下腰来。从他们的表情和姿态判断,他们似乎在细察什么东西。

艾尔通赶着牛车,很快就到了两人身旁。大家立刻明白了他俩驻足的原因。原来那儿有个八岁左右的小男孩,穿着欧洲人的衣服,躺在高大的盘杉树下睡觉。从他的外表不难看出他的种族:头发卷曲,鼻子扁平,唇厚,两臂长,肤色黑。可以肯定这个男孩是内地的土著人,但聪明的脸蛋又说明他不同于一般的土著人。看来他是受过教育的本地孩子。

海伦娜夫人看见孩子,马上关切地下车,全队人马也围在孩子身边。孩子还在酣睡。

玛丽说:"可怜的孩子,他是不是在这荒漠的地方迷了路?"

海伦娜夫人说:"我看他定是从远方来,到此地扫墓的,他的亲人大概就埋在这里。"

罗伯特说:"不应该丢下他不管啊!他孤单一人,而且……"

罗伯特关切的话被打断了,孩子翻了个身,但没醒,大家吃了一惊。只见孩子的后背贴着一块布条,上面写着:陶里内,去埃楚卡,由铁路邮递员史密斯负责。邮资已付。

巴加内尔大呼:"这就是英国人干的事!他们把孩子当作包裹寄!在孩子身上打邮戳,就像这些孩子是个包裹!以前有人告诉过我这样的事,我还不相信呢。"

海伦娜夫人说:"可怜的孩子,他乘的是不是在卡姆登桥出轨的火车?他的父母是否遇难,如今在世上就剩下他一人了?"

约翰说:"我看不是吧,这块布条说明情况正相反,他是独自出门的。"

"他醒了。"这时玛丽说。

孩子醒了。他的眼睛慢慢睁开,但是阳光刺眼,他又马上闭上了。海伦娜夫人拉着男孩的手。他站起来,吃惊地看着这群人,脸上现出害怕的表情。看到海伦娜夫人后,他的脸色和缓了。

"孩子,你懂英语吗?"海伦娜夫人问孩子道。

男孩回答说:"我懂,我还会说呢。"他说的是英语,但带着很重的口音,就像法国人说英语。

海伦娜夫人问:"你叫什么名字?"

"陶里内。"

巴加内尔大叫:"啊,陶里内!如果我没搞错的话,在澳大利亚,这名字的意思就是'树皮'?"

陶里内点点头,把目光转向大家。

夫人又问:"孩子,你从哪儿来?"

"我从墨尔本来,乘到桑德赫斯特的火车来的。"

"就是那列在卡姆登桥出轨的火车吗?"爵士问。

"是的,先生,上帝保佑了我。"

"你一个人出远门吗?"

"是的,巴克斯顿牧师托史密斯先生关照我,可是太不幸了,可怜的邮递员摔死了。"

"火车上的人,你一个也不认识了?"

"是的,先生,不过,上帝关心孩子们,绝不会抛弃他们的。"

陶里内由衷地说着这些话,他的声音平静,提到上帝,语气庄重,双目放光,大家感觉到年轻的灵魂里包含着虔诚。

小小年纪的孩子具有这样的宗教热情不难理解,他受过英国牧师的洗礼。他说话安静平和,穿着干净,衣服是黑色的,使他看上去像个小牧师。

他为什么跑到这么荒野的地方来?要到哪儿去?为什么离开卡姆登桥?海伦娜夫人提出这些问题。

孩子说:"我回我的部落拉克兰,去看望家人。"

约翰问:"你们一家都是澳大利亚人吗?"

陶里内说:"都是拉克兰的澳大利亚人。"

罗伯特问:"你还有父亲、母亲吗?"

"有的。哥哥。"陶里内回答道,他向小罗伯特伸出手。小罗伯特被"哥哥"这个称呼感动了,他拥抱了小土著人,不用多说,两人立刻成了好朋友。

众人对小土著人颇为关切,慢慢围坐在他的身旁,听他诉说。夕阳已落在大树的后面,这地方既然适合休息,没必要天黑前再赶几里路,爵士便下令在此宿营。艾尔通卸下牛车,在穆拉迪和威尔逊的帮助下,给六头牛套上绊脚索,由它们随意吃草。帐篷支好,奥比内备好晚饭,陶里内接受邀请,与他们共餐。他虽然饥肠辘辘,仍然不逾规越礼。两个孩子坐在一起,罗伯特挑最好的菜肴夹给新朋友,而陶里内谦恭地接受,举止神态非常可爱。

大家的谈兴很浓,都想知道男孩的经历,于是问这问那。孩子的故事很简单。他和许多小土著人一样,小小年纪就被送到附近殖民地的慈善机构。澳大利亚的土著人性情温顺,不像新西兰的以及北澳的未开化的民族,对外来人非常仇恨。大家可以看到他们在大城市如阿德莱德、悉尼、墨尔本等,穿着相当原始的衣服,兜售他们的手工制品、打鱼打猎的工具等,有些部落的首长,大概为了省钱,乐意让孩子们接受英国人的教育。

陶里内的家长就是这样做的,他们是墨累河畔拉克兰地区土生土长的人。陶里内在墨尔本待了五年,从没再见到家人,然而思家之情在他的心里永不泯灭,他不顾旅途的艰辛和荒僻,要见可能已散失的部落和可能已丧的家人。

"孩子,见了家人你还回墨尔本吗?"海伦娜夫人问。

陶里内望着海伦娜夫人,表情真诚,说:"要回去的,夫人。"

"将来你要做什么人?"

"我要把我的兄弟们从苦难和贫穷、无知里拯救出来,我要教育他们,教他们认识和热爱上帝!我要做牧师。"

一个八岁的孩子如此慷慨激昂地说出这样的话,轻浮浅薄的人会笑话他,但在场的都是正直的苏格兰人,他们更赞赏这位小信徒的强烈的宗教抱负,他已经准备为同胞战斗了。巴加内尔由衷地感动,对小土著人生出真正的同情。

在此之前,巴加内尔本来不喜欢这个穿欧洲服装的小土著,他来澳大利亚可不是为了看这样的人的,他要看赤身露体的浑身刺有花纹的土著人。穿着得体的土著人有违他的初衷。然而陶里内说出这样的豪言壮语,他回过神来,对男孩刮目相看了。特别是孩子说的最后几句话,使这位正直的地理学家成了小澳大利亚人的最好朋友。

陶里内告诉海伦娜夫人,他在墨尔本的师范学校读书,校长是巴克斯顿牧师。

夫人问:"学校教你们什么?"

"圣经,数学,地理……"

"啊,有地理!"巴加内尔大叫,这可触到他的敏感处了。

陶里内说:"是的,先生,寒假前我的地理课还得过一等奖呢!"

"孩子,你的地理课还得过一等奖?"

"先生,你看这个……"陶里内从口袋里掏出一本书。

是一本精装的32开本的《圣经》,扉页的背面写着:地理课一等奖,奖给拉克兰人陶里内。墨尔本师范学校。

巴加内尔再也按捺不住他的激动,澳大利亚人精通地理,他很惊讶,禁不住抱住孩子,亲吻他的两颊,好像他就是巴克斯顿牧师本人,在颁奖那天吻他的获奖学生。其实巴加内尔对澳大利亚学校的这种情况是了解的,小土著人的地理课普遍都学得比较好。他们愿意学习地理课,但计算就缺乏天赋。

陶里内对巴加内尔突如其来的亲热弄得莫名其妙,海伦娜夫人给他解释说,巴加内尔是个著名的地理学家,如果当老师,他会是个出色的地理教授。

"地理教授!啊,先生,您尽管向我提问好了!"

"啊,有地理!"巴加内尔大叫,这可触到他的敏感处了。

陶里内说:"是的,先生,寒假前我的地理课还得过一等奖呢!"

"孩子,向你提问!我正要提问呢!我要看看墨尔本的师范学校是怎样教地理的!"

少校说:"巴加内尔,陶里内会让您大开眼界的!"

"您说的什么话,让法国地理学会的秘书开眼界!"

巴加内尔整了整鼻子上的眼镜,挺直他本来就高的身子,然后像个大学教授那样,一本正经地提问。

"陶里内同学,站起来。"

陶里内本来就站着,不可能再站了,于是他毕恭毕敬地等待提问。

巴加内尔问道:"陶里内同学,全世界有哪五大洲?"

"大洋洲、亚洲、非洲、美洲和欧洲。"陶里内回答。

"很好,我们首先谈大洋洲吧,既然我们现在就在大洋洲。它有哪些主要部分?"

"它分成波利尼西亚、密克罗尼西亚、美拉尼西亚。它的主要岛屿是:澳大利亚,属于英国;新西兰,属于英国;塔斯马尼亚,属于英国;查坦姆、奥克兰、马加利、喀马代克、马金、马拉基等,都属于英国。"

"好,那么新喀里多尼亚、斯奈尔斯、门答纳、帕摩图呢?"

"它们都在大不列颠保护之下。"

"什么!受大不列颠保护?不是吧,那法国呢?"巴加内尔大叫。

"什么法国?"孩子惊问。

"瞧,瞧,这就是墨尔本师范学校教你的东西?"

"是呀,教授先生,教得不好吗?"

"好,好,非常好,整个大洋洲都属于英国。好吧,我们继续吧。"

巴加内尔半恼半惊的神情逗乐了少校。

问答继续着。

"说说亚洲吧。"巴加内尔说。

"亚洲是个大洲,首都加尔各答。主要城市有孟买、马德拉斯、卡利卡特、亚丁、马六甲、新加坡、曼谷、科伦坡;岛屿有拉克代夫群岛、马尔代夫群岛、查戈斯群岛等,都属于英国。"

"好!好!陶里内同学,那非洲呢?"

"非洲有两个主要的殖民地,南部好望角殖民地,首都是开普敦,西部也是英国殖民地,主要城市是塞拉利昂。"

"答得好!"巴加内尔说。他开始明白这完全是英国狂的地理教学,"至于阿尔及利亚、摩洛哥、埃及……都从英国的地图上删除了。现在谈谈美洲吧!"

"美洲分为北美和南美,北美属于英国,有加拿大、新布伦瑞克、新苏格兰,还有约翰逊总督管辖的美利坚合众国。"陶里内说。

巴加内尔大叫:"约翰逊总督!他就是伟大的林肯的继承人啊!你知道林肯吗?他被一个鼓吹买卖奴隶的疯子刺杀了!好!你说得太好了,南美,有圭亚那、福克兰群岛、佐治亚、牙买加、特立尼达,当然也属于英国的了!我无法争辩了。陶里内,我还想听听你对欧洲的看法,或者说,看你们的老师对欧洲是怎么说的。"

"欧洲?"陶里内不明白巴加内尔为什么这么激动。

"是的,欧洲,欧洲属于谁?"

"欧洲,欧洲当然属于英国啦!"孩子以不容置辩的口气说。

"果然如此,怎样属于英国?我想知道这个。"巴加内尔说。

"欧洲有英格兰岛、苏格兰岛、爱尔兰岛、马耳他岛、泽西岛、格恩西岛、爱奥尼亚群岛、赫布里底群岛、设得兰群岛、奥克尼群岛等,都属于英国。"

"好,好,陶里内,你忘说一些国家了,孩子。"

"先生,还有什么国家呢?"孩子不相信他有遗漏。

"还有西班牙、俄罗斯、奥地利、普鲁士、法兰西呀!"

"它们都是省份,不是国家!"陶里内说。

巴加内尔大叫,摘下了眼镜:"说的什么话呀!"

"这是毫无疑问的呀,西班牙的省会就是直布罗陀!"

"妙极了!太妙了!那么法兰西呢?我是法国人,我想知道我属于谁。"

陶里内平静地说:"法兰西?它是英国的一个省,省会是加莱。"

巴加内尔叫道:"加莱?你认为加莱属于英国吗?"

"当然啦!"

"加莱是法兰西的省会?"

"是呀,先生,总督拿破仑爵士就住在那儿啊……"

巴加内尔忍不住哈哈大笑起来,陶里内莫名其妙。他们向他提问题,他尽量予以最好的回答,但他不知道他的回答可笑。大家都在笑,他并不慌乱,还在耐心地等大家笑完了,他继续回答教授的提问。

少校对巴加内尔说:"怎么样?陶里内同学让你大开眼界吧?"

"您说得对,少校,啊,您看到啦,墨尔本是怎样教地理的。师范学校的老师教得真好啊,欧洲、亚洲、非洲、美洲、大洋洲,全世界都属于英国的!现在我明白了,他们的教育太妙了,所以这里的土著人这么听话,服服帖帖!啊,陶里内,孩子,月亮也是属于英国人的吗?"

"以后它也是英国人的。"小土著人一本正经地说。

听见这句话,巴加内尔站起来,他再也憋不住了,他要放声大笑,他跑到四百米外的地方去大笑了。

爵士从小旅行箱里找出一本书——塞缪尔·理查森著的《地理学概要》,这本书在英国颇受重视,比墨尔本的老师教授的地理知识要客观科学。

他对陶里内说:"孩子,拿着这本书吧,你对地理学的认识有些错误,要注意纠正,我把它送给你作为纪念。"

陶里内拿了书,没作声,他仔细地看看书,不太信任地摇摇头,没打算把它放进口袋里。

这时,天完全黑了,已经晚上十点,第二天要早起赶路,该休息了。罗伯特邀陶里内与他一起睡,男孩答应了。

海伦娜夫人和玛丽回到牛车里,伙伴们在帐篷里躺下,还听见巴加内尔的大笑声和野鹊低沉细细的叫声。

第二天早上六点,阳光唤醒了酣睡中的人们,那个男孩不见了。他是急着赶路回拉克兰老家,还是被巴加内尔的笑声伤了自尊心?大家猜不透。

海伦娜夫人醒来,发现胸前放着一束单叶含羞草,巴加内尔则在衣兜里摸到那本理查森著的《地理学概要》。

第 14 章 亚历山大山的金矿

1814年,现任伦敦皇家地理学会会长的罗德里克·因佩·麦奇生先生在研究中发现,乌拉尔山脉与澳大利亚南岸不远处一条南北走向的山脉构造非常相似。

这位博学的地质学家想到:乌拉尔山脉是含金山脉,那么澳大利亚的这条山脉是否也含有这珍贵的矿藏呢?他的推测没有错。

果然,两年后,他收到从新南威尔士寄来的几块金矿标本。他决定让康瓦尔的一批工人移居到新荷兰的金矿区。

佛朗西·杜通先生挖到了南澳的第一批金块,佛白荷·史密斯发现了新南威尔士的第一批金砂矿。

挖金者闻讯从地球各地如狂潮般涌来,英国人、美国人、意大利人、法国人、德国人、中国人都来到澳大利亚。然而直到1851年4月3日,哈格勒先生才勘查出储量丰富的金矿矿脉,他向悉尼殖民地总督费兹·罗伊先生提出,奖给他五百英镑,他就透露矿脉之所在。

他的要求没被采纳,但发现金矿的消息不胫而走。寻金者奔向夏山和雷尼塘等地,由于金矿的开采量丰富,不久堪称圣经中的奥非尔城。

此时维多利亚省还无人问津,然而它的金矿远胜奥非尔。

几个月后,即1851年8月,维多利亚省的第一批金砂被挖出来。很快有四个县广泛开采。这四个县是巴拉瑞特、奥文斯河、本迪戈和亚历山大山。它们的金矿藏量都很丰富,但奥文斯河水量太大,开采困难;巴拉瑞特的金矿分布不均,易造成计算错误,开采落空;本迪戈的地质复杂,不易开采;只有亚历山大山,金矿分布均匀,具备成功开采的条件。而且,这里每磅金子价值一千四百四十一法郎,是世界市场的最高价。

沿着37°线寻找格兰特船长的这队人正穿过此地。这是一个有人大发横财有人破产的地方。12月31日,他们在坎坷不平的山路走了一天,牛马疲乏,终于看到了亚历山大山浑圆的山包。他们在狭窄的山坳里扎营,牛马套上绊脚索，任由它们吃岩石缝中的青草。这儿还不是金矿的开采区。第二天是1866年的元旦，牛车才把车轮轧进黄金之乡。

雅克·巴加内尔和他的伙伴们兴致勃勃地来到这座著名的山，澳大利亚语称之为"戈布尔"。各种冒险家都趋之若鹜，其中有强盗也有良民，有要人命的，也有被人要了命的。1851年是黄金年，发现金矿的消息刚刚传播，城市、乡野、船舶就被它们的居民、坐地人、海员抛弃，黄金热像瘟疫一样四处蔓延。多少人以为可以发财，却为之丢了性命！人们传说，慷慨的大自然在神奇的澳大利亚大陆、在纬度25°多的土地播下千百万黄金的种子，现在是收获的时候了。于是收割者来收获了，"掘金"行业高人一等，但累死的人不计其数；一锄头挖下去发了横财的也确有其人。人们习惯报喜不报忧，"一锄头发横财"的消息传遍五洲四海。各种雄心勃勃的人涌到澳大利亚海岸。1852年的最后四个月，光是墨尔本就接收了五万四千移民。这是一支军队，群龙无首，没有纪律，不知明日是否取胜。一句话，这是五万四千名无恶不作的抢劫者。

人们对黄金沉醉的最初几年，治安混乱不堪。然而英国人以他们惯有的耐力，硬是控制了局面。当地的警察和士兵改邪归正，不做盗贼要做良民了。因此爵士这行人不可能再看到1852年的暴烈场面。十三年过去，现在金矿的开采已经有条不紊，井然有序，严格按照规章进行。

此外，矿脉也快采完，没命地挖，当然挖到底啦！1852年到1858年的七年间，掘金人在维多利亚就挖走了价值六千三百一十万七千四百七十八英镑的黄金，这些天然宝藏能不被挖空吗？移民因此大大减少，跑到别的处女矿去了。所以，在奥塔哥、马里伯勒、新西兰等地发现的金田，又被成千上万的两脚没翅的白蚁啃得到处是矿眼。①

将近十一点，这队人到了矿区中心，真是一座城市。有工厂、银行、教堂、军营、别墅、报馆。还有旅店、农庄和游乐场。还有剧院，门票十先令，买票的不少。剧院正在上演《幸运的掘金人》，该戏讲述的是当地生活，演出很成功。戏的结尾是：主角在绝望中挖了最后一下，竟挖出一个重得惊人的大金块。

爵士好奇，想要参观亚历山大山这块辽阔的开采地，他让艾尔通和穆拉迪赶着牛车走在前面，自己和其他人随后赶上。巴加内尔对爵士的这个决定

---

① 移民们当时可能搞错了，维多利亚的金矿并没有被挖尽，据澳大利亚的最新消息，维多利亚和新南威尔的金矿的面积估计有五百万公顷，含金的硅石重约二十万六千五百亿公斤，按现在的开采方法计算，每天十万工人开采，要三百年采完，估计澳大利亚的黄金总值为六千六百四十二亿五千万法郎。——原注

很高兴,并提出他做几个人的向导和导游。

按照他的建议,他们朝银行走去。街道宽敞,地面用碎石精心铺砌,用水洒过,商铺挂着巨大的招牌,"黄金有限公司"、"掘金人总办事处"、"块金总汇",颇吸引眼球。劳力与资本的结合代替了掘金人的单干。到处可以听到机器洗砂和研磨金矿石的声音。

住宅区的另一边就是开阔的金矿区,也就是开采区,很多工人为公司开挖金矿,他们由公司雇用,由公司支付工钱。一眼看去,地上尽是被挖的洞,多得难以计数。工人挥动的铁锄在阳光下闪闪发亮,如同天空不停的闪电。工人来自各国,彼此语言不通,不会吵架,只是埋头劳动。

巴加内尔说:"别以为在澳大利亚的土地上就不再有狂热的寻金者、独自掘金人。我知道,他们大多数给公司出卖劳动力,他们也只能这样做,因为矿区的土地由政府出售和出租,没有钱就不能买或租。但私人也有办法发财。"

"什么办法?"海伦娜夫人问道。

"用'跳坑'的办法,例如我们,没有权利在这里开采,但只要我们采用这个办法就可以发财。"

少校问:"怎么发财?"

"就是通过'跳坑'的办法啊,刚才我不是说过了吗?"

少校问:"什么叫'跳坑'?"

"这是大家约定的规矩,它引起斗殴和骚乱,当局也无法取缔它。"

少校说:"到底是怎么回事,快说吧,你就爱吊人家的胃口。"

"这儿有条规定,除重大节日,矿区的土地只要在二十四小时内没人开采,就算是公有的,谁占了归谁所有。上帝保佑,如果运气好,也许可以发财。罗伯特,孩子,你去找一块没人挖的矿坑,找到了,就归你了。"

玛丽连忙说:"巴加内尔先生,别给我弟弟出这样的主意吧。"

"亲爱的小姐,我开玩笑呢,罗伯特也知道我开玩笑,他会做掘金人吗?不会的。挖地、翻土、耕种,然后播种,以劳动获得收成,这是好事。但为了找一点金子,像地老鼠似的,乱挖乱钻,这可是苦事啊!只有被上帝抛弃的人才干这一行啊!"

参观了主要的矿场,又穿过运输场——大部分由硅石、黏土质的叶纹石、岩石的细砂组成——他们来到银行。

银行是一座高大建筑,屋顶飘着国旗,银行总监热情接待爵士一行,并请他们到里面参观。

公司挖到的金子都存放在这家银行里,银行给他们收据。过去,掘金人

公司挖到的金子都存放在这家银行里,银行给他们收据。

经常受殖民地的商人的剥削,商人以每两五十三先令的价格收购生金,然后以六十五先令的价格在墨尔本倒卖。当然,商人在运输途中也要冒很大风险,沿途很多投机商人,运送的金子总是到不了目的地。

银行给他们看了奇异的生金样品,银行总监还给他们详细介绍了许多采金趣闻。

挖掘出来的生金一般分两种:卷金和分解金。出土时都是矿石,或与淤泥混杂,或被硅石包裹,因此要根据土质采用不同挖掘方法,或地面开采或深度开采。

卷金大多分布在急流的深处、山谷或干沟里。按体积大小分层,上面是金粒,中间是金片,下面是薄块。

分解金的情况不同,它的外部石皮被空气分解,金子成堆堆在一起,形成掘金人说的"金团"。挖一块金团,可就发横财了!

在亚历山大山,黏土层和青石片岩层的夹缝里就藏有金子,这地方可真是金窝,幸运的掘金人就是在这些地方找到的大片金块层。

参观了生金的标本后,他们来到银行的矿物陈列馆。陈列馆摆着各种矿物,它们构成澳大利亚的土壤,将它们分门别类、贴上标签。澳大利亚的财富不仅有金子,还是巨大的百宝箱,大自然把所有的奇珍异宝都收藏在这里。玻璃橱窗里闪闪发亮的白色黄玉,可以与巴西的黄玉比美;有铁铝榴石;鲜绿的硅酸盐石帘石;玫红尖晶石——以朱红尖晶石和最美的各种玫瑰红尖晶石为代表;深蓝、浅蓝的蓝玉,其中的刚玉和马拉巴及西藏的一样珍贵;闪闪发光的金红石;在投龙河两岸找到的小型金刚石。总之,五光十色的宝石应有尽有,镶嵌它们的金子不用到远处找,除非把它们全部装配。

爵士感谢总监热情的接待,告辞出来,然后参观矿床。

巴加内尔本来视财富为粪土,如今却每走一步都要用眼睛细看地面。这个不由自主的动作引起同行伙伴的取笑,他也毫不在意。他不时弯下身子,捡起石头:硅石的石片、金子的石壳,认真地看,很快又不屑地扔下,在他们闲逛期间一直如此。

少校问他:"哎呀,巴加内尔,你把什么东西扔在地上了?"

巴加内尔说:"在这盛产黄金和宝石的地方,人总是想找点东西带走,我也不知道为什么我总想找几盎司或二十多镑的金子带回去!"

爵士问道:"可敬的朋友,你要它们干什么用呢?"

巴加内尔说:"我要是找到金子,就把它们献给我的祖国,把它们放在法国的银行……"

"银行接收吗?"

"当然收啦,我以买铁路债券的方式送去呀!"

大家都赞赏他把金子献给祖国的热忱。海伦娜夫人祝愿他找到世界上最大的金块。

他们就这样一面开玩笑,一面参观了大部分矿区。到处都见工人机械地干事,并没有多大热情。

走了两个小时,巴加内尔看见一家很体面的旅店,他建议进去坐坐,等和牛车会合的时间。海伦娜夫人答应了,旅店有饮料,巴加内尔吩咐店主来几种当地的饮料。

旅店给他们每人端来一份"诺伯尔",是英国式水酒,酒多水少。在这里,不是用小杯酒兑大杯水,而是用小杯水兑大杯酒,加点糖就可以喝了。他们不喜欢这样喝,便兑上大瓶水,把它变成英国式水酒,店主看见他们这样做,不免吃惊。

然后大家又谈起金矿和掘金人。巴加内尔对他刚才所见非常满意,然而他又认为,如果在亚历山大山开采金矿之初来这儿,则更有意思。

他说:"那时的地面被勤劳的蚂蚁军团进攻,挖得千疮百孔。这是群怎样的蚂蚁啊!所有的移民发疯般挖金,热火朝天,但没有远见!金子来得快,花得也快。喝酒啊,赌博啊,我们待在这儿的酒馆以前被称为'地狱'。赌博招惹斗殴,刀刃相见,警察束手无策,殖民地政府不得不动用正规军镇住这帮无法无天的掘金人。政府命他们缴纳税金,其中当然颇费周折,非轻而易举。总的来说,这儿的混乱没有加利福尼亚严重。"

海伦娜夫人问道:"掘金这行当,任何人都可以从事吗?"

"是的,夫人,干这行无须学校毕业,一双强壮的臂膀足矣。迫于穷困走投无路,身无分文才到这儿冒险。有钱的带锄头来,没钱的带刀来,总之他们以从事正当行业的人所没有的疯狂来到这里。矿区便呈现出稀奇古怪的景象!遍地是帐篷:油布帐篷,窝棚,用泥巴木板树叶搭的小屋。在它们中间却耸立着总督府大厦,英国旗在上面飘扬。政府机关人员住蓝布帐篷。兑换的、买卖的、交易的商人在这儿建店铺,在富人和掘金穷人中搞投机生意,发财的都是这些人。那些长胡子穿红羊毛衫的掘金人,在水里泡泥里滚。不停的锄头掘地的声音响彻云天,腐烂的牲口的恶臭充斥其间,滚滚的烟尘令人窒息,包裹着这些不幸的人。他们的死亡率很高,幸好在澳大利亚,如果在别的卫生条件差的地方,遇到伤寒,他们必死无疑。还有,不是所有的冒险家都必定成功,就是成功了,遭受如此的苦难也得不偿失,一个掘金人发了财,却有成百上千的掘金人在贫困绝望中死去。"

爵士说:"你能否给我们谈谈掘金的方法呢?"

巴加内尔说:"这就再简单不过了。早期的采金人从事的是淘金业。现在法国的塞文地区有些人还在干这种营生。现在的采金公司的做法不一样了,他们直接找到盛产金片金叶的金坑或金脉。淘金就是淘金人将沙里的金子用水冲洗出来。就是沙里淘金。做法是,将他们认为可以淘出金子的土层挖出来,然后用水冲,把金子和沙土分开。有一种清洗工具,是美国人发明的,名叫'克拉德勒',或称'摇床',那是长五到六英尺的盒子,像没盖的棺材,里面分成两格,第一格先装一层粗铁砂,然后放几层细铁砂;第二格的下部很窄,淘金时,把含金的沙土放到第一格的粗铁砂上,然后在上面浇水,用水摇动;或用手摇动这个工具,石块留在粗砂上,碎金和细沙按体积大小留在各层的细砂上;泥土变成泥浆,随着水流冲到第二格下部,这就是普通的淘金机。"

约翰说:"要买得起才成啊!"

"可以向发了财的或破产的淘金人买,买不起,也可以不要。"

玛丽问:"那用什么代替呢?"

"用盘子啊,亲爱的玛丽,用普通的大铁盘,用它簸土和用簸箕簸麦子是一样的,只不过它簸出的不是麦粒而是金子。采金热初期,不止一个采金人没花钱就发了大财。朋友们,那真是个好时代啊,虽然那时买一双靴子要一百五十法郎,喝杯柠檬水要六先令!捷足先登就是好啊!到处都有金子,地上有,水里有,溪水就在金矿床上流,墨尔本的大街上都能找到金子。路面都是金粉铺的,仅1852年,从1月26日到2月24日,在政府的护送下,从亚历山大山运到墨尔本的黄金就价值八百二十三万八千七百五十法郎,平均每天出产价值十六万四千七百二十五法郎的金子。"

"差不多等于沙皇的年薪了。"格里那凡爵士说。

"这沙皇也太可怜了!"少校说。

海伦娜夫人问:"有一夜暴富的吗?"

"有几个,夫人。"

"您知道哪几个吗?"爵士问。

"当然啦!1852年,有人在巴拉瑞特发现了一个重五百七十三盎司的金块,在吉普斯兰发现了一个重七百八十二盎司的金块;1861年有人发现一个重八百三十四盎司的金块。后来,还是在巴拉瑞特,有人发现了重六十五公斤的金块,以一千七百二十二法郎一镑计,这块金子值二十二万三千八百六十法郎,一锄头挖出一万一千法郎的年金,这一锄头真不得了啊!"

约翰问:"这些金矿发现后,世界的产金量增加了多少?"

"增加得惊人啊,亲爱的约翰,十九世纪初,全世界金的年产量不过四千七百万法郎,现在,欧洲、亚洲、美洲金矿的年产量加起来,估计九亿多,将近十亿啊!"

罗伯特说:"巴加内尔先生,在这儿,在我们的脚下,也有很多金子吧?"

"是啊,孩子,也许有几百万呢!我们把它踩在脚下,因为我们鄙视它啊!"

"这样说来,澳大利亚真是得天独厚的地方啊!"

"不是的,罗伯特,出产金子不能说是得天独厚,这些地方只会出游手好闲之徒,永远出不了勇敢强大、吃苦耐劳的人。看看巴西、墨西哥、加利福尼亚这些产金的地方吧,它们在十九世纪干了什么呢?孩子,最好的地方,不是出产金子,是出产铁!"

第15章 《澳大利亚新西兰日报》

1月2日，太阳出来，这队旅行者越过产金区的尽头和塔尔波伯爵领地的边界，马蹄踏着达尔霍西伯爵领地灰尘滚滚的小径。过了几个小时，他们涉过高尔班河和康帕斯普河，这两条河位于东经144°35′与45′之间。整个路程已走一半，如路途顺利，还有十五天，他们就可到达福德湾海滨。

全队人员身强力壮，状态良好。正如巴加内尔说的，当地气候符合卫生，事实果然如此。空气中的潮气少或者说一点也不潮，天气也不热，或者说热得可以忍受，牛马不累，人就更不用说了。

离开卡姆登桥后，队伍行进的秩序做了改动。艾尔通得知劫车惨案后，加强了预防措施，过去是根本用不着的。他规定打猎的人不能离牛车太远，在见得着牛车的距离内打猎；宿营时派人守夜，枪上好膛。无疑有一群匪徒在原野流窜，虽无突发事件发生，防患于未然是应该的。不用说采取这些防范措施是瞒着海伦娜夫人和玛丽小姐的，爵士不愿吓着她们。

说到底，这样做是有道理的。不小心或稍有疏忽，就会付出代价。而且注意防范的也不仅是爵士他们。在偏僻的市镇，在某些畜牧站，居民和放牧人都采取了措施，以防暴徒的偷袭。天刚黑，家家关门闭户，院子里栅栏内拴着狗，若有人靠近就会狂吠；傍晚，牧人们骑马把牛羊群赶回驻地圈起，马鞍架上插着枪支。卡姆登桥发生血案的消息造成了这些防范，许多移民过去不关门睡觉，现在都在门上加上了插栓。

省府当局也表现出积极和小心，派出土著人宪兵队到乡下巡逻，特别加强了邮电通讯的保护。此前邮车在大路上行走没有警卫，现在不同了。爵士这行人穿过基莫尔到希斯高特公路的那一天，他们看见一辆邮车飞驰而过，卷起烟尘，但爵士还是看见骑马的警察挎着闪闪发亮的马枪。这情景好像回到欧洲人的渣滓被抛在澳大利亚大陆、金矿刚发现的时期。

过了基莫尔公路一英里，牛车进入高大的丛林地带。自从离开伯努利角，他们还是第一次进入这样的大森林，它们覆盖的面积有好几个经纬度。

看见这些高两百英尺、树皮厚五英寸的桉树，大家赞叹不已，大声惊呼。这些树的周长足有二十英尺，树干流着芳香的树脂黏液，树干高大笔直光滑，看不到一点疙瘩，离地一百五十英尺没有枝杈，车工用车床也车不出这样光滑的树干。这样口径一样，柱子般的大树竟有好几百棵。盘曲的树枝构成的树顶，枝端叶子交错，枝间开着累累垂垂的鲜花，花萼像是倒翻了的瓮子。

长青的树荫像天花板般罩着，林间的空气却还清爽通畅，徐徐的风把地面的水气"喝掉"了，树木之间的间隔宽阔，布局均匀，如同被砍的树留下的标桩。牛马、牛车畅通无阻。它们不同于挤在一起的树丛或荆棘纠结阻塞道路，也不同于原始森林，倒树拦路藤蔓交织——开路的先锋务必用火和刀斧才能辟出一条路来。这儿别有天地，树下铺满地毯般的浅草，树顶如撑开的翠绿的洋伞，树如高大参天的顶梁柱，树荫虽不浓密，不阴凉，却有特殊的光亮，从薄纱透过来似的，亮度均匀，光照清晰。整体构成奇异景象，给人以清新的感觉。大洋洲的森林和新大陆的森林大相径庭。当地土著人称桉树为"塔拉"，属种类繁多的桃金娘科，是澳大利亚植物系中最优良的树种。

在桉树林形成的绿色树穹下，人们感觉不到树荫的清凉和阴暗，那是因为桉树叶子的叶面并非向阳，而是叶刃向阳，抬眼看它们，只看到它们的侧面，阳光透过叶片射到地面，效果就像透过百叶窗。

大家看到这样的叶子，都纳闷，为什么叶子长得这么奇特呢？碰到问题自然要请教巴加内尔。难不倒的巴加内尔回答说："这儿使我吃惊的，不是大自然的奇特，大自然造物自有其道理，但植物学家却不知所云。大自然让这些叶子长成这样自有道理，但人们却给它起了个错误的名字，叫它'油加利'。"

玛丽问："'油加利'是什么意思？"

"桉树的学名，源于希腊语，意思是'我给你们荫庇'，人们有意用希腊文掩盖它的缺陷，很明显，桉树是没有树荫的。"

爵士说："亲爱的巴加内尔，我同意你的看法，现在告诉我们，为什么桉树叶是这样长的吧。"

"这纯粹是物理学上的原因。朋友们，这个地方空气干燥，雨量少。土壤缺水，树木不再需要风和阳光；湿气少，树的叶液不多，狭窄的叶子就要设法避开阳光，保护自己，防止水分的蒸发。这就是它之所以侧对太阳的缘故。这些树叶真是再聪明不过了！"

少校反驳道："它们再自私不过了，只考虑自己，不为行人着想。"

大家都赞同少校的意见，只有巴加内尔不以为然。他虽然满头大汗，在没有荫凉的树下走，他还心满意足。当然，桉树叶这样生长是件憾事，在桉树林子里行走很辛苦,烈日当空,没有荫蔽,路就显得漫长。

　　牛车在漫漫没有尽头的桉树林里走了整整一天,没有碰到一头野兽,也没见到一个土著人。树顶上几只白鹦,因为树太高,看不清,叽喳的鸟鸣声听来只是细微的私语。有时一群虎皮鹦鹉掠过远处小径的上空,斑斓的色彩一闪而过照亮小径。除此之外,在这宽阔绿色的环境里,寂静深沉,马蹄得得,偶尔几句断续的交谈,牛车车轮不时的嘎吱声,艾尔通赶牛的吆喝声,打破这无边的沉寂。

　　傍晚,他们在桉树下扎营。桉树带着新近被火烧过的痕迹,高如工厂的烟囱,树里面被烧空,只剩下树皮。外观还是一棵大树,屹立不倒。但坐地人和土著人烧树的坏习惯最终毁了这些美丽的树。就像黎巴嫩四百年树龄的杉树,不也被宿营的旅人不慎烧光了吗?

　　奥比内按巴加内尔的提议,在一棵空心大树里烧火煮饭,火很快熊熊燃烧,炊烟消散在树顶的枝叶间。夜里他们小心防范,艾尔通、穆拉迪、威尔逊、约翰轮流值班守夜直到天亮。

　　1月3日一整天,他们都在桉树林漫长小径上前行,路好像走不到尽头,然而将近傍晚,排排桉树变得稀疏,又走了一英里,他们终于看见一片小平原,上面聚着整齐的房子。

　　巴加内尔叫起来:"啊,到西摩了!这是维多利亚省的最后一个城镇了。"

　　海伦娜夫人问:"它是重要城镇吗?"

　　"夫人,是普通村庄,正在变成城镇。"

　　"可以在这儿找到体面点的旅馆吗?"爵士问。

　　"希望可以吧!"巴加内尔答道。

　　"那我们进去,但愿女士们不反对在这里过夜。"

　　海伦娜夫人说:"亲爱的爱德华,我和玛丽同意,但有个条件,不要惹麻烦,耽误行程。"

　　爵士说:"绝对不会的,我们的牛走累了,而且我们可以天一亮就动身。"

　　此时九点钟,月亮接近地平线,薄雾中放出暗淡的光。天渐渐黑了,全队人马在巴加内尔的带领下走进西摩的大街。巴加内尔好像永远认得他从未到过的地方,他凭的是本能。他领大家到了康培尔旅馆。

　　牛马被拉进马厩,牛车送去停车场存放,旅客们被带到舒适的房间。十点钟,大家坐在桌旁吃饭,饭前奥比内以内行的目光检查了晚饭。巴加内尔在罗伯特的陪同下在城里跑了一圈,他非常简单地谈了夜间印象,其实他们什么也没看到。

如果他不是那么粗心大意的话，他会发现西摩大街有点不对头的地方：这儿那儿都有围在一起的人，而且越聚越多，他们在家门口谈论，不安地互相询问，有人还在高声读当天的报纸，边读边议论，最不留心的人也能观察到这些现象。然而粗心的巴加内尔竟没有起一点疑心。

少校没跑多远，甚至没走出旅馆的大门，就发现小镇有点异常。他和健谈的旅馆老板狄克逊谈了十分钟，便知道发生了什么事。

但他不动声色。晚饭后，海伦娜夫人和玛丽姐弟回房间了，少校把其他人留下来，对他们说："已经知道谁是在桑德赫斯特铁路作案的凶手了。"

艾尔通急忙问："凶手被抓到了吗？"

"还没有。"少校答道，对艾尔通的急切好像不在意，但他心里感到蹊跷。

艾尔通又说："真可惜。"

"是什么人干的呢？"爵士问。

少校拿出一份《澳大利亚新西兰日报》递给爵士，说："您看了报纸就知道了，警官的判断真的没错。"

于是，爵士拿起《澳大利亚新西兰日报》，高声朗读了下面这段新闻报道：

  1866年1月2日，悉尼消息：

  去年12月29日夜，在墨桑铁路距卡斯尔梅恩车站五英里的卡姆登桥上，曾发生一起列车惨案，十一点四十五分，一列夜班快车高速行驶到此地时坠入吕顿河。

  火车过桥时，卡姆登桥大开没有闭拢。

  失事后的劫掠、在卡姆登桥半英里处发现护桥员的尸体，证明这是一起有预谋的惨案。

  据检察官调查得知，六个月前，西澳珀斯的拘留营曾准备移送一批流放犯到诺福克岛，加以特殊管制，但在押送途中，这批流放犯逃跑，卡姆登桥惨案就是他们所为。

  这批流放犯共二十九人，为首者叫本·乔伊斯，是一个非常狡猾的匪徒，几个月前不知怎么流窜到了澳大利亚，司法机关一直在缉捕他，但未能抓获。

  望市镇居民、乡村移民和牧民小心防范，并协助缉捕，如得知有关情况，务必随时报告殖民地总督。

            殖民地总督 米切尔

爵士读完通告,少校便对巴加内尔说:"瞧!澳大利亚也有流犯啊!"

巴加内尔说:"他们都是些越狱的逃犯,但是正式收容的却没有,他们不允许留在这儿。"

爵士说:"总之,这儿已经有了流犯,但他们的存在不能改变我们的计划,阻止我们的行程。约翰,你认为呢?"

约翰没有立刻回答,他犹豫不决。停止远征吧,玛丽姐弟难过,继续往前走吧,他又担心出事。最后他说:"如果海伦娜夫人和玛丽小姐没和我们一起行动,我不害怕这些匪徒。"

爵士明白他的话意,说:"我的意思不是要放弃完成我们的任务,而是为了我们的女伴要小心点。为安全起见,我们到墨尔本去找我们的'邓肯'号,乘船到东海岸寻找格兰特船长的踪迹。麦克·那布斯,您的意见呢?"

"我想听听艾尔通的意见。"少校说。

艾尔通被直接询问,他看看爵士,说道:"我认为我们离墨尔本还有二百英里,如果有危险,向南走和向东走都一样。两条路都是人迹罕至,路况一样。另外,我不相信那三十来个坏蛋可以吓倒我们八个装备精良、信心十足的好汉。因此,我主张继续赶路,除非有更好的主意。"

巴加内尔说:"说得好,艾尔通,继续前进,我们有可能找到格兰特的下落;向南走,我们就南辕北辙,与格兰特背道而驰了。因此,我的想法和您一样,我们不用怕珀斯的逃犯,决心已下的人是不会把他们放在眼里的。"

大家一致同意不改变计划,继续前行。

大家正要散开,艾尔通说:"我还有一个建议。"

"说吧,艾尔通。"

"派个人到'邓肯'号去,让他们把船开到东海岸,不是更妥当吗?"

约翰说:"那又何必呢?等我们到了福德湾再发命令吧,万一发生意外事故,我们不得不回墨尔本,可是船已不在那儿了,我们岂不后悔!而且船现在肯定还没修好,所以我们还是等等吧。"

"也好。"艾尔通说,不再坚持。

第二天,他们离开西摩镇,大家全副武装,准备应付意外事件。走了半个小时,他们又走进向东延伸的桉树林。爵士更愿意在旷野中行走,因为那里视野开阔,坏人没有树林可以藏身。但他别无选择,路只有一条,于是牛车只好整天在单调的大树之间缓慢行走。晚上,他们沿安格尔西地区的北部边境走了一段路,来到东经146°线上,大家就在墨累县的边境搭帐篷宿营。

第 16 章 一群"猴子"

第二天,1月5日。早晨,这队人马踏足辽阔的墨累地区。这个荒凉无人居住的地区一直延伸到澳大利亚阿尔卑斯高大的山脉。现代文明还没有来到这里。它是维多利亚省鲜为人知、少人问津的地区。总有一天,它的树林会被人们的斧头砍伐,它的牧场将交给坐地人的牲畜,但到目前为止,它都是未开垦的处女地。

在英国地图上,这些地区被称为:黑人区,意思就是留给黑人的地区。土著人被英国移民粗暴地驱逐,被赶到这些偏僻的荒原和无法进入的森林里。英国人把这些地区划定给土著人,使土著人在这里自生自灭。白人、殖民者、移民、坐地人和伐木者都可以进入这划定的区域,而土著人却不得走出去。

巴加内尔在马背上大谈土著人遭受的种族歧视。对这个问题只有一种结论:英国殖民政策就是要灭绝被征服的民族,要他们在祖先生活的土地上消亡。这种不人道的景象到处可见,在澳大利亚尤为严重。

在殖民统治初期,从流放犯到移民都把黑人看作野兽,他们驱赶黑人,枪杀土著人,还引经据典,证明澳大利亚土著人愚昧顽固,杀这些可怜的人不算犯罪;悉尼的报纸甚至宣扬一种摆脱猎人湖地区土著人的有效办法,就是把他们全部毒死。

由此大家可以看到,英国人在征服一个地方之初,是用屠杀土著人实现殖民统治的。他们的残忍令人发指。他们在澳大利亚的所作所为和在印度、好望角的一样。在印度,他们消灭了五百万印度人;在好望角,一百万胡图人被他们杀得只剩十万人。在澳大利亚,大批当地土著人不是被他们虐待致死就是被他们诱使酗酒身亡。在杀人文明下,土著人被消灭。不错,有几个总督颁布过法令,制止伐木人的虐杀行为。他们明令宣布,一个白人割掉黑人的鼻子或耳朵,切下黑人的手指做烟插,就要受鞭刑的处罚,但完全起不了震慑的作用。嗜杀成性者我行我素,屠杀的规模越来越大,甚至把土著人整个部落灭绝。我们只须看看范迪门岛,就可了解这类屠杀多么的骇人听闻!十九世纪初,这个岛有五千土著人,到1863年,只剩下七个人!最近《水星报》披露,最后一个塔斯马尼亚人去了霍巴特。

听到此处,爵士、少校、约翰都无言以对,虽然他们是英国人,但面对巴加内尔讲述的事实,他们根本无法否认。

"如果在五十年前,我们在路上会遇到许多土著人部落,而现在,我们没遇见一个土著人。一个世纪之后,黑人就会在这个大陆绝迹了。"

事实果真如此,黑人保留区好像被彻底抛弃了。没有人住过的营地和草棚的痕迹,荒野之后是树林,树林之后又是荒野,整个地区越走越荒凉,甚至连野兽也没有。

这时罗伯特突然在桉树丛前面停下来,大叫:"一只猴子!这儿有只猴子!"

他指着树上一个巨大的黑色东西,那东西以惊人的灵活从一根树枝滑向另一根树枝,从一棵树顶跳到另一棵树顶,好像有翅膀托着它腾空。在这古怪的国家里,难道猴子也会飞,像大自然给了蝙蝠翅膀的狐蝠?

牛车停下来,大家的目光追随着猴子。它逐渐消失在桉树的树顶。很快大家看见它以闪电般的快速下来,摇摆蹦跳着,在地面上奔跑,又以长臂抱住大胶树光滑的树干。大家纳闷,树干光溜溜的,高而笔直,合围又宽,环抱它的双臂都合不拢,它怎么上去呢?只见猴子拿出斧子般的工具,在树干上凿出等距离的凹槽。它一边凿一边踩着爬上树顶,几秒钟就消失在浓密的叶丛中。

"哎呀,这是什么猴子啊?"少校大叫。

巴加内尔说:"你以为他是猴子?他是地道的澳大利亚土著人!"

他的伙伴们还没来得及耸肩表示怀疑,就听见附近发出"咕厄!咕厄!"的声音。艾尔通鞭策了几下牛,牛车走了百来步,大家来到了一处土著人的宿营地。

眼前的景象十分凄凉!泥地上搭着十多个窝棚,用的所谓瓦片就是大块的树皮,把一大堆树皮斜斜地垒起,只有一面可以遮风挡雨。这批可怜的土著人就在斜檐下栖身。贫穷苦难使他们不成人样,丑陋不堪。这儿大概有三十多人,男女老幼都有,穿着破烂的袋鼠皮。看见牛车,他们的第一反应就是逃。艾尔通讲了几句土话,他们好像放了心,又跑回来,半怀疑半害怕地看着他们。

这些土著人身高五英尺四英寸到五英尺七英寸之间,炭黑的皮肤,又非纯黑,头发卷曲,长臂,肚子突起,全身毛茸茸,刺各色花纹,有些人的身上还有办丧礼时割肉留下的疤痕。他们的长相实在丑陋:大嘴巴,塌鼻子,嘴巴咧到腮

边,下颌前突,嘴里露出一排白牙,是爵士这队人从没见过的很像动物的人类。

少校说:"罗伯特没说错,他们真是猴子,我也认为他们是猴子。"

海伦娜夫人说:"麦克·那布斯,您认为那些把他们当野兽捕杀的人是对的吗?这些可怜的生灵是人啊!"

少校大叫:"是人?它们最多就是人与猩猩之间过渡的动物,还有,量量它们的面角看看,和猴子没什么区别。"

从这方面看,少校的话不无道理,澳大利亚土著人的脸角真的很尖,明显地与猩猩的脸角很像,在六十到六十二度之间,所以人类学家将他们划入"猴形人"之列。

海伦娜夫人比少校明事理,她认为这些土著人是有灵性的生物;澳大利亚土著人与没开化的人具有天壤之别。

两位大慈大悲的女性走下车,对这些苦难的人伸出援手,给他们分发食物。这些人立刻狼吞虎咽,他们把海伦娜夫人看作女神。当地土著人的宗教认为,白人本来是黑人,死了之后才变成白人。

特别引起这两位女士怜悯的是女人,没有哪种人比澳大利亚女人的处境更悲惨的了。大自然像后母一样,不给她们半点风姿;她们是男人用暴力抢来的女奴,结婚的礼物就是丈夫的棍棒。结婚之后,她们日夜操劳,未老先衰,流浪生活的各种苦活都落在她们身上。抱孩子,背打鱼打猎的工具,织网,给一家大小做饭,捕蜥蜴、袋鼠、蛇,砍柴,剥树皮盖棚子;吃的是残羹剩饭,没有休息,简直牛马不如。

有几个可怜的女人大概很久没东西下肚了,她们用谷粒诱捕鸟雀,一动不动地躺在灼热的地面上,像死人一样。她们已经等了好几个钟头,希望有只傻鸟飞到她们的手边,落入圈套。

这时土著人被旅人的主动示好感动了,围拢过来。土著人说着他们的方言,舌头啪嗒啪嗒响,声音像野兽的嘶叫,只不过没恶意。他们还做着手势,叫着"诺吉,诺吉"。旅人猜这话的意思就是"给我,给我"。不管看见什么,他们都说这话。奥比内因此很紧张,他要保护好行李车厢,尤其是远征队的干粮。这些可怜的饥民向牛车投去可怕的目光,露出尖牙齿,也许他们还会吃人肉呢。和平时期,他们不吃人肉,但战胜敌人后就不同了,那是敌人的肉。

爵士按海伦娜夫人的提议,命令给土著人分发食物。土著人明白他的意图,露出感激的表情,足可令铁石心肠的人动容。他们就像野兽一样吼着,如同野兽看见主人打开笼子给它们来喂食。

奥比内是个有教养的人,他认为应当首先分给妇女,但可怜的女人们根本

特别引起这两位女士怜悯的是女人,没有哪种人比澳大利亚女人的处境更悲惨的了。

不敢先于自己的男人吃东西,那些男人便像饿狼扑向羊群般去抢饼干和干肉。

玛丽触景生情,联想到自己的父亲可能就是被这样粗野的土著人俘虏,吃苦,挨饿,被虐待,不禁心里难过,泪水涌上眼眶。约翰猜到她的心事,不安地看着她。不等玛丽张口,约翰便问艾尔通道:

"艾尔通,您是不是就是从这样的土著人手里逃出来的?"

艾尔通回答说:"是的,船长。内地的土著人都差不多,您在这儿看到的只是一小撮可怜虫,在达令河两岸,有不少大部落,他们的头目很可怕。"

约翰又问:"一个欧洲人落到他们手里,要干什么活?"

"做能做的事,和他们一起打猎、捕鱼、打仗,我上次和你们说过,他们论功行赏,只要你聪明勇敢,在部落里就会有地位。"

玛丽问:"但仍然是俘虏身份吗?"

"是的,仍然受到监视,不管日夜,寸步难移。"

少校说:"可是您还是逃出来了。"

"不错,麦克·那布斯先生,我是趁那个部落和别的部落打仗的时机逃出来的。我不后悔,但如果我可以选择,我宁愿做一辈子奴隶,也不愿历尽千辛万苦,穿过内地荒凉地带。愿上帝保佑格兰特船长不冒这样的风险。"

约翰说:"是啊,玛丽小姐,但愿您的父亲还在土著人部落里,这样我们就比较容易找到他,总比他四处流浪好。"

玛丽问:"您认为能找到他吗?"

"我一直抱着希望,玛丽小姐,总有一天,在上帝的帮助下,我们会看到你们父女重逢。"

玛丽只能以汪汪的泪眼看着年轻的船长,深表感谢。

这时,土著人突然骚动起来,他们叫着喊着,跑向四处,抓起武器,好像疯了一样。

爵士不明白发生了什么事,少校问艾尔通:"您在澳大利亚土著人那儿生活了很久,大概听得懂他们的语言吧?"

艾尔通说:"差不多都听得懂,有多少部落,就有多少方言。我猜到了,他们为了表示对你们的感谢,要给你们表演战斗场面。"

果然这就是他们骚动的原因。没有序幕开场白,土著人分成两拨就怒气冲冲地对打起来,装得逼真,要不是事先知道这是一场表演,真会以为是一场真刀真枪的战斗呢。旅行家们说,澳大利亚土著人是出色的哑剧演员,这一回他们施展了出色的才华。

他们的攻防工具是一种很重的大木槌,能砸碎很硬的脑壳。还有一种用坚硬的石头磨成的斧头,固定在两条棍子中间,柄长十英尺,是战时的武器,又是和平时期的劳动工具,可以砍人头也可以砍树,可以劈人也可以劈柴。

土著人疯狂地挥动手里的武器,嘴里不停地叫喊,你冲过来我杀过去,被打倒的像死人般倒在地上不动,占了上风的高声欢呼。妇女们,主要是老年妇女像着了魔,鼓动男人打打打,并冲向假死人,好像要砍下他们的手脚,场面吓人。海伦娜夫人看得心惊胆战,深恐他们假戏真做。孩子们也参战,而且态度认真,男女孩都有,女孩子抡巴掌,打得起劲。

这场模拟战打了大约十分钟。突然双方都停止了动作,武器从他们的手中滑落,沉寂代替了喧嚣。土著人保留着最后的动作,就如造型群像,好像顿时变成了化石。

变成化石的原因是什么呢? 很快大家就明白了。

原来这时有一大群鹦鹉飞到橡胶树的树顶上,在空中呀呀呀地叫个不停,它们的羽毛色彩斑斓,像舞动的彩虹。鸟群的出现终止了他们的战斗,打猎比打仗划算啊,他们不打仗了,都去打猎了。

一个土著人拿起一件红色的、构造奇特的工具,离开他的伙伴们,他的伙伴们还站在原地不动。那土著人在大树和灌木丛间弯腰爬行,靠近那群鹦鹉。他的动作很轻,没碰响树叶,没动一个石子,就像影子移动。

到了合适的距离,土著人将工具在距地面两英尺处横着抛了出去,工具飞出四十英尺时,突然向空中升去,升到一百英尺高时,一连打死了十多只鹦鹉,最后又呈抛物线形状跌落到土著人脚下。爵士和伙伴们都看呆了,不敢相信自己的眼睛。

艾尔通说:"那工具叫'飞去来'。"

巴加内尔叫道:"'飞去来'!这就是澳大利亚的'飞去来'?"

说着,他像小孩子一样,跑了过去,把那奇妙的工具拿了起来,看里面装着什么。

是的,一般人都以为"飞去来"里面有特别的装置,如弹簧之类,松开弹簧,它就在空中转向,其实里面什么都没有。

"飞去来"只是一块长三四英尺,中间厚约三英寸、两头尖尖的弯型硬木,凹面深约七八十厘米,凸面上有两道锋利的边,构造很简单,真叫人难以置信。

巴加内尔仔细看过之后,说:"这就是著名的'飞去来'呀?一块普通的木头,里面什么都没有,怎么会横飞,会跳起来,最后又会落到抛物者的手里呢?很多学者和旅行家都不能解释这些现象。"

约翰说:"是不是采用了抛铁环的原理,用某种方法抛出去,它就能回到出发点呢?"

爵士说:"或者是回弹作用,就像弹子球的回力,打到弹子球的某一点,它就反弹回来?"

巴加内尔说:"我看都不是,你们说的这两种情况,都有一个受力点,使它产生反作用力。抛铁环有地面做受力点,打弹子球,有球台着力,而'飞去来'没有受力点,它不着地却能弹得那么高!"

海伦娜夫人问:"巴加内尔先生,你怎么解释这个现象呢?"

"夫人,我也解释不了,我认为关键在抛的手法和'飞去来'的构造。至于抛的手法,这就是澳大利亚土著人的秘密了。"

"总之,这就说明他们是有创造才能的……猴子能做到吗?"海伦娜夫人看着少校说,少校不以为然地摇摇头。

时间不觉又过去了,爵士认为不该再耽误向东进发的行程,他要请女士们上牛车了。这时一个土著人跑过来，很兴奋地说了几句话。

艾尔通说："啊，他们看见几只鹤鸵！"

爵士问："什么！又要打猎吗？"

巴加内尔叫道："这个场面定要看看！肯定很有趣的，'飞去来'可能又要发挥作用了！"

"艾尔通，您看怎么样？"

"不会花很多时间的，爵士。"艾尔通回答。

土著人分秒必争做准备。打鹤鸵对于他们可是难得的好机会。打到鹤鸵，整个部落的几天口粮就有了着落。所以他们使出浑身解数捕捉它，但这种大鸟灵活，跑得快，土著人没有枪怎么打它呢，土著人没有猎狗，怎么追得上它呢？这正是巴加内尔好奇的地方，他很想见识见识。

鹤鸵就是无冠食用火鸡，土著人叫它"木鲁克"。澳大利亚平原的鹤鸵越来越稀少。它高两英尺五英寸，肉是白色的，像火鸡肉，头上有角质甲片，浅褐色的眼睛，黑色的卷曲的喙，足有三趾，趾上长着锋利粗壮的爪子，翅膀功能不全，不能飞，羽毛像走兽的毛，脖子和胸部的毛颜色较深。这种动物虽不能飞，但跑得快，快马也赶不上它，因此要抓到它只能智取，巧施妙计。

因此，那个土著人一声招呼，十几个土著人像冲锋队似的马上散开在美丽的平原上。这个时节，靛蓝植物生长茂盛，蓝色的花儿开遍原野，原野一片碧蓝。爵士这班人在含羞草丛旁停下来静观动静。

土著人靠近鹤鸵，半打的鹤鸵站起逃走，在一英里外藏进矮树丛。部落的猎人认出它们所在位置，向伙伴示意停下来。伙伴们躺在地上，一个土著人从网兜里掏出两块编织巧妙的鹤鸵皮，马上披在身上，右臂举到脑袋的上方，模仿鹤鸵觅食的动作。

土著人朝那群鹤鸵群走去，然后停下来，假装啄谷粒。他用脚扬起灰尘，四周一片尘雾。他的这些动作惟妙惟肖，是鹤鸵动作的翻版，他还发出低沉的鹤鸵声。鹤鸵果然上当，土著人很快来到无忧无虑的鹤鸵群中间，他的手臂突然抡起大锤，六只鹤鸵有五只倒在他身旁。

猎人得手了，围猎结束。

爵士一行人向土著人告辞。土著人对他们的离去没有不舍之意。也许围猎鹤鸵的成功使他们忘了饥饿曾得到的满足。

第 17 章　百万富翁畜牧主

爵士一行人在东经146°15′的地方平静地过了一夜。1月6日早七点，队伍继续穿过辽阔的平原，朝着太阳升起的方向行进，在平原的土地上留下笔直的足迹。他们的足迹曾两次与北去的坐地人的足迹相交，要不是爵士一行人的马蹄在沙尘地上留下三叶形的痕迹（黑点站的标记），他们的足迹就和坐地人的混在一起了。

蜿蜒的河流时而流经平原，河岸水边栽着黄杨树。河水并非长流，有的地方已干涸，它们发源于野牛山。野牛山乃普通山脉，在地平线上显示出它秀丽起伏的轮廓。

大家决定当晚赶到山脚下宿营。艾尔通催牛加快脚步，一天的跋涉，赶了三十多英里路。牛疲乏了，但终于到了山脚下。大家在树下扎营，天已黑，匆匆吃过晚饭，大家就寝。劳累了一天，对睡眠的渴望甚于吃饭。

巴加内尔当晚头班值夜，他扛着枪，在帐篷外巡视，为了抵制困意，他大踏步地走来走去。

月亮没有出来，但南半球的星光很明亮。天空像一本敞开的大书，这位学者在浏览着。谁懂得阅读，谁就能领会它的奥妙。沉睡的大自然万籁无声，只有马腿上绊马索的摩擦声。

巴加内尔浮想联翩，任思绪离开人间，飞到了天上。此时，远处传来乐声，把他从遐想中唤回来。他专注地竖耳细听，不免一惊：他听到的竟是钢琴发出的声音，轻俏铿锵的琴声直达他的耳膜，他不可能听错。

他想："偏僻无人迹的地方何来钢琴！我不敢相信自己的耳朵了。"

此事确实离奇。是不是澳大利亚有种神鸟能模仿普雷耶或埃拉德的钢琴①声呢？澳大利亚有些鸟就能学敲钟声和磨刀声。

空中又传来清脆的歌声，钢琴演奏家加上个歌唱家？巴加内尔如坠入云

---

① 普雷耶和埃拉德，两个法国著名的钢琴制造家族。

里雾里,摸不着头脑。很快他听出他们演奏的是名曲,歌剧《唐璜》中的一段。

他想,澳大利亚的鸟再神奇,就算是世界上最会唱歌的鹦鹉,也唱不了莫扎特的名曲呀!

巴加内尔把大作曲家的杰作听到最后,美妙动人的乐曲在清爽的夜里听来,效果真是奇妙,巴加内尔沉醉在飘飘欲仙的感觉里。不一会儿,歌声停了,大地又归沉寂。

威尔逊前来接班,巴加内尔仍然神情恍惚,神不守舍。巴加内尔没把他所听到的告诉威尔逊,打算天亮之后告诉爵士。交班后他钻进帐篷呼呼大睡了。

第二天清晨,他们被意料不到的狗吠声惊醒,爵士赶紧爬起来,只见两条高大凶猛的猎犬在小树丛旁蹦跳、狂吠,它们是品种优良的英国猎犬啊!爵士他们走过去,猎犬钻进树丛,吠叫得更厉害了。

爵士想:"荒僻之地有牧站吗?有猎犬就该有猎人啊。"

巴加内尔张口正要说出昨夜的事情,两个骑着漂亮的纯种马的青年出现了。

他们穿着漂亮的猎装,绅士打扮,看到这支流浪者般露宿的旅行队,便停了下来。他们寻思,这地方怎么来了携带武器的人?看见两位女士下了牛车,他们赶紧下马,脱了帽子拿在手上,向她们走过来。

爵士向他们迎上去,因为他是外乡人,所以首先报上自己的名字和身份。年轻人鞠躬,年龄略长些的年轻人说:

"爵士、两位女士,还有您的伙伴们,欢迎赏光到寒舍小坐。"

爵士问道:"先生们,你们是……?"

"我们姓帕特逊,我的名字叫米歇尔,他叫桑迪。我们是霍坦站的站主,你们已经进入本站境内,不到半英里就到寒舍了。"

爵士说:"先生们太客气了,我怎敢过分叨扰……"

米歇尔说:"爵士如肯赏光,就是瞧得起可怜的异乡漂泊者了,大驾光临荒僻之地,我们不胜荣幸之至。"

爵士鞠躬表示接受邀请。

巴加内尔问米歇尔:"先生,我冒昧地请问,昨夜是您唱的大作曲家莫扎特的那支名曲吗?"

"是我,先生,我的堂弟桑迪给我伴奏。"

巴加内尔又说:"好呀,请接受我一个法国人、这支乐曲的爱好者真诚的赞美。"

巴加内尔向年轻绅士伸出手,对方握住他的手,态度亲切友好。然后米歇尔指着右面那条路,请大家前往他家,马匹留下由艾尔通和几个水手照管。

他们步行,一边聊天交谈一面观赏,几个旅人在两位年轻人的引领下,向霍坦牧站走去。

庄园真的很美丽,修整得如英国公园一般。一望无边的草场,由灰色的栅栏围成一块块畜牧场。上万头牛,百万只羊在栏内吃草,众多牧人和无数的牧犬看守着这支嘈杂的牲畜大军;牛哞羊咩夹杂着狗吠和牧人刺耳的鞭声,煞是热闹。

放眼东看,是一片玛雅树和橡胶树组成的混林带,尽头耸立着高七千五百英尺的巍峨霍坦山,峰顶直插云霄;辐射状的长长的林荫大道向四面八方伸延,树木葱茏,绿叶繁茂,到处是浓密的"草树"丛,大约六英尺高,如同矮棕榈,细长头发般的叶子遮蔽树身。空气中飘散着薄荷桂的清香,树上的束束白花正在盛开,清香正是它们吐出来的。

在本地产的花木丛中也有许多从欧洲移植来的果树:桃、梨、苹果、无花果、橙,还有橡树。爵士一行人见了欧洲的树都欢呼起来。在这里能走在故乡的果树下,不用过于大惊小怪,真正叫他们惊奇的是鸟雀。它们在树上飞来飞去,有羽毛如绸缎的"缎鸟",羽毛一半金黄色一半黑绒色的"丝光鸟"。

他们第一次见到的琴鸟尤其令他们赞叹不绝,它的尾巴活像希腊神话中的乐圣奥尔斐所弹的优雅的古琴,它在凤尾草中走来走去,当它的尾巴触到树枝,大家倒奇怪为何听不到古希腊神话的乐神安飞翁为重建色白城弹奏的悦耳乐曲了。巴加内尔真想用它的尾巴弹奏。

爵士在荒僻的地区偶遇这仙境般神奇绿洲,不住口地赞叹。他聆听着年轻人的叙述。在英国,在文明的村镇里,外地的客人本来应该首先向主人说明自己从何来、去何处,但在这里却有小小的差别,米歇尔和桑迪认为向客人介绍自己的情况才是好客的表示,便向客人们说出他们的经历。

这两个年轻人聪明勤奋,不认为有了财富就不用工作了。他们是伦敦银行家的儿子,二十岁左右,他们的家长说:"小子,这儿有几百万英镑,去远方的殖民地吧,去那儿创业,在工作中吸取生活的知识。创业成功,再好不过,失败了也不要紧。只要你们能成为真正的男子汉,我们不可惜区区几百万英镑。"两个年轻人按家长的要求,选择了澳大利亚的维多利亚殖民地,在那儿把家长的钱财用来投资。他们无须后悔,三年后,畜牧站欣欣向荣,兴旺发达。

维多利亚、新南威尔士、南澳有三千多个畜牧站,由坐地人经营,主要从

事畜牧业,另一部分由外来移民管理,主要从事手工业和种植业。两个青年到来时,最大的牧站是雅米松先生经营的,面积上百公里,周边长二十五公里,位于达令河流域的巴罗地区。

如今,霍坦站无论在面积上还是在业务上都超过了雅米松先生的牧站,他们是坐地人又是外来移民,他们以常人少有的能干和毅力管理着庞大的产业。

霍坦站距离主要城市很远,在人迹罕至的墨累河地区,即经度146°48′到147°之间的地区,在布法罗兹山和奥当山之间五英里宽的狭长地带里。在这个四方形的两个北角上,左边耸立着阿伯丁山,右边则是海马旺高峰。这里不乏美丽蜿蜒的河流,奥文河的支流、向北流入墨累河,因此,这里的畜牧业和种植业都很兴旺。上万亩土地收获当地的农作物和外地引植的产品,几百万牲畜在翠绿的草场吃得膘肥肉丰,霍坦站的产品在卡斯尔梅恩和墨尔本的市场上标价很高。

这时他们走到了两边栽着木麻黄树的林荫大道的尽头,看得见他们的住所了,米歇尔和桑迪也结束了他们的介绍。

他们的住所是砖木结构的漂亮房子,掩映在红枫树的树丛里,外形别致,类似欧洲山区木屋;沿墙绕一道游廊,廊檐吊着中国灯笼,好像古代的受雨天井;窗前安装彩色遮阳布篷,就像盛开的花朵,实在再雅致不过了。屋前草坪,四周树丛里,隔一段距离装一根铜制的灯柱,柱顶上是一个别致的灯球。夜里,整个花园闪烁着煤气灯的白光,灯所需的煤气,由藏在"相思树"和凤尾草树后的煤气机供给。

住宅的四周看不见附属建筑物,如厨房、马厩、车棚。完全看不出这是所农庄。附属建筑都设在半英里外的山谷里,总共二十多间住房和茅屋,形成真正的小村。主人的住房和小村有电话线联系。住宅远离尘世的喧嚣,人如同置身异国丛林。

走完两旁栽着木麻黄树的林荫大道,眼前出现一座别致玲珑的小铁桥,桥下小溪流水潺潺,过了桥便是屋前花园,笑容可掬的管家在那儿候着客人。住宅的门敞开,客人走进由砖石和花木包围的房子,装修华丽的房间呈现眼前。

进入他们眼帘的是豪华讲究的艺术装饰。前厅挂满各种美术作品,取材多是打猎和射猎。大客厅开着五扇大窗,客厅里有一架钢琴,琴上堆放着一大沓古今乐谱。客厅里还有几个画架,架上摊着画稿,几个大理石人像安放一旁。客厅的墙上挂着绘画大师的名画,地板铺着昂贵的地毯,柔软得像厚草地,壁毯上绣着美丽的神话故事,天花板悬着古铜吊灯,还有许多珍奇的陶器,贵重高雅的古玩和无数值钱精致的小摆设。在澳大利亚的住宅里居然有这么多昂贵的物品,谁见了都会咋舌。这足以说明主人的艺术鉴赏力和生活乐趣。也证明凡是可以排解飘泊生活烦恼的,凡是可以使人回忆欧洲习俗的东西,这个仙境般的客厅里都有。置身此地,犹如来到法国和英国的豪华宅邸。

光线透过五扇大窗射入客厅,加上窗外游廊的遮蔽,光线更加柔和。海伦娜走到窗前,被窗外的景色迷住了。住宅的这边可以俯瞰宽阔的山谷,山谷一直延伸到东面的山脚。连成一片的草场和树林,宽阔的空地,起伏的浑圆的丘陵,景色难以形容的美,世上没一处可与之相比,就连挪威边境举世公认的泰勒马克天堂谷也比不上它!这幅用光和影组成的立体全景图,随阳光的变幻而改变,人的想象达不到的,这奇幻的景象能够满足视觉的享受。

桑迪一到就吩咐厨师备餐。不到一刻钟客人就被请到佳肴满桌的桌旁。美酒佳肴的丰盛自不必说,两个年轻人为能在家里接待贵宾感到荣幸。

他们很快得知客人们远征的目的,对他们的寻找很关心,而且安慰格兰特船长的儿女们。

米歇尔说:"哈利·格兰特很明显是落到土著人的手里了,既然他没出现在沿海的垦殖区里。从他的求救信可知,他知道自己所处的准确位置,他没到英国的殖民地,那么他是一上岸就被土著人抓去了。"

约翰说:"他的水手长艾尔通的遭遇就是这样。"

海伦娜夫人问:"你们二位先生从未听说过'不列颠尼亚'号失事的消息吗?"

米歇尔说:"夫人,从未听说过。"

"你们认为格兰特船长被澳大利亚人俘虏后,会受到怎样的待遇呢?"

"夫人,澳大利亚的土著人并不残酷,格兰特小姐可以放心,不少例子可以说明土著人的性情温和,有些欧洲人和他们一起生活过相当长时间,没受他们的虐待。"

巴加内尔说:"伯克探险队那唯一生还者金格,就是很好的例子。"

桑迪说:"不仅这位大胆的探险家啊,还有一个叫布克莱的英国兵,1803年脱险逃到菲利普港,被土著人收留,和他们一起生活了三十三年!"

米歇尔也说:"还有呢,最近一期的《澳大利亚》杂志说,有个叫毛利尔的人,做了十六年奴隶,最近终于回到故乡。格兰特船长的经历会和毛利尔的一样。因为毛利尔也是在1846年因'秘鲁'号失事,被土著人俘虏带到内地的，因此我认为你们一定有希望找到他。"

这些话众人听了很兴奋，也证实了巴加内尔和艾尔通提供的情况。

女士们离席后，男士们谈起流犯的事，两个坐地人知道卡姆登桥惨案，但他们并不因此不安。牧站有一百多人员，匪徒不敢贸然冒险，另外，墨累河地区荒凉，到这儿抢不到东西，再加上新南威尔士那边的公路戒备森严，所以他们不会来。这也是艾尔通的看法。

爵士不能拒绝主人的殷勤挽留，同意在霍坦站逗留一天。远征虽被耽搁了十二个小时，但得到十二个小时的休整，牛马得以在舒适的棚厩里喂养和歇息。

为了度过这段时光，两位年轻的主人还为客人制订了当天的活动计划，客人也欣然同意。

中午十二时，七匹高头大马在住所前面踢蹬，主人为女客准备了一辆轻便马车，这马车可让车夫显示驾驭的绝技。管猎狗的仆人在前面开路，骑马的猎人们背着标准的猎枪，在马车两旁奔驰，一群猎犬欢快地狂吠着，穿过矮树丛。

四个小时的围猎，猎人们踏遍了园林的大路和小径，而这个园林很像德国的一个小土邦！把鲁斯-舒勒兹邦或萨克森-科堡-哥达公国搬来这儿也完全放得下。园林的居民不多，但山羊很多，可供打猎的鸟兽也很多，就是有一支专门把猎物赶向猎人的人来围赶，也没有这么多猎物扑向猎人的枪口！因此，猎枪声像连珠炮似的，惊动了树林的主人。罗伯特在少校身旁活跃得很，这个大胆的少年，尽管姐姐一再叮嘱，总是跑到队伍前面，第一个开枪，幸好有约翰照顾他，玛丽才放了心。

在这场围猎中，他们打到了一些当地特有的动物，有些动物，巴加内尔只知其名，从未见过，如袋熊和袋鼬。

袋熊是吃草类动物，像猪獾一样会在地里打洞，个头和山羊差不多，肉的味道鲜美。

袋鼬是袋兽中的一种，比欧洲的狐狸还狡猾，偷鸡的手段可以做狐狸的师傅。它的样子很丑陋，身长一英尺半，巴加内尔一枪就把它打倒了。出于猎人的自尊心，他硬说这兽的样子可爱。

罗伯特也收获不小，打了一只袋狐，是种小的狐类动物，黑色的毛，掺杂白斑点，皮和貂皮一样珍贵。他还在浓密的树叶里打到一对负鼠。

这次围猎最有意思的是追捕大袋鼠。下午近四点，猎犬惊动了一大群这类珍奇动物。幼鼠赶紧钻进母鼠的腹袋里。成群袋鼠排着队奔逃。它们奔跑的场景惊人，后腿比前腿长两倍，像弹簧一样跳得非常远。

带队逃跑的是只高五英尺的雄性大袋鼠，非常健美，当地人称它为"老头子"。

大家追了四五英里，猎犬都不敢逼近它们，因为它们后脚的爪子异常锋利，后来它们跑得筋疲力尽，停了下来，"老头子"靠在大树旁，准备顽抗。一条猎犬冲得太猛，滚到它的身边，瞬间工夫，猎犬给它踢到空中，掉到地上，肚皮都摔破了。很显然，猎犬扑上去也未必能将它们捕获。非得用枪不可了，只有子弹才能对付它们。

此时罗伯特因为不小心，差点送命。为了打得更准，他端枪靠近那只大袋鼠。大袋鼠一蹦，向前冲去，把罗伯特踢倒在地。罗伯特大叫一声，倒了下去。玛丽在马车上见状，吓得说不出话来，手足无措，只能无助地向兄弟伸出颤抖的手。大家都不敢向袋鼠开枪，担心伤着罗伯特。

这时，只见约翰拔出猎刀，冒着被袋鼠踢破肚皮的危险，冲向袋鼠，当胸给了它一刀，袋鼠当即被砍死。罗伯特站起来，没有受伤，扑进姐姐的怀里。

玛丽转向年轻的船长，连连道谢："谢谢，约翰先生！谢谢！"她向约翰伸出手。

"我本来就答应过关照他的啊！"约翰握着玛丽颤抖的手说。

这场意外事故结束了围猎。袋鼠群看见头目被砍死，四散逃跑。被打死的大袋鼠被众人抬回了家。下午六点，丰盛的晚餐摆在桌上等着大家，佳肴中最受赞赏的就是用当地方法熬制的袋鼠尾汤。

吃完冰激凌和果子露，主客来到大客厅。晚上在音乐声中打发。海伦娜夫人弹得一手好钢琴，专为主人弹了一曲。米歇尔和桑迪唱了法国著名作曲家古诺、维克多·马赛、费利西安·大卫的名曲片段，还唱了天才的德国作曲家瓦格纳的名曲。

十一点喝夜茶。主人用的是英国最好的、别的国家都没有的泡茶法泡茶。巴加内尔要求喝澳大利亚茶，主人给他端来一杯黑得像墨水的茶，那是用一升水、半磅茶叶熬了四个小时的茶，巴加内尔喝得直皱眉，但嘴上还说茶好喝。

半夜，客人们被领到清爽舒适的客房休息，这天的快乐又在酣梦中延续。

第二天黎明，爵士一行人向两位年轻的主人告辞。客人们一再感谢主人的盛情，约好在欧洲和玛考姆城堡再见。牛车滚动，绕过霍坦山，很快，那座漂亮的住宅在旅客们的视线中幻影般消失。他们走了五英里，还没有走出霍坦站的土地。

九点时，他们越过垦殖站的最后一道栅栏，这小队人马走进维多利亚省几乎连名字都没有的地区。

第 18 章 澳大利亚的阿尔卑斯山

一座巨大的屏障在东南面挡住了大路,那是澳大利亚的阿尔卑斯山。它长一千五百英里,高四千英尺,顶天立地,直插云霄。

天空浓云密布,像厚实的布料,热气要透过它才能散布到地面,因此天气虽热,尚可忍受。路却是越来越难走了,山路崎岖,越来越不平坦,长满翠绿小胶树的几个丘陵在这儿那儿隆出地面。前面的山包更陡,形成阿尔卑斯山最初的台阶。如一气登上去,牛就很吃力。牛轭被沉重的车牵扯得嘎吱响,牛呼哧哧喘气,腿筋绷得要断裂,艾尔通驾车虽灵活,也难免碰撞。

约翰和他的两名水手在前面几百步远开路,他们尽量挑选易走的路,但这儿几乎没有路。高低不平的路就像海里的礁石,行走的牛车则像船在礁石缝中寻找航道,他们这是在波涛汹涌的陆地上航行。

道路艰难,诸多风险。好多次,威尔逊大挥斧头,在浓密的灌木丛中开辟道路。黏土地面潮湿,脚踩上去就往下陷;道路千回百转,跨不过的障碍挡道;花岗石林立,山谷幽深,河滩水深莫测。因此,一行人走到太阳下山,黄昏时分,才走了半个经度的路程。他们在山脚下、堪培拉河边的一小块平原上扎营,这儿长满约四英尺高的灌木,浅红色的花儿倒蛮好看。

爵士看看没入苍茫暮色中的山脉说:"更艰难的路还在后头呢!阿尔卑斯山,这名字倒是意味深长!"

巴加内尔说:"亲爱的格里那凡爵士,这山名不副实啊。别以为我们这是在穿越整个瑞士。澳大利亚还有格兰比安山脉①、比利牛斯山脉②、蓝山山脉③,可是澳大利亚的山都是欧洲同名山的缩小版,这样起名字,只能说明地理学家缺乏想象力,想不出合适的名字来。"

---

① 格兰比安山脉,位于苏格兰。
② 比利牛斯山脉,位于法国和西班牙的交界处。
③ 蓝山山脉,位于北美洲。

海伦娜夫人问:"这样说来,这澳大利亚的阿尔卑斯山是……"

巴加内尔说:"它是袖珍山,我们走过了还不知道呢。"

少校说:"您是说您自己吧?只有粗心大意的人才会爬了山还不知道是什么山。"

巴加内尔大叫:"您说我粗心,可是我不再粗心了呀。请两位女士评评吧,自从我踏到这块新大陆,我食言失信过吗?我粗心过一次吗?犯过让人责备的错误吗?"

玛丽说:"巴加内尔先生,没做过任何错事,您现在是个完美的人。"

海伦娜夫人笑着说:"您太完美了,不过我觉得粗心不是毛病,很适合您呢。"

巴加内尔说:"真的吗,夫人,如果我没有毛病,我就是普通人了,所以我还是犯点小毛病好,你们不就可以开心了吗。你们信吗,如果我不犯点错,我就好像没尽责啊!"

第二天,1月9日,不管信心满满的地理学家巴加内尔怎样保证,这一小队人马在阿尔卑斯山的羊肠小道上走得都很艰难。他们找路全凭运气,有时走到狭窄的山坳里,是个死胡同,只好退回来,另找出路。

走了一个小时,在山路旁无意看见一个小旅馆,虽是一间很不像样的小客栈,却给艾尔通解了围。他是带路人,可他现在也不知道该走什么路了。

巴加内尔说:"在这样的鬼地方开旅馆,老板怎能发财,这旅馆有什么用呢?"

爵士说:"对我们可大有用处,可给我们提供需要了解的情况。进去吧。"

艾尔通跟着爵士进了小旅馆。旅馆挂的招牌上,写着"绿林旅店"。老板是个彪形大汉,面目可憎。酒馆里有烧酒、白兰地、威士忌,顾客很少,只有路过的坐地人或放牧人。

爵士和艾尔通向老板问路,他很不乐意回答,只是敷衍几句。不过他的答话也足以让艾尔通弄清了方向,爵士给了老板几个钱作为叨扰费。爵士刚要离开旅馆,贴在墙上的布告引起他的注意。

原来是殖民地警察局的告示:

  珀斯有一批犯人越狱,为首者名叫本·乔伊斯,若有人将该犯抓获,当局奖赏捕获者一百英镑。

爵士对艾尔通说:"这个家伙真该被绞死!"

艾尔通说:"那得先抓住他啊!一百镑,好大一笔钱啊!他不值。"

"我对这家小酒馆也不放心,墙上贴了告示也没用,老板不是好人。"爵士说。

"我也觉得他不是好东西!"艾尔通说。

爵士和艾尔通回到牛车旁边,一行人向勒克瑙大路的尽头走去。山腰有条蜿蜒曲折的小路,大家向上攀登。

这山坡好难爬,他们不止一次从马上下来步行,车子太重,上坡时大家要帮着推车;下坡要在后面拉着车,以免车滚下去;急转弯时,辕木太长,转不了,要把牛解下来。有时上坡时车子会向后滑,艾尔通干脆让马来拉车,而这些马已经走得筋疲力尽了。

这一天一匹马死了,可能太累或别的原因。事先没有任何征兆,马突然倒地而亡。它是穆拉迪的马,穆拉迪想要扶它的时候,发现它已经死了。

艾尔通过来检查倒在地上的马,找不到它暴死的原因。

爵士说:"大概是血管爆裂吧。"

艾尔通说:"肯定是这样了。"

爵士说:"穆拉迪,骑我的马吧,我坐牛车。"

穆拉迪听从照办。这队人马继续疲累地攀登,那匹死马只好留给乌鸦啃吃了。

澳大利亚的阿尔卑斯山不算什么大山,不过八英里宽,如果艾尔通挑的这条路能通往山的东面,四十八小时后就能翻过此山。到了那边,通往海边的路好走,不再有不可逾越的障碍或难走的路了。

10日那天,大家爬上了山的最高点。海拔大约两千英尺。大家在上面远眺。北面,平静的奥米欧湖水波光闪烁,斑斑点点的是水鸟的身影,湖那边是墨累河流域宽阔的大平原;南边是绿草如茵的吉普斯兰大草场,盛产金子的矿场,茂密的森林,看去像原始地带。在那里,大自然主宰一切,主宰物产、河流和未经砍伐的树木等等。直到此时,坐地人还很稀少,不敢来和大自然斗争。阿尔卑斯山好像把大地分成了两个不同的世界。一个还保留着原始状态,太阳正在西沉,夕阳的余晖映红天边的云霞,墨累地区被照得鲜艳夺目。吉普斯兰地区刚好相反,被大山遮蔽着,苍茫暗淡,好像夜幕已经降下。在两个截然不同的地带之间,明与暗有鲜明的对比,遥望通往维多利亚边境的陌生地区,一行人心内不禁有点忐忑。

当晚他们就在山头露宿。第二天开始下山。下山的速度很快,但猛烈的冰雹突然袭来,他们只好躲到岩石下面,这场冰雹可不是小冰珠,而是巴掌大的冰砖,从暴风雨的天空直冲下来,投石器发出的石块都没有那么密,巴加内尔和罗伯特挨了几下,赶紧躲了起来。尖利的冰块把车篷也打穿了几处,有些还直插到树皮里去了。大概一个小时,冰雹才停下来,这队人马继续赶路,大家走得很慢,因为冰雹化了,岩石又湿又滑。

牛车一路上左右摇晃颠簸,有些板架都脱节了,幸好木轮还算结实。傍晚,他们走下阿尔卑斯山的最后几个台阶,来到孤寂的松树林里,前面的路直通吉普斯兰平原,他们就这样翻越了阿尔卑斯山,晚上还是按习惯在树林里宿营。

12日天一亮,这队人马继续登程,情绪高涨。每个人都急于到达目的地,也就是到太平洋岸边"不列颠尼亚"号的出事地点。只有到那儿才能找到失事人员的痕迹。艾尔通催促爵士派人送信给"邓肯"号,命他们把船开到太平洋岸边来,寻找时才可使用。他认为,现在派人去,可以利用从勒克瑙直通墨尔本的公路,过了这儿就没大路了,走起来很困难。

艾尔通似乎言之有理,巴加内尔劝爵士加以考虑。他也认为,在这样的情况下,有游船帮忙有好处。还说错过了机会,勒克瑙的路就走不了啦。

爵士犹豫不决。少校坚决反对艾尔通的建议。少校认为艾尔通熟悉靠近海岸的道路,旅行队需要他。如果发现了格兰特的下落,要追踪寻找,只有他能带路,也只有他能指出"不列颠尼亚"号失事的地点。

少校态度坚决,主张不改变原计划,继续朝前走。约翰同意少校的意见。他说,到了福德湾派人通知"邓肯"号比在这儿通知方便。从这儿去,要走两百多英里的荒凉地带。少校和船长的意见占了上风,大家一致同意到了福德湾再作打算。少校看看艾尔通,发现他很失望。少校没有说什么。

澳大利亚的阿尔卑斯山脚下的平原地势平坦,东面稍低,大片的木本含羞草、桉树、各种胶树,打破了原野的单调和平淡。一丛丛胃豆类灌木鲜花盛开,几条小河长满了蒲草,兰花在两岸开放。这些小河常切断去路,人只能从浅滩涉水而过。远处成群的大鸨和鹤鸵看见他们走过来,都四散逃走;袋鼠在小树丛蹦跳,像一群上了弹簧的傀儡。这群旅人并不想打猎,马也承受不了过分的劳累。

天气闷热,大家只能埋头赶路。偶尔艾尔通的吆喝声打破沉寂。

从中午到下午两点,他们经过一片新奇的凤尾草树丛,如果他们不是太劳累,定会住脚观赏一番。这些像树的植物正在开花,足有三十英尺高,下垂的细枝并不挡道。马刺碰到它的枝干,会发出铿锵的声响。在这样的大伞下行走,阴凉阴凉的,大家都感舒适。巴加内尔更是喜形于色,赞叹着,把大群的鹦鹉都惊飞了,顿时震耳欲聋的喳喳声响彻四周。

正当巴加内尔摇头晃脑地赞叹时,大家看见他在马背上摇晃了一下,像

木板一样倒了下去。这是怎么啦?天热中暑了吗?大家向他跑去。

"巴加内尔,巴加内尔!您怎么啦?"爵士大声喊道。

"怎么啦,亲爱的朋友,我没马骑了。"巴加内尔一边说,一边把脚退出马镫。

"怎么,您的马也……"

"也死了,说死就死,和穆拉迪的马一样。"

爵士、约翰、威尔逊都过来检查马,巴加内尔没说错,他的马暴毙了。

"真奇怪啊!"约翰说。

少校也说:"真怪。"

爵士不安了,在这荒凉的地方,怎么添置马匹呢?如果大家的马都染上了马瘟,要继续行进就难了。

天色还没有黑,马瘟的事似乎被证实了,威尔逊的马也死了。更严重的是,有头牛也死了。这样,拉车的和供人骑的牲口只剩下三头牛和四匹马了。

事态变得很严重。骑马的人没了马,还可步行,但是如果没有牛拉车,两位女士怎么办?这里离福德湾一百二十英里,她们能走得了吗?

约翰和爵士很焦急,他们检查剩下的牛马,也许可以预防再发生意外。检查后,没发现任何病症,甚至连衰弱疲累的征兆都没发现。这些牛马健康,看来还经得起长途跋涉的辛劳。因此,爵士希望这奇怪的马瘟不会再发生,不再殃及其他牛马。

艾尔通的看法也一样,他说他也不明白为什么马会暴死。

大家又上路了,牛车成为步行者走累时轮流歇息的地方。这一天只走了十英里。晚上,休息的信号发出后,大家就在宽阔高大的凤尾草丛中宿营,这一夜没有麻烦事,有些大蝙蝠在草丛中飞来飞去,称它为飞狐实在恰当。

第二天,1月13日,一天平安无事,昨日的事故没有重演,远征队的健康状况令人满意,牛马也尽责,海伦娜夫人的客厅很热闹,客人们川流不息。奥比内忙得不亦乐乎,三十度的热天需要冷饮,他为大家准备的半桶苏格兰啤酒,很快就喝光了。大家说巴克来酒厂的老板是大不列颠的伟人。比打败拿破仑的惠灵顿还伟大,因为惠灵顿造不出这样好的啤酒。巴加内尔酒喝得多,话也多了。

这天一开始就顺利。大家一口气走了十五英里,轻松走过一片高低不平的红土地,看来有希望在晚上赶到斯诺威河①宿营。这条河从维多利亚南部

---

① 斯诺威河,也叫雪河,澳大利亚东南部最重要的河流之一。

流入太平洋。不久,牛车就进入宽阔的黑土平原。从车的两边看去,一边长满了荒草,另一边是胃豆花的田野。天色已晚,清晰可见前方有雾气,表明这是斯诺威河了。大家鼓劲又赶了几英里路,走到大路转弯处,翻过一座土丘,看见一片茂密的树林。艾尔通赶着疲惫的牛,向树林走去。刚出树林,牛车就陷在泥潭里,这里离斯诺威河只有半英里的路程了。

"当心啊。"艾尔通向跟在后面的人说。

"出了什么事吗?"爵士问。

"牛车陷到泥潭里了。"

艾尔通一面吆喝,一面鞭打牛,但牛越陷越深,拔不出腿来。

"我们就在这儿宿营吧!"约翰说。

"也只有这样了,明天天亮,我们再想办法把车拉出来。"艾尔通说。

"停止前进!"爵士下令。

黄昏很短暂,夜很快来临。但炎热没有随阳光的消逝减弱,大气中充满令人窒息的湿气,远处正在下暴雨,几道耀眼炫目的闪电照亮了天边。

宿营地安排好了,大家到大树荫蔽的帐篷里休息。只要雨不来干扰他们,他们就算平安了。

艾尔通费了九牛二虎之力把三头牛从泥潭里拉出来,这些勇敢的牲口被泥糊满肚皮。艾尔通把它们和四匹马拴在一起,亲自给它们送上饲料。他一直做这事,而且很在行。那天晚上,爵士发现他做得加倍认真,他很感激艾尔通,因为保住牛是很重要的事。

大家草草吃完简单的晚饭,疲劳和炎热影响胃口。他们需要的不是吃的,而是休息,海伦娜和玛丽向大家道了晚安,回到她们的卧铺去了。男人们呢,或钻进帐篷里,或躺在大树下的浓密的草丛里,这儿的卫生条件好,这样的宿营没有问题。

大家沉沉酣睡,这时候,乌云滚滚,夜色越发浓黑了,没有一丝风,寂静的夜晚偶尔传来猫头鹰的叫声。

夜里十一点时,少校醒了,他没睡好,感觉疲累,脑袋昏沉。他微微睁开眼睛,心里一动,因为隐约看见大树下有模糊的光亮在流动,好像白色的带子,又像闪光的湖水,少校还以为是哪里着火了。

他站起来,向树林走去,当他看到一大片菌类发着磷光,大吃一惊,这是自然现象,隐花植物孢子囊在黑暗中会发出很强的光亮。

少校不想独享这奇景,他想去叫醒巴加内尔,可是一件意外的事阻止了他的行动。

磷光照亮了树林半英里见方的面积。在光亮的照耀下,少校看见树林的边缘有几个人影在晃动,是他眼花了吗?还是幻觉?

　　少校趴在地上,细心地观察,他清楚地看到几个人,他们好像在地上寻找什么。

　　他们干什么呢?他一定要弄清楚。

　　少校没有惊动伙伴们,他毫不犹豫地像草原上的土著人一样在地上爬着,躲进草丛中观察。

磷光照亮了树林半英里见方的面积。在光亮的照耀下,少校看见树林的边缘有几个人影在晃动,是他眼花了吗?还是幻觉?

第 19 章　戏剧性的场面

这一夜很可怕,凌晨两点钟,暴风雨下来了,倾江倒海似的雨水直下到天亮。帐篷挡不住暴雨,爵士和他的伙伴们都躲到牛车里去了。他们没合眼,天南地北地瞎聊,大家都没留意少校一直不作声,只是听大家说话。上半夜他离开帐篷很长时间大家也没留意。雨仍然下个不停,大家都担心斯诺威河水泛滥。穆拉迪、艾尔通、约翰不止一次去察看水位,回来时都淋成了落汤鸡。

天终于亮了,雨停了。但阳光穿不透浓云,到处是大摊大摊的黄浊的水;热雾从潮湿的地面蒸腾,大气的湿度饱和,人觉得很不舒服。

爵士首先考虑的是车子,在他看来这是最重要的事。他们去看那辆笨重的牛车,它深陷在泥潭里,车头几乎全埋在泥里了,车尾也埋到了轮轴,要把它拖上来可不容易,把全部牛马和人集中起来拉也未必拉得动。

"不管怎样,得赶快动手,黏泥干了,更难拖了。"约翰说。

"快动手吧!"艾尔通也说。

爵士、两名水手、约翰和艾尔通赶紧钻进昨晚牛马睡觉的林子里去拉牛马。

这儿是胶树林,冷落萧条,树木枯萎,树与树之间隔得很远,树皮好像剥落了几百年,或像软木树在收获时剥掉了树皮;树高二百英尺,枝杈光秃秃,没有一片叶子,也没有一个鸟窝,整个树林像得了瘟疫,死气沉沉。这样的悲惨景象在澳大利亚常可看到,是什么原因造成的呢?谁都不知道。年纪最大的土著人,他们的久已埋在墓地里的祖先,都不曾见过这片树林长出过一片青绿的叶子。

爵士边走边看灰色的天空,胶树的细小枝杈像精致的剪影,映衬在灰色的天幕。艾尔通跑到昨晚放牛马的地方,所有的牛马都不见了。他大吃一惊,牲口的脚上套着绊脚索,怎么跑的呢?

于是大家就在树林里寻找,没有找到。艾尔通慌慌张张从那两岸长满木本含羞草的斯诺威河旁走了回来，边走边发出平日唤牛的呼叫声，但没有牛的应声。他非常不安，伙伴们你看我，我看你，不知所措。

大家找了一个钟头，徒劳无功。爵士正要从离牛车一英里远的地方回来时，忽然听到一声马嘶，紧跟着一声牛叫。

约翰大叫："它们在那儿呢！"他冲进胃豆草丛，草丛很高，可以藏一队牲口。

爵士、穆拉迪、艾尔通跟着他，很快大家都惊得目瞪口呆。

两头牛和三匹马躺倒在地上，和先前死去的牲口一样，它们的尸体已经冷了，一群瘦乌鸦在含羞草丛中呱呱叫着，窥伺着这些猎物。爵士和伙伴们目瞪口呆，威尔逊忍不住冲口骂了句粗话。

爵士说："威尔逊，骂也没用。"他勉强克制住自己，"我们又有什么办法呢，艾尔通，把剩下的这头牛和这匹马牵回去吧，我们只能靠它们摆脱困境了。"

约翰说："车子如果没有陷进泥里，这两头牲口慢慢走，足可把车拉到海边去。因此我们必须把该死的车拉出来。"

爵士说："我们试试吧，约翰，我们快回营地去吧，再不回去，他们会担心的。"

艾尔通和穆拉迪分别解下牛和马的绊脚索，几个人牵着牛马沿弯曲的河岸回去了。

半个小时后，巴加内尔、少校、海伦娜夫人和玛丽知道了这回事。

少校忍不住说："艾尔通，太可惜了，过维梅拉河之后，你给我们的牲口都钉上马蹄铁就好啦。"

艾尔通说："先生，您怎么说这话呢？"

"因为我们所有的牲口中，只有您叫人打过马蹄铁的马逃过一劫，其他的都死了。"

约翰说："可不是，太巧了。"

"碰巧罢了。"艾尔通说，眼睛瞪着少校。

少校咬着嘴唇，似乎要把冲口而出的话咽回去。爵士、约翰、海伦娜夫人等着少校把话说完，但少校不说了，向牛车走去，艾尔通正在那儿检查它。

"他想说什么？"爵士问约翰。

"我不知道，但少校可不是说话没根据的人。"

海伦娜夫人说："对呀，约翰，麦克·那布斯好像对艾尔通有所怀疑。"

巴加内尔耸耸肩，说："怀疑他？"

爵士说:"怀疑他什么?怀疑他杀了我们的马和牛?什么目的?艾尔通的利益和我们的是一样的呀。"

"你说得对,亲爱的爱德华,"海伦娜夫人说,"从一出发开始,他表现得就很忠诚啊。"

约翰说:"是啊,少校的话是什么意思呢,我一定要弄清楚。"

巴加内尔出言不慎,他冲口而出,叫道:"莫非他认为艾尔通与流犯串通?"

"什么流犯?"格兰特小姐问。

约翰赶紧说:"巴加内尔先生说错了,他知道维多利亚省没有流犯。"

巴加内尔不得不收回他说的话:"可不是嘛,我怎么糊涂了,流犯?谁说澳大利亚有流犯?即使流犯到了澳大利亚,也都改邪归正了呀,气候条件好啊!玛丽小姐,这儿的气候感化人呢!……"

这位可怜的学者,越要修正错误,却像陷进泥潭里的车,越陷越深。海伦娜夫人看着他,他越发狼狈,海伦娜夫人不忍为难他,便拉着玛丽到帐篷那边去了。奥比内先生正在和平时一样摆早餐。

巴加内尔可怜兮兮地说:"我真该被当作流犯递解出境。"

爵士说:"我也是这样想的。"

爵士说这话并非开玩笑,巴加内尔更内疚了。爵士和约翰向牛车走去。

此时,艾尔通和两名水手正在竭尽全力要把陷进泥潭里的车子拉上来。牛和马并排套在一起,用尽力气拉,皮条几乎拉断了,颈圈也差点拉脱,威尔逊和穆拉迪顶着轮子拼命地推,艾尔通又是吆喝又是鞭打,强迫牲口使劲,笨重的车子却纹丝不动。泥潭里的泥干了,咬住了车轮,就像水泥把车轮固定了一样。

约翰命人往泥潭里泼水减少泥的黏性,但是无效。牛车还是不动。人和牛马又使劲拉了一阵子,只好停下来。除非把车子的零配件都拆下来,否则拉不出来了,但没有拆车子的工具怎么拆呢。

艾尔通还想把车拉出来,使劲鞭打牛马,爵士阻拦了他。

"艾尔通,算了吧,爱惜剩下的两头牲口吧,如果我们还要赶路,就让一头驮两位女士,另一头驮行李,它们对我们还是有用的。"

艾尔通说:"好吧,爵士。"他给精疲力竭的牛马解下绳索。

爵士说:"现在,朋友们,到帐篷里去,研究一下我们的处境,看该怎么办吧。"

吃过早餐,夜里的疲劳得到恢复,接着开始讨论,爵士请大家发表意见。

首先需要测出宿营地的准确方位。巴加内尔接受这个任务,经过认真测算,他说他们处于南纬37°,东经147°53′,在斯诺威河畔。

"福德湾的经度是多少?"爵士问。

"东经150°。"

"距我们这里相差两度七分,合多少英里?"

"合七十五英里。"

"离墨尔本多远?"

"至少两百英里。"

爵士说:"好了,我们现在弄清我们所处的位置了,现在看下一步我们该怎么办吧。"

大家的意见是,马上向海岸出发,海伦娜夫人和玛丽小姐保证每天步行五英里。两位勇敢的女士并不害怕步行,要她们从斯诺威河走到福德湾,她们也不胆怯。

爵士说:"亲爱的海伦娜,您真是旅行家中的女豪杰啊,但到了福德湾,我

艾尔通还想把车拉出来,使劲鞭打牛马,爵士阻拦了他。

们是否就能找到我们需要的东西还难说。"

巴加内尔说:"肯定毫无问题。伊登是有好多年历史的城镇了,它与墨尔本的交通联系很方便,我们再走三十五英里,到维多利亚省边境的德勒吉特,我们就可以买到粮食,找到交通工具了。"

艾尔通问:"那么'邓肯'号呢?现在叫它开到福德湾,爵士,您不觉得正是时候吗?"

爵士问约翰:"您觉得怎样?"

约翰略略考虑片刻,说:"阁下不必急着命令'邓肯'号来,以后有的是时间通知汤姆·奥斯丁,叫他把船开到福德湾。"

"当然啦。"巴加内尔说。

约翰又说:"而且请大家注意,再过四五天我们就可到伊登了。"

艾尔通摇着头说:"四五天?您以后可不要后悔说了这话,说十五天或二十天还差不多。"

爵士说:"走七十五英里要十五天、二十天?"

"爵士,至少要那么多天。前面是维多利亚省最难走的一段路,那是一片荒野,坐地人说,那儿什么都没有,荆棘丛生,无路可走,建不了牧站,得用斧头开路,用火把照亮,您信我的话吧,不可能快走。"

艾尔通的口气很肯定,大家看着巴加内尔,巴加内尔点头表示赞同艾尔通的话。

"就算有这些困难,就算走十五天,阁下也到那时再向'邓肯'号发命令吧。"约翰说。

艾尔通又说:"我还有话要说,主要的障碍还不是路上的,要过斯诺威河,可能要等河水退了才行。"

船长约翰叫道:"等河水退了才行?不能找个浅滩过去吗?"

艾尔通说:"我看不行,今天早上,我去找可走的路了,可是找不到。在这个时候,很少有河水流得这样急的,是我们的运气不好,我也没有办法。"

海伦娜夫人问:"这条河很宽吗?"

艾尔通答道:"它又宽又深,夫人,宽约一英里,水流很急,游泳好手游过去也难免遇到危险。"

天不怕地不怕的罗伯特高声说:"那好啊,我们造条小艇,砍棵树,挖个洞,坐上去就行了。"

巴加内尔说:"好样的,不愧是格兰特船长的儿子。"

约翰说:"说得对,我们不得不这样做了,我觉得我们没必要把时间浪费在讨论上面了。"

爵士问艾尔通:"您的看法呢?"

"爵士,我认为,一个月后,如果没有外援,我们还会滞留在斯诺威河边上。"

约翰有点不耐烦了,说:"那您有更好的计划吗?"

"是的,如果'邓肯'号离开墨尔本,开到东海岸来!"

"还是'邓肯'号,它开到海岸来,就有利于我们到海岸去吗?"

艾尔通考虑了一会儿,然后含糊其词地说:"我也没有把我的意见强加给大家,我都为大家的利益着想,爵士阁下下令出发的话,我随时跟着你们走。"然后他交叉着双臂等待着。

爵士说:"你这不算是回答,艾尔通,把你的计划告诉我们,我们讨论讨论。你的建议是什么?"

艾尔通平静而自信地说:"我认为,就我们现在所处牲口缺乏的情况下,不宜到斯诺威河冒险,我们就在这儿等待援助。援助只能来自'邓肯'号,我们就在这儿宿营,这儿也不缺食物。我们当中派个人给汤姆·奥斯丁去送信,让他把船开往福德湾。"

这个建议出乎大家意料,大家都很吃惊,约翰毫不掩饰他的反对态度。

艾尔通又说:"我们在这儿等援助的时候,如果斯诺威河水退了,我们就找个浅滩过去,如果要坐船,我们也有时间造船,这就是我的建议。爵士,你考虑决定吧。"

爵士答道:"好吧,艾尔通,你的意见值得考虑,最大的弊处是耽误时间,拖延行程,好处就是避免过度的疲劳、可能的危险。朋友们,你们的意见如何?"

这时,海伦娜夫人说:"亲爱的麦克·那布斯,你也说说吧!你一直在听,怎么不开金口啊?"

少校答道:"既然您要我谈谈我的意见,我就很坦率地告诉您,我觉得艾尔通聪明又谨慎,我同意他的建议。"

大家都没料到少校会这样回答,因为直到现在,在这个问题上,少校的意见老是和艾尔通相左,因此艾尔通也觉得有点吃惊。他很快扫了少校一眼,此时,巴加内尔、海伦娜夫人、水手们都准备支持艾尔通的计划。听了少校的话后,他们不再犹豫了。

于是爵士宣布艾尔通提的建议原则上被接受。

他又说:"约翰,你不觉得在河边宿营,等交通工具,这样做比较谨慎吗?"

约翰说:"是的,但我们过不了河,送信的人又怎样过得了河呢?"

大家看着艾尔通,艾尔通很自信地说:"送信的人不过河呀!"

约翰说:"什么?不过河!"

"很简单,他走勒克瑙那条路,直达墨尔本。"

"步行二百五十英里!"约翰大叫。

"骑马去呀,还有一匹健康的马,跑四天就到了。'邓肯'号从墨尔本到福德湾要两天,再从福德湾开到这儿需要一天。一个星期,送信的人和船上的人就都回来了。"

少校点头表示赞同艾尔通说的话,这就引起约翰的好奇。但大家都同意艾尔通的建议,也就只好执行这不错的计划了。

爵士说:"朋友们,现在我们要挑选信使了,这任务很艰险,我不愿意隐瞒这一点。谁愿意把我们的指令带到墨尔本去?"

威尔逊、穆拉迪、约翰、巴加内尔、罗伯特自告奋勇,约翰特别坚决。没作声的艾尔通这时说话了:"阁下如果信得过我,还是我去吧。我熟悉这些地方,比这里困难的地方我都跑过。只要您写封信让我交给大副,让他相信我,我六天后就把'邓肯'号带到福德湾。"

爵士说:"说得好,您又聪明又勇敢,一定会成功的。"

很明显,艾尔通比别的人更适合完成这项任务。其他人都明白,都让步了。约翰提出反对意见,他认为艾尔通留下来,有助于寻找"不列颠尼亚"号或格兰特船长的线索。但少校说,艾尔通回来之前,队伍不会离开斯诺威河,艾尔通不在,大家停止寻找,因此艾尔通走了,不影响队伍的寻找活动。

爵士说:"艾尔通,你去吧,越快越好,从伊登回来!"

艾尔通的眼里亮出得意的光,他赶忙扭过头去,但约翰还是看到了,很吃惊。出于本能,约翰对艾尔通更加怀疑了。

于是艾尔通做出发的准备,两名水手帮忙,一个给他备马,另一个准备干粮,爵士写信给汤姆·奥斯丁。

爵士在信中命令"邓肯"号的大副马上把船开到福德湾,并通知大副,前来的水手长艾尔通是可信赖之人,并命大副到东海岸,派一队水手交给艾尔通指挥。

爵士写到这儿,少校看着艾尔通的名字,突然怪腔怪调地问爵士,艾尔通的名字怎么这样写。

爵士答道:"按音拼写的呀。"

少校神色不变,镇定地说:"您写错了,爵士,按音拼是艾尔通,但您应写本·乔伊斯。"

第 20 章　ALAND ZEALAND[①]

本·乔伊斯这个名字被少校揭穿,产生的效果如同晴天霹雳。艾尔通倏地挺直身体,举起手枪。一声枪响,爵士中弹倒地。帐篷外面也响起一片枪声。

事出突然,约翰和水手们先是大惊,然后反应过来,向本·乔伊斯扑去。胆大包天的歹徒已逃之夭夭,和埋伏在胶树林里的歹徒们会合了。

帐篷不足以抵挡枪弹的袭击。大家必须后退,爵士受的是轻伤,站了起来。

约翰喊:"上牛车,上牛车!"他拉着海伦娜夫人和玛丽,迅速躲到车厢的厚板壁后面。

约翰、少校、巴加内尔、两个水手抓起马枪,准备还击流犯。爵士、罗伯特和女士们藏在一起,奥比内也与大家一起参加了防卫战斗。

事件的发生闪电般迅速,约翰警惕地监视着树林的动静。本·乔伊斯钻进树林,枪声突然停止。喧闹的枪声过后紧接着的是沉寂。胶树枝还缭绕着几缕白烟,高高的胃豆草丛凝然不动,没有丝毫攻击的迹象。

少校和约翰走到树林的尽头察看,毫无动静,流犯们都溜走撤退了,地面上留下不少脚印,还有仍在冒烟的导火索。少校是个谨慎的人,他把它们弄灭了,在枯树林里,星星之火都会造成可怕的火灾。

约翰说:"流犯全都跑了。"

少校说:"是的,但这样更让我担心。我宁愿和他们面对面交锋。平原上的老虎比草丛的毒蛇好对付。我们到牛车四周的草丛看看!"

少校和约翰到牛车四周搜索,从林边到斯诺威河边,没有看见流犯的踪影。本·乔伊斯和他的伙伴像害鸟一样飞走了,他们的突然离开并不意味着大家的平安。大家更要提高警惕。牛车成了嵌在地里的堡垒、防御中心,他

[①]　aland 和 zealand,即为漂流瓶信件上的"登陆"和"新西兰"的意思。

海伦娜夫人和玛丽小姐到车上的第一件事就是给爵士包扎伤口。丈夫被流犯开枪打倒，海伦娜吓坏了，赶紧扑向丈夫。很快她克制了恐惧，勇敢地把丈夫扶到车上。少校来到车上，海伦娜将丈夫的伤口露出，让少校检查。少校说子弹只是擦破了皮，虽流了不少血，但没有伤着骨头和肌肉。爵士动动伤臂上的手指头，表明没伤着筋骨，让大家放心。包扎后，他不要人照顾，叫大家谈情况。

穆拉迪和威尔逊在车外值班守卫，其余的人都挤上车，少校首先发言。

少校首先把海伦娜夫人不了解的情况说了一下：珀斯有一批越狱的犯人，在维多利亚省境内流窜，铁路桥上的血案就是他们干的。少校把他在西摩买的报纸《澳大利亚新西兰日报》拿给海伦娜夫人看，并告诉她，警方正在悬赏缉拿这个匪首，十八个月来他犯了不少罪行。

少校是怎么样知道艾尔通就是本·乔伊斯的呢？这是大家都想了解清楚

艾尔通倏地挺直身体，举起手枪，一声枪响，爵士中弹倒地。帐篷外面也响起一片枪声。

的谜,于是少校作了解释。

　　从见到艾尔通那天起,少校出于本能,就怀疑艾尔通。两三件微不足道的小事,如在维梅拉河岸,艾尔通与黑点站铁匠交换的目光;每逢穿过城镇,艾尔通都踌躇不前,有意绕道而行;他一再要求命"邓肯"号到东海岸;他负责照料的牲口不明不白地死亡;还有他的言行举止都不坦诚。所有这些细节逐渐集中唤起了少校的怀疑。

　　然而要不是前天发生的事,他也不能肯定艾尔通就是匪首本·乔伊斯。

　　前天夜里,少校悄悄钻进高高的小树丛后面,偷偷走到离宿营地半英里外几个人影的旁边。那儿有三个人,在发磷光的植物的映照下,少校看见他们在地面上寻找马蹄印。少校认出三人中有一个就是黑点站的铁匠。他听见了他们的对话:"是他们。""没错。""这儿有三叶形马蹄铁的印迹。""从维梅拉河到这里,都是这样啊!""他们的马都死了。""毒马的草离这儿不远!""这儿有的是胃豆草这类毒草,一个骑兵队都可以毒死,这毒草真奇妙啊!"

　　少校接着说:"后来他们不说话了,走远了。我觉得了解的情况不够,就尾随着他们。很快他们又聊起来了,铁匠说:'本·乔伊斯真是个能人,他编的船失事的鬼话有声有色,不愧是水手长,这个计划如果得手,我们就发横财了。艾尔通这家伙真棒,还是叫他本·乔伊斯吧,大名鼎鼎的本·乔伊斯。'这几个家伙说完了就离开胶树林。我想听的都听到了,就返回了宿营地。我想,这些流放到澳大利亚的犯人,并没有改邪归正,我说这话,巴加内尔别多心啊!"

　　少校说完,伙伴们都沉默不语,若有所思。

　　爵士气得脸色发白,说:"这样看来,艾尔通把我们拉到这里,就是为了抢劫我们,杀我们啊!"

　　少校说:"没错。"

　　"从维梅拉河开始,这帮匪徒就跟踪我们,监视我们,伺机下手。"

　　"看来是这样。"

　　"这么说,这个家伙不是'不列颠尼亚'号的水手长?他冒名顶替艾尔通,偷了他的船员服务证?"

　　大家看着少校,认为他应该考虑过这个问题。

　　少校以他惯有的平静声音答道:"情况不明,我们只能理出个头绪来,我以为这个人就叫艾尔通,本·乔伊斯是他的别名,他的确认识格兰特船长,他也曾是'不列颠尼亚'号的水手长。这些事实已经从他给我们提供的细节得到证明,那几个流犯的谈话也可作为旁证,我们就无须乱猜了,可以肯定的是,本·乔伊斯就是艾尔通,艾尔通就是本·乔伊斯,也就是说,'不列颠尼亚'号的水手长成了流犯的头目。"

少校的解释被大家接受,没有争议。

爵士说:"那您能告诉我们格兰特船长的水手长是怎么,又是为什么跑到澳大利亚来的吗?"

少校说:"我不知道他怎么来的,警察都不知道,为什么来的,我也说不清楚,这是个谜。这个谜底以后会揭开的。"

约翰说:"警察不知道本·乔伊斯和艾尔通是同一个人吧?"

少校说:"您说对了,约翰,应该让警察知道这个情况,有利于他们找到线索。"

海伦娜夫人说:"他钻到帕第·奥摩尔农庄是想作案吧?"

少校答道:"那还用说吗,他想在那儿下手,但他遇到了更好的机会,也就是说遇到了我们。他听了爵士的叙述,知道了'不列颠尼亚'号失事,这个胆大包天的人马上改变了计划,决定打我们的主意。这样,横穿澳大利亚大陆的计划就定下来了。在维梅拉河畔,他和他的一个同伙联系上了,就是黑点站的铁匠,他在爵士的马蹄上钉了一个三角形的马蹄铁,作为记号,然后一直跟着我们,又用毒草把我们的马一匹匹毒死,最后他以为时机到了,把我们骗到了斯诺威河的沼泽地,好让他的那伙人向我们下手。"

有关本·乔伊斯的情况,凡少校知道的全都说了。事情很明了,艾尔通是一个可怕的罪犯。他的意图被揭穿,爵士不能不提高警惕。

然而挑明了的情况,产生了严重的效果。当时没有人想到这个问题。玛丽听着大家谈论已经发生的事,想到了未来。约翰看见她脸色发白,一副绝望的神情,明白了她的心事。

"玛丽小姐,玛丽小姐,你怎么哭了?"约翰关切地问道。

海伦娜夫人也问:"你哭了,孩子?"

玛丽说:"夫人,我的父亲!我的父亲!"

她说不下去了,她突然的提醒,使大家马上明白她内心的痛苦。

艾尔通的阴谋被揭露,寻找父亲的希望也随之破灭。沉船事故是那个家伙编造的,他的目的是引爵士他们到内地来,少校传达的三个歹徒说的话证明了这一点,"不列颠尼亚"号根本就不是在福德湾触的礁,格兰特船长根本没来澳大利亚。

对求救信的错误理解,又一次把寻找"不列颠尼亚"号的人们引上了歧途。

面对两个痛苦的孩子,大家说不出话来,谁能安慰他们呢？罗伯特和姐姐抱头大哭,巴加内尔烦恼地自语:

"哎,这几封该死的信,太害人了,让十几个人为它绞尽脑汁,受尽考验！"

巴加内尔在生自己的气,他一个劲儿地敲自己的额头。

爵士来到穆拉迪和威尔逊站岗的地方。只见从林边到河岸的平原,一片沉寂。天空堆积着乌云,空气沉闷,轻微的声响都能分辨出来。但他们听不到任何声响,看来本·乔伊斯和他那伙歹徒走到不知何处去了。大群鸟雀在树木的低枝上跳跃,几只袋鼠悠闲地吃着草,一对凤鸟毫无顾忌,把头伸出灌木丛四处张望,说明没人干扰这儿的和平宁静。

爵士问两个水手:"这一个小时没看见什么听见什么吗？"

"阁下,什么也没有。流犯大概离开这儿有几英里了吧。"威尔逊答道。

穆拉迪说:"他们毕竟没有足够的力量攻打我们,本·乔伊斯便打算网罗一些他们的同类——在阿尔卑斯山脚流浪的歹徒,再来袭击我们。"

爵士说:"穆拉迪,有这个可能,这些流氓是懦夫,他们知道我们武器精良,大概夜里再来攻击我们。天黑我们更要加倍小心。唉,如果我们能离开这片沼泽地,继续朝海岸赶路就好了！可是河水暴涨,挡了我们的道,如果有木筏载我们渡河,花重金我也愿意！"

威尔逊说:"阁下为何不下令造个木筏呢？这儿不缺树木。"

爵士说:"不行啊,威尔逊,斯诺威河可不是一般的河流,而是越不过去的急流。"

约翰、少校和巴加内尔来找爵士,他们刚刚察看了斯诺威河的水情。由于最近几场暴雨的积聚,河水比往年同一时期的水要高出一英尺,形成洪流,冲击出无数旋涡,到水里冒险是绝对不行的。

约翰宣布,过河行不通。

他又说:"可是我们又不能待在这儿束手待毙啊,艾尔通暴露前我们要做的事情,在他暴露后我们更要做了。"

爵士问:"约翰,您什么意思？"

约翰说:"我说,现在急需援助了,我们去不了福德湾,就去墨尔本吧,我们还有一匹马,爵士,派我去墨尔本吧。"

爵士说:"这可是很危险啊,约翰,别说跑两百英里,穿过陌生的地区,光是本·乔伊斯那帮歹徒就够难对付的,小路和大路可能都有那帮人。"

"我知道,爵士,但我也知道事不宜迟了,艾尔通说他七八天能把'邓肯'号的人带来,我六天就能回到斯诺威河边。好吧,阁下下命令吧！"

巴加内尔说:"爵士且慢下命令,我要提请阁下注意,我同意派人去墨尔本,但这危险的差事不能让约翰去干,他是'邓肯'号的船长啊,还是让我去吧。"

少校说:"说得好,巴加内尔,但为什么是你去呢?"

穆拉迪和威尔逊说:"我们不是在这儿吗?"

少校说:"你们以为我不敢骑马一口气跑两百英里吗?"

爵士说:"朋友们,如果要在我们当中选一个去墨尔本,还是用抽签的办法决定吧!巴加内尔,拿纸写上大家的名字……"

约翰说:"阁下,不能写您的名字。"

"为什么?"

"您的伤口还没好,您要是离开海伦娜夫人,她不担心吗?"

巴加内尔也说:"您不能离开远征队。"

少校说:"您不能去,爱德华,您的岗位在这里,不能离开。"

爵士说:"凡是要冒险的事,我都不该推给旁人。写吧,巴加内尔,把我的名字和你们的名字写下来,但愿上帝让我第一个抽到签!"

大家只好让步。爵士的名字和其他人的名字放在一起。他们抽签,穆拉迪抽到了,他高兴得欢呼起来。

"爵士,我马上准备动身。"

爵士握着穆拉迪的手,然后转身去了牛车那儿。少校和约翰值班看守营地。

海伦娜夫人很快就知道派人去墨尔本的事,以及穆拉迪抽到了签,她对穆拉迪讲了勉励的话,深深打动了这位水手。大家都知道他勇敢、聪明、强壮、刻苦耐劳,大家对他很放心。

穆拉迪的出发时间定在晚上八点,短暂的黄昏过后,威尔逊负责备马。他打算把那匹马左蹄上的三叶形马蹄铁取下,在昨夜的死马蹄上取一个换上,以免流犯跟踪穆拉迪,而且,流犯没有马,也难以追上穆拉迪。

威尔逊做准备时,爵士准备给汤姆·奥斯丁写信,但他手臂受伤,写字不方便,只好请巴加内尔代劳,而巴加内尔正在被什么念头缠着,对周围发生的事毫无感觉。这也可以理解,一连串的事故使他非常自责,他认为都是因为他误解了格兰特船长的求救信的内容造成的。他一门心思都在这封信里,他字斟句酌信中的内容,反复推敲,寻找它们的真正意思。他陷入了苦思冥想中。

因此他没听见爵士说的话,爵士只好再重复一遍。

巴加内尔说："啊，好，我准备好了。"

他一面说，一面仍若有所思，从他的本子里撕下一页纸，手里拿着铅笔，听爵士说他的指令：

兹令汤姆·奥斯丁，立即起航，将"邓肯"号开到……

写到这里，巴加内尔看见了扔在地上的《澳大利亚新西兰日报》。因为报纸折着，只露出几个字母ALAND，他的笔停住，忘了爵士和写信的事。

爵士问道："你怎么啦，巴加内尔？"

"啊！"

"您在想什么？"少校问。

巴加内尔说："没什么，没什么。"

接着，他低声自语："aland，aland，aland！"

他站起来，捡起那张报纸，拿在手里摇晃着，好像有很多话要说，可又说不出来。

海伦娜夫人、玛丽、罗伯特、爵士莫明其妙地看着他古怪的举止。

他好像中了邪，但一会儿又平静下来，眼睛里闪烁的喜悦之光渐渐暗淡。然后，他又坐下来，平静地说："您说吧，爵士，我写。"

命令的全文如下：

兹令汤姆·奥斯丁，立即起航，将"邓肯"号开到南纬37°线澳大利亚的东海岸……

"澳大利亚吗？啊！是澳大利亚！"巴加内尔说。

他把信写完，递给爵士签名，爵士因为手臂受伤，随便签了名，便把信封好。巴加内尔心情很激动，手在颤抖，他就用颤抖的手在信封上写了收信人的姓名和地址：

墨尔本　"邓肯"号
汤姆·奥斯丁大副亲启

写完后，巴加内尔走出牛车，边走边指手画脚，嘴里反复念着："aland，aland，zealand（新西兰）！"

第 21 章　焦虑的四天

这一天余下的时间,没有特别的事发生。穆拉迪出发前的准备均已妥帖。这个勇敢的水手为能有机会向爵士表示忠诚而高兴。

巴加内尔恢复了他的常态,但从他的眼睛里看得出他满腹心事,而且决心不说出来。他这样做肯定有他的理由,因为少校听见他不断地说这话,好像在和自己做斗争:

"不要说,不要说!说了他们也不会相信我,而且,太迟了,说了又有什么用呢?"

主意打定了,他便给穆拉迪指点去墨尔本的路。他摊开地图,给他画线路图,草地上所有的小路都通往勒克瑙大道。他指了一条,叫他沿着这条路向南一直到海边,然后转弯,向着墨尔本方向走。他强调要沿着这条大路走,在陌生的地方不要贪图方便走捷径。这样走,这条路线就很简单,穆拉迪也不会迷路。

说到危险,距他们现在的宿营地几英里范围内,肯定有本·乔伊斯一伙人的埋伏。过了危险地带,穆拉迪就可以把这帮家伙远远抛在后面,去完成任务了。

六点钟,大家一起吃了晚饭,天上忽然下起倾盆大雨,帐篷不能挡雨,大家都跑到牛车里了。这是个安全的掩体,黏土已把它牢固地嵌在地里,就像堡垒建在石基上。武器呢,他们有七支步枪,七支手枪,弹药和粮食都不缺,因此,即使被包围了,他们还可以坚持相当长的一段时间,而且用不了六天,"邓肯"号就可开到福德湾来了。再过一天,船员们就可到达斯诺威河的对岸,即使不能过河,流犯们看见增援部队的力量超过他们,起码不敢轻举妄动,只能撤退。不过首要的条件是穆拉迪的冒险取得成功。

八点钟,天色漆黑,是动身的时候了。给穆拉迪准备的马牵来,为谨慎起见,马的脚被包上了布,这样它跑起来就没有声音了。

少校告诫穆拉迪,要从流犯的控制区突围出去,就要爱惜马力,宁可迟半天,也要力求安全到达。

约翰交给穆拉迪一支手枪,又给枪装了六颗子弹,这些子弹在几秒钟内就能全部打出,勇敢的枪手有了这支枪,遇到拦路抢劫的大盗也能把他们扫光。

穆拉迪跨上马。爵士对他说:"你把这封信交给汤姆·奥斯丁,命他一刻也不要耽误,马上把船开到福德湾,如果在福德湾没看见我们,那就说明我们还没渡过斯诺威河,叫他马上来接我们。现在,你去吧,我的好水手,愿上帝保佑你!"

爵士、海伦娜夫人、玛丽都和穆拉迪握手道别。在风雨交加的夜晚,走上布满危险的路,穿过茫茫的陌生荒野,没有穆拉迪那样坚强的心是会胆怯的。

穆拉迪平静地说:"再见,爵士。"很快他就消失在林中小路上。

此时风越刮越大,桉树的高枝在黑暗中发出嘎嘎的响声,可以听到枯枝掉落在湿地上的声音。这些高大的树木虽然还挺立着,但早已干枯,这场大风把它们刮倒了不少。斯诺威河也在狂风中咆哮着。风把浓密的乌云压向东方,不祥的黑暗更增加了夜的恐怖。

穆拉迪走后,大家钻进牛车,海伦娜夫人、玛丽、爵士、巴加内尔占了前厢,把门窗紧闭。奥比内、威尔逊和罗伯特挤在后厢,少校和约翰在外面守卫。谨慎的提防很有必要,在这个时候流犯的袭击很有可能,也易得手。

两位忠实的守卫忍受着扑面的狂风冷雨,竭力用眼睛在夜幕中搜索。黑夜有利于埋伏,但耳朵在狂风暴雨声、树枝的咔嚓声、树木的倒塌声、河水的咆哮声中难以辨别出别的声音。

然而喧闹声也有短暂的停歇,风好像吹累了,要停下来喘口气,这时听到的就只有漆黑的胶树林后面斯威诺河的呻吟。四周静得更可怕,少校和约翰竖耳听着。

就在这时他们听见一声尖叫。

约翰赶紧跑到少校身边:"你听见了吗?"

"听见了,是人的叫声还是动物的叫声?"

"是人。"约翰说。

两人细听,那说不清是什么的尖叫声突然又传来了,好像还有枪声,但听不清。狂风又在刮,少校和约翰连对方的说话声都听不清了,他们只好跑到牛车后面的背风处去仔细听。

这时爵士掀起牛车的皮帘,来到他们身边,他们都听到了尖叫声和枪声。

"从哪个方向传来的?"爵士问。

"从那边。"约翰指着穆拉迪几小时前跑过去的那条阴森小径。

"估计有多远?"

"是风送过来的声音,至少应有三英里远。"

爵士背起马枪,说:"走,去看看!"

少校说:"不能去!可能是流犯设的圈套,声东击西,骗我们离开车子。"

爵士紧紧抓住少校的手:"如果穆拉迪被那几个家伙撂倒了呢?"

少校冷静地说:"明天我们会清楚的。"他坚决阻止爵士冲动的行为。

约翰也说:"您不能离开宿营地,爵士,我一个人去看看。"

"先别去,"少校态度坚决,"您想要他们把我们逐个干掉,削弱我们的力量,任由他们摆布吗?穆拉迪被他们杀害固然不幸,但我们不能再搭上第二个。穆拉迪是抽了签去的,如果抽到签的是我,我也会像他那样义无反顾地出发,我不会要求也不会等别人的援助。"

少校拦住了约翰和爵士,他的确考虑周到,在漆黑的夜晚冲去救穆拉迪,流犯正埋伏在草丛中,这样的行为冲动于事无补,爵士的队伍人数本来不多,不能再搭上几个了。

然而爵士似乎不愿理智考虑问题,他的手紧紧握住马枪,在牛车的四周来回转悠。想着自己的人被敌人杀害,却不能去搭救,他心急如焚。少校担心拦不住爵士,怕他听凭感情的冲动,扑到本·乔伊斯的枪口上去。他对爵士说:"爱德华,您一定要冷静,要听人劝,想想海伦娜夫人,想想玛丽,想想留在这儿的伙伴。再说,您要去哪儿找穆拉迪?他是在两英里外遭到的袭击,走的哪条小路?……"

这时,突然传来一声呼救声,好像回答少校的问题。

"快听!"爵士大喊。

叫声来自刚才枪响的地方,似乎不到半英里,爵士推开少校,向小路冲去。离牛车三百步远,他们听见有人呼救:

"救救我!救救我!"

是悲惨绝望的呼救声。约翰和少校向这个声音奔过去。

不一会他们就看见一个人影,拖着脚,痛苦呻吟着,沿着树丛走来。

那就是受了重伤的穆拉迪,伙伴们忙上去搀扶他,他双手都是黏糊糊的鲜血。

雨下得越发大了,狂风刮得更猛了,他们几个就在急风暴雨中把穆拉迪抬回牛车。

牛车上的人赶紧起来,巴加内尔、罗伯特、威尔逊、奥比内下车,海伦娜夫人把自己的车厢让给穆拉迪,少校脱下穆拉迪的上衣,衣服上流淌着血水和雨水。少校在穆拉迪的右肋发现了刀伤。

少校手脚麻利,给穆拉迪包扎伤口。鲜血从伤口不停地流出,穆拉迪脸色惨白,奄奄一息。少校用清水洗了伤口,然后敷上厚厚的火绒和纱布,用纱布包扎好。血止住了,穆拉迪斜躺着,左肋朝下,头和胸垫高了,海伦娜夫人给他喂了几口水。

一刻钟之后,像死了一般的穆拉迪动了一下,眼睛微微睁开,口里想说什么,少校靠近他的耳边,只听他反复地说:

"爵士……信……本·乔伊斯……"

少校重复着这几句话,看着大家。穆拉迪要说什么?本·乔伊斯袭击穆拉迪,为了什么?为了拦阻他去找"邓肯"号?这封信……爵士检查穆拉迪的衣袋,给汤姆·奥斯丁的信不见了!

这一夜他们都在不安和忧虑中度过,大家都担心穆拉迪随时会死去。他发着高烧,海伦娜夫人、玛丽极尽小心看护,寸步不离。

天亮了,雨停了。浓云还在空中翻滚,遍地残枝败叶,被洪水浸透的黏土使车子陷得更深,上下车都变得困难,但车子也就陷到这个地步了。

天刚亮,约翰、巴加内尔、爵士就到宿营地四周察看敌情。他们沿着布满血迹的小径走去,没见到本·乔伊斯和他的同伙的踪迹。在昨夜出事的地方,躺着两具尸体,是被穆拉迪的子弹击中的歹徒,其中一个就是黑点站的铁匠。他的脸变了形,看去很是恐怖。

爵士没有再往前搜索,他得小心,不能走得太远。他回到牛车前,苦苦思索目前严峻的形势。

他说:"现在不能考虑再派人到墨尔本去了。"爵士说。

约翰说:"还是得派人去才行啊,爵士,穆拉迪没做成功的事让我去做吧!"

"不行,约翰,现在连马都没有了,怎么走二百英里?"

是啊,穆拉迪骑的马,那是他们仅有的一匹马也不见了,是被打死了,还是在荒野跑掉了,还是被流犯抢走了呢?

爵士说:"不管怎样,我们再不分开了,等八天、十五天,等到河水退了,我们能过河为止,我们慢慢走到福德湾,在那儿再考虑可行的办法,叫'邓肯'号开到福德湾来接我们吧!"

巴加内尔说:"也只好这样办了。"

爵士又说:"朋友们,我们再不分开了,一个人在匪徒横行的荒野冒险,凶多吉少,现在,愿上帝保佑我们的水手穆拉迪逃过一劫,保佑大家平安无事吧!"

爵士的话具有双重意义:首先,禁止单独行动,然后,耐心在河边等待,直到可以过河。这儿离德勒吉特不到三十五英里,那是南威尔士省边境离这里最近的城市,在那儿可以找到去福德湾的交通工具,到了福德湾,再发电报给墨尔本,让"邓肯"号过来。

这些措施是明智的,但迟了。如果爵士不派穆拉迪去勒克瑙大路,就可以避免不幸,穆拉迪也不会受害了。

爵士回到宿营地,看见伙伴们开朗多了,他们好像又有了希望。这时罗伯特跑到爵士身边,说:"他好些了!他好些了!"

"穆拉迪好些了?⋯⋯"

"是的,爱德华,他有反应了,少校说他已脱离危险,穆拉迪活过来了。"海伦娜夫人说。

爵士问:"麦克·那布斯呢?"

"在他身边,穆拉迪有话要和他说,别打扰他们。"

穆拉迪昏迷了一个小时,逐渐苏醒,高烧也退了。他苏醒后,恢复了记忆,他要做的第一件事就是要见爵士或者少校,少校见他衰弱,不让他说话,但他非要说不可,少校只好听他的。

不一会儿,车帘动了,少校来到胶树脚下找到伙伴们。帐篷已经支起,少校的脸色平时很冷静,现在却心事重重。他的目光落在海伦娜夫人身上和玛丽身上,脸上露出痛苦和忧虑。

爵士一再催促他,他便把刚刚得知的事情讲述了一遍:

"穆拉迪离开宿营地后,沿着巴加内尔指出的那条小路,以夜间骑马尽可能快的速度奔驰,跑了大约两英里。之后,突然有几个人——他觉得有五个人,冲到他的马前,马吓得前蹄竖起,穆拉迪拿起手枪射击,有两个人应声倒下,在子弹发出的光亮中,他认出本·乔伊斯。这时,他的右肋挨了一刀,从马背上倒了下去,手枪里的子弹还没打完!

"这时他还没有失去知觉,凶手们以为他死了。他觉得有人搜他的身,接着听见他们说:'我找到信了。''拿来,有了信,"邓肯"号就是我们的了。'"

爵士听到这里,忍不住大叫了一声。

"'现在,你们去把马给我抓回来,'本·乔伊斯说,'两天后,我就要登上"邓肯"号了,六天后到福德湾,我们在那儿会合,爵士他们还在斯诺威河的泥潭里呢。你们赶快从肯普尔桥过河,然后赶到海岸等我,我会设法让你们上

之后，突然有几个人——他觉得有五个人，冲到他的马前，马吓得前蹄竖起，穆拉迪拿起手枪射击，有两个人应声倒下，在子弹发出的光亮中，他认出本·乔伊斯。

船。我们把船上的人都扔下海去，"邓肯"号就是我们的了。我们有了这条船，就可以在印度洋上称霸了。'那帮匪徒直欢呼。穆拉迪的马找回来后，本·乔伊斯就骑上马向勒克瑙大路奔去，不一会就消失不见了，其他流犯向东南方斯诺威河奔去。穆拉迪尽管伤势重，还是拼尽力气爬着跑着回来了，直到离宿营地约三百步时才倒下去。我们看见他的时候，他已经快不行了。这就是穆拉迪的情况。现在你们明白这个勇敢的水手为什么非要把话说出来不可了。"

爵士和大家听完这番话，极其震惊。

爵士大叫："海盗！他们是海盗啊！我的船员完了，我的'邓肯'号要落到这帮匪徒手里了！"

少校说道："是的，本·乔伊斯肯定会劫持这条船。"

巴加内尔说："我们必须赶在匪徒之前到达海岸！"

威尔逊说："我们怎样过斯诺威河呢？"

爵士说："像他们那样过河吧，他们过肯普尔桥，我们也可以从那儿过去啊！"

海伦娜夫人问："穆拉迪呢？他怎么办？"

"抬着他走！大家轮流抬！我能够把我手无寸铁的船员交给本·乔伊斯和他的喽啰吗？"

从肯普尔桥过河这个办法是可行的，但也很冒险。流犯可能守在桥那边阻止他们过桥。不过他们至少要有三十人才能对付爵士七人！但现在已别无他路了，不管怎样，总得闯闯啊！

约翰说："冒险走这一步之前，我觉得首先去探探路比较稳妥，我去侦察一下吧！"

巴加内尔说："我和您一起去，约翰！"

他们的建议得到同意。约翰和巴加内尔准备马上动身，他们要沿着河岸向斯诺威河下游走，直走到本·乔伊斯说的那个地方，他们还要藏起来偷偷溜去，以免被流犯发现遭到袭击。

两位勇士带着干粮，全副武装出发了。很快他们消失在河边高大的芦苇丛中。

大家心急如焚地等了一天。天黑了，不见他们回来，大家更加心焦。夜里十一点，威尔逊报告说他们回来了，巴加内尔和约翰跑了十英里路，疲惫不堪。

爵士迎上去问他们："有桥吗？桥怎样？"

"有桥，是藤编的桥，流犯们从桥上过去了，但是……"约翰说。

爵士问："但是怎样？"他预感到不妙，新的不幸又来了。

"他们过桥后，把桥烧掉了。"巴加内尔回答说。

第 22 章　伊登镇

现在不是悲观失望的时候，而是行动的时候。肯普尔桥被摧毁了，然而无论如何都要渡过斯诺威河，而且要赶在本·乔伊斯流犯们之前到达福德湾。第二天，1月16日，约翰和爵士来到河边察看水情，以便组织渡河。

雨后暴涨的河水旋涡翻滚，波涛汹涌，浊浪腾空。水位没有退，要强行渡河只能自寻死路。爵士抱着双臂，低着头，一动不动。

约翰说："你是否同意我试着游到对岸？"

爵士用手拦着约翰，答道："不行，约翰，我们再等等！"

两个人回到宿营地，这一天大家都在焦虑中度过。爵士去河边多次，搜索枯肠，想找个冒险渡河的办法。即使火山熔岩在这儿流过，也不会这么难渡啊！

海伦娜夫人按少校的嘱咐悉心照顾穆拉迪，穆拉迪有了活下去的希望。这时少校才敢下断言，穆拉迪没有伤到要害，他的衰弱只是流血过多而已。伤口包扎后止了血，只要好好休息伤口就会痊愈。海伦娜坚持让穆拉迪住在车的前厢，这让穆拉迪很是内疚，他担心他的伤拉了后腿，耽误爵士的计划，因此他要求大家渡河时把他留下，由威尔逊照看，以免拖累大家。

问题是他们没办法过河。当天过不了，第二天1月17日还是过不了，爵士眼看日子一天天过去，心急如焚。海伦娜夫人和少校一再劝他冷静、耐心，他都听不进去。是啊，本·乔伊斯也许上了"邓肯"号，"邓肯"号可能正开足马力向东岸开来，自投罗网。"邓肯"号一小时比一小时危险，爵士能安心吗？

约翰一样焦虑，他想不惜一切代价强渡急流。他计划效仿澳大利亚人的做法，用大块的胶树皮做条小船。树皮轻，用木棍夹起来，就成了轻便快捷的小船。

1月18日这天，约翰和威尔逊驾着不太结实的小船，到河里试航，他们竭尽聪明才智，使尽力气，鼓足勇气，采取一切办法，但小船到了急流处就翻了，他们差点丢了性命。小船被卷进旋涡里，瞬间消失。河面宽一英里，河水都是近期的雨水和融化的雪水，他们两人离岸不到十英寻就失败了。

1月19日和20日的情况照旧,大家无计可施。少校和爵士沿河往上游走了五英里,找不到可涉水而过的浅滩。波涛汹涌,洪流滚滚,没一处例外。整个澳大利亚阿尔卑斯山南麓的山洪似乎都向这唯一的河床冲过来。

只能放弃营救"邓肯"号的希望了。本·乔伊斯已经走了五天,"邓肯"号恐怕已到东海岸,落入歹徒们的手里了!

然而这种状况不可能一成不变,洪水暴涨是暂时的,很快就会退去。21日早晨,巴加内尔发现水位下降,立即把观察到的情况报告爵士。

"现在下降有什么用?太迟了!"爵士说。

少校说:"可我们总不能老是待在这儿啊!"

"是呀,也许明天我们就可以过河了。"约翰说。

"过了河还能挽救我可怜的船员吗?"爵士喊道。

约翰说:"阁下听我说,我了解汤姆·奥斯丁,他一定会执行您的命令,只要可能,一定马上开船。可是谁告诉我们,本·乔伊斯到墨尔本时'邓肯'号就一定修好了?如果船还不能出海,它迟了一天两天呢?"

"您说得对,约翰!我们必须赶到福德湾,我们离德勒吉特只有三十五英里!"爵士听了约翰的话,觉得有道理,又高兴起来。

巴加内尔说:"是呀,到了福德湾我们可以找到速度很快的交通工具,也许我们还来得及制止不幸发生呢!"

爵士大叫:"出发!"

约翰和威尔逊立刻动手打造木筏。上次的经验证明树皮抵挡不了洪水的冲击。约翰砍了几棵大树,打算扎一个又大又结实的木筏。这活很费时,干了一天还没造好,第二天才完工。

此时河水真的已明显退下,滚滚洪流又成了河流,但水流还有点急。约翰认为,小心控制木筏的速度,顺着水流斜着过河,有希望到达河的对岸。

十二点半,大家把两天所需的干粮搬上木筏,余下的东西和牛车帐篷都丢弃了。穆拉迪的伤势有所好转,可以搬动,他的身体恢复得很快。

一点钟,大家上了木筏,木筏还系在岸边。约翰在木筏的右边装了一把长桨,让威尔逊负责驾驶,以防木筏被急流冲走、偏离方向;他自己站在木筏的尾部,用一根粗木橹控制航向。海伦娜夫人和玛丽坐在木筏的中央,紧靠穆拉迪,爵士、少校、巴加内尔和罗伯特在他们的周围,随时准备保护救助她们。

约翰问威尔逊:"准备好了吗?"

威尔逊回答:"准备好了,船长!"

"小心,撑好船,别让急流冲走了。"

约翰解开系着木筏的绳索,一推,把木筏推离河岸。木筏走了十五托瓦兹,还算顺利,威尔逊用长桨撑着,不让木筏偏离航向。但不一会儿,木筏被卷进急流的漩涡,在河里团团转,桨和橹都没办法让它向河对岸行驶;威尔逊和约翰使尽力气,木筏就是不听话,不向他们要的方向前进。他们控制不了木筏,只好耐心等待时机。木筏一面旋转,一面顺流而下。约翰脸色发白,站在那儿,咬着牙,看着旋转的水涡,束手无策。

木筏转到河中心,顺流而下,漂流了半英里。这时水流虽急,但没有漩涡,木筏平稳了些。约翰和威尔逊赶紧撑好桨和橹,木筏斜着前进。在他们奋力地撑划下,木筏接近左岸。不料,离岸还有五十托瓦兹时,威尔逊的桨突然断了,木筏失去控制,顺流下去,约翰不顾断橹的危险,竭力控制;威尔逊在断桨时伤了手,满手是血,也来帮忙。他们最终还是控制了木筏。木筏在河里艰难漂流了半个多小时,触到了对岸一个陡坡。这一碰撞太猛了,捆扎的木筏松动,绳子断了,树干四散,水马上涌了上来。大家赶紧抓住岸边半倒的小树,首先把穆拉迪和两位女士拉上岸,三个人的半截身体都浸湿了。大家安全无恙,但木筏上的大部分干粮和所有武器,除了少校的马枪,都和木筏的残骸一起随河水漂走了。

渡河成功了,但这支小队几乎一无所有了。这儿是维多利亚省边境荒无人烟的地方,离德勒吉特还有三十五英里,这儿见不到移民和坐地人,只有强盗和山贼出没。

大家决定不在此停留,马上出发。穆拉迪看到自己会成为大家的累赘,要求单独留下,等队伍到了德勒吉特再派人来接他。

爵士断然拒绝。到德勒吉特需要三天,到海岸要五天,也就是1月26日,然而16日"邓肯"号已经离开墨尔本,现在迟几个小时又有何妨?

爵士对穆拉迪说:"我的朋友,我绝不丢下任何人,我们做个担架,轮流抬你走。"

担架用桉树的粗枝编成的,上面铺上细枝和叶子,大家把穆拉迪扶上去,爵士争着头一个抬担架。他提起担架的一头,威尔逊抬另一头,大家动身上路。

这支队伍的场面多么狼狈凄凉啊!他们出发的时候人强马壮,装备齐全,车轮滚滚,如今却溃不成军,他们要寻找哈利·格兰特,但格兰特不在这块大陆上,根本就没来过这块大陆,这块大陆却几乎葬送了寻找格兰特的人!这群勇敢的同胞到了澳大利亚的东海岸,连载他们回国的"邓肯"号也没有了!

第一天是在默默地艰难行走中度过的。每隔十分钟,大家轮流换班抬担架,疲累加天热,但穆拉迪的伙伴们没有怨言。

只走了五英里路天就黑了。队伍在胶树丛下扎营。从木筏上抢救回来的干粮作为晚餐。夜里还下起了雨,让人们吃尽苦头。好不容易熬到天亮,大家继续赶路。一路上满眼荒凉,连只飞鸟都见不着。少校还没有机会使用他的马枪。幸好罗伯特发现了一个大鸟窝,窝里有十多只鸟蛋,奥比内用热灰把它们煨熟,在小山谷里采了一些马齿苋,这就是23日的午餐。

路越来越难走,沙土地上到处是一种蒺藜草,墨尔本叫它箭藜,大家的衣服被划破,脚刺出了血。两位女士没有一句怨言,与大家一起勇往直前。

晚上大家停在布拉布拉山脚,在容加拉海岸宿营。晚饭没什么可吃,幸好少校打了一只大老鼠,是当地有名的野味。奥比内把它烤了,如果它的个头和羊一样大,它的名气会更大,然而也该满意了,他们连骨头都啃掉了。

24日,他们很疲累,但斗志不减。他们绕过山脚,穿过漫长的草场。这里的草很长,好像鲸鱼的须。这儿简直就是箭林、刀山,盘根错节,必须用斧头和火开路。

早上没有早餐吃,天气炎热,大家又饿又渴,加上路不好走,他们一个小时也没走半英里。这样下去,他们就要趴下爬不起来了。

就在他们快要困死的时候,上帝出来帮忙了。他们走到了有灌木的地方,那里有一种果实,像盛满甘露水的瓢,挂在珊瑚状的灌木丛枝杈上,大家把它们摘下来解渴,感觉身上又充满了活力。

至于吃的,巴加内尔在干涸的河沟里发现了一种植物,他在地理学会时,他的同事常常提起它的特性。

这种植物当地人叫"纳豆",荚类隐花植物,过去伯克和金格在内地探险,就靠它维持生命。它的叶子像苜蓿,叶下面长着芽孢,扁豆大小,用石头研,便成了面粉,用它做面包可以充饥。这儿有的是,奥比内储存了很多,此后几天的粮食问题就解决了。

第二天,25日,穆拉迪可以下地走路了,他的伤口已完全愈合。他们离德勒吉特只有十英里,当晚他们在新南威尔士省边界宿营,位置在东经149°。

夜里连绵细雨下了几个小时,连遮风挡雨的东西都没有。约翰偶然发现伐木人抛弃的破烂不堪的旧棚子,用树枝茅草搭成的。大家很满意地钻进去。威尔逊想要生火烤面包,就在外面捡了枯枝回来,但这些枯枝点不着,因为它们含有大量的矾质,也就是巴加内尔说的澳大利亚奇闻当中提到的不能燃烧的木料。烤不了火,吃不上面包,穿着湿衣睡觉。笑鸟躲在高枝上,嘲笑这伙不幸的旅人。爵士却预感他们快要苦尽甘来了。

两位女士虽然表现得英勇干练,体力却一小时不如一小时。她们已经走不动了,只能连拖带拉了。

第二天天刚亮,他们又出发了。十一点,德勒吉特就在眼前,它是韦尔斯利郡的一个小镇,距福德湾五十英里。

到了德勒吉特镇,爵士马上备好交通工具。海岸不远了,他又有了希望。如果"邓肯"号稍有延迟,他也许可以在"邓肯"号到达之前赶到海岸!再过二十四小时,他们就可到福德湾了!

中午他们饱吃了一顿,坐上一辆五匹高头大马拉的邮车,离开小镇。

车夫们听说跑得快就多得酬劳,把车子赶得飞快。公路保养得整齐,每十公里有个小站,车夫们在每个站只待两分钟,爵士满腔的热情似乎传到车夫身上了。

他们日夜兼程,以每小时六英里的速度飞奔。

第二天,太阳升起,他们听到了喧闹的海浪声,知道接近印度洋了。邮车要绕过海湾才到37°线的海岸。也就是汤姆·奥斯丁停船等待他们的地方。

两位女士虽然表现得英勇干练,体力却一小时不如一小时。她们已经走不动了,只能连拖带拉了。

大海出现了，大家的目光都投向茫茫的海面，搜索着"邓肯"号的踪影。"邓肯"号会不会出现在那儿，就像一个月前，在阿根廷海岸的科连特斯角那样，游弋在海上，等待他们？

大家什么都没看见。地平线上水天相连，茫茫海面上没一片帆影。

爵士还不死心，还有一线希望。也许汤姆·奥斯丁觉得海上风浪太大，在港外不安全，把船开到福德湾的港内抛锚了呢？

"到伊登镇去看看！"他说。

邮车立刻右转，驶上环绕海湾的路，直奔五英里外的伊登小镇。

车夫在离港口固定信号灯不远处停下车，大家看见码头停泊着几条船，但没有一条挂着玛考姆府的旗帜。

爵士、约翰、巴加内尔下车，到海关打听，请海关关员查看船舶进港登记簿。然而一周以来，没有一条船在福德湾靠岸。

爵士叫喊："是不是还在墨尔本，没有起航呢？"他不愿失望，这也是人之常情，"也许我们比它先到了？"

约翰摇摇头，他非常了解汤姆，这位大副不会接到命令后拖延十天才行动。

爵士说："我一定要了解实际情况，得知实情总比猜疑好！"

一刻钟后，爵士给墨尔本船舶保险经理人联合会发了电报。接着，大家坐邮车到维多利亚大旅社休息，等候消息。

下午两点，一封急电送到爵士手里，电文如下：

福德湾伊登镇格里那凡爵士：

"邓肯"号已于本月18日启航，去向不明。

船舶保险经理人安德鲁

电报从爵士手里掉了下来。

毫无疑问，"邓肯"号已落到本·乔伊斯的手里，变成海盗船了！

横穿澳大利亚的旅行就这样以失败告终，它开始的时候可是充满希望的啊！格兰特船长和他遇难船员的踪迹看来难以追寻，这次失败还搭上了"邓肯"号船员的性命！爵士被折腾得精疲力竭，这位勇敢的追寻者，没有被潘帕斯地区的天灾阻挡住脚步，现在却被澳大利亚的人祸压垮了。

下 卷

第 1 章 "麦考利"号

寻找格兰特船长的人似乎注定总有一天要绝望。现在他们被逼到了走投无路的地步。他们还能到哪儿远征呢?"邓肯"号没有了,要回国也不可能了,何况到别的地方去?这几个侠义的苏格兰人眼看就要一败涂地了。失败对于不甘心失败的人来说,这字眼是多么难以接受啊!然而爵士不得不认输,他再也支撑不住了。

在这样的现实面前,玛丽很识趣懂事,决心不再提及父亲的名字,把不安埋在心底。想到"邓肯"号的船员刚刚被害,以前是海伦娜安慰她,现在是她安慰海伦娜。她头一个提出回苏格兰的建议。约翰看到她这样识大体,这样勇敢,心中更添几分敬意。他想再讲一句继续寻找的话,但玛丽用目光制止了他。后来她对他说:"别说了,约翰先生,想想那些侠义的人吧,爵士必须回欧洲了!"

约翰回答说:"玛丽小姐,您说得对,爵士是应该回去了,英国当局也应当知道'邓肯'号的情况。但您不要放弃希望,我们既然已经开始追寻格兰特船长,与其中途而废,不如进行到底。我已经想好了,我要留下来,我一定要找到格兰特船长,找不到我宁愿倒下!"

这是约翰对玛丽郑重许下的诺言,玛丽接受了,她向他伸出手,好像批准了这条约定。约翰表达了终身为之效劳的心愿,玛丽则表示不变的感激。

就在这一天,大家最终决定回欧洲,尽快赶到墨尔本。第二天,约翰去了解开往墨尔本的船期,他还以为来往于伊登与墨尔本之间的船只很多。

他的估计错了。这地方的商船总共只有三四艘,停泊在福德湾,而且没有一艘开往墨尔本、悉尼或者加莱角港的。而只有在这三个地方才能搭到回欧洲的船,半岛的邮船公司在这三个地方设有与英国本土直航的正式航线。

怎么办?等便船吗?可能要等很久。到福德湾的船只本来就少,大部分的船只只是在这儿经过,却不在这儿靠岸!

爵士打算沿海岸公路前往悉尼,巴加内尔却提出了大家意料不到的建议。

他也去了一趟福德湾，了解到没有船到墨尔本和悉尼。但他也打听到，在湾里停泊的三艘船中，有一艘开往新西兰的北岛首府奥克兰。巴加内尔提议包下这船到奥克兰，在奥克兰很容易搭到半岛邮船公司的船回欧洲。

经过大家认真的讨论，巴加内尔的建议被采纳。巴加内尔这一回提建议时不像以往摆出一大堆论据，只是说明一个事实：航程最多五六天。确实，澳大利亚和新西兰相距也就一千多海里。

非常巧合的是，奥克兰就在37°线上，自从他们离开阿劳坎尼亚海岸之后就一直紧盯住不放的那条37°线啊！巴加内尔本来可以把此事作为理由加重他的建议，大家就不会怪他固执己见了。他们可以利用这机会在新西兰沿岸再作一次搜索！

巴加内尔却没有说出这条理由。他两次解释格兰特船长的求救信，都解释错了，他不愿再冒第三次险。而且第三次解释成立吗？信中说格兰特船长逃到"大陆"去了，而不是"岛"，新西兰却是个岛。不管理由是什么，总之，巴加内尔建议到奥克兰去搭船，只字未提寻找格兰特船长。他只是说，奥克兰与欧洲之间经常有船只来往。

约翰支持巴加内尔的建议，劝大家接受，因为在福德湾等船的希望十分渺茫。不过他认为搭船之前先看一下船比较稳妥。于是，爵士、少校、巴加内尔、罗伯特和约翰租了一条小船，没划几下，便靠近了距岸两链远的那艘大船。

那艘船是二百五十吨位的双桅帆船，叫"麦考利"号，在澳大利亚和新西兰各口岸短程航行。船长，更确切地说船主，接待他们的态度相当粗鲁，一看就知道没受过什么教育，行为举止和他的五名水手基本没什么区别。这位船主叫威尔·哈莱，满脸横肉、塌鼻子、独眼、嘴上沾满烟油、面目可憎，但大家没有选择的余地，而且就几天的航程，只好将就了。

威尔·哈莱看见几个陌生人踏上他的船，大声喝问："你们来干什么？"

约翰问："你是船长吗？"

"我是，然后呢？"

"'麦考利'号要运货到奥克兰吗？"

"是呀，然后呢？"

"运什么货呢？"

"所有能买能卖的东西。然后呢？"

"什么时候开船？"

"明天,中午涨潮的时候。然后呢?"

"载客吗?"

"那要看是什么客人了,如果能吃船上的饭食就行。"

"自己带伙食。"

"然后呢?"

"然后?"

"可以,多少人?"

"十个,其中有两个女客。"

"我没有舱房。"

"你腾出甲板上的便舱,我们自己安排。"

"然后呢?"

"你接受吗?"约翰问,船主的粗鲁无礼难不住他。

"那要看看。"船主在甲板上兜了两个圈子,钉了铁掌的皮靴发出笃笃的响声,然后突然停下,站在约翰的面前。

"给多少钱?"他问约翰。

"你要多少?"

"五十镑。"

爵士向约翰点头表示同意。

约翰说:"好!说定了五十镑。"

"这只是包船费。"船主赶忙补充说。

"可以,光是包船费。"

"不包伙食。"

"不包就不包。"

"说定了。然后呢?"威尔伸出手。

"什么?"

"订金呢?"

"这里是二十五镑,先付一半做订金。"约翰一面说,一面数钱给船主。船主接过钱,塞进腰包,连个谢字也不说。

"明天上船,"他说,"中午之前来,你们来不来,我都开船。"

"我们会来的。"

说完,五个人离开了"麦考利"号,这个一头蓬乱的红发上戴着漆布帽子的威尔·哈莱见他们走了,连个告别礼都没有。

"真是个粗人!"约翰嘟囔道。

巴加内尔说:"我看着还顺眼,货真价实的海狼!"

"我看像一头真正的狗熊!"少校说。

"我猜他以前干过人肉买卖。"约翰说。

爵士说:"管他呢!只要他是'麦考利'的船主,而'麦考利'是到奥克兰去的就行了。从福德湾到奥克兰,我们又不怎么见他,到了奥克兰,我们永远也不会再见他。"

得知出发定在明天,海伦娜夫人和玛丽很高兴。爵士提醒她们"麦考利"号可没有"邓肯"号舒服。但她们经历了那么多考验,这点小事已经不在乎了。奥比内被派去买食物,这个可怜的人,自从"邓肯"号失踪,常常为不幸的妻子哭泣。他的妻子也留在"邓肯"号上,因此他担心妻子和"邓肯"号的船员一起死在流犯们的手里了。然而此时他和平时一样,认真完成司务长的职责,船上不包的伙食都是他精挑细选的,都是船上的菜单没有的。他只用了几个小时,就把这些食物置办好了。

而少校找了个钱庄,把爵士汇到墨尔本联合银行的几张期票兑换成现金。他认为手里不能没现金,也不能没有武器和弹药,于是他添置了一些。巴加内尔呢,他找到了爱丁堡约翰斯顿出版社编辑的新西兰全图。

穆拉迪的身体状况良好,差点要了他的命的伤口差不多痊愈了。在海上过几天,就会完全康复了。他要利用太平洋上的海风疗养呢!

威尔逊负责在"麦考利"号布置大家的舱房。经他的打扫和整理,便舱完全改观。威尔·哈莱看见他打扫,不以为然,耸了耸肩,任由这个水手爱怎么干怎么干,他才不管什么爵士,不管他的伙伴们。他不知道他们的名字,也不想知道。多载几个人,多赚五十镑,不过如此。在他看来,这几个人绝对比不上塞满他船舱的两百吨皮革。皮革第一,人其次,他毕竟是个商人。说到他的航海技术,在这一带尽是珊瑚礁的危险海面上,他还算是有经验的。

这一天还有几个小时,爵士要到37°线与海岸相交的地方看看,他的目的有两个:

他要察看那个假定的沉船地点,艾尔通确实是"不列颠尼亚"号的水手,而"不列颠尼亚"号可能真的在澳大利亚这一带海岸附近沉没,不在西海岸就该在东海岸,这个地方以后他不会再来,所以他一定要看看。

就算"不列颠尼亚"号不是在这儿出的事,可"邓肯"号是在这儿被流犯们劫走的,也许他们还搏斗了呢!肯定是你死我活的恶斗,顽强的搏斗,为什么海边会找不到搏斗的痕迹呢?如果船员们都掉进海里,海浪不会把几具尸体抛到岸边来吗?

忠实的约翰陪伴爵士前往。维多利亚旅社的主人给他们准备了两匹马,他们就走环绕福德湾北面的路。

搜索的过程是痛心疾首的。两人默默无言,彼此心照不宣,担着同样的心事,看着被海水侵蚀的岩石,被同样的痛苦煎熬。二人无须提问,也无须答话。

约翰是个热情敏锐的人,不用说,海边的每一块地方,最细微的湾汊都被他们细细地搜索过。太平洋的潮水不算太大,但沉船的遗物总该被冲到露出水面的沙丘、倾斜的海滨上来的啊!他们就没有发现一点让人要在这一带做进一步搜寻的迹象。

"不列颠尼亚"号究竟是在哪儿沉船的,仍然是个谜。

同样没有"邓肯"号的痕迹。澳大利亚的这一带滨海地区荒无人烟。

然而约翰在岸边的一丛"米亚尔"树下发现几堆烧过的篝火,很明显,最近有人在这儿宿营,是不是土著人的游牧队最近经过这儿呢?不可能。因为爵士又发现了另一个疑迹,说明流犯曾经到过这一带地区。

疑迹就是一件打了补丁的灰黄两色的粗毛衣,又破又旧,卷成一团,被扔在树下。毛衣上印有珀斯大牢的号码。尽管穿这毛衣的流犯已经走了,但丢在这荒凉海岸的已腐烂的号衣,是他们来过这儿的铁证。

爵士说:"你看,约翰,流犯来过这儿,'邓肯'号上的可怜的伙伴们……"

约翰的嗓子都哑了,说:"是啊,看来他们都没有上岸,就被……"

爵士满腔愤恨,大叫:"浑蛋!有朝一日抓住他们,我一定要为我的船员们报仇!……"

爵士痛苦得脸色铁青,他望着汪洋大海,好像要在空旷的海面上找到船。过了一会儿,他的目光暗淡下来,恢复了原样,不再说话,也不做什么事,骑马返回伊登镇。

还有一个手续要办,就是把最近发生的事报告给当地警察局。

当天晚上,爵士到警官托马斯·班克斯那儿把这事办了。警官做笔录,几乎掩饰不住内心的喜悦。本·乔伊斯和他的同党离开澳大利亚,警察心头的大石落地,全城百姓也会和他一样松一口气。流犯离开澳大利亚,固然又犯了罪,但他们总算走了。墨尔本和悉尼的行政当局很快接到电报,知道了这个重要消息。

办完此事,爵士回到维多利亚旅社,大家闷闷不乐地过了一夜。他们的脑子里还盘旋着这块不幸的土地。他们回想起在伯努利角时满怀的希望,到了福德湾希望却无情地破灭!

巴加内尔一直心事重重,坐立不安。从斯诺威河岸发生事变,约翰就开始留意他,发现他总想说点什么,但欲言又止。他不止一次地追问巴加内尔,但巴加内尔避而不答。

这天晚上,约翰把巴加内尔请到自己的房间里来,问他为什么焦躁不安。

巴加内尔说:"约翰,我的朋友,我没有不安啊,还不是和平时一样?"

约翰说:"我看你心里藏着什么秘密。"

巴加内尔说:"有什么办法呢?我克制不住。"

"什么事让你克制不住自己?"

"我又开心又失望。"

"你又开心又失望?"

"是呀,去新西兰,让我又开心又失望。"

"您是不是又发现什么新线索了?"约翰紧追不放。

"没什么好说的,约翰朋友,到了新西兰就不能回去了,不过,毕竟,哎,你也知道的,人性就是这样,只要还有一口气,就不会死心!'一息尚存,绝不罢休',这是世上最好的格言。"

第 2 章 新西兰的历史

第二天,1月27日,"麦考利"号的乘客被安置在船上的狭小便舱里。威尔·哈莱根本没把他的舱房让给女乘客,对他的失礼也无须遗憾,他的舱房也不过就是狗熊窝,给他这个狗熊住挺合适的。

十二点半,大海退潮,船启航。锚从海底被艰难地垂直拉上来,海上刮着不大的西南风,帆慢慢升起,五个船员慢吞吞地操作,威尔逊想上前帮一把,但哈莱命他别动,别多管闲事,他习惯自个儿办事,不要别人帮忙也不要别人出主意。

这话也是冲约翰说的,因为约翰看见他们笨手笨脚,不由得发笑。既然船主如此说了,约翰就不参与了,但如果他们的操作不当危及全船的安全,他就不能袖手旁观了。

随着时间的过去,五个水手在船主的咒骂下使劲抡臂操作,帆拉上桅杆。"麦考利"号以"满后侧风"的方式航行。帆索拉在左舷上,挂了低帆、前帆、顶帆、纵帆、触帆,后来又添了很多小帆和插帆,帆很多,但船还是缓慢移动。船头的形状突出,底像喇叭口,船后笨重,跑不快。非常典型的木鞋型。

"麦考利"号的情况就这样,只好将就了。它开得慢也好,五六天就到奥克兰了。

晚上七点,澳大利亚海岸和伊登港的灯塔都看不见踪影了。这时,海浪汹涌,船颠簸得厉害,乘客们感觉强烈的摇晃,在小舱房里待得很难受,但他们又不能到甲板上去,因为雨下得很大,只能像囚犯一样挤在舱里。

每个人都想着心事,大家很少聊天,海伦娜和玛丽的交谈也少了。爵士坐不住,走来走去。少校不动,约翰后面跟着罗伯特,时不时走上甲板,观察海面。巴加内尔呢,在角落里含糊不清地低声念叨着不连贯的话语。

这位地理学家在动什么心思?他在想新西兰,命运促使他去的新西兰。新西兰的历史,在他脑海里回想,这个鬼地方的过去重现在他的眼前。

在新西兰的历史上,是否有过这样的事实:新西兰的发现者把两个岛看作大陆？而现代地理学家和海员，会把它们看作大陆吗？巴加内尔又在琢磨格兰特船长的求救信了，这是他的偏好和习惯。离开巴塔哥尼亚，离开澳大利亚，格兰特船长信中的一个词又令他想入非非，他在考虑新西兰，但"大陆"这个字眼，令他迷惑不解，裹足不前。

"contin，contin……"他不停地念叨这个词，"它就只有大陆这个意思吗？"他想起航海家们发现南海上的这两个大岛时的情景：

1642年12月13日，荷兰人塔斯曼在发现了范迪门陆地之后，在新西兰陌生海岸航行，航行了五天，17日那天，船进了大海湾，它的尽头是夹在两个小岛之间的一条海峡。

北岛名叫"依卡-那-马威"，当地土语，意为"马威之鱼"；南岛土语叫"马海-普那-木"，意为"产绿玉的鲸"。

阿贝尔·塔斯曼派了几只小艇登陆，小艇回来的时候后面跟着两条独木舟，舟上坐着吵嚷的土著人。他们中等身材、骨瘦如柴、棕黄色皮肤，语音生硬，黑发盘在头上，上面插根白羽毛，像日本人。

这是欧洲人和土著人的第一次见面，他们好像可以建立长久的友好关系。但第二天，塔斯曼的一条小艇到附近的海岸寻找停泊地时，七条载着土著人的独木舟突然袭击了小艇。小艇倾侧，水灌进小艇，指挥小艇的水手长的喉咙挨了一枪，他跳进海里逃命。其余的六名伙伴四名被杀，水手长和另外两个向大船游去，被大船救起，捡了一条命。

经过这次不幸的事件，塔斯曼出海总是对土著人报复性地开几枪，根本打不中，只是吓吓他们。从此这个海湾被叫作"屠杀湾"。塔斯曼沿西岸航行一路向北，1月5日，船靠近北角停下，然而这里的拍岸浪和土著人都非常凶猛。他取不到淡水，最后离开这块土地。为了纪念当时的"三级会议"，他给这地方取名"斯塔腾兰"，意为"三民地"。

这位荷兰航海家以为它与美洲南端、火地岛东部发现的斯塔腾岛相邻，所以给它取了这个名字，他以为找到了"美洲南部的大陆"。

巴加内尔想道："十七世纪的海员可以把新西兰称为大陆，十九世纪的海员绝对不能这样，格兰特船长不会犯这样的错误，不可能！我一定在什么地方搞错了！"

一个多世纪以来，塔斯曼的发现被人遗忘，新西兰似乎不再存在。法国航海家苏维尔在南纬35°37′再次发现了它。开头他与土著人相处还好。后来，一场猛烈的风暴把苏维尔一只装载病人的小艇刮到避难港的岸边。一个名叫那吉·努依的酋长热情地接待了法国人，还在家里款待他们。本来一切都好好的,直到苏维尔发现小艇被土著人偷走。他去讨要,没要回来。为了惩罚土著人,苏尔维一气之下就把整个村子烧掉了。多么可怕多么错误的报复啊,后来新西兰又发生了多起流血事件,与此不无关系。

1769年10月6日,著名的库克船长来到这一带海岸上。他把"奋勉"号停泊在塔维罗阿湾。他打算用小恩小惠收买土著人,就抓了几个土著人,强迫他们接受他的礼物。土著人在船上受到优待,又得到好处,然后被送回岸上。不久好几个土著人主动来到船上,和欧洲人做交易。几天之后,库克到了霍克斯湾,海岸很大的凹入处就是北岛,他在那儿见到的土著人都是好斗者,气势汹汹的,他们那嚣张的表现使他不得不开炮压下他们的气焰。

10月20日,"奋勉"号停在托克马鲁湾,那里的居民和平友好,约有二百人。船上的植物学家在当地的考察收获颇丰,土著人用自己的独木舟把他们接到岸上。库克参观了这里的两个村子,外面围着木栅栏,挖了双重壕沟,建

1769年10月6日,著名的库克船长来到这一带海岸上。

了碉堡,说明土著人很有建筑知识。最重要的一座碉堡建在一处巨大的岩石上,涨潮时它就成了岛,四面环水,下面还有个大洞,如同拱门,六十英尺高,水在下面咆哮,无法攀登的碉堡就在拱门的顶上。库克在那儿逗留了五个月,搜集了许多奇珍异物,还有当地植物、人种学研究方面的资料。3月31日,他用自己的名字给这条隔开两个岛的海峡命名,之后离开新西兰。后来在几次航行中,他又到过新西兰。

1773年这位伟大的航海家又一次来到霍克斯湾,亲眼看到吃人肉的场面。说到这里,该谴责他的同胞,是他们造成的。军官们在岸上找到一个年轻土著人的残肢,把它们带到船上。军官命人煮了,叫土著人吃,土著人扑过去大吃。就这样成为人肉餐的厨子!

库克第三次来到霍克斯湾,他喜欢这个地方,完成了水道的测量。1777年2月25日离开,以后再也没来过。

1791年,凡可佛来到幽暗湾,停了二十来天。但对博物学和地理学方面没做出什么贡献。1793年,当特尔卡斯托测量了依卡-那-马威岛北部二十五英里的海岸;商船队队长霍森和达林普,后来的巴顿、理查逊、穆迪都来过这一带。萨法奇博士也在这里住过五星期,搜集了不少有关新西兰风土人情的资料。

正是巴顿来的那一年——1805年,酋长兰吉胡的侄子、聪明的杜阿塔拉上了巴顿指挥的、停在群岛湾的"阿尔戈"号海船。

毛利族人如果有荷马那样的大诗人,杜阿塔拉的遭遇可以写成一部史诗。他受尽了折磨、委屈和虐待。这位可怜的土著人勤恳的服务换来的是歧视、监禁、毒打和创伤。他对那些自命不凡的文明人有何感想呢?他被带到伦敦,做了最低级的水手,受尽船员们的折磨。要不是马斯登教士救了他,他准会累死在船上。教士发现他判断力准确,为人正直,性情温和善良,待人文雅,很关心他,送给他几袋麦种和农具,让他回乡种地。可是这些东西又被人偷走,他只好继续做苦力。直到1814年他才回到故乡。正当他要收获多年历尽艰辛得来的果实,改造新西兰时,他却在二十八岁这一年死去。这无法挽回的损失,使新西兰的文明推迟了好几年,没有什么可替代一个聪明的、把善良和对祖国的爱放在心上的人!

1816年之前,新西兰被遗忘。1816年一个叫桑普森的人,1817年一个叫尼古拉斯的人,1819年一个叫马斯登的人,游历了这两个岛的部分地区。1820年,步兵八十四团的一个叫克鲁斯的上尉在岛上住了十个月,研究土著人的风俗习惯。

1824年．杜佩里驾着"壳"号船来到群岛湾,待了十五天,受到土著人称赞。

1827年,英国捕鲸船"水星"号来到这里,遇到抢劫和屠杀,被迫采取防卫措施。同年,狄龙船长也来这儿两次,都受到土著人热情的接待。

1827年3月,"阿斯特罗拉伯"号的船长、著名的杜蒙·居维尔没有带武器在岸上过了几夜,毫发无损,还和土著人交换礼物并学习了他们的歌曲。他在那儿做他的测量工作,没人打扰他。他的测量使海军资料库里增添了许多有价值的资料和地图。

然而第二年,情况相反,一艘英国双桅船"霍伊斯"号来到群岛湾,向东角航行,船长詹姆斯却遇到奸诈的酋长艾那拉罗,受了罪,几个伙伴惨死在那里。

从以上不同的事件、土著人忽友好忽敌对的态度,可以得出这样的结论:新西兰人对欧洲人的仇恨大多出于报复。他们的态度取决于船长的好坏。当然,土著人对欧洲人的攻击有些也是毫无道理的,但绝大多数由欧洲人造成。遗憾的是土著人惩罚的是无辜的欧洲人。

继杜蒙·居维尔之后,又一个大胆的探险家丰富了新西兰的人种学,他是英国人,名叫伊尔,二十次远航,跑遍世界,像游牧民族一样,是个流浪的科学家。他到了新西兰的两个岛上,考察从未曾有人到过的地区。他倒没受到土著人的虐待,但却目睹了土著人吃人肉、互相吞食的情景。

1831年,拉普拉斯船长在群岛湾也见过吃人场面。土著人之间的争斗愈演愈烈,因为他们学会了使用火器,而且用得准确。所以以前人口稠密、繁荣的依卡-那-马威岛,现在荒无人烟,有些部落整个消失,就像一群羊,被烤了吃掉了。

新西兰人不是迟钝的澳大利亚人,澳大利亚人看见欧洲入侵者拔腿就跑,而新西兰人却顽强抵抗,坚决自卫。他们仇恨侵略者,不共戴天的仇恨使他们反对英国殖民者。因此,这些大岛的未来还是未知数。

在巴加内尔焦躁的脑子里翻腾的就是这些东西,他回想着新西兰的历史,但这部历史不能使他明白,这个由两个岛组成的地区与"大陆"的关系,不能启迪他对格兰特船长求救信中的contin有新的理解,contin这个词顽固地堵住他的思路。

第 3 章　新西兰岛上的大屠杀

1月31日，开船已经四天，而"麦考利"号在澳大利亚和新西兰之间那条短航线上才走了不到三分之二的路程。威尔·哈莱不大管船上的事务，任由水手们操纵船只。船上很少见他的踪影，谁也不怪他，就让他在舱房里过他的日子，只要这条粗汉每天喝松子酒、白兰地不是喝得醉醺醺的。可他的水手上行下效。所以没有一条船像福德湾的"麦考利"号那样听天由命地航行。

这个不可原谅的失职行为弄得约翰不得不时刻监视着船的航行情况。穆拉迪和威尔逊不止一次扶正船舵，因为船猛烈颠簸，几乎翻沉。威尔·哈莱还破口大骂他们，穆拉迪和威尔逊没那么好的耐性，要把这个醉鬼捆起来扔到货舱底下去，等船到了再放他出来。约翰好不容易才劝阻了他们。

这艘船的情况很令约翰忧虑，为了不让爵士烦恼，他只在背地里与少校、巴加内尔交换了意见。少校和穆拉迪、威尔逊二人的看法差不多，用的词不同罢了。

少校说："如果您觉得这样做有好处，约翰，你就不必犹豫了，担负起指挥船的责任，或者您觉得更好，就亲自驾船，这个酒鬼把我们送到奥克兰之后再做他的船主吧，那时他要翻船就让他翻去。"

约翰答话说："麦克·那布斯先生，到了迫不得已的时候，我会这样做的。船还在大海上，我们在旁边稍稍监督就足够了，我和我的水手不离开甲板，如果船靠近海岸，酒鬼还不醒酒，那就难办了。"

巴加内尔问："您不能领航吗？"

约翰说："很难。您相信吗，船上没有航海图！"

"真的吗？"

"真的。'麦考利'号只走伊登和奥克兰之间的航线，威尔·哈莱跑熟了这一带海域，他根本就不测方位。"

巴加内尔说："大概他以为他的船认路，自己走就行了。"

约翰说："我就不信船会自己走，如果船靠岸威尔的酒还没醒，我们会非常狼狈。"

巴加内尔说:"但愿靠岸时他能够头脑清醒。"

少校说:"这么说来,急需时你也不能把'麦考利'号开到奥克兰了?"

约翰说:"没有海图,我不能开船。那儿有连绵不断的山峡,海岸弯曲,极不规则,和挪威的山峡一样,在那儿航行非常危险。暗礁也多,不熟悉地形的人,很难躲开;而且暗礁就在水下几英尺,再结实的船,龙骨碰上它们,必沉无疑。"

少校问:"船出事,船上的人只能往岸上爬了?"

"是的,麦克·那布斯先生,如果来得及的话。"

巴加内尔说:"爬上岸危险,不上岸也危险。新西兰海岸的土著人是不好客的。"

约翰问:"巴加内尔先生,你说的是毛利人吧?"

"是啊,我的朋友。他们在印度洋区域是出了名的。他们可不是老实巴交、胆小怕事的澳大利亚土著人。毛利人聪明好斗,嗜血成性,吃人肉,落到他们手里,就别想让他们发慈悲。"

少校说:"这样说来,如果格兰特船长在新西兰海岸沉船,你会劝大家别去找他了?"

巴加内尔说:"沿着海岸找还可以,在靠近海岸的地方或许能找到'不列颠尼亚'号的痕迹,但到内地找,那就徒劳了。去那儿冒险的欧洲人难逃土著人的魔掌,做了他们的俘虏必死无疑。我鼓励朋友们闯阿根廷大草原、澳大利亚,但我可不敢把他们往新西兰内地的绝路上推!愿上天指引我们吧!愿上帝保佑我们不要落到新西兰土著人的手里!"

巴加内尔对新西兰土著人的恐惧是可以理解的。新西兰的名声实在太可怕,其发现史充满了血腥。

列入航海家烈士名册的遇难者名单很长。血腥的记录从塔斯曼的五名水手开始,他们被杀而且被吃掉。之后是脱克内船长和他的划小艇的全部水手,他们也遭到同样的命运。福沃科思海峡附近的东部地区,"悉尼湾"号上的五名渔夫也死在土著人的手里。还有"兄弟"号双桅船上的四个水手,在毛里纳港被杀;还有盖特将军的几个士兵和"玛提达"号上的三个逃兵。

然后我们再说一说骇人听闻的马里昂遇难。1772年5月11日,库克第一次航行后,法国军舰舰长马里昂来到群岛湾,他的"马斯卡林"号和克罗泽舰长指挥的"卡斯特里"号都停在海湾里。虚伪的新西兰土著人对客人们很热情,做出怯懦的样子。为了熟悉船上的情况,他们送礼物,提供服务,和船上的欧洲人套近乎。

他们的酋长叫塔古力,老谋深算,据杜蒙·居维尔说,这个酋长属于王加罗阿部落,他的亲戚两年前被苏维尔用奸诈手段绑架。

土著人受了侮辱是要用血来洗刷的。塔古力没有忘记他的部落遭受的耻辱,他耐心地等待欧洲人的到来,策划报仇的计划,并以惊人的冷静实现计划。

他装出害怕法国人的表象,以骗人的方法使法国人以为和他们交往是安全的。晚上他和他的同伙常到船上,带去挑选过的鲜鱼,甚至带他们的妻女到船上陪军官们玩乐。他还邀请军官们到他们的村子里,马里昂和克罗泽被迷惑,在那住着四千居民的海岸逛了一圈。所到之处,土著人不带武器,热情款待,骗取他们的绝对信任。

马里昂舰长把船停在群岛湾,他打算给"卡斯特里"号换桅杆,船上的桅杆在最近的几场风暴中被损坏。他要到内地找木材。5月23日,他发现离海岸两法里的地方有一片小树林,林中全是高大的柏树;林边有个小湾,离他们的船停泊的地方只有一法里。

他就在那儿建了一个小工场,把三分之二的船员派到那儿,带着斧头和工具,一边砍树,一边开路通往小湾。除了工场,他设了两个据点,一个设在港中心毛突阿罗的小岛,把船上的伤病员、铁匠、箍桶匠集中在那儿,另一个点设在岸边的陆地上,离船一法里半。这个点和木工场相通,这两个据点,都有许多身强力壮的友好土著人在帮忙干活。

马里昂直到此时都没有解除防备。虽然土著人上船没有带武器,但划到岸边去的小艇总是全副武装。但,马里昂和头脑不清醒的军官逐渐被土著人的友好态度所迷惑,马里昂终于下令解除各艇的武装,克罗泽舰长曾劝马里昂收回这个命令,但马里昂没有听。

新西兰土著人表现得加倍殷勤和热情,酋长和军官关系亲密。塔古力多次把儿子带到船上过夜。6月8日,马里昂到陆上访问,土著人称他为大酋长,在他的头上插了四支白羽毛,以示尊敬。

两艘军舰在群岛湾停泊了三十三天。造桅的工作顺利进行。舰上的储水库装满了从毛突阿罗岛运回的淡水。克罗泽亲自指挥木匠活,工程看来肯定顺利完成。

6月12日下午两点,马里昂的小艇按预定计划到塔古力的村脚打鱼。马里昂坐小艇,陪同他的有两个年轻军官佛德利古和勒乌斯,还有一个志愿兵,一个教练官及十二个水兵。塔古力和另外五个酋长陪他们去。没有任何迹

象使人预料一场骇人听闻的灾难正在等待这十七名欧洲人中的十六个。

小艇离开大船,划向陆地,不一会儿就消失在两艘军舰的视线之外。

马里昂舰长到了晚上都没有回大船,谁也没为这事担心,舰长可能去了木工场并在那儿过夜。

第二天五点钟,"卡斯特里"号的小艇照例到毛突阿罗岛装淡水,没有任何意外,安全回来了。

九点钟,"马斯卡林"号的值勤水兵发现海上有个人,精疲力竭地往军舰游过来,他放下小艇,把他救上军舰。

他就是托尔内,跟随马里昂舰长一起打鱼的水兵。他腰部受伤,被铁矛戳了两下,昨天离舰的十七人,只有他生还。

大家询问他,很快得知这惊人惨剧的详细情况。

早上七点,倒霉的马里昂的小艇在村边靠岸,土著人还高高兴兴地迎接他们,上岸时军官们和水兵不愿湿了身,土著人还把他们扛在肩上,然后法国人就分头散开了。

突然间,土著人带着长枪木棒和铁锤向他们冲过来,十个土著人对付一个法国人,把他们差不多都打死了,只有水兵托尔内逃了出来。他的腰被铁矛扎了两下,他逃进矮树丛里,亲眼看见了土著人的残酷暴行:土著人剥了死人的衣服,剖开肚子,用斧头把死人砍成一块又一块……

托尔内趁没有被发现,跳进大海,被"马斯卡林"号的小艇救起的时候,已半死不活。

这件惊人事件震动了两艘军舰上的全体船员,两条军舰上响起报仇的呼声。但在为死者报仇之前,要先把活着的人救出来。岸上还有三个据点,现在肯定被几千土著人包围了。

克罗泽舰长昨天在木工场过夜,还没有回来。舰上的首席军官杜克来莫尔代替他采取紧急措施,"马斯卡林"号立即派出一条小艇,载一名军官和一队士兵,救援木工场的人。他们乘小艇沿着海岸前进,看见马里昂舰长的小艇被撂在陆地上,他们就在那儿上岸。

在木工场的克罗泽舰长还不知道发生了大屠杀,下午两点,他突然看见一队士兵向他们奔来,马上预感到出事了。他迎了上去,知道真实情况,为了不惊吓伙伴们,他不准士兵泄露消息。

成群结队的土著人已经冲了上来,占领了那一带的高地。克罗泽下令把主要工具拆卸下来,次要的埋掉,烧了工棚,六十个人开始撤退。

土著人在他们后面追赶,一面喊:"塔古力已经杀了马里昂!"他们希望水兵们听见首领被杀吓破了胆。水兵们气愤至极，要回头和那些可恨的土著人拼命。克罗泽好不容易才制止了他们。这队人走完了两法里的路，到了岸边，与第二据点的人们一起上了在岸边等他们的几条小艇。他们到达海岸登上小艇时，有大约一千个土著人追来。小艇开往大海，石头飞了过来，四名水兵马上向岸上开枪，把几个酋长打死了。土著人不知道火枪的厉害，这下子都吓呆了。

克罗泽舰长回到"马斯卡林"号，立刻派一条小艇到毛突阿罗岛去，一队士兵驻扎在岛上过夜，让伤病员回到船上来。

第二天，又有一队士兵被派到岛上加强防卫，必须消灭岛上的土著人，继续运淡水装满舰上的储水库。毛突阿罗岛有个村子有三百居民。法国人血洗了这个村子，杀死了六个酋长，放火烧掉了整个村子。"卡斯特里"号军舰没有桅杆不能航行，克罗泽没能利用柏树林的木材，只好把木料拼凑起来做桅杆，装淡水的活儿照常干。

一个月过去，土著人几次企图夺回毛突阿罗岛，都没有得逞。他们的独木舟冲不过军舰的炮火形成的封锁线。

最后，所有工程完成，剩下要做的事就是弄清那十六个遇难者是否有侥幸存活的；还有必须为死难者报仇。很多军官和士兵组成的队伍乘大艇到达塔古力的村子。阴险胆怯的塔古力听到风声就披着马里昂的大衣逃跑了。他们搜查了每一间茅屋，在塔古力的家里找到刚烤过的颅骨盖，上面还有牙齿啃过的痕迹。还找到一件硬领衬衫，沾满血迹，一看就知道是马里昂舰长的。还有一条用木桩串着的人腿、一些衣服、佛德利古的手枪、小艇的盾形徽章、破烂的布块。在另一个村子，他们又发现了许多人的肠子，都被洗净煮熟了。

他们收集了这些铁证，怀着悲痛崇敬的心情掩埋了死难者的遗骸，然后放火烧掉塔古力和他的帮凶皮吉-俄尔的两个村子。1772年7月14日，两艘军舰离开这可怕的滨海地区。

这就是踏足新西兰海岸的旅人必须牢牢记住的灾难。新西兰土著人奸诈、报复心强、吃人肉。库克船长1773年的第二次新西兰之旅亲有体会。

库克船长麾下的"冒险"号由弗诺舰长指挥。12月17日，舰长派一条小艇上岸，艇上有一个候补的海军少尉和九个海员，他们想去采集一些药草。小艇却有去无回。弗诺舰长不放心，派伯尼中尉去小艇上岸的地方寻找，伯尼回来说，他们发现了"惨绝人寰的场面，令人毛骨悚然，伙伴们的脑袋、肠子、肺被胡乱地扔在沙滩上，旁边有几条狗在争吃"。

这份血腥的名单还没列完,还有1815年"兄弟"号被土著人掳杀;1820年汤普森指挥的"博伊德"号全体船员被害;1829年3月1日,瓦吉他的一个酋长艾那拉罗劫持了悉尼英国双桅船"霍伊斯"号,船上的好几名水手被他手下的土著人杀害,煮了吃掉了。

这就是"麦考利"号正在开往的新西兰。指挥"麦考利"号船的是个酒鬼,船上的船员都是笨蛋。

第 4 章 暗 礁

"麦考利"号还在艰难地航行。2月2日,已走了六天,但还是看不见奥克兰海岸的影子。海面上吹着西南风,是顺风,但海流逆着风向,船勉强顶住水流。大海波涛汹涌,船的上部几乎支撑不住,骨架嘎吱嘎吱地响,横桅索、后支索、牵桅索都没绷,桅杆摇晃得厉害,让人心惊肉跳。

幸好威尔·哈莱是个慢性子,不求船走得快,否则桅杆非得倒下来。约翰只希望这条破船能安全到达目的地,不要节外生枝。看到伙伴们在船上这样受罪,心里很难受。

雨下个不停,海伦娜夫人和玛丽只好待在便舱里,那儿的空气不流通,船晃得厉害,非常不舒服,因此待雨小一些后她们就去了甲板上,直到风雨大得没办法再待下去,她们才回到狭窄的便舱。便舱空间太小,只适合放货物,不适合住人,更不适合住女客。

两位女士回到舱里,大家想法子给她们解闷。巴加内尔想讲故事让大家消遣,但效果不佳。这班人在回国途中情绪低落,心灰意冷。以前巴加内尔说潘帕斯大草原、澳大利亚,大家兴趣勃勃,现在他谈新西兰的见闻,大家无精打采,神情冷漠。是啊,他们被命运捉弄,迫不得已才跑到这个充满血腥的地方,要不是为了寻找格兰特船长,谁会愿意上这个地方来?格里那凡爵士最可怜,他心绪不宁,又受了刺激,不愿意在狭窄的便舱里憋着。不管白天黑夜,还是下着暴雨、巨浪拍打,他都站在甲板上,或倚着栏杆,或踱来踱去,想着心事。他常常目不转睛地遥望茫茫海天,雨稍停歇,他就用望远镜固执地在天边搜索。可海面上浓雾弥漫,遮蔽了地平线。他挥动着拳头,似乎要撕破它们。他沉不住气,熬受着剧烈的痛苦。他本是个意志坚强、精力充沛的人,素来心想事成,可现在却突然一下子力不从心,处处不顺。约翰寸步不离他的左右,和他一起忍受恶劣的天气。这一天,爵士更加固执地看着地平线,尤其是浓雾略微散开、露出缝隙时。约翰向他走过去,问道:"阁下是在找陆地吗?"

爵士摇头。

约翰说："我了解阁下的心情,我们本该三十六小时前就看到奥克兰的信号灯了。"

爵士没说话,他一直看着,他的望远镜迎风对着地平线,看了一分钟。

约翰说："陆地不在那边,请阁下向右舷这边看。"

"约翰,为什么要朝右舷看,我又不是要看陆地。"

"那您找什么呢,爵士?"

"找我的游船,找我的'邓肯'号!"爵士气呼呼地说,"它一定在那边,在这航道上,被海盗们驾驭着干卑鄙的勾当!我敢说,约翰,它就在澳大利亚和新西兰之间的航道上,我们一定能遇到它!"

"爵士,但愿上帝保佑我们不要遇到它吧!"

"为什么呢,约翰?"

"阁下难道忘了我们的处境吗?如果'邓肯'号追赶我们这条破船,我们怎么办?逃不掉了啊!"

"逃?约翰,为什么逃?"

"当然要逃,爵士!不过逃也没用,我们一定会被抓去,任凭他们摆布,本·乔伊斯是什么坏事都干得出来的,我们要自卫,直到流尽最后一滴血,我们死了不要紧,这是不用多说的,可您要想想海伦娜夫人啊,爵士,还有玛丽小姐!"

爵士说："可怜的女人啊!约翰,我绝望啊,我预感到新的灾难在等着我们,老天在和我们作对!我怕!"

"您怕,爵士?"

"我怕,不是为了我自己,是为了我爱的人,也为了你爱的人啊!"

"放心吧,爵士,不用怕,'麦考利'号虽然走得慢,但也在走。威尔·哈莱是个笨蛋,但有我呢,如果我发现快到陆地时情况不妙,我就想法子把船开回海上。所以这方面的危险不大,甚至没危险。但另一方面,只能靠上帝保佑了,不要让我们碰上'邓肯'号,我希望阁下瞭望'邓肯'号,是为了躲开它!"

约翰说得有理。这一带,海盗活动猖獗,如果遇到"邓肯"号,"麦考利"号必然倒霉。幸好这一天"邓肯"号没出现,自福德湾开船的六天里,约翰担心的事没发生。

然而这天夜里,天气变得非常可怕,晚上七点,天空突然黑得吓人。海员的本能使威尔·哈莱从醉意中惊醒。他离开舱房,揉揉眼睛,摇摇长着红脸庞的大脑袋,深吸一口气,好像一般人喝一大杯水提神那样。他看看桅杆,风力在加大，风向转了四十五度，由西向东刮了，似乎要把船吹到新西兰去。

威尔·哈莱骂骂咧咧，叫唤他的船员，命他们放下顶帆，扯起夜航帆。约翰赞成他的这个做法，但他一言不发，打定主意不和这个粗人讲话。爵士和他没有离开甲板。两个小时后，大风更加猛烈，威尔·哈莱命人把前帆收小。幸好"麦考利"号像美国船，有两层帆架，只要把上层的放下来，前帆就可以缩到最小面积。不然，五个人干这活都困难。

又过去两个小时，风浪更吓人了，船底剧烈地震颤，好像龙骨擦到礁石了，实际上并没有，只是笨重的船壳要爬到浪头上很吃力。海浪拍打船身，大量的水冲到甲板上，一个浪打过来，挂在左舷边杆上的小艇不见了。

约翰的心悬了起来，浪还不算太大，别的船完全可以不受影响，随浪浮沉就是，但这艘船很可能就这样沉下去，因为它每下降一次，水就灌满整块甲板，排水口又来不及排水，所以水很可能灌满整条船。以防万一，最妥当的办法就是用斧头砍破舷板，让水流出去，但威尔·哈莱不肯这样做。

而且一个更大的危险正在威胁着"麦考利"号，已经来不及预防了。

将近十一点半，约翰和威尔逊迎风站在甲板上，忽然听到一种奇特的声响，他们立即警觉起来。约翰抓住威尔逊的手说："是拍岸浪吗？"

威尔逊答道："是的，是浪触到礁石上发出来的声音。"

"最多只有四百米远吧？"

"是的，最多四百米就是陆地了。"

约翰把身体探出舷外，看着幽暗的波浪，高声喊道："测水，威尔逊，测水！"

船主站在船头，对所处险境毫无察觉。威尔逊抓住摆在木匣里的测水锤，奔跑到前桅的桅盘那儿，抛下铅锤；绳子从他的指缝间滑下去，滑到第三节就停下来了。

威尔逊大叫："只有三米深！"

约翰跑到船主面前，说："船长，我们的船底下全是暗礁。"

船主耸耸肩，约翰看也没看船主的反应，一个箭步冲向舵，扭转舵把。同时，威尔逊扔下测水锤，使劲拉前桅的调帆索，让船凭借风力转向。掌舵的水手被他用力一推，还不知道为什么遭到突然的攻击。

约翰一面喊，一面掉转船头，避开礁石："放松！放松扣帆索！"

半分钟的工夫，船避开了右边的礁石，尽管天黑，约翰还是看见了离船四英寸的那道汹涌的白浪。

此刻威尔·哈莱意识到大祸临头，晕了头，他的那帮水手，酒还没醒，听不懂他的命令,而且他说话不连贯,前后矛盾,那帮水手也不知他想干什么。他还以为还有三四十海里才到陆地,谁知近陆的险滩突然出现在眼前。他才知道,离陆地只有八海里了。剧烈的海浪使船偏离了他平日走熟的航线,这个凭经验吃饭的人这才措手不及。

约翰采取紧急措施,船离开险滩,但他不知道船所处的方位,或许船就在礁石群里。东风猛吹,船剧烈颠簸,很容易触礁。果然,右舷前部的拍岸浪的声音响得厉害,约翰又向着风扭转舵柄,把调帆索拉了过来。船头下面的暗礁越来越多,唯一的办法就是让船急转弯,逆风回到没有暗礁的海面上。然而船难以平衡,帆面缩得很小,这种状况能急转弯吗?虽然不一定行得通,可也要试试。

约翰朝威尔逊大喊:"舵把向下!"

"麦考利"号开始接近另一批礁石,海上溅起大量白色的泡沫,那是海浪打到水下的岩石的结果。

这是惊心动魄的时刻,泡沫发出的白光在波浪头上闪烁,就像是一片磷光,把浪头照得一片通明。大海像希腊神话里活着的老岩精,愤怒地咆哮。威尔逊和约翰把整个身体都压在舵盘上,然而舵把被卡住了,转不动。

忽然,砰的一声巨响,船撞到岩石上。触桅的支索断了,前桅没有了固定的地方,船是否顶得住这点损坏,掉过头呢?

不行,风浪突然平息了片刻,船又回到原来的方向,顺风。船绕风转了一下,掉过头就停住了。一个大浪把船托了起来,送到暗礁上,又猛地放下,前桅连帆带索都折断了,船经过两次碰撞,向右倾斜三十度,不动了。

舱壁的玻璃震碎了,旅客们冲出舱外,海浪扫荡着甲板,从船头扫到船尾,待在甲板上很危险。约翰知道船陷在沙里了,便请大家回便舱去。

爵士问约翰:"情况怎样,约翰,照实说吧。"

约翰回答说:"爵士,真实情况就是,船不会沉,但可能被海水打散,我们还来得及想办法。"

"现在是半夜了吗?"

"是的,爵士,要等到天亮。"

"放小艇下海行吗?"

"浪大天黑,现在放不行!而且,陆地在哪个方向还不知道。"

"那我们就在这里等天明吧。"

这时候,威尔·哈莱像疯子般在甲板上跑来跑去,他的水手们从恐慌中回过神来,又打开一大桶酒狂饮起来。约翰担心他们醉酒闹事,但不能指望他们的船长制止他们。威尔·哈莱急得挥动双臂,扯自己的头发,他只想着他的没买保险的货物。"我要破产了,我完蛋了。"他叫着,从左舷跑到右舷,又从右舷跑到左舷。

约翰叫伙伴们武装起来,准备对付那些水手。那些家伙一边往喉咙里灌白兰地,一边不干不净地骂着脏话。

少校冷静地说:"这群浑蛋谁敢来便舱,我就像打狗似的把他打死!"

那些水手大概看见这些乘客已做好准备对付他们,原想要抢劫,后来只好溜了。

约翰不再理这些酒鬼,焦急地等着天亮。

船不能动了,大海逐渐平静下来,风也停了。船壳还可以支撑几个小时,等天亮了,约翰即刻探明情况。如果有地方容易上岸,挂在右舷上的小艇就是唯一可以载他们上岸的工具。只是艇太小,每次只能载四个乘客,得来回跑三次,而左舷上的小艇,早已不知去向。

威尔·哈莱急得挥动双臂,扯自己的头发,他只想着他的没买保险的货物。"我要破产了,我完蛋了。"他叫着,从左舷跑到右舷,又从右舷跑到左舷。

约翰靠着船篷,思虑着目前危险的处境,倾听着拍岸浪的声音,目光极力穿透漆黑的夜幕。他寻思,那被大家向往和惧怕的陆地有多远呢?海边的暗礁要伸到大海里,起码有好几英里,如果这儿离海岸还远,那只小艇经得住来回几趟吗?

约翰正在这样盘算,希望在墨黑的夜空见到一线光亮。舱里的女士在卧铺安心酣睡。船陷在沙里,稳固地停着,她们借此难得的宁静休息了几个小时。爵士、约翰和伙伴们听见船上的酒鬼们没了动静,也都各自去安寝,养精蓄锐。

大约清晨四点,东方开始发白,曙光映照色彩变换的云层。约翰又来到甲板上。天际晨雾沉沉,依稀可见稍高处景物的轮廓。大海还在微微地骚动,波涛被浓云遮蔽着。

约翰等着。曙光逐渐明亮,地平线一片绯红。云雾如辽阔大自然的帷幕,慢慢升起,许多黑色的礁石突出水面。在波涛的上面出现一条线,一个亮点,犹如山顶被即将升起的朝阳照耀的灯塔,那条线就是不到几海里的陆地啊!

"陆地!"约翰高声大叫。

伙伴们被他的喊声惊醒,冲到甲板上。默默地看着出现在天际的海岸。岸上的人是善还是恶,那海岸也是他们的逃难地啊。

爵士问:"威尔·哈莱呢?"

约翰说:"不知道,爵士。"

"他的水手呢?"

"和他一样,不见了。"

"和他一样,醉得烂泥一样了吧。"少校说。

爵士说:"大家找找看,我们总不能把他们抛弃在船里呀。"

穆拉迪和威尔逊去前甲板下面的水手间找,两分钟后跑了回来,那里的舱位都空了,他们又去中舱、下舱里找,一直找到船底,都不见威尔·哈莱和他的水手们的影子。

爵士说:"什么?没人?"

巴加内尔说:"他们不是掉在海里了吧?"

约翰很是担忧,说:"很可能。"

他向船尾走去,"找小艇吧。"

威尔逊和穆拉迪跟着他,准备把小艇放进大海,可是小艇不见了!

第 5 章 临时水手

原来,威尔·哈莱和他的水手们趁天黑、乘客们熟睡的时候,乘船上唯一的小艇逃走了。船长的职责本应最后一个离船,可是这个船长却第一个溜走了。

"这些浑蛋都溜了,好啊,爵士。我们倒省事了。"约翰说。

爵士说:"我有同感。但船上总得有船长。就是你了,约翰,还要有水手,就是你的伙伴们。我们几个虽说不上能干,但是勇敢无畏。指挥吧,我们听你的命令。"

少校、巴加内尔、罗伯特、威尔逊、穆拉迪,就连奥比内,听了爵士的话都鼓起掌来。他们在甲板上排好队,准备听约翰的调遣。

爵士说:"我们该干什么呢?"

约翰看看大海,看看残缺不全的桅杆,思索片刻,说:

"爵士,要摆脱目前的困境,有两个办法,一是把船从沙里弄出来,开到海上去;二是造木筏,划到岸边去,木筏也不难造。"

爵士说:"如果能把船从沙里弄出来,就把它弄出来吧,这是最好的主意,是不是?"

"是的,阁下,到了岸上,没有交通工具,我们怎么办呢?"

巴加内尔说:"我们要避开海岸,在新西兰可要处处小心啊。"

约翰说:"而且船被海流打得太远了,威尔·哈莱粗心,把船开到南边了,中午我测算了一下,如果我的推测没错,我们已在奥克兰的南面。我要让船沿海岸往北开。"

海伦娜夫人问:"船损坏得厉害吗?"

约翰说:"我不相信损坏严重,夫人。在船头安个临时桅杆代替前桅,船就走得慢点儿,但我们最终会到达目的地。如果不幸,船壳撞穿了,或船浮不起来,我们只好就近上岸,走路到奥克兰去。"

少校说:"我们先检查船损坏的情况吧,这才是最重要的。"

爵士、约翰和穆拉迪打开大舱盖,下到货舱里。那里乱七八糟堆了二百吨左右熟过的皮革。他们用舱柱上装的滑车,没费多大劲就移动了它们,约翰叫大家把部分皮革扔到海里,减轻船的重量。

辛辛苦苦地忙活了三个钟头,终于可以检查船底。左舷侧有两条接缝裂开了,幸好船向右倾侧,左边露出水面,裂口朝天,水没进去。威尔逊连忙在裂口塞上麻绒,在上面钉了一块铜片,把裂口补好。

他们又测量底舱里的水,水没有两尺深,用抽水机就能把水抽掉,船又减了重量。

再检查船壳,约翰发现船壳没有因搁浅而严重损坏,一部分龙骨可能嵌进沙里,但可以把它弄出来。

威尔逊检查船的内部后,潜到水里检查船的底部,了解船的哪些部位搁在浅滩上。只见船头朝北偏西方向,搁浅在沙和淤泥的滩上。滩非常陡,船艏柱的下端和三分之二的龙骨被深深地嵌住,其余部分直到艉柱还浮在水上。水深五米,舵没有嵌进泥里,还可以活动,约翰认为没必要动它,而且需要时可以使用它。

太平洋涨潮时的冲击力并不是很猛烈,约翰打算借着涨潮把船开出去。船在涨潮前一小时搁浅,退潮时向右倾侧得更严重,早上六点低潮,船倾侧到最大限度。用不着在船外加撑柱,船里的帆架和其他木材得以保留。约翰打算用这些材料在船头装个临时桅杆。

现在要做的事就是把船弄出来,这活需时长也艰巨。当天正午满潮,他们还来不及准备好,但他们可以了解船减少重量后潮水对它的作用,等下次满潮,再动手让船浮起。

约翰下令:"大家动手吧!"

他的临时水手们听从他的命令。

约翰首先命大家把挂在桅上的帆放下来卷好,少校、罗伯特和巴加内尔在威尔逊的指导下,爬上大桅盘,风把主帆吹得鼓鼓的,会妨碍他们干活儿。他们的卷帆技术不太熟练,七手八脚地总算把它们放下来了;接着放大顶帆,这活很不容易,他们又缺乏经验;罗伯特身手敏捷,像猫一样灵活,胆子又大,天生的水手料子。

接着要做的,在船后顺龙骨方向抛下两个锚,这两个锚在船后牵扯着,涨潮时船头才能抬起。如果有小艇,这事很好办,小艇载一个锚抛到预先测量好的地方就行了,但现在没小艇,只能另想办法。

爵士对航海业务相当内行,明白干这些活儿的必要性,也知道船在低潮时搁浅就要抛锚才能使船头翘起。

"没有小艇怎么办?"他问约翰。

"用前桅和空酒桶扎木筏,这样抛锚很困难,但不是不可为,这船的锚小,只要锚能吃得住底,就有希望。"约翰说。

"那就动手吧,约翰,别浪费时间了。"

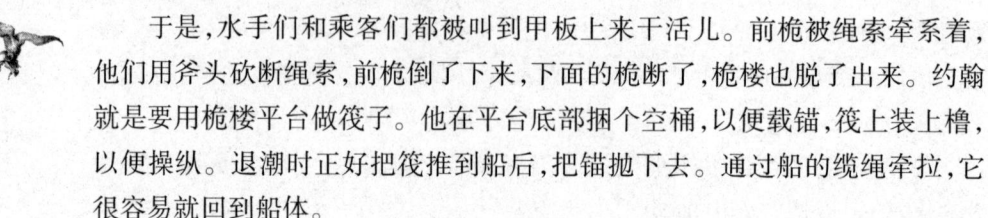

于是,水手们和乘客们都被叫到甲板上来干活儿。前桅被绳索牵系着,他们用斧头砍断绳索,前桅倒了下来,下面的桅断了,桅楼也脱了出来。约翰就是要用桅楼平台做筏子。他在平台底部捆个空桶,以便载锚,筏上装上橹,以便操纵。退潮时正好把筏推到船后,把锚抛下去。通过船的缆绳牵拉,它很容易就回到船体。

太阳接近子午线的时候,造筏的活才干了一半。

约翰请爵士代替他指挥,他去测算船的方位,这是很重要的事,幸好他在威尔·哈莱的房间里找到一本格林尼治天文台的年鉴和六分仪。六分仪很脏,但还可以测定方位,他把它擦干净,拿到甲板上。

正午,太阳到了天空的最高点,这个仪器可以利用一系列活动的镜子,把日影拉到地平线上,要测算,就要透过六分仪上的望远镜看到水天相连的真正的地平线,才能测算出来。但北面有一块陆地伸到了海面,挡住了真正的地平线,测算无法进行。

看不到真正的地平线,就要拿人工地平线代替了。方法就是:在一个大的平底盘子上装满水银,用它测算。水银平铺在盘子里,本身就是绝对光滑的镜子,约翰在船上找不到水银,但他想办法解决了困难:把液体柏油装在大木盆里,柏油平面也能反映日影。

他们位于新西兰西岸,约翰知道它的经度,这就算不错了,不知道经度的话,还要用经度仪测算,而船上没有经度仪。现在就缺纬度了,他开始测纬度。

首先用六分仪测量子午线上的太阳距地平线的高度,是68′30″,由此知道太阳距离天心21′30″,这两个数相加为90°,这一天是2月3日,查格林尼治年鉴,得知日晷为16′30″,这个数字加天心的距离,其和是38°,这就是要测的纬度了。

如此这般,"麦考利"号船的方位就测算出来了,它位于东经171°13′,南纬38°,因为仪器不够准确,可能与实际数字稍有出入,但误差不会很大,可以不用理会。

约翰查了巴加内尔在伊登镇买的约翰斯顿地图,确定"麦考利"号搁浅的地点是在奥地湾口,卡花尖的北面,奥克兰省的海边。奥克兰城在南纬37°线上,"麦考利"号船被海流推向了偏南方,与目的地相差一纬度,也就是说,要向上航行一纬度才能到达新西兰的首府。

爵士说:"这样说来,最多只要航行二十五海里,这不算什么。"

巴加内尔说:"海上走二十五海里不算什么,在陆上走就艰难了,而且要走很久。"

约翰说:"因此我们一定要尽人力把'麦考利'号船推出来。"

船的方位测出来了,他们继续造筏。十二点十五分,大海涨潮。约翰还不能利用这次涨潮,因为还没有抛锚。他有点不安地观察船对涨潮的反应。潮水能把它冲起来吗?五分钟后就知道了。

大家等待着。大船下面传来嘎吱嘎吱的声音,虽然不是船身上浮的声音,却是船底在颤动。约翰对下一次涨潮怀着希望,虽然现在船体一点也没动。

船的方位测出来了,他们继续造筏。

工作继续进行。两点钟,木筏造好,要抛的锚放在筏上面。约翰和威尔逊把缆绳系在船尾后,两人上了筏,退下的潮水把他们推到船后,他们在距船约半链的地方把锚抛进海里。那里的水深十英寻。

锚抓住了海底,木筏回到船边。

还有一个大锚要放到海里。他们好不容易把它放到筏上,筏又把它弄到海里,小锚的后面,水深十五英寻。

约翰二人跟着粗缆绳回到船上。

大小缆绳卷在卧式锚机上。大家等待下一次涨潮,大概是第二天凌晨一点,而现在才傍晚六点。

约翰大大称赞他的临时水手。他对巴加内尔说:只要他勇敢,行为良好,有朝一日会成为水手长。

奥比内干了许多活儿,现在又回厨房忙他的本职工作了,他做了一顿丰盛的晚餐。大家都饿了,因此吃得很满意,感觉恢复了体力,可以再尽力干活了。

晚饭后,约翰采取最谨慎的措施,为保行动的成功,把一条搁浅的船弄出来,他不能有丝毫的疏忽;减载工作稍有欠缺,陷在淤泥和沙里的龙骨就拔不出来。

他吩咐大家把船里的大部分货物扔进海里,以减轻船的重量,剩下的小包货物,沉重的桅、桁的圆材、备用的桅桁,几吨压载铁等压舱物被推到船后,让它们的重量使艉柱翘起来。威尔逊和穆拉迪还把装满水的桶滚到船后。

所有这些活干完,已是半夜十二点。全体船员筋疲力尽,这是令人遗憾的情况,因为现在正需要他们使出全身力气转动卧式锚机的时候,他们却没有力气,约翰因此做出了新的决定。

大风已减弱,海面上风向不定。约翰观察天边,发现风向有从西南转向西北的倾向。一个海员对云层的颜色和排列是不会弄错的,威尔逊和穆拉迪同意约翰的看法。

约翰把这些情况报告给爵士,建议把船的脱浅行动推迟到第二天。

"我的理由如下,"约翰说,"首先,大家都太累了,要把船弄起来需要我们使尽全身力气。然后,船脱浅后,天这么黑,怎么把它开离危险的礁石?最好在白天行动。还有一条理由,我希望借助风力推动这条破船。明天,如果我没看错的话,会吹西北风,我们挂起大桅上没挂的帆,它们会协助我们脱浅。"

这些理由言之凿凿,爵士和巴加内尔虽然是船上最着急行动的人,也无话可说。于是行动推迟到第二天。夜里,大家轮流值班,看着船锚是否固定

无误。

　　天亮了，果然不出约翰所料，刮偏北的西北风，而且越刮越大。这对船的脱浅是很有利的条件。临时水手们再次被动员，罗伯特、威尔逊、穆拉迪爬到大桅的高处，少校、爵士、巴加内尔在甲板上，准备时候一到，马上挂帆。主帆的横桁整个扯了上去，大帆和主帆也都上了升帆索。

　　上午九点钟，离涨潮还有四个小时，约翰抓紧时间在船头装便桅，船漂起来就可以驾船离开险滩。大家齐心协力，中午前把前桅的横桁牢牢地捆了起来，造成桅杆。此时，海伦娜夫人和玛丽小姐也来帮忙，把一张替换的帆装到小顶帆的横桁上，她们很快乐，也在为共同的安全出力。大家把桅和帆都安装好了，"麦考利"号船看起来虽然不漂亮，但只要不远离海岸，它还是可以航行的。

　　潮水在上涨，宽阔的海面上，一条条长长的浪波一个接着一个，露出海面的礁石就像海怪似的渐渐隐没在浪里。重要时刻来临，他们要进行艰苦的尝试。大家的心里又激动又紧张，默默地等待着。他们都看着约翰，等候他的号令。约翰把身子探出后甲板末端的栏杆，观察潮水，他很不安地看了一眼两条伸得长拉得紧的大小缆绳。一点钟，海潮涨到了最高点，潮头平了，正是潮水涨满尚未落下的一刻，此时必须动手了，不能有半点拖延，大帆和主帆一齐被升到桅杆，兜住了风力，满满地鼓了起来。

　　约翰大叫："转锚机！"

　　爵士、穆拉迪、罗伯特在一边，巴加内尔、少校、奥比内在另一边，拼命地推动杠杆使锚机转动，与此同时，约翰和威尔逊转动侧杠杆，配合着使劲。

　　约翰喊："使劲，使劲！大家一起使劲啊！"

　　在锚机的强力转动下，两条缆绳被拉得笔直，锚紧紧吃住海底，一点也没打滑。满潮时间就只有几分钟，潮水溅得很高，但对船尾的下落没有帮助。大家只能加倍用劲，转动锚机，才能把船尾压低。风猛烈地吹着，帆胀得鼓鼓的，贴住桅杆，倒推着船。大家好几次感觉船壳在颤动，船好像要浮起来了，此时再添几个人手，就能把船从泥沙里拔出来了。

　　爵士喊："海伦娜，玛丽！都过来！"

　　两位女士马上跑了过来，帮着伙伴们使劲，只听锚机齿轮上的掣子响了一下，再也不动了。笨重的双桅船动都没有动一下。全部努力付之东流。潮水退了，显然，靠这几个人，就算有风力潮力，船还是不能脱浅。

第6章 吃人的习俗

约翰的第一个脱险办法失败,必须尝试第二种办法了。事情明摆着,他们无力拔出"麦考利"号船,唯一能打的主意就是弃船。在船上傻等别人来救援,绝非明智,也不谨慎。也许还没等到救援,这船早就被风浪打成碎片。来一场暴风雨,不,不用暴风雨,只要海浪稍大,船就会被打到滩上,东歪西倒,变成碎片,最后碎片也飘了没了,这是不可避免的下场,迟早罢了。约翰只能决定弃船上岸。

于是他建议打造木筏,用水手的话说,就是扎一个"浮台",非常结实的浮台,能够把乘客和足够数量的粮食运到新西兰海岸。

这事无须讨论商量了,需要的是行动。他们马上动手,而且干得很快,天黑了才住手。

晚上八点左右,吃过晚饭,海伦娜夫人和玛丽回便舱的卧铺安歇。巴加内尔和他的朋友们还在甲板上踱步,谈论问题。罗伯特不愿离开他们,他竖耳倾听,看是否能出力排忧解难。

巴加内尔问约翰,木筏能否沿海岸直到奥克兰,而不是把乘客送到岸上。约翰回答说,木筏的材料太次了,用它航行是不可能的。

巴加内尔又问:"用船上的小艇行吗?"

约翰说:"用小艇当然行啊,不过有个条件,只能白天航行,晚上要停泊。"

"这样看来,那班浑蛋是有意撇下我们,到奥克兰去了。"

约翰说:"啊,这些家伙,喝得烂醉如泥,又在漆黑的夜晚逃走,我看他们要丢了性命,为抛弃我们付出代价!"

巴加内尔说:"活该他们倒霉,而我们也够倒霉的,丢了对我们有用的小艇!"

爵士说:"巴加内尔,说这话有什么用?木筏可以把我们载到岸上去的!"

巴加内尔说:"我就是不愿上岸啊!"

"为什么?最多走二十英里路罢了,我们走过潘帕斯草原,走过澳大利亚,不是都过来了嘛,难道还怕二十英里路?"

巴加内尔说:"朋友们,我从来就没怀疑过你们的胆识,也没怀疑过两位女士的毅力。二十英里路在别的地方真不算什么,但在新西兰就不是这么简单了。别以为我胆小,是我头一个鼓动你们闯美洲和澳大利亚的,但在这儿,我再三提醒你们,不能在这个可怕的地方冒险!"

约翰说:"总比在搁浅的船上等死好吧?"

爵士问:"新西兰真的这么可怕吗?"

巴加内尔说:"土著人可怕呀!"

爵士说:"土著人!我们沿着海岸走的时候,不能避开他们吗?再说,十个全副武装的欧洲人还打不过几个土著人?"

巴加内尔摇摇头,说:"他们可不是普通的土著人,新西兰为反抗英国的统治,结成了大部落,他们常常把入侵者杀了吃掉。"

罗伯特惊叫:"原来是吃人的人啊!"

罗伯特又叫:"我的姐姐!海伦娜夫人!"

爵士安慰罗伯特:"不要怕,孩子,我们的朋友巴加内尔说话过于夸张了。"

巴加内尔说:"我绝对没有夸张。看罗伯特的表现已是大人,我就把他当作成人看待,无须隐瞒真实的情况啦。新西兰人即使不是最喜欢吃人肉的人,也是最残忍的。谁落到他们手里他们就吃谁。对于他们来说,打仗就是打猎,猎物就是人。不得不承认,这是唯一合乎逻辑的战争。欧洲人杀自己的敌人,然后把他们埋掉,而野蛮人也杀自己的敌人,然后把他们吃掉。我的同胞图塞内尔说得很好:敌人死了,把他烤来吃,并不比杀死不想死的人更可恶。"

少校说:"巴加内尔,这个问题值得讨论,但现在不是时候,不管被别人吃掉合不合乎逻辑,我们都不想被人吃掉。可是基督教为什么还不摧毁吃人的习俗?"

"您以为所有的新西兰人是基督徒吗?只是少数!甚至有的修士成为这些土著人的牺牲品。去年,尊敬的牧师瓦尔纳被残忍地杀害。吃人的惨案就发生在1864年,在距奥克兰几法里的奥波蒂基,可以说是在英国当局的眼皮底下干的。朋友们,需要几个世纪才能改变一个人种的特性。他们的历史是用血写成的,他们吃了多少水手,从塔斯曼的水手到哈维的水手!他们不只喜欢白肉,欧洲人到来之前,新西兰人就以杀人吃人满足自己的贪吃。很多旅人生活在他们当中,见过他们的人肉宴。"

少校说:"罢了,这些事大部分还不是旅人凭想象胡编乱造的,吹嘘他们经过的地区有多危险,吹他们是从吃人者的胃里爬出来的!"

巴加内尔说:"有部分事情是夸张了些,可是大多出自可靠人士之口!如牧师肯达尔、马得逊、船长狄龙、居维尔、拉普拉斯等人,我相信他们说的话。毛利人的酋长死了,毛利人杀人祭供。他们认为杀人作供品才能平息死了的酋长的怒气。否则,死了的酋长的怒气就会发泄到活人头上。他们还认为杀人是给死人送奴仆。被杀者当完祭品以后,就被他们吃掉。我不得不怀疑,他们杀人除了出于迷信,还有别的原因。"

约翰说:"我认为迷信的成分大些,信仰改变了,风俗习惯就会变。"

巴加内尔说:"约翰朋友,您提出了吃人的原因这个大问题,到底是出于迷信还是出于饥饿,这些人才互相吞食。现在讨论这问题没有用。吃人的问题还存在,还没解决,而且很严重。我们还是管管自己的事吧。"

巴加内尔没说错,在新西兰、斐济岛、托列斯海峡,吃人的习俗非常盛行。在这令人震惊的习俗里的确包含着某些迷信的成分,但有些时候猎物稀少,肚子太饿。土著人先是为了填饱肚子,后来祭师们又把这反常的习俗变成教规,赋予它神圣的意义,由充饥变成礼仪。

新西兰土著人认为,人吃人是很自然的事,传教士曾问过他们为什么吃自己的兄弟,酋长们说,鱼为什么吃鱼,狗为什么吃人,人为什么吃狗,狗又为什么吃狗,在他们的神谱中,载有一个神吃掉了另一个神的传说,有这样的前人,怎么抗拒吃同类的快乐呢?

此外,他们还认为吃掉敌人,就能消灭他的精神,继承他的灵魂、力量和勇气。这些东西就藏在脑子里。因此人脑作为上等佳肴拿来奉客。

巴加内尔振振有词地认为新西兰土著人主要因为饥饿才吃人,不但大洋洲未开化的人如此,欧洲的也是这样。

巴加内尔还说:"吃人的习俗普遍存在。最文明的民族的祖先也吃人肉。千万别以为这是少数人的癖好,苏格兰人的祖先也是这样。"

少校问:"真的吗?"

巴加内尔说:"真的,少校。您看看圣·杰罗姆描写苏格兰的研究文章,您就知道您的祖先是怎样的了。不用到远古去找,就在伊丽莎白女王时代,莎士比亚创造夏洛克的时候,不就有个苏格兰土匪索尼·比恩因为吃人肉而被判死刑吗?是什么使他吃人肉呢?宗教信仰吗?显然不是的,是饥饿啊。"

约翰问:"真的是饥饿吗?"

巴加内尔说:"是饥饿,因为吃肉的人特别需要用动物体内的氮再造自己的血肉,用含淀粉的块茎植物,增强肺部的功能,谁想要强壮、灵活,就要吸收这些修补肌肉的具有可塑性的食物,只要土著人一天不成为素食社会的成员,他们就要吃肉。这肉就是人肉。"

爵士问:"为什么不吃动物的肉呢?"

"因为没有动物啊! 大家应该知道这一点。我不是替他们开脱,只是为了解释他们的吃人习俗。在这荒凉的国家,飞禽走兽很少,所以毛利人要吃人肉。这儿甚至有'吃人季节',就如文明地区有狩猎季节一样。就是部落之间大战,战败的部落全都成为战胜部落餐桌上的盘中餐。"

爵士说:"这么说来,巴加内尔,您认为吃人的习俗只有等到牛、羊、猪在新西兰牧场大量繁殖的时候才能消灭了?"

"亲爱的爵士,这还用说吗? 这要土著人改掉吃人习俗,喜欢吃别的肉才行。因为子孙喜欢吃祖先喜欢的东西。他们可能认为人肉有猪肉的味道,可能比猪肉香。白人的肉呢,没那么美味,因为白人在食物中加了盐,味道就很特别,美食家不太爱吃。"

少校问:"他们还很挑剔,可是他们吃白人肉或黑人肉,是生吃呢,还是煮熟了吃?"

罗伯特大叫:"麦克·那布斯先生,您问这个干吗?"

少校一本正经地说:"孩子,应该问问啊,万一我落到他们手里,要给他们吃,我宁愿被煮熟了。"

"为什么?"

"总比生吞强啊。"

巴加内尔说:"如果把您活生生拿去煮呢!"

少校说:"反正都是死,我就不做选择了。"

巴加内尔说:"不管怎样吧,麦克·那布斯,如果您想知道,我就告诉您,新西兰人吃煮的或烤的人肉。他们都是些很懂烹调的人。我呢,想到要给人吃就特别的不舒服,在野人的胃里结束性命,真不是滋味!"

约翰说:"总之,说了这么多,结论就是不要落在他们手里。"

第 7 章　还是登上了本应避开的土地

巴加内尔所述的都是无可辩驳的事实,新西兰土著人的残酷无可怀疑。就近登陆固然冒险,可是这危险再大一百倍,他们都要去面对。约翰估计船很快就要倾倒,必须赶快离开它。上岸遇到土著人和等着船被毁,两种灾祸,一项必然发生,另一项只是可能发生,这就没什么可犹豫的了。

至于说等别的船来援救,那根本不可能。"麦考利"号不在船只来往的航线上,所有要到新西兰靠岸的船,要么是去奥克兰,要么是去新普利茅斯,而"麦考利"号就在这两点间搁浅,在依卡-那-马威最荒僻的地段。这一带名声很坏,野蛮人出没,非常危险。到新西兰的船只都极力避开它,即使风把船刮到这儿,也尽快离开。

"我们什么时候动身?"爵士问。

约翰答道:"明早十点,正好涨潮,潮水可以把我们冲到陆上去。"

第二天,2月5日早晨八点,造筏的活完工,约翰为之费尽心机。先前用来运锚的前桅盘太小,不足以装载全部乘客和粮食,因此还要造更结实、易操纵、抵挡风浪,能走完九海里航程的木筏,只有桅杆方能提供所需材料。

威尔逊和穆拉迪开始动手。他们挥动斧头在帆脚处砍帆缆索,大桅轰然倒下,打在右舷栏杆上,栏杆嘎嘎地响。"麦考利"号甲板上的物件都被荡完,空无一物,倒像浮箱。

他们把大桅分为三段锯开,用它们做木筏的骨干部分,浮在水面上,接着把前桅的断料和大桅拼凑在一起,桅的各段结实地连在一起。约翰在木料下面细心地捆了六个空桶,保证木筏高出水面。

筏的下层基础牢固扎好,威尔逊在筏面铺了一层用舱口格子框做的漏孔地板,海浪从筏面滚过,水就不会积聚在木筏里。乘客也不会被水溅得浑身湿透。威尔逊还把挡水板钉在木筏的四周,挡住扑向筏面的大浪。

这天早晨,约翰见刮的是顺风,连忙叫人把小顶帆的架子竖在木筏中央,作为桅杆,四周用支桅索牢牢拉着,在桅上挂一帆,又在木筏后部装上巨大的宽掌桨,风力大时可操纵筏的方向。

这就是具备了最佳条件的木筏,可以顶得住波涛的冲击和颠簸。可它能否操纵?风向转了能否到达海岸?那就得接受风浪的考验了。

九点钟光景,大家动手往筏上装食品,要装够走到奥克兰的食物,在条件如此恶劣的地区,别指望能找到吃的东西。

奥比内的食品储藏室还有肉罐头,原先买下准备在"麦考利"号吃的,剩的不多,只好把船上的粗粮、劣质饼干和两桶咸鱼带上,司务长奥比内为此很是惭愧。

这些食物装进木箱,钉得严严实实,水渗不进里面去。然后把木箱放在木筏上,用绳子牢牢绑在便桅脚旁。枪械弹药被稳妥地搁在安全干燥的地方,非常庆幸的是他们还有长枪、短枪。

木筏上还带了一个便锚,以防潮水不能把木筏推到岸边时,在海中心停泊时用。十点钟,潮水上涨,西北风微微吹着。海浪一层层地滚动。

约翰问大家:"准备好了吗?"

"船长,准备好了。"威尔逊回答。

"上船!"约翰喊。

海伦娜夫人和玛丽沿着粗制的绳梯从大船爬上木筏,坐在桅脚的食物箱上面,其余男士在她们旁边。威尔逊掌舵,约翰站在帆索旁,穆拉迪看见大家都安置好了,砍断船腰上系木筏的缆绳。帆张起来,在风力和潮水的推送下,木筏向着陆地的方向飘去。

他们距海岸只有九海里,若有小船和桨,三个钟头就可以到了,轻而易举的事。木筏的速度可就慢多了,如果风还是这样吹,也许一次涨潮就可以到岸边;如果风停了,潮水回落,就会把木筏往海里推。他们就要抛锚,等下一次涨潮,这可是大事,约翰不能不担心。

他当然希望成功。风越刮越大,十点开始涨潮,也就是下午三点之前应该靠岸,否则就要抛锚,或被退潮拉回海里。

起初木筏行进顺利。露出水面的黑礁石和黄毯子一般的沙滩在上涨的波涛中逐渐消失。必须非常当心,非常灵活,才能让木筏避开暗礁。

中午,距海岸还有五海里,天空明净澄碧,可以看见起伏的陆地。东北方的地平线上耸立着二千五百英尺的山峰,形状古怪,活像仰脖子咧嘴的猴头,它就是北龙甲山,位于南纬38°线。

十二点半,巴加内尔叫大家看,海上的礁石都消失在潮水里了。

海伦娜夫人说:"还有一块呢。"

巴加内尔问:"在哪儿?"

"在那儿呢。"海伦娜指着前方一海里远的一个黑点说。

"果真,记住它的位置,避免碰到它,很快潮水就会淹没它的。"巴加内尔说。

约翰说:"它正对着那座山北边的尖峰,威尔逊,小心,让木筏离礁石远点儿。"

威尔逊说:"是,船长。"他把全身压在木筏后面的那把大桨上面。

半个钟头过去,木筏走了半海里,奇怪了,黑点还在波尖上晃动。

约翰借过巴加内尔的望远镜察看。

看了一阵子,他说:"不是礁石,是漂浮物,正随波沉浮呢。"

海伦娜夫人问:"是不是'麦考利'号的桅杆残片?"

爵士说:"不可能,船上的断料漂不了这么远。"

约翰大叫:"等等!我认出来啦,是条小船!"

爵士也看到了,说:"是'麦考利'号上的小船啊!"

"是的,爵士,是它的小船,不过底朝天了!"

慈悲心肠的海伦娜夫人说:"不幸的人啊!他们都完了!"

约翰说:"是的,夫人,他们必死无疑,那么多暗礁,海浪滔天的,又天黑不见五指,他们简直就是送死啊!"

玛丽低声说:"愿上帝怜悯他们!"

大家沉默了好一会儿,看着那条越来越近的小船。很明显,它被打翻时离陆地只有四海里,坐在小船上的人一个也没活。

爵士说:"这小船可能对我们有用呢。"

约翰说:"是啊,威尔逊,对着它划过去。"

木筏改了方向,但风渐小,一直到两点钟,他们才到小船的跟前。

穆拉迪站在木筏的头部,挡住小船,不让它撞到木筏。翻了的小船漂到木筏旁边。"小船是空的吗?"约翰问。

"是的,船长。小船空了。船舷裂开,毫无用处了。"穆拉迪说道。

少校问:"一点用都没有了吗?"

"完全没用了,只能当废柴烧了。"约翰说。

巴加内尔说:"真可惜,小船如果不破,可以载我们去奥克兰了。"

约翰说:"您就将就吧,巴加内尔先生,海浪这么大,我宁愿坐我们的木筏,也不愿坐这条破船。爵士,我们没必要在这儿耽搁了吧?"

"你看着办吧,约翰。"爵士说。

约翰说:"威尔逊,走吧,向海岸挺进。"

潮水涨了一小时,木筏顺潮又走了两海里,风就停了。这时,木筏几乎不动了,过了没多久,它甚至随退潮往海上漂了。约翰绝不能迟疑了。

爵士也看到了，说："是'麦考利'号上的小船啊！"

"是的，爵士，是它的小船，不过底朝天了！"

他果断地喊道："抛锚！"

穆拉迪早就等着这个命令了，他把锚抛到五英寻深的水里，木筏随潮倒退了几米，紧扯着锚缆。便帆也卷起来了，他们做足了准备，要在此停泊相当长的时间。确实，潮水在晚上九点前不会上涨，约翰不打算在夜里航行，虽然陆地离此地不到三海里，木筏还是要停到明天五点钟再走。

海水汹涌，掀起波浪，后浪推着前浪，朝海岸奔去。爵士得知整夜要在木筏上度过，就问约翰为什么不顺着海浪靠近海岸。

约翰说："阁下被光学的幻象迷惑了，海浪看上去在朝前奔，其实并没有移动位置，这只是液体分子的摆动。你可以扔块木头到浪里试试，你会看到它只是漂来漂去，但位置没变。我们还是耐心地等待吧。"

少校说："吃了饭再说吧。"

奥比内从食物箱里拿出几块干肉和十几块大饼干，没能让大家吃上好伙食，他很惭愧。但大家都愉快地接受这样的晚餐，女士们也不例外。海浪冲击,她们没有食欲。木筏被缆绳牵扯,左右摇摆,上下颠簸,比撞到暗礁动荡更甚。缆绳有点不胜负荷,约翰每半小时放长一英寻,让它有缓冲的余地,否则它早就断了。如果缆绳断了,木筏就会像断线的风筝,随海潮漂流。因此,约翰的焦虑不难理解。缆绳断,锚打滑,无论哪一种情况,木筏都会陷入困境。

夜将要降临,落日逐渐消失在地平线后面,血般殷红的余晖染红海面。西面的水波闪闪烁烁,如流动的水银,水天连成一片,不是水就是天;除了一个黑点,特别显眼,那就是"麦考利"号的残骸搁浅在沙滩上,一动不动。

才几分钟黄昏就过去了,黑夜来临,东面和北面的地平线上的陆地没入黑暗。挤在狭小木筏里的几个遇难者苦不堪言,黑夜的到来更勾起他们对处境的不安忧虑。有人似睡非睡地做着噩梦,有人睁眼到天明。

海潮上涨,海风又起,早晨六点,时间急迫,约翰布置好起航,命令起锚。不料由于缆索整夜抖动,锚齿被深嵌于泥沙中,木筏上又没有锚机,威尔逊使劲抽动滑机,锚就是拔不起来。

忙活了半个小时,毫无动静。约翰急着起航,砍断了缆索。这一来就没了锚,如果潮水不能把木筏赶到岸边,木筏就不可能在海里停泊了。约翰不愿再耽搁,孤注一掷,解开木筏,让它随着海潮以每小时两海里的速度行进。

帆被风鼓起,木筏慢吞吞地漂向陆地,陆地在晨曦中显现出浅灰色的黑影。木筏巧妙地避开礁石,但海风风向不定,木筏难以靠岸。新西兰海岸危机四伏,而他们还要费力拼命靠近它!

九点钟,距陆地不到一海里,但岸外全是沙滩,边缘很陡,很难靠岸。风力越来越小,干脆停了下来。帆面拍打着桅杆,反倒成了累赘,约翰命把它放下,只靠上涨的潮水把木筏推向岸边。然而不但操纵不了木筏的方向,还有大片的海藻碍路。

十点钟,离岸只有三链。木筏几乎不动,但没有锚无法停泊。难道让木筏随退潮倒回大海去?约翰心急如焚,双手紧张得直抖,恼怒地瞪着无法接近的陆地。

幸好——这回真的是幸好,木筏撞到了什么东西,停住了。原来它搁浅在离岸二十五英寻的沙滩上了。

爵士、罗伯特、威尔逊、穆拉迪跳到水里,把缆索牢牢系在旁边的礁石上。两位女士被男士们手臂搭手臂地举起传送到岸上,她们的衣服都没有沾湿。很快,大家,还有武器和粮食都登上了新西兰这片可怕的土地。

第8章　所在地区的现状

爵士一个小时都不愿耽搁，想要马上沿海岸向奥克兰进发。但从早上起，天空乌云密布，十一点左右，水汽凝结成暴雨，倾盆而下，上路是不可能了，倒是需要找个避雨的地方。

威尔逊在岸边的玄武岩中发现一个被海水冲刷出来的石洞，大家带上武器和粮食进到洞里。里面堆积着不少的干海藻，是被海浪打进来又被风吹干的，正好可以用它们做卧具。洞口又有木柴，他们点燃了木柴，烤干身上的湿衣服。

约翰原以为暴雨很快就会停下来，事实却并非如此。下了几个钟头，天空的状态依然不变。将近中午，竟刮起狂风来了。天气不作美，惹得再耐心的人也焦躁起来，可是能怎么办呢？没有车辆，在暴风雨中赶路不是发疯吗？再说，到奥克兰也就几天工夫的事，只要碰不到土著人，迟那么半天算什么。

闲来无事，大家围绕着现时正在新西兰进行的战争，聊了起来。

从1642年12月16日阿贝尔·塔斯曼到达库克海峡以来，新西兰人虽然常和欧洲船舰有来往，但他们的岛屿还是独立的，人还是自由的，没有欧洲的强国要占领散布在太平洋的群岛。只有传教士，在这些新地区设立几个点，宣传基督教，办些慈善事。有些传教士，特别是英国的传教士，引诱新西兰的酋长臣服于英国。有些酋长便写信给英女王维多利亚，要求她的保护。也有精明的酋长觉得不对劲，做了这样的预言："我们将失去我们的土地，外国人很快来占领它，我们将成为他们的奴隶。"

果然，1840年1月29日，"先驱"号军舰来到依卡-那-马威岛北部的群岛湾，霍伯森舰长来到科罗拉勒卡村，全体村民被唤到耶稣教堂开会，霍伯森宣读了英女王给他颁发的委任状。

第二年1月5日，新西兰的主要酋长被召集到派亚村的英国住宅里，霍伯森舰长企图降服他们，说女王派了军队和军舰保护他们，他们的权利有保障，他们的自由是完整的；然而他们的土地应该属于维多利亚女王，他们必须把土地卖给她。

大部分酋长觉得这个保护费太昂贵，拒绝接受。但诺言和礼物比霍伯森冠冕堂皇的空话更有吸引力，英国占有土地的权利被确认下来。从1840年到"邓肯"号离开克莱德湾，发生了什么事呢？巴加内尔了如指掌，他愿意给伙伴们讲一讲。

他首先回答了海伦娜夫人的问题。他说："夫人，我向您重复我说过的话：新西兰人是个勇敢的民族，他们不甘心英国人占领他们的土地。毛利族人和苏格兰古代人差不多，每个部落都是一个大家族，有一个被全族人拥戴的酋长。这个民族豪放勇敢，有些人高大，头发光滑，像马耳他岛上的人或巴格达的犹太人；也有些人矮小、粗壮，像黑白种人的混血儿，但都骁勇善战。他们曾经有一个很著名的酋长，名叫西西，不亚于法兰西古代民族英雄维钦托利①。就是这位酋长，带领自己的部落，在依卡-那-马威岛上英勇反抗英国人的入侵，誓死不降。这不奇怪，因为岛上现在还有威卡托这样著名的部落，由威廉·桑普森率领，为保卫自己的土地而战。"

"英国人不是已经控制了新西兰的主要据点吗？"约翰问。

"是的，亲爱的约翰，霍伯森舰长取得占领权后，在岛上做了总督。1840年到1862年间，在条件最好、地理位置最佳的地区建立了九个殖民地，后来变成了九个省，四个省在北岛，即奥克兰省、塔拉纳基省、惠灵顿省和霍克斯湾省；另外五个省在南岛：即尼尔森省、马里伯勒省、坎特伯雷省、奥塔戈省和索斯兰省。据1864年6月30日统计，总人口约为十八万零三百四十六人，各个地区涌现出许多重要的商业城市。我们到了奥克兰，就会不得不惊叹这座南半球的科林斯②了。它像太平洋的桥，俯瞰着狭窄的地峡，已有一万两千人口。西面的新普利茅斯，东面的阿乎者利，南面的惠灵顿，都成了经济繁荣、船舶往来频繁的城市。在南岛，则有新西兰的花园、蒙彼利埃的对跖点尼尔森；库克海峡的皮克敦和克赖斯特彻奇、英佛给尔、达尼丁都各具特色；后面三个城市在奥塔戈省，这个省是全世界采金人聚集的地方。这些城市可不是窝棚茅屋的集中地，也不是土著人家庭的集居场所，而是真正的大城市，有码头、教堂、银行、船坞、植物园、博物馆、风土研究会、报馆、医院、慈善社团、

---

① 维钦托利（约前82—前46年），法兰西古代民族英雄，曾领导高卢人反抗恺撒率领的罗马征服军。
② 科林斯，古希腊名城。

哲学院。甚至有行会组织、俱乐部、剧院、展览馆,和伦敦、巴黎一样!如果我没记错的话,就在1865年,也就是今年,全世界的工业品都被送到这个国家展览,也许现在,展览会已开幕了!"

海伦娜夫人说:"怎么,他们一面和土著人打仗,一边开展览会吗?"

巴加内尔说:"夫人,英国人才不管打不打仗呢!他们打仗和开展览会同时进行。他们是两不误啊!他们甚至在新西兰人的枪口下修铁路呢。奥克兰省的德鲁里铁路和米尔朱尔铁路就是从土著人占领的许多主要据点经过的。我敢肯定铁路上的工人常从火车上开枪。"

"这无休止的战争现在怎么样了?"约翰问。

巴加内尔说:"我们离开欧洲足足六个月了,所以我不可能知道我们走后的情况。在澳大利亚远征时,我从马里伯勒和西摩的报纸上看到过报道,知道一些事实。此时,在北岛上仗一定打得很激烈。"

"这仗是从何时开始的?"玛丽也问道。

巴加内尔说:"夫人,英国人才不管打不打仗呢!他们打仗和开展览会同时进行。他们是两不误啊!"

巴加内尔说:"应该说是从何时又开始的,亲爱的小姐,因为土著人的第一次造反在1845年就开始了,这次再造反开始于1863年底。在此之前,毛利人时刻准备摆脱英国人的统治。土著人的民族党长期做宣传,要选举毛利人做领袖。据说,他们要推举老巴塔陀做国王,并把他在怀卡托江和维帕河之间的村子改为新王国的首都。巴塔陀不过是个狡猾没有胆量的小老头,但他有个精明能干的"首相"。在英国还没有占领新西兰之前,奥克兰地峡有个爱提哈华部落,这个"首相"就是这个部落的后裔,他的名字叫威廉·桑普森,他是这场独立战争的中心人物。他很快组建了毛利人的军队,在他的领导下,塔拉纳基省的一个酋长把分散的部落集中起来,另一个怀卡托的酋长组织了'土地大同盟'协会。这是一个真正保障公众利益的组织,目的是阻止土著人把土地卖给英国政府。他大摆宴席,和文明国家革命前夕一样,商量如何对付英国政府。英国报纸登载了这些令人担忧的消息,政府十分关注'土地大同盟'的活动。总之,战争随时爆发,只等导火索,或者说,双方的利益一旦发生冲突,战争一触即发。"

爵士问:"这冲突是怎样爆发的呢?"

"事情发生在1860年,地点是北岛的西南海岸塔拉纳基省,有个土著人在新普利茅斯附近有块六百英亩的土地,他把这块地要卖给英国政府。英国人来丈量土地,酋长金吉出来干预,并在三个月内在那块地上安营扎寨,四周加了高高的栅栏。几天后,英国的高尔德上校带兵拔去营盘,引发了战争。"

约翰问:"毛利人多吗?"

"一个世纪以来,毛利人口大大减少。1769年,库克估计有四十万人,1845年,写在'土著人保护国'上的调查数字已减到十万九千人,文明人的屠杀、疾病、烈酒等造成他们大量死亡。现在两个岛还有九万人,其中三万是战士,可以长期与欧洲部队周旋。"

海伦娜夫人问:"到现在为止,他们的抵抗有没有效果呢?"

"有的,夫人。英国人很佩服新西兰人的勇敢,他们打的是游击战,打小仗,攻打小部队,抢移民的财产。卡莫龙将军在乡野打仗,很不自在,要在灌木丛中搜索。1863年,打了几场长时间的殊死战斗,毛利人占领了怀卡托河上游的一个大要塞,这个要塞位于连绵陡峭的丘陵的顶端,筑了三道防线。毛利的预言家号召毛利人保卫自己的土地,并预言不久就能赶走白人。卡莫龙将军率领的三千士兵,在斯卡伦团长惨遭毛利人毒手后,一个个杀红了眼,战争真是打得日月无光,惨绝人寰。有些战役连续打了十二个钟头。在欧洲人的炮火面前,毛利人绝不退缩,怀卡托部落组成独立军,由威廉·桑普森率领,这位土著人将军本来只有两千五百士兵,后来增加到八千人;商吉和霍基两个酋长率领的士兵也加入他们的队伍。在这神圣的战争中,妇女做出了重大贡献。但为正义而战的军队常因没有精良的武器而打败仗。卡莫龙将军打了几场残酷的仗,终于占领了怀卡托县。但此时怀卡托县已成空城,毛利人从四面逃走了。战争中可歌可泣的事迹很多,有一次,四百个毛利人守在俄拉坎堡垒里,被卡莫龙将军带领的一千人包围,没有粮食没有水,但拒绝投降。然而有一天中午,他们把四十团打败,杀出一条血路,逃往了沼泽地。"

约翰问:"占领了怀卡托县,这场血腥战争结束了吗?"

巴加内尔答道:"没有啊,朋友,英国人决心进军塔拉纳基省,并准备包围威廉·桑普森的堡垒马太塔瓦。但他们肯定损失惨重。我离开巴黎时,听说总督和将军接受了塔兰加各部落的投诚,允许他们保留四分之三的土地,还听说威廉·桑普森要投降,但澳大利亚的报纸没有证实这一传言。也许事实正相反,此刻抗敌斗争正激烈地进行呢。"

爵士问:"你认为这场战争将在塔拉纳基省和奥克兰展开了?"

"我认为是的。"

"就是'麦考利'号把我们扔到这儿的省份?"

"正是。我们登陆的地方,就在科依亚海港北面几英里的地方,科依亚肯定还挂着毛利人的旗呢!"

爵士说:"这样说来,我们还是向北走比较明智。"

巴加内尔说:"是的,向北走明智。新西兰人仇恨欧洲人,尤其是英国人。我们千万别落到他们手里。"

海伦娜夫人说:"也许我们能遇到欧洲军队呢,要是那样,真是我们的运气。"

巴加内尔说:"也许吧,夫人,但我并不指望遇到他们。灵活的游击队员藏在乡村的树丛里,草丛都可能是他们的藏身之地,因此,小部队不敢贸然闯到乡村来。所以我不敢奢望第四十团的士兵来护送我们。我们沿着西海岸走,这条路上设有教堂,我们可以走一站歇一站,走到奥克兰。我甚至还想走霍特施泰特先生走过的、沿怀卡托江走的那条路呢!"

罗伯特好奇地问:"他也是旅行家吗? 巴加内尔先生。"

"是的,我的孩子,他还是科学委员会的会员,1858年他做过环球旅行,乘奥地利军舰'诺瓦拉'号来过这里。"

罗伯特只要想到伟大的探险旅行,眼睛就发亮,他又问:"巴加内尔先生,新西兰也有澳大利亚的伯克、斯图尔特那样著名的旅行家吗?"

"我的孩子,有几个,如胡克博士、布里扎尔教授、博物学家狄芬巴克和哈斯特,虽然他们当中也有几个凭着冒险的热情,牺牲了性命,但他们的知名度没有澳大利亚和非洲的旅行家那么高……"

罗伯特问:"您知道他们的历史吗?"

"当然知道,我的孩子!我看你这么好奇,就给你讲讲吧。"

"谢谢您,巴加内尔先生。"

海伦娜夫人说:"我们也要听您说,坏天气不止一次逼着我们听您的讲学了,说给大家听吧,巴加内尔先生。"

"夫人,悉听遵命。但我的述说不会很长,我说的绝不是和澳大利亚怪物肉搏的英雄探险家,新西兰是太小的国家,不能阻止人的探险。因此我说的人物绝不是旅行家,只是普通的旅游者,为没有意义的事件所牺牲的人。"

玛丽问:"这是些什么人呢……"

"我们先说说几何学家威特科姆和查尔顿·豪伊特。这个豪伊特就是我们在维梅拉河岸逗留时提过的那个人,他在探险中找到了伯克的遗骸。威特科姆和豪伊特在南岛分别做过两次探险旅行,他们都是在1863年上半年从克赖斯特彻奇出发的,他们要越过坎特伯雷省北部的那条山脉。豪伊特在这个省最北部的边界上越过那些高山,到布伦纳湖建立了大本营。威特科姆在拉凯阿河谷里发现一条通道,通到廷达尔山的东面。威特科姆有个旅伴叫鲁伯,曾在《里特尔顿时报》上发表过一篇文章,叙述了他们这次探险的经历。我记得那是1863年4月22日,这两个探险家来到拉凯阿河的发源地的一座冰山脚下,然后爬到山顶,寻找翻山的新路。第二天,威特科姆和鲁伯又累又冷,只好在海拔四千英尺的山上的厚雪里宿营。他们在山里转来转去,寻觅了七天。有些山谷,四面全是峭壁,连个出口都没有。后来总算在山谷下找到一条路,他们烤不了火,吃的也没有。带去的糖化成了浆,饼干也成了面粉团,衣服和被子被雨水浇得湿透。他们一天只能走三英里,少的时候甚至只能勉强挪动两百码。4月29日,他们看见一个土著人的草棚,在菜园里找到几个土豆,这就是他们的最后一顿饭了。晚上他们到海边,靠近塔拉马考河的入海口。过了河,走到右岸,才能向北走到格雷河。塔拉马考河非常宽,水深不见底,鲁伯找了差不多一个钟头,才找到两条破船,他把船修补了一下,把它们连接在一起。傍晚,两个人上了船,但小船到了河中心就不行了,里面全是水。威特科姆连忙跳到河里,游回左岸。雅克布·鲁伯不会游泳,死死扒着小船,反倒捡回一条命,但历尽了苦难。这个不幸的人,被波浪翻来打去,被河流推向暗礁,一下子沉入河底,一下子翻上浪尖,撞到了许多岩石。沉沉

的黑夜来临,这夜真是阴森可怖。暴雨洪水般倾泻,他全身是血,河水泡得他全身肿胀。就这样被折腾了几个钟头。最后小船碰到陆地,他被冲到河边,失去了知觉。第二天天亮,他朝泉水边爬去,认出这个地方离他们昨天渡河的地方只有一英里。他勉强爬起来,沿河岸走去,不久发现威特科姆的尸体,头和身体陷在烂泥里。他用手在沙里扒了个坑,把威特科姆掩埋了。两天后,鲁伯也快饿死了。幸好他碰到了土著人中的好心人,收留了他。5月4日,他回到布伦纳湖,豪伊特的营盘还在。六个星期后豪伊特和不幸的威特科姆一样,也不幸死去了。"

约翰说:"是啊,祸不单行啊,旅行家们就像被拴在同一条命运的绳子上,绳子断了,大家就全完了。"

巴加内尔说:"您说得对,约翰朋友,我也常有此发现。是什么有联系的规律,使得豪伊特也死在几乎同样的环境里呢?谁也说不出来。豪伊特受政府工程局主任卫德的委托,要在胡奴尼平原到塔拉马考河口,探出一条可供骑马通行的路线。他在1863年元旦出发,五个人随行。他为了执行任务使尽脑汁,四十英里路通行无阻,但塔拉马考河过不去,豪伊特返回克赖斯特彻奇。寒冬快到了,他还要继续他的工作。卫德同意了。豪伊特带了许多食物和用品回宿营地,准备在那儿度过寒冷的冬天。这也正是鲁伯来到这里的时候。6月27日,他带着两个助手利特尔和缪利斯离开营地,准备渡过布伦纳湖,但从此没有了踪影。他们乘坐的低舷小船倒是找到了,在湖边搁浅。人们找了九个星期也没找到他们。三个人都不会游泳,显然是淹死在湖里了。"

海伦娜夫人说:"为什么不能设想他们安全地待在新西兰的某个部落呢?人们可以说他们生死不明啊。"

"唉,夫人,不能这样说,直到1864年8月,出事后一年,他们还是活不见人死不见尸。在新西兰这个地方,一年内毫无音讯,那就是凶多吉少了。"巴加内尔声音低沉,喃喃道。

第 9 章 往北三十英里

2月7日早上六点钟,爵士发出了动身的号令。夜里雨就停了,只是三英里处的高空中布满小块的乌云。云层遮住了阳光,气温不高,白天赶路不会太累。

巴加内尔在地图上测量卡华角到奥克兰之间的距离是八十英里。每天二十四小时走十英里,要走八天。他认为不要走弯曲的海岸,而是首先到加那瓦夏村,这村离此处三十英里,是维帕河和怀卡托江的交汇处。陆上邮路就从村中穿过,虽是小径,却可通马车。他们可以从霍克斯湾的纳皮尔经过岛的大部分地区,到达奥克兰。从加那瓦夏村到德鲁里很容易,到了德鲁里,可以在博物学家奥克特太介绍过的上等旅馆入住。

于是每个人背一份干粮,沿奥地湾的海岸向北行进。为谨慎起见,他们之间的距离不敢拉得太远,每个人一把马枪,边走边注意观察东面高低不平的原野。巴加内尔手拿地图,核对图中的标记是否和实地相符,不停地称赞地图的精确性,从中得到艺术家的快乐。

这一天,他们有部分时间踩在满是蚌壳、乌贼鱼骨、混杂着氧化铁和一氧化铁的沙滩。海潮拍打的海岸上,海生动物在嬉戏,见了人也不逃遁。海豹头圆额宽,眼睛富于表情,脸相和善多情,看见它们就会明白,为什么古代神话会把它们诗化。海豹的叫声难听,但神话却把它当作能歌善舞的美人鱼。这些新西兰海岸的动物数量很多,它们的油和皮毛是畅销的商品。

海豹中有三四只海象,引人注目,它们的皮呈蓝灰色,身长二十五到三十英尺,这几头庞大的两栖动物,懒懒地躺在厚厚的巨大的昆布床上,翘起它们的长鼻子,怪模怪样地摇动长卷的活像公子哥儿的硬胡须。罗伯特看着眼前这有趣的世界,突然大叫:

"瞧,这些海象吃石子呢!"

真的,好几头海象正在贪婪地吞吃海岸的石子。

巴加内尔说:"可不是嘛,它们还真的吃岸边的石头。"

罗伯特说："这就怪了,石头可是很难消化的啊!"

"孩子,我想,它们吃石头不是为了填饱肚子,是为了平衡身体,为了增加体重,才能沉入海里;回到岸上,它们再把石头吐出来。你一会儿会看到它们没入浪里。"

果然,很快,好几头海象吞够了石头,就拖着笨重的身体朝海里走去,消失在波浪里。爵士不愿浪费宝贵的时间,下令大家继续前进。大家没看到海象吐石头的场面,巴加内尔为此很觉遗憾。

十点钟,大家走到巨大的玄武岩旁,就在岩脚下休息、吃早饭。这些岩石在海边好像克勒特人架起的石梁。一片蚌壳滩里,有大量新鲜的淡菜,但小,味道也不见得好。奥比内听从巴加内尔的建议,用热炭烤淡菜,一顿饭,他烤了一打又一打。

休息完毕,大家沿着海湾继续赶路。岸边的齿型岩和峭壁顶上,藏着海鸟,它们是军舰鸟、塘鹅、海鸥、站在峭壁顶上不动的信天翁。走到下午四点,他们走了十英里。大家都不觉得累,女士们要求走到晚上。于是他们绕过北面的山脚,进入维帕河流域。

远处的土地看去像是辽阔的草场,一望无际,似乎很适宜散步。但当他们走到这片翠绿的草地边缘,不禁大失所望。这块草地,就是开满白花的小树丛,里面长满新西兰土壤特有的高大繁茂的凤尾草,要在树丛里开出一条路,很困难。大家走到八点,绕过了哈卡利华塔山最近海边的几个山丘,终于走了出来。

一气走了十四英里,应该休息了。但是既无牛车又无帐篷,只能睡在高大的诺佛克松树脚下,盖毯不缺,也可作床褥用。

夜里,爵士非常小心,他和伙伴们荷枪实弹,两个人一班,值班守夜到天明。夜里不点火,本来烧篝火可以防野兽,但新西兰没有老虎、狮子、狗熊。没有猛兽,但新西兰土著人足以代替它们。他们就是有两条腿的黑斑虎,点了篝火会把他们招来。

这一夜平安无恙,就是有当地人称为"嘎姆"的沙蝇,被它们咬过的地方很不舒服,还有大胆的野鼠啃过装粮食的口袋。

第二天,2月8日,巴加内尔醒来后有信心了,对这个地方也有所了解。他特别害怕的毛利人没出现,也没在梦中威吓他。对此他十分满意,并把他的心情告诉爵士:

"我看我们这次出行不会有什么困难了。今天晚上我们就可以走到维帕河和怀卡托江的汇合处。过了这地方,走上奥克兰大路,就不用担心遇上土著人了。"

"还要走多少路才能到那儿?"爵士问。

"还要走十五英里,和昨天走的路差不多。"

"如果前面还有灌木丛挡道,我们可走不快呀!"

巴加内尔说:"不会吧,我们沿着维帕河岸走,不会有障碍了,路好走多了。"

爵士看见两位女士准备动身了,就说:"那我们走吧。"

这一天的头几个钟头,路上的树丛还在挡道,牛车、马匹都不能通过,这样一来,丢在澳大利亚的车马就没什么可惋惜的了。在新西兰,树丛间还没有开出通道,就只有供人行走的小径。种类繁多、多到数不尽的凤尾草,像毛利人一样,倔强地捍卫自己的国土。

哈卡利华塔山耸立在原野上,他们穿过原野时困难重重,但还没到中午,他们就走到维帕河畔了,然后沿着陡峭的河岸向北走,就没什么困难了。

这里景致迷人,小河纵横交错,河水清纯,在灌木丛中欢快地流淌。植物学家胡克调查过,到目前为止,新西兰已发现两千种植物,其中五百种只有当地才有;花的种类较少,色彩也不多;一年生的植物几乎没有,非常繁茂的则是羊齿类、禾本类和伞状类植物。

除了繁茂青葱的花草,这儿到处耸立着高大的树木,开红花的"美特罗西得罗"、诺佛克松树、枝杈垂直向上的罗汉柏和欧洲柏树一样单调的称为"利木"的柏树;所有的树干都被各种凤尾草缠住了。

大树的枝杈间、灌木丛的上面,大鹦鹉在呱呱地叫唤,飞来飞去。"卡卡吉利"鸟绿羽毛,颈上有一圈红羽毛,"托波"鸟长着黑色双鬓;还有一种鸟如鸭子那么大,棕红色羽毛,翅下的毛特别鲜艳,博物学家称它为"南国老人"。

少校和罗伯特没有远离伙伴们就打了几只鹬鸟和竹鸡,它们飞累了,在矮树丛下歇息。奥比内为了不耽搁行程,抓紧时间,边走边拔鸟毛,准备他的盛宴。

巴加内尔对野味的营养价值并不关心,他想抓新西兰独有的鸟,带回欧洲去。博物学家的好奇心压倒了旅行者的食欲,他最想抓只土著人称为"突衣"的鸟。这鸟很怪,它的叫声像是在嘲笑人,土著人称它为"嘲笑鸟",有时也称它为"神父鸟",因为它的黑羽毛上有条白领子,像神父的衣服。

巴加内尔对少校说:"这种鸟冬天很肥,因此它飞不起来。它就用嘴开胸破肚,啄掉多余的脂肪,减轻体重。麦克那布斯,您觉得怪不怪?"

少校说:"太怪了,所以我根本不相信您说的话。"

巴加内尔恨不得马上抓一只这样的鸟,让少校看看它血淋淋的胸膛,遗憾的是抓不到。

但他很幸运地碰到了另一种怪鸟。这鸟为了躲避人、猫和狗的追逐,逃到这无人居住的地方,在新西兰行将灭绝。罗伯特寻来觅去,到处乱钻,终于在树根编织的鸟巢里找到一对这样的鸟。这种鸟像鸡,没翅膀,没尾巴,脚有四趾,有和鹬一样的长喙,全身披着细如发丝的白羽毛。这真的是一种很怪的鸟,从卵生类转为胎生类的动物。

这就是新西兰的几维鸟,博物学家称之为"澳大利亚的无翼鸟",它什么都吃,蛹、虫、蠕虫、种子等。它是新西兰的特有的鸟,不可能把它带回欧洲的动物园。它的未成形的躯体和可笑的动作,引起旅行者的注意。当年"阿斯特罗拉"号和"色勒"号来大洋洲探险,法国科学院请杜蒙·居维尔带一只这种鸟回去做标本,尽管他答应重酬土著人,但没能带成一只活的回去。

几维鸟像鸡,没翅膀,没尾巴,脚有四趾,有和鹬一样的长喙,全身披着细如发丝的白羽毛。

巴加内尔交了好运,十分得意,他把两只鸟抓住,捆在一起,小心地提着走,打算将来把它们送给巴黎植物园。**雅克·巴加内尔先生赠**。他已看见这个牌子挂在机构的最漂亮的鸟笼上面了。

这支小队伍不知疲倦地沿着维帕河向下走去。这儿渺无人烟,既不见土著人的踪影,也不见有人踩过的小径。河水在高大的灌木丛间、绵长的沙滩流淌。朝东看,可以看到群山把河谷封锁。山形奇特,薄雾笼罩,侧影像洪水前期的一群怪兽或一群长鲸,突然变成了化石。这些高低不平的山峦,一看就知道是火山熔岩。事实上,新西兰就是地火燃烧后的近期产物。陆地还在不断地从海底升起。二十年来,有些地方升高了一托瓦兹。地火还在地面下燃烧,使它震颤。很多地方还有火从火山口和沸腾的泉眼里冒出来。

下午四点,大家顺利地走了九英里。巴加内尔不断地查看地图。按地图的标示,到维帕河和怀卡托江的汇合处还有不到五英里的路程,到了那里就可以走上通往奥克兰的大路了。可以在那儿宿营,从那儿到首都的距离是五十英里,两三天可以走到。如果遇到邮车,最多八个小时就到了。不过来往于霍克斯湾和奥克兰之间的邮车,半个月才一次。

爵士说:"看来今晚我们还要露营啊。"

巴加内尔说:"是的,希望这是最后一次吧。"

"那太好了。露营对两位女士可是很严峻的考验。"

"她们可是毫无怨言啊。如果我没听错的话,巴加内尔先生,你不是说过,两江汇合处有村子吗?"约翰说。

"是的,我这张地图上标着呢,就在这里,叫加瓦夏村,距两江汇合处大约两英里。"

"太好啦,今晚我们可以去村子里过夜,如果能在村子里找到旅馆,两位女士该不会介意多走两英里的路吧?"

巴加内尔大叫:"找旅馆!在毛利人住的村子里找旅馆!那儿不但没有旅馆,连小酒店、小客栈都没有,有的只是茅棚!我看,我们还是避开那个地方吧。"

爵士说:"巴加内尔,你总是害怕毛利人!"

"亲爱的爵士,千万别相信毛利人,还是小心提防他们为妙!我不知道他们现在和英国人的关系如何,也不知道战争到了什么程度。我不讲谦虚的话了,像我们这样的欧洲人,毛利人正巴不得抓我们呢,我可不想送上门去。我认为避开这村子,绕过它,避免和土著人相遇才是明智之举。到了德鲁里,情况就不同了,不仅女士们可以安心休息,而且男士们也可以放心地睡觉,消除旅途的疲劳了。"

巴加内尔的意见取得大家的同意。海伦娜夫人宁愿露宿,也不愿伙伴们冒险。玛丽同意夫人的意见,她们俩不愿中途停歇,愿沿陡峭的河岸赶路。

两个小时之后,暮色开始笼罩群山。夕阳西下,把最后的光芒射到云间,东面遥远的山峦在夕阳余晖的映照下,显露暗红的色彩,匆匆向这群旅行者致礼。

爵士和伙伴们加快脚步。他们明白,在这高纬度的地区,黄昏很短暂,黑夜很快来临,他们要在天黑之前赶到两江的汇合处。这时地面升起浓雾,很难辨认道路。

视觉模糊了,但听觉却敏锐了,不一会儿,他们听到响亮的流水声,大家明白两江的水已在同一河床上汇合了。八点钟,大家听到咆哮的怒涛声。他们到了两江汇合处了。

巴加内尔叫道:"怀卡托江到了,沿着右岸直上,就是通往奥克兰的公路。"

少校说:"我们明天就可以见到这条路了,我们就在这儿宿营吧,前面那特别暗的地方是小树丛,它是为了遮蔽我们而生的。吃晚饭,睡觉!"

巴加内尔说:"吃晚饭吧,但只能吃饼干和干肉,不能点火。我们最好悄悄地来,悄悄地去,太好了,这场浓雾挡住了我们。"

大家到了小树丛旁,按巴加内尔的意见行事,悄悄吃晚饭,不一会儿就进入了梦乡。走了十五英里路,实在太累了。

第 10 章　民族之江

天亮了,江面浓雾沉沉,空气中饱和的水汽凝聚成厚云,也覆盖在江面上。太阳出来了,云雾逐渐消散,怀卡托江在清晨中展露出它的姣丽面容。

江与河之间,一条长满灌木的尖尖细细的地峡延伸到江河汇合处。维帕河水湍急,在汇合前四分之一英里处就截住怀卡托江水,但强大安详的江水制服了狂妄的河水,平静地把河水拖入江水中,一直拖入太平洋。

浓雾的面纱揭开之后,怀卡托江上出现一条小船,船长七十英尺,宽五英尺,深约三英尺,船头翘起,像威尼斯的贡多拉小舟,是用整条卡希卡提杉树剖空造成的。船里铺满凤尾草,船的前部配八根桨,桨划起来,船在水面上飞,船尾坐着一个人,手持长桨,操纵着船的方向。

这个人是土著人,身材高大,四十五岁左右,胸脯宽阔,四肢肌肉发达,手脚粗壮有力,前额隆起,刻满深深的皱纹,目光凶狠,脸色阴沉,看去就是个可怕的人物。

他是毛利人的酋长,地位挺高,这从他的脸上和全身刻的细密的花纹就可以知道。他的鹰钩鼻的两翼刺有两条黑色的螺旋线,分别绕过嵌着黄眼珠的眼眶,先在前额相交,然后向浓密的头发里伸延,消失在其间。他那长满白牙的嘴和下巴的周围画满了规则的彩色图案。这些精美的涡形图案,互相缠绕,一直延伸到壮实的胸脯上。

新西兰人把"魔科"的纹身作为高贵的标志,只有英勇地在战场上厮杀过的人才有资格刺这种荣耀的花纹。奴隶平民没这个资格。著名的酋长身上刺有动物的图像,只要细看花纹的性质和精细的程度,就可辨别他们的身份和等级。有些酋长忍受疼痛,接受五次纹身,在新西兰,一个人的地位越高,身上刺的纹身就越多。

杜蒙·居维尔曾详细论述过新西兰土著人纹身的习俗。他把新西兰的纹身和欧洲名门望族引以为豪的族徽做比较,两者都是光荣的标志,但也有不同之处:欧洲的族徽只是褒扬彰显先人建立的功勋,并不证明子孙的功劳,而新西兰人的纹身却是个人的徽章,表明他本人有权利佩戴它,是个人勇敢的证明。

毛利人的纹身除了表明个人的尊贵和身份,还非常实用,可以加厚皮肤,抵御寒暑的侵袭和蚊虫的叮咬。

那个操纵小船方向的酋长,不用说地位显贵,毛利的刺花匠用信天翁鸟的骨头给他的脸刺了五次又密又深的花纹。他有这样的资格,难怪他的表情这样高贵傲慢。

他身披一件宽大的镶狗皮的麻织席子,腰围短裙,裙上沾有最近战斗的血迹,长长的耳垂上悬着绿玉耳环,脖子上挂着神圣玉石做的珠圈。新西兰人的这些玩意儿带有几分迷信意义。

他的身旁放着一支英国造的长枪,一把翠绿色的长约两英尺的双刃斧头,当地叫帕图帕图。

他的身边坐着九个下级士兵,都带着武器,面目狰狞。其中几个身披席子,坐着不动,看样子不久前负过伤。三条恶狗躺在他们的脚旁。船首的八个划桨手应该是酋长的仆人或奴隶,他们使劲划船,虽然逆流,但因流水不急,小船的速度还算挺快。

这条长长的小船中央,十个欧洲人紧挤在一起,脚上套了索,手倒没有捆住。这十个人就是爵士、海伦娜夫人、玛丽、罗伯特、巴加内尔、少校、约翰、奥比内、穆拉迪、威尔逊。

原来昨天夜里,他们在浓雾中走错了路,走到一群土著人的驻地宿营了。将近半夜,他们在梦中被土著人抓住,押上了小船。幸好他们没受到虐待。他们没有抵抗,也深知抵抗无济于事。他们的枪支弹药都落到了土著人的手里,抵抗只能死在自己的枪弹下。

他们从土著人夹杂着英语的谈话里得知,这些土著人打了败仗,被英国人驱赶回来,现在正向怀卡托江上游撤退。经过顽强的抵抗,这个酋长的大部分战士都被英军四十二旅屠杀,他回来召集沿江一带的部落,去和威廉·桑普森会合。威廉还在和入侵者周旋。眼前的这位酋长绰号叫"啃骨魔",意思就是"啃敌人四肢的人"。这个人勇猛大胆、残暴,落到他手里,别指望他动怜悯之心。英国士兵都知道他的名字,新西兰总督最近还在悬赏他的人头。

眼看就要到达奥克兰,乘船回欧洲,现在却落到了毛利人的手里,这对爵士是多么沉重的打击!他的内心何等的焦虑!然而他表现得异常冷静,每逢危急关头,他都泰然自若,镇定自如。他认为自己身为丈夫、旅行队的队长,应该成为他们的榜样、力量的源泉;为了大家的安全,他宁愿牺牲自己。尽管旅途经历千辛万苦，千难万险，他从没有后悔过他的大胆、他的慷慨和热情。

他的伙伴们不愧是他的朋友，想法和他一样。他们一个个视死如归，面不改色心不跳，根本不像是大祸临头的人。这一点也镇住了土著人。毛利人与世界各地的土著人一样，自尊心很强，他们尊重威武不屈、勇敢无畏的硬汉，蔑视怯懦者。爵士一行人的镇定自若，使得土著人由衷地敬佩。

这些土著人和其他的土著人一样，生性孤傲，沉默寡言，从离开宿营地到此时，他们之间没说过几句话，但从他们仅说的几句话里，爵士知道他们懂英语，他决定问酋长打算怎样发落他们。他平静地问酋长：

"酋长，你要把我们带到哪儿去？"

啃骨魔冷冷地看了他一眼，没理他。

爵士又问："你打算怎样处置我们？"

啃骨魔眼睛一亮，恶狠狠地说："如果你们的人愿意，就拿你们换我们的人，他们不肯要你们，我就杀了你们。"

爵士不再问了，他明白还有活命的希望。大概有几个毛利人的首领落到英国人手里，土著人想用交换的方式把他们换回来。这样看来，爵士他们还不用绝望。

小船飞快地逆流而上。性情多变、思想好走极端的巴加内尔，此刻又满怀希望了。他认为土著人要把他们送到英国人驻防的地方去，他们倒赚了。因此他认命了，一边看着他的地图，一边望着怀卡托江，看船经过的平原和山谷。海伦娜夫人和玛丽抑制着内心的恐惧，低声和爵士说着话，最会看脸相的人也看不出她们内心的焦虑。

怀卡托江是新西兰的民族之江，毛利人引以为骄傲，就像德国人为莱茵河骄傲，斯拉夫人为多瑙河骄傲一样。这条江从惠灵顿省流到奥克兰省，全长两百英里，灌溉着北岛最肥沃的土地，两岸所有的部落都以江命名，称为怀卡托部落。他们是不屈不挠的民族，他们现在正在群起反抗外族的入侵。

几乎没有外国船只在这条江上航行过。这里的江水，也只被本岛人的独木舟劈开。怀卡托江的上游似乎禁止外来人进入，即使有几个到这条神圣的江上来冒险的大胆旅行家，也只是看几眼就走。

巴加内尔知道土著人对新西兰的这条江十分崇敬，他也知道英国和德国的博物学家在这条江上逆流而上，也只能去到它和维帕河的汇合处。现在啃骨魔要把俘虏带到什么地方去？他本来对此无法猜测，但从酋长和小兵们谈话中，提到了"陶波"这个名字。他警觉起来。

他赶紧查看地图，发现"陶波"是一个湖的名字，这个湖在新西兰很有名。它位于北岛奥克兰省南部的多山地带,怀卡托江流入这个湖后,又从湖里穿流出去。从维帕河与怀卡托江的汇合处到陶波湖有一百二十海里左右的航程。

为了不让土著人听懂他说的话,他用法语请约翰估计小船的速度,约翰说每小时大概走三海里。

巴加内尔说:"如果我们夜里休息,白天行船,到陶波湖要花四天时间。"

爵士问道:"不知道英国人在哪儿驻防?"

"这就很难知道了,看来战事发生在塔拉纳基省了,可能英国的军队集结在湖那边,山的背后,那儿是暴动的发源地。"

海伦娜夫人说:"但愿如此吧!"

爵士用忧郁的目光看看年轻的妻子,又看看玛丽,她们落到凶恶的土著人手里,被押到野蛮地方,远离自己人的救援,他心里十分难过。他发现酋长在监视他,为小心起见,他不愿酋长猜到女囚中的一个是他的妻子。他把心事埋在心底,用淡漠的表情看着江岸。

离两江汇合处半海里的上游,是巴塔陀王的故居,小船一闪而过,没有停留。江上没有别的船只,岸边可见几间茅棚,破烂不堪,像是新近遭受过战火的摧残;岸上一片荒芜景象,渺无人烟,只有几只不同种类的水鸟,给荒凉的大地带来一点生机。时而看见一种叫作"塔帕伦嘎"的黑翅白肚皮红喙涉水鸟拖着长腿逃跑;时而看到三种不同的鹭鸶安闲地在岸上看土著人的小船划过。灰色的"马土库"是几种傻头傻脑的蒲鸡;还有白毛黄喙黑脚的"克土库";岸边深水处有种毛利人称为"克塔尔"的翠鸟在窥伺着鳗鱼,鳗鱼在新西兰的江河里有成千上万。江上有小树丛,上面聚集着大群田凫、秧鸡、苏丹鸡,在阳光下戏水梳晨妆。鸟群们享受着幽闲的快乐,没有人类打扰它们,两岸的人类都在战争中逃亡了或战死了。

怀卡托江的这一段江面宽阔,两岸是辽阔的平原。越往上走,河床越狭窄。岸边先是丘陵后是高山,很快就变成山谷了。离两江汇合处十海里处,巴加内尔的地图指出,上游的左岸叫作几里几里罗亚高岸。啃骨魔并不停船,他命人把从俘房那儿抢来的食物还给俘房们吃;他的士兵、奴隶和他本人只吃土著人的食物:烤熟的凤尾草根,博物学家称它为可吃的羊齿蕨,土著人称为卡巴那,还有新西兰处处可见的马铃薯。他们没有吃肉,对俘房吃的干肉也毫无兴趣。

下午三点钟,右岸出现几座高山,这就是波卡罗亚朗日山,陡峭的山脊上还悬吊着破损的碉堡,它们是过去的毛利工程师凭借天险建的防御工事,很像大鹰的窝。

太阳就要沉没于地平线后面,小船到了江岸,岸上堆满浮石。怀卡托江源于火山,这些石头就是江水冲出来的。江岸长有几棵树,树下可扎营,酋长命俘虏们下船,男囚的手被捆上,女囚没捆,他们被押到营地中间。营前烧一排火,形成不可逾越的火墙。

在啃骨魔告诉他们交换战俘之前,爵士和约翰曾商量过重获自由的办法,他们认为在小船上不便动手,等上岸后夜里宿营时找个有利时机再说。

爵士和酋长谈话之后,觉得还是不逃为宜,忍耐较为稳妥。让土著人拿他们交换战俘,比在陌生地方逃跑、被土著人拿着武器追赶,生的希望要大得多;交换也许延误或受阻,但还是等等好。十个手无寸铁的人怎能对付得了三十几个全副武装的土著人呢?

第二天,小船以更快的速度向上游划去,十点钟,小船在与波海文那河相交的河口停了下来,波海文那河是条小河,从怀卡托江右岸的平原上弯弯曲曲地流入江里。

那条小河里也有一条小船,里面坐着十个土著人,他们把船划过来与啃骨魔会合。他们互相只说了句"阿依勒—梅拉",即"你平安回来了"。接着,两条小船一起逆流向上划去。那条小船上的土著人,一看就知道最近和英国人交过火:衣衫褴褛,破衣下的伤口还在流血,武器上还沾有血迹。他们的脸色阴沉,沉默寡言,带着未开化民族冷漠的神情,根本没注意这十个欧洲人。

中午,芒格陶塔利山峰出现在江的西面。怀卡托江的河谷开始变得狭窄,江水在深深的山峡里奔流,湍急凶猛,但土著人更用力更有节奏地把船划得飞快,船像在雪白的浪头上飞。这时土著人唱起歌来。急流过去,怀卡托江水又缓慢地流淌,每隔一英里,又要拐个弯,流水变得更缓。

将近傍晚,啃骨魔把船泊在山脚,这山的分支就是陡峭狭窄的河岸,那儿有二十几个刚下船的土著人,正在安排夜里宿营。他们在树下生起篝火。一个和啃骨魔级别相当的首领慢慢向他们走来,用鼻尖碰碰啃骨魔的鼻尖,亲切地向他打招呼。

他们还是把俘虏安置在营地的中央,派人严加看守。

第二天早上,他们继续向怀卡托江的上游划去。从支流中又钻出许多小船。六十多个战士很明显最近被英国人打败,此时集中在此,准备退回山区。这时,成排前进的小船上有个士兵唱起高亢的歌:

帕帕——拉——提——瓦提——提地依——东伽——内……

这是毛利人为独立战争唱的歌曲。歌者的嗓音响亮,在山间激荡,大山以回声应和。士兵每唱完一段，土著人就拍打胸膛，像敲鼓一样咚咚地响，然后大家合唱。在歌声的激励下，他们更起劲地划桨。小船劈波斩浪，在水面上飞驰。

四点左右，在酋长的指挥下，小船果断地冲过狭窄的河谷，船头激起的波涛发疯似的冲击河谷中的小岛。在怀卡托江的这段河道行船极其危险，因为此处无路可走，踩到江边滚烫的泥滩必死无疑。

原来，小船到了著名的沸泉，这沸泉素来受到旅行家们的青睐。它引发的铁锈把两岸的泥土染得鲜红。在这河岸，人们看不到白色的土块，空气中充满刺鼻的硫磺味，土著人闻了不以为然，俘虏们的鼻子却受不了从泥土的缝隙里钻出的臭味和泥泡胀破后冒出的蒸气，然而却大饱眼福，观赏了眼前壮观的景象。

小船在浓浓的、厚厚的、白茫茫的蒸气中冒险前行，江面笼罩着层层叠叠的炫目气雾，江的两岸成百的沸泉，或冒着浓重蒸气，或喷着巨大的水柱，就如人工制造的喷泉和瀑布，好像有机械师在调节这些泉眼。水和蒸气在空气中混合，在阳光下彩虹般斑斓。

这一带地区的河床不稳定，由于地火燃烧，河水沸腾不止，离此地不远有个罗托鲁瓦湖，湖的东面有许多温泉，还有罗托玛哈那和特塔拉塔两个热气腾腾的瀑布，远远都能听得见吼叫的水声，令旅行家们叹为观止。沸泉、喷火口和硫气坑遍布这个地区，新西兰的两座活火山加里罗山和瓦卡利山，不能彻底排泄地下的热气，过多的热气找不到出口，就到这里发泄了。

土著人的这几条小船，就在这足足两英里长的蒸气笼罩中，在重重的热雾里穿行。终于硫磺烟雾消散，清新的空气扑面而来，透不过气来的肺腑终于可以舒口气，沸泉区过去了。

天黑之前，在土著人的奋力下，船过了希巴巴土阿急流和塔玛提亚急流。晚上，啃骨魔把船划到离两江汇合处一百英里的地方，在那儿宿营。江的东面，再向南面，就是陶波湖，江水流进这个湖，就像巨大的喷泉往水池里喷水。

第二天，巴加内尔查看地图，知道右岸耸立的高山是三千英尺高的托巴拉山。

中午时分，小船从江的开口进入陶波湖。湖岸有一间茅棚，棚顶有块布在随风飘扬，土著人见了它都举手致敬，这就是他们的国旗。

第 11 章 陶波湖

陶波湖形成于史前时期。当时岛中央有一片火山熔岩,其中有个洞穴崩塌,形成一个长二十五英里、宽二十英里的深不可测的大坑,水从四周的山顶上冲下来,涌进了这个巨大的洞,于是变成了湖。此湖深不可测,被后人取名"陶波湖"。

陶波湖海拔一千二百五十英尺,四面环山,山高四百托瓦兹。湖的西面是高山峭壁,北面是几座山峰,峰顶有树林;东面是一片宽阔的河滩,滩上有条浮石路,在灌木丛下闪亮;南面是大片森林,森林后面是圆锥形的火山包。群山的中间就是汪洋般的大湖,气势雄伟壮丽,湖面上咆哮着的风暴,不亚于太平洋的飓风。

这个地区整个就像一口大锅,架在地火之上沸腾。土地被地火烧烤得颤抖。许多地方蒸腾着热气,地壳龟裂,像烤得过火的大饼。地下的热气幸好在十二英里外的汤加里罗火山口找到出路,否则这片高原会落入炽热的火炉中。

从湖的北面看,那座火山耸立在许多喷火的小山头之中,缕缕烟云和熊熊的火焰从山顶冒出来,很像土著人头上的羽毛饰物。汤加里罗山似乎和一条相当复杂的山系连在一起,鲁阿巴湖峰在它的后面,孤立在平原上,高九千英尺,山峰直插云霄。没有人踏足它的无路可通的圆锥形高峰,没有肉眼探测喷火口的秘密。汤加里罗山比较容易攀登,二十年来,比维尔、狄森和最近的霍特施泰特曾先后三次上去测量。

这些火山都有传说。要不是处于现在这种环境,巴加内尔肯定把这些传说告诉给伙伴们。汤加里罗山和塔拉纳基山本来是朋友又是邻居,为了一个女人争吵,汤加里罗火气很大,动手打塔拉纳基,塔拉纳基羞愤之余,从瓦干尼河谷逃了出来,沿途丢下两座小山,它逃到海边,孤零零地耸立在那儿,并改名为艾格蒙特山。

巴加内尔此刻自然没有心思讲故事,他的伙伴也没心思听他讲。他们默默地凝望着陶波湖的东北岸,是不公平的命运把他们弄到这儿来的。

啃骨魔离开怀卡托江,穿过一条小河,这条小河像是大江的漏斗。然后绕过一条尖尖的海峡,把船靠在湖东面的沙滩上,这沙滩位于三百托瓦兹高的蒙加山脚下。那里是一大片土地,长着大片的新西兰麻,土著人叫它哈拉克克。这种有用的植物全身是宝:花可以酿蜜,茎里的胶质可做蜡。浆粉,叶子的用途更多:新鲜的可做纸,干的做火绒,把它撕开可搓成麻绳、缆索、渔网。新西兰麻的纤维可做被褥、外套、席子或麻布,麻布染成红色或黑色,可做成毛利人比较喜欢的贵重衣物。

两个岛的海岸、江边或湖畔这种野生麻布满原野,它的棕红色的花像龙舌兰,在叶丛中探出头来,开得灿烂;它的叶子狭长锋利,密集丛生,形成一片剑林,许多漂亮的小鸟是它的常客,它们成群飞来,吸吮花心的甜汁。

大群的鸭子在湖里扑水嬉戏,淡黑色夹杂着灰色或绿色的羽毛,它们已从野鸭被人驯养成家鸭。

离这儿四分之一英里的悬崖上有座堡垒,是毛利人凭天险建造的城寨。俘虏们一个跟一个下了船,手脚松了绑,由土著人押着,走上通往堡垒的小路,沿途穿过长满新西兰麻的原野、茂密的树丛。这些树木有青叶红浆果的凯卡特树、澳大利亚千年蕉,还有土著人称为"提"的像棕榈的树;还有可以做黑色染料的"尤乌斯";林中的鸟儿更是多种多样,闪着金属光泽的大鹁鸠、灰色的圆嘴鹊、红肉冠的棕鸟,人走近时都被惊动,拍翅飞走。

爵士、海伦娜夫人、玛丽和他们的伙伴们跟着土著人绕了个大弯后进入堡内。

堡垒的第一道外墙是高十五英尺的坚固的栅栏,第二道外墙先是一排木桩,然后是一道柳条墙,墙上开有枪眼,可以封锁这道外墙。也就是说,第二道外墙是平坦的高地,上面耸立着毛利人的建筑,排列着四十多间草棚。

到了里面,俘虏们看到外面的木桩上插着很多人的脑袋,不禁寒毛倒竖。海伦娜夫人和玛丽倒不是胆小害怕,而是不忍心看。这些头颅属于战败方的酋长们,他们的肉身已被战胜者分吃。

巴加内尔看见人头上被挖去了眼睛,就知道是战胜者的所为。

毛利人保存着自己部落酋长的头颅,但处理的办法不同。眼睛保留在眼眶里,以此教育年轻一代,并将它们奉为部落的神明。

啃骨魔的住房在堡的最里面,夹在简陋的茅屋之中。房前是露天广场,就是欧洲人说的"练兵场",以木桩和树枝做框架,新西兰麻织的席子蒙上框架就是墙了。房子长二十英尺,宽十五英尺,高十英尺,对于新西兰的酋长来说，这样的房子够大的了。

房子只有一个门洞作为进出口，挂上厚草帘，就成了活动的门；屋顶向外延伸，像古罗马房子正厅的受雨天井。椽端雕了几张画，装饰着房子或门，供客人参观欣赏，檐板和门上画着土著人的装饰画。

屋子里面的地板就是压实了的黏土，比原地面高出五英寸，几张芦席和干凤尾草做的床垫，上面铺一张又长又软的香蒲叶子编的垫子，这就是床了。屋子中央挖了个洞，算是炉灶，屋顶上挖个洞，算是烟囱，屋内的烟太浓了才从烟囱排出，因此屋内被烟熏得很黑。

屋子旁边是仓库，储藏酋长的粮食和用品。他收获的新西兰麻、山芋、水芋、凤尾草根，还有煮熟食品的炉子。离屋稍远的几个院子养着猪和羊，这些动物都是当年库克船长带到这儿繁衍的，现存不多，还有狗在到处觅食。

爵士和伙伴们扫了一眼眼前的一切。他们在一间空房子的旁边等酋长发落，一面忍受着一群老女人的辱骂。她们挥动拳头，吼叫着、咒骂着，从她们嘴里吐出来的几个英文字，听得出她们要报仇雪恨。

在谩骂和威吓声中，海伦娜夫人表面上表现得若无其事，泰然自若，其实内心异常焦虑。这位勇敢的女性竭力克制自己的情绪，以免丈夫为她担心而冲动；可怜的玛丽吓得腿发软，约翰扶着她，为了保护她，他准备牺牲自己。他的伙伴们对铺天盖地的辱骂态度不一，少校毫不在乎，巴加内尔怒气冲天。

爵士为了避免海伦娜夫人受到这些老妇人的冲击，便走到啃骨魔面前，指着那群女人说："赶走她们！"

毛利酋长看了他一眼，没有回答，然后挥挥手，喧嚣的叫骂声顿时停了下来。爵士向他鞠躬表示感谢，然后回到伙伴们中间。

这时近百个新西兰土著人聚集在广场上，有老年人、中年人、青年。有些人黑着脸，默默等候啃骨魔的命令；有些人泪流满面，伤心地哀悼最近战死的亲人。

原来响应威廉·桑普森号召反抗入侵的酋长中，只有啃骨魔回到了这湖滨地区。他回来后头一个告诉部落的乡亲们，起义在怀卡托江下游失败了。跟随他保卫国土的两百名战士，一百五十名没有回来，有些做了俘虏，但大多数躺在战场上，永远也不能回到祖先的故土了。

这就是为什么啃骨魔回来，部落的土著人这么伤心的缘故。战败的消息刚刚传播出来。土著人的精神与感情的痛苦总是由肉体的痛苦表现出来，因此阵亡战士的亲人，尤其是妇女们，为了表达自己的悲伤，用尖利的贝壳划破自己的脸和肩膀。伤口划得越深表明哀痛越切。她们血淋淋、疯疯癫癫、痛

不欲生的样子委实可怖。

更令土著人哀痛的是,至爱亲朋战死沙场,尸骨未还。迷信的毛利人认为,死者的骨殖能否保存,关系到来生。他们要保存的不是腐烂的肉体,而是骨头。他们把骨头收回来,洗刷、刮磨、上漆,然后把骨头放在"乌斗巴"里。"乌斗巴"里陈放死者的木头像,按死者生前的形象雕刻,包括身上的花纹。现在战士们死在异乡,墓穴是空的,没有举办宗教仪式,他们的骨头或被野狗吃掉,或暴尸战场,未能入土为安。想到这些凄凉情景,他们捶胸顿足、号啕大哭、呼天抢地,悲愤之余,同仇敌忾,妇女们百般咒骂,男人们挽袖举拳,群情激愤,随时都有动手杀害俘虏,讨回血债的可能。

啃骨魔见状,担心部落群众行为过激,赶紧命人把俘虏押到"圣地"。这是一个立于峭壁之上、堡的另一端的草棚,棚后是高一百英尺的山岩,岩外是陡峭的坡,也就是堡的极端了。原来这儿是供神的圣屋,土著人称为"瓦列土",传教士常在这间棚子里给新西兰人讲解圣父、圣子和圣灵三位一体的道理。

俘虏们在这儿暂时避开盛怒之中的土著人,在新西兰麻席上躺下。海伦娜夫人身心俱疲,体力和精力都不堪重负,不由自主地倒在丈夫怀里。

爵士把她紧紧抱住,不断安慰她:"勇敢些,亲爱的海伦娜,上天不会抛弃我们的!"

被押进来后,门一关上,罗伯特就站在威尔逊的肩膀上面,从墙头和屋檐间的缝隙朝外张望,那儿可以看到堡的全景,啃骨魔的房子。

他低声说:"他们围着酋长……他们挥动臂膀……他们叫骂……啃骨魔要说话了……"

过了几分钟,罗伯特又说:"啃骨魔说话了……土著人静下来了……他们在听啃骨魔说话……"

"事情明摆着,酋长要拿我们去换和他有利害关系的首领,他的部下是否同意呢?"少校说。

罗伯特说:"他们在听他说话,……他们看来同意他的做法,他们散开了……一些人回自己的茅棚了……有些离开堡了……"

"真的吗?"少校大叫。

罗伯特说:"真的,少校,只有啃骨魔和他船上的士兵留下来了。啊,有个士兵向我们这间棚子走过来了。"

爵士说:"快下来,罗伯特!"

海伦娜站起来,抓住丈夫的胳臂,口气坚决地说:"爱德华,我和玛丽都不能落到他们手里,死也不能任他们凌辱!"

她把一支子弹上膛的手枪递到爵士面前。

爵士眼睛一亮,说:"你怎么还有枪?"

"是的,爱德华,我有一支枪。你怎么忘啦?毛利人不搜女俘。这支枪我是留着打我们自己的,不是用来对付他们的……"

少校赶紧说:"格里那凡,快把枪藏起来,还没到动手的时候……"

爵士很快把枪藏在衣服里面。草门帘掀起处,一个土著人走了进来,他做个手势要俘虏们跟他走,十个人穿过堡里的空地,来到啃骨魔的跟前。

啃骨魔旁边围着部落里的几个战士,还有在波海文河和怀卡托江汇合处驾小船和啃骨魔汇合的那个酋长。他是个四十岁的汉子,体格强壮,相貌狰狞。他的名字叫卡拉特特,当地语是"脾气暴躁的人"。看这人脸上刺的细密花纹,就知他在部落的地位不低。善于观察的人不难看出这两个酋长互不服气,和卡拉特特谈话时,虽然啃骨魔嘴含笑意,眼神却露敌意。

被押进来后,门一关上,罗伯特就站在威尔逊的肩膀上面,从墙头和屋檐间的缝隙朝外张望,那儿可以看到堡的全景,啃骨魔的房子。

"你是英国人?"这时啃骨魔问爵士。

"是的。"爵士没有犹豫,他相信这个国籍对俘虏的交换更有利。

"他们呢?"

"都是英国人,我们是旅行者,沉船的遇难者,我们没有参加过你们的战争。"

卡拉特特粗暴地插话:"管你们有没有参战!所有的英国人都是我们的敌人,你们的人侵犯我们的岛,烧了我们的村庄!"

爵士庄重地说:"他们这样做是错误的,我这样说,不是因为落到了你们手里,我本来就是这样想的。"

啃骨魔说:"我们新西兰的神努依·阿头的大祭师'脱洪加'落到你们的人手里了,做了你们的俘虏,要不是大神努依吩咐我把他换回来,我就要挖了你们的心,把你们的人头插在这木桩上!"

啃骨魔的火气越说越大,直至发抖,脸上露出杀气腾腾的凶光。

过了一会儿,他平静了些,又问:"你认为你们的那些英国人肯拿我们的脱洪加来换你吗?"

爵士犹豫片刻,看着啃骨魔,说:"我不知道!"

啃骨魔又说:"你说,你这条命是否抵得上我们脱洪加的命?"

"抵不上!在我们那儿,我不是首领也不是祭师。"

巴加内尔听了这话吓呆了,他不解地看着爵士。

啃骨魔也很惊讶。

"这么说来,你没有把握啦?"

"拿我一个人换?我看不行,拿我们大家去换,也许可以!"

啃骨魔说:"我们毛利人是一个换一个。"

爵士指着海伦娜和玛丽说:"你先拿这两个妇女去换你们的大祭师吧。"

海伦娜听了正要冲到丈夫跟前,少校一把拉住了她。

爵士恭敬优雅地向两位女士鞠了个躬,说:"这两个女人在她们的国家里地位很高。"

啃骨魔冷冷地看着这个俘虏,嘴边露出奸笑,但他马上收敛了,怒不可遏地说:"你这个该死的欧洲人,你以为我看不透你的心思?"

他指着海伦娜夫人说:"她是你的老婆!"

卡拉特特大叫:"不是他的,是我的!"

这时卡拉特特推开男俘,把手搭在海伦娜夫人的肩上,海伦娜的脸煞白。

"爱德华!"可怜的少妇惶恐地大叫。

爵士默默举起手臂,砰的一声枪响,卡拉特特应声倒地。

听到枪响,土著人从所有的茅棚跑出来,片刻后广场上站满了土著人,成百条手臂伸向俘虏们,爵士的手枪被夺走了。

啃骨魔用奇特的目光看了眼爵士,然后一只手护住爵士,另一只手挡住向俘虏冲过来的人群。

他的声音镇住了骚乱。

他叫道:"神禁!神禁!"

听到这句话,人群停在爵士和他的伙伴们面前,在超人的权威保护下,十个俘虏暂时保住了性命。

过了一会儿,他们又被领到充当牢房的"瓦列土"里去了,但却不见了罗伯特和巴加内尔。

爵士默默举起手臂,砰的一声枪响,卡拉特特应声倒地。

第 12 章　毛利酋长的葬礼

按照新西兰土著人的惯例,啃骨魔既是酋长,又是祭师,他拥有祭师的权力,可以用"神禁"保护某人或某物。

"神禁"这个风俗在太平洋中部所有岛屿(又称波利尼西亚)的土著人中流行。人或物被神禁了,任何人都不能触摸或使用。按毛利人的习俗,触摸被神禁的人或物就是亵渎神灵,大逆不道,就要被处死。神就是不马上处死他们,祭师也会立即处置他们。

一个土著人在一年的时间里,在好几种情况下被神禁,如剪发时、纹身时、造独木舟、建房子时,甚至重病死亡时。到河里捕鱼的人太多影响鱼的繁殖、甜芋在田地里生长不能让人践踏,为了经济利益,都可以"神禁"加以保护;酋长不愿闲人骚扰他的住宅,住宅也可以神禁;他要垄断与外国船只的生意,可以对船实行神禁;对欧洲商人不满,他可以神禁。物件被神禁,谁也不能动它;土著人被神禁,在一定时间内不能吃东西,严格的禁食期过去,他还是不能用手拿食物,有钱人可以叫仆人喂吃,穷人用嘴直接咬就是了,就像畜牲一样。

总而言之,这种古怪的习俗操纵着新西兰土著人的衣食住行、吃喝拉撒,干预着社会生活,起着法律作用。可以说,土著人的整部法典就是不断使用神禁,而且不可辩驳。

爵士和他的伙伴们就是因为啃骨魔发出神禁的命令,才摆脱了土著人的狂怒。啃骨魔的几个得力亲信听了命令,马上停止张牙舞爪的疯狂,转而保护起这几个俘虏。

爵士并没有幻想他能因此摆脱噩运。他知道他难免一死,而且被处死之前,要受很多折磨,土著人不会让他一死了之。爵士早有思想准备。他只是希望土著人的愤怒冲他一人发泄,不要连累他人。

关在圣屋的这一夜,是多么漫长难熬啊!多么焦虑和痛苦啊!可怜的罗伯特和勇敢的巴加内尔没有回到他们身边,他们究竟发生了什么事?是不是成了土著人报复的第一批牺牲品？他们不敢抱任何希望，连不轻易绝望的少校也死了心。约翰面对失去弟弟而痛苦哀伤的玛丽，无计可施，急得发狂；爵士想到海伦娜要求丈夫亲手打死她，以免她受折磨或沦落为奴，他的心都碎了。

约翰也在想："我有勇气打死玛丽吗？"

逃走完全不可能，门外有十个全副武装的士兵把守着。

2月13日早晨，由于神禁，土著人与俘房们没有任何接触，棚里虽然有食物，但这几个不幸的人摸都没去摸。忧能伤人，也伤食欲，这一天就这样过去，没什么变化，也没有希望。毫无疑问，死者的葬礼和对凶手的惩罚要同时进行。

爵士认为啃骨魔放弃了交换战俘的打算，但少校还抱一线希望。

少校说："谁知道呢？"他提醒爵士，叫他回想卡拉特特被打死时啃骨魔的反应，"也许啃骨魔感谢您呢？"

少校是这样说，爵士却不抱希望。第二天又这样过去，没有任何动静。原来，毛利人认为，人死后三天，灵魂没有离开肉体，因此要过整整三天才能收殓尸体，然后按照当地的殡葬风俗下葬。直到2月15日，整个堡都鸦雀无声，见不到一个人影，只是牢房门口有士兵严格看守。

但是到了第三天，所有的棚门都打开了，土著人男女老少好几百人聚集到堡里，他们都安静地站着。

啃骨魔在部落主要首领的簇拥下，从屋子里走出来，他走到堡的中央，走上几英尺高的土墩，大群的土著人在土墩后围成了半圆，全场保持绝对的肃静。

啃骨魔一挥手，土著人士兵向关押俘房的牢房走去。

海伦娜夫人对爵士说："记住我的要求！"

爵士把妻子抱在胸前。这时，玛丽也走到约翰的面前，说：

"爵士和夫人认为，妻子不愿忍辱偷生，可以要求丈夫亲手杀死她，那么，未婚妻为了同样的目的，也可以死在未婚夫的手里。约翰，如今是生死关头，我该说话了。在你的内心深处，我早就是你的未婚妻了，是吧？我能不能指望你呢？就像海伦娜夫人指望爵士那样？"

"玛丽！啊！亲爱的玛丽！"约翰悲喜交加，喊了起来。

他的话还没说完，草帘掀开，俘房们被押到啃骨魔面前。两位女士打定主意，视死如归，男士们强忍悲痛，以惊人的毅力表现出大无畏的平静。

啃骨魔立刻宣布判决。

他问爵士:"是你杀了卡拉特特吗?"

"是的,是我杀了他。"爵士回答。

"明天太阳升起时,你就要死。"

爵士问道:"就我一个人死吗?"他的心怦怦地跳着。

啃骨魔的眼里露出凶狠懊恼的光,他叫喊道:"要不是我们的脱洪加命比你们的值钱,我早就把你们统统杀掉了!"

就在这时,人群骚动,爵士向四周很快扫了一眼,只见人群让出一条道来,一个士兵满头大汗,筋疲力尽,跑到啃骨魔面前。

啃骨魔用英语问这个士兵,显然有意让俘房们听懂他们的对话。

"你是从白盖卡前线回来的?"

"是的。"毛利人士兵说。

"你见到我们的脱洪加了吗?"

"见到了。"

"他还活着吗?"

"他死了,英国人把他枪毙了!"

脱洪加死了,爵士和他的伙伴们也死定了。

啃骨魔大叫:"统统都给我死!明天太阳升起时,你们统统都给我死!"

啃骨魔就这样做出了判决,这几个不幸的俘房全都无辜地被判处死刑。海伦娜夫人和玛丽却向天上看了一眼,感谢上天。

俘房们没有被押回牢房,他们还要参加酋长的葬礼,以及同时举行的血祭。一队土著人把他们押到一棵巨大的库迪树下,看守们寸步不离地死盯着他们。部落的其他土著人沉浸在哀痛中,好像忘记了他们。

卡拉特特已经死了三天,死者的灵魂已完全离开了肉体,葬礼开始了。

死者被停放在堡中心的小土墩上,身穿华丽的衣服,外面裹着漂亮的新西兰麻席,头上插着羽毛,围着一圈绿叶,面部、手臂和胸前都抹了油,丝毫看不出它已经腐烂。

他的亲友来到土墩下。突然,好像有人指挥似的,惊天动地的大合唱开始了。哭喊声,呻吟声,响彻云天,众人按照哀怨沉重的节拍,恸哭着死者。他的朋友敲打自己的脑袋,亲人用指甲划破自己的脸,表示愿为死者流血胜于流泪。这些表现还不够,还不能安抚死者的灵魂,死者的怒气还会朝部落的活人发泄。部落的战士不能使死者超生,只能让死者在另一个世界没有遗憾,享受人间的幸福。因此死者的妻子不能让丈夫单独躺在坟墓里,她不能独自偷生。这是风俗,也是义务。

卡拉特特的妻子出现了。她还年轻,蓬头乱发披在肩上。她呼天抢地,断断续续地诉说死者生前的美德,说到痛不欲生时,扑到土台下,用脑袋撞地。

此时啃骨魔走到她身旁,可怜的女人想爬起来,可是酋长挥动手里的大木棒,一下就把她打倒在地,她即时倒地身亡。

顿时恐怖的惊叫声腾空而起,土著人向俘虏们伸出手臂,挥舞拳头,但没有人敢离开原地,因为葬礼没有结束。

卡拉特特的妻子和丈夫到阴间相会了,两具尸体并排摆放着。但死者光有妻子陪伴,在阴间还不够幸福,谁在神的身旁侍候他们两个呢?阳间的仆人不去阴间怎么行?

于是六个不幸的仆人被带到主子的尸体面前,按照残酷的战争法规,他们由战俘沦为奴隶。主子在世,他们饱受欺凌,饥寒交迫,牛马般劳作,现在又要按照毛利人的习俗,陪主子到阴间去,继续做牛做马。

这几个仆人显得安于命运的安排,他们似乎早就料到有这一天。他们并不害怕,手脚也没有被捆绑,证明他们受死,不做自卫。

俘虏们就在二十步外,他们扭头不看越演越烈的恐怖场面。

六个精壮的汉子握着六个大木棒,只听一阵棒响,六个殉葬者倒在血泊里。

这是吃人的恐怖场面开始的信号。

主子的尸体被神禁,但奴仆的尸体没有被神禁。奴仆的尸体是属于部落的,它们是扔给葬礼上哭泣唱哀歌的土著人的小费。因此,祭品就要共享。酋长、首领、士兵、老人、妇女、儿童,不分年龄、性别,以野兽的疯狂向被打死的没有了生气的尸体扑过去。眨眼间,还有点热气的尸体就被撕成碎块。二百名毛利人都来抢死人的肉,就如疯狂凶狠的虎狼争夺猎物,又如古罗马的竞技场,斗兽者吞吃野兽。然后,广场各处点燃了二十堆篝火,被烤的人肉味污染了空气。这顿盛宴没有可怖的喧嚣,从吃人肉的喉咙里也没吐出叫喊,俘虏们只听见这些吃人肉者啃人骨头的声音。

爵士和他的伙伴们吓得气都透不过来,他们挡住两位女士,免得她们目睹惨绝人寰的景象。他们也意识到,明天太阳升起时等待他们的死刑,而且惨死前还不知道要遭受什么酷刑,他们惊恐得话都说不出来了。

葬礼的舞蹈节目开始了,土著人喝着一种用辣椒酿的烈酒,他们都醉了,完全失去了人性。幸好啃骨魔还有几分清醒,他只给大家一个小时的时间吃喝,然后按惯例完成葬礼。

卡拉特特夫妇的尸体被抬了起来，按照当地人的习俗，尸体的双手搭在肚子上，大家要把他们抬去墓地埋葬，不用埋很久，埋到皮肉在泥土中腐烂剩下骨头再把骨头挖出来。

墓地，当地称"乌斗巴"，在离堡两英里外一个叫作蒙加那木的小山上，湖的右岸。

两辆运尸体的简陋的轿子抬到小土墩下。说是轿子，其实就是软兜。尸体蜷曲着，并非躺着，而是坐着；尸衣用藤条撑起来，四个士兵肩扛轿子；整个部落号啕大哭，跟在轿子后面，向墓地走去。

被严密监视的俘虏们看着送殡队伍走出堡的外墙，哀歌和哭号声渐渐远去，听不清了。

大概过了半个钟头，送殡队伍消失在山谷深处。可是不一会儿，又见到他们在山间的小径蠕动，这条忽隐忽现、时起时伏、漫长又曲折的队伍，从远处看，活像长龙在山中乱舞。

部落的土著人停在了八百英尺的高处，也就是蒙加那木山的山顶，为卡拉特特准备的墓地旁。

普通毛利人的坟墓只有一个坑，一堆石头。但一个有权势的酋长，将来会成为神，他的坟墓当然要与他活着时的地位相配。

卡拉特特的坟墓外有栅栏围着，墓旁插着很多木桩，桩上装饰着用红石雕的人物。死者的亲人没忘记死者的灵魂要吃东西，在墓穴里放了很多食物，还有武器和衣服。

墓穴里东西都齐全了，他们把死者夫妇放进墓穴里，让他们并排躺着。亲友们又哭了一阵，用土和草把尸体掩埋了。

葬礼到此结束。送殡队伍默默地鱼贯下山。从此，土著人不能再上这座山，上去的人都要被处死，因为这山被神禁了。汤加里罗山也被神禁了，因为山上也埋了一个酋长，他是1846年新西兰地震时被砸死的。

第 13 章　最后时刻

夕阳消失在陶波湖的托哈华山和普克塔普山的后面,俘虏们又被押回牢房。明天早上的曙光照耀华希提连山峰之前,他们都不会离开牢房了。

这是他们一生中最后的一夜了。虽然恐怖和痛苦煎熬着他们,他们还是一起吃了顿晚饭。

"面对死亡,我们要有大无畏的精神和巨大的力量,我们要让这些野蛮人看看欧洲人是怎样对待死亡的。"格里那凡爵士说。

晚饭后,海伦娜夫人高声吟诵晚祷词,伙伴们全都脱帽和她一起祷告。

面对死亡,谁没有想到上帝呢?

晚祷结束,俘虏们互相拥抱。

玛丽和海伦娜夫人退到牢房的角落,躺在一张席子上。疲惫和睡意压倒了一切痛苦,她们互相拥抱着睡着了。因为折腾了一天,她们太累了。这时,爵士把伙伴们拉到一旁,对他们说:

"亲爱的伙伴们,我们的生命都是上帝的。如果上帝要我们明天死,我相信我们都会问心无愧地,无畏地,像个基督徒那样迎接死亡,接受至高无上的上帝的审判。上帝看透人的灵魂,知道我们在追求崇高的目标,如果等待我们的不是成功,而是死亡,那也是上帝的意愿,不管上帝的意愿怎样残酷,我也不会抱怨上帝。但是在这种地方死,并非一死了之,还要受苦刑的折磨,也许还有无尽的屈辱,尤其是这两位女士……"

说到这儿,爵士原本坚强的声音颤抖了,他停了一会儿,控制住内心的激动,然后对约翰说:"约翰,你已经答应玛丽要做我答应海伦娜的事了,你决定怎么办呢?"

约翰说:"我许的诺言,我向上帝发誓,我会履行的。"

"说得对,约翰!但我们都没有武器啊!"

约翰说:"我这儿还有一件,"约翰拿出一把匕首,"在卡拉特特倒在你的脚下时,我把这把刀从他手里夺过来了。爵士,我们两个谁后死,就实现她们俩的愿望吧!"

牢房内再没人说话,最后少校打破了寂静:"朋友们,不到最后一分钟,不要采取极端的行为,我不相信我们已经无路可走了。"

爵士说:"我考虑的不是我们,不管怎样的死法,我们都能面对!啊,如果只有我们几个男子汉,我早就喊:朋友们,冲出去!和这些浑蛋拼了!可是她们,她们!……"

约翰掀起门帘,数数在门外看守的土著人,总共二十五个。广场上烧了一堆火,闪烁的火光照出堡的参差不齐的轮廓。一些土著人躺在火堆的旁边,有些站着,透过火帘可看得见他们的身影。他们都不时瞟瞟他们负责看守的牢房。

一般情况下,看守与犯人发生冲突时,运气往往在犯人这一方。犯人的利益比看守的大,看守会忘了他看守的人,而犯人却不会忘记自己是被看守的;犯人逃跑的愿望强烈,看守总有防不住的时候,因此逃跑是常见的事,而且很可能成功。

但这儿的情况不同,看守怀着仇恨的感情,他们不是一般的狱卒,俘虏虽没有被捆住,那是因为捆不捆都没问题;二十五个土著人看守一个出口,俘虏插翅难逃。

牢房位于堡寨的尽头,岩石的顶端,前面只有一条狭长的土堤通往堡的中心。牢房两旁都是悬崖峭壁,下面是一百英尺的深坑。想要滑下去都难,牢房底下是坚硬的岩石,没办法凿开。唯一的出路就是通向堡中心的那条土堤,但毛利人把守着,因此逃跑几乎不可能,爵士探测过牢房的墙壁,觉得逃跑简直是痴心妄想。

焦虑难熬的一夜一个小时一个小时地过去,浓黑深沉的夜幕笼罩着大山。天上没有月亮和星星,天地一片昏暗。突然刮来一阵狂风,牢房外的木桩嘎嘎作响,土著人在外面点燃的火堆烧得更旺了,光亮射到牢房里,沉浸在最后的念头里的俘虏被光亮照了一下,死亡的阴影笼罩着人们。

大概凌晨四点左右,少校被轻微的声响惊动了。声音好像从牢房木桩后面、靠岩石那边的墙下发出来的。少校开头并不留意,但声音在持续,他觉得奇怪,把耳朵贴在地面上仔细分辨,他猜到外面有人在扒土,在挖洞。

少校心里明白了,赶紧溜到爵士和约翰身旁,把正在痛苦沉思的他们领到牢房墙边。

"听!"他低声说;一面做手势,叫他们弯下身子。

扒土的声音越听越清晰,还有小石子被尖利的东西刮擦的声音,并有石子滑落的响动。

约翰说:"是野兽在洞里扒土。"

爵士拍拍额头,"天知道啊,也许是人在扒呢……"

少校说:"不管是人还是野兽,很快就知道了……"

威尔逊和奥比内也跑了过来,大家一起动手挖墙壁,约翰用匕首,其他人用地上挖出的石头,或用指甲,穆拉迪躺在地上,从隙缝间监视土著人。

土著人在火堆旁不动,根本不知道离他们二十步远的牢房发生了什么事。

地面的土是松散易碎的泥覆盖着硅质凝灰岩,因此,他们虽然缺少工具,洞挖得却很快。很快他们就觉得有个人或几个人在堡的半腰,从牢房外向里面挖地道,他们的目的是什么?他们知道牢房里有俘虏?还是另有企图,要完成没完成的事?

俘虏们更卖力地挖,手指都出血了,但他们顾不上了。半个钟头过去,他们扒出了一个半托瓦兹大小的洞,外面扒土的声音更清晰了,双方仅隔一层薄土,薄土打穿了,内外就沟通了。

过了几分钟,少校的手被对方的刀尖划破了,他缩了下手,差点叫出声来。

约翰伸出他的匕首,挡住外面那把刀,他摸到了外面拿刀的手。

是欧洲人的手啊!小孩的还是女人的手?

双方都不作声,都不敢作声!

爵士低声说:"是罗伯特吗?"

他的声音很低,但玛丽还是被声音及扒土的声音惊醒了,她爬到爵士身边,抓住那只满是泥土的手就吻。

"是你呀!"玛丽很肯定,"是你呀,我的罗伯特!"

"是我,姐姐,我来了,我来救你们大家了!不过,别说话!"

爵士不停地说:"我的好孩子!"

罗伯特说:"看着外面的土著人啊!"

穆拉迪知道罗伯特来了,稍离开门边,现在赶紧又回到监视的岗位。

他说:"外面没有动静,只有四个人在看守,其他的都睡了。"

威尔逊说:"再扒一会儿!"

不一会儿,洞扒开了,罗伯特跳了进来,拥抱了姐姐,又倒在海伦娜夫人的怀里。他的身上还捆着一条新西兰麻搓的长绳子。

海伦娜夫人说:"我的孩子啊!土著人没有杀你啊!"

罗伯特说:"没有啊,夫人,我也不知道怎么搞的,在混乱中,我躲过了土著人的眼睛,爬出了栅栏,在树丛里藏了两天,夜里到处找你们,部落里的人忙着给酋长办丧事,我跑到关你们的牢房底下侦察了一下,发现我可以爬到你们这里,于是我就在一间荒废了的空房子里偷了这把刀和绳子。我攀住峭壁,抓住峭壁上的草丛和小树枝,向上爬,无意中发现牢房下面的高岩中有个洞,洞离牢房只有几尺的松土,我把土扒开了就进来了。"

听了这番话,罗伯特得到的回应就是大家无声的吻。

罗伯特说:"我们走吧!"

爵士问:"巴加内尔在下面吗?"

孩子惊讶地反问:"巴加内尔先生?"

"是啊,他在下面等我们吗?"

"没有啊,爵士,怎么,巴加内尔先生不在这儿?"

玛丽说:"他不在这儿呀,罗伯特。"

爵士问道:"怎么,你没见他?混乱时你们不在一起吗?你们不是一起跑的吗?"

罗伯特答道:"不是呀,爵士。"听说朋友不在,他也很吃惊。

少校说:"我们走吧,一分钟也不能耽搁了,不管巴加内尔在哪里,他都不会比我们这儿更糟糕,我们走吧!"

确实,时间非常宝贵。必须赶紧逃走了。要不是洞外有一段几乎垂直的峭壁,这次越狱是没有什么困难的。幸好这段峭壁只有二十英尺高,下了峭壁,有个不太陡的山坡,延伸到山脚,到了山脚就可以很快钻入山谷。等到毛利人发现他们逃跑时,要绕个大弯才能追到山谷,因为他们不知道牢房已挖了地道,可直通到斜坡上。

越狱开始了。为了确保越狱成功,他们小心采取所有能采取的措施。俘房们一个接一个到了狭窄的地道,待在洞里。约翰在离开牢房前,把扒出的土弄平,不留痕迹,然后爬出地道,顺手把牢里的草席盖住出口,完全掩蔽了地道。

现在就是要从峭壁滑落到斜坡上了,要不是罗伯特带来那条绳子,他们是不可能滑落下去的。

大家把绳子的一头系在突出的岩石上,把另一头抛在外面。

绳子是用新西兰麻搓成的,约翰试了试,觉得绳子不够结实,要知道,这个险是不能随便冒的,绳子断了,人摔下去可能没命。

他说:"这条绳子一次只能承受两个人的重量,因此要量力而为。让爵士和夫人首先溜下去吧,到了斜坡就摇三下绳子,这是到达的信号。"

罗伯特说:"让我第一个下去,我在斜坡下面发现一个很深的沟,第一批到达的人可以先躲在那儿,等后面下去的人。"

爵士说:"去吧,我的孩子。"他握握罗伯特的手。

罗伯特从洞口消失了,一分钟之后,绳子被摇了三下,说明孩子已下去了。

爵士和夫人马上冒险走出洞口,天色还很黑,但东方的山峰旁已微微发亮。

刺骨的寒风刺激了海伦娜的头脑,她感觉精神多了,开始冒险的越狱之旅。

爵士在前,海伦娜在后,沿着绳子在峭壁上往下溜,溜到坡顶。爵士搀扶着妻子,慢慢倒退着向下走,他找草根和小树给她做落脚点,每一步都先试试,然后才让海伦娜的脚踏上去。几只小鸟给他们惊动了,轻轻叫着飞了起来,还把窝边的小石子碰了出来,哗啦啦地滚下山,把吊在半空的两个人吓得心惊胆战。

他们在坡上走了一半,听到洞口有人叫:"别动!"

爵士一手抓住草丛,一手扶住妻子,屏住呼吸。

是威尔逊发出的信号。他听到牢房外有动静,赶快回到牢房,掀起门帘,看看毛利人在干什么。他打了个警告信号,于是约翰就向爵士发出了别动的信号。

原来,有个看守似乎听到了动静,他爬了起来,走近牢房,在两步远的地方站住,低头细心地听着,待了一分钟,这一分钟就像一个钟头那么长啊!后来他觉得听错了,又回到伙伴们当中,抱起一堆枯柴,扔到半灭的火堆上。火焰升起,把他的脸照得通红,不放心的神情消失了,他望了望天边初露的晨光,又躺在火堆旁烤他冰冷的手脚。

威尔逊说:"没事了。"

约翰发出了信号,爵士夫妇继续往下走。

爵士轻轻滑到坡上,不一会儿,夫妇俩来到罗伯特接应他们的地方。

绳子又摇了三下,轮到约翰和玛丽踏上危险的旅程。他们的冒险也成功了。他们也来到罗伯特说的深坑里,和爵士夫妇会合。

五分钟后,所有俘虏逃出牢房,离开临时藏身的土坑。他们避开有人居住的湖岸,沿着狭窄的羊肠小道,钻进山谷中。

他们匆匆走着,尽量避开有人的地方,他们默默地赶路,像影子般在树丛中穿行,到哪儿去呢?他们也不知道,他们在慌乱中奔走,但他们已获得了自由。

五点钟左右,曙光开始显露,云层的高处现出淡蓝色的光亮,晨雾掩蔽的山峰现出原形;朝阳就要出来,它不再是行刑的信号,将是宣告囚犯逃亡的告示。

逃亡的人走得越远越好,逃离土著人的控制范围,远到土著人看不到他们的地方。但他们走不快,因为羊肠小道陡峭,海伦娜夫人必须要爵士扶着托着才能爬上去,玛丽也要靠在约翰的臂膀上。只有罗伯特,高高兴兴的,得意扬扬的,因为成功而快快乐乐地大步走在前面,两个水手穆拉迪和威尔逊走在队伍后面。

再过半个钟头,灿烂的朝阳就要喷薄而出。

这班逃亡者乱走了半个钟头,没有巴加内尔的引路,他们不知道往哪儿走才对。这个时候,大家都想念巴加内尔,替他担忧。他的下落不明给大家

爵士轻轻滑到坡上,不一会儿,夫妇俩来到罗伯特接应他们的地方。

成功的喜悦蒙上阴影。大家只是向东走,迎着曙光走。不久他们走到离陶波湖五百英尺高的地方。早晨的凉风在这样的高度上更是寒冷刺骨,丘陵、高山峰峦重叠,爵士想暂时隐藏在深山中,以后再从山的迷宫中走出来。

朝阳终于出来了,阳光照耀着这群逃亡者。

突然,无数人的可怕吼叫直冲云霄。它们来自土著人的堡寨,爵士辨不清堡寨的具体位置,而且脚下是帘幕般浓厚的雾,他也看不清下面的山谷。

逃亡者明白他们的出逃已被发现,他们能否躲得过土著人的追击?土著人是否已经看见了他们?他们沿途留下的足迹是否让土著人有迹可循呢?

下面的雾气升起来了,他们暂时被层层湿云包围,他们看见疯狂的土著人群就在离他们三百英尺的脚下。

土著人也看见了他们。骇人的吼叫声此起彼伏,还夹杂着狗吠声。整个部落的土著人倾巢出动,他们想爬上牢房边的悬崖,但爬不上去。然后他们涌出栅栏,抄小路去追赶这帮企图躲避报复的逃犯。

第 14 章 被"神禁"的山

这群逃亡者离山顶还有一百英尺,他们打算爬上山顶后,再从那里翻过山去,这样就可以躲开土著人的视线了。他们希望走过可走的山脊,到达邻近的山峰——它们夹杂在庞大的群山里,如果可怜的巴加内尔在这儿,他定能解开复杂的山势之谜。

追捕他们的土著人的叫骂声越来越近,他们得赶紧往上爬,土著人已来到山脚下。

爵士鼓励伙伴们:"先爬上山顶,朋友们,鼓起勇气!"

不到五分钟,他们爬到了山顶,在那儿,他们回头眺望,想判断毛利人追到了哪里。

居高临下,他们俯瞰着整个陶波湖,只见它向西蔓延,四面环绕着美丽如画的群山。北面是比龙甲山的群峰;南面是汤加里罗山的喷火口;东面,目光所及之处都是高山峻岭。它们和华希提连山相连,一座山连着一座山,从席克湾延伸到东角,斜贯北岛全境。因此他们还要下山,钻进也许没有出路的狭窄山坳。

爵士不安地向四周瞟了一眼,阳光下雾已消散,山下最小的山坳都可清楚辨识,土著人的举动逃不过他的视线。

土著人离他们不足五百英尺,他们来到山顶的平台上,那儿有个孤独的小山包。

此地不能停留,片刻也不行,疲累与否都顾不上了,必须赶紧逃,否则必被包围。

"快下去,下去!不然路就被他们切断了!"格里那凡爵士大叫。

女士们费尽力气站了起来,这时少校却拦住了她们,说:"没必要了,格里那凡,你看!"

果然,大家看到土著人的行动发生了变化,不可理解的变化。

他们突然停止追赶,好像接到了禁令,不再往山上冲。

土著人在山脚下排成队，挥舞着拳头吼叫、咒骂，但没有向前走一步。他们的狗也像生了根似的，发疯似的原地吠叫。

到底发生了什么事？是什么看不见的力量阻挡了土著人？逃亡者看着眼前的情景，搞不清什么原因。

突然，约翰叫了一声，把伙伴们吓得转过头来，他指着山包顶上的小碉堡，叫大家看。

"酋长卡拉特特的坟墓！"罗伯特也叫了起来。

"罗伯特，你没看错吧？"爵士问。

"爵士，我没看错，是坟墓！我认出来了……"

罗伯特没看错。往上走五十英尺，在山尖的顶上面有一道栅栏，木桩上的颜色是新近涂上去的。爵士也认出来了，是卡拉特特的坟墓。他们在逃亡中无意跑到蒙加那木山的山顶来了。

大家跟着爵士往山顶攀登，直走到坟墓跟前。坟前有个缺口，用草席遮挡着，掀开草帘，可以走近墓室。爵士正要朝墓室走去，突然站住了。

"里面有人！"他说。

"会有人在墓室里？"少校问道。

"是呀，麦克·那布斯！"

"我们进去看看！"

爵士、少校、罗伯特和约翰走了进去。里面真的有个土著人打扮的人。他身披新西兰麻编的披风，因墓室内阴暗，大家看不清他的面孔。他正在安闲地吃着早饭。爵士正要张口和他说话，他却操着一口流利的英语说：

"请坐，亲爱的爵士，已经为您准备了早餐。"

是巴加内尔！听到他的声音，大家冲进墓室，扑到巴加内尔修长的臂弯里。这位优秀的地理学家又找回来了！他是大家安全的保障啊！大家七嘴八舌地问他是怎样，又是为什么来到蒙加那木山顶的。爵士提醒大家："山下还有土著人啊！"

巴加内尔耸耸肩，说："土著人？我才不在乎那些家伙呢！"

"他们会不会……"

"他们都是笨蛋，来看看他们！"

大家跟着巴加内尔走出坟墓。土著人还在原地包围着这座山，不断发出令人胆寒的吼叫。

巴加内尔说："吼吧！叫吧！喊吧！喊破嗓子吧！蠢材笨蛋！有种就爬上来吧！"

"请坐,亲爱的爵士,已经为您准备了早餐。"

爵士问:"为什么他们不爬上来呢?"

"因为酋长埋在这里呀!这个坟墓保护了我们!因为这座山被'神禁'了!"

"被'神禁'了?"

"是呀,朋友们!所以我才逃到这儿来,这里就如中世纪不可侵犯的圣地,不幸的人的避难所!"

海伦娜夫人喊道:"上帝保佑我们呢!"她朝天举起双臂。

不错,这山被"神禁"了,因此他们才得以逃脱迷信的土著人的侵扰。

逃亡者还没有完全脱离危险,但得到了暂时的休息。爵士因为过分激动,没有说话;少校满意得直摇头。

巴加内尔说:"朋友们,这帮蠢货想把我们困在山上,他们搞错了,不出两天我们就能逃脱这鬼地方。"

"我们当然要逃出去,可是怎么逃呢?"爵士说。

巴加内尔说:"我也说不好,但我们肯定能逃出去。"

大家想了解巴加内尔的遭遇。但奇怪的是,平日里口若悬河的地理学家,现在变得沉默寡言了。在大家的逼迫下,他才勉强吐出几句话。

"巴加内尔怎么变了?"少校心里想。

这位可敬的学者确实连穿衣的习惯都不一样了,老是用那件新西兰麻披风紧裹着身体,好像不让别人看他,话题只要说到他本人,他就显得尴尬不自在。大家都注意到了他的变化,但都装作没注意,只要不提到他,他还是和以前一样,兴高采烈,说话滔滔不绝。

至于他这几天的遭遇,当大家在坟墓外的栅栏下围坐在他身边的时候,他只说了他认为可以说的那部分。

卡拉特特被爵士开枪打死后,巴加内尔和罗伯特一样,趁着土著人乱作一团,逃出了堡寨,但他没有罗伯特幸运。他碰到了一群土著人。统领土著人的酋长身材高大,颇为聪明,一看就知道地位比部落其他人高。这个酋长说一口纯正的英语,他用鼻尖擦擦巴加内尔的鼻子,表示欢迎。

巴加内尔不知道自己是不是俘虏,他看到自己每走一步都由酋长殷勤地陪着,很快就明白了自己的身份。

酋长名叫"希夷",就是阳光的意思,他不像是个坏人。巴加内尔的眼镜和望远镜使酋长对他青睐有加。酋长白天让巴加内尔自由自在,但到了晚上,便用麻绳把他捆住,怕他逃走。

这种情况持续了三天,在这三天里,他受到了虐待还是优待?他说"又是优待又是虐待",就不愿再多说了。总之,他还是俘虏,只不过没有受折磨,他的处境不比他的不幸的伙伴好多少。

幸亏有天夜里,他咬断了绳子逃了出来,他远远地看见了卡拉特特的葬礼,知道酋长就埋在蒙加那木山上,而且这座山今后必然要被"神禁"。于是他决定逃到这山上。他不知道伙伴们被囚在什么地方,昨天夜里他来到卡拉特特的墓室,在那里,他一面休息,一面等待伙伴们的消息。

这就是巴加内尔这几天的遭遇。有些事情他是否故意隐瞒了?他不止一次地吞吞吐吐让伙伴们不由得这样猜想。不管怎样,大家还是祝贺他逃了出来,过去的已经过去,大家还是考虑怎样摆脱土著人的追捕要紧。

当前的形势还是非常严峻,爵士心里十分清楚。土著人虽然不敢爬上蒙加那木山,但他们企图围困俘虏,等着俘虏们饥渴难忍跑下山去。这不过是时间问题,土著人可以耐心地等待。

爵士对形势的分析是正确的,他决定等待有利时机,必要时制造机会。

爵士决定先了解蒙加那木山的地形,特别是这座碉堡周围的地形。于是爵士和少校、约翰、巴加内尔、罗伯特一起勘察了这座山。他们了解了每条山路的方向、到达的地方和它们的坡度。蒙加那木山和华希提连山相连,由一条山岭连接,这山岭长一英里,向着平原倾斜。岭的山脊狭窄不平,这是唯一的可逃之路;天黑的时候逃跑,不易被人发现。也许可以钻进连着山的深谷里去,土著人没办法追赶他们。

但走这条路要冒不小的风险。它位于低处,在土著人的火力射程内,土著人只要在山腰上射击,就构成了火力网。封锁了山路,爵士他们就难以通过。

爵士和朋友们冒险在山脊上走了走,迎面就飞来冰雹般的枪弹,幸好没打中他们。有几张包火药用的纸飞到了他们面前,纸上印有字,巴加内尔好奇,捡起来看了看,很费力才认出上面的字。

"朋友们,你们知道这帮畜生用什么做子弹吗?"他说。

"不知道啊,巴加内尔!"爵士说。

"用的是从《圣经》上撕下来的纸啊!神圣的言语被派上这样的用途,我真替传教士痛心啊,他们白费心思了!他们费尽心思才为土著人建了几家图书馆,就这样被他们糟蹋了。"

爵士问:"他们扔过来的是书上哪一页?"

约翰刚读完那张包弹药的纸上的字,说道:"上面有万能的主说的一段话:要寄希望于万能的主。"约翰以苏格兰人对上帝不可动摇的信念补充说。

爵士说:"约翰,念来听听。"

约翰拿着还沾有火药粉的纸读道:

"因为他曾寄希望于我,我要把他解救出来。"

爵士说:"朋友们,我们要把这句具有希望意味的话带回去,鼓舞我们勇敢的朋友们。"

爵士和朋友们返回圆锥形的山顶,向墓室走去。他们要查看墓室内部的结构。

在返回的路上,他们惊奇地感觉到地面好像在颤动,不是摇动,而是像水烧开时沸水冲击锅盖那样,不断地跃动。很明显,地下火燃烧产生的热能正在地面下滚动。

他们见识过怀卡托沸泉,对这特殊的现象不再觉得稀奇。依卡那威岛的中部地区基本是火山质的熔岩。这个地区就像大筛子,地下的热能就是以沸泉或岩浆的形式,从这些筛孔中喷发出来的。

巴加内尔早就观察到这一现象,他请伙伴们注意,这座山是火山质的山,北岛中部圆锥形山顶中的一座,以后会成为火山,最轻微的震动都会使构成山壳的发白的硅质凝灰岩形成喷火口。

爵士说:"话是不错,但这里总比'邓肯'号的锅炉旁安全吧!地壳是一层坚固的钢板啊!"

少校说:"我同意您的看法,但锅炉再好,用久了终有一天会爆炸。"

巴加内尔说:"麦克·那布斯,我可不愿待在这圆锥形山顶啊,如果上帝给我指出一条可走的路,我马上离开这儿。"

约翰说:"蒙加那木山干吗不能把我们载走呢?它的肚子里装有好几百万匹马力,都白白消耗尽了,太可惜了!'邓肯'号的马力只有它的千分之一,就能把我们载到天涯海角!"

约翰提到"邓肯"号,使爵士生出最深切的悲哀。他可以不考虑自己的恶劣处境,但想到他的船员的命运就不免伤怀。

回到蒙加那木山顶,难友们身边,他还在想"邓肯"号。

海伦娜夫人看见他,迎了上来。

"亲爱的爱德华,你了解我们的处境了吗?我们该希望呢还是失望?"她问。

爵士回答说:"亲爱的海伦娜,有希望,土著人不敢爬上山来,我们有的是时间,可以商量逃跑的计划。"

约翰说:"还有呢,夫人,上帝亲自鼓励我们要抱有希望。"

约翰把圣经中的那页纸交给海伦娜夫人,两位女士本来不乏信心,对上帝的启示无限虔诚,圣书中这些话语更使她们看到了得救的希望。

巴加内尔欢快地喊道:"现在我们进入墓室吧,它是我们的堡垒,我们的府第,我们的饭厅,我们的研究室,没人到这儿打扰我们,请允许我在这豪华的住宅里招待你们吧。"

大家跟着可爱的巴加内尔进入墓室。土著人看见俘虏们再次亵渎被神禁的墓室,又是开枪又是吼叫,枪声和吼叫同样响亮。但枪弹不及声音飞得远,只飞到半山就掉落下去,叫骂声飞到半空就消散了。

海伦娜夫人、玛丽和伙伴们看到土著人的迷信胜过火气,放了心,都钻进墓室。

酋长的墓室由涂成红色的木桩排列而成。很多象征图或木刻的刺花,显示死者的高贵和丰功,还有一串串贝壳或石头雕刻的辟邪物件,悬挂在柱子之间,在那儿不停摇摆。室内的地板用绿叶覆盖,像地毯一样。正中的地面

略突，看来是新建的坟墓。

酋长的武器摆放在那儿，枪支都上了子弹，还有长矛、漂亮的绿玉斧、大量的弹药，可供死者在阴间打猎。

巴加内尔说："这简直就是一个完整的军火库啊！我们会好好利用它的，土著人死了还要把武器带到阴间去，这简直太好了，对我们有好处啊！"

"这些武器还是英国制造的呢！"少校说。

爵士说："把枪作为礼物送给土著人真是太蠢了，他们就是用这些枪打击入侵者！好吧，我们用这些枪打击敌人吧。"

巴加内尔说："还有更有用的呢，就是给卡拉特特准备的粮食和水。"

已故酋长的亲人确实为死者考虑周全，说明他们对死者的尊重。放在墓室里的粮食足够十个人吃上半个月，或者说足够死者吃一辈子。都是些植物类食粮、凤尾草根、甘薯、早年从欧洲移植来的土豆，还有几大缸清水。还有编得小巧的十几个篮子，里面装有很多用绿树胶做的长方块，大家都不知道它们的用途。

因此逃亡者几天都不用愁吃喝了，他们也毫不客气地吃了一顿，沾了酋长的光。

爵士拿了足够大家吃的粮食叫奥比内加工。这位司务长讲究形式，哪怕处境艰苦也如是。他觉得这些食材太粗糙了，也不知道怎样煮熟它们，这儿哪来的火啊！

巴加内尔替他解了围，说把凤尾草根和甘薯埋在土里就行。

确实，这里的土地温度很高，如果把温度计插到土里，量出的地表温度高达六十到六十五度。奥比内挖坑烤草根时，差点把手烫伤了，一股热气冒出，喷起一托瓦兹高。

司务长吓了一个跟头。

少校叫道："快堵上啊！"两个水手赶紧跑来帮忙，用碎浮石把坑堵上了。巴加内尔看到这一现象，脸上露出古怪的表情，低声说："啊，嗨，哈，哈，就这么干！"

"你没受伤吧？"少校问奥比内。

司务长说："没有，麦克·那布斯先生，我没料到……"

"没料到老天对我们这么好，是吧？"巴加内尔兴奋地说，"我们有卡拉特特的水、粮食，还有地火！这山还真是天堂啊！我建议在这儿建个殖民地，在这儿耕种，住下来，我会成为蒙加那木山的鲁滨孙，说真的，在这舒适的圆山顶，我们还缺什么！"

约翰说:"什么都不缺,地壳再结实点就好啦!"

巴加内尔说:"它也不是昨天才形成的。它抵御地火已经很久了,至少在我们离开之前,它支持得住!"

奥比内如同在玛考姆府,严肃地报告说:"早饭备好了。"

逃亡者马上坐在栅栏旁边,吃着老天爷在极危难的时刻给他们送来的救命早饭。

只有两样东西可吃,大家就没有挑选的余地了。说到凤尾草根的味道,有人觉得甘甜可口,有人觉得黏黏的,没味,啃不动,而热土烤的土豆味道很不错。大家赞不绝口。

吃饱后,爵士建议赶紧讨论逃跑计划。

巴加内尔说:"就要走了吗? 你们干吗离开这么美妙的地方?"

海伦娜夫人说:"巴加内尔先生,这地方可不是久留之地啊!"

巴加内尔说:"遵命,夫人,你们要讨论就讨论吧!"

爵士说:"我们不能等到弹尽粮绝才考虑逃走,趁现在我们有吃的、精力充沛的时候,该考虑逃离了。今天晚上,我们要设法跑到东边的那个山谷去,趁黑溜出土著人的包围圈。"

"土著人让我们过去就好了。"巴加内尔说。

"他们不让我们过去怎么办呢?"约翰说。

"我们可以想方设法啊。"巴加内尔说。

"你有计谋啦?"少校问。

巴加内尔说:"到时就知道啦。"他卖起关子来了。

他们只能等到天黑才去试试能否越过土著人的防线。

土著人还待在原地,人数好像增加了。山脚下到处烧着堆堆的篝火,形成了大火圈。当黑暗笼罩附近的山谷时,蒙加那木山好像是从火坑里冒出来的,山顶淹没在沉沉的黑暗中。大家听得见六百英尺下土著人露营地的喧闹声。

九点钟,天黑得不见五指,爵士和约翰决定在领大家穿越危险之路前,先去探探虚实。他们悄悄跑了下去,走了十分钟左右,到了狭窄的山脊上。那山脊正好穿过土著人的包围圈,在土著人营地五十英尺的高处。

开始还顺利,土著人在篝火旁躺着,似乎没见到两个人逃跑,他们又继续走了几步。突然,山脊的左右两边同时响起枪声。

爵士说:"退回去,这帮歹徒眼睛尖得像猫,枪打得准,像老兵。"

两人赶紧退回去,爬上山坡,迅速回到被枪声吓慌的伙伴中。爵士的帽子被子弹打穿了两个洞。他们这下子知道长长的山脊有枪手监守着,绝不能去冒险。

巴加内尔说:"明天再说吧,土著人把守得这样严,明天我用我的方法给他们吃一盘好菜!"

山上气温很低,幸好卡拉特特的睡衣、麻被褥都带进了墓室。大家不客气,拿了几件裹在身上。这些逃亡者就在土著人迷信的保护下,躺在温暖的地上,高枕无忧。外面的栅栏挡着寒风,一切都被地壳内部的热气蒸腾着。

第 15 章 巴加内尔的妙计

第二天,2月17日,朝阳的第一缕阳光唤醒了蒙加那木山的沉睡者。圆锥山脚下的土著人早就在那儿走来走去了。他们没有离开那条监视线。当那几个欧洲人又从被亵渎的圣地里走出来时,土著人发疯般地咒骂他们。

格里那凡爵士等人走出墓室,瞟一眼附近的山峦、晨雾笼罩的山谷、晨风轻轻吹皱的陶波湖面。

然后大家都围到巴加内尔的身旁,想知道他有什么高招,一个个睁大眼睛望着他。

巴加内尔马上满足了伙伴们的好奇心。

他说:"朋友们,我的计划可是非常棒的,即使效果没预期的好,甚至以失败告终,我们的处境也不受影响。不过,我的计划一定会成功。"

"您到底有什么计划啊?"少校问道。

巴加内尔答道:"我的计划是这样的,土著人的迷信使得这座山成了避难所,我们要利用他们的迷信逃离此山。如果我们能让他们相信我们因为亵渎圣山受到了惩罚,遭劫难死掉了,你们看,他们会不会不再围在山下,而回村里去呢?"

"那还用问吗?"爵士说。

海伦娜夫人问道:"您想让我们怎样惨死呢?"

"就像亵渎圣灵的人那样被天火烧死呀,朋友们。"巴加内尔说道,"火就在我们的脚下,我们把火放出来就行了。"

约翰大叫:"什么!您想造火山?"

巴加内尔说:"是的,造人工火山,暂时的火山,由我们控制的火山!地底下的火浪和热气老想往外喷,我们就让它喷出来,帮我们的忙!"

"这个主意非常好,巴加内尔。"少校说。

巴加内尔又说:"你们明白吗?我们装出被火烧死的样子,而我们躲在卡拉特特的墓室里……"

"我们在那儿待上三四天,必要的话,五天也行,待到土著人相信我们被天火烧死,放弃围困为止。"

玛丽说:"如果他们爬上山来,看我们是否真的被上天惩罚,怎么办?"

巴加内尔说:"不会的,亲爱的小姐,他们绝不会上山来的,因为这山受了'神禁',它把犯'神禁'的人都烧死了,'神禁'就会更严厉,谁还敢上来啊?"

爵士说:"这办法不错,就怕土著人还在山下围着不走,而我们的粮食又吃光了。但这种可能性很小,只要我们的戏演得像,他们就不会不走。"

海伦娜夫人问:"什么时候我们碰这最后一次运气呢?"

巴加内尔说:"就在今晚吧,天最黑的时候。"

少校说:"一言为定。巴加内尔,你是个天才,平时我不是个盲目乐观的人,这回我相信能成功。啊,这帮浑蛋!我们让他们看奇迹,让他们的迷信延续一个世纪,但愿牧师们原谅我们干了这样的事!"

巴加内尔的计划被采纳。说真的,土著人这样迷信,这计划必定能够成功。现在的问题是怎样行动。设想很好,做起来很难。火山会不会把挖开喷火口的人烧死?蒸气、火焰、熔岩冒出来,人能控制得了吗?这座山会不会整个被火海毁掉?喷射地火是由大自然垄断的现象,人能触及它吗?

巴加内尔已经预见到这些困难,他打算小心行事,不把事情做得太绝,只做表面功夫,骗骗土著人,并不弄个真的火山爆发。

这一天显得好漫长啊!大家数着好像数不完的钟点,逃跑的准备都做好了,墓室里的粮食都分配好打成轻便的小包,从墓室弄来的麻席和武器都捆扎成轻便的行李包,不用说,这些事都不能让土著人看见。

傍晚六点钟,司务长准备好丰盛的晚餐,逃进山谷里什么时候再能吃上一顿饭,谁都不能预见,因此大家都为了以后不饿肚子吃饭。饭桌中间摆着半打田鼠肉,田鼠是威尔逊抓到的,司务长把它们蒸熟了。海伦娜夫人和玛丽不敢吃,这野味在新西兰还是名贵的呢,男士们像土著人一样大快朵颐。这肉还非常可口,半打田鼠肉被他们吃得连骨头都没剩下。

黄昏来临,夕阳消失在暴风雨来临前的乌云后面,地平线上不时出现几道闪电,远处雷声隆隆,雷在天空深处滚动。

巴加内尔为暴风雨的来临叫好,暴风雨来助他完成计划、演好这场戏。土著人对自然现象既迷信又恐惧。土著人认为打雷是他们的神生气时发出的吼声,电是他狂怒的目光,雷电交加表示神要亲自惩罚冒犯"神禁"的人。八点钟,蒙加那木山顶笼罩在阴森可怖的黑暗中。天上拉下了黑幕,似乎要映衬巴加内尔放出的熊熊火光。土著人已经看不见这帮逃亡者,动手的时间到了。

干这事动作要快。爵士、巴加内尔、少校、罗伯特、司务长和两个水手一起行动。

喷火口选在离卡拉特特墓室三十步远的地方。卡拉特特的坟墓非常重要,绝不能被火烧了,没有它,就没有这山的"神禁"。巴加内尔看见一块大岩石,它的周围冒着浓烟,这岩石一定盖住了自然形成的一个小喷火口,岩石太重,地火喷不出来,如果把岩石搬开,蒸气和熔岩就会从这个喷火口喷出来了。

这几个打开火山口的人从酋长坟墓前拔了几根木桩做杠杆,他们一齐使劲,撬那块大石头。很快,大石头就松动了,他们又在山坡上挖了一条小沟,让岩石顺着小沟滚下去。他们感觉到,岩石越松动,石头下面的土地颤动得越厉害。

火焰的奔腾声和热气的轰鸣声说明它们在薄弱的地壳下面滚动,这几个大胆的人像神话中操纵地火的巨神,默默劳作。不一会儿,岩石下出现几道裂缝,几股热气冒出来,地火的滚动声和热浪的升腾声已清晰可辨。他们齐心协力,一鼓作气把岩石撬起。岩石向山下滚动,一股炽热的气柱喷涌而出,直冲天空。轰的一声巨响,沸泉和熔岩向着山下土著人的营地和坑谷奔腾而去。

圆锥形的山头猛烈颤抖着,看见的人会以为它要陷入无底深渊。爵士和伙伴们差点来不及跑出它的喷射范围。他们赶紧往坟墓里跑去,还挨了几滴九十四度的热水。不一会儿,这股热水就充满了浓烈的硫磺味。

这时,泥土、熔岩、火山碎片混合成一道炽热的火流,在蒙加那木山的山腰滚动,火红的岩浆把附近的山峰照得通亮,深山谷里也闪烁着强烈的回光。

所有的土著人都爬起来了,沸腾的熔岩滚向他们的营地,溅到他们身上,烫得他们大叫。没烫着的土著人向四周的丘陵奔逃,然后惊恐回望张开大口的火山,都以为他们的神已愤怒地把亵渎圣山的人吞掉了。火山喷发的声响变弱时,逃亡者们听到土著人边逃边喊:

"神禁!神禁!"

这时,从蒙加那木山的喷火口喷出了大量的蒸气、炽热的岩石和熔岩,这已不是冰岛赫克拉火山附近的沸泉,而是赫克拉火山!大量的地火长期被压抑在圆锥形山壳之下,本来汤加里罗山的排气口可供地火排泄,但现在这里开了新口,地火就都涌到了这里。根据物理学家的平衡定律,这天夜里,岛上其他火山口喷射的强度一定比平时弱。

火山喷了一个小时后,山腰上出现很多炽热的岩浆流,大群的老鼠从洞里跑出来,纷纷逃亡。

整整一个夜晚,风雨交加,狂风兼着暴雨;火山仍在怒吼,爵士不由得有些担忧。

他们躲在栅栏后注视着火势的发展。

第二天早上,火海的势头不见减弱,浓厚的蒸气和火焰混在一起,岩浆从四处蜿蜒奔下。

爵士不眨眼地盯着,心怦怦直跳,在栅栏的木桩缝间观察土著人的动静。土著人逃到附近的高地上,避开岩浆流过之地,圆锥形山脚躺着几具烧焦的尸体;熔岩将堡寨二十多间棚屋化为灰烬,浓烟仍从废墟中往外冒。到处是一堆堆的土著人,神情恐惧地张望着烟气腾腾的蒙加那木山。

啃骨魔来到土著人中间,像巫师念咒般向着大山张开双臂,做着鬼脸。不出巴加内尔的所料,啃骨魔又向这座替天行道的神山加了一道更严厉的"神禁"。

不一会儿,土著人列队成行,沿着弯曲的小径向山下走,回他们的堡寨去了。

爵士大叫:"他们走了!他们放弃了监视我们的岗哨!感谢上帝,我们的计谋成功了!亲爱的海伦娜,勇敢的伙伴们,我们算是死过了,被埋过了,今晚天黑时,我们就要复活了,就要离开我们的坟墓,逃离野蛮人的部落了!"

很难想象这些待在墓室里的人的欢乐,希望又回到大家的心头。这些勇敢的旅行者忘记了过去,忘记了未来,完全沉浸在现在的欢乐中。然而在陌生的地区找到欧洲人设立的机构可不是易事。他们以为骗走了啃骨魔,就逃离新西兰所有土著人的魔掌了。

少校毫不掩饰他对土著人的鄙视,巴加内尔和他不相上下。

还要等整整一天才能最后逃离这儿。他们利用这一天讨论逃跑计划。巴加内尔珍藏着新西兰的地图,他可以靠地图寻找最安全可靠的路线。

讨论之后,他们决定往东向巴伦特湾走,途中经过陌生地区,荒无人烟,但他们已习惯摆脱大自然制造的困境,越过障碍,他们就是害怕碰到土著人,无论如何都要避开他们。到了东海岸,那儿有传教站机构,北岛的这部分地区至今不曾受过战火的蹂躏,土著人也不会到那儿去。

从陶波湖到巴伦特湾,估计有一百英里,每天走十英里,得走十天,腿一定很累,但这是一支勇敢的队伍,没有人害怕艰苦。一旦到达传教站,他们就可以在那儿休息,等待时机到目的地奥克兰去。

以上几点确定之后,大家继续监视土著人的动静,一直到晚上。山下没有一个土著人,夜色笼罩陶波湖山谷时,圆锥形山下也不见土著人的篝火,道路畅通无阻了。

九点钟,天黑了,爵士发出动身的信号,他们带上卡拉特特的武器和粮食,从蒙加那木的山坡走下去。约翰和威尔逊开路。他们一边走一边竖耳细听,一点风吹草动大家立刻停下脚步;见到星点的亮光,他们就细细察看,他们不是走路,而是向山下滑行。

走到距山顶二百英尺时,约翰和威尔逊率先来到土著人原来坚守的那截危险的山脊。如果土著人以假装退却引他们上钩,很可能在这儿埋伏偷袭他们。爵士虽然对巴加内尔的计策很有信心,仍然不免心中忐忑,不由自主地发起抖来。过这个山脊需要十分钟,他的整个队伍的安危就悬在这十分钟之内,海伦娜夫人紧抓住丈夫的胳膊,爵士感到她的心房也在剧烈跳动。

尽管如此,爵士没动过后退的念头,约翰也没有。他带领大家,在漆黑的夜色的保护下,在狭窄的山路爬行,有时碰翻了一块石头,石头往山下滚去,他就赶紧停下来看有什么动静,如果土著人还埋伏在山脚下,声响会引起两旁猛烈的射击。

他们在倾斜狭窄的山脊上蛇般慢慢爬行,不一会儿约翰来到山脊的最低处,距昨晚土著人盘踞的平顶山不到二十五英尺,过了这里,再爬一个陡坡,就到对面一座山脊了。再走四分之一英里,就看见一片小树林。

他们终于平安越过最低点,慢慢向上爬,他们没看见小树林,但知道它就在对面。如果没有埋伏,到了小树林就是到了安全地带。但那儿不受神禁的保护,它不属蒙加那木山,是耸立在陶波湖东的另一个大山系了,因此,在那儿,不仅要提防土著人的枪击,还要防备他们有人扑上来搏斗。

他们足足爬行了十分钟,仍不见小树林的影子,但估计它就在前面,离他们不到二百英尺。

突然约翰停下来,向后退了一步,他好像听见黑暗中有什么东西发出声响。全队人都停下了脚步。大家都惊恐地等着,紧张的心情难以形容。

约翰判断没有什么,继续沿山脊往上爬。

不一会儿,小树林依稀可辨,再走几步就到了。片刻后大家弓着身子钻进了树林,蹲下来歇息。

第 16 章　前后夹攻

必须趁天黑逃离陶波湖这凶险的地带。巴加内尔走在队伍的前面,引领着大家。在翻山越岭的艰险行程中,他再次显示出旅行家的奇异本领。他在黑暗中毫不犹豫地选择着常人看不见的路径,而且不会偏离既定方向。他天生的夜视眼帮了大忙。

他们在山的东面那条长长的山坡上不停歇地走了三个钟头,然后巴加内尔带领大家转向东南方,到了卡曼娜瓦山和华希提连山之间那条狭窄的小路,那是奥克兰到霍克斯湾的必经之路。他打算过了山坳就离开大路,利用高山作掩护,穿过无人区,奔向海边。

到了早上九点,他们走了十二英里,花了十二个小时。两位女士已经足够努力,不能对她们要求过苛。他们到了两山之间的狭窄小道上了,右边是朝南的奥柏兰大道。巴加内尔手拿地图,带领大家朝东北方向拐了个弯,又走了一小时,来到一种由山尖构成的陡峭的棱堡。他们终于停了下来,拿出干粮,饱餐了一顿。玛丽和少校本来不大满意凤尾草根,这一天也吃得津津有味。休息延续到下午两点,然后他们又朝东走去。晚上,在离山八英里处停下来,众人话不多说,露天而眠。

第二天的道路很不顺畅,困难重重。要穿过奇特的火山湖,沸泉和硫气坑,它们一直伸展到华希提连山的东面。每隔四分之一英里就要拐道弯,绕来绕去,越过无数障碍。这样子赶路,腿很疲累,路旁的风光倒不错,湖光水色神奇悦目,大自然的面貌变化多端,无穷无尽。

在这方圆二十平方英里的辽阔地区,地下的泉眼数不胜数,以多种形式喷发。这儿有众多的透明咸水泉,泉上飞着无数昆虫,咸水泉从当地特有的矮林茶树下流淌,散发出刺鼻的火药味,在地面留下雪白耀眼的沉淀物。这里有热气腾腾的泉水,也有寒气逼人的冰层。高大的凤尾草在泉水旁生长,简直回到了志留纪时代。

清澈的泉水从四面八方的地面上喷出来,和公园里的喷泉一样漂亮,阵阵蒸气在水柱的四周缭绕，有些泉水不停歇地喷射，有些则时断时续，好像由任性的火神随兴舞弄；水柱落下形成的水帘如层层阶梯，落到天然的平台上，平台像是现代化的承水盘般叠放；白烟缭绕下，烟水逐渐混在一起，遮住了平台半透明的阶梯，像沸腾的瀑布一样向洼地倾注，形成巨大的湖泊。很多硫气坑就像地面长的脓包，那是些半暗的喷火口，从那儿冒出各种气体。空气中充满刺鼻的亚硫酸气味，地面上铺满了硫磺凝聚成的大片结晶体。这是千百年积聚的无尽的财富啊！将来，当西西里岛上硫磺矿采完，需要工业原料时，人们就会找到新西兰这块宝地了。

爵士一行人要穿越这些重重的障碍，他们的疲劳可想而知。在这里宿营很难，而且猎人的马枪遇不到一只飞鸟，不能提供给奥比内做顿好菜，他们只能吃凤尾草和甘薯。营养不足的伙食不能补充他们的体力，所以大家都巴不得赶紧走出这一无所有的荒凉地带。

但是，要想走完这一片绕来绕去的地带，至少要走四天，到2月23日，他们离开蒙加那木山已有五十英里。这一天，他们来到一座小山下，巴加内尔的地图上标有这座山，但没有名字。眼前是一片灌木丛生的平原，地平线上隐隐出现了一片森林。

这是个好地方，适宜他们歇脚，睡个好觉。直到现在，他们还没见到一个土著人的影子。

这一天，少校和罗伯特打到了三只几维鸟，它们被隆重地摆在他们的餐桌上，不到几分钟，它们就被吃光了，连鸟喙和爪子都没剩下。

吃甜薯和土豆时，巴加内尔向大家提出一个动议，被大家鼓掌通过。

他的动议是，将那座高三千英尺的没有名字的山，取名为格里那凡山，他还很细心地将这位苏格兰爵士的名字填到他的地图上。

这天之后的旅途，比较单调、枯燥，一行人继续朝太平洋行进。

他们走过树林和平原，约翰根据太阳和星星的位置测定方向。老天相当仁慈，温度不高，也没降雨，然而他们越来越觉得疲累，越累走得越慢，而他们又急于赶路。为了分散注意力，他们就三三两两地聊起天来，不再聚在一起。

爵士常常单独行走，越是接近海岸，他越想念"邓肯"号和"邓肯"号上面的船员。抵达奥克兰之前，他们会碰到很多困难，但他都不把它们放在眼里，他只惦念惨遭杀害的"邓肯"号的水手们，这可怕的图景一直缠绕着他。

大家都不再提格兰特船长，他们没办法营救他，空谈又有何用？如果还有人提到他，也只是在玛丽和约翰谈话时偶尔提到。

约翰没有再向玛丽提她在土著人牢房最后一夜所说的话，他为人慎重，不愿把她在绝望时说的话当作正式的承诺。

　　约翰提到格兰特船长时，总是说到今后的寻访计划。他对玛丽说，格兰特船长的那封求救信肯定是真实的，格兰特船长肯定还活着，只是不知道流落在何方，他说他就是寻遍全世界也要把格兰特船长找回来。玛丽听了这些话很感动，约翰和她有相同的想法，现在两人都抱有同样的希望。海伦娜夫人参加了他们的谈话，她不抱太大希望，但也小心不说扫兴的话，以免他们太悲观。

　　这个时候，少校、罗伯特、威尔逊和穆拉迪去离大家不远的地方打猎，打到了不少野味。巴加内尔老是穿着那件麻披风，沉默着，若有所思，不和大家走在一起。

　　这里有句话一定要说。虽然自然规律认为，人在苦难、危险、疲乏、窘迫时，性情会变得烦躁或忧郁，最温顺的人也难免如此，但这群患难与共的朋友始终团结、热诚相待，为了朋友不惜牺牲自己的性命。

　　2月25日，有条河挡住了去路，它应该就是巴加内尔的地图上标出的怀卡里河。大家从浅滩涉水而过。

　　然后又走了两天。沿途的平原长满连片的灌木。陶波湖到海岸之间的路已走了一半。没碰到意外事件，就是大家觉得疲累。

　　前面出现一大片辽阔的看不到边的森林，叫人联想起澳大利亚的森林，不过这里的不是桉树，而是新西兰独有的巨松。虽然四个月的旅行疲累了这队人对景物的欣赏力，此刻也忍不住赞叹。这里的巨松可以与里班的雪松和加利福尼亚的巨树相比，从地面到树的分枝高达一百英尺。这里的森林不是由一棵棵树组成，而是由数不尽的丛树组成，树顶上撑起大绿伞，伸到两百英尺的高空中。

　　几棵树龄不长的松树，也有一百岁左右，圆锥形的深绿色的树冠，很像欧洲的红松。比它们年长的老树，经历了五六个世纪，无数的枝杈纵横交错，撑起了庞大的绿色帐篷。有的树干粗五十英尺，爵士的旅行队全体成员手拉手都抱不过来。

　　队伍就在这辽阔无边的拱门下、没人踏过的黏土上走了三天，从很多树脚下堆积的厚厚的松脂就可以知道这儿没人来过。把松脂作为土产出口，够出口几年！

　　他们又见到大群的几维鸟，这种鸟在土著人聚居的地方很少见，它们被土著人的猎狗赶到这渺无人烟的地方，却给这班旅行者提供了丰富有益的食品。

巴加内尔甚至发现远远的密林里有一对很大的飞禽,博物学家的本能被唤醒了。他叫少校、罗伯特和他冲上去追赶。

大家理解地理学家强烈的好奇心。因为他认出或以为认出这鸟是魔阿鸟,属于恐龙时代的鸟类,有些博物学家认为它们已绝种,但霍特施泰特先生和一些旅行家认为这种没有翅膀的鸟还存在于新西兰,他们这次看见它,说明这位先生说的话是对的。

巴加内尔追赶的魔阿鸟,是和大懒兽、翼手龙同时代的动物,身高十八英尺,是一种巨大的鸵鸟,胆子很小,跑得极快,枪弹都不能制止它的逃跑。他们追了几分钟,大鸟消失在大树后面,巴加内尔他们白费了弹药,白追了一遭。

3月1日晚上,这支队伍终于走出了松林,来到五千五百英尺高的依基兰吉山脚下宿营。

从蒙加那木山到这里,他们走了一百英里的路,还要走三十英里才到海边。约翰原以为十天可走完这段路,他当时哪里料到路上碰到这么多困难!

他们的确走了很多弯路,遇到很多障碍,加上距离的测算不太准确,实际走的要比估计的多了五分之一路程,因此到了此地,他们累得几乎走不动了。

然而他们还要走两天才能到达海边!而且要特别小心,时时提防,因为他们进入了土著人出没的地区。

于是他们顾不上疲劳,天一亮又出发了。

依基兰吉山被他们抛到了右后方,左前方出现了高三千七百英尺的哈代山,在两山间行走异常艰难。那是一条绵延十几英里的原野,长满了一种枝条柔软的植物,人称"窒息藤",真是名副其实,藤像长蛇,弯弯曲曲,常缠住人的身体,每走一步都要被它们缠绕住手脚。两天来,他们一边拿着斧头开路,一边前进,和千百条怪蛇斗争。它们非常坚韧,巴加内尔很恼火,说要把它列入植虫科。

在这片原野上不可能有猎物,带来的粮食快吃光了。这里水源缺乏,无处补充,他们又累又渴,伙伴们非常痛苦,他们头一回感觉到靠精神力量也快支撑不住了。

最后,他们拖着脚步,求生的本能推动他们,终于挨到了乐亭尖,太平洋的海岸。

这地方可见几间荒废了的草棚,像是最近被战争摧毁的村子,被焚烧过的田园一片破败。在这里,命运还给这批不幸的人安排了新的考验。

他们沿着海岸徘徊,突然,离海岸一英里处杀出了一群土著人。土著人挥动着武器,向他们冲过来。爵士们已到了海边,没有退路,只能硬着头皮和土著人拼个死活。

这时,约翰突然大叫:"有一只小船!那儿有只小船!"

果然,离他们二十步远的沙滩上有只独木舟,舟上还有六把桨,他们赶紧把船推到水里,跳了上去,划起桨就逃,约翰、少校、威尔逊、穆拉迪负责划桨,爵士掌舵,两位女士、奥比内和罗伯特躺在他们身旁。

不到十分钟,他们就将船划出了四分之一海里,海面平静,船上的人默默无语。

约翰本来不愿离开海岸太远,他想沿着海岸划,但就在这时,他突然停止了划桨。他看见远处有三条独木舟从乐亭尖那边划了出来,很明显是来追赶他们的。

"划到大海去!划到大海去!我们宁可淹死在大海里!"

四个桨手一起用力,小船向着大海划去,开始的半个钟头里,他们的船和土著人的船保持较大的距离,但不久逃难者力气尽了,速度慢了,后面小船的速度比他们的快得多。双方距离不到两海里了,想避开土著人的攻击已不可能,土著人带着枪,他们就要开火了。

爵士有什么办法呢?他在小船的尾部站起来,翘首向天,妄想找到援助的力量。

突然,他的眼睛一亮,手指茫茫大海的一个点,大叫道:

"有条大船!朋友们!那里有条大船!快划船,快向大船划!"

四个桨手听了,奋力划桨。他们太紧张了,一刻也不敢放松,只有巴加内尔爬了起来,拉开望远镜,对准那个黑点看了看。

"真是条大船啊!还是一条汽船呢!它开足马力对着我们开来啦!伙伴们,用力向大船划去吧!"

逃难者们鼓足干劲,划了约半个小时,四条桨把船划得飞快,又和追赶的船拉开了距离。这时,大家渐渐看清大船了,两根没有帆的桅杆和大团的黑烟越来越清晰。爵士把舵扔给罗伯特,抓起巴加内尔的望远镜,仔细观察那条大船。

突然,爵士脸色苍白,神情紧张,望远镜从他的手里滑落。约翰和伙伴们见了,很是诧异,为什么他突然绝望起来了呢?他说了一句话,大家都明白了。

"是'邓肯'号!"爵士叫道,"是'邓肯'号,和那帮流犯!"

约翰也叫了起来:"是'邓肯'号?!"他丢下桨,重复道,一边站了起来。

爵士焦急万分,自言自语道:"是啊,前后夹攻,我们只有死路一条了!"

确实是那条游船,谁也没看错!少校不由自主地朝天骂了一句:"怎么倒霉的事都凑到一起了?太不公平了,太过分了!"

这时大家都不划船了,任由它在海上漂流,还能往哪儿划呢?还有什么地方可逃呢?前面是流犯,后面是土著人,还有什么可选择的呢?

突然,砰的一声枪响,是从追得最靠近的那只土著人的独木舟上打来的,枪弹打在威尔逊的桨上,大家又赶紧划了一阵,逃亡者的小船更靠近"邓肯"号了。

游船开足马力向他们驶来,相距不过半海里了。约翰在前后受敌的情况下,不知道该怎样掌舵,也不知该向何方逃。两位可怜的女士慌乱地跪在船上,不断地向上天祈祷。

土著人的子弹像雨点般落在小船的四周。游船的炮声也响起来了,炮弹从逃亡者头上飞过,他们受到枪炮的夹攻,只能在"邓肯"号和土著人的独木舟间束手待毙了。

约翰失望得发了狂,抓起斧头,正要砍开小船,让它沉下海底,罗伯特的一声叫喊,使他立即停了手。

罗伯特不停地喊:"汤姆·奥斯丁!是汤姆·奥斯丁!他在船上,我看见他了!他也看见我们了!他在挥帽子向我们打招呼呢!"

斧头在约翰的手中高高举起,没有落下来。

第二颗炮弹又从他们头上飞了过去,把追在最前面的独木舟打成两段,这时"邓肯"号上响起一片欢呼声,那些土著人吓坏了,掉转船头向海岸逃去。

约翰大声喊:"快来救我们啊,快来救我们,汤姆!"

一转眼工夫,十名逃亡者绝处逢生,莫名其妙地安全回到了"邓肯"号上。

第 17 章　为什么"邓肯"号会来到新西兰的东海岸

古老的苏格兰歌声在爵士和他的朋友们耳边响起，很难形容他们的感受。他们踏上了"邓肯"号，风笛手立即吹起风笛，奏起玛考姆府传统的族歌，船员们热烈欢迎船主的归来。

爵士、约翰、巴加内尔、罗伯特，甚至少校，全都哭了，他们互相拥抱，兴奋欲狂。巴加内尔像疯了一样，他蹦蹦跳跳，拿起从不离身的望远镜，看见土著

他们踏上了"邓肯"号，风笛手立即吹起风笛，奏起玛考姆府传统的族歌，船员们热烈欢迎船主的归来。

人最后的两条独木舟,已逃往海岸去了。

　　船员们看见爵士和他的伙伴们衣衫褴褛,脸色黝黑,明显吃了不少苦,都停止了欢呼。他们像幽灵一样回到船上,已不是三个月前满怀希望寻找遇难船员的那群大胆豪迈的旅行者了。

　　爵士顾不得身体的疲劳和急需解决的饥渴,急忙追问汤姆·奥斯丁,为什么"邓肯"号会出现在新西兰东面的海面上。

　　为什么"邓肯"号会出现在新西兰东海岸?它怎么没有落入本·乔伊斯之手?老天爷怎么会鬼使神差地把"邓肯"号引到逃亡者的路上来的呢?

　　为什么?怎么回事?大家七嘴八舌地追问汤姆,向他提出相同的问题。汤姆这位老海员不知道该听谁的好,他打定主意只回答爵士的问题。

　　爵士问:"汤姆,那些流犯呢?您怎么处置他们的呢?"

　　汤姆不解,他反问:"流犯?……"

　　"是呀,劫持我们游船的流犯呀?"

　　汤姆问:"劫持游船?阁下您的游船?"

　　"是呀,汤姆!就是劫持'邓肯'号呀,那个到船上来的本·乔伊斯呢?"

　　"我不认识本·乔伊斯,我从未见过他。"

　　爵士大惊道:"从未见过?那你告诉我,为什么'邓肯'号这个时候来到新西兰海岸?"

　　汤姆露出莫明其妙的表情,爵士、海伦娜夫人、格兰特小姐、巴加内尔、少校、罗伯特、约翰、奥比内、穆拉迪、威尔逊都很惊讶。

　　"我是遵照阁下您的命令,把'邓肯'号开到这里的呀!"汤姆说。

　　爵士又大叫:"我的命令?"

　　"是呀,爵士。我是遵照您1月14日信里的命令做的呀!"汤姆大惑不解。

　　爵士大叫:"我的信!我的信!"

　　十个旅行者围住了汤姆,眼睛瞪着他:在斯诺威尔河写的信送到了"邓肯"号?

　　爵士又问:"怎么回事啊?给我们解释解释,我觉得我在做梦。汤姆,你收到一封信?"

　　"是呀,阁下的信啊!"

　　"送到墨尔本的?"

　　"送到墨尔本的,那时我刚刚修好船。"

　　"什么样的一封信?"

　　"它不是您亲笔写的,但是您签了名的,爵士。"

"是的,就是这封信。我的信由一个叫作本·乔伊斯的流犯送到你手里。"

"不是本·乔伊斯,是个名叫艾尔通的水手送来的,他是'不列颠尼亚'号的水手长。"

"是的,艾尔通,本·乔伊斯,他们是同一个人,好吧,这封信的内容呢?"

"信中命令我赶快离开墨尔本,到……"

爵士着急地叫道:"到澳大利亚的东海岸!"他的态度把汤姆吓得不知所措。

汤姆睁大眼睛,"到澳大利亚吗? 不是呀,爵士,是到新西兰的东海岸!"

爵士的伙伴们同声回答:"是澳大利亚! 汤姆! 澳大利亚!"

汤姆头都晕了,爵士的口气这么肯定,他担心自己看错了信,他可是忠实的、严格执行命令的海员啊,他会犯这样的错误吗? 他的脸通红,迷惑不解。

"汤姆,别紧张啊,汤姆,是上帝要你……"海伦娜夫人安慰他说。

汤姆打断了海伦娜夫人的话,说:"不是啊,夫人,请原谅,不是啊,那是不可能的啊,我没看错,艾尔通也和我一样看了信,他倒要我把船开到澳大利亚去!"

爵士大叫:"艾尔通?"

"就是他! 他一再说信写错了,他说您要我把船开到福德湾去和你们会合。"

少校也非常困惑,他问:"汤姆,信还在吗?"

汤姆回答说:"在,麦克·那布斯先生,我这就去拿来。"

汤姆立即向前甲板他的房间跑去。他不在的这分钟时间里,大家互相望着,沉默不语,只有少校的眼睛盯着巴加内尔,双臂交叉,说:"我说,巴加内尔,你也太过分一点了啊!"

巴加内尔弯着腰,眼镜顶在额头上,像个大问号,他"嗯"了一声。

汤姆回来了,手里拿着巴加内尔代笔、爵士签名的那封信。

他说:"请阁下看看。"

爵士接过信读道:

兹令汤姆·奥斯丁,立即起航,将"邓肯"号开到南纬37°线新西兰的东海岸……

巴加内尔跳了起来,叫道:"写的是新西兰的东海岸?"

他把那封信从爵士手里夺过去,揉了揉眼睛,把架在额头上的眼镜推到鼻梁上,他要亲眼看信。

"新西兰!"他用难以形容的语调说道,信从他的手指间滑了下来。

此时他觉得有只手搭在他的肩上,他挺起身子,正面对着少校。

少校一本正经地说道:"算了吧,我的好巴加内尔,幸好你没把'邓肯'号派到印度支那去!"

少校的玩笑话弄得可怜的巴加内尔无地自容。游船的全体船员哄堂大笑。巴加内尔像疯子一样,双手抱着脑袋,走来走去,扯着头发。他做什么,他不知道;他想做什么,他更不知道。他无意中走下艉楼的梯子,在甲板上来来去去,毫无目的,摇摇晃晃朝前走,他爬上前甲板,他的脚绊到一捆绳索,一个趔趄,幸好他的双手抓住了一根绳子,否则就摔倒在地了。

突然,一声可怕的炮响,前甲板的大炮发出一颗炮弹,把平静的海面打得开了花。原来倒霉的冒失鬼巴加内尔抓的是炮上的拉绳,炮是装了炮弹的,一拉绳子炮弹就飞了出去,在海面上爆炸了。这一炮把巴加内尔震到了前甲板的梯口,他从上面滚下来,滚过中舱板,直到水手间不见了。

炮声把大伙吓了一跳,惊叫起来,以为又出了什么事故。十名水手跑到中甲板下面,把巴加内尔抬了上来。他的身体蜷曲,好像折成了两段,一言不发。

大家把他瘦长的身躯抬到艉楼,都慌了手脚。而少校每到重要关头都充当医生的角色,他要解开巴加内尔的衣服,给他包扎伤口。他的手刚接触巴加内尔的衣服,这个半死不活的人却像触了电一样,坐了起来。

他叫道:"别脱,千万别脱!"一面把那件破外衣拉回瘦长的身躯,扣了起来,动作快得出奇。

少校说:"巴加内尔!"

"不脱,我说了不脱!"

"我要检查……"

"不用你检查!"

少校说:"也许摔断了……"

巴加内尔一蹬长腿站了起来,"摔断了,叫木匠来修一修!"

"修什么?"

"修中舱那根柱子呀,我把它撞断了。"

听了这话,大家哈哈大笑起来。大家也放心了,原来可敬的巴加内尔触炮摔跤,并没有大碍。

少校想:"这个地理学家也忒爱面子了!"

巴加内尔从过分激动中回过神来。

爵士问他:"巴加内尔,我承认,您的粗心大意是与生俱来的。但是,还真要谢谢您的粗心大意。否则,'邓肯'号会落在流犯的手里;我们会又被土著人抓去。现在请您坦率地告诉我,您怎么会这么离奇,好像是鬼使神差似的,把澳大利亚写成了新西兰呢?"

巴加内尔喊道:"啊,这算什么,这是因为……"

这时他看见罗伯特和玛丽,赶紧把话咽了下去,然后说:

"亲爱的爵士,有什么办法呢,我本来就是个颠三倒四的糊涂虫,下辈子也改不了的荒唐鬼,等我死了,还会留下一张粗心大意的皮呢……"

少校插口说:"那就把这皮剥了吧!"

"把我的皮剥了,您这话什么意思?"巴加内尔气急败坏地说。

"什么意思?您说什么意思?巴加内尔?"少校还是平静如常。

话就说到这个份上。"邓肯"号奇迹般地出现在新西兰东海岸之谜被解了。回到船上的人不再考虑别的事,只想吃饭和休息。

等海伦娜夫人、玛丽、少校、巴加内尔和罗伯特到艉楼去了,爵士和约翰把汤姆拉到身边,他们还有话要问他。

爵士说:"我的好汤姆,请您回答我,您接到命令,叫您到新西兰东海岸,您不觉得奇怪吗?"

汤姆答道:"怎么会不觉得奇怪呢?阁下,我当时很不解,但我一向服从命令,因此就照办了。如果我自作主张,不照命令行事,出了问题,那还了得?船长,如果是您,您不是也和我一样行事吗?"

约翰答道:"那还用说吗,汤姆。"

爵士又问:"当时您是怎样想的?"

"阁下,当时我想,您肯定是为了寻找哈利·格兰特船长才要我到那儿去的,我想您一定有了新的安排,有船把您送到新西兰去了,所以叫我到新西兰东海岸等您。此外,在离开墨尔本时,我对游船要去的地方守口如瓶,没有公开,船到了大海,看不见澳大利亚了,船员们才知道我们要去新西兰。船上还闹出了一场小风波,弄得我很为难。"

爵士问:"闹了什么小风波?汤姆?"

汤姆答道:"船开出后的第二天,艾尔通知道了'邓肯'号的目的地,就……"

爵士叫了起来,"艾尔通!他还在船上吗?"

"还在船上,阁下。"

"艾尔通还在船上!"爵士又说了一遍,一边看着约翰。

"上帝要收拾他啊!"约翰说。

此刻,艾尔通的所作所为闪电般在约翰和爵士的眼前出现:他长期蓄谋反叛,打伤爵士,袭击穆拉迪,陷旅行队于斯诺威河的沼泽地,使得一行人受尽磨难。现在事情发生了不可思议的变化,这流犯竟落到了他们的手里!

爵士急忙问:"他在哪儿?"

"被关在前甲板下的一个舱房里,有人监视他。"

"为什么把他关起来?"

"因为艾尔通看见船往新西兰开,大发雷霆,要我改变航向,还威胁我,后来又策动船员反叛。我看他是个非常危险的家伙,不得不对他采取防范措施。"

"后来呢?"

"他一直待在那房间里,没有出来。"

"太好了,汤姆。"

爵士和约翰被请到艉楼去,他们急需的早饭已备好。他俩坐在餐桌旁,没有再提艾尔通的事。

早饭后,大家填饱了肚子,集中在甲板上,爵士把艾尔通关在船上的消息告诉伙伴们,并宣布要在大家面前审问艾尔通。

海伦娜夫人说:"我可以不参加审讯吗?说老实话,亲爱的爱德华,看见那坏蛋我都恶心。"

爵士说:"海伦娜,这是一场对质,请您留下吧,我要让本·乔伊斯明白,他现在站在全体受害者的面前。"

海伦娜夫人和玛丽坐在爵士旁边,围坐在爵士周围的还有少校、巴加内尔、约翰、罗伯特、威尔逊、穆拉迪、奥比内,所有被流犯差点害死的人都在场。游船上的船员还不理解这场面的严重性,保持着绝对的沉默。

爵士大声命令道:"把艾尔通带上来!"

第 18 章　是艾尔通还是本·乔伊斯

艾尔通出现了。他沉稳地迈着步子,穿过中甲板,走上艉楼的梯子。他的眼睛阴沉,咬着牙,捏着拳,神情既不高傲也不屈辱。他站在爵士面前,双臂交叉,一声不吭,很平静,等待别人的询问。

"艾尔通,你和我们又见面了,就在你想要送给本·乔伊斯那帮流犯的'邓肯'号上!"爵士说。

听了这话,艾尔通的嘴唇微微抖动了一下,毫无表情的脸上掠过红晕,不是忏悔,而是失败的耻辱引起的。他原以为可以做这船的船主,却做了囚犯,而且他的命运将在很短的时间内决定。

他不答话。爵士耐心等待,艾尔通保持沉默。

"说吧,艾尔通,你有什么要说的?"

艾尔通犹豫,额头上的皱纹更深了,然后他平静地说:

"爵士,我没什么可说的,我被您的人抓住了,干了蠢事。您想怎样处置就怎样处置吧。"

他说完这番话,就把目光投到西面展开的海岸。对周围的事装出非常冷漠的态度。看他的这副模样,好像他与这件严重事件无关。爵士打定主意,耐住性子,他要了解艾尔通的神秘过去,尤其是有关格兰特船长和"不列颠尼亚"号的事。他压抑着内心的愤怒,以极温和的口气问道:

"艾尔通,我想你不会拒绝回答我的某些问题吧。首先,我该叫你艾尔通,还是本·乔伊斯?你真的是'不列颠尼亚'号的水手长吗?"

艾尔通无动于衷,看着海岸,对提问置若罔闻。

爵士的眼睛已经冒出火光,仍耐着性子问道:

"你能告诉我你是怎样离开'不列颠尼亚'号的吗?你为什么来澳大利亚?"

还是沉默,还是没有反应。

"听我说,艾尔通,你要说话,你要明白,坦白才是你最后的出路。我最后一次问你,你愿意回答我的问题吗?"

艾尔通向爵士转过头来,眼睛盯着爵士:

"爵士,我没有要说的,应该由法院证明我有罪,而不是由我自己证明我有罪。"

爵士说:"证明你有罪易如反掌!"

"易如反掌!爵士?"艾尔通以讥讽的口吻说,"我觉得阁下的话说过了头。我呢,我敢说伦敦最精明的法官都拿我没辙。格兰特船长作不了证,谁知道我来澳大利亚的原因?警察当局从来就没有抓过我,我的同伙也还在逍遥法外,谁能证明我就是警察通缉的本·乔伊斯?除了您,有谁能指出我犯了罪或干了该谴责的事?谁能证明我要劫这条船、打算把它交给流犯?没有人作证!您听清楚了吗?您除了怀疑我,还能怎样?给一个人定罪,是需要真凭实据的!您有吗?您甚至连相反的证明都没有,我就是艾尔通,'不列颠尼亚'号的水手长。"

艾尔通说话时颇为激动,但很快又恢复了原先的冷漠。大概他以为他的声明会结束爵士的讯问,然而爵士还是紧追不舍。

"艾尔通,我不是调查罪证的法官,这根本不是我的事。我们有必要搞清楚彼此的情况。我并不要求你提供于你不利的证据。你知道我在找人,你只要说一句话,就可以指出我应该找的线索,你能说吗?"

艾尔通摇头,表示他打定主意保持沉默。

爵士问:"你能告诉我格兰特船长在哪儿吗?"

"不能,爵士。"

"你能告诉我'不列颠尼亚'号在哪儿搁浅的吗?"

"不能。"

爵士的口气近乎恳求了:"艾尔通,如果你知道哈利·格兰特在哪儿,你至少也应该告诉他的两个可怜的孩子,他们在等你的一句话。"

艾尔通犹豫了一下,他的脸抽搐着,然后低声说:

"不行,爵士。"

然后他强硬地加了一句,好像责备自己不该一时心软:

"不行!我不说!您把我吊死好了!"

爵士大喊:"吊死!"他忍不住一阵狂怒,然后缓了缓,严厉地对艾尔通说,"艾尔通,这里没有法官也没有刽子手,船到第一个码头,我们就把你交给英国当局。"

"那我求之不得。"

然后他转身,平静地走回关押他的舱房去了。两个水手守着门,负责监视他的动静。目击这场面的人又愤慨又失望。

爵士和顽固的艾尔通的谈判既已失败,他还能做什么?很明显,只能按照在伊登镇订的计划,返回欧洲了。除非日后再作此类没结果的寻访,别无他法。"不列颠尼亚"号无影无踪,对那封求救信又没有新的解释,37°线上没有别的陆地,"邓肯"号只能回去了。

爵士广泛征求大家的意见,单独和约翰交谈商讨,约翰查看煤仓,发现存煤至多尚可维持半个月,必须在前面的停泊港补足燃料。

约翰建议把船开到塔尔卡瓦诺湾,补足燃料,然后返回欧洲。从这里到那儿是直航,正好也处于37°线上。到了那儿,补足必需品,就可以向南,绕过合恩角,从大西洋返回苏格兰。

此建议被采纳,爵士立即传令机械师加大气压,半小时后,船对着塔尔卡瓦诺湾航行。海面太平无事,太平洋果然太平。晚上六点,新西兰最后的几座山峰消失在天边的热雾中。

返航开始。对于这群勇敢的寻访者来说,没能寻访到格兰特船长,把他带回国,这是多么扫兴的事。想想寻访之初,大家兴致勃勃,满怀必胜的信心。现在重返故里,本应高兴才是,但一个个像打了败仗,垂头丧气。要是能找到格兰特船长,他们何惧海上风险,花再多的时日他们也不在乎。

返航的路上,船上一片肃杀的景象。乘客们之间的来往、交流少了,听不到欢乐的谈笑,大家沉闷地待在各自的舱房里,甲板上也少有人出现。

最能反映船员们喜与忧的巴加内尔,现在也愁眉紧锁,默默无言。以前需要时他会从绝望中找到一丝希望,现在却很少见到他的人影。他的饶舌,法国人特有的活泼都不见了。他沉默沮丧,其灰心更甚于他人。爵士提到寻访,他总是摇头,好像一切努力都是徒劳。他对格兰特船长等人的命运不抱乐观态度。

在这条船上,只有一个人可以说出"不列颠尼亚"号的失事情况,但他一直沉默,这人就是艾尔通。他可能不知道格兰特的现状,至少他知道沉船的地点。很明显,如果格兰特被找回来,就可以做证人,对他不利,所以他顽固地沉默。他的沉默引起公愤,尤其是水手们,恨不得当场把他打死。

爵士不死心,好几次还想做艾尔通的工作,但威胁和利诱都无济于事。艾尔通顽固到底,难以解释,以致少校认为艾尔通是真的不了解情况;巴加内尔的看法和少校相同,因为这符合他对格兰特船长命运的揣测。

但是,如果艾尔通真的对格兰特船长的情况一无所知,为什么他不直言呢?坦言并不会对他不利啊!他的缄默却造成爵士们重新制订行动计划的困难。他们在澳大利亚碰见艾尔通,是不是说明格兰特船长也在澳大利亚?无论如何都要命艾尔通解释这个问题。

海伦娜夫人见丈夫撬不开艾尔通的嘴巴,便毛遂自荐,要求丈夫让她和艾尔通谈谈。男人做不到的事,也许女人给予温柔的影响而做到呢?古今不是传有这样的故事吗?风暴和太阳比赛,风暴很厉害,拼命地刮,都没能让行人脱大衣,反而把大衣裹得更紧,而太阳放出一点柔和的光,行人马上就把大衣脱了。爵士知道年轻的妻子很聪明,就给她行动的自由了。

那一天是3月5日,艾尔通被带到海伦娜夫人的舱房里。玛丽也参加了会谈。这个少女的影响力也许会很大,海伦娜夫人不愿放过任何可能成功的机会。

两位女士和艾尔通关在舱房里谈了一个小时,他们的谈话内容丝毫也没有透露出来,她们说了什么,她们运用了什么论据要从流犯口里挖出秘密,询问的详情都不知道。此外,当艾尔通离开时,她们也没表示她们已经成功。她们的脸上显出失望的神情。

因此,当艾尔通被带回他的舱房的时候,水手们站在他经过的地方威吓他。艾尔通呢,只是耸耸肩,这就更增添了水手们的愤怒。约翰和爵士亲自劝阻,才控制了他们的怒火。

然而海伦娜夫人不肯服输,她要和这个没有怜悯心的灵魂斗争到底,第二天,她亲自到艾尔通的舱房,省得他经过甲板时造成骚动。

谈了长长的两个小时,善良温和的苏格兰女人单独和一个流犯头子面对面交谈。爵士在舱房外走来走去,备受折磨,他既希望妻子为了交谈成功尽力,又想把妻子从难堪的交谈中拉出来。

这一回,海伦娜出来时,她的表情充满信心。她套出了他的秘密,触动了这个浑蛋怜悯的神经?

少校第一个看见她,忍不住流露出不相信的表情。

然而船员们之间传说,流犯终于被海伦娜夫人说服了,大家像通了电,都聚集到甲板上,比汤姆吹哨子集合还要快。

爵士赶来迎接妻子。

"他说了吗?"爵士问。

夫人说:"说倒是没说,但艾尔通让步了,他想见你。"

"啊,亲爱的海伦娜,你成功了。"

"但愿成功吧,爱德华。"

"你对他许过什么诺言,要我再向他保证吗?"

"我只许了一个诺言，我的朋友，我答应我会叫你尽可能减轻这个坏蛋不可赦免的处罚。"

"那好，亲爱的海伦娜，让艾尔通马上来见我吧！"

海伦娜夫人在玛丽的陪同下，回自己的舱房了，艾尔通又被带出来，爵士在方厅等着他。

那一天是3月5日，艾尔通被带到海伦娜夫人的舱房里。玛丽也参加了会谈。

第 19 章　交换的条件

艾尔通被带到爵士面前，看守他的水手退了出去。

"艾尔通，你想和我谈话吗？"爵士说。

"是的，爵士。"

"就和我一个人谈？"

"是的，但我想，如果麦克·那布斯少校和巴加内尔先生都在场，也许会更好。"

"对谁更好？"

"对我。"

艾尔通说得很平静，爵士盯了他一眼，然后叫人把少校和巴加内尔请来，他们二人马上应邀到来了。

爵士等他的两个朋友坐在方厅的桌旁，便对艾尔通说："我们都在听着呢，说吧。"

艾尔通定了定神，好一会儿才说："爵士，按惯例，双方在签订合同或谈判时，都要有证人在场并在合同上签字，所以我要您请来巴加内尔先生和麦克·那布斯先生。严格地说，我和您是在谈判，有条件的谈判。"

爵士对艾尔通的厚颜无耻见怪不怪，虽然和这家伙打交道他感觉很怪。他说："你的条件是什么？"

"您要从我这儿得到有用的消息，而我想从您那儿得到难得的好处，爵士。一手交钱，一手交货，您意下如何？"

"你能提供什么有用的消息？"巴加内尔问。

爵士说："我们先不问你能提供什么消息，我倒想先问问你，你要得到什么好处？"

艾尔通点点头，表示他明白爵士这话细微的差别。

艾尔通说："您是要把我交给英国当局吗，爵士？"

"是的，艾尔通，我们是按法律办事。"

"我没说你们不按法律办事,您铁定不让我自由了?"

这个问题提得如此直接,爵士在回答前犹豫了一下。他的回答也许影响哈利·格兰特的命运啊!

然而,法律的尊严占了上风,他想了片刻,说:"艾尔通,我不能给你自由。"

艾尔通骄傲地说:"我没要求您给我自由。"

"那你想得到什么好处?"

"我要求折中的处置,爵士。就是在等待我的绞架和您不肯给我的自由之间的处置。"

"怎样处置?……"

"把我放到太平洋的一个荒岛上,给我留下必要的生活用品。我在荒岛尽力活下去,如果时间允许的话,让我忏悔我的罪行。"

爵士没料到他会提出这样的要求,他看看两个朋友,他们都不作声。考虑了一会儿,爵士说:"艾尔通,如果我答应了你的要求,你就把我要知道的一切都告诉我吗?"

"是的,爵士。也就是我所知道的有关格兰特船长和'不列颠尼亚'号的一切情况。"

"全部情况吗?"

"全部。"

"谁能保证呢?……"

"啊,我明白您担心什么了,爵士。您应当相信我,相信一个坏人说的话。我说的是真的!可是我又能怎样呢?情况就是这样了,您爱信不信吧。"

爵士只说了一句:"我相信你,艾尔通。"

"爵士,您不会错的,再说,如果我骗您,你们有办法收拾我!"

"什么办法?"

"到岛上抓我呀,我在那儿是跑不了的。"

艾尔通应答自如。他盘算过他的要求会碰到钉子。他摆出对他不利的无可辩驳的论据,表现出诚意,让你相信他的话。

艾尔通又说:"爵士、先生们,我希望你们相信这个事实:我把我知道的都摆在桌面上了。我绝对不骗你们。我要用事实证明我在这件事上的真诚,也希望你们的真诚。"

爵士说:"你说吧,艾尔通。"

"爵士,尽管您对我的要求还没表态,但我还是要坦言地告诉您,我对哈利·格兰特的情况知道得并不多。"

"你知道得并不多?"爵士大叫。

"是的,爵士。我能够提供给您的都是我个人的情况,对您的寻访没有多大帮助。"

爵士和少校的脸上露出大失所望的表情。他们原以为艾尔通掌握重要的秘密,而他却承认他所知不多。巴加内尔呢,毫无表情。

艾尔通说的话虽然没人可以担保,还是触动了爵士们,尤其是艾尔通说出的下面这番话:

"爵士,我已经有言在先了,我们的交换对你们的好处不多,对我的好处要多些。"

爵士说:"没关系,我接受您的建议,艾尔通。我答应你,把你放到太平洋的一个岛上。"

"好吧,爵士。"

这个家伙是否庆幸爵士的决定?值得怀疑。因为从他的表情上看不出来。他好像在代替别人谈判一样。

"我准备好回答问题了。"艾尔通说。

"我们没有问题要问你,只是要你把你知道的告诉我们,艾尔通。你先说说你到底是谁吧。"

艾尔通说:"先生们,我确实叫汤姆·艾尔通,是'不列颠尼亚'号的水手长。1861年3月12日上了哈利·格兰特的船,离开格拉斯哥港,我们在太平洋上航行了十四个月,寻找条件好的地区建立苏格兰殖民地。哈利·格兰特是个干大事的人,但我们二人意见不同,常常争论,性情不合,我也不肯迁就他。他是个打定了主意,就没人能劝阻的人,对己对人都像一块铁那样硬,不过我还是敢反驳他。在无法忍受的时候,我想拉船员们一起造反,夺取那条船。这样做是否错误,先别评论。后来这事让格兰特船长知道了。1862年4月8日,在澳大利亚西海岸,哈利·格兰特把我赶下船。"

少校打断了他的话:"是在澳大利亚。这么说来,这船在卡亚俄停泊前,你就不在船上了?船是在卡亚俄之后才杳无音信的!"

艾尔通说:"是的,我在船上时,船没在卡亚俄停泊过,后来在帕第·奥摩尔农庄,我提过卡亚俄,是因为听你们说的。"

爵士说:"你继续往下说吧。"

"我被抛弃在荒无人烟的海岸上,那里离西澳省的省会珀斯的流犯拘留所只有二十英里。我在滨海一带徘徊时,遇到一批越狱的流犯。我入了伙。爵士,您就别追问我那两年半的生活了,我只告诉您,我化名为本·乔伊斯,做

了流犯的头子。1864年9月,我到了那个爱尔兰人的农庄,以艾尔通的真名被雇,我打算在那儿等待时机劫一条船,这是我最大的目的。两个月后,'邓肯'号来了,你们到农庄时,爵士您说到格兰特船长的经历,我知道了我原先不知道的事,原来'不列颠尼亚'号在卡亚俄停泊;1862年6月,也就是我离船后两个月,它发出了最后的消息;求救信被发现;船在37°线失事;以及您要穿过澳大利亚大陆寻找格兰特船长。当时我当机立断,要把'邓肯'号弄到手。'邓肯'号是极好的海船,英国最好的军舰也比不上它,但船被损坏了,需要修理。我就让它先去墨尔本,我以水手长的真正身份,引领你们到澳大利亚东海岸我捏造的失事点去。就这样,我领着你们穿过维多利亚省,而我的那伙流犯有时远远地在后面盯着,有时走到我们前面。我的手下在卡姆登桥作案,那是很没必要的。'邓肯'号只要到了澳大利亚东海岸,就逃不出我的手心。有了这条船,我就是海上大王,还做这样的小案干什么?我满怀信心地把你们引到了斯诺威河。你们的牛马都被我用胃豆草一匹匹毒死了,我就设法把牛车陷到斯诺威沼泽地的泥潭里。此后的事你们都知道了,爵士,如果不是巴加内尔先生粗心大意,写错了地址,现在'邓肯'号已任由我操纵了。这就是我的经历,先生们,我的招供很遗憾不能帮助你们寻找哈利·格兰特船长。你们看,我的交换条件对你们没多大好处。"

艾尔通不作声了,他习惯地交叉双臂等着。爵士和他的朋友们保持沉默。他们感到,这个古怪的坏蛋已把全部事情供出来了,"邓肯"号没被他劫去,出于他无法料到的原因。他的手下已经去过福德湾的海边,爵士在那儿发现的囚衣就是明证。他们忠实于主子的命令,曾在那儿等待"邓肯"号,久等不至,他们就跑到新南威尔士省的乡村去打家劫舍了。为了确定"不列颠尼亚"号的某些日期,少校第一个提问。

"你是在1862年4月8日在澳大利亚西海岸被赶下船的?"少校问艾尔通。

"是的。"

"你知道格兰特船长当时有什么计划吗?"

"我只是隐约知道一些。"

"你说说看,艾尔通。微小的迹象也能提供线索。"

艾尔通说:"格兰特船长曾想去新西兰看看,但我在船上时他没有实施这个计划。因此,'不列颠尼亚'号离开卡亚俄后跑到新西兰附近的陆地考察,并非不可能。这与信件上所说的,三桅船是1862年6月27日失事,日期相符。"

"你是在1862年4月8日在澳大利亚西海岸被赶下船的?"少校问艾尔通。

巴加内尔突然冲口而出:"当然相符啦!"

"求救信上没有新西兰这个字眼啊!"爵士说。

"那我就不得而知了。"艾尔通说。

爵士说:"好啦,艾尔通,你履行了诺言,我也不食言,我们要商量商量,看把你放在哪一个岛上。"

"随便哪一个岛吧。"艾尔通说。

"你回房去吧,等我们的决定。"爵士说。

两名水手押着艾尔通走了。

少校说:"这个坏蛋本来可以做条好汉的!"

爵士说:"是啊,他天性能干聪明,为什么把聪明用到干坏事上了呢?"

"哈利·格兰特船长怎样了呢?"

"我担心他已经完了,可怜的孩子们,谁能知道他们的父亲在哪里?"

"我能!是的,我能。"巴加内尔迫不及待地说。

大家可能已经发现，这位地理学家，平时口若悬河，没有耐性，在审讯艾尔通时却不说话，只是听着，现在却一鸣惊人，把爵士吓了一跳。

爵士说："您！巴加内尔，您知道格兰特船长在哪儿了？"

"是的。"

"您从哪儿知道的？"

"还是从那封求救信中。"

少校听了，以绝对不信任的口气说："啊？"

"麦克·那布斯，您先听我说，然后再耸肩膀吧。我先前没有说，因为您不相信我，还有，我觉得说了也没用，今天我决定说出来，是因为艾尔通的说法正好与我的看法相符。"

爵士问："这样说来，格兰特船长在新西兰？"

巴加内尔说："你们听我说完再做判断吧。我写错了一个词，救了大家的命，那个词不是无缘无故写错的，或者说，不是没有一点理由的。格里那凡爵士口授，我代笔写那封信时，'新西兰'这个词正在我的脑子里翻腾，为什么呢？你们还记得当时我们跑到牛车里躲避流犯，麦克·那布斯对海伦娜夫人说过流犯的事，并把载有卡姆登桥惨案的那份《澳大利亚新西兰日报》递给了她吧？在我写信时，这份报纸掉在了地上，折起了一半，刚好把报纸名字的半截露了出来，这后半截就是aland，我突然恍然大悟！aland不正是英文信中的aland吗？我们一直认为这是'登陆'的意思，实际上是'新西兰'（zealand）的后半部分。"

爵士"嗯"了一声。

巴加内尔满怀信心，说："这个解释我一直没有想到，你们知道为什么吗？因为法文信比另外两封完整，我就把注意力集中在法文信上了，而法文信中没有这个词。"

少校说："啊，巴加内尔，您的想象力太丰富了，您忘了您先前两次的解释了？"

"少校，说吧，我准备回答您的刁难了。"

"您怎么解释anstal这个词呢？"

"还是那个解释啊，指南半球austzales。"

"好吧，那么indi呢？您先认为是印第安人indiens，后来又认为是当地土著人indigenes。"

"这个词，我第三次，或者说最后一次，解释为走投无路的人indigence！"

少校又说："还有contin这个词呢？还是大陆continent的意思吗？"

"既然新西兰只是岛,那就不是大陆了。"

"那是什么呢?"爵士问。

"亲爱的爵士,我把求救信的第三种解释念给您听听,然后您再做判断,我请你们注意以下两点:第一,尽量忘记先前的两种解释,不要先入为主;第二,有些解释你们会认为牵强,也许是我的翻译有问题,但关系不大,特别是agonie这个词,我理解为风涛险恶,总觉不妥,但想不出别的解释。此外,我的解释是以法文信为基础的,你们不要忘记,写信的是英国人,也许他对法文的运用还不够娴熟。现在我来解读我对那封求救信的全文解释吧。"

于是,巴加内尔一字一句地读他理解的求救信全文:

1862年6月27日,隶属于格拉斯哥港的三桅船"不列颠尼亚"号,沉没于风涛险恶的南半球海上,靠近新西兰(这就是英文信中的登陆)。两名水手和船长格兰特到达此岛,不幸从此变成了走投无路的人,故抛下这封信于经……纬37°11′处。见信请速来救援!

巴加内尔读完了信,他的这个解释是可以接受的。但,因为上两次的解释大家也觉得是正确的,因此,这次的也可能和上两次一样,也是错的。少校和爵士都不愿把它拿给大家讨论。不过,既然在横跨37°线的巴塔哥尼亚海岸和澳大利亚海岸都找不到"不列颠尼亚"号的踪迹,在新西兰找到的可能性就会大些。

这样一来,巴加内尔的新解释,特别引起他的两个朋友的注意。

爵士问道:"巴加内尔,请您告诉我,您为什么把新解释的秘密保守了两个多月呢?"

"我不想让你们空欢喜,而且当时我们就要去奥克兰,奥克兰就在37°线上。"

"后来我们离开了奥克兰的路线,您为什么不说呢?"

"这个解释即使正确,但很难说格兰特船长还安然无恙!"

"您为什么这样说呢,巴加内尔?"

"如果格兰特船长真的在新西兰沉了船,但两个月过去了,他还是渺无音讯,这说明他不是死于沉船,就是死于土著人的手里了。"

爵士说:"您认为……"

"我认为沉船的痕迹也许还可以找到,但遇难者们肯定死了。"

爵士说:"朋友们,这些话还是不要说出来吧,等我找个合适的时候再把不幸的消息告诉格兰特船长的儿女。"

第 20 章　夜半呼声

"邓肯"号的船员们很快就知道,从艾尔通的嘴里没能掏出格兰特船长的下落。船上又陷入沉重的失望。大家原以为艾尔通的招供能让"邓肯"号追寻船长的踪迹,没料到他也一无所知。

"邓肯"号依旧按原计划的方向航行。现在要做的事就是把艾尔通放在哪个岛上。

巴加内尔和约翰查看船上的地图。正好,在37°线上标出一个孤独的小岛,名字叫玛丽亚·特里萨,浩瀚太平洋上的一片山岩,距美洲三千五百海里,距新西兰一千五百海里;北面最近的陆地是法属帕摩图群岛;南面到南极都是一无所有的大冰原。没有船到这荒无人烟的小岛考察,外界的声音到不了这儿,只有风暴鸟在长途飞行时在这儿歇脚,很多地图甚至没有标出这片被太平洋的波浪拍击的岩石。

要找一个与世隔绝、没路与人类相通的地方,非此孤岛莫属了。爵士们把此岛情况告知艾尔通,艾尔通同意在这远离同类的地方生活。于是"邓肯"号向玛丽亚·特里萨开去。船经过此岛后,可笔直开向卡尔塔瓦诺湾。

两天后的下午两点,瞭望台报告,地平线上出现陆地。它就是玛丽亚·特里萨岛,低矮、绵长、略浮于波浪间,好像巨大的鲸鱼。"邓肯"号距它还有三十海里,以每小时十六海里的速度劈波斩浪行进。

地平线上的小岛逐渐显露其外观。夕阳西下,霞光映照出小岛蜿蜒曲折的轮廓,几座不高的山峰洒满夕晖。

五点钟,约翰好像看见岛上有股轻烟,袅袅飘向空中。

"是火山吗?"他问巴加内尔。

巴加内尔拿着望远镜瞭望,观察着这片新的土地。

巴加内尔答道:"我也是这样想呢。玛丽亚·特里萨是不为人知的小岛,说它是从海底冒上来的,火山喷出来的也不足为奇。"

"如果它是火山喷出来的,不怕火山又把它喷下去吗?"爵士说。

巴加内尔说:"这个可能性很小,因为它已存在好几个世纪了,这就是个保证。不会像尤里亚岛那样从地中海冒出来,在海面上待了几个月后又消失了。"

爵士说:"好吧,约翰,您认为我们在天黑前能在岛上登陆吗?"

"不行啊,阁下!我不能摸黑让'邓肯'号开往我不熟悉的海岸,只能减低马力,让船慢慢行进。明天天亮,放下小艇登陆吧。"

晚上八点,小岛离船只有五海里了,但却看不清楚,只见到长长的黑影。"邓肯"号慢慢靠拢。

九点钟,只见黑暗中的小岛上升起熊熊火光,不断地燃烧。

巴加内尔专心地观察,说:"可以证实它是火山了。"

约翰说:"火山喷发不是夹有响声吗?我们离得这么近,东风怎么没吹来一点声音?"

巴加内尔说:"是呀,这火山只发光,没有声音,而且一闪一闪的,好像灯塔。"

约翰说:"您说得对,但我们并非航行在有灯塔的海岸啊!啊!"他突然又叫了起来,"又冒出火光了,在沙滩上!您看,火光在晃动!还在转换位置呢!"

约翰没有看错,又有一把火出现了,有时好像熄灭了,但忽然又点燃了。

"岛上有人住啊?"爵士说。

"肯定是土著人。"巴加内尔说。

"那我们就不能把艾尔通丢到这里了。"

少校也说:"不能,送给土著人,这也是太坏的礼物。"

爵士说:"我们另找没人居住的小岛吧。"他不禁为少校的"体贴"微笑,"我答应过艾尔通,要保证他的性命安全,我说话要算数。"

巴加内尔说:"总之,我们要小心,新西兰人有野蛮的习惯,和从前康瓦尔的居民一样,摇火把欺骗过往的船只,玛丽亚·特里萨岛的土著人很可能知道这个伎俩。"

约翰向舵手喊道:"转四分之一度,横对小岛,等明天天亮,我们就知道是怎么回事了。"

十一点,约翰和乘客们都回舱房休息。船头只有值班的水手在甲板上走动,舵手在船尾守着舵。

玛丽和罗伯特登上艉楼顶。

格兰特船长的两个孩子伏在船的扶栏上,凄凉地看着粼光闪闪的海面和

船后发光的浪槽。玛丽在考虑罗伯特的未来,罗伯特也在考虑姐姐的出路。他们都在想念父亲。他们热爱的父亲还在人世吗?是不是就此放弃寻找呢?不行啊,没有父亲,怎么活下去啊?没有父亲,他们会变成什么人呢?不用说父亲,没有爵士和海伦娜夫人,他们都不知道会变成什么人。

罗伯特已在患难中磨炼成熟了,他猜到了姐姐的心事,抓住姐姐的手放在自己的手里。

他对姐姐说:"姐姐,永远都不要失望,记住父亲的教导:'在人世间,有勇气就有一切。'我们要有勇气,要有百折不挠的勇气,用勇气压倒一切。你一直为我操劳,现在轮到我为你努力了。"

"亲爱的罗伯特啊!"玛丽叫道。

"我要告诉你一件事,你不生气吧,姐姐?"罗伯特说。

"为什么我要生气,我的好弟弟?"

"你会同意我做这件事吗?"

"你想说什么?"玛丽不安地问。

"姐姐,我想做海员。"

"你要离开我吗?"玛丽抓住弟弟的手喊道。

"是的,姐姐,我要做像父亲、约翰一样的海员。姐姐,亲爱的姐姐!约翰船长没有失去希望,他没有!你可以和我一样信任他的忠诚。他答应过我,把我培养成一个伟大的海员,我们一起去寻找我们的父亲。姐姐,你就答应吧,我们的父亲为我们做的事,我们的职责,至少是我的职责,就是为他做这些事;我的生活有个目标,整个人生的目标就是寻找我们互不抛弃的人,亲爱的姐姐,我们的父亲多好啊!"

玛丽也说:"他高尚、慷慨,你知道吗?罗伯特,他已经是我们国家的光荣。如果命运没有阻挡他前进的脚步,他已成为我们国家的伟大人物之一。"

罗伯特说:"我知道啊!"

玛丽把罗伯特搂在怀里,罗伯特感觉姐姐的泪水流在他的额上。

罗伯特喊道:"姐姐!姐姐!我的朋友们,他们没说,不敢说,但我想他们不会放弃的。我仍然抱有希望,永远抱有希望!我相信像父亲那样的人,在事业尚未成功时是不会死的!"

玛丽不能回答,她抽咽着,百感交集,想到以后还要尝试寻找父亲,想到约翰的忠诚,激动万分。

"约翰先生对寻找父亲的事还抱有希望?"她问罗伯特。

"是的,他是永不会抛弃我们的兄弟,姐姐,我会成为优秀的海员,是不是?我要和他一起去找父亲!你愿意吗?"

"我愿意!但我们就要分开了。"她低声说。

"你不会孤独的,姐姐。约翰船长和我谈过了,海伦娜夫人不让你离开她。你是女人,你可以也应该接受她的好意,拒绝她是忘恩负义的行为。但作为一个男人,父亲说过上百次,一个男人应该自己掌握自己的命运!"

"我们邓迪的老家怎么办呢?那充满了我们回忆的老家!"

"我们把它保留下来啊,亲爱的姐姐!此事已由我们的朋友约翰和爵士安排了,并且安排周密。爵士要收留你,让你住在玛考姆府,把你当作亲生女儿。爵士和约翰谈过此事,约翰告诉我的。你住在那儿如同住在家里,等待我和约翰把父亲找回来的消息,那会是多么快乐的一天啊!"罗伯特说得越来越兴奋,满脸放光。

玛丽说:"我的兄弟,我的孩子啊,如果我们的父亲听见你说的这些话,他会多么高兴啊!你真像父亲,亲爱的小罗伯特,你真像我们亲爱的父亲啊,将来你长大成人,一定会像父亲一样!"

罗伯特说:"但愿上帝听见你说的话,姐姐!"他的脸因圣洁的孝心而发红。

玛丽又说:"我们怎样报答爵士和夫人的恩情呢?"

罗伯特喊道:"啊,这没什么难的,我们爱他们,尊敬他们,宁愿为他们赴汤蹈火。将来有机会,我会为他们而死!"

"不要为他们死,要为他们活着!"玛丽吻着弟弟的额头,"他们希望你活着,我也是!"

然后,姐弟俩沉浸在无穷的梦幻中。在模糊的夜色中,互相对视着,虽然不再说话,但内心却在交谈、发问、回答。平静的海面翻起阵阵长长的浪涛,螺旋桨在黑暗中卷起闪光的微澜。就在此时,姐弟俩的两颗心好像被一种神秘的磁力联系起来,同时同刻产生了一种幻觉。他们透过忽明忽暗的波涛,好像听到一个人的呼救声,声音低沉凄惨,两个人的心为之一颤。

"救救我!救救我!"那声音喊道。

"姐姐,你听见什么了吗?你听见了一个声音吗?"罗伯特说。

两个人一起趴到扶栏上,俯下身子,在沉沉的夜色中寻找声音的来源。但是他们一无所见,面前只是一片黑暗。

"罗伯特,"玛丽脸色苍白,"我好像……是的,我和你一样,好像听到……我们不是在发烧,在做梦吧,我的罗伯特?"

此时他们又听到了呼救声,这幻觉太真实了,两个人同时从心底迸发出同样的叫声:"我的父亲啊!我的父亲……"

玛丽承受不了这样的刺激,这刺激太强烈太突然了,她晕倒在罗伯特的怀里。

罗伯特叫道:"救人啊!我的姐姐!我的父亲!救人啊!"

舵手赶紧跑了过来,扶起了玛丽。值班的水手们都跑过来了。接着,被惊醒的约翰、海伦娜夫人和爵士也跑上来了。

罗伯特叫喊道:"我姐姐不行了,我们的父亲在那儿!"他指着波涛,大家都听不懂他说的是什么。

他又喊道:"真的,我的父亲在那儿!我听见我父亲的声音了!玛丽和我一样,也听见了他的声音!"

此时玛丽苏醒过来,她睁大眼睛,发了狂似的,叫喊着:"我的父亲!我的父亲就在那儿!"

可怜的玛丽站起来,趴在栏杆上,想要扑到海里去。

此时他们又听到了呼救声,这幻觉太真实了,两个人同时从心底迸发出同样的叫声:"我的父亲啊!我的父亲……"

"爵士，海伦娜夫人，我告诉你们，我的父亲在那儿！我向你们确定我听见了他的声音从波涛里出来，好像在乞求哀告，好像不行了！"被大家强拉住的玛丽仍在狂叫。

可怜的少女全身抽动，痉挛，颤抖不已，大家只好把她抬回她的房间里。海伦娜夫人跟着走进她的房间照顾她。罗伯特还在那儿叫着：

"我的父亲，我的父亲就在那儿！我保证他就在那儿！爵士！"

目睹这凄惨情景的人都认为，格兰特船长的两个孩子被幻觉迷住了，他们被迷得这样严重，怎样解释这个现象呢？

爵士试图让孩子解释这个现象。他牵着罗伯特的手说："你真的听见了你父亲的声音吗，我的孩子？"

"是的，爵士，就在那儿，在波涛中！他在喊着：'救救我，救救我！'"

"你听清楚了，是你父亲的声音？"

"是的，我听得出他的声音，爵士！我发誓，我听得很清楚！我姐姐也听见了，她和我一样，也听得出他的声音！您想，我们怎么可能两个人都听错了呢？爵士啊，我们去救我的父亲吧！放条小艇下去，下去救他吧！"

爵士没办法说服孩子，他还想做最后一次努力，就把舵手叫了过来。

"霍金斯，玛丽小姐晕倒时，你在守舵吗？"他问舵手。

"是的，阁下。"

"你看见什么了，听见什么了吗？"

"没有，阁下。"

"罗伯特，你看。"

"如果我的父亲是霍金斯的父亲，霍金斯就不会说他什么也没听见了。爵士，这是我的父亲！我的父亲！我的父亲！……"

罗伯特的声音被抽咽梗住了，现在轮到他脸色苍白，说不出话来。他失去了知觉，爵士命人把他抬到床上，孩子受了太大的刺激，昏睡了过去。

约翰说："可怜的孤儿！上帝对他们太残酷了！"

爵士说："是的，痛苦过度使两个人同时产生了同样的幻觉。"

巴加内尔说："两个人同时产生同样的幻觉，这也太奇怪了，从纯科学的角度看，这是完全不可能的。"

巴加内尔也俯下身子向着海面，他摆手叫大家不要说话，他侧耳仔细地听着，到处一片寂静。他大喊了几声，没有声音回应他。

巴加内尔回到他的房间，一面说："真怪啊，思念和痛苦的感应都不足以解释这种现象啊！"

第二天3月8日,早上五点,天刚亮,船上的乘客们,还有阻拦不住的罗伯特和玛丽,都集中在"邓肯"号的甲板上。大家都想看看昨夜看不清楚的陆地。

望远镜对准岛上所有的主要点,游船离岛只有一海里,沿着岸边慢慢行驶,人的视力可及岸上最细微的景物。忽然,罗伯特又大叫了起来,他说他看到了两个人在岛上跑,向游船不停地挥手,还有一个人在摇动一面旗。

约翰紧抓着望远镜,边看边叫了起来:"是英国国旗。"

巴加内尔也叫了:"真的啊!"他回过头看了看罗伯特。

罗伯特激动得发抖:"爵士,如果您不愿意我游水到岛上去,请放小艇下去吧,爵士,我跪下求您啦,让我第一个上岛吧!"

船上谁也不敢说话,什么？在这个被37°线穿过的小岛上,有三个男人,沉船遇难者,英国人！大家回想起昨夜罗伯特和玛丽听到的声音！……孩子们之所以如此激动,因为他们听到了声音。但这声音是他们父亲的声音吗？唉！大家想到如果不是他们的父亲,他们会怎样的绝望！上帝的这次新考验超出了姐弟俩的承受力！可是怎么拦得住他们？爵士没有勇气阻拦他们。

于是爵士下令:"放小艇！"

不到一分钟的时间,小艇放到海里,格兰特船长的两个孩子、爵士、约翰、巴加内尔跳上小艇,在六名水手的奋力划动下,小艇像箭一般向小岛飞去。

距离小岛十托瓦兹时,玛丽发出撕心裂肺的叫喊:"我的父亲！"

三个男人站在岸上,中间的那个身材高大、强壮,面容温和刚毅,相貌正是玛丽和罗伯特的混合,他不就是两个孩子经常描述的人吗？他们的心灵没有欺骗他们！这就是他们的父亲！这就是格兰特船长！

格兰特船长听见玛丽的叫声,他张开双臂,像被雷击了一样,扑倒在沙滩上。

第 21 章 塔波尔岛

人是不会因为欢乐而死的,父子三人还没有回到游船上就已苏醒过来了。父子久别重逢的场面难以用笔墨形容,语言不足以描绘。全体船员看到他们抱作一团,都流下泪来。哈利·格兰特到了甲板上就屈膝跪倒,对于虔诚的苏格兰人来说,触到甲板就是触到了祖国的土地。他首先面对大家感谢上帝解救了他。

然后他转身向着爵士夫人、爵士和他的伙伴们,以激动万分的声音向他们表示感谢。从小岛返回"邓肯"号的路上,孩子们就把"邓肯"号环球寻找他的经过简单告诉了格兰特船长。

他对海伦娜这位高尚的夫人和她的伙伴们欠下了多大的人情!从爵士到最后一位水手,哪一个没有为他吃尽了苦头?哈利·格兰特以极其朴素、高尚的方式表示他衷心的感谢,他的男性的脸上因纯洁温和的感动而发光。全体船员都感觉他们的付出得到了报酬,连不轻易流露感情的少校也控制不住而泪湿了眼睛;而那个可敬的巴加内尔,哭得像个孩子,毫不吝惜他的眼泪。

哈利·格兰特目不转睛地看着他的女儿,女儿出落得越发漂亮可爱了,他一直赞不绝口,还要海伦娜夫人作证,证明不是因为父爱而过奖了女儿。然后他转身向儿子:"他长大了啊!完全是个成人了!"他欣慰地说。

他把两年的离别情绪变成千万个吻给了两个心爱的儿女。

罗伯特一个个给父亲介绍他的朋友们。他变换各种表达方式介绍他们,虽然他对每个人说的都是同样的意思。每个人对他们姐弟的关心都是无微不至的。轮到介绍约翰时,约翰像个姑娘似的,羞红了脸,回答格兰特的问话时声音都发抖了。

海伦娜夫人给格兰特船长讲述了他们的旅行,还讲了头天晚上发生的事情。格兰特船长为他的儿女自豪。

哈利·格兰特得知儿子像个英雄,非常高兴。然后约翰给他讲了玛丽,用了那么多深情的词句。格兰特从海伦娜夫人说的几句话里得知了女儿和约

翰的关系,他把女儿的手放到约翰强壮的手里,转身对爵士夫妇说:

"爵士,还有您,夫人,为我们的孩子祝福吧!"

当一切都说了,说了无数遍了,爵士把有关艾尔通的事告诉了格兰特。格兰特确认了艾尔通的供词,艾尔通确实是在澳大利亚海岸被赶下船的。

哈利·格兰特还说:"这个人其实又聪明又有胆识,是私欲把他拖入了泥潭,干了坏事,让他反省悔过,重新做人吧!"

把艾尔通运到塔波尔岛之前,哈利·格兰特想邀请他的新朋友们赏光,到他的岩石岛上参观。他邀请他们参观他的木房子,坐在他这个鲁滨孙的餐桌旁共进一餐。爵士和客人们欣然接受邀请。罗伯特和玛丽更是渴望看看这与世隔绝的地方。

他们又把一条小艇放到海里,格兰特父子三人、爵士夫妇、少校、约翰和巴加内尔很快就在小岛上登陆了。

几个钟头足够跑遍哈利·格兰特的领地,其实小岛只是海底大山的山顶上的一块平地,由大量的玄武岩和火山熔岩的残片组成。地质时期,这个山头在地火的作用下逐渐从太平洋深处冒出来。几个世纪过去,火山成了安静的山,火山口填满,小岛就从水里冒出来了,然后腐殖土形成,植物占了这块新土地。捕鲸船经过小岛,把山羊、猪等牲畜运到这个岛上,它们就在野生状态下生长繁殖,从此,动物、植物、矿物就在海洋中的岛上出现了。

"不列颠尼亚"号的遇难者逃到这儿,人的劳动调整了大自然的努力,在两年半的时间里,格兰特和他的水手改变了小岛的面貌,好几亩地被精耕细作,长出了质量很好的蔬菜。

客人们来到胶树绿荫下的住房,房子的窗户面向美丽的大海,阳光下水波潋滟。哈利·格兰特把桌子摆在美丽的树荫下,大家在桌旁就座。桌上摆着山羊腿,用豆粉做的面包,几大碗奶,两三株野菊苣,还有清凉的水。宴席朴素,却称得上是仙境的菜肴。

巴加内尔很兴奋。他又回忆起鲁滨孙的旧梦。

他感慨地说:"艾尔通这个坏蛋在这里没什么遗憾啦,这小岛真是天堂啊!"

哈利·格兰特说:"是的,对于我们三个可怜的遇难者,这是上天留给我们的天堂,但遗憾的是,玛丽亚·特里萨岛不是辽阔肥沃的大岛,它太小了。岛上荒凉贫瘠,没有大河,只有小溪,没有港口,只有波浪打出来的一个缺口。"

爵士问:"为什么您觉得遗憾呢?船长。"

"如果是大岛,我就可以开创苏格兰在太平洋的移民区。"

爵士说："啊！格兰特船长,您根本没放弃您的计划啊,它使您在我们古老的祖国人人皆知啊！"

"我没放弃啊,爵士,上帝通过您的手把我救出来,就是为了让我完成这个计划的。我们古老的喀里多尼亚可怜的兄弟们多么需要有块新的大陆改变贫困啊！我们亲爱的祖国必须在辽阔的海洋上有块殖民区,有块完全属于她的移民区,移民区的人们将拥有在欧洲享受不到的独立和幸福。"

海伦娜夫人说："您说得真好,格兰特船长,真是宏伟的计划啊。没有伟大的思想是想不到的,但是,这个岛……"

"这个岛不行啊,夫人,它只是块山岩,最多只能养活几个移民,而我们需要的是一片辽阔的、拥有各种资源的陆地啊！"

爵士叫了起来,"好啊,船长,未来属于我们！这片土地,让我们一起去寻找吧！"

为了表示履行这个诺言,哈利·格兰特的手和爵士的手热烈地握在一起。

大家要求格兰特船长就在这个岛上,就在这间小木屋里,给大家讲述三名遇难者在两年半的时间里的生活经历。格兰特船长赶紧满足了新朋友们的愿望。

他说："我的故事就是所有流落到荒岛上的鲁滨孙的故事。他们的故事说明要生存,只能靠上帝、靠自己,与大自然做斗争！

"那是1862年6月27日的夜里,'不列颠尼亚'号和暴风雨搏斗了六天,樯倾楫摧,风雨飘摇,撞毁在玛丽亚·特里萨岛的岩石上。大海翻脸无情,海浪滔天,船已被毁,营救已不可能。除了我们三个,船员全部不幸遇难。剩下我,还有水手波布·里斯和乔·贝尔。我们竭尽全力,千辛万苦才爬上海岛的岸边！

"接待我们的陆地只是个人迹罕至的小岛,宽两英里,长五英里,岛内大概有三十棵树,几块草地,一泓清泉,幸亏是常年不干的泉水。在这天涯海角,只有我和我的两个伙伴,但我没有丧失信心,我相信上帝,准备斗争到底。我的两个共患难的伙伴,也是我的朋友有力地帮助了我,支持了我。

"我们以笛福的鲁滨孙为榜样,开始收集船上的残留物、工具,一点火药、武器、一袋珍贵的种子。最初的日子过得很艰难,但很快,打猎和钓鱼给我们提供了足够的食物,岛内有很多野山羊,沿岸有充足的水生动物,我们的生活逐渐过得正常了。

"我知道我们所处的这个岛的准确位置,因为我抢救出测量工具,我发现我们处于航线之外,不会有船经过这儿搭救我们,除非天赐良机。我经常想念再也没希望见到的亲人,我勇敢地接受这个考验,我的两个孩子的名字每

天都在我的祈祷中。

"我们决定开荒种地,很快开出了几亩土地,把船上拿来的种子播在地里:土豆、菊苣、酸模等是我们常吃的食品,还有其他蔬菜。我们还养羊,有了羊奶和奶油,干河沟里长出的野豆可做营养足够的面包,我们不再担忧我们的物质生活了。

"我们用船上的废旧木料建了这间小屋,屋顶上盖的是帆布,还细细地涂上柏油,在结实的房子的遮蔽下,下雨的季节我们也能安然度过啦。我们在房子里讨论过无数计划,做过无数美梦,最好的梦就在今天刚刚实现!

"我曾想用船板造小艇,到海上去,但离我们最近的帕摩图群岛也有一千五百海里,小艇怎能作这么长途的航行呢?我放弃了这个计划,只能等待时机,等上帝来救我们了。

"啊!我可怜的孩子们!多少次我们站在海岸的岩顶上,窥伺着过往的船只,我们沦落在这里这么长的时间,只见过两三艘帆船在天边出现。它们在眼前一闪就无影无踪了。两年半就这样过去了,我们似乎不再有希望,但我们没有绝望。

"终于,昨天,我登上小岛的最高处,看见西面一缕轻烟,烟雾越来越浓,不久我看见一艘船,它似乎向我们开来。小岛没有停泊点,它会不会避开我们的小岛呢?

"啊,这一天我们多么焦虑啊!我的心在胸膛里几乎要跳出来,我的难友在岛的另一座山的顶上点了一堆火。夜色降临,船上没有发出回答的信号。怎么办呢?然而救援的机会就在那儿!难道我们眼睁睁错过吗?

"我不再犹豫了。夜色越来越浓,船可能在夜里绕过小岛开走。我跳到海里,朝船游过去,希望增长了我的力气,我以超人的力量冲开波涛,接近了游船。离船不到三十英寻时,没料到船调转了方向。

"于是我发出了失望的呼叫,只有我的孩子听到了我的呼声,那绝不是他们的幻觉啊!

"我只好精疲力竭地回到岸上,由于过于激动和疲劳,我倒了下去,我的两个水手把半死不活的我拉了起来。我们在岛上过的最后一夜多么难熬啊,我们以为我们就这样被永远抛弃了。天亮了,我看见游船放慢了速度,沿着海岛前行,你们的小艇下到海上了……我们得救了!神灵的上天啊,我的孩子们,我亲爱的孩子们,他们就在这儿,在向我伸出双臂!"

格兰特船长的叙述在玛丽和罗伯特的亲吻和拥抱中结束。直到这时,格兰特船长才知道他的得救,多亏了他的那封难以理解的求救信——遇难后第八天他装在瓶里任其随波流去的。格兰特船长讲述他的经历时,巴加内尔在动什么念头?原来这位可敬的地理学家的脑子里不停地翻腾着求救信的那些字眼!他对这封信的三种理解和解释,全都错误!"玛丽亚·特里萨岛"这个词在被海水浸蚀的信中是怎样被指出来的?巴加内尔再也坐不住了,他抓住格兰特船长的手,高声问道:

"船长,给我说说您的那封很难理解的信吧?"

巴加内尔提出的这个要求,也引起大家的好奇心。因为这封信就像谜语一样,他们猜了九个月,绞尽了脑汁!

巴加内尔问道:"船长,您还准确地记得信中的字眼吗?"

"当然记得,每一天我都默念着这些字眼,它们寄托着我们唯一的希望啊!"

"船长,您写了什么,说说看,我们的自尊心都被刺伤了!"

哈利·格兰特回答说:"我准备满足你们的要求,可是你们知道,我们为了增加被救的机会,在瓶子里装了三封用三种语言写的信,你们想知道哪一封信的内容?"

巴加内尔大声问:"它们不是一样的吗?"

"是一样的呀,除了一个地方的名字不同。"

爵士说:"您先解释法文信吧,这封信遭海水浸蚀得轻一些,我们以它为理解的基础。"

哈利·格兰特说:"爵士,下面就是此信的内容,一字不差:

1862年6月27日,隶属格拉斯哥港的三桅船'不列颠尼亚'号,沉没在距巴塔哥尼亚一千五百海里的南半球海域,因急于上陆,两名水手和船长格兰特爬上了塔波尔岛避难。"

巴加内尔叹息了一声。

船长接着念下去:"我们因长久如此变成了走投无路之人,特抛下此信于经度153°、纬度37°11′处,请给以救援,否则必死于此。"

听到"塔波尔岛"这个词,巴加内尔突然站起来,忍不住大叫:

"怎么是塔波尔岛,不是玛丽亚·特里萨岛吗?"

哈利·格兰特答道:"是啊,巴加内尔先生,英国和德国的地图上标的都是玛丽亚·特里萨岛,但法国的地图标的却是塔波尔岛!"

此时,巴加内尔的肩头挨了重重的一拳,巴加内尔痛得缩起了身体,这一拳是少校打的。少校第一次打破了他严格保持的稳重有礼的习惯。

少校还极其轻蔑地说:"还是地理学家呢!"

巴加内尔对重拳并没有感觉,比起在地理学知识方面的欠缺给他的打击,这一拳算得了什么?

正如他告诉格兰特船长的那样,他已逐渐猜到了求救信的原文,残缺模糊的字迹他几乎都弄清楚了。巴塔哥尼亚、澳大利亚、新西兰这些名字都出现在他的脑海里,contin,最初理解为大陆continent,但后来明白是长久的continuelle意思,indi,原以为是印第安人,当地土著人,后来也确定为"走投无路的人",只有那被海水浸蚀了的abor一字,把他弄糊涂了,巴加内尔以为它是abozdez,到达,实际上却是法文的地名塔波尔岛Tabor,也就是遇难者避难的地方。这也不能怪巴加内尔,"邓肯"号上的地图上标的也是玛丽亚·特里萨岛!

巴加内尔揪住自己的头发,他不能饶恕自己:"我不应该忘了这个岛有两个名字!这是不可原谅的过失,我怎么配当地理学会的秘书呢?我太丢脸了!"

海伦娜夫人说:"巴加内尔先生,您也不用太自责了吧?"

"不是啊,夫人,不是啊,我是头蠢驴啊!"

"还比不上耍把戏的驴子呢!"少校逗他说。

吃完饭,格兰特船长把小屋里的东西收拾整齐,他没带走一件物品,让那个有罪之人继承好人的财富吧。

大家回到船上。爵士打算当天就走,他下命令把艾尔通送到岛上去。艾尔通被带到艉楼,面对哈利·格兰特。

"是我,艾尔通。"格兰特说。

"是您呀,船长。"艾尔通回答,重见哈利·格兰特船长,他没有惊奇的表示,"看到您身体健康,我很高兴。"

"艾尔通,我把你赶到有人居住的地方是个错误。"

"好像是吧,船长。"

"你要代替我住在这没人烟的岛上了,但愿上帝让你悔改!"

艾尔通平静地说:"但愿如此!"

爵士对艾尔通说:"艾尔通,你还坚持这个决定,把你放到这个岛上吗?"

"是的,爵士。"

"你觉得塔波尔岛合适吗?"

"很合适。"

"艾尔通,现在你听我说最后一句话。在这里,你远离外界,不可能和你的同类联系,奇迹少有,你逃离不了这个岛。你将孤独一人,只有上帝的眼睛看着你。上帝能看穿人的心灵深处。你不会像格兰特船长那样,没人救援,没人知道下落。虽然你不配让人记得,但还是有人记得你。我知道你在这儿,艾尔通,我知道怎样找到你,我不会忘记你的。"

"愿上帝保佑您,阁下。"艾尔通只说了这句话。

这就是爵士和艾尔通最后说的话。小艇准备好了,艾尔通上了小艇。

约翰事先派人往岛上送了几箱干粮、工具、武器和弹药。因此艾尔通可以劳动改造,但他什么都不缺,连看的书都有,其中还有《圣经》。

分手的时间到了。全体船员和乘客都站在甲板上,不止一个人觉得难受。玛丽和海伦娜夫人控制不住激动。

海伦娜夫人问丈夫:"一定要这样做吗?一定要抛弃这个倒霉的家伙吗?"

爵士答道:"一定要这样做,海伦娜,这是让他赎罪!"

小艇在约翰的指挥下离开大船,艾尔通在小艇上站着,一动不动,后来脱下帽子,庄重地向大家行礼。

爵士脱了帽子,全体船员也脱了帽子,就像和临死的人告别。小艇在肃静中开走了。

到了岛边,艾尔通跳上沙滩,小艇又划了回来。

这时是下午四点,大家在艉楼上还可看见艾尔通,他一动不动,像座石像,站在岩石上远望着"邓肯"号。

"我们开船吧,爵士?"约翰问。

"走吧,约翰!"爵士赶紧说,他很激动,但不愿表现出来。

"开船!"约翰对机械师下令。

蒸汽在管道里隆隆作响,螺旋桨拍打着波浪,晚上八点,塔波尔岛上的几座山峰在夜色中消失不见了。

第 22 章　巴加内尔的最后一次粗心

"邓肯"号离开塔波尔岛十一天后,即3月18日,美洲海岸已遥遥在望。第二天,船就在塔尔卡瓦诺湾停泊。

"邓肯"号航行五个月后归来。在此期间,它严格沿着南纬37°线环球旅行了一周。这是值得纪念的远征,在英国旅游俱乐部和编年史上都是空前的!第一次啊!他们穿越了智利、潘帕斯大草原、阿根廷共和国、大西洋海域、达库尼亚群岛、印度洋海域、阿姆斯特丹群岛、澳大利亚、塔波尔岛和太平洋海域。他们的努力没有白费,他们把"不列颠尼亚"号的遇难船员带回了祖国。

当时响应爵士的号召,跟随爵士远征的勇敢的苏格兰人,全部平安无恙,返回古老的苏格兰,一个也不少。这次远征使人联想起古代史上的"无泪战争"。

"邓肯"号补足了给养和燃料之后,沿着巴塔哥尼亚海岸,绕过合恩角,穿过大西洋。一路顺风顺水,载着幸福快乐的人们轻快地飞驰着。船上也再没有秘密,甚至约翰对玛丽的爱情也公开了。

不过,还有一件神秘的事使少校困惑不解。为什么巴加内尔老是把衣服裹得紧紧的,领带打得严严实实的?围巾遮住了鼻子,围到了耳根?少校极想弄明白他怪僻的原因。但不管怎样询问,怎样旁敲侧击,巴加内尔就是不肯解开衣扣。

"邓肯"号穿过赤道,甲板都被50℃高温烤出了裂缝,巴加内尔还是不解开衣扣。

"他也太大意了吧?还以为我们在严寒的圣彼得堡呢?"少校看见巴加内尔仍裹着大衣,一个纽扣也不解。

5月9日,离开塔尔卡瓦诺湾五十天了,约翰已看见克利尔角的灯光,"邓肯"号穿过圣乔治海峡、爱尔兰海。5月10日,进入克莱德湾。十一点,船停在邓巴顿。下午两点,船上的人们就在高地人的欢呼声中回到玛考姆城堡。

现在，人们都知道哈利·格兰特船长和他的两名水手得救了，约翰和玛丽在古老的圣蒙戈教堂举行了婚礼。婚礼还是由九个月前为哈利·格兰特船长祈祷的可敬的摩尔顿牧师主持。上次为救父亲，这次为女儿和救命恩人的结婚祝福。后来罗伯特像哈利和约翰一样做了海员，在爵士的支持下，为格兰特船长的伟大计划努力。

雅克·巴加内尔怎样了呢？这位博学的地理学家，干了一番伟业之后，名气大增。有关他的粗心的传闻也成了苏格兰人社交场合的谈资话题。人人都想见他，他的应酬不断，忙得不亦乐乎。

有位三十岁的可爱小姐，她就是少校的表妹阿若贝拉，爱上了古怪的巴加内尔，愿意嫁给他。她的脾气也有点怪，但善良可爱。她还有百万嫁妆呢，但她只字不漏。

巴加内尔当然知道小姐对他的情意，他也不是无动于衷，然而他不敢表白。

少校出来撮合这天生的一对，他甚至说结婚是巴加内尔最后一次的粗心。

巴加内尔总是扭扭捏捏，下不了决心说出肯定的答复。

少校问他："你不喜欢阿若贝拉小姐吗？"

巴加内尔大叫："啊，少校，她很漂亮可爱啊！太漂亮可爱啦！说实话，我宁可她不要这么漂亮，我希望她是个有缺点的人。"

少校答道："那您放心，她有缺点，而且缺点不少。再完美的女人都有缺点。巴加内尔，您答应了？"

"我不敢啊！"

"瞧，博学的朋友，您为什么老是犹豫不决呢？"

巴加内尔每次都说："我配不上她啊！"

终于，死缠烂打的少校把他逼得无路可走了，巴加内尔向少校交代，条件就是少校要严守秘密。巴加内尔告诉少校，他的身体有个明显的特殊的记号，如果警察要抓他，凭这个记号他就跑不掉。

少校大叫："就为了这个原因吗？"

"我只告诉你一个人啊！"

"这算什么啊？可敬的朋友！"

"您觉得不要紧吗？"

"不但不要紧，相反，这是您才有的特点，您才有的优点啊！它使您成为阿若贝拉不同凡响的男人啊！"

少校说得一本正经,让巴加内尔备受不安的煎熬。

少校找了表妹阿若贝拉,很快就把事情说清楚了。

十五天之后,隆重的婚礼在玛考姆堡的小教堂里举行。新郎巴加内尔打扮得很漂亮,但衣服扣得严实,新娘阿若贝拉容光焕发,貌若天仙。

巴加内尔的秘密本来是无人知晓的,但少校把此事告诉了爵士,爵士对夫人无话不谈,夫人又把此事告诉了约翰的夫人,后来秘密传到了奥比内夫人耳朵里,秘密就成了公开的了。

原来巴加内尔被毛利人抓去后,做了三天俘虏,并被毛利人在身上刺了纹身,从脚刺到肩膀,胸前还刺了一只张开翅膀的大鸟,在啄他的心脏!

这是巴加内尔在那次伟大的远征中遇到的唯一的伤心事,他永远不能安慰自己,也永远不能原谅新西兰。因此,虽然很多朋友劝他回国,他也怀念祖国,但他不肯回去。他担心地理学会因为他被人讽刺,担心小报说地理学会的秘书被文了身。

格兰特船长返回苏格兰成为全国的大事。他成了古老的喀里多尼亚家喻户晓的人物。他的儿子罗伯特像他、像约翰那样,成了海员。他们在爵士的支持下,重订计划,要在太平洋上建立苏格兰移民区。